JN095231

曽我物語

流布本

目次

1 底本「伊藤」。
2 本文中の見出しは「おほみやはたが」。
3 本文中の見出しは「の三郎が」なし。
4 本文中の見出しは「うつる事」。
5 本文中の見出しは「給ふ」。
6 本文中の見出しは「たちばなのゆらいの事」。
7 本文中の見出しは「を」なし。

曽我物語 巻第三目録

曽我物語 巻第四目録

曽我物語 巻第五目録

8 本文中の見出しは「いとう入道が」。
9 本文中の見出しに「て」なし。
10 本文中の見出しは「せいする事」。
11 本文中の見出しは「ゆきし事」。
12 本文中の見出しは「ゆきし事」。
13 本文中の見出しは「はま」。
14 本文中の見出しは「きやうだいをこひ申さるゝ事」。
15 本文中の見出しに「臣下」なし。
16 本文中の見出しは「たすかる事」。
17 本文中の見出しは「きやうだいたすかりてそがへかへりよろこびし事」。

曽我物語 巻第六目録

曽我物語 巻第七目録

曽我物語 巻第八目録

18 本文中の見出しは「との」なし。
19 本文中の見出しには「を」なし。
20 本文中の見出しには「御」なし。
21 本文中の見出しは「ゆるされし事」。

曽我物語 巻第九目録

曽我物語 巻第十目録

曽我物語 巻第十一目録

22 本文中の見出しは「くにの」。
23 本文中の見出しは「返し、事」。
24 本文中の見出しは「屋かた〱のまへにて」。
25 本文中の見出しに「を」なし。
26 本文中の見出しは「わうとうないを」。
27 本文中の見出しは「と、めを」。
28 本文中の見出しに「が」なし。
29 本文中の見出しは「かのものどもが」。
30 本文中の見出しに「そがにての」。
31 本文中の見出しは「は、とらをぐして」。
32 本文中の見出しは「きやうだいの人々」。
33 底本「いはる、事」。他本により補う。

34 本文中の見出しに「と」なし。
35 本文中の見出しは「とぢこもり」。
36 本文中の見出しに「て」なし。
37 本文中の見出しは「は、と二の宮」。

曽我物語 巻第十二目録

資料

凡　例

一、本書の底本には、架蔵の正保三年（一六四六）版『曽我物語』を用いた。

二、底本は、漢字交じり平仮名文である。読解の便を図りつつも、可能な限り原表記に立ち戻れるようにするため、以下に示すような原則で本文校訂を行った。

ア、底本では、目録を各巻頭に掲げ、本文中にもその章段名を示している。本書では、目録部分は本書冒頭に一括して掲載し、目次として利用できるようにした。目次と本文中の章段名の表記が一部異なるのはそのためである。なお、目録部分の校訂の原則も、本文部分と同様である。

イ、底本では、形式段落を設けていないが、記事・内容に即して、新たに段落を設けた。

ウ、底本には、読点が付されているが、必ずしも従っていない。

エ、会話や引用の部分は、それを明確にするために「　」を付し、特に会話については、改行二字下げとした。書名等には『　』を用いた。

オ、底本の変体仮名は、おおむね通行の仮名に改めた。ただし、変体仮名と同じ形でも、字母の意味を汲むべきものはすべて漢字として扱った。

カ、底本の仮名に適当な漢字をあてた。その場合には、原表記をふりがなとして残した。宛て漢字・誤字も正して示すが、この場合も、底本の表記を右側に残した。また、官位名、人名、地名等に含まれる読み添えの「の」も、ふりがなとして扱った。

はたけ山のしげたゞ → 畠山重忠（はたけのしげたゞ）　うら山しく → 羨ましく（うら山・）

キ、底本の漢字は、おおむね通行の字体に改めた。代表的なものは左の通り。その場合、原表記をふりがなとして残すことはしなかった。

哥→歌　嶋→島　禮→礼　躰・體→体　廿→二十　卅→三十

萬→万　云→言　𦬇→菩薩

また、現在の表記の慣例において仮名で表記されるものに漢字が当てられている場合は、仮名にひらいた。代表的なものは左の通り。その場合、原表記を右側に残した。なお、底本でふりがなが付されている場合はその限りではない。

有→あり（有・）　彼→かの（彼・）　此→この（此・）　是→これ（是・）　扨→さて（扨・）　其→その（其・）

共→とも（共・）・ども（共・）　中々→なかなか（中・々・）　成→なり（成・）・なる（成・）　也→なり（也・）　等

ク、送り仮名等を補った部分については、右に「・」印を付した。

ケ、底本においてすでに付されているふりがなは、（　）を付して示した。底本に付されたふりがなに送り仮名が重複する場合があるが、そのままとした。

立（たち）出けり → 立（（たち）・）ち出（・）でけり

コ、底本の仮名遣いはそのままに残し、それが歴史的仮名遣いと異なる場合においても改めることはしなかった。

サ、漢字一文字の反復記号の「々」は用いたが、「ゝ」や「〱」は用いず、該当する字句をあて、底本の反復記号はふりがなとして残した。

返々もくちおしきうき身也→返す返すも口惜しき憂き身なり

シ、底本では一部に濁点が付されるが、全体を通じ必要に応じて濁点・半濁点を施した。

ス、底本本文の誤謬は、他本によって正し、頭注にその旨を記した。主な対校本は、次の通り。また、必要に応じ個別に参照した伝本もある。

太山寺本…『太山寺本 曽我物語』（村上美登志校註、和泉書院、一九九九）および『曽我物語：太山寺本』（浜口博章解題、汲古書院、一九八八）により、適宜、校訂本文・原表記を示した。

彰考館本…伝承文学資料集第四輯（第六輯・第十輯）『彰考館本 曽我物語 上（中・下）』（村上学・徳江元正・福田晃、三弥井書店、一九七一（一九七三・一九七八））

万法寺本…古典文庫第154冊（第157冊・第161冊）『曽我物語 万法寺本 上（中・下）』清水泰編校および解説、古典文庫、一九六〇）

南葵文庫本…未刊国文資料 第四期第二冊（第四期第五冊）『南葵文庫本曽我物語と研究 上（下）』（鈴木進編著、未刊国文資料刊行会、一九七三（一九七五））

十行古活字本…日本古典文学大系88『曽我物語』（市古貞治・大島建彦校注、岩波書店、一九六六）

十一行古活字本…大妻文庫『曽我物語 上（中・下）』（大妻女子大学国文学会編、新典社、二〇一三（二〇一四・二〇一五））

三、頭注は読解の一助として、必要最低限なものとした。特に参照させていただいた注釈書等を以下に掲げる。

日本古典文学大系88『曽我物語』（市古貞治・大島建彦校注、岩波書店、一九六六）

新編日本古典文学全集53『曽我物語』（梶原正昭・野中哲照・大津雄一校注・訳、小学館、二〇〇二）

和泉古典叢書10『太山寺本 曽我物語』（村上美登志校註、和泉書院、一九九九）
東洋文庫468（486）『真名本 曽我物語一（二）』（青木晃他編、平凡社、一九八七（一九八八））
御橋悳言著作集三『曽我物語注解』（御橋悳言著、続群書類従完成会、一九八六）

四、物語の本筋に関わらない説話引用の部分は、太字として、それとわかるようにした。
五、底本の挿絵は、そのすべてを掲載した。挿絵の挿入位置を本文中に1 2等と示し、その近辺に当該挿絵を配した。
六、作品の理解に参考となる系図・年表・地図・図版、および、諸本における記事対照表を、巻末に掲載した。
七、本書中には、現代の観点では差別的な表現にあたる語句が見えるが、原文の歴史性を考慮し、そのままとした。

本書は、日本学術振興会科学研究費（20K00317）および令和三年度大妻女子大学戦略的個人研究費（S2109）の助成を受けた研究成果のひとつです。

曽我物語　巻第一

神代の始まりの事

それ日域秋津島[1]は、これ国常立尊[2]より事おこり、泥土煮・沙土煮、男神・女神とあらはれ、伊弉諾・伊弉冉尊まで、以上天神七代にてわたらせ給ひき。又、天照[3]大神より、彦波瀲武鸕鷀草葺不合尊まで、以上地神五代にて、多くの星霜を送り給ふ。しかるに、神武[4]天皇と申し奉るは、葺不合の御子[5]にて、一天[6]の主、百皇にもはじめとして、天下を治め給ひしよりこのかた、国土[7]を傾け、万民の怖る謀、文武二道にしくはなし。好文[8]の輩を寵愛せられずは、誰か万機の政を助けん。又は、勇敢[9]の輩を抽賞せられずは、いかでか四海の乱れを鎮めん。かるが故に、唐[10]の太宗文皇帝は、傷を吸ひて戦士を賞じ、漢[11]の高祖は、三尺の剣を帯して諸侯を制し給ひき。然る間、本朝にも、中頃より、源平両氏を定めをかれしよりこのかた、武略をふるひ、朝家を守護し、互ひに名将の名をあらはし、諸国の狼藉を鎮め、すでに四百余回の年月を送り畢んぬ。これ清和[12]の後胤、又桓武[13]の累代なり。然りといへども、皇[14]氏を出でて、人臣に連なり、鏃[15]を噛み、鋒先を争ふ心ざし、とり〱なりとかや。

神代の始まりの事

1 日域・秋津島ともに日本の意味。 2『日本書紀』によると、天地開闢とともに現れた神。以下、伊弉諾尊・伊弉冉尊まで、高天原に住んだといわれる十一柱七代の神々およびそれらの神々の時代を天神七代という。国常立尊、国狭槌尊、豊斟渟尊、泥土煮尊・沙土煮尊、（以下、一対二神で一代）大戸之道尊・大苫辺尊、面足尊・惶根尊、伊弉諾尊・伊弉冉尊。伊弉冉尊は、天神七代の最後の神として、国土と諸神を生んだという。 3 天照大神、天忍穂耳尊、瓊瓊杵尊、彦火々出見尊、鸕鷀草葺不合尊の五柱の神々およびそれらの神々の時代を地神五代といい、天神七代と人皇の間に位置する。 4 第一代天皇。 5 底本「みこと」。他本により改める。 6 一天下の君主。 7 真名本に、「国土を治め給ふに二つの道あり。即ち文武の二道これなり」。『平治物語』上・信頼信西不快の事にも類似表現がある。ただし、底本をそのまま訳すと、国を滅ぼし民を恐れさせる計略は文武二道である、となる。 8 学問や芸術を好む人々。 9 勇猛で武勇に秀でた人々。 10 唐朝第二代皇帝。 11 漢朝初代皇帝。劉邦。 12 第五十六代清和天皇の皇子貞純親王から源氏が分かれた。後胤は子孫。 13 第五十代桓武天皇の皇孫高望王から平氏が分かれた。累代は代を重ねること。 14 底本「皇子」。他本により改める。 15 合戦のさまを表す。

惟喬[1]・惟仁の位争ひの事

そもそも、源氏といつぱ、桓武天王より四代目の皇子を田村[2]帝と申しけり。これに皇子二人おはします。第一を惟喬親王と申す。帝殊に御心ざしに思し召して、東宮にも立て、御位を譲り奉らばやと思し召されけり。第二の御子をば、惟仁親王と申しき。未だ幼くおはします。御母は染殿の[3]関白忠仁公の御女なりければ、一門の公卿、卿相雲客たち、寵愛し奉られければ、これも又、もだしがたく[4]思し召されける。かれは[5]継体あひ文の器量なり。これは、[6]万機ふいの臣相なり。これを背きて、[7]宝祚を授くるものならば、用捨私ありて、臣下唇を翻すによりて[8]、御位を譲り奉るべしとて、[9]天安二年三月二日に、二人の御子たちを引き具し奉り、[10]右近の馬場へ行幸なる。月卿雲客、花の袂を重ね、玉の裙を連ね、右近の馬場へ供奉せらる。この事、希代の勝事、天下の不思議と見えし。御子たちも、東宮の浮沈、これにありと見えし。

されば、さまざまの御祈りどもありけり。惟喬の御祈り[11]の師にて、[12]柿本紀僧正真済とて、[13]東寺の長者、弘法大師の御弟子なり。惟仁親王の御祈りの師には、[14]我が山の住侶に、[15]恵亮和尚とて、慈覚大師の御弟子にて、めでたき上人にてぞわたらせ給ひける。[16]西塔の平等坊にて、[17]大威徳の法をぞ行ひける。

[1][2]すでに競馬は、十番を際に定められ、六番勝ち給ふ御方に、位を御譲りあるべきとの御事なり。されば、惟喬の御方に、続けて四番勝ち給ひけり。惟仁の御方へ心を寄せ奉る人々は、汗を握り、心を砕きて、祈念せられけり。惟仁の御方、右近の馬場より[18]天台山平等坊の[19]壇所へ、御使ひ馳せ重なる事、ただ[20]櫛の歯を挽くがごとし。

惟喬・惟仁の位争ひの事

1惟喬・惟仁ともに、第五十五代文徳天皇の皇子であるが、弟の惟仁親王が清和天皇として皇位に即いた。二人の皇子が皇位を争ったことは、『平家物語』八・名虎にも見える。 2文徳天皇の異称。 3藤原良房。その女は文徳天皇の皇后明子。良房の住居は染殿と呼ばれた。 4放っておけない。無視できない。 5『平家物語』に「守文継体の器量」とあり、従うべきか。創始者は武を以て国を興し、継承者は文を以て国を治めることから。 6真名本に、「万機無双の人相御在す」、『平家物語』に「万機輔佐の臣相あり」とある。『平家物語』に従うならば、天下の政務を助ける臣下がいる、となる。 7天皇の位の尊称。 8古活字本同。太山寺本には、「唇を返すべし。須く競馬に乗せ、その勝負によつて御位を譲り奉るべしとて」とある。なお、真名本や『平家物語』では、競馬と相撲の勝負で決めたとする。 9八五八年。 10京都市上京区北野天満宮の東南にあった右近衛府の馬場。 11天皇や親王を守護するために祈祷する僧。御持僧。 12巡察弾正紀御園の子。弘法大師空海の弟子。 13教王護国寺。京都市南区にあり、真言弘伝の道場として重んぜられた。その管主を長者と称した。 14比叡山延暦寺を指す。 15円澄・円仁（慈覚大師）の弟子。 16比叡山三塔の一つ。恵亮は西塔院主。 17大威徳明王を本尊として行う怨敵退散の真言密教の修法。大威徳は五大明王

「すでに御方こそ、四番続けて負けぬれば」

と申しければ、恵亮、心憂く思はれ、絵像の大威徳を逆様に掛け奉り、三尺の[21]土牛を取つて、北向きに立て、行はれけるに、土牛踊りて西向きになれば、南に取つて押し向け、東向きになれば、西に押しなをし、[22]肝胆を砕きて揉まれしが、なを居かねて、[23]独鈷をもつて、みづから[24]脳を突き砕きて、脳をとり、[25]罌粟に混ぜ、炉壇にうちくべ、黒煙をたて、一揉み揉まれ給ひしかば、土牛猛りて声を上げてげれば、絵像の大威徳は、利剣を捧げて振り給ひければ、所願成就してげりと、御心をのべ給ふところに、

「御方こそ、六番続けて勝ち給ひ候へ」

と、御使ひ走りつきければ、喜悦の眉を開き、急ぎ壇をぞ降りられける。ありがたき瑞相なり。されば、惟仁親王、御位に定まり、東宮に立たせ給ひけり。しかるに、延暦寺の大衆の[26]僉議にも、

「恵亮脳を砕きしかば、[27]次弟位につき、[28]尊意利剣を振り給へば、[29]菅丞霊を垂れ給ふ」

とぞ申しける。これによつて、惟喬の御持僧真済僧正は、思ひ死ににぞ失せ給ひける。[30]御子も、都へ御帰りなくして、比叡山の麓、[31]小野といふ所に閉ぢ籠もらせ給ひけり。頃は神無月末、雪げの空の嵐にさえ、時雨

1 惟喬・惟仁、右近の馬場へ御幸。

の一つ。六面・六臂・六足で、剣鉾・輪・杵を持ち、憤怒の形相で大白牛に乗る。 18中国の天台山に擬して、本朝の比叡山をいう。 19修法の道場。 20絶え間なく続くさま。

21呪物としての土製の牛。大威徳の乗る牛の意もあるか。

22一心不乱に。

23独古杵の略。密教における修法の用具の一つ。もとはインド古代の武器、金剛杵。

24脳。脳髄。

25芥子の種子。護摩を焚くのに用いる。

26多くの僧徒による僉議。「僉議」は一同で相談すること。

27底本「次帝」。他本により改める。

28底本「そんゑ」。「尊意」が正しい。尊意は第十三代天台座主。

29菅丞相。菅原道真（424頁注3参照）。尊意の法力によって、道真の悪霊は鎮められたという。

30惟喬親王。

31現京都市左京区。旧愛宕郡小野郷。

る雲の絶間なく、都に行き交ふ人もまれなりけり。いはんや小野の御住まゐ、思ひやられて哀れなり。ここに、[32]在五中将在原業平は、昔の御情け浅からざりし人なりければ、紛々たる雪を踏み分け、泣く泣く御跡を訪ね参りて、見参らすれば、[33]孟冬移り来たりて、紅葉嵐に絶え、[34]りうゐんけんがとうしやくしやくたり。折に任せ、[35]人目も草も枯れぬれば、山里いとど寂しきに、皆白妙の庭の面、跡踏みつくる人もなし。御子は、端近く出でさせ給ひて、南殿の御格子三間ばかり上げて、四方の山を御覧じ巡らし、げにや、「春は青く、夏は茂り、秋は染め、冬は落つる」といふ、[36]昭明太子の、思し召し連ね、

「[37]香炉峰の雪をば、簾をかかげて見るらん」

と、御口ずさみ給ひけり。中将、この御有様を見奉るに、ただ夢の心地せられけるが、かく参りて、昔今の事ども申し承るにつけても、御衣の御袂を、絞りもあへさせ給はず、[38]鳥飼院の御遊興、[39]交野の雪の御鷹狩まで思し召し出でられて、中将かくぞ申されける。

[40]忘れては夢かとぞ思ふ思ひきや雪踏み分けて君を見んとは

御子もとりあへさせ給はで、返し、

2 位争いの相撲。（2頁注8参照）

32 阿保親王の子。六歌仙の一人。『伊勢物語』の主人公に擬せられる。業平の惟喬親王訪問は、『古今集』雑下、『伊勢物語』八十三、『宝物集』（三巻本）中などに見える。

33 初冬に入って。

34 未詳。太山寺本に「とうゐんけんかきうとうじやくじやくたり」、他本「わうゐん」「りうゐん」等、また複数の本が「きうとう」とする。「柳蔭軒下九冬寂々たり」か。「九冬」は、冬の九十日間のこと。

35 「山ざとは冬ぞさびしさまさりける人めも草もかれぬと思へば」（古今集・冬・源宗于）をふまえた表現。

36 梁武帝の子。『文選』の編者として知られる。太山寺本に「昭明太子の撰」とある。『文選』における類似の詩句に、「感冬索而春敷兮、嗟夏茂而秋落」（十三・秋興賦（潘安仁））、「陽葉春青、陰条秋緑」（三十五・七命八首（張気陽））がある。

37 『和漢朗詠集』下・山家「遺愛寺鐘欹レ枕聴、香炉峰雪撥レ簾看」による。原拠は『白氏文集』十六。香炉峰は廬山の一峰。

38 現大阪府摂津市にあった離宮。左右馬寮が経営した鳥飼牧があった。

39 現大阪府枚方市内。禁裏御料の狩場があり、鷹狩りが行われていた。交野の鷹狩りは『伊勢物語』八十二にも見える。

40 『古今集』雑下、『伊勢物語』八十三などに見える。

夢[41]かとも何か思はん世の中を背かざりけん事ぞ悔しき

かくて、貞観[42]四年に、御出家わたらせ給ひしかば、小野宮とも申しけり。

文徳天皇、御年三十[43]にて、崩御なりしかば、第二の皇子、御年九歳にて、御譲りを受け給ふ。清和天皇の御事、これなり。後には、丹波国水尾[44]の里に閉ぢ籠もらせ給ひければ、水尾帝とぞ申しける。皇子数多おはします。第一を陽成院、第二を貞固親王、第三をていけい親王[45]、第四を貞保[46]親王、この皇子は、御琵琶の上手にておはします。桂親王とも申しけり。心をかけらる女は、月の光を待ちかね、蛍[47]を袂に包む、この御子の御事なり。今の[48]しげのこの先祖なり。第五貞平親王、第六貞純親王とぞ申しける。六孫王[49]、これなり。されば、かの親王の嫡子、多田新発意満仲[50]、その子摂津守頼光[51]、次男大和守[52]頼親、三男多田法眼[53]とて、山法師[54]にて、三塔第一[55]の悪僧なり。四郎河内守[56]頼信、その子伊予入道[57]頼義、その嫡子八幡太郎義家[58]、その子但馬守[59]義親、二男河内判官[60]義忠、三男式部太夫[61]義国、四男六条判官[62]為義、その子左馬頭[63]義朝、その嫡

41『新古今集』雑下などに類歌が見える。 42八六二年。 43底本「二十」。他本により改める。 44現京都市右京区。 45貞元親王にあたる。 46『古今著聞集』六などによると、管弦に巧みであったという。 47『後撰集』夏、『大和物語』四十に、袖に蛍を包んで「桂の御子」に贈る話が見えるが、この桂の御子は宇多天皇皇女のことであり、混同したか。 48「滋野氏」か。滋野氏は現長野県小県郡を本拠とした一族で、信濃国に住した貞保親王を祖先とする。 49正しくは、貞純親王の子経基をもって六孫王を号した。父貞純親王が清和天皇の第六皇子であったことから。 50摂津多田に住し、出家して新発意と号した。 51摂津源氏の祖。大江山酒呑童子退治などで有名。 52大和源氏の祖。 53源賢。源信僧都に師事した。法眼は僧位の一つで法印に次ぐ。 54比叡山延暦寺の僧徒。 55比叡山の東塔・西塔・横川の三塔。 56満仲の三男。河内源氏の祖。平忠常の乱を平定した。 57前九年の役を平定した。 58後三年の役を平定し、鎮守府将軍に任じた。 59正しくは対馬守。康和の乱を起こして滅んだ。 60父義家の死後、河内源氏の家督を継いだが、同族に暗殺された。 61新田源氏の祖。 62実は義親の子。義親や義父義忠の没後、祖父義家の継嗣となる。 63保元の乱で功を上げるが平治の乱を起こして敗れ、尾張で没す。

③ 在原業平、小野の里に惟喬親王を訪ねる。

子[64]鎌倉悪源太義平、二男[65]中宮大夫進朝長、三男[66]右近衛大将頼朝の、上超す源氏ぞなかりける。この六孫王よりこのかた、皇氏を出でて、初めて源の姓を賜り、[67]正体を去りて人臣に連なり給ひて後、多田満仲より、下野守義朝に至るまで七代は、諸国の[68]竹符に名をかけ、[69]芸を将軍の弓馬に施し、家にあらずして、四海を守りしに、[70]白波なをこえたり。されば、各権を争ふ故に、互ひに朝敵になりて、源氏世を乱せば、平氏[71]勅宣をもつて、これを制して朝恩に誇り、平将国を傾くれば、源氏[72]詔命に任せて、これを罰して、勲功を極む。しかれば、近頃、平氏退散して、源氏自づから世に誇り、四海の波瀾を治め、一天の[73]はうぎよさだめしよりこのかた、[74]りらくりんゐたがひて、吹く風穏やかなり。しかれば、[75]叡慮を背くせいらうは、色を[76]雄剣の秋の霜に冒され、[77]てこそを乱す白波、[78]音を上弦の月に澄ます。これひとへに[79]羽林の威風、前代にも超えて、[80]うんてうの故なり。しかるに、[81]青侍を秘めて、[82]せいとの乱れを制し、[83]私曲の争ひをやめて、[84]帰伏せらるるはなかりけり。 3 4

4 伊東祐親、箱根別当に伊東武者祐継の調伏を依頼。

64十五歳で叔父義賢を討って悪源太と呼ばれる。平治の乱で没した。65大夫進は少進に同じ。平治の乱で没した。66鎌倉幕府初代将軍。67神体・聖体。ここでは皇族としての身分。68国司任命の証として与えられた竹製の信符。69武芸を以て名を馳せ。70真名本「白波声有りて」。「白波」は盗賊の異称。71勅命の宣旨。72天子の命令。詔（みことのり）。73彰考館本「ほうきをしつめし」か。74真名本「緑林枝枯れて吹く風音秘かなり」。「緑林」は賊徒を喩える。75真名本「叡慮を背く青葉は」。「青葉」は「せいよう」で憎むべき小人を意味する「青蠅（せいよう）」に通ずる。76「雄剣」「秋の霜」ともに鋭利な剣。77古活字本同。彰考館本他「てうそ」、太山寺本「てうせう」、真名本「朝章」。「う」を「こ」と誤るか。「朝章」は朝廷の掟。78「上弦の月」は、新月から満月の中間の半月。白波（盗賊）が音をひそめる、すなわち平和な治世を表すか。79近衛府の唐名。ここでは頼朝を指す。80太山寺本「こんてう」、「厳重（ごんでう）」か。81身分の低い若侍。六位は青色の袍を着たことによる。82真名本「土外の乱あり」、太山寺本「都のほかのみだれをせいし」。「外土」等を誤るか。83公道に反した不正行為。84太山寺本「きぶくせざるはなかりけり」（付き従わない者はなかった）。従うべきか。

伊東を調伏[1]する事

ここに、伊豆国の住人、伊東次郎[2]祐親が孫、曽我[3]十郎祐成、同じく五郎[4]時致といふ者ありて、将軍の陣内も憚らず、親の敵を討ち取り、芸を戦場に施し、名を後代に留めける。由来を詳しく尋ぬるに、すなはち一家の輩、工藤[5]左衛門祐経なり。たとへば、伊豆国[6]に伊東・河津・宇佐美、この三箇所をふさねて、楠美庄と号する。かの本主は、楠美入寂心にてありける。在国[7]の時は、工藤[8]大夫祐隆といひけり。男子数多持ちたりしが、皆早世[9]して、遺跡[10]すでに絶えんとす。しかる間、継女の子を取りて嫡子に立てて、伊東を譲り、武者所[11]に参らせ、工藤[12]武者祐継と号す。又、嫡孫[13]あり、二男に立てて、河津を譲り、河津[14]次郎と名乗らせける。しかる間、寂心逝去の後、祐親思ひけるは、我こそ、嫡々[15]なれば、嫡子の譲りあるべきに、異姓[16]他人の継女の子、この家に入りて、相続するこそ安からねと思ふ心つきにけり。これ、まことに神慮[17]にも背き、子孫も絶えぬべき悪事なるをや。たとひ他人なりといふとも、親養じて譲る上は、違乱[18]の義あるべからず。ましてこれは、寂心、内々継女のもとに通ひて儲けたる子なり。まことには兄[19]なり。譲りたる上、争ふ事無益の由、よそ〳〵にも申し合ひけり。されども、祐親止まらで、対決[20]度々に及ぶといへども、譲状[21]を捧ぐる間、伊東が所領になりて、河津は負けてぞ下りける。その後、上には親しみながら、内々安からぬ事にぞ思ひける。されども、我が力にはかなはで、年月を送る。

伊東を調伏する事

1 まじないなどによって、人を呪い殺すこと。 2 六郎大夫祐家の子。河津次郎。真名本は「伊藤次郎助親」とするが、『吾妻鏡』等の表記で統一する。 3 河津三郎祐重の子。幼名一万。「助成」をあてることもあるが、「祐成」で統一する。 4 祐重の子。幼名箱王。「時宗」をあてることもあるが、「時致」で統一する。 5 工藤祐継の子。「助経」をあてることもあるが、「祐経」で統一する。 6 現在の静岡県南部の半島および東京都下の伊豆諸島。東海道に属する。伊東・宇佐美は現伊東市内。河津は現賀茂郡河津町。 7 真名本「在俗の時は」。 8『尊卑分脈』では「家次（狩野四郎大夫）」、『河津系図』に「祐隆（工藤大夫寂心）」とある。 9 早く死んで。 10 相続人。 11 院の御所を警固する武士の祗候する詰め所。 12 工藤祐経の父。8頁等には「伊東武者」と称される。 13 嫡子の嫡子。 14 祐親にあたる。 15 正統の子孫。 16 全く血の繋がりのない。 17 神のみこころ。 18 秩序を乱すこと。 19 祐親にとって寂心は祖父にあたるので、その子は叔父。真名本に、「実に同氏なり。申せば叔父に当れり」とある。 20 裁判で原告と被告を対面させて審理を行うこと。 21 所領や財産などを譲り与えることを記した文書。

[22]ある時、祐親、[23]箱根の別当を秘かに呼び下し奉り、種々にもてなし、酒宴過ぎしかば、近く寄り、畏まりて申しけるは、

「かねてより知ろし召されて候ふごとく、伊東をば、嫡々にて、祐親が相継ぎ候ふべきを、思はずの継女の子来たりて、父の墓所、[24]先祖重代の所領を横領仕る事、よそにて見え候ふが、あまりに口惜しく候ふ間、御心をも憚らず申し出だし候ふ。しかるべくは、[25]伊東武者が二つなき命を、たちどころに失ひ候ふやうに、調伏ありて見せ給へ」

と申しければ、別当聞き給ひて、しばらくものも宣はず、ややありて、

「この事、よくよく聞き給へ。[26]一腹一生にてこそましまさね、兄弟なる事は[27]眼前なり。[28]公方までも聞こし召し開かれ、すでに[29]御下知をなさるる上は、隔ての御恨みは、さる事にて候へども、たちまちに[30]害心を起こし、親の掟を背き給はん事、しかるべからず。[31]神明は正直の頭に宿り給ふ事なれば、さだめて天の加護もあるべからず。[32]冥の照覧も恐ろし。その上、愚僧は、幼少より、父母の[33]塵欲を離れ、師匠の[34]かんじんに入て、[35]所説の教法を学し、[36]円頓止観の門を望み、[37]一ねん三まいに稼穡の艱難を思ひ、着る時紡績の辛苦を忍ぶ。[38]三衣を墨に染め、[39]鬢髪を丸め、仏の[40]遺願に任せ、[41]五戒を保ちしよりこのかた、ものの命を殺す事なし。仏殊に戒め給ふ。されば、[42]衆生の身の中には、[43]三身仏性とて三体の仏のまします。しかるに、人の命を奪はん事、[44]三世の諸仏を失ひ奉るに同じ。[45]もろもろもつて思ひ寄らざ

22 以下は、真名本にはない。23 現在の箱根神社。かつては箱根権現として僧徒の奉仕を受けた。別当は一山の法務を統御する職掌。

24 先祖より代々伝わる領地。25 伊東の地を譲られた「工藤武者祐継」のこと。26 同じ父母から生まれた兄弟姉妹。27 明らかなこと。28 朝廷。29 御判決。30 危害を加えようとする心。31 神は正直な者を護ってくれる。32 目に見えぬ神仏が御覧になっていること。33 色・声・香・味・触・法の六塵の貪欲。34 太山寺本「かんしつ」。「閑室」か。35 仏の説いた教え。36 天台宗が修行実践法としてとる、法華経にのっとった観法。37『貞観政要』四・教戒太子諸王第十一「毎一食便念稼穡之艱難、毎一衣則思紡績之辛苦」とあり、『玉函秘抄』上、『名文抄』一・帝道部上に引かれる。「一食毎」を古活字本で「一ねんまい」と誤り、それをさらに流布本は「一念三昧」と誤解したか。「稼穡の艱難」「紡績の辛苦」は農事や糸紡ぎの苦しさや辛さ。38 僧が着用する袈裟。39 頭髪を剃り。40 釈迦が説き遺した教え。遺教。41 不殺生戒・不偸盗戒・不邪婬戒・不妄語戒・不飲酒戒の五つの戒め。42 一切の命あるもの。43 法身・報身・応身の三身の因にあたる三種の仏性。44 前世・現世・来世の三世にわたる一切の諸仏。45 どちらから考えても。

る事なり」

とて、箱根に登り給ひけり。河津は、[46]なまじゐなる事申し出だして、別当、[47]承引なかりければ、その後、消息をもつて重ね〳〵申しけれども、なを用ゐ給はず。いかがせんとて、秘かに箱根に登り、別当に見参して、近く居寄りて囁きけるは、

「[48]ものその身にては候はねども、昔より[49]師檀の契約浅からで、頼み頼まれ奉りぬ。祐親が身におひて一生の大事、子々孫々までも、これにしくべからず候ふ。[50]再往に申し入れ候ふ条、まことにその恐れ少なからず候へども、[51]かの方へ返り聞こえなば、重ねたる難儀出で来候ふべし。さればにや、[52]浮沈に及び候ふ」

と、くれ〴〵申しければ、はじめは別当、大きに辞退ありけるが、まことに[53]檀那の情けも去りがたくして、大方[54]領状ありければ、河津は里へぞ下りける。別当、心憂き事ながら、檀那の頼むと申しければ、壇をたて、[55]荘厳して、伊東を調伏せられけるこそ恐ろしけれ。初三日の本尊には、[56]来迎の阿弥陀の三尊、[57]六道能化の地蔵菩薩、檀那河津次郎が所願成就のため、伊

5 箱根別当、伊東祐継を調伏する。

46 言わなくてもよい余計なこと。
47 承知すること。
48 ものの数に入る身ではありませんが。
49 師僧と檀那（施主・信徒）の約束。
50 再び。
51 まわりまわって伊東武者方の耳に入ったならば。
52 一族が栄えるか衰えるかのわかれめ。
53 施主。檀越。
54 承知。納得。
55 堂や仏像などを立派に飾ること。
56 臨終にあらわれて、極楽浄土へ迎える阿弥陀仏と観世音、勢至の二菩薩。
57 天道・人間道・畜生道・餓鬼道・地獄道・修羅道の六道の衆生を救済・教化する能化尊としての地蔵菩薩。

東武者が二つなき命を取り、来世にては、観音・勢至、[58]蓮台を傾け、[59]安養の浄刹に[60]引接し給へ、[61]片時も地獄に落とし給ふなと、他念なく祈られけり。後七日の本尊には、[62]烏蒭沙摩金剛童子、[63]五大明王の[64]利験殊勝なるを、四方に掛けて、紫の袈裟を帯し、種々に壇を飾り、[65]肝胆を砕き、汗をも拭はず面をも振らず、[66]余念なくこそ祈られけれ。昔より今に至るまで、[67]仏法護持の御力、今にはじめざる事なれば、[68]七日に満ずる[69]寅の半ばに、伊東武者が[70]盛んなる首を、明王の剣の先に貫き、壇上に落つると見てげれば、さては[71]威験あらはれたりとて、別当、壇をぞ降り給ひける。恐ろしかりし事どもなり。5 6

6 伊東祐継、病の床で金石（のちの祐経）に遺言。

同じく伊東が死する事

さても伊東武者は、これをば夢にも知らで、時ならぬ[1]奥野の狩して遊ばんとて、射手を揃へ、[2]勢子を催し、[3]若党数多あひ具して、伊豆の奥野へぞ入りにける。頃しも夏の末つ方、峰に重なる木の間より、むらむらに靡くは、さぞと見えしより、思はざる風に冒され

58 蓮華の形に作られた仏菩薩の座。
59 極楽浄土のこと。
60 阿弥陀が来迎して浄土へ導くこと。
61 わずかの間。短時間。
62 烏蒭沙摩明王、金剛童子はともに忿怒の相をあらわす同体のものと考えられる。怨敵降伏などのための修法の本尊とされる。
63 中央の不動、東の降三世、南の軍荼利、西の大威徳、北の金剛夜叉の五大明王。五大尊とも。
64 他本「いけん（威験）」。従うべきか。「利験」は利益の意か。
65 誠意を尽くして。
66 一心不乱に。
67 明王は、悪魔を降伏し、仏法を守護するという。
68 七日の期限に達する。
69 午前四時頃。
70 さかり。青壮年期。
71 祈祷の効果。霊験。太山寺本「一験」。

同じく伊東が死する事

1 静岡県の伊豆半島中央部に広がる天城連山の東部の遠笠山の周辺の山野をさすか。
2 狩場で鳥獣を追い立てる人夫。
3 家来の若侍。

て、心地[4]例ならず煩ひ、心ざす狩場をも見ずして、近き野辺より帰りけり。日数重なる
程に、いよ〳〵重くぞなりにける。その時、九つになりける金石[5]を呼びて、自ら手をと
り申しけるは、
「いかに己、十歳にだにもならざるを、見捨てて死なん事こそ悲しけれ。生死限り
あり、逃るべからず。汝[6]を、誰か哀れみ、誰育みて育てん」
と、さめざめと泣きけり。金石は幼ければ、ただ泣くより他の事はなし。女房[7]、近く居
寄り、涙を抑へて言ひけるは、
「かなはぬ憂き世[8]の習ひなれども、せめて、金石十五にならんを待ち給へかし。されば
とて、数多ある子にもあらず、又、
陰子[9]ある中の身にてもなし。いか
がはせん」
と、歎きけるこそ理[10]なれ。
ここに、弟の河津次郎祐親、訪ひ
来たりけるが、この有様を見て、近く
寄りて申しけるは、
「今を限りとこそ見えさせ給ひて
候へ。今生[11]の執心を御とどめ候
ひて、一筋に後生[12]菩提を願ひ給

4 気分が悪くなって。
5 真名本にも「金石」。のちの工藤祐経。
6 お前を哀れに思い、いつくしみ育てるような者はいないであろう。
7 ここでは妻。
8 思い通りにならない現世。
9 人知れず面倒をみている子。
10 もっともな道理である。
11 この世に深く思いを残すこと。
12 死後に成仏の果を得ること。

7 工藤祐経と万劫御前、婚礼の儀。

へ。金石殿にをひては、祐親かくて候へば、後見し[13]奉るべし。ゆめゆめ疎略あるべからず。心安く思ひ給へ。さればにや、『史記』[14]の言葉にも、『昆弟[15]の子は、猶し己が子のごとし』と見えたり。いかでか愚かなるべき」

と申しければ、祐継、これを聞き、て、内に害心あるをば知らで、大きに喜び、かき起こされ、人の肩にかかり、手を合はせ、祐親を拝み、ややありて、苦しげなる息をつぎ、

「[16]いかに候ふ。ただ今の仰せこそ、生前[17]に嬉しくおぼえ候へ。この頃は何となく義[18]絶につゐて、心よからざる事にてましまさんと存ずる所に、かやうに宣ふこそ、返す返すも本意[19]なれ。さらば、金石をば、ひとへにわ殿[20]に預け奉る。甥なりとも、実子のごとく思ひ、女数多持ち給ふ中にも、万劫御前[21]に合はせて、十五にならば男になし、当庄[22]の本券[23]、小松殿[24]の見参に入れ、わ殿の女と金石に、この所を妨げなく知行[25]せさせよ」

とて、伊東の地券文書[26]取り出だし、金石に見せ、

8 京の工藤祐経のもとへ、父の遺品の譲り状が届く。

13 後ろ盾となって助けること。
14 漢の司馬遷による紀伝体の史書。ただし、以下の文言は『史記』には見えない。
15 『漢書』八十一・孔光伝、『後漢書』五・孝安帝記第五に「礼昆弟之子猶己子」とあり、『玉函秘抄』下、『管蠡抄』五・猶子に引かれる。「昆弟」は兄弟のこと。
16 なんと。呼びかけのことばに「候ふ」が付いたもの。
17 命のある間。
18 古活字本「けせつ（下説）」、真名本「下説に付て、何となく」、太山寺本「何となくきせつもうすことによつて」。親族関係が途絶えていた状態をいう「義絶」と解した。
19 本来の望み。
20 対等の相手に用いる二人称の代名詞。
21 祐親二女。「万劫」は、後に歌舞伎などでは曽我兄弟の母の名前になっている。
22 この楠美の荘。
23 古活字本同。真名本「領家」、太山寺本「ほんけ（本家）」。「本家」とあるべきか。
24 平重盛。その邸が現京都市東山区上馬町一帯の小松谷にあったことから小松殿と呼ばれた。
25 土地の支配。
26 土地所有の証として官府から下した文書。

「汝に直に取らすべけれども、未だ幼稚なり。いづれも親なれば、愚かにあるべからず。母に預くるぞ。十五にならば取らすべし。よく〳〵見をけ。今より後は、河津殿を、叔父なりとも、まことの親と頼むべし。心置きて、憎まれ奉るな。祐継も、草の蔭にて立ち添ひ守るべし」

とて、文書、母が方へ渡し、今は心安しとて、打ち伏しぬ。

かくて日数積もりゆけば、いよ〳〵弱り果てて、七月十三日の寅の刻に、四十三にて失せにけり。哀れなりし例なり。弟の河津次郎は、[27]上には歎く由なりしかども、下には喜悦の眉を開き、箱根の別当の方をぞ拝みける。[28]一旦の猛悪は、勝利ありといへども、つゐには子孫に報う習ひにて、末いかがとぞおぼえける。

やがて、河津は我が家を出で、伊東の館に入り替はり、[29]内々存ずる旨ありければ、兄のため、[30]忠ある由にて、後家にも子にも劣らず、[31]孝養をいたす。七日〳〵の他、百箇日、一周忌、第三年に至るまで、諸善の[32]忠節を尽くす。人これを聞き、[33]「神をまつる時は、神のいますごとくせよ。死に仕ふる時は、生に仕ふるごとくなれ」とは、[34]『論語』の言葉なるをやと、感じけるぞ愚かなる。

さて、金石には、心安き乳母をつけてぞ養じける。[35]遺言を違へず、十五にて[36]元服させ、楠美工藤祐経と号す。やがて女万劫御前に合はせ、その秋あひ具して上洛し、すなはち小松殿の見参に入れ、祐経をば京都に留め置き、[37]我が身は国へぞ下りける。その後は、[38]かひ〴〵しき侍の一人もつけず、[39]大人しき者もなし。[40]所帯にをきては、祐親一人

27 表面上は歎くふりをしたが、内心では憂いがはれて喜んでいた。
28 凶暴な悪事で得た勝利は一時的なもので、結局最後は子孫に返報を受けることになる。
29 ひそかに考えるところがある。
30 真心を尽くすふりをして。
31 懇ろに後世を弔う。
32 底本「らうせつ」。他本により改める。
33 『論語』八佾篇第三「祭如レ在、祭レ神如二神在一」と『古文孝経』応感章第十七「事レ死如レ事レ生」（孔安国註）を合成したもので、和製類書の『玉函秘抄』中、『明文抄』五・神道部に見える句（村上美登志）。神を祭るには、神がそこに存在するように祭り、死者に仕えるには死者が生きているように仕えよ。
34 孔子の言行の記録で儒教の経典。
35 祐継が言い遺した言葉の通りに。
36 男子の成人の儀式。
37 祐親自身。
38 しっかりして役に立ちそうな武士。
39 宿老のような頼りになる者。
40 領地。

して横領し、祐経には屋敷の一所をも配分せざりけり。[7][8]まことや、『文選』[41]の言葉に、「徳[42]を積み、行を重ぬる事、その善をなさざれども、時に用ひる事あり、善を捨て、理を背く事、その悪をなさざれども、時に滅ぶる事あり。身の危うきは勢ひの過ぐる所なり、禍の積もるは寵の盛んなるを超えてなり」。されども、祐経は、誰教ゆるとはなきに、公文所[44]を離れず、奉行所[43]にをきて身をうたせ[45]、沙汰[46]に慣れける程に、善悪を不審[47]し分別して、理非[48]を迷はず、諸事に心を渡し[49]、手跡普通に優れ、和歌の道を心にかけ、酣暢[50]の筵に推参して、その衆に列なりしかば、工藤の優男[51]とぞ召されける。十五歳より、武者所に侍ひて、礼儀正しくして、男柄[52]尋常なりければ、田舎侍[53]ともなく心憎しとて、二十一歳にして、武者所[54]の一臈を経て、工藤一臈とぞ召されける。

伊東次郎と祐経が争論の事

かくて祐経、二十五まで給仕[1]怠らざりき。ここに思はざるに、田舎[2]の母、一期[3]尽きて、形見に、父が預け置きし譲状を取り添へて、祐経がもとへぞ上せたりける。祐経、これを披見[4]して、

「こは[5]いかに。伊豆の伊東といふ所は、祖父入道寂心より、父伊東武者祐継まで、三代相伝の所領なるを、何によつて、叔父河津次郎、相続して、この八[6]箇年が間、知行しける。いざや冠者原[7]、四季[8]の衣替へさせん」

とて、暇[9]を申しけれども、御気色[10]最中なりければ、左右[11]なく御暇賜らざりけり。さ

41六朝時代の梁の昭明太子の編による詩文選集。 42『文選』三十九・上書諫呉王（枚乗）に、「積レ徳累レ行、不レ知二其善一、有二時而用一、棄レ義背レ理、不レ知二其悪一、有二時而亡一」、同四十六・豪士賦序（陸機）に、「身危由二於勢過一、…禍積起二於寵盛一」とある。『玉函秘抄』下には双方、『明文抄』四・人事部下には後半が引かれる。 43底本「御かん」。他本により改める。 44公文を扱った役所。古活字本「くしよ（公所）」。 45太山寺本「みえをうたせ」。「見栄」の意か。 46裁定。 47嫌疑をかけわきまえて。 48是非。道理にかなうかどうか。 49気を配り。 50優雅な宴席に参加して。 51風雅な男。みやびな男。 52男ぶりがすぐれていたので。 53田舎武士にも似ず、奥ゆかしい。 54武者所の筆頭。

伊東次郎と祐経が争論の事

1そば近く仕えること。 2伊東祐継の妻。 3一生が終わって。死んで。 4ひらいて見て。 5これはどうしたことか。 6諸本ともに八年とする。16頁の訴状にも「八箇年」と見える。 7若い家来衆。 8季節毎に衣替えができるくらいのよい暮らしをさせてやろう。 9ひまを願ったけれど。 10主君の寵愛が盛んな時だったので。 11たやすく。 12代理人。 13領地の支配者。 14在地の荘園の支配者。 15勝手気ままに追い払う。 16思慮深い者。 17間違っ

たこと。18それ以上の乱暴を引き起こし。19所領から離れる身。20恨みをこめること。21無益である。22道理にかなっていること。23祐親のこと。24上位の人の裁決。25つぎつぎと。太山寺本に「さしつめ〳〵おりがみ（折紙）をもつてぶぎやう（奉行）へうつた（訴）へゐんぜん（院宣）を…」とある。26上皇の仰せをうけて出す文書。27今の警察官と裁判官を兼ねた職。28真実の領主ならば、の意か。古活字本「このちぎやう」、彰考館本「事のじちやうなる」などとあり、文意をとりにくい。29無理をも押し通し。30打ちたたくこと。そこから、無法の意か。31弁舌の巧みな人。32存命。生存。33いただこうと。34金銭のこと。35「上せ」とあるべきか。36『文選』五十一・四子講徳論（王子淵）に「青蠅不レ能レ穢二垂棘一、邪論不レ能レ惑二孔墨一」とあり、『玉函秘抄』下、『明文抄』二・帝道部下に引かれる。青蠅はいろいろなものを汚すが、すぐれた美玉を汚すことはできない、邪論は世の人々を惑わすが、孔子・墨子のような聖賢を惑わすことはできない、の意。37紀伝体の歴史書。後漢の班固・班昭らの撰。38『漢書』六十五・東方朔伝に、「水至清則無レ魚、人至察則無レ徒」とあり、『玉函秘抄』中、『管蠡抄』十・世俗、『明文抄』二・帝道部下に引かれる。水があまりに澄みきっていると、魚が住みつかない、人もあまりに優れていると、友も寄りつかない、の意。


らばとて、[12]代官を下して[13]催促をいたす。伊東、これを聞き、

「祐親より外に、全く他の[14]地頭なし」

とて、冠者原を[15]放逸に追放す。京より下る者は、田舎の子細をば知らで、逃げ上りぬ。一臈にこの由を訴ふ。

「その儀ならば、祐経下らん」

とて、出で立ちけるが、[16]案者第一の者にて、心を変へて思ひけるは、人の[17]僻事すると言ふを聞きながら、又下りて、劣らじ負けじとせん程に、まさる[18]狼藉引き出だし、両方[19]得替の身となりぬべし、その上、道理を持ちながら、親方に向かひ、[20]意趣をこめん事[21]詮なし、祐経程の者が、[22]理運の沙汰に負くべきにあらず、田舎より、かの[23]仁を召し上せて、[24]上裁をこそ仰がめと思ひ、あたる所の道理を、[25]差しつめ差しつめ、[26]院宣を申し下し、小松殿の御状を添へ、[27]検非違使をもつて、伊東を京都に召し上せ、[28]誠の知行なる時こそ、田舎にて、[29]横紙をも破り、[30]打擲ども言ひけれ、院宣をなし、重ねてかたく召されければ、一門馳せ集まり、案者・[31]口利き、寄り合ひ談合するといへど、道理は一つもなかりけり。祐継[32]存生の時より、執心深くして、いかにもこの所を祐親[33]拝領にせんと、多年心にかけ、すでに十余年知行の所なり。一期の大事と、[34]金銀を調へ、秘かに奉行所へぞ[35]上りける。まことや、『文選』の言葉に、「[36]青蠅も、すいしやうを汚さず、邪論も、くの聖を惑はず」とは申せども、奉行の愛づるも理なり。又、[37]『漢書』を見るに、「[38]水いたつて清ければ、底に魚棲まず。人いたつて善なれば、内に友

なし」と見えたり。さればにや、奉行、誠に宝重くして、祐経[39]が申状、たゞざる
事こそ無念なれ。月明らか[40]ならんとすれども、浮雲これを覆ひ、水清からんとすれども、
泥沙これを汚す。君賢なりといへども、臣これを汚す理によつて、本券[41]は箱の底に朽
ちて、空しく年月を送る間、祐経、鬱憤[42]に住して、重ねて申状を奉行所に捧ぐ。そ
の状に曰く、

伊豆国の住人伊東工藤一臈平祐経[43]、重而言上、早く、御裁許[44]を蒙
らんと欲する子細の事。

右件[45]の条、祖父楠美入道寂心死去の後、親父伊東武者祐継、その舎弟
祐親、兄弟の仲、不和なるによつて、対決度々に及ぶといへども、祐継、当腹寵[46]
愛たるによつて、安堵[47]の御下文を賜つて、すでに数箇年を経畢んぬ。ここに、祐
継、一期[48]限りの病の床に臨むきざみ、河津次郎、日頃の意趣を忘れ、たちまちに
訪ひ来たる。その時、祐経は、生年九歳なりき。叔父河津次郎に、地券文書、母
ともに預け置きて、八箇年の春秋[49]を送る。親方にあらずは、祗候の臣と申すべきや。
所詮[50]、世[51]の経に任せ、伊東次郎に賜るべきか、又、祐経に賜るべきか、相伝の道理
につゐて、憲法[52]の上裁を仰がんと欲す。よつて、誠恐誠惶[53]、言上如件。

仁安[54]二年三月日　平祐経

と書きて捧ぐ。公事所にこの状を披見[55]ありて、さしあたる[56]道理に煩ひけるよと、人々
寄り合ひ、内談評定するは、祐経が申状、一つとして僻事なし。これは裁許せずは、

39 祐経の訴状が通らないのは。
40『淮南子』十一・斉俗訓・六に「日月欲レ明浮雲蓋レ之、河水欲レ清沙石穢レ之、人性欲レ平嗜欲害レ之」とあり、『玉函秘抄』上、『管蠡抄』九・誡貧、『明文抄』四・人事部下に引かれる。日月や河水の喩えを引き、人の本性が平らかであろうとしても嗜欲のために損なわれるということ。但し本文では末尾を君主と臣下として、君主が賢であっても臣下のために損なわれる、とする。
41 地券文書のこと。
42 憤りを心に持って。
43 底本「平助経」。書状末尾の署名も「平の助経」。工藤氏は藤原南家流なので平氏を名乗るのは不審。
44 裁決して許可すること。
45 右にあげたこと。
46 現在の本妻の腹から生まれた子。
47 領地の所有権を法的に確認、保証する公文書。
48 臨終の病の床につく時。
49 歳月。四季を代表させていう。
50 結局。
51 世の中の正しいすじみち。
52 おきて。法度。
53 証文などに用いる常套句。恐れ畏まる意。
54 一一六七年。六条朝。後白河が院政を敷き、同年二月に平清盛が太政大臣になる。
55 開いて見る。
56 当面間違いのない道理に。

憲法に背きなん。又、伊東、宝を上せて、万事奉行を頼むと言ふ。然れども、祐経は、[57]左右なく理運たる間、奉行所の私なりがたければ、安堵の状二つ書きて、大[58]宮の令旨を添へ、下さる。伊東は、半分なりとも賜る所、奉行の御恩と喜びて、[59]本国へぞ下りける。

「[60]書は言葉を尽くさず、言葉は心を尽くさず」といへども、一臈は言葉を失ひ、十五より本所に参り、[61]日夜朝暮給仕をいたし、今年八箇年かとおぼゆるに、重ねて御恩こそ蒙らざらめ、先祖の所[62]領を半分召さるる事、そも何事ぞ、「[63]源濁れる時は、清からん事を思ひ、形の歪める時は、影の素直ならん事を思ふ」と、[64]かたに見えたり、父祐継が世には、かやうにはよも分けじ、今何ぞ半分の主たるべきや、是ひとへに親方ながら、伊東がいたす所なり、我が身こそ京都に住むとも、[65]前後は皆、弓矢のいこんなり、いかでかこの事恨みざるべきとて、秘かに都を出でて、[66]駿河国高橋と云ふ所に下り、[67]吉川、船越、おきの、蒲原、入江の人々は、外戚につきて親しかりければ、二百余人寄り合ひて、[68]祐親討ちて、[69]両

9 工藤祐経、大見小藤太・八幡三郎に伊東祐親父子の暗殺を命じる。

57 文句なく道理にかなっているので。
58 太皇太后藤原多子。右大臣公能の女で、左大臣頼長の養女。近衛・二条の二代の后となった。
59 生まれ育った国。伊豆国。
60 『周易』繫辞上伝篇に「書不レ尽レ言、言不レ尽レ意」とあり、『玉函秘抄』上、『管蠡抄』十・世俗、『明文抄』五・文事部に引かれる。
61 毎日朝から晩まで。
62 所領の半分を取り上げられるというのは、いったいどうしたことか。
63 『後漢書』三十九・劉趙淳于江劉周趙列伝第二十九に、「濁二其源一而望二流清一、曲二其形一而欲二景直一」とあり、『玉函秘抄』中、『明文抄』四・人事部下に引かれる。
64 不明。他本は「家語（かご・けご・けごん）」と解せるものが多く、『孔子家語』を指すか。
65 南葵文庫本「せんそはゆみやとりのいゑなり」。従うべきか。
66 現静岡県静岡市清水区内。
67 吉川・船越・入江は現静岡県静岡市清水区内。蒲原は静岡市内。「おきの」は清水区内の「おきつ（興津）」の誤りか。
68 底本「助ちか」。
69 他本「領所」と解す。底本の表記を尊重し、半分に分けられた「両所」ととる。

所を一人して進退せんと思ふ心、つきにけり。この儀、[70]神慮もはかりがたし。たとへば、さしあたる道理は[71]顕然たりといへども、昔の恩を忘れ、たちまちに悪行を巧む事、[72]いとうが昔をも思ひ、[73]天授が古も尋ぬべきにや。第一叔父なり、第二養父なり、第三舅なり、第四[74]烏帽子親なり、第五に一族中の[75]老者なり。[76]かたがたもつて愚かならず。かやうに思ひ立つ事ぞ恐しき。いかにも思慮あるべきものをや。剰へ領地を奪はん事、不可思議なり。

かかりける事を、祐親かへり聞きて、嫡子[77]河津三郎祐重、二男伊東九郎[78]祐清、その他一門老少呼び集め、用心厳しくしければ、力に及ばず。これや、[79]「富貴にして善をなしやすく、貧賤にして工をなしがたし」とは、今こそ思ひ知られたれ。その後、伊東次郎、この事ありのまま京都へ訴へ申して、ながく[80]祐経を本所へ入れたてずして、[81]年貢所当にをきては、[82]芥子程も残らず横領する間、祐経、身の置き所なくして、又京都に帰り上り、秘かに住まゐぬ。[83]伊東に祐経は悩まされ、本意を忘れ、祐経が妻女取り返し、相模国の住人[84]土肥次郎実平が嫡子弥太郎遠[85]平に合はせけり。国には又、

10 伊東祐親の館にて、源頼朝を囲んで酒宴。

70 神のお心さえどうかと思われる。
71 明かである。
72 太山寺本「はいこう（沛公）」。次の句との対応を考えても従うべきか。沛公は、漢の高祖。
73 提婆達多。釈迦の弟子となったが、のちに背き、師を殺害しようとして失敗した。
74 元服する者に烏帽子を着せる親。
75 長老。
76 いずれにしても、ひととおりでない。
77 曽我兄弟の実父。諸系図、記録類に「祐重」「祐道」「祐泰」等、揺れがある。
78 底本「助清」。諸系図、記録類に「祐清」「祐忠」「祐長」等、揺れがある。
79 『後漢書』二十八・馮衍伝第十八下に、「富貴易レ為レ善、貧賤難レ為レ工」とあり、『世俗諺文全注釈』上に引かれる。
80 底本「助経」。
81 領主に納める米・雑物。
82 けし粒。ごく微細なものの喩え。
83 この一文、途中で主語が転換する。悩まされ、本意を忘れたのは祐経、取り返し、合わせたのは祐親。
84 板東八平氏の一、平宗平の子。足柄郡土肥（現神奈川県足柄下郡真鶴町および湯河原町）に住した。
85 底本「とも平」。他本により改める。

並ぶ[86]者なくぞ見えけり。されども、『功賞[87]なき不義の富は、禍の媒』と、『左伝[88]』に見えたり。されば、行く末いかがとぞおぼえし。

工藤一臈は、なまじゐの事を言ひ出だして、叔父に仲を違はれ、夫妻の別れ、所帯[89]は奪はれ、身を置きかねて、肝[90]を焼きける間、給仕も疎略[91]になりにけり。さればにや、御気色[92]も悪しく、傍輩[93]も側目にかけければ、積鬱[94]絶えがたく思ひ焦がれて、秘かに又本国に下り、大見[95]小藤太、八幡[96]三郎を招き寄せて、泣く泣く囁きけるは、

「各、つぶさに聞け[97]。相伝の所領を横領せらるるだにも安からざるに、結句[98]女房まで取り返されて、土肥弥太郎に合はせらるる事、口惜しきとも余りあり。今は命を捨てて、矢一つ射ばやと思ふなり。あらはれては[99]、せん事かなふまじ。我又、便宜[100]を窺はば、人に見知られて本意を遂げがたし。さればとて止まるべきにもあらず。いかがせん、各さりげなくして、狩漁[101]の所にても、便宜を窺ひ、矢一つ射んにや。もし宿意[102]を遂げんにをきては、重恩、生々世々[103]に報じても余りありぬべし。いかがせん」

とぞ口説き[104]ける。二人の郎等聞き、一同に申しけるは、

「それまでも[105]仰せらるべからず。弓矢を取り、世を渡ると申せども、万死一生[106]は、一期に一度とこそ承れ。されば、古き言葉にも、『破れやすき[107]時は会ひがたくして、しかも失ひやすし』。この仰せこそ、面目[108]にて候へ。是非命にをきては、君に参らする」

86 匹敵する者がいない。
87 『玉函秘抄』上、『管蠡抄』九・廉潔、『明文抄』四・人事部下には『左伝』を出典として「無ㇾ功之賞、不ㇾ義之富、禍之媒也」とある。
88 史書『春秋』の代表的な注釈書の一つ、『春秋左氏伝』。孔子の編纂と伝える。なお、当該句は本書に見えない。
89 領地。
90 やきもきする。腹を立てる。
91 おろそかに。
92 主君のご機嫌も悪く。
93 仲間との関係もよそよそしくしたので。
94 積もり重なった長年の悩み。
95 祐経の家来。大見は現静岡県伊豆市。中伊豆地区に地名が残る。
96 祐経の家来。八幡は現静岡県伊豆市。中伊豆地区の八幡。
97 詳しく聞け。
98 結局。
99 人に知られては、何もすることはできない。
100 よい機会を狙えば。
101 狩猟と魚を捕る漁。
102 かねてよりの望み。
103 現世も来世も永遠に。いつまでも。
104 しきりに説いた。
105 おっしゃるまでもございません。
106 底本「万事」。他本により改める。命を投げ出す、一生に一度の時。
107 『漢書』四十五・蒯通伝に「功者難ㇾ成而易ㇾ破、時者難ㇾ値而易ㇾ失」とあり、『玉函秘抄』中に引かれる。
108 名誉。

とて、各〳〵座敷を立ちければ、頼もしくぞ思ひける。伊東は、いささかこの儀を知らざりけるこそ悲しけれ。 9 10

頼朝、伊東の館にまします事

かくて大見・八幡は、伊東を狙ふべき隙を窺ふ程に、その頃、[1]兵衛佐殿は、伊東の館にましまし〳〵ける所に、相模国の住人[2]大庭平太景信といふ者あり。一門寄り合ひ酒盛しけるが、申しけるは、

「我等は昔、源氏の郎等なり。しかれども、今は平家の御恩をもつて妻子を育むといへども、古の事、忘るべきにあらず。いざや、佐殿の、いつしか[3]流人として、[4]徒然にましますらん。一夜、[5]宿直申して慰め奉りて、後日の奉公に申さん」

「もつともしかるべし」

とて、一門五十余人、出で立ち、[6]人別小筒一つあてにぞ持たせける。これを聞きて、[7]三浦、鎌倉、土肥次郎、岡崎、本間、渋谷、糟屋、松田、土屋、曽我の人々、思ひ思ひに出で立ちける程に、近国の侍聞き伝へ、

「我もいかでか逃るべき。いざや参らん」

とて、相模国には、[8]大庭が舎弟三郎、[9]俣野五郎、[10]さごしの十郎、[11]山内瀧口太郎、同じく三郎、[12]海老名源八、[13]荻野五郎、駿河国には、[14]竹下孫八、[15]合沢弥五郎、[16]吉川、船越、入江の人々、伊豆国には、[17]北条四郎、同じく三郎、[18]天野藤内、[19]狩野工藤五をは

頼朝、伊東の館にまします事

1源頼朝。兵衛佐は、兵衛府の次官。2後（78頁注2）の「懐島平権守景信」と同一人物。正しくは「景義」（景能とも）。大庭は現神奈川県藤沢市内。3頼朝は、平治の乱により永暦元年（一一六〇）三月、伊豆国蛭が小島（現静岡県伊豆の国市）に流罪となった。4することがなく退屈なさま。5貴人のもとに宿泊して仕えること。6「さ、ひ」は小筒で、酒を入れる携帯用の竹筒。酒の入った竹筒を一人一つずつ持たせた。7以下、曽我までは現神奈川県下の地名。岡崎・土屋は平塚市内、本間は厚木市内、渋谷は大和市近辺。糟屋は伊勢原市、松田は足柄上郡松田町、曽我は小田原市内。8大庭三郎景親。9俣野五郎景久。大庭平太景信（景義）、三郎景親の弟。俣野は現神奈川県横浜市戸塚区。10未詳。万法寺本に「さうらの十郎」とあり、佐原十郎義連か。佐原は現神奈川県横須賀市。11山内は現神奈川県鎌倉市内。「瀧口」は蔵人所に属し宮中の警備や雑役にあたった武士。「三郎」は頼朝に仕えた山内首藤経俊に該当するが、のちに「家俊」として登場する。30頁注8参照。その兄「太郎」は俊綱が該当するが、俊綱は平治の乱で源義朝勢としてすでに討死している。12海老名源八季貞。海老名

じめとして、[20]宗徒の人々五百人、伊豆の伊東へぞ参りける。伊東、大きに喜びて、[21]内外の侍一面に取り払ひ、なを狭かりければ、庭に仮屋を打ち出だし、大幕引き、上下二千四五百人の客人を、一日一夜ぞもてなしける。土肥次郎これを見て、

「[22]雑餉は百人二百人まではやすかるべきに、すでに二三千人の客人を、一人に預くる事、[23]無骨なり」

と言ふ。伊東これを聞きて、

「河津と申す小郷を知行せし時にも、[24]いづれの誰にか、劣り候ふべき。ましてや、楠美庄をふさねて賜るものならば、などや面々に[25]引き出物申さであるべき。これ程の事、何かは苦しかるべき」

とて、山海の珍物にて、三日三夜ぞもてなしける。

又、海老名源八が申しけるは、

「かかる寄り合ひに参りぬと、予て存じて候はば、国より[26]勢子の用意して、音に聞こゆる[27]奥野に入り、[28]物頭に馬あひつけ、[29]鏑の遠鳴りさせざるが無念なり」

と言ひければ、伊東これを聞き、

「祐親を人と思ひてこそ、国の人々は打ち寄り両三日は遊び給ふらめ。左右なく座敷にて、勢子の願ひやうこそ[30]心狭けれ。それ〳〵、河津三郎、勢子を[31]催して、鹿射させ申せ」

と言ひけるぞ、伊東の[32]運の極めなる。河津は、もとより[33]穏便の者にて、心の内には[34]殺

は現神奈川県海老名市。13荻野五郎俊重。荻野は現神奈川県厚木市内。14竹下（竹ノ下）は現静岡県駿東郡小山町足柄地区内。15合沢（藍沢）は現静岡県駿東郡小山町および御殿場市他。富士山東麓から箱根山西麓一帯に広がる藍沢原に由来するか。16 17頁注67参照。17北条四郎時政。頼朝の挙兵を助けて鎌倉幕府執権となった。北条は現静岡県伊豆の国市。18天野藤内遠景。天野は現静岡県伊豆の国市内。19狩野工藤五郎親成。狩野は現静岡県伊豆市修善寺地区および天城湯ヶ島地区内。20主だった人々。21内侍と外侍。邸内外の侍の詰め所。22饗応のための飲食物。23具合が悪い。不都合である。24どこの誰に劣るようなことがありましたでしょうか。25贈り物。

26狩場で鳥獣を追い立てる人員。
27 10頁注1参照。
28足軽の組頭たちに馬を引かせて。
29鏑矢を遠く鳴り響かせないのが。鏑は鏃の一種。木または鹿の角で作り、丸く長い形で、中を空洞にし、表面に数個の穴を空けたもの。矢が飛ぶ時に高い音を立てる。
30器量が小さい。
31かり集めて。
32運の尽き。
33穏やかに事を荒立てずにおさめる者。
34生物を殺すこと。五戒の一つ。

生を禁ずる人なりければ、いかにもして、この度の狩を申し止めなば、よかるべしと思へども、多き侍の中にて、親の申す事なれば[35]力及ばで、「[36]あつ」と答へ座敷を立ち、[37]我と勢子をぞ催しける。

「幼き者は、馬に乗りて出でよ。大人は、弓矢を持て」

と触れければ、楠美庄広くして、老若三千四五百人ぞ出でたりける。彼等を先として、三箇国の人々、我も我もと打ち出でたり。伊東・河津が妻女、数の女房引き連れて、南の中門に立ち出でて、打ち出でける人々を見送りける。中にも、河津三郎は、余の人にも紛はず、[38]器量骨柄優れたり。

「[39]このうちの大将と言ひたりとも悪しからじ。子ながらも、[40]優に見ゆるものかな。頼もし」

と宣ひければ、河津が女房、これを聞き、

「[41]弓矢取りの物出での姿、女見送る事、詮なし。内に入らせ給へ」

と言ひければ、げにもとて、各内にぞ入りにける。神無月十日余りに、伊豆の奥野へ入りにけり。

大見・八幡が伊東を狙ひし事

ここに、[1]祐経が二人の郎等、大見・八幡は是を聞き、

「かやうの所こそよき便宜なれ。いざや、我等、[2]便りを狙はん」

---

35 しかたなく。やむを得ず。
36 人に答える時に発する言葉。
37 自分で。
38 力量と品位。
39 伊東祐親の妻の発言。
40 すぐれて。
41 武士の出立。

大見・八幡が伊東を狙ひし事
1 底本「助経」。
2 よい機会。便宜。

3 柿渋を引いた布の直垂。身分の低い物が着用した。「直垂」は、方領・闕腋の肩衣に袖をつけた衣服。袴と合わせて着用する。元来は庶民の労働着であったものが、平安末期から武士の日常着となり、水干にならって鰭袖・袖括・菊綴が加えられ、鎌倉時代には幕府出仕の公服となり、室町時代には公家も私服とした。
4 狩猟に用いる矢。合戦に用いる征矢に比べ簡素に仕立てる。
5 竹で作った箙。矢を入れて背負う道具。
6 削ったままの白い弓。
7 伊東から大見へ通う道筋にある峠。以下の地名もみな奥野の周辺で現静岡県伊東市内か。荻や赤沢は、伊東市内にその地名が残る。
8 一族とその従者。

杵臼・程嬰が事

1 この話は真名本にはない。この話は『史記』四十三・趙世家第十三から出て、『太平記』十八・程嬰杵臼事に引かれる。「杵臼・程嬰」は、ともに春秋時代晋の人。
2 中国をいう。
3 『史記』に登場する「趙朔」にあたる。『太平記』に「智伯」。

と、各〳〵[3]柿の直垂に、[4]鹿矢さげたる[5]竹箙取りて付け、[6]白木の弓の射よげなるをうち担げ、勢子にかき紛れ、狙ふ所はどこ〳〵ぞ。一日は[7]柏峠、熊倉谷、二日は荻窪、椎沢、三日は長倉渡、朽木沢、赤沢峰を初めとして、七日が間、つきめぐりてぞ狙ひける。然れども、伊東は国一番の大名にて、[8]家の子郎等多かりければ、たやすく討つべきやうぞなかりける。この者共が、心を尽くしける有様、たとへて言ふべきかたぞなき。11 12

[1]杵臼・程嬰が事

さても、この二人の者共、仁義を重んじ忠功を励まし、心を尽くし狙ふ事を思ふに、昔、[2]大国に、[3]孝明王といふ

12 程嬰の軍勢、杵臼と謀って、我が子きくわくと杵臼を包囲する。

11 河津三郎、母や妻（兄弟の母）に見送られて奥野の狩へ出発。

国王あり。[4]並びの王と国を争ひ、軍をし給ふ事、度々なり。しかるに、孝明王、戦ひ負けて、自害に及ばんとする時に、杵臼・程嬰とて、二人の臣下あり。彼等を近付けて、

「汝等、さだめて我とともに自害せんとぞ思ふらん。これ、まことに[5]順路逃る所なし。さりながら、我に一人の太子、[6]屠岸賈といひて十一歳になるを、故郷に留め置きたり。我自害の後、[7]雑兵の手にかかりて、命を空しくせん事、口惜しければ、汝等、いかにもして逃れ出でて、かの子を育み育て、敵を滅ぼし、無念を散ぜよ」

と宣ひければ、二人の臣下、[8]異議に及ばずして、囲み内を忍び出でけり。孝明王、心安くして、自害し給ひけり。さて、二人の臣下、故宮に帰り、太子を誘ひ出だして、養育しけるぞ[9]無慙なる。かくて、敵の大王、これを聞き伝へ、

「末の世には、我が敵なり。かの太子、同じく二人の臣下共の首を取りて来たらん者には、[10]勲功は所望によるべし」

と、国々に[11]宣旨を下されけり。この宣旨に従つて、かの人々に心をかけ、いかにもして怪しみ求めんと思はぬ者はなかりけり。[12]然れども、[13]一所の住まゐかなはで、或ひは遠き里に交はり、深き山に籠もりて、身を隠すといへども、所なくして、二人寄り合ひ、いかがせんとぞ歎きける。程嬰申しけるは、

「我等が君を養じ奉るに、敵強くして、国中に隠れがたし。されば、我等二人がうち、一人、敵の王に出で、仕へんと言はん時、さる者とて、心を許す事あらじ。時に我が子、[14]きくはくといひて、十一歳になる子を一人持ちたり。幸ひ我が君と同年なり。これを太子と号して、二人が中、一人は山に籠もり、一人は討手に来たり、主従二人を討ち、首を取り、敵の王に捧げなば、いかでか心許さ

4 隣国の王。『史記』によると「屠岸賈」。『太平記』では「趙盾」と「智伯」の争いとする。
5 正しい筋道。まっとうな考え。
6 『史記』によると「趙武」であり、「屠岸賈」は趙武の父「趙朔」を殺害した逆臣の名。
7 身分の低い兵卒。
8 異論を言わず。同意して。
9 ふびんである。
10 恩賞は望みどおりにしよう。
11 天皇の命令をのべ伝える公文書。
12 古活字本同。彰考館本「しかれば」。従うべきか。
13 一つ所に住むことができないので。
14 漢字不明。

15 忍耐する性質。

16 無益に死ぬこと。

17 いつまでもそばにいることはできない。

18 あの世（未来の世）で時を同じくして生まれよう。

19 すっかり聞き終わらないうちに。

20 けなげに言ったものだな。

ざるべき。その時、敵をやす〳〵と討ち取るべし」

と言ひければ、杵臼申しけるは、

「命長らへて、後に事をなすべき[15]堪への性は、遠くして難し。今、太子と同じく死せん事は近くして易し。しかれば、杵臼は堪への性少なき者なり。易きにつき、我まづ死ぬべし。程嬰は、敵方に出でん事を急ぎ給へ」

とぞ申しける。その後、程嬰、我が子のきくはくを近付けて、

「いかに汝、詳しく聞け。我等は主君の太子、隠し奉らんとせし故、我々、汝等までも、敵に捕はれて、[16]犬死にをせん事疑ひなし。しかれば、汝を太子と偽り奉りて、首を取るべし。恨むる事なくして御命に代はり奉りて、君を安全ならしめよ。親なればとて、[17]添ひ果つべきにもあらず。[18]来世にて生まれ会ふべし」

と申しければ、きくはく、[19]聞きもあへず涙を流して、しばし返事もせざりけり。父、この色を見て、

「未練なり。汝、はや十歳に余るぞかし。弓矢取る者の子は、胎の内よりも、物の心は知るぞかし」

と諌めければ、きくはく、この言葉を聞き、言ひけるは、

「我が命、惜しきにより泣くにはあらず。誠に、それがしが命一つにて、君と父との孝行に捧げ申さん事、露塵程も惜しからざるものをや。歎きの中の喜びなり」

と言ひもあへず、涙に咽びけり。父、是を聞き、子ながらも[20]優に遣ひたる言葉かな、未だ幼き者ぞかし、誠に我が子なり、成人の後、さぞと思ひければ、惜ししといふも余りあり。我心弱きと見えなば、もし未練にもやなりなんと思ひければ、流るる涙を押しとどめ、

「弓矢の家に生まれて、君のために命を捨つる事、汝一人にも限らず。最期未練にては、君の御ため、父がため、[21]なかなか見苦しとて、一[22]命を損ずべきなり」

と言ひければ、きくはく、涙を抑へて、

「かほどに深く思ひ定めて候へば、いかでか愚かなるべき。心安く思し召せ。さりながら、さしあたる父母の御別れ、いかでか惜しからで候ふべき。最期にをきては、思ひ定めて候ふ」

と申しければ、父、心安くぞ思ひける。さて又、二人寄り合ひ内談するやう、

「今、君の御ために討たるべき命は易く、残り留まりて敵を討ちて、太子を世に立て申さん事、[23]重きが上の大事なり。いかがせん。長らへ功をなす事、[24]堪忍性なくしては成しがたし。我、まづ死なん」

とて、杵臼は、十一歳のきくはくを連れて山に籠もり、討手を待ちける心の内、無慙といふも余りあり。

その後、程嬰は敵の王のあたりに行き、

「召し使はれん」

と申す。敵王聞き、この者、身を捨て[25]面を汚し、我に仕ふべき臣下にあらず、さりながら、世変はり時移れば、[26]さもやと思ひ、傍らに許し置くといへども、猶害心に恐れて許す心なかりけり。[27]言ひ合はせたる事なれば、

「我今、君王に仕へて二[28]心なし。疑ひ理なれども、[29]世界を狭められ、恥辱にかへて助かるなり。[30]なをし、用ひ給はずは、主君の太子、臣下の杵臼諸共に、隠れ居たる所を詳しく知れり。討手を賜つて向かひ、彼等を討ち、首を取りて見せ参らせん」

と言ふ。その時、国王、[31]和睦の心をなし、数千人の兵を差し添へ、彼等が隠れ居たる山へ押し寄せ、四

21 かえって。むしろ。
22 底本「ぞんず」とするが、彰考館本「そんず」、古活字本「そんにす」とすることから「損ず」とする。一命をむだにすることになるだろう。
23 重大の上にも重大なことである。
24 忍耐する性質。堪えの性。
25 面目を失い。名著を傷つけ。
26 そうであるかもしれない。
27 前もって約束しておいたこと。
28 裏切ろうとする心。
29 住む範囲。
30 それでもやはり。「なほ」を強めた言い方。
31 仲直りの気持ち。

方を囲み、関[32]の声をぞ上げたりける。杵臼は、思ひ設[33]けたる事なれば、静まりかへりて音もせず。程嬰、進み出でて申しけるは、

「孝明王の太子屠岸賈やましまず。程嬰、討手に参りたり。雑兵の手にかかり給はんより、急ぎ自害し給へ。逃れ給ふべきにあらず」

と申しければ、杵臼立ち出で、

「我が君のまします事、隠し申すべきにあらず。待ち給へ。御自害あるべし。去りながら、今日の大将軍の程嬰は、昨日までは、まさしき[34]相伝の臣下ぞかし。一旦[35]の依怙に住すとも、終には天罰[36]降り来たり、遠からざるに、失[37]せなん果てを見ばや」

とぞ申しける。程嬰、是を聞き、

「時世[38]に従ふ習ひ、昔はさもこそ[39]ありつらめ、今又変はる折節なり。さればにや、君も、御運尽き果て、命[40]もつづまり給ふぞかし。いたづら事にかかはりて命を失ひ給はんより、甲を脱ぎ弓の弦をはづし、降参し給へ。古の情けをもつて助くべし」

とぞ言ひける。十一歳のきくはく、討手は父よと知りながら、かねて定めし事なれば、父[41]

32 開戦時にあたって発する叫び声。
33 予期していたこと。
34 まぎれもなく。
35 一時は敵を頼りにして過ごしても。「依怙」は頼ること。
36 悪事の報いとして天が下すという罰。
37 死に失せるその結末を見たいものだ。
38 ときよ。時代の趨勢。
39 そうであったかもしれないが。
40 命も短くおなりになったのだぞ。
41 父祖より代々伝わってきた剣。

13 きくわくと杵臼、程嬰の前で自刃。

重代の剣を横たへ、高き所に走り上がり、

「いかに人々、聞き給へ。孝明王の太子として、臣下の手にかかるべき事にもあらず。又、臣下心替はりも恨むべきにもあらず。ただ前業[42]こそ拙けれ。去りながら、その家久しき郎等ぞかし。程嬰、出で給へ。日頃[43]のよしみに、今一度見参せん」

と言ふ。程嬰は、我が子の振る舞ひを見て、心安く思へども、忍び[44]の涙ぞ進みける。兵怪しくや見るらんと、落つる涙を押し止め、

「人々、是を聞き給へ。国王の太子とて、優に遣ひたる言葉かな。かうこそありたけれ」

と言ひけるが、さすが恩愛[45]の別れ、つつみかねたる[46]涙の袖、絞りもあへず、よその[47]哀れを催しつつ、あひ従ふ兵は、さしあたる道理なれば、ともに感ぜぬはなかりけり。その後、太子、高声[48]に曰く、

「我は、孝明王の太子、生年十一歳。父一所に迎へ給へ」

と言ひも果てず、剣を抜き、貫かれてぞ伏しぬ。杵臼、同じく立ち寄りて、

「健気にも、御自害候ふものかな。それがしも、やがて追ひつき奉らん」

とて、腹十文字にかき破り、太子の死骸に転びかかりて伏しにける有様、見るに言葉も及ばれず、無慙な

14 程嬰、きくわくと杵臼の墓前で自刃。

42 前世で行った善悪の業因。
43 ふだん親しかった縁で。
44 ひそかに涙がこぼれた。
45 親しい親子の別れ。
46 隠しきれない。
47 他人にまで哀れと思わせて。
48 声を張り上げて。

・りし例なり。13 14 さて、二人が首を取りて、国王に捧ぐ。[49]叡覧ありて、[50]喜悦の眉を開き給ふ。今は疑ふ所なく、程嬰に心を許し、一の大臣にそなへ給ふこそ、御運の極めとぞおぼえける。さても程嬰は、[51]隙を窺ひて、敵の国王を討つて、すみやかに主君の屠岸賈を世に立て、二度国王にそなへしかば、もとのごとく程嬰をさう[52]臣に立てらるるによつて、杵臼、きくはくのために、[53]追善その数を知らず。三年に、国悉く静まり終はりて後、程嬰、君に暇を乞ひて曰く、

「我、杵臼に[54]契約して、[55]命を君に奉る事、遅速を争ひしなり。[56]御位これまでなり。今は思ひ置く事なければ、[57]杵臼が草の蔭にての心も恥づかし。自害仕らん」

と申す。帝王、大きに歎きて、これを許す事なし。されども、隙を計らひ忍び出でて、[58]杵臼が塚の前に行き、

「君の御位は思ふままなり。いかに嬉しく思ひ給ふらん。我又かくのごとし。古の契約忘れず」

と言ひて、腹かき切り失せにけり。哀れなりし例なり。されば、大見・八幡が、主のために命を軽んじて、伊東を狙ひし心ざし、これには過ぎじとぞおぼえける。

奥野の狩座の事

さても、両三箇国の人々は、各奥野に入り、方々より勢子を入れて、[1]野干を狩りける程に、七日がうちに、[2]猪六百、鹿千頭、熊三十七、鼯三百、その他、雉子、山鳥、猿、兎、貉、狐、狸、[3]豺、[4]大かめの類に至るまで、以上その数二千七百余りぞ[5]留められける。今は、さのみ野干を滅ぼして何にかはせんとて、各[6]柏峠にぞ

49 天子・大王が御覧になること。
50 喜びの色を浮かべて。
51 機会。
52 太山寺本「ひだり(左)の大臣」、彰考館本「左大臣」。従うべきか。
53 死者の冥福を祈って仏事を営むこと。
54 約束。
55 どちらが早く主君のために命を捨てるかを競い合った。
56 御位は、これまでに定まった。
57 杵臼があの世で思うことにも、きまりが悪い。
58 杵臼の墓。

奥野の狩座の事

1 狐の異名であるが、ここではひろく野獣をさすか。
2 その肉を食用とする獣の総称。特に猪や鹿を指す場合、「ゐのしし」「かのしし」という。
3 山犬。
4 狼。
5 うちとめられた。
6 23頁注7参照。

上がりける。この程の[7]雑餉は、伊東一人して暇なかりければ、

「持たせたる酒、人々の見参に入れざるこそ[8]本意なけれ。いざや、[9]山陣を取りて、頼朝に、[10]今一献勧め奉らん」

「しかるべし」

とて、宗徒の人々五百余人、峠に下り居つゝ、用意をこそはせられけれ。

同じく酒盛の事

さる程に、柏峠に各〱打ち上がりければ、[1]土肥次郎が申しけるは、

「今日の御酒盛は、かねて座敷の御定めあるべし。若き方々の御[2]違乱もや候ふべき」。
[3]大庭平太はこれを聞き、
「これは[4]芝居の座敷、誰を上下と定むべき。年寄らふ人の盃は、[5]海老名殿より始め、[6]若殿原は、[7]瀧口殿より始めよ。この人は何方にぞ」

と申しければ、[8]弟の三郎聞き、

「兄にて候ふ者は、[9]熊倉の北の脇に、鹿の候ひつるを目にかけ、深入りして未だ見えず候へ。家俊こそ参りて候へ」。
[10]土屋が申しけるは、
「三郎殿こそ瀧口殿よ。兄弟の中に、[11]誰をか分きて隔つべき。その盃、三郎殿よ

7 21頁注22参照。
8 残念である。
9 山中に陣営を構えて。
10 酒杯とともに出す肴の膳部。一献ごとに三杯以上、杯を重ねる。

同じく酒盛の事

1 18頁注84参照。
2 秩序が乱れること。
3 20頁注2参照。
4 芝生の上に席を設けて座ること。
5 海老名源八季貞。20頁注12参照。
6 若い侍たち。
7 山内瀧口太郎。20頁注11参照。真名本では、瀧口三郎経俊が熊を深追いして遅参したとする。仮名本は、太郎綱俊と三郎経俊を混同しているか。
8 山内三郎。この後「家俊」と名乗っている。
9 23頁注7参照。
10 太山寺本「土屋三郎」。土屋は20頁注7参照。
11 分け隔てしなくてもよい。

り始めよ」

と言ふ時、大庭聞き、

「瀧口殿は、年こそ若けれども、さる人ぞかし。今来たると言ふを、少しの間待たぬか。[12]左右なく肴荒らすな」

とて、奥野の山口の方へ迎ひをやり、瀧口遅しと待つ所に、瀧口は、熊倉の北の脇を過ぐるに、[13]埒の外に熊の大なるを見つけて、元の茂みへ入れじと、平野に追ひ下す所に、瀧口、大なる[14]伏木に馬を乗りかけ、真つ逆様に[15]馳せ倒す。馬をかへり見ず、弓のも[16]とを、[17]左右の鐙に乗りかかり、草隠れに、[18]矢ごろ少し延びたりけるを、[19]三人張りに[20]十三束の[21]大鏑矢番ひ、拳上に引きかけ、[22]ひやうど放つ。遠鳴りして、右の[23]折骨二つ三つ、[24]はらりと射ければ、鏑は割れてさつと散りければ、鏃は岩にがしと当たる。熊は[25]手を負ひ、瀧口に[26]猛りてかかる。勢子の者共これを見て、四方へばつとぞ逃げたりける。瀧口、二の矢を番ひ、絞り返して、[27]月の輪を外さじと、[28]胆をかけて射ければ、熊は少しも動かず、矢二つにて[29]止まりけり。

⑮ 奥野の狩場での酒宴。

12 みだりに肴に手をつけるな。
13 囲ってある柵の外。
14 倒れた木。
15 走らせ転ばせる。
16 太山寺本「を(起)こし」。
17 鞍の両脇に提げ、乗り手の足を踏みかける馬具。ただしここでは馬は倒れているので、太山寺本「めて(馬手)のあぶみ(鐙)にお(降)りた(立)つて」などのほうが妥当か。
18 矢を射るのに都合のよい距離。
19 三人がかりで弦を張るほどの強い弓。二人が押し曲げ、一人が弦を掛ける。
20 一束は、親指を除く四本の指の幅をいう。
21 大きな鏑矢。21頁注29参照。
22 矢を射る時の音。
23 肋骨。
24 滞ることなく射貫くさま。
25 手傷を負い。
26 荒々しく吠えてかかってくる。
27 熊の喉元にある半月形の白毛。
28 胆嚢。きも。
29 仕留めた。

その後、勢子の者共呼び寄せ、熊を舁[30]かせて、人々の下り居たる峠に打ち登り、急ぎ馬より下り、

「肴尋ね候ふとて、深入り・仕り、[31]遅参申すなり。御免候へ」

と言ひて、笠をも脱がず、[32]靫をも解かず、[33]行縢はきながら、[34]弓杖つきて立ちたり。[35]吉川三郎、[36]俣野に[37]居組みてありけるが、これを見て、

「瀧口殿は、[38]聞きしより、見ましておぼゆる者かな。あつぱれ、男かな」

と褒めければ、座敷に[39]居煩ひたり。まことに[40]気色顔にて、[41]何事がな力業して、なを褒められんと思へども、芝居の事なれば、かなはでありけるを、弟の瀧口三郎、[42]船越十郎が居たりける間に、[43]青めなる石の、高さ三尺ばかりなるを、寄りて持たばやと思ひければ、するすると歩みけるを見て、弟の家俊、立たむとす。膝を押さへて、はたと睨みて、

「[44]弓矢の座敷を[45]片去るとは、我が居たる家を出でて、他所に居わたり、その家に人を置くをこそ、座敷片去るとは言へ。是ここなる石の、二人が間にありて、[46]つまり

16 奥野の狩場での酒宴。次郎貝を盃として飲みくらべ。

30 担がせて。
31 遅れて参りました。
32 矢を入れて背に負う道具。
33 狩りや騎馬の時に着用する、腰から足のあたりを覆う毛皮。
34 弓を杖のようについて。
35 古活字本「吉川四郎」。17頁注67参照。
36 俣野五郎景久。20頁注9参照。
37 膝をつき合わせて座るさま。
38 聞いていた評判よりも、実際はもっと優れた人物であるな。
39 いづらく思っていた。
40 得意顔。
41 なんでもよいから力を示せることをやって。
42 17頁注67参照。
43 青みがかった石。
44 典拠不明。太山寺本にこの引用なし。彰考館本は「ゆみとりのざしき」とする。武門の座敷の意か。
45 片側に寄る。傍らに避ける。
46 ふさがるさま。

やうの憎さにこそ」
と言ひて、右の手をさしのべて後ろざまへ押しければ、大石が押されて、谷へどうど落ち
行く。海老名源八が、これを見て、
「[47]東八箇国の中に、男子持ちたらん人は、瀧口殿をよき[48]物あやかりにせよ。器量
といひ、弓矢取りては、[49]樊噲・張良なり。あつぱれ、侍や」
と褒められ、いよいよ[50]気色を増し、[51]老ひの末座敷より進み出で、申しけるは、
「ただ今の盃も、さる事にて候へども、あまりに[52]もどかしくおぼえ候ふ。大きなる
盃をもつて、一つづつ御まはし候へかし」
と申しければ、
「瀧口殿の仰せこそおもしろけれ」
とて、15 16伊東の次郎貝といふ貝を取り出だし、この貝は、日本一二番の貝とて、院へ
参らせたりしを、公家には貝を御用ひなき事なれば、武家に下さるる。太郎貝をば[53]秩父
に下さる。[54]提子五つぞ入りける。次郎貝をば[55]三郎に下さる。[56]新介賜つて、土肥次郎に取
らする。[57]殿上を許されたる器物とて、秘蔵して持ちけるを、折節、[58]河津三郎、土肥が
聟になりて来たりしを、引き出物にしたりけり。内は[59]己なりにして、外は[60]梨子地に蒔き
て、[61]磯なりにめをさしたり。提子三つぞ入りける。これを取り出だし、瀧口がもとより始
めて、二度づつぞまはしける。五百余人の持ちたる酒なれば、酒に不足はなかりけり。後
には、乱舞して、踊り跳ねてぞ遊びける。海老名源八、盃控へて申しけるは、

47 相模・武蔵・安房・上総・下総・常陸・上野・下野の関東八ヶ国。
48 瀧口殿のようになるように。
49 ともに漢の高祖の功臣。武勇の名がある。
50 得意になり。
51 年寄り側の末座に出てきて。
52 おそくて、はがゆく。
53 秩父庄司畠山重能か。
54 酒などを注ぐ銚子の一種。
55 万法寺本「みうら」。三浦介義明か。
56 義明の子義澄か。
57 清涼殿・紫宸殿への昇殿を許された。
58 底本「二郎」。他本により改める。
59 自然のままで。
60 蒔絵の一種。金銀の粉を用いて、梨の果皮のような感じにしたもの。
61 未詳。磯のような模様をつけたものか。

「これは、めでたき世の中を、夢[62]現とも定めがたく、昔語りにならん事こそ悲しけれ。[63]老少不定といひながら、若きは頼みあるものを。若殿原のやうに、舞ひ歌はんと思へども、膝ふるひ、声もたたず。[64]りうせきが塚より出でて、[65]はんらうが茫然とせしやうに、[66]酒盛れや、殿原。あはれ、若くありし時は、これ程の盃、二三十飲みしかども、座敷に伏す程の事はあらねども、[67]老ひの極めやらん、腰膝の立たざるこそ悲しけれ。ひとへに[68]白居易が昔も、かくや老ひにけん。今更思ひ出でられて、哀れにこそはおぼえけれ」。

同じく相撲の事

「[1]さる程に古を思ふに、[2]秀貞が若盛りには、[3]鷹狩、[4]川狩の帰り足には、力業、相撲がけこそおもしろけれ。若き人々、相撲取り給へ。見て遊ばん。[5]見物には上やあるべき」

と言ひければ、伊豆国の住人、[6]三島入道将監、[7]居丈高になりて、

「石転ばかしの瀧口殿と[8]合沢弥五郎殿、出でて取り給へ。これこそ[9]相頃の力と聞け。さもあらば、入道出でて[10]行司に立たん」

と言ふ。瀧口聞きて、

「[11]坂東八箇国に、強き者はなきか。か程の小男を相手に[12]指さるるは。馬の上、[13]歩行立ちなりとも、脇挟み、畳むに[14]働かさじ」

---

62 底本「夢」なし。他本により補う。夢と現実との区別がつかない状態。
63 老人が早く死に、若者が長く生きるとは限らない。人の命数は定まっていないこと。
64 『博物誌』十に見える「劉玄石」か。劉玄石は、千日の酒に酔って数年後の墓の中で醒めたという。
65 『晋書』劉怜伝に見える「伯倫」か。伯倫は、妻に諫められても、なお酒に酔ったという。
66 酒を飲めや。
67 老の果て。
68 唐の詩人白楽天。

同じく相撲の事

1 海老名源八のことばが続く。
2 正しくは「季貞」。20頁注12参照。
3 鷹を使って鳥獣を捕らせること。
4 川で魚を捕ること。
5 相撲にまさる見物はあるまい。
6 三島は現静岡県三島市。「将監」は近衛府の判官。
7 ぐっと上半身を伸ばして相手を威圧するさま。
8 20頁注15参照。
9 同じほど。
10 勝負の判定をする役。
11 関東八ヶ国。東八ヶ国。33頁注47参照。
12 指名される。
13 徒歩。
14 少しも動かすまい。

と言ひければ、弥五郎聞きて、

「伊豆、駿河、武蔵、相模に、強き者はなきか。瀧口が背と力を羨むは、下臈[15]の好む所にこそ。器量によりて荷をば持て。侍は、背小さく、力は弱けれども、鎧一領肩に引つ掛け、弓押し張り矢かき負ひ、よき馬に打ち乗りて戦場に駆け出でて、思ふ敵にひつ組みて、両馬が間に落ち重なり、肝勝り[16]て、腰の刀を抜き、下に伏しながら、大の男をひつかけ、草摺[17]を畳み上げ、急所を隙なく刺して跳ね返し、押さへて首を取る時は、大の男も物ならず」

と、嘲笑ひ[18]てぞ申しける。瀧口、堪ら[19]ぬ男にて、

「首を取るか、取らるるか、力は外にもあらばこそ[20]。いざや、老ひの御肴に、力くらべの腕相撲、一番取らん」

と言ふままに、座敷を立ち、直垂を脱ぎ、

「何程の事の候ふべき。しや[21]肋骨二三枚、掴み破りて捨つべきものを」

とて、つつと出でけり。弥五郎も、

「心得たり。ものものしや。力拳の堪へん程は、命こそ限りよ」

と言ひ、座敷を立つ。一座の人々これを見て、あはや事こそ出で来ぬと見る程に、近くありける合沢申すやう、

「あまり早し、瀧口殿。相撲は、まづ小童[22]、冠者原に取らせて、取り上げ[23]たるこそおもしろけれ。大人気なし、瀧口殿。止まり給へ」

15 身分の低い人。
16 気力が優れて。
17 鎧の胴の下に垂れ、下半身を防御するもの。
18 高笑いをして。
19 我慢することができない男。
20 あるものか。
21 そいつの肋骨。「しや」は相手をののしって言う人称代名詞。
22 子どもや、若者ども。
23 だんだん上の者がとるようにするのが面白いのだ。

と引き据へたり。[24]吉川、これを見て、

「弥五郎殿も、まづ抑へよ。合沢が弟の弥七郎に[25]出でよ」

と言ふ。少し辞退に及びしを、船越、引き立てて、[26]手綱取り替へ出だしけり。年におきては十五なり。姿を物に喩ふれば、まだ声若き鶯の、谷より出づるもかくやらん。

「誰をか相手に指すべき」

と、座敷をきつと見まはしければ、

「瀧口が弟の三郎、出でよ」

と言ふ、[27]言葉の下より出でにけり。年にをきては十八なり。いづれも相撲は上手なれば、各差し寄りて、[28]褄取したる有様は、春待ちかねて咲く梅(むめ)の、雪を含めるごとくなり。[29]我人、力は知らねども、雲吹き立つる山風の、松と桜に音立てて、鳥も驚く梢かと、諸人目をこそさましけれ。弥七は力劣りなれども、[30]手合は増してぞ見えにける。三郎は力は勝りてありければ、組まんとのみにて、[31]差しつめ結べば捨てて抜け、投ぐれば駆けてまはりしは、[32]桃花の節会の鶏の、心を砕き羽を番ひ、勝負を争ふ鶏合も、これには過ぎじとぞ見えたりける。老若、座敷に堪へかね、

「あつぱれ、憂き世の見事や」[33]

と、上下しばらくの[34]のめきて、東西さらに静まらず。されども、弥七は、[35]地下がりへ押しかけられ、[36]とどろ走りて、[37]そ首を突かれ、つゐに弥七ぞ負けたりける。兄の弥六、つつと出で、三郎をはたと蹴て、あふのきざまに打ち倒す。瀧口、無念に思ひつつ、弟の三郎

24 17頁注67参照。
25 「に」は不要か。あるいは「殿」などがよいか。
26 ふんどしの異名。
27 言い終わるとすぐに。
28 着物の両褄を手に取る様子。
29 自分も相手も。
30 技。腕まえ。
31 近寄って組み合うと。
32 三月三日の桃の節句に、「闘鶏(とりあはせ)」といって鶏を蹴あわせる遊戯が行われた。
33 見るべきもの。見てすばらしいと思うもの。
34 声高く騒いで。
35 地面の低い所へ。
36 勢いあまって前にのめる。
37 首をののしって言うことば。

が未だ起きざる先に踊り出で、大力なりければ、弥六は、手にも堪らず負けにけり。兄の弥五郎、弟二人負かして、安からずに思ひ、袴[38]の腰、解くを遅しと引き切り、手綱二筋ゑり合はせ[39]、強く[40]おさめ、走り出で、近々と差し合ひ、力引きて見ければ、大の男が踏み張りて、少しも動かされず。一定[41]我も負けぬべし、まことや、相撲は力に寄らず、手だに勝れば、汀優り[42]の相手をも打つものをと思ひ出だして、合沢、右の拳を握り固め、瀧口が鬢[43]のはづれ切れ[44]て退けと打ちければ、瀧口打たれて、左右の拳を打ち返す。その後、負けじ劣らじと手を放ち、張り合ひける。今は、相撲は取らで、ひとへに当座[45]の口論とぞ見えける。両方、さへん[46]とする所に、弥五郎、隙なくつつと入り、瀧口が小股[47]をかいて、鼻白[48]に押し据へたり。勢ひたる瀧口、あへなく負けしかば、しばらく相撲ぞなかりける。弥五郎は、広言[49]しつる瀧口に勝ちて、百千番の負けも物ならず、これに勝つこそ嬉しけれ、何者なりともと思ふ所に、葛山[50]又七出でて、手にも堪らず[51]負けて後、究竟[52]の相撲五番まで、勝ちて立ちたる有様は、勢ひ余りてぞ見えける。ここに、相模国の住人、柳下[53]小

17 奥野の狩場での酒宴の余興に、相撲が始まる。

38 袴の腰あたりで結ぶ紐。
39 より合わせ。
40 しっかりと体に添わせて。
41 間違いなく。きっと。
42 際だって優ること。
43 側頭部、耳の上方の髪。
44 切れて失せよと。
45 その場の口争い。
46 さえぎろう。防ごう。
47 股をかついで。
48 鼻白むように。気後れするように。
49 自信たっぷりに言うこと。
50 葛山は現静岡県裾野市内。
51 思うような相撲も取らせてもらえず簡単に負ける。
52 極めて優れた。卓越した。
53 柳下は現神奈川県小田原市鴨宮。

六郎出でて、合沢弥五郎を初めとして、よき相撲六番勝つ。駿河国の住人、[54]竹下孫八出でて、小六郎を初めとして、よき相撲九番打つて入らんとする所に、大庭が舎弟、[55]俣野五郎出でて、孫八をはじめとして、よき相撲十番勝ちければ、出でて取らんと言ふ者なし。

駿河国[56]高橋忠六、

「いざや取らん」

と言ふ。側にありける海老名秀貞、

「これこそ俣野五郎よ。道理にて[57]打ちけるぞや」。

景久聞きて、

「相撲が絶えてなからんにこそ」

と言ひければ、[58]平太、

「俣野も手一つ、我も手一つ。[59]臆してばし負けけるか。[60]彼体の相撲をば十人ばかり、[61]もと一つかみに思ひ、[62]着る物を脱ぎ置き、手綱かきまふけ、負くれば乗り越え、移れば入れ替へ、[17] [18]息をも継がせず、隙をもあらせず、攻め倒せ」

[18] 次々と打ち負かす俣野五郎（奥右）。

54 20頁注14参照。
55 俣野五郎景久。20頁注9参照。
56 17頁注66参照。
57 古活字本同。彰考館本・万法寺本「かちけるぞや」。勝ったのも道理だの意。
58 古活字本等、「土屋平太」とする。土屋は20頁注7参照。
59 気後れでもして。「ばし」は副助詞「は」に強意の助詞「し」がついたもの。
60 俣野のような相撲取りに対しては。
61 十一行古活字本同。他本「もと」なし。文意不明瞭だが、「十人がかりで」という意か。
62 服を脱ぎ、裸になってふんどしをつけて準備して。

「この儀おもしろし」

とて、十人ばかり並居て、負くればつと出で、移れば跳ね越え攻めけれども、究竟の上手の大力なれば、続けて二十一番勝ちけり。その時、[63]土肥次郎実平、座敷を立ち、[64]端紅に日を出だしたる扇を開きて、俣野をしばし扇ぎて、

「よき御相撲かな。あつぱれ、実平が年、十五も若くは、出でて取らばや」

と言ふ。俣野聞きて、

「何かは苦しかるべき。出で給へ。一番取らん。相撲は年により候はず」

と言ひければ、土肥は、なまじゐに言葉をかけて、[65]おめ〱と言はれて、取るより他の事はなし。伊東は、三浦に親しく、河津は、土肥が聟なり。土肥が今日の恥辱は、この一門に離れじと思へば、伊東次郎が嫡子河津三郎祐重をば、父伊東より、[66]人重く思ひければ、[67]無二無三の遊びなれども、出でて取れと言ふ人もなし。老ひの末座にありけるが、座敷を立ちて、舅の土肥次郎に囁きけるは、

「今日の御酒盛には、老若の嫌ひなく候ふに、[68]などや『祐重一番』とも承り候はず。空しく帰り候はば、若き者の[69]老ひすげしたるに似て候ふ。御計らひ候へ。一番」

と言ひければ、実平聞きて、俣野が言葉の苦々しさにぞ取らんと言ふらん、さりながら、聟を負かしては面目なしとや思ひけん、返事にも及ばで、[70]赤面してぞ居たりける。父伊東、これを聞き、子ながらも力は強きものを、取らせてみばやと思ひけれども、ためらふ折節、この言葉を聞き、

63 18頁注84参照。
64 へりを紅色に染めて中央に日の丸を描いた扇。
65 相手の勢いに押されて意気地がなくなってしまうさま。古活字本「おの〱」、太山寺本「にく〱(憎々)」。
66 父の伊東祐親より、人々は河津を重んじた。
67 ただひたすらに遊びではあるが。
68 どういうわけか、私に相撲を一番取れと仰ってくださいません。
69 老人じみているさま。
70 顔を赤らめ恥じ入るさま。

[71]よくぞ申した。感心だ。
[72]底本「つねの事ぞかし。てすまふの」。他本により改めた。底本は「う」を「か」と誤ったか。なお「手相撲」は腕相撲の意となる。
[73]肘から肩までの間。二の腕。
[74]菩薩のような柔和な姿。太山寺本には、「河津を見れば菩薩形して」とある。
[75]底本「かはづがすがた」。十一行古活字本同。太山寺本・彰考館本・十行古活字本は、以下の描写は俣野の姿とする。前行の「笑ひていづるを見れば」で主体の誤解をしたか。十一行古活字本以降の誤りとみて、改めた。
[76]いかり肩。
[77]下半身が太く。
[78]腰のあたりの引き締まった様子か。折骨は腰骨。
[79]力士のような強そうな姿。力士は、仏法の守護神の金剛力士。
[80]手応えもないであろうに。
[81]大番勤めは諸国の武士が交代で京都へ上り、宮廷守護の役を勤めること。ここでは、相撲節会のために相撲人として召されたということか。
[82]無雑作に。
[83]古活字本「左手・右手にをはします」、彰考館本「ゆんてめてへをしまわして」(太山寺本同)。古活字本が「をはします」と誤ったことを受けて、「左手」を削除したか。
[84]下級の者。

「[71]神妙に申したり。出でて取れ」

と言ひければ、直垂脱ぎ置き、白き手綱二筋縒り合はせ、固くおさめて出でんとす。伊東方の者出でて、

「御相撲に参らん。俣野殿」

と言ふ。景久聞きて、腹を立て、

「相撲はこれに候ふぞ。出で合はせ候へと言ふは[72]常の事。そうじて、相撲の座敷にて、左右なく相手の名字呼ぶ事なし。氏といひ器量といひ、河津にや負くべき。[73]小腕押し折り、捨つべきものを」

と笑ひて、出づるを見れば、[74]菩薩なりにして、色浅黒く、丈は六尺二分、年は三十一にぞなりける。又[75]俣野が姿は、[76]さし肩にして、顔の骨あれて、首太く、頭小さく、[77]裾ふくらに、[78]後ろの折骨、臍の下へし込み、[79]力士なりにして、丈は五尺八分、年は三十二なり。差し寄り、褄取ひしひしとして押し離れ、河津思ひけるは、俣野は聞きつるに似ず、さしたる力にてはなかりけり、今日、人々の多く負けけるは、酒に酔ひけるか、臆しける故なるべし、今度は、[80]手にもたつまじきものをと思ひけるが、心を変へて思ふやう、さすが俣野は、相撲の[81]大番勤めに、都へ上り、三年の間、都にて相撲に慣れ、一度も不覚を取らぬ者なり。その故に、院・内の御目にかかり、日本一番の名を得たる相撲なり。今ここもとにて、[82]物の手もなく負かさん事は、かへりて言ひ甲斐なしと思へば、二度目には差し寄り、左右の腕を掴んで、[83]右手におはします、[84]雑人の上に押しかけ、膝をつかせて、

入りにけり。俣野は、[85]ただも入らずして、

「ここなる木の根に蹴躓きて、[86]不覚の負けをぞしたりける。[87]や、今一番取らん」

と言ふ。[88]大庭、これを聞き、走り出で、

「げにげに、これに木の根あり。真ん中にて勝負し給へ」

と言ひければ、伊東聞きて申しけるは、

「河津が膝、少し[89]流れて見え候ふぞ。[90]ねぎりの相撲ならばこそ[91]意趣もあらめ。ただ一座の一興に、負け申して、おもしろし。出で合ひ申せ」

と言ひければ、河津は[92]やがてぞ出でにける。俣野も出でんとしたりしを、一族共、

「いかに取るとも勝つまじきぞ。ただこのままにて入り給へ。論の相撲は勝負なし。勝ちたるには、まさるぞかし。この度負けば、二度の負けなるべし」

と言ひければ、俣野が言ふやう、

「河津は、力は強くおぼゆれども、相撲の[93]故実は候はず。御覧ぜよ」

と言ひ捨てて、なをも出でんとする所を、しばし止めて言ひけるは、

「河津が手合をよく見れば、御分に汀優りの力なり。[94]彼等体の相撲をば、左右の手を上げ、[95]爪先を立てて、[96]上手にかけて待ち給へ。敵も上手に目をかけて、[97]のさんと寄る所を、小臂を打ち上げ、違ひさまに[98]四つ井を取り、足を抜きて跳ねまはれ。大力も、跳ねられて[99]足の立て処の浮く所を、素手で足を取りてみよ。組んではかなふまじきぞ。もし又、[100]組までかなはずは、[101]内絡みに、[102]しはとかけて、[103]髻を地をはかせ、一

85 おとなしく引っ込むことなく。
86 思わぬ敗北を喫してしまった。
87 古活字本「いざや」。「や」は、人に呼びかける時にいう言葉。
88 大庭三郎景親。20頁注8参照。
89 ぐらぐらして。
90 本業の相撲取りのことか。
91 恨みも残るだろう。
92 そのまま、すぐに。
93 古来の作法。しきたり。
94 あのような相撲取りは。
95 足の指先を上に向けて。
96 上手に構えて。
97 うちのめそう。
98 ふんどしの真後ろのT字になっているところ。
99 浮き足だったところを。
100 組まずにいられなければ。
101 片足を相手の内またにかけ、ひねり倒すもの。かけぞり。
102 じわりと。
103 地面に倒すこと。髻で地面を掃かせること。彰考館本・万法寺本に「もとどりにちをはかせ」。

跳ね跳ねて、しとと打て。[104]なんでう七離れ八離れは、見苦しきぞ。侍相撲と申すは、寄るかとすれば、勝負あり。[105]あまりに速きも見分けられず。又、か様のひね者[106]をば、煩ひなくのし寄りて、[107]小首攻めに攻めて、[108]背こごめてまはる所を、[109]大逆手に入れて、かひ捻りて蹴捨ててみよ。真つ逆様に負けぬべし」

と、細々と教へければ、

「心得たり」

とて出で合ひけり。教へのごとく、爪先を立てて、腕を上げ、隙あらばと狙ひけり。河津は、前後相撲はこれが初めなれば、[110]やうもなくするすると歩み寄り、俣野が抜けんとあひらふ所を、右の腕をつつと伸べ、俣野が[111]前ほろを掴んでさしのけ、[112]荒くも働かば、手綱も腰も切れぬべし、しばらくありて、[113]むずと引き寄せ、目より高く差し上げ、半時ばかりありて、横さまに片手を放ちて、しとと打つ。俣野は、やがて起き直り、

「相撲に負くるは、常の習ひ、なんぞ御分が片手業は」

と言ひければ、河津言ひけるは、

「以前も勝ちたる相撲を、御論候ふ間、今度は、真ん中にて、片手をもつて打ち申したり。未だ御不審や候ふべき。御覧じつるか、人々」

と言ふ。大庭、これを見て、童に持たせたる太刀[114]押つ取り、するりと抜きて飛んでかかる。座敷、にはかに騒ぎ、[115]ばつさと立つ。伊東方に寄る者もあり、大庭方に寄る者もあり。両方[116]さへんとおりふさがり、銚子・盃踏み割り、酒肴をこぼす。[117]雑兵三

104 さっと、激しく投げ打て。
105 組み合ったあとに、相手と何度も離れるようなことがあってはならない。
106 年のいった者。
107 打ちのめす。
108 相手の首に手を掛けて攻めること。
109 相手の手を逆にとって、ひねり上げて、蹴倒してみよ。
110 わけもなく。
111 ふんどしの前のほう。
112 乱暴に動くならば。
113 力を込めて引き寄せて。
114 急いで手に取り。
115 古活字本「ばつと」、彰考館本「さつと」。
116 防ごうとして詰めかける。
117 身分の低い兵士。

千余人までも、軍せんとて犇めきけり。兵衛佐殿[118]、この由御覧じ、

「いかに頼朝に情けを捨て、仇[119]を結び給ふか。大庭の人々」

と仰せられければ、大庭平太[120]承り、

「田舎住まゐの者共の、出仕慣れ候はで、かかる狼藉を仕り候ふ。相撲は負けても恥ならず、我が方人[121]は言ふべからず、一々に記し申すべきぞ。後日に争ふな」

と怒りければ、大庭の静め給ふ上はとて、静まりけり。伊東はもとより意趣なしとて、やがて面々にこそ静まりけれ。これや、瓊瑶[122]は少なきをもつて奇なりとし、磧礫は多きをもつて賤しとす。人多しといへども、景信が言葉一つにてぞ静まりける。

かかる所に、祐経が郎等共、彼等に交はり窺ひけるが、

「あつぱれ、事の出で来よかし。間近く寄りて、討たんとする由にて、伊東殿をおつさ[123]まに射殺さん」

とて囁きけり。七日が間、夜昼つきて窺へども、しかるべき隙なくして、狩座[124]すでに過ぎければ、各空しく帰らんとす。小藤太申しけるは、

「さても一臈殿の、御心を尽くして、今や今やと待ち給ふらん。いたづらに帰らん事こそ口惜しけれ。いざや、思ひ切り、とにもかくにもならん」

と言ひければ、八幡三郎申しけるは、

「しばらく功[125]を積みて見給へ。いかでか空しからん」

とぞ申しける。

118 源頼朝。
119 敵対する。
120 大庭景義（景信）。20頁注2参照。
121 自分の味方がなどと言ってはならない。
122 『葛氏外篇』、『抱朴子』外編・喩蔽に、「瓊瑤以レ寡為レ奇、磧礫以レ多為レ賤」とあり、『玉函秘抄』中、『明文抄』三・人事部上に引かれる。少ないものが貴ばれ、多いものは卑しまれるという喩え。
123 後から追うように。
124 狩猟をする場所。「座」は場所の意。
125 努力を重ねて。

費長房が事[1]

「さる程に[2]、功を積みて望み叶へるたとへあり。昔、大国[3]に費長房といふ者あり。仙術[4]を習い得て、暗き所[5]もなかりしが、天に上がる術を習はずして、未だ空しく凡夫[6]に交はり歩きけり。ある時、商用の事ありて、長安[7]の市に出でて、商人に伴ひしに、ある老人、腰に壺をつけて、この者[8]は市に交はりけり。知音[9]は知る理にて、この者ただ人ならずと目を離さで見るに、この老人、傍らに行き、腰なる壺を下ろし、その壺に出で入りにけり。さればこそ仙人なれとて、その人の行くにつきて行きて、費長房の曰く、

『かの仙人に仕へん』

とて、三年ぞ仕へける。ある時、老人の曰く、

『汝、いかなる心ざしありて、三年まで一言葉[10]も違へず、我に仕へけるぞや』。

費長房聞きて、

『我、仙術を習ふといへども、天に上がる事を知らず。老人の壺に出で入り給ふ事を教へ給へ』

と言ひければ、

『やすき事なり。我が袖に取り付け』

と言ふ。すなはち取り付きければ、二人ともに、かの壺の内へ飛び入りぬ。この壺の内に、めでたき世界あり。月日の光は空に和らぎ、四方に四季[11]の色をあらはし、百二十丈の宮殿[12]・楼閣あり、天にて聖衆[13]舞ひ遊ぶ。鴻雁[14]・鴛鴦の声柔らかにして、池には弘誓[15]の船を浮かべり。よくよく見めぐりて、

『今は出でん』

費長房が事

1 この話は真名本や太山寺本にはない。この話は『後漢書』方術列伝、『神仙伝』五にあり、『蒙求』「壺公謫天」「長房縮地」に引かれる。それらによると、費長房は、後漢の方士で汝南郡の人。
2 以下、八幡三郎の語りと解した。
3 中国。
4 仙人のおこなう神変自在の術。
5 分からないところがなかった。
6 普通の人。
7 中国の旧都。現陝西省都西安市。
8 ある老人をさす。『神仙伝』によれば名は壺公。
9 心を知り合っている者同士には分かる。ここでは、仙術を習った費長房であったから仙術に通じた老人を見分けることができたということ。
10 すべて言う通りにして。
11 四方に春夏秋冬の景色を楽しめること。異郷の景観をあらわす類型的表現。
12 宮殿とたかどの。立派な建物。
13 極楽浄土の阿弥陀仏と菩薩などの聖者たち。
14 かりとおしどり。
15 生死の苦海を渡って涅槃の彼岸に至らせる仏菩薩の救いを、船が人を渡すのに喩えた表現。

と言ふ。老人、竹の杖を与へて、

『これを突きて出でよ』

と言ふ。すなはち突くと思へば、時の間に、[16]をしみつといふ所に至りぬ。この杖を捨てければ、すなはち龍となりて天に上がりぬ。費長房は、鶴に乗りて天に昇りけり。これも、功を[17]積もる故なり。三年までこそなくとも、待ちてみよ」

とぞ申しける。

河津討たれし事

「[1]されば、この帰り足を狙ひてみん」

「しかるべし」

とて、道を変へて先に立ち、[2]奥野の口、赤沢山の麓、八幡山の境にある[3]切所を尋ねて、椎の木三本[4]小楯に取り、一の[5]射翳には大見小藤太、二の射翳には八幡三郎、[6]手だれなれば余さじものをとて立つたりけり。各々待ちかけける所に、一番に通るは[7]波多野、

19 河津三郎が俣野を破る。手前は刀に手をかける大庭と制する頼朝。

16 不詳。南葵文庫本の「すい〳〵」は泗河の支流の「睢水」で、それを誤読したものか。『蒙求』「長房縮地」では故郷に帰ったとする。
17 彰考館本他「つめる」。従うべきか。

河津討たれし事

1 八幡三郎と大見小藤太の会話。「帰り足」は帰る途中。
2 10頁注1参照。赤沢は、23頁注7参照。
3 山道などの難所。『運歩色葉集』に、「切所・殺所・節所〈セツシヨ〉」とある。
4 臨時に身を隠す仮の楯。
5 待ち伏せすること。また、その兵。伏兵。
6「手だり」が変化したもの。腕まえがすぐれていること。腕きき。
7 波多野義常。「波多野」は現神奈川県秦野市。

右馬允、二番に通るは大庭三郎、三番に通るは海老名源八、四番には土肥次郎、[8]後陣はるかに引き下がりて、流人兵衛佐殿ぞ通られける。敵ならねば皆やり過ごしぬ。この次に、伊東が嫡子河津三郎ぞ来たりける。おもしろくこそ出で立ちたれ。[9]秋の野摺り尽くしたる間々に、ひき柿したる直垂に、斑の行縢、[10]裾たぶやかに履きなし、[19][20][11]鶴の本白にて矧ひだる白拵への鹿矢、[12]筈高に負ひなし、[13]千段籐の弓の真ん中取り、[14]萌葱裏つけたる竹笠、木枯らしに吹き反らせ、[15]宿鴾毛の馬の[16]五寸余りの大きなるが、尾髪あくまで縮みたるに、[17]梨子地に蒔きたる[18]白覆輪の鞍に、[19]連着鞦の[20]山吹色なるをかけ、[21]銜轡に紺の手綱を入れてぞ乗つたりける。馬も聞こゆる名馬なり、主も究竟の馬乗りにて、伏木・悪所を嫌はず、[22]さしくれてこそ歩ませけれ。折節、[23]乗替一騎もつかざれば、一の射翳の前をやり過ごす。二の射翳の八幡三郎は、もとより[24]騒がぬ男なれば、[25]「天の与へを取らざるは、かへつて咎を得る」といふ古き言葉を思ひ出で、[26]すは射損ずべき。射翳の前を[27]三段ばかり、左手の方へやり過ごして、大の尖り矢さし番ひ、よつ引き、しばしかためて、ひやうど放つ。思

[20] 費長房、仙術を得て、鶴に乗り天に昇る。（墨の汚れあり）

8 本陣の後ろにある陣。 9 秋野の模様を摺りだした間々に柿渋を引いてある。 10 裾をゆったりと。 11 鶴の羽の本の白いもので作った。 12 矢筈が高く肩越しに見えるように背負うさま。 13 重籐の弓の本筈・末筈に、斜め十文字に籐を巻いたもの。 14「萌葱」は、葱の萌え出ずる色の意で、黄と青との中間色。萌葱色で裏打ちした竹笠。綾藺笠。 15 馬の毛色。褐色を帯びた月毛。 16 馬の背丈が四尺五寸ばかり。馬の丈は四尺を標準とする。 17 蒔絵の一種。 18 銀で前輪と後輪をふちどった鞍。 19 総鞦の一種。総を間隔を置かずに連ね着けたところからいう。 20 黄金色。 21 鏡板を用いず、「はみ」と「あそび金」とからなる轡。 22 手を前に伸ばし、馬の手綱をゆるめて。 23 古活字本同。太山寺本に「乗替一騎も連れず、土肥次郎が谷を隔て、打ちたるより外は、前後に人もなかりけり。一の射翳の大見小藤太、待ち懸けけれども、心さがりたる男なれば、とやせんかくやせんと思ひ煩い、空しく射翳の前を遣り過ぐす」とある（彰考館本類同）。「乗替」は、乗り継ぎ用の予備の馬。 24 冷静沈着な男。 25『説苑』十六・説叢篇、『史記』九十二・淮陰侯伝第三十二等に、「天与弗レ取反受二其咎一」、「時至不レ行反受二其殃一」とあり、『玉函秘抄』上、『明文抄』一・帝道部上、『管蠡抄』十・世俗に引かれる。天の与える福をとらないと、かえってその

ひも寄らで通りける、河津が乗つたる鞍の後ろの山形[28]を射削り、行縢の着際[29]を前へ、つつとぞ射通しける。河津もよかりけり。弓取り直し、矢取つて番ひ、馬の鼻を引つ返し、四方を見まはす。「知者[30]は惑はず、仁者は憂えず、勇者は恐れず」と申せども、大事の痛手[31]なれば、心は猛く思へども、性根[32]次第に乱れ、馬より真つ逆様に落ちにけり。21 22

後陣にありける父伊東次郎は、これをば夢にも知らずぞ下りける。

頃は神無月十日余りの事なれば、山めぐりのむら時雨、降りみ[33]降らずみ定めなく、立つ[34]より雲の絶え絶えに、濡れじと駒を速めて、手綱かひ繰る所に、一の射翳にありける大見小藤太、待ち受けて射たりけれども験[35]なし。左[36]の手の内の指二つ、前の四緒手[37]の根に射立てたり。伊東は、さる古兵にてありければ、敵に二つの矢を射させじと、大事の手[38]にもてなし、右手の鐙に下りさがり、馬を小楯に取り、

「山賊ありや。先陣は返せ、後陣は進め」

と呼ばはりければ、先陣・後陣、我劣らじと進めども、所しも悪所なれば、馬のさくり[39]をたどる程に、二人の敵は逃げ延びぬ。隈[40]もなく待ちけれど

21 河津三郎、赤沢山の麓にて、大見小藤太・八幡三郎に狙撃される。

罰を受ける。

26「すは」は驚き気づいて発する語。さては。彰考館本他に「何かはいそんずべき」。従うべきか。

27 一段は六間、およそ一一m。

28 鞍の前輪・後輪の山形になったところ。

29 着ている物の端のところ。

30『論語』子罕第九に、「子曰、知者不レ惑、仁者不レ憂、勇者不レ懼」とあり、『玉函秘抄』中、『明文抄』五・文事部に引かれる。

31 ひどい重傷。

32 正気をだんだん失っていき。

33 降ったり降らなかったり。「神無月ふりみふらずみ定めなき時雨ぞ冬のはじめなりける」（後撰集・冬・読み人知らず）とある。

34 古活字本同。彰考館本に「たちよる」。従うべきか。

35 かいがない。当たらない。

36 太山寺本になし。真名本に、「左の中の指二つを射刎りつつ、手縄の緒を射手切つて、鞍の前輪の鞖の根に、篠の隠るる程にぞ射留めたる」とある。

37 鞍の前輪・後輪の左右につける紐。

38「大事の痛手」に同じ。重傷。

39 馬などが通ったあとに地面にできるくぼみ。

40 余すところなく、残らず。太山寺本・彰考館本は「至らぬ隈なく尋ねけれども」とある。

も、[41]案内者にて、思はぬ茂みの道を変へ、大見庄にぞ入りにける。危うかりし命なり。

伊東は、河津三郎が伏したる所に立ち寄りて、

「[42]手は大事なるか」

と問ひけれども、音もせず。押し動かして、矢を荒く抜きければ、いよいよ前後も知らざりけり。河津が頭を、父伊東が膝にかき乗せ、涙を抑へ申しけるは、

「こは何となりゆく事ぞや。同じ当たる矢ならば、など祐親には当たらざりけるぞ。齢傾き、今日明日をも知らざる憂き身なれども、わ殿を持ちてこそ、[43]公方・私心安く、後の世かけても頼もしく思ひつるに、あへなく先立つ事の悲しさよ。今より後、誰を頼みてあるべきぞ。汝を留め置き、祐親先立つものならば、思ひ置く事よもあらじ。[44]老少不定の別れこそ悲しけれ」

とて、河津が手を取り、懐に入れ、口説きけるは、

「いかに[45]定業なりとも、矢一つにて、物をも言はで死ぬる者やある」

22 重傷を負った河津三郎と、介抱する父祐親、土肥実平。

41 その地の様子に詳しい者。

42 傷。

43 公私ともに。

44 人間の寿命はわからないもので、老人が早く死に、若者が遅く死ぬとは限らないということ。

45 前世から定まっている善悪の業報。決定業。

と言ひて、押し動かしければ、その時、祐重、苦しげなる声にて、

「かくは度々仰せらるれども、誰とも知り奉らず候ふ」

と言ふ。土肥次郎申しけるは、

「御分の枕にし給ふは、父伊東の膝よ。かく宣ふも伊東殿。今又かやうに申すは土肥次郎実平なり。敵や憶え給ふ」

と問ひければ、ややありて、目を開き、

「祐親を、見参らせんとすれども、今はそれも叶はず。誰々も、近く御入り候ふか。御名残こそ惜しく候へ」

とて、父が手に取り付きにけり。伊東、涙を抑へて申しけるは、

「未練なり。汝、敵は憶えずや」

と言ふ。

「工藤一臈こそ、[46]意趣ある者にて候へ。それに、ただ今、大見と八幡、見え候ひつれ。怪しくおぼえ候ふ。[47]したがひ候ひては、祐経在京して、[48]公方の御意盛りに候ふなる。しかれば、殿の御行方いかがと、[49]黄泉路の障りともなりぬべし。面々頼み奉る。幼ひ者までも」

と言ひもあへず、奥野の露と消えにけり。[50]無慙なりける有様とも、申すばかりぞなかりける。伊東はあまりの悲しさに、しばしは膝を下ろさずして、顔に顔をさしあて、口説きけるこそ哀れなれ。

46 遺恨ある者。
47 古活字本同。彰考館本「もしたがいて候か」。従うべきか。
48 朝廷のおぼえもめでたく
49 あの世へ行く妨げ。
50 いたわしい。

「や、[51]殿、聞け、河津。頼む方なき祐親を捨てて、いづくへ行き給ふぞ。祐親をも連れて行き候へ。母や子どもをば、誰に預けて行き給ふ。情けなの有様や」

と歎きければ、土肥次郎も河津が手を取り、

「実平も、子とては遠平ばかりなり。御身を持ちてこそ、月日のごとく頼もしかりつるに、かやうになりゆき給ふ事よ」

と、泣き悲しむ事限りなし。国々の人々も、同じく一つ所に集まりて、互ひに袖をぞ濡らしける。[52]さてあるべきにあらざれば、[53]空しき形を舁かせて、家に帰りければ、女房をはじめとして、[54]怪しの賤の男、賤の女に至るまで、歎きの声、[55]せんかたもなし。

さても、かの河津三郎祐重に、男子二人あり。兄は、[56]一万とて五つなり。弟は、[57]箱王とて三つにぞなりにける。母、思ひのあまりに、二人の子どもを左右の膝に据へ置き、髪かき撫で、泣く〱申しけるは、

「胎の内の子だにも、母の言ふ事をば聞き知るものを。まして汝等は、五つや三つになるぞかし。十五、十三にならば、親の敵を討ちて、妾に見せよ」

と泣きければ、弟は、聞き知らず、[58]手ずさみして遊び居たるばかりなり。兄は、死したる父が顔を[59]つく〲とまぼりて、わつと泣きしが、涙を抑へて、

「いつか[60]大人しくなりて、父の敵の首斬つて、人々に見せ参らせん」

とて泣きしかば、知るも知らぬもをしなべて、袖を絞らぬ人はなし。

なをも[61]名残を慕ひかね、三日までぞ置きたりける。[62]黄泉幽冥の道はいかなる所なれ

51 呼びかけのことば。おい。
52 そのままにしておくわけにはいかないので。
53 遺体を担がせて。
54 身分の低い、賤しい男女。
55 どうしようもない。
56 後の十郎祐成。
57 後の五郎時致。
58 手あそび。
59 じっと見守って。
60 成人して。
61 名残惜しさの尽きることがなく。
62 あの世。冥土。

63 火葬にしたことをいう。
64 愛する者との別れ。
65 人間として避けられない四つの苦しみ。
66 もの思いが過ぎれば。
67 生きながらえて。天寿をまっとうして。
68 死後に成仏の果を得ること。
69 分別のない。
70 普通ではない。妊娠していることをいう。
71 剃髪して尼になろう。
72 古活字本「さんどころ」、彰考館本「さんじよ」でいずれも「産所」。従うべきか。
73 産婦の死は、血の池地獄に堕ちると信じられ、犯しがたい罪悪の一つとされた。

ば、一度去りて二度と帰らぬ習ひなれば、力及ばず、泣く〳〵送り出だし、[63]夕べの煙となしにけり。女房、一つ煙とならんと悲しみけり。伊東次郎申しけるは、

「[64]恩愛の別れ、夫妻の歎き、いづれか劣るべきにはあらねども、憂き世の習ひ、力及ばず候ふ。親に後れ、夫妻に別るるごとに、命を失ふものならば、[65]生老病死もあるべからず。別れは人ごとの事なれども、[66]思ひ過ぐれば、自づから忘るる心のあるぞとよ。憂きにつけて身を[67]全くして、[68]後世菩提を弔ひ給へ」

と、さまざまに慰めければ、

「まことに理なれども、さしあたりたる悲しさなれば」

とて、悶へ焦がれけり。

「夫の別れは、昔も今も多き所なり。別れの涙、袂に留まりて乾く間もなし。[69]後先をも知らぬ、幼き者共にうち添へて、身さへ[70]ただならず。[71]様を変へんと思へども、尼の身にて[72]過ぐさん所の体も見苦し。又、淵川へ沈まんと思ふにも、[73]此の身にて死しては罪深かるべしと聞けば、とにもかくにも、女の身

23 河津の死を歎く父母、妻と一万。幼い箱王は事態が分からない。

程心憂き物はなし」

と口説き立てて、起き伏しに、泣くより他の事ぞなき。一日片時も忍ぶべき身にてなかりしが、明けぬ暮れぬとせし程に、五七日[74]にもなりにけり。23 24

伊東が出家の事

かくて、父伊東次郎、逆様[1]なる事なれども、かの者の菩提を弔はんがために、出家して、六道[2]にあてて三十六本の卒塔婆[3]を造立し奉る日、聴聞[4]の貴賤男女、数[5]を尽くして参詣する所に、五つになりける一万が、父の蟇目[6]に鞭を取り添へて、

「これは父の物」

とて引つ提げければ、母これを見て呼び寄せて、

「亡き人の物をば持たぬ事ぞ。皆々捨てよ。行く末[7]はるかの者ぞかし。汝が父は、仏になり給ひて、極楽浄土にましますぞ。妾も終には参るべし」

と言ひければ、一万悦びて、

「仏とは何ぞ。極楽とは、いづくにあるぞや。急ぎましませ[8]。我も行かん」

24 幼い兄弟、卒塔婆の間に父を探す。

74 三十五日目。死後七日ごとに死者の供養を行う。

伊東が出家の事

1 親が逆に子の菩提を弔うこと。
2 一切の衆生が、善悪の業因に応じて到るとされる、地獄・餓鬼・畜生・修羅・人間・天の六種の世界。
3 死者の供養のために立てる、上部が塔の形になっている板。表面には梵字や経文が記される。真名本では三十六万本。
4 説法や談義などを聞くこと。
5 数の限りを尽くして。残らず。
6 朴や桐などで作った中が空洞になった鏃。発射すると高く音を発するところから、妖魔退散に用いられることもあった。
7 将来の長い者たち。子どもたち。
8 いらっしゃい。

と責めければ、母は言ひやる方もなくして、卒塔婆の方に指をさして、

「かれこそ、浄土の父よ」

と言ひければ、一万、弟の箱王が手を引き、

「いざや、父御のもとに参らん」

と、急ぎけれども、箱王は、三つになりければ、歩むに[9]はかもゆかず、急ぐ心に弟を捨て
て、卒塔婆の中を走りめぐり、空しく帰りて、母の膝の上に倒れ伏して、

「仏の中にも、我が父はましまさず」

とて泣きければ、乳母もともに泣き居たり。その日の説法の[10]砌より、一万が振る舞ひに
こそ、貴賤袂を濡らしけれ。[11]四十九日には、[12]八塔を供養すとかや。

御房が生まるる事

扨も河津が仏事、過ぎしかば、その次の暁方に、女房、例ならざれば、人々や
がて心得しかば、九月半と申すには、[1]産の紐をぞ解きたりける。誠にこの程の歎き
には、いかがと案じけるに、何の[2]つつがもなく、男子を産みける。母申しけるは、
「己は、[3]果報少なき者かな。今少し疾く生まれて、などや父をも見ざりけるぞ。
[4]蜉蝣と言ふ虫こそ、朝に生まれて夕べに死するなれ。汝が命、かくのご
とし。妾も尼になり、山々寺々の麓に閉ぢ籠もり、花を摘み水を汲み、仏に
供へ奉り、汝が父の孝養にせんと思へば、身には[5]添へざるぞ。[6]ゆめゆめ恨むべか

9 はかどらないので。
10 所、または時。
11 死後四十九日。死者が果報を感じ、三界六道（443頁注4参照）に生ずる日という。
12 成仏の因とするため、釈迦仏の霊塔八所に供養すること。

御房が生まるる事
1 妊婦が腹に巻く帯。それを解くこと、つまり出産すること。
2 災難やわずらい。
3 因果の応報。多くは幸せをさす。
4 かげろうのこと。朝に生まれて夕に死ぬというので、はかないことの喩え。『後漢書』をはじめ、『淮南子』説林訓に、「蜉蝣朝生而暮死、而尽二其楽一」とあり、『童子教』にも引かれる。
5 そば近く置かない。
6 決して決して。

らず」

とて、やがて捨てんとせし所に、河津三郎が弟、[7]伊東九郎祐清と言ふ者あり。一人も子を持たざりければ、この事を聞き、女房急ぎ参りて、

「誠や、今の幼ひ人を捨てんと仰せらるる由を仄聞きたり。いかでさる事あるべきぞ。亡き人の形見にも見もし給はず、捨て給はん事、罪深かるべし。又、善悪の事も、それを[8]節と思へば、折々に[9]思ひ出だす事の端になるものを。しかも男子にてましませば、妾に[10]賜び給へ。養ひ立てて、[11]一家の形見にもせん」

と言ひければ、

「この身の有様にて、身に添ふる事、思ひも寄らず候ふ。さやうに思し召さば」

とて、取らせけり。やがて、心安き乳母をつけて養育す。名をば御房とぞ言ひける。

去る程に、[12]忌は八十日、産は三十日にもなりにけり。[13]百箇日にあたらん時、必ず尼になりぬべしとて、袈裟衣をぞ用意したりける。

女房、曽我へ移る事

扨も河津が女房は、月日の重なるに従つて、いよ〱出家遁世の心を思ひ立ちければ、[1]伊東入道、この由を伝へ聞きて、[25][26]人して申しけるは、

「誠や、姿を変へんとし給ふなると聞く。子どもをば誰に預け育めとて、さやうの事をば思ひ立ち給ふぞ。老ひ衰へたる祖父や祖母を頼み給ふかや。それ、更

7 底本「い藤の九郎助清」。伊東祐親の次男。その最期については89頁注1参照。
8 古活字本同。彰考館本他「そのおりふしと思へば」。従うべきか。
9 思い出すきっかけ。
10 ください。
11 伊東家の思い出のよすがとしましょう。
12 死後八十日、産後三十日が経った。
13 死後百日目に行う仏事。

女房、曽我へ移る事
1 底本「伊藤入道」。祐親のこと。

に叶ふべからず。三郎なければとて、幼ひ者共数多あれば、露程も疎かならず、ひとへに祐重が形見とこそ思ひ奉れ。いかなる有様にても、身をやつさず[2]して、幼ひ者共をも育て、人となし給へ。されば、今更に疎き[3]方へましまさば、我も人も、見奉る事、叶ふまじ。相模国曽我太郎[4]と申すは、入道所縁[5]ある者にて候ふ。折節、この程、年頃[6]の妻女に後れて、歎き未だ晴れやらず候ふと承り候ふ。それへやり奉るべし。自づから心をも慰み給へ。入道[7]があたりなれば、隔ての心はあらず」

と、細々とぞ言ひける。扨女房には、やがて人を付け、厳しく守らせければ、尼になるべき隙もなし。則ち、入道、曽我太郎がもとへ、この由詳しく文に書きて遣はしければ、祐信[8]、文を見て、大きに悦び、やがて使ひと打ち連れ、伊東へ越して、子ども諸共に迎へ取りて帰りけり。

いつしか、かかる振る舞ひは、返す返すも口惜しけれども、さる事[9]なれば、恨みながらも、月日をぞ送りける。

これをもつて昔を思ふに、せい女[10]は

25 御房誕生。伊東九郎が譲り受ける。

2 様を変えずに。出家などせずに。
3 親しくない。
4 祐信。桓武平氏。曽我は現神奈川県小田原市内。
5 祐親にとってもゆかりのある者。真名本に、「相模の国の住人曽我太郎助信と申すは、入道がために姉の子にて候へば甥なり。鹿野前大介殿の御孫子なれば、御ためにもまた従父なり」とある。
6 長年連れ添ってきた妻と死に別れ。
7 祐親の扱いなので。
8 底本「助信」。
9 古活字本他「心ならざる事」。従うべきか。そういうことなので、と解した。
10 未詳。

夫（おっと）のために[11]禁獄（きんごく）に留（と）められ、はくゐ[12]いは夫（おっと）に後（をく）れ夷（ゑびす）の住処（すみか）に馴（な）れしも、心ならざる恨（うら）めしさ、今更思ひ知（し）られたり。

曽我物語 巻第一終

26 兄弟の母、兄弟を連れて曽我太郎祐信と再婚する。

11 牢獄に監禁されて。
12 未詳。

大見・八幡を討つ事

[1]三千世界は眼の前に尽き、十二因縁は心のうちに空し。[2]憂き世に住むも捨つるも安からぬ、命いつまで長らへて、あらましのみに暮らさまし。伊東入道は、何につけても、身の行く末のあぢきなくして、子息の[3]九郎祐清を呼び寄せて、

「入道が生きての孝養と思ひ、大見・八幡が首を取りて見せよ」

と言ひければ、

「承りぬ。この間も、内々[4]案内者をもつて見せ候へば、[5]他行の由、申し候ふ。もし帰り候はば、告げ知らすべき由、申す者の候ふによつて、待ち候ふ。[6]あまし候ふまじ」

とて、座敷を立ちぬ。幾程なくして、

「来たりぬ」

と告げければ、[7]家の子郎等八十余人、

大見・八幡を討つ事

1『和漢朗詠集』下・山寺「三千世界眼前尽、十二因縁心裏空」(都良香)による。『江談抄』四、『十訓抄』下などでは、この句は都良香が竹生島の弁才天から教えられたと伝える。「三千世界」は仏教でいう全世界。須弥山を中心とした小世界を千倍したものが小千世界、その千倍を中千世界、さらにそれを千倍したものを大千世界という。この大千世界は小・中・大の三種の千世界を含むので三千世界ともいう。「十二因縁」は、人間が過去(前世)・現在(現世)・未来(来世)の三界を流転する輪廻の様子を説明した十二の因果関係。無明・行の過去の二因、識・名色・六処・触・受の現在の五果、愛・取・有の現在の三因、生・老死の未来の二果の称。この句の意は、琵琶湖を一望すれば三千世界の全てが眼前に見尽くされ、十二因縁の煩悩は心の中まで取り払われるようだ、というもの。

2在家のままでいても、出家の身となっても。

3河津三郎の弟。54頁注7参照。

4事情をよく知っている者。

5他所へ出かける事。

6討ちもらしはしません。

7一族および家臣の総称。

27 伊東九郎、大見小藤太・八幡三郎を討ち、首級を祐親に見せる。

直兜[8]にて、狩野[9]といふ所へ押し寄せたり。八幡三郎はさる者にて、

「思ひまふけたり[10]。いづくへか引くべき」

とて、親しき者共十余人、籠め置きたりしが、矢共うち散らし、差しつめ引きつめ[11]、とりどり散々に射ける。やにはに敵数多射落とし、矢種尽きしかば[12]、さし集まりて、

「主のために命を捨つる事、露程も惜しからず。所詮[13]、望み足りぬ」

と言ひて、差し違へ差し違へ、残らず死にけり。八幡は腹十文字にかき破り、三十七にて失せにけり。則ち、大見小藤太がもとへ押し寄せたり。この者は、もとより心下がりたる者[14]にて、八幡が討たるるを聞きて、取る物も取りあへず[15]落ちたりしを、狩野境に追ひ詰めて、搦め取りて川の端にて首を刎ねけり。九郎は二人が首を取りて、父入道に見せければ、

「ゆゆしくも振る舞ひたり[16]」

とぞ感じける。曽我にありける河津が妻女も、喜ぶ事限りなし。祐清[17]は、入道が

8 兜をつけて完全武装となること。
9 現静岡県伊豆市修善寺地区および天城湯ヶ島地区内。
10 かねてより覚悟していた。
11 手早く矢を弦につがえて次々に容赦なく激しく射た。
12 手持ちの矢をすべて射尽くしてしまったので。
13 つまるところ。
14 心の劣った者。
15 大急ぎで、あわてて行うさま。
16 立派に行動した。
17 底本「助清」。

28 後白河法皇が滞在した鳥羽離宮にて、鼬の怪事。

[18]憤りを止め、兄が敵を討ちし孝行、一方ならぬ忠とぞ見えける。
[19]扨も、八幡三郎が母は、楠美入道寂心が乳母子なり。[20]八旬に余りけるが、残り留まりて、思ひのあまりに口説きけるは、
「主君のために命を捨つる事は本望なれども、この乱の起こりを尋ぬるに、[21]過ぎにし親の譲りを背き給ひしによつてなり。しかるに、寂心、世にましましし時、公達数多並み据ゑて、酒宴半ばの折節、持ち給ひたる盃の中へ、空より大きなる[22]鼬一つ落ち入りて、御膝の上に飛び下りぬと見えしが、いづくともなく失せぬ。[23]希代の不思議なりとて、やがて[24]勘へさするに、

『大きなる[25]表事、慎み給へ』

と申したりしを、さしたる祈祷もなくて過ぎ給ひぬ。幾程なくして、寂心は隠れさせ給ひけり。さればにや、[26]後白河法皇も、[27]鳥羽の離宮に渡らせ給ひし時、大きなる鼬参りて、鳴き騒ぎけり。[28]博士に御尋ねありければ、

『三日の内の御喜び、又は御歎き』

とぞ申しける。それにあはせて申すごとく、次の日、鳥羽殿を出だし奉りて[29]八条烏丸へ入れ奉りて、これ御喜びとぞ申しける。次の日、御子[30]高倉宮御謀叛あらはれ、[31]奈良路にて討たれさせ給ひぬ」。

かやうの慎み、不思議なりける次第なり。[27][28]

18 腹立ちをおさめて。
19 この八幡三郎の母による昔語りは、真名本や太山寺本にはない。『平家物語』四・鼬の沙汰をふまえた挿話。
20 八十歳。
21 亡くなった親の譲ったもの。
22 夜行性の肉食獣。「鼬の道切り」(行く手をイタチが横切ると不吉の前兆である)など、さまざまな俗信と関係をもつ。
23 世にも稀な。
24 陰陽師などに古例や吉兆を調べさせ、意見を述べさせること。
25 しるし。兆候。
26 底本、古活字本、彰考館本「後」なし。王堂本「後しら河法わう」により補う。『平家物語』に後白河法皇。第七十七代後白河天皇は、譲位後も院政をしいたが、平清盛による治承三年(一一七九)の政変で、鳥羽の離宮に押し込められた。
27 城南の離宮とも。現京都市伏見区内。
28 ここでは陰陽博士。『平家物語』では「陰陽頭安倍泰親」。
29 治承四年(一一八〇)五月、後白河法皇は鳥羽での幽閉を解かれると、八条坊門烏丸邸に移った。
30 後白河法皇第二皇子、以仁王。
31 京都から奈良へ通う道。

泰山府君の事[1]

昔、大国[2]に大王あり。楼閣を好み給ひて、明け暮れ、宮殿を造り給ふ。中にも、上[3]から殿と号して、高さ二十丈の高楼を建て、柱には銅、桁[4]・梁は金銀なり。軒に珠玉[5]・瓔珞を下げ、壁にはしやうれん[6]の華鬘[7]をつけ、内には瑠璃の天蓋[8]を下げ、四方に瑪瑙の幡をつり、庭には珊瑚・琥珀[9]を敷き満てり。吹く風、降る雨の便りに、沈麝の匂ひにただゐゐり[10]。山を築きては亭を構へ、池を掘りては船を浮かべ、水に遊べる鴛鴦の声、ひとへに浄土[11]の荘厳に同じ。人民こぞりて囲繞[12]す。仏菩薩の影向[13]も、これにはしかじとぞ見えし。されば、大王、玉楼金殿に至り、常に遊覧す。ある時、大講堂の柱に、鼬二つ来たりて鳴き騒ぐ事七日なり。大王、怪しみ給ひて、博士を召して占はしむるに、勘へて奏聞す。

「この柱の内に、七尺の人形あり。大王の形を悉く作り写して、調伏[14]の壇をたて、幣帛[15]・供具を供へたり。割りて見給へ。東夷[16]七百人ありぬべし。滅ぼすべし」

と言ふ。すなはち、大王、上人に申して、めでたき聖[17]を請じ奉り、かの柱を割りて見給ふに、違[18]はず、事もすさまじきといふも余りあり。やがて壇を破り、勘文[19]に任せて、いろいろの諸人を集め、その中

29 大国の大王、殿舎を焼く。

泰山府君の事

1 この話は真名本や太山寺本にはない。泰山府君は、中国で古代から名山として知られる山東省の泰山に住み、人の生命や禍福をつかさどるとされる神の名。
2 中国。
3 未詳。
4 「桁」は柱と柱をつないで梁を受ける横木。「梁」は桁に直交し、棟を受ける横木。
5 珠玉（真珠と玉）や貴金属を編んで作った装飾品。
6 未詳。
7 荘厳具として仏殿の梁などにかける、上端が直線に近い団扇状のもの。
8 仏像などの上にかざすきぬがさ。
9 琥珀。地質時代の樹脂類が地中に埋没して石化したもの。仏法では七宝のひとつ。
10 古活字本同。彰考館本「たゝへたり」。「漂っている」の意に誤るか。
11 極楽浄土の装飾。
12 回りをとり囲むこと。
13 神仏が仮の姿をとって、この世に現われること。
14 まじないなどによって、人を呪い殺すこと。
15 神仏への供え物とそれを供える器。
16 中国で、東方に住む未開の異民族をさしていったことば。
17 すぐれた高僧をお招きして。
18 博士の占ったとおりで、恐ろしいといってもたりないほどである。
19 陰陽師などに古例や吉兆を調べさせた結果を記した文書。

に怪しきを召し捕り、拷問しければ、悉く白状す。よつて、七百人の敵を悉く召し捕り、三百人の首を斬り給ひぬ。残り四百人斬らんとする時、天下暗闇になりて、夜昼の境もなくして、色を失ふ。人民、道路に倒れ伏す。大王、驚きて曰く、

「我、露程の私ありて、彼等が首を斬る事なし。下として上を嘲り、[20]下克上戒め、後の世を思ふ故なり。もし又、我に私あらば、天これを戒むべし。これを諮らん」

とて、三七日、飲食を止めて、[21]高床にのぼり、[22]足の指を爪だてて、

「一命、ここにて消えなん。もし誤りなくは、[23]諸天憐れみ給へ」

と祈誓して、[24]『仁王経』を書かせられけり。[25]三七日に満ずる時、[26]七星、眼前と天下り見え給ふ。ややありて、日月[27]星宿、光をやはらげ給ふ。さればこそ、政に[28]横儀はなかりけりとて、残る四百人をも斬り給ひぬ。ここに、博士、又参内して奏する。

「大敵滅び果て、御位長久なるべき事、[29]余儀なし。されども、調伏の[30]大行、その効残りて恐ろし。所詮に、天下り給ふ七星をまつり、上かう殿に宝を積み、一時に焼き捨てて、災難の疑ひを止むべし」

と申しければ、[31]左右に及ばずとて、たちまち

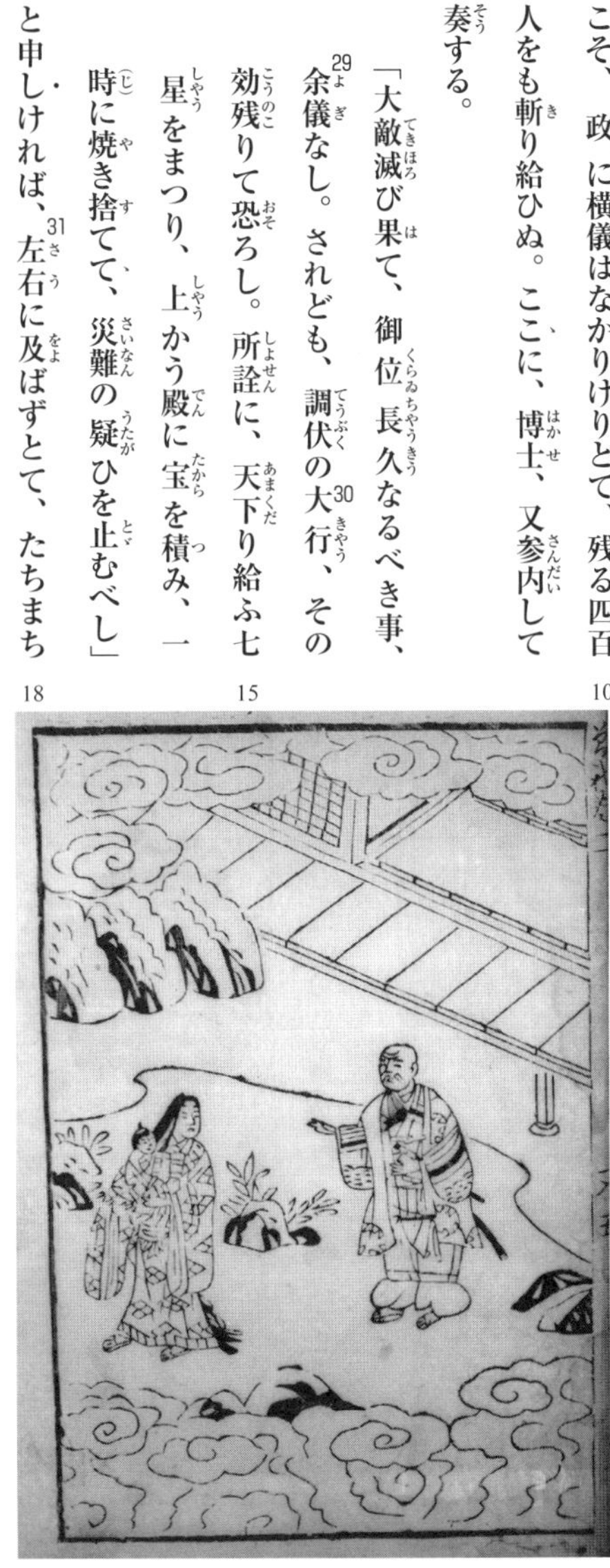

30 伊東祐親、娘が源頼朝との間に子をもうけたことを知る。

20 下層階級の者が、国主や主家など上層の者をしのいで、実権を握ること。
21 高く張った板敷きの床。
22 つま先立ちをして。
23 諸々の天上界（欲界の六欲天・色界の十七天および無色界の四天）の神々。
24 『仁王護国般若波羅蜜多経』の略。『金光明最勝王経』『法華経』とともに護国三部経とされる。この経を受持することによって、災害をはらい、福をもたらすと信ぜられた。
25 二十一日目の満願の日。
26 北斗七星。
27 星座。二十八宿に分けた星のやどり。
28 まちがったこと。よくないこと。
29 他になすべき方法がない。正しい方法である。
30 重大な行為。
31 とやかく言うまでもない。
32 かみくだん。今まで述べた事柄。
33 七曜と二十八宿の併称。星まわり。それらによって吉凶を占う。
34 七種類の災難。経典によってその内容が異なる。『仁王経』受持品では、日月失度難・星宿失度難・災火難・雨水難・悪風難・亢陽難・悪賊難をいう。その七難がたちまちに消え去ること。
35 七種類の幸福。『延宝八年合類節用集』七に、「七福 しちフク 無病・瑞心・身香・衣浄・肥体・多多・人饒」とある。七難即滅、七福即生と、対で用いられることが多い。

に上[32]件の曜[33]宿を繰り、諸天を請じ奉りて、かの殿共を焼き捨てられにけり。[29]

[30]さてこそ、今の世までも、鼬鳴き騒げば、慎みて水を注ぎ、呪ふ、この義によりてなり。されば、七百人の敵滅び、七星、眼前に下り、光をやはらげ給ふ事、七[34]難即滅、七[35]福即生の明[36]文にかなひぬるをや、今の泰山府君のまつり、これなり。大王、かの殿を焼き、政をし給ひて、御位[37]長生殿に栄へ春秋を忘れて、不老門に日月の影静かにめぐり、[38]吹く風枝を鳴らさず、降る雨塊を動かさで、永久の御代に栄へ給ひけるとかや。めでたかりし例なり。

頼朝、伊東におはせし事

そもそも、[1]兵衛佐殿、御代になり給ひなば、伊東・北条とて、[2]左右の翼にて、い[3]づれ勝劣あるべきに、北条の末は栄へ、伊東の末は絶えける、由来を詳しく尋ぬるに、[4]頼朝十三の歳、伊豆国に流されておはしけるに、かの両人をうち頼みて、年月を送り給ひけり。しかるに、伊東次郎に女四人あり。一は相模国の住人三[5]浦介が妻なり。二を[6]ば工藤一臈祐経にあひ具したりしを取り返して、[7]土肥弥太郎に合はせけり。三・四は未だ伊東がもとにぞありける。中にも、三は美人の聞こえあり。佐殿聞こし召して、[8]潮の干る間の徒然と、[9]忍びて褄を重ね給ふ。頼朝、御志浅からで、年月を送り給ふ程に、若君一人出で来給ひにけり。

若君の御事

36 明らかに定めてある条文。
37『和漢朗詠集』下・祝に、「長生殿裏春秋富、不老門前日月遅」(慶滋保胤)とある。「長生殿」は中国の唐代、現在の陝西省西安市東郊の驪山にあった宮殿の名。「不老門」は中国洛陽の城門の名。
38 世の中が太平に治まるさま。『論衡』是応篇に、「太平之日、五日一風、十日一雨。…風不レ鳴レ條、雨不レ破レ塊」とある。

頼朝、伊東におはせし事

1 源頼朝のこと。佐殿とも。右兵衛佐であったところから。
2 双方が相俟って活躍するさま。
3 どちらも優劣のないはずであるが。
4 平治二年(永暦元・一一六〇)三月に、平治の乱で父義朝に連座した罪により伊豆国に流罪になった。
5 三浦義澄。『吾妻鏡』治承四年(一一八〇)十月十九日に、「祐親法師聟三浦次郎義澄」とある。
6 万劫御前。12頁注21参照。祐経の妻となっていた。
7 名は遠平。祐経との離縁、遠平との再婚については18頁参照。
8 流人の境涯ゆえの無為の日々に。
9 ひそかに契りを重ねなさる。

佐殿、若君出で来給ひし事を、なのめならず喜び思し召して、御名をば、千鶴御前とぞ付け給ひける。つらつら[1]往事を思ふに、[2]旧主が住まゐし古風の[3]かほばしき国なれども、[4]勅勘を蒙りて、[5]ならはぬ鄙の住まゐの心地ぞありつるに、この者出で来たる嬉しさよ、十五にならば、[6]秩父・足利の人々、三浦・鎌倉・小山・宇都宮をあひ語らひ、平家に[7]かけあはせ、頼朝が果報の程を試さんと、もてなし思ひ、かしづき給ふ。

かくて、年月を経る程に、若君三歳になり給ふ春の頃、[8]伊東、京より[9]大番勤めて下りしが、しばしは知らざりけり。ある夕暮に、花園山を見ておはしければ、折節、若君、乳母に抱かれ、[10]前栽に遊び給ふ。祐親、これを見て、

「かれは誰そ」

と問ひけれども、返事にも及ばず逃げにけり。怪しく思ひて、すなはち内に入り、妻女にあひ、

「三つばかりの子の、[11]物ゆゆしきを抱きて、前栽にて遊びつるを、『誰そ』と問へば、返事もせで逃げつるは、誰にや」

と問ふ。[12]継母の事なりければ、折を得て、

若君の御事

1 昔（過去）のことを思うに。
2 「旧主」は、昔仕えた主君の意であるが、ここでは先祖のような意で用いるか。真名本に、「先祖の通ひし跡、旧徒が住せし境なれば、古風馥しき国なれども」とある。
3 底本「かほばせ、きくに」。他本により改める。魅力的なの意。
4 勅命による勘当、おとがめ。
5 慣れない田舎住まい。
6 秩父は埼玉県、足利は栃木県、三浦・鎌倉は神奈川県、小山・宇都宮は栃木県内。真名本ではこの他、新田・大胡（群馬県）や千葉（千葉県）、江戸・笠井（東京都）、相馬・佐貫（茨城県）などが加わる。
7 向かって戦わせ。
8 祐親。
9 大番役。平安末から鎌倉時代の、内裏・院の御所や京都市中の警固役（京都大番役）。諸国の武士が交代で任にあたった。当時の大番役の任期は三年とされる。
10 植え込みのある庭。
11 なんとなく普通でない。非凡そうな。
12 真名本には継母ということは見えない。

31 松川の奥で千鶴御前を殺害する。

「それこそ、御分の在京の後に、[13]いつきかしづき給ふ姫君の、妾が制するを聞かで、[14]いつくしき殿して儲け給へる公達よ。[15]御ためには、めでたき孫御前よ」と、[16]おこがましく言ひなしけるこそ、まことに末も絶え、[17]所領にも離るべき例なり。されば、「[18]讒臣は国を乱し、[19]妬婦は家を破る」といふ言葉、思ひ知られて、[20]あさましかりける次第かな。

祐親これを聞き、大きに腹を立て、

「親の知らざる聟やある。誰人ぞ。今まで知らぬ不思議さよ」

と怒りければ、継母は[21]訴へすましぬるよと嬉しくて、

「それこそ、世にありてまことに[22]頼りまします流人、兵衛佐殿の若君よ」

とて、おかしげに[23]嘲弄しければ、いよいよ腹を立て、

「[24]女持ち余りて置き所なくは、乞食・非人などには取らするとも、今時、源氏の流人聟に取り、平家に咎められては、いかがあるべき。『[25]毒の虫をば頭を拉ぎて脳を取り、敵の末をば胸を裂きて肝を取れ』とこそ言ひ伝へたれ。詮なし」

32 蜀の方士、蓬莱宮に楊貴妃を訪ねる。

13大切に育てた。 14立派な殿御。 15あなたにとっては。 16差し出がましい。 17子孫。 18典拠は未詳ながら、『源平盛衰記』五・山門落書にも「讒臣乱レ国、妬婦破レ家」とある。他人を悪く言って主君に告げ口をする臣下がいれば国は乱れ、嫉妬深い女は家の平和を壊すもとになるということ。

19底本「とめる人」。他本により改める。

20あきれたことであった。

21うまく訴えたものだ。

22まことに頼りになる。

23あざけりなぶること。

24娘を持て余すほど多くもって。

25当時の俚諺。『壒嚢鈔』一に、「毒虫ヲハ脳ヲ砕ク」とある。災いの種は元から絶たねばならないという喩え。

26現静岡県伊東市内の松川。

27古活字本同。未詳。真名本「山蜘が淵」。現静岡県伊東市鎌田、伊東大川上流に「稚児ヶ淵」の名でその伝承地が残る。

28簀巻きにして水中に沈めること。

29古活字本類同。『文選』十三・雪賦（謝恵連）に、「盈レ尺則呈二瑞於豊年一、袤レ丈則表二沴於陰徳一」とあり、『幼学指南鈔』二・天下部「雪・盈尺」、『玉函秘鈔』下、『明文抄』一・天象部に引かれる。「しやう」は「尺」、「ありては」は「袤りては」の誤り。「沴」は「禍」と字義が通じる。雪に託して、人の報いをいう。

30江間は、現静岡県伊豆の国市北東部。『源平闘諍録』一之上ではその名を「近末」とする。江間小四郎と称し

とて、郎等を呼び寄せて、若君誘ひ出だし、伊豆国[26]松川の奥を尋ね、[27]とときの淵に[28]柴漬にし奉りけり。情けなかりし例なり。これや、『文選』の言葉に、「[29]しやうにみちては、瑞を豊年にあらはし、丈にありては、禍を陰徳にあらはす」。まことに身にあまれる振る舞ひは、行く末いかがとぞおぼえける。[31][32]

剰へ、北の御方をも取り返し、同じ国の住人[30]江間小四郎に合はせけり。名残惜しかりつる[31]衾の下を出で給ひて、思はぬ方に今更新枕、[32]片敷く袖に移りかはりし御涙、さこそと思ひやられたれ。これも、祐親が平家へ恐れ奉ると思へども、「[33]わうさう・董賢ぶん、三公たるにも、楊雄・仲舒ぶんが、その門につまびらかにせんにはしかず」と見えたり。

[1]王昭君が事

昔、漢の王昭君と申せし后を、[2]胡国の夷に取られ給ひしに、名残の袖は尽きがたくして、歎き悲しみ給ひけるに、王昭君、歎きのあまりに申しけるは、

「自らが敷きし[3]褥に、我が姿を写しとどめて敷き給へ。我、夢に来たりて会ふべし」

と契りけり。漢王悲しみて、かの褥を枕にして、泣き伏し給ひしかば、夢ともなく、又現ともなく来たりて、折々会ひにけり。かの昭君が、胡国への道すがら、涙にくるゝ[4]四方の山とも里とも分けかねて、袖の干る間もなかりけり。思ひのあまりに、[5]旧栖をかへりみて、

「[6]蒼波路遠くして、はかう山深し」

た北条義時とは別の人。31頼朝と共寝した床をはなれ、思ってもいなかった別の夫と共寝をする。32片袖を敷いて、ひとり寝る。33古活字本類同。『文選』五十三・運命論（李蕭遠）に、「王莽董賢之為二三公一、不レ如三楊雄仲舒之闃二其門一也」とあり、『玉函秘鈔』下、『明文抄』四・人事部下に引かれる。「わうさう」は「王莽」、「ぶん」は「之」、「つまびらかに」は「闃に」の誤り。王莽は漢の平帝を毒殺して帝位に就いた人。董賢は前漢哀帝の寵愛を受けた美男子。三公は天子を補佐して天下を治める官。楊雄と仲舒はともに漢の儒学者。

王昭君が事

1前漢の元帝の官女。2北方の異民族である匈奴をいう。3座る時や寝る時に、下に敷くもの。4古活字本同。彰考館本「四方の山野とも」。「四方の山、野とも里とも」か。5もとの住みか。6古活字本同。『和漢朗詠集』下・行旅「蒼波路遠雲千里、白霧山深鳥一声」（橘直幹）による。「はかう」は「白霧」の誤り。青い波の打ち寄せる路は遠く、雲が千里の果てまで続く、白い霧の立ちこめる山は深く、時鳥が一声だけ鳴く、の意。7『和漢朗詠集』下・王昭君「胡角一声霜後夢、漢宮万里月前腸」（大江朝綱）による。王昭君の心を詠じたもので、胡人の角笛の音が一声だけ聞こえて、霜夜の夢が覚める、故郷の漢の都から万里も隔たって、月光に腸を断つ、の意。

と詠じつつ、[7]漢宮万里の旅の空、今の思ひに知られたり。
佐殿も、若君失はれさせ給ひし御心、[8]くわらくが子を失ひ、かなはぬ別れの袖の
涙、[9]紅閨に列なりし[10]限りなり。

[1]玄宗皇帝の事

されば、北の方の御別れ、飽かぬ御名残の有様、唐土に、玄宗皇帝に[2]楊貴妃と申せし后は、
[3]安禄山が軍のために奪はれ、つゐに[4]馬嵬が原にして失ひ奉る。皇帝、その御思ひ絶えずして、[5]蜀の
[6]方士に仰せ、[7]魂のありかを尋ねよとあり。方士、[8]神通にて、[9]一天三千世界を尋ねまはりしに、ここに[10]太真
院と打ちたる額あり。すなはち[11]蓬莱宮、これなり。ここに至つて、[12]玉妃に会ひぬ。この所を見れば、浮
雲重なり、人跡の通ふべき所ならねば、簪を抜きて、扉を叩く時、[13]双鬟童女二人出でて、
「いづくより、いかなる人ぞ」
と問ふ。
「唐の[14]太子の使ひ、蜀の方士」
と答へければ、
「さらばそれに待ち給へ。玉妃にこの由申さん」
とて入りぬ。[15]所は、雲海沈々として、洞天に日暮れなんとす。まことに悄然として待つ所に、玉妃出で
給ふ。すなはちこれ楊貴妃なり。左右の童女七八人あり。方士に[16]揖して、皇帝の安寧を問ふ。方士、細
かに答ふ。言ひ終はりて、玉妃、会ひ給へる証とや、玉の簪を抜きて、方士に賜ぶ。その時、方士、

8古活字本同。未詳。太山寺本「くわいろく」、彰考館本「回睦」、万法寺本「回程」。　9婦女の寝室。　10彰考館本「恨み」、太山寺本「うとみ」。「恨」を「限」と誤るか。

玄宗皇帝の事

1唐朝第六代皇帝。この話は、主として『白氏文集』十二・長恨歌、陳鴻『長恨歌伝』等から出て、『今昔物語集』十・七、『無名抄』下、『唐物語』、『太平記』三十七・楊国忠事などに採られる。　2唐の後宮四妃のひとり。もとは寿王の妃であったが、玄宗の寵妃となる。　3胡人。天宝十四年（七五五）、玄宗に背き反乱を起こす。　4馬嵬坡。現在の陝西省咸陽市興平市。楊貴妃が殺害された場所。　5中国四川省の古名。　6方術、すなわち神仙の術を行なう人。道士。　7魂。霊魂。　8自由自在にどんな事をもなしうる不思議な力。　9底本「一天三せんがい」。他本により「世」を補う。あらゆる所。一天下。三千世界は57頁注1参照。　10『長恨歌伝』に、「東極絶天海、跨蓬壺、見最高仙山、上多楼閣、西廂下有洞戸、東向闔其門、署曰玉妃太真院」とある。「太真」は楊貴妃の道号。「ゑん」は「院」の漢音。　11神仙のすみかとされる蓬莱山の宮殿。　12帝王の妃。楊貴妃のこと。　13頭に二つのあげまきを結った少女。　14古活字本同。太山寺本「天子」、万法寺本「てんし」。従うべきか。　15古活字本同。他本「時は」「時に」。『長恨歌伝』に、「于時

「これは世の常にある物なり。[17]支証に立たず。[18]叡覧に、いかなる[19]密契かありし」。

玉妃しばらく案じて、

「[20]天宝十四年の秋[21]七月七日の夜、天にありて願はくは比翼の鳥（とり）、地にあらば願はくは連理の枝、天長地久にして尽くる事なからんと。[22]知らず、奏せんに御疑ひあるべからず」

と言ひて、玉妃は去り給ひぬ。方士帰り参りて、皇帝に奏聞す。

「さる事あり。方士誤りなし」

とて、[23]飛車といふ車に乗り、我が朝尾張国に天下り、[24]八剣大明神とあらはれ給ふ。楊貴妃は、[25]熱田明神にてぞわたらせ給ひける。蓬萊宮は、すなはちこの所とぞ申し候ふ。兵衛佐殿は、若君、北の御方の御行方をも、知らせ奉る者なかりしかば、慰み給ふ心もなかりけり。

[1]頼朝、伊東を出で給ふ事

かくて頼朝は、何となるべき憂き身ぞやと思ひ暮らし給ふに違はず、[2]入道、[3]剰へ、佐殿をも夜討ちにし奉らんとて、郎等を催しける。ここに、祐親が次男、[4]伊東九郎祐清といふ者あり。秘かに佐殿へ参り、申しけるは、

33 伊東九郎（左）、源頼朝（右）に伊東脱出を進言。

雲海沈々、洞天日晩、瓊戸重外闔、悄然無レ声」とある。「雲海」は高い山から見下ろしたとき、一面に広がり海のように見える雲。「沈々」は静まりかえるさま。「洞天」は神仙の住むところの空。「悄然」はもの寂しいさま。16「揖」は、笏を手にして、上体を前に傾けてする礼。会釈。17確かな証拠とはならない。18皇帝にご覧いただくのに。19ひそかに交わした契り。20七五五年。安禄山の乱が起こった年。21『白氏文集』十二・長恨歌に、「七月七日長生殿、夜半無レ人私語時、在レ天願作二比翼鳥一、在レ地願為二連理枝一、天長地久有レ時尽、此恨綿綿無二絶期一」とある。「比翼の鳥」は空想の鳥で、雌雄各一目一翼、常に一体となって飛ぶというもの。「連理の枝」は一つの木の枝が他の木の枝と相つらなって、木目の相通じるようになった枝。ともに、夫婦が深く愛し合い、互いに離れがたい間柄にあるさまをいう。22真名本「人これを知らず」。誤脱か。あるいは、文頭に用いて主観的な疑問の意を表わす用法か。23空を飛ぶ車。24現愛知県名古屋市熱田区にある熱田神宮の別宮である八剣宮（八剣神社）。25現愛知県名古屋市熱田区にある熱田神宮。熱田神宮における蓬萊宮伝説は『海道記』『熱田宮秘釈見聞』に見え、『渓嵐拾葉集』『楊貴妃物語』では楊貴妃をまつるともいう。

頼朝、伊東を出で給ふ事

1この話は、『吾妻鏡』寿永元年（一一八二）二月十五日条、および『平家

「親にて候ふ祐親こそ、ものに狂ひ候ひて、君を討ち奉らんと仕り候へ。いづくへも御忍び候[5]へ」

と申しければ、頼朝聞こし召し、ちや[6]うさい王が害にあひしも、偽る事は知らでなり、笑み[7]の内に刀を抜くは習[33][34]ひなり、人の心知りがたければ、君臣父子のい[8]をもつて恐るべし、いはんや、討たんとするは親なり、告げ知らするは子なり、方々[9]不審におぼえたり、いかさま[10]、我を謀るにこそとて、打ち[11]解け給ふ事もなし。

「まことに思ひかけられなば、いづくへ行きても逃るべきか。されども、左右なく自害するに及ばず。人手にかからんよりは、汝、はやく頼朝が首を取りて、父入道に見せよ」

と仰せられければ、祐清承りて、

「仰せのごとく、語らひがたき人の心にて候ふ。蜂[12]を取りて衣の首にかへして、親子の心に違ひしも、偽る巧みなり。君思し召すも御理、まことの御心ざしとは思

[34] 源頼朝、伊東を脱出し、北条へ向かう。

物語』の読本系諸本に載る。『吾妻鏡』では、頼朝の伊東脱出を安元元年（一一七五）九月頃のこととする。
2 伊東祐親。
3 その上に加えて。
4 54頁注7参照。
5 ひそかに逃げてください。
6 古活字本同。「長寿王」のことか。『長寿王本紀経』によると、長寿王は国内の闘争をきらって殺害されたという。
7 『白氏文集』四・天可度に「笑欣々、笑中有レ刀潜殺レ人」、『和漢朗詠集』下・述懐に「言下暗生二消レ骨火一、咲中偷鋭二刺レ人刀一」（惟良春道）とあり、『太平記』十六・新田義貞西国進発事にも「言下に骨を銷し、笑みの中に刀を砥ぐは、この比の人の心なり」と引かれる。うわべは柔和で内心は陰険なこと。
8 古活字本同。太山寺本「なほ以て」、南葵文庫本「なをもつて」。従うべきか。
9 いずれにせよ疑わしい。
10 きっと。
11 気を許すことなく。
12 『船橋家本孝子伝』下・十二、『今昔物語集』九・二十に見える話による。伊尹（正しくは尹吉甫）の子、伯奇が、継母の企みによって父との仲を裂かれた話で、継母は自分の衣の袖に蜂を入れておき、伯奇にそれを取らせることで、子が母を犯そうとしていると疑わせたという。「かへして」は、彰考館本等に「かくして」。

し召さずして、異常の報、もつとも御疑ひ、理なり。忝なくも、不忠申し候はば、[13]当国二所大明神の御罰を蒙り、[14]弓矢の冥加永く尽きて、祐清が命、御前にて果て候ひなん」

と申しければ、佐殿聞こし召し、大きに御喜びありて、

「かやうに告げ知らする志ならば、いかにもよきやうにあひ計らひ候へ」

と仰せければ、祐清承って、

「[15]藤九郎盛長、[16]弥三郎成綱をば、[17]君御座のやうにて、しばらくこれに置かれ候ふべし。君は、[18]大鹿毛に召されて、鬼武ばかり召し具し、[19]北条へ御忍び候へ」

と申し置きて、

「御討手もや参り候はん。事を延ばし候はん」

とて、急ぎ御前を立ちにけり。

頼朝、北条へ入り給ふ事

かくて佐殿は、秘かに紛れ出でさせ給ふ。頃は[1]八月下旬の事なるに、露吹き結ぶ風の音、[2]我が身一つにもの寂しく、野辺に[3]やすだく虫の声、折から殊に哀れなり。[4]有明の月だに未だ出でざるに、いづくをそことも知らねども、道を変へて、田面を伝ひ、草を分けつつ、道すがらの御[5]祈誓には、

「[6]南無正八幡大菩薩の御誓ひに、吾が末代に源氏の世となりて、東国に住して[7]夷

13 伊豆山権現と箱根権現。
14 戦いにおける神仏の加護。
15 安達藤九郎盛長。頼朝、政子の信頼が厚い側近の一人。延慶本『平家物語』に「足立藤九郎盛長」。
16 『吾妻鏡』、延慶本『平家物語』に「野三刑部成綱」、『源平盛衰記』に「野三刑部盛綱」、『源平闘諍録』に「定綱」と揺れがある。佐々木三郎盛綱のことか。
17 いらっしゃるように偽装して。
18 馬の名前。真名本に、「大鹿毛と云ふ御馬に鬼武と云ふ舎人ばかりを召具して」とある。
19 北条時政をさす。20頁注7参照。

頼朝、北条へ入り給ふ事
1 真名本では、治承元年（一一七七）のこととする。67頁注1も参照のこと。
2 我が身を強調することば。
3 集って鳴く。
4 夜明けの空に残る月。陰暦十六夜以降の月。
5 神仏の祈り、誓いを立てること。
6 源氏の氏神である八幡神をいう。「南無」は仏や三宝などに帰依することを表わすことば。
7 東国の野蛮な住民を平定しようと。

を平らげんと願ひましませ。しかるに、人廃れ[8]、氏滅びて、正統[9]残りてただ頼朝ばかりなり。今度、運を開かずは、誰あつて家を興さんや。世すでに澆季[10]にして、人後胤[11]なし。はやく頼朝が冥慮[12]に任せ、東夷を従へ、喜悦の眉を開かしめ給へ。しからずは、せめて当国伊豆国の匹夫[13]となし、永く本望を遂げしめ給へ」と、御祈誓、夜[14]もすがらなり。大菩薩の感応[15]にや、幾程なくして御代に出で給ひけり。さても、北条四郎時政がもとへ入り給ひ、一向[16]彼をうち頼みて、年月をこそ送り給ひけれ。

時政が女の事

さてかの時政と申すは、平家の末葉[1]といへども、系図遠くなりぬれば、遠国に住みけれども、国一番の大名なり。彼に女[2]三人あり。一人は先腹[3]にて二十一なり。二・三は当腹[4]にて十九・十七にぞなりにける。中にも、先腹二十一は美人の聞こえあり。殊に父、不便に思ひければ、妹二人よりは、すぐれてぞ思ひけり。

さる程[5]に、その頃、十九の君、不思議の夢をぞ見たりける。たとへば[6]、いづくともなく、高き峰に登り、月日を左右の袂におさめ、橘[7]の三つなりたる枝をかざす[8]と見て、思ひけるは、男の身なりとも、自らと月日を取らん事あるまじ、ましてや女の身として、思ひも寄らず、まことに不思議の夢なり、姉御は知らせ給ふべし[9]、問ひ奉らんとて、急ぎ朝日御前[10]の方に移り、細々と語り給ふ。二十一の姉君は、詳しく聞きて、まことにめで

8 源氏の一族が衰亡して。
9 正しい血筋・血統。
10 道徳の薄れた人情軽薄な末の世。
11 子孫。
12 はかりしれない神仏の配慮。
13 古活字本同。「匹夫」は身分の低い男。真名本に「縦ひ広く東国を兇げむ事こそ難くとも、当国の土民ばかりを授け給へ」、太山寺本に「とうごく（東国／当国）の主となし、永く本望を遂げしめ給へ」とある。110頁には「伊豆国一国の主にもならばや」とある。
14 一晩中。
15 信者の思いが神仏に通じること。
16 ひたすら。

時政が女の事
1 子孫。後裔。
2 『尊卑分脈』『北条家系図』等によると、五人～十一人の女をもうけている。
3 先妻との間にできた子。
4 現在の妻との間にできた子。
5 この夢の話は、真名本にはない。
6 その内容を細かにいうと。
7 ミカン科の常緑樹。古くは柑子とも呼ばれた。
8 髪に挿す。
9 古活字本同。きっと御存知でしょう。太山寺本「知り給ふべし」。
10 時政の長女政子にあたる。ただし、真名本には「万寿御前」とある。ただし、政子が朝日・万寿と呼ばれた記録はない。「御前」は女性に対する敬称。

たき夢なり。我等が先祖は、今に観音を崇め奉る故、月日を左右の袂におさめたり、又、橘をかざす事は、本説[11]めでたき由来ありとて、景行天皇[12]の御事をぞ思ひ出だしける。

橘[1]の由来の事

そもそも、橘といふ木の実の始まりは、「人皇十一代の帝[2]、垂仁天皇[3]の御時よりぞ出で来ける」と、『日本紀』[4]には見えたり。しかるに、この橘は、常世[5]の国より三つ参らせたり。折節、后懐妊し、かの橘を用い給ひて、懐胎の悩み絶へて、御心涼し[6]かりけり。されば、かやうの物もありけるよと、朝夕願ひ給へども、我が国になき木の実なりければ力なし。ここに、間守[7]といふ大臣あり。この願ひを聞き、

「易き事なり。異国に渡り、取りて参らせん」

と言ひて、立ちければ、喜び思し召して、

「さては、いつの頃に帰朝すべき」

と、宣旨ありければ、

「五月には、必ず参るべし」

と申して、渡りぬ。その月を待てども見えずし

11 根拠となる確かな説。
12 第十二代天皇。垂仁天皇の皇子。

橘の由来の事

1 この橘の由来譚は太山寺本や真名本にはない。『古今秘註抄』（曼殊院蔵）との関係が指摘される（渡瀬淳子）。
2 神代の神々に対して、神武天皇以後の天皇をいう。
3 記紀に記される第十一代天皇。崇神天皇の第三皇子。
4 『日本書紀』のこと。『日本書紀』垂仁天皇九十年に、「天皇、命二田道間守一、遣二常世国一、令レ求二非時香果一」とある。「非時香果」が橘のこと。
5 古代人が、海のむこうのきわめて遠い所にあると考えていた想像上の国。現実の世とはあらゆる点で異なる地と考えた国で、後に、不老不死の理想郷、神仙境とも考えられた国。
6 さっぱりした。
7 田道間守。『古事記』には「三宅連等之祖、名多遅摩毛理」とある。

35 北条時政の十九の女、姉の朝日御前（政子）に、見た夢を語る。

て、六月になりて、
「我は留まりて、人して橘を十参らせ、
なを尋ねて参るべし」
とて留まりけれども、橘の参る事を、后大きに喜び給ひ、用ひ給ふ。その徳によりて、皇子御誕生あり。御位をたもち給ふ事、百二十年なり。景行天皇の御事、これなり。その大臣の袖の香に、橘の移りきたりけるを、[8]猿丸大夫が歌に、

[9]五月待つ花橘の香をかけば昔の人の袖の香ぞする

と詠みたりけり。我が朝に、橘植へ初めける事、この時よりぞ始まりける。

又、橘に、[10]盧橘といふ名あり。去年の橘に覆ひして置けば、今年の夏まであるなり。その色少し黒きなり。「盧」の字を「くろし」と読めばなり。

さても、この二十一の君、女性ながら[11]才覚人に優れしかば、かやうの事を思ひ出だしけるにや。げにも、景行帝、橘を願ひ、誕生ありし[12]ごと、幾程なくて、[13]若君出で来たり、頼朝の御跡を継ぎ、[14]四海を治め奉る。35 36

されば、[15]この夢を言ひ脅して、買ひ取らばやと思ひければ、

36 朝日御前（政子）、妹が見た吉夢を鏡と小袖とで買い取る。

8 奈良時代または平安時代初期に実在していたと考えられていた伝説的な歌人。出自・伝ともに未詳。三十六歌仙の一人。
9 『古今集』夏・読み人知らず。五月を待って咲く花橘の香をかぐと、昔なじみの人の袖の香がして、懐かしく思われる。
10 「金柑」の異名。
11 知恵の働き。
12 底本「事」。古活字本同。彰考館本・南葵文庫本「ことく」。「ごとし」の語幹の用法に誤った字をあてるか。
13 後の頼家と実朝。
14 天下。国内。
15 70頁の、十九の君が見た夢。夢を売り買いする話は、『宇治拾遺物語』十三・五・夢買人事などに見える。

「この夢、返す返す恐ろしき夢なり。よき夢を見ては、三年語らず。悪しき夢を見ては、七日の内に語りぬれば、大きなる慎[16]みあり。いかがし給ふべき」

とぞ脅しける。十九の君は、偽りとは思ひも寄らで、

「さては、いかがせん。よきに計らひてたびてんや」

と、大きに恐れけり。

「されば、かやうに悪しき夢をば、転じかへて難を逃るるとこそ聞きて候へ」

「転ずるとは、何とする事ぞや。自ら心得がたし。計らひ給へ」

とありければ、

「さらば、売り買ふと言へば、逃るるなり。売り給へ」

と言ふ。

「買う者のありてこそ売られ候へ。目にも見えず、手にも取られぬ夢の、など[17]現に誰か買ふべし」

と、思ひ煩ふ色見えぬ。

「さらば、この夢をば、妾買ひ取りて、御身の難を除き奉らん」

と言ふ。

「自らが事は、もとより恨みなし。御ため悪しくは、いかがせん」

と言ひければ、

「さればこそとよ。売り買ふと言へば、転ずるにて、主も自らも、苦しかるまじ」

16 忌みつつしむこと。
17 どうして現実に誰かが買うでしょうか。

と、まことしやかに拵へければ、

「さらば」

と喜びて、売り渡しけり。[18]その後に悔しくはなりなましとおぼえけり、二十一の君は、
この言葉につきて、

「何にてか買い奉らん。もとより所望の物なれば」

とて、北条の家に伝はる[19]唐の鏡を取り出だし、又[20]唐綾の[21]小袖一重ね添へ渡されけり。

十九の君、なのめならずに喜びて、我が方に帰り、

「日頃の所望叶ひぬ。この鏡の主になりぬ」

と喜びけるぞ愚かなる。この二十一の君をば、父殊に不便に思ひければ、この鏡を譲りけるとかや。

さる程に、佐殿、時政に女数多ある由聞こし召し、伊東にも懲り給はず、[22]上の空なる物思ひを、[23]風の便りに音づればやと思し召し、内々人に問ひ給へば、

「当腹二人は、事外悪女なり。先腹二十一の方へ、御文ならば、賜りて参らせん」

と申しけり。伊東にて物思ひしも、継母故なり。いかに悪くとも、当腹をと思し召し定められて、十九の方へ、御文をぞあそばしける。藤九郎盛長は、是を賜りて、つくづく思ひけるは、当腹共は事の外悪女の聞こえあり、君思し召し遂げん事あるべからず、さあらば北条にさへ、御仲違はせ給ひては、何方に御入りあるべき、果報こそ劣り奉ると

18 後できっと悔しい思いをするだろうと思い。
19 中国渡来の上等な鏡。
20 中国渡来の模様を浮織にしてある綾。
21 袖口を狭くした垂領の長着で、肌着として用いた着物。素襖・直垂などの袖の大きいものに対していう。
22 心が宙に浮いたような不安定な状態。
23 ちょっとした機会を得て、手紙で知らせたい。

も、[24]手跡はいかで劣り奉るべきとて、御文を二十一の方へぞ書き変へける。さて、[25]少将の局して参らせたりけり。姫君御覧じて、思し召しあはする事あり、この暁、[26]白き鳩一つ飛び来たりて、口より金の箱に文を入れて吹き出だし、妾が膝の上に置き、虚空に飛び去りぬ、開きて見れば、佐殿の御文なり、急ぎ箱におさむると思へば、夢なり、今現に文を見る事の不思議さよと思し召して、うち置きぬ。その後、文の数重なりければ、夜な夜な忍びて、[27]褄をぞ重ね給ひける。

かくて年月を送り給ふ程に、北条四郎時政、京より下りけるが、道にてこの事を聞き、[28]ゆゆしき大事出で来たり、平家へ聞こえてはいかならんと、大きに騒ぎ思ひけり。去りながら、静かに物を案ずるに、時政が先祖[29]上総守なをたかは、[30]伊予殿関東下向の時、聟に取り奉りて、[31]八幡殿以下の子孫出で来たり、今に繁昌ありつる事、世に隠れなしと思ひけるが、いかがせましとぞ思はれける。

兼隆聟に取る事

かくて北条は、この事いかにせんと案ずるに、世に[1]聞こえなくば、末悪しざまにはあらじと思ひけれども、平家の侍に、[2]山木判官兼隆といふ者を[3]同道して下りけり。道にて、何となき事のつゐでに、

「御分を時政が聟に取らん」

と言ひたりし言葉の違ひなば、

24 書いた文字。
25 二十一の君の乳母か。
26 鳩は古くより八幡神の使いとされた。
27 契りを結ばれた。
28 大変な。容易ではない。
29 古活字本同。真名本・太山寺本・彰考館本に「上野守直方」とある。『尊卑分脈』によると直方は「大夫尉上総介従五位上」、その女子は「源頼義朝臣室」とある。『北条氏系図』によると、時政は直方五代の孫。
30 伊予守源頼義。5頁注57参照。平忠常の乱と前九年の役に、東国に下向している。
31 八幡太郎源義家。5頁注58参照。

兼隆聟に取る事

1 世間に知れわたらなければ、将来そう悪いことにはならないだろうと思ったけれども。
2 桓武平氏。和泉守平信兼の子。山木の館にあって山木判官という。「山木」は現静岡県伊豆の国市韮山山木。
3 連れ立って。

「源氏の流人、聟に取りたり」と訴へられては、罪科[4]逃れがたし、いかがせんと思ひければ、伊豆[5]の国府に着き、かの目代兼隆[6]に言ひ合はせ、知らず顔にて、女を山木判官に取らせけり。されども、佐殿に契り[7]や深かりけん、一夜をも明かさで、その夜の内に逃げ出でて、近く召し使ひける女房[8]一人召し具して、深き叢を分け、足に任せて行く程に、あしびき[9]の山路を越え、夜もすがら、伊豆の御山[10]に分け入り給ひぬ。契り朽ちずは[11]、出雲路[12]の神の誓ひは浅からず、妹背[13]の仲はかはらじとこそ守り給ふなれ。頼む恵みの朽ちやらで、末の世[14]かけて諸共に、住み果つべしと、祈り給ひけるとかや。[37][38]

牽牛[1]・織女の事

4 処罰。
5 現静岡県三島市内。
6 任国に下向しない国守の代わりに在国して執務する者。
7 夫婦の縁。
8 真名本では、童女と乳母子の侍従という女房の二人を連れている。
9 「山」「峰」などにかかる枕詞。
10 伊豆山権現。現静岡県熱海市。箱根権現とともに、二所権現と称せられる。
11 夫婦の縁がなくならなければ。
12 現京都市上京区幸神町の出雲路幸神社。出雲路道祖神社とも言われた。
13 夫婦。
14 後の世にわたっていつまでも。

牽牛・織女の事

1 この話は、真名本や太山寺本にはない。「牽牛」「織女」は彦星と織姫。七夕にまつられる星。『毘沙門堂本古今集注』三や『鴉鷺合戦物語』二に同様の話が載る。

37 朝日御前（政子）、山木判官の館を脱出し、伊豆山権現へ向かう。

38 伯陽と遊子、月を眺めて偕老同穴の契りを交わす。

そもそも、出雲路の神と申すは、昔、けいしやう[2]といふ国に、男をば伯陽と申し、女をば遊子とて、夫婦の者ありけるが、月に伴ひて、夜もすがら寝る事なくして、道に立ち、夕べには東山の峰に心を澄まし、月の遅く出づる事を恨み、暁は晴天の雲にうそぶき[3]、曇りなき夜を喜び、雨雲の空を悲しみて、年月を送りしに、伯陽九十九の年、[4]死門に臨まんとせし時、遊子にむかひ申すやう、

「我、月に伴ひて、愛づる事、世の人に超えたり。一人なりとも、月を見る事怠る事なかれ」

と言ひければ、遊子、涙を流して、

「汝、まさに死なば、我一人月を見る事あるべからず。諸共に死なん」

と悲しめば、伯陽重ねて申すやう、

「[5]偕老同穴の契り、百年にあたれり。月を形見に見よ」

とて、つゐにはかなくなりにけり[6]。契りしごとく、遊子は内に入る事もなくして、月に伴ひ歩きしに、これも限りありければ、つゐにはかなくなりにけり。されども、夫婦諸共に月に心をとめし故に、[7]天上の果を受け、二つの星となるとかや。牽牛・織女、これなり。又、[8]塞の神とも申すなり。[9]道祖神ともあらはれ、夫婦の仲を守り給ふ御誓ひ、頼もしくぞおぼえける。

又、伝へ聞く、[10]漢の高祖、はうやう山といふ山に籠もり給ひしに、こうろ太子諸共に、紫雲をしるべとして、深き山路に分け入りし心ざし、これには過ぎじとぞ見えし。

さて、佐殿へ秘かに人を参らせ、かくと申させ給ひしかば、鞭をあげてぞかの山へ登り給ひける。目代は尋ねけれども、なを山深く入り給ひければ、力及ばず尋ね得ず。北条は、知らず顔にて年月をぞ送りける。伊東が振る舞ひにはかはりけるにや、[11]果報のいたす

2『毘沙門堂本古今集注』、『鴉鷺合戦物語』では国名を「けい（瓊）」、夫を「遊子」、妻を「伯陽」とする。
3 詩歌を吟じること。
4 死ぬこと。底本「に」なし。他本により補う。
5 共に暮らして老い、死後は同じ墓穴に葬られること。転じて夫婦の信頼関係が非常に固いこと。『詩経』邶風・撃鼓に、「執二子之手一、与レ子偕老」、同じく『詩経』王風・大車に「穀則異レ室、死則同穴」とあるのを合わせたもの。『易林本節用集』に、「偕老同穴〈カイラウ／タウケツ〉、毛詩夫婦堅約之義」とある。
6 命が絶えた。
7 天にのぼるという報い。
8 古活字本同。正しくは「さへの神」。悪霊の侵入を防ぐため村境・峠・辻などにまつられる神。旅の安全を守る神。また、生殖の神、縁結びの神ともする。道祖神。
9 塞の神に同じ。『江談抄』六・六一に、黄帝の末子の遊子が、死後に道祖神となったことが見える。『毘沙門堂本古今集注』が、七夕のことと道祖神のこと双方を備える。
10 1頁注11参照。『史記』八・高祖本紀第八、『漢書』一・高帝紀上等に、「高祖即自疑、亡匿隠二於芒碭山沢巌石之間一。呂后与レ人倶求常得レ之。高祖怪問レ之。呂后曰、季所レ居常有二雲気一、故従往常得レ季」とある。したがって、「はうやう山」は芒碭山、「こうろ太子」は呂后、呂太后にあたる。
11 前世の善行によるこの世での幸せ。

所なり。

盛長が夢見の事

ここに、懐島平権守景信といふ者あり。この程、兵衛佐殿、伊豆の御山に忍びてまします由伝へ聞き、「かやうの時こそ、奉公をばいたさめ」とて、一夜宿直に参りけり。藤九郎盛長も、同じく宿直仕る。夜半ばかりに、うち驚きて申しけるは、「今夜、盛長こそ、君の御ために、めでたき御示現を蒙りて候へ。御耳をそばだて、御心をしづめ、たしかに聞こし召せ。君は、矢倉嶽に御腰をかけられしに、一品房は金の大瓶を抱き、実近は御畳を敷き、成綱は銀の折敷に金

盛長が夢見の事

1盛長は、足立藤九郎盛長。69頁注15参照。この話は、延慶本『平家物語』四・兵衛佐伊豆山ニ籠ル事、『源平盛衰記』十八・文覚頼朝勧二進謀反一、舞の本「夢合はせ」等に見える。

2「大庭平太景信」として既出。正しくは「景義」（景能とも）。懐島は大庭御厨の中の懐島郷で現神奈川県茅ヶ崎市内。20頁注2参照。

3主君のために仕えること。

4貴人の寝所に守護奉仕すること。

5はっと目を覚まして。

6神仏が霊験を示すこと。

7現神奈川県南足柄市矢倉沢。足柄峠の北にあたる。8一品房昌寛。頼朝の右筆。後に成勝寺の執行。その名の由来は、『源平闘諍録』一之上・十二「藤九郎盛長夢物語」に、「観音品計教二頼朝一故、号云二一品坊一也」とある。真名本に「伊保房」。9底本「たいへんざ」。他本「たいへい（大

39 藤九郎盛長（左）、夢に見たことを頼朝（右）に語る。（33図比較）

40 大庭景信、盛長が見た夢を占う。

の御盃を据へ、盛長は銀の銚子に御盃を参らせつるに、君、三度[12]聞こし召されて後、箱根御参詣ありしに、左の御足にては[13]外浜を踏み、右の御足にては[14]鬼界嶋を踏み給ふ。左右の御袂には月日を宿し奉り、小松三本頭にいただき、南向きに歩ませ給ふと見奉りぬ」

と申しければ、39 40 佐殿聞こし召して、大きに喜び給ひて、

「頼朝、この暁、不思議の霊夢を蒙りつるぞや。たとへば、虚空より山鳩三つ来たりて、頼朝が[15]髻に巣をくひ、子を産むと見つるなり。これ、[16]しかしながら、八幡大菩薩の守らせ給ふと、頼もしくおぼゆる」

と仰せられければ、[17]希代なりける御[18]奇瑞と、思はぬ人はなかりけり。

景信が夢合はせの事

さても景信申しけるは、

「盛長が示現においては、景信[1]合はせ候はん。まづ、君、矢倉嶽にましましけるは、御先祖八幡殿の御子孫、東八箇国を屋敷所にさせ給ふべきなり。御酒聞こし召しけると見つるは理なり。当時、君の御有様は、[2]無明の酒に酔はせ給ふなり。しかれば、酔いはつゐに醒むるものにて、『[3]三木』の三文字をかたどり、近くは三月、遠くは三年に、御酔いは醒むべし」

とぞ申しける。

瓶）」に改める。10真名本同。系譜未詳。『平家物語』諸本には登場しない。11弥三郎成綱（69頁注16参照）か。真名本「盛綱」。12三杯召し上がられて。13陸奥湾に沿った津軽半島の海辺をいう。当時は我が国の北端と考えられていた。14現鹿児島県鹿児島郡の硫黄島にあたる。当時の我が国の南端。15髪の毛を頭頂に集めて束ねたところ。もとどり。16すべて。そっくりそのまま。17世にもまれな。18めでたいことの前兆として起こる不思議な現象。吉兆。

景信が夢合はせの事

1夢を考え合わせて吉凶を占うこと。
2正常な心を乱すもととなる酒。
3酒の異名。御酒。

酒の事[1]

景信重ねて申しけるは、「酒は忘憂[2]の徳ありとて、疎きは親しみ、親しきはなを親しむ。さるによつて数の異名候ふ。

中にも、『御酒[3]』と申す事は、昔、漢[4]の明帝の御時、三年旱魃[5]しければ、水に飢へて人民多く死する。帝、大きに歎かせ給ひて、天に祈り給へども験なし。いかがせんと悲しみ給ひけり。その国の傍らに、石祚[6]といふ賤しき民あり。彼が家の園に、桑の木三本ありけるに、水鳥、常におりゐて遊ぶ。主怪しみて、行きて見れば、かの木のうろ[7]に、竹の葉覆へる物あり。取り除けて見るに水なり。舐めてみれば美酒なり。すなはち、これを取りて、国王に捧ぐ。しかるに、この美酒一度口に含めば七日飢へを忘るる徳あり。帝、感じ思し召して、水鳥の落としをきたる羽をとり、飢へて死する者の口に注ぎ給へば、死人悉くよみがへり、飢へたる者は、力を得、めでたしとも言ふばかりなし。すなはち、石祚を召して、一国の守に任ず。桑の木三本より出で来たればとて、『三木』と申すなり。さても、この酒は、いかにして出で来るぞと尋ね給ふに、石祚が子に、荒里[8]といふ者あり。継母、殊にすぐれてこれを憎み、毒を入れ食はせけり。されども、荒里、継母の習ひと思ひなずらへて、さらに恨むる心なくして、この木のうつろ[9]に入れ置き、竹の葉を覆ひて置きたりけるが、はじめ入れたるは麹[10]となり、後に入れける飯は天よりくだる雨露[11]の恵みを受けて、美酒とぞなりにける。『毒薬変[12]じて薬となる』とは、この時よりの言葉なり。又、酒を飲みて、風[13]の去る事三寸なれば、『三寸』と

酒の事

1この話は真名本にはない。また、「中にも…」以下の酒の由来については太山寺本にもない。 2彰考館本「忘レ憂の徳」。「忘憂」は酒の異称。陶淵明「飲酒二十首・其七」に、「秋菊有二佳色一、裛レ露採二其英一、汎二此忘憂物一、遠二我遺世情一」、『下学集』に、「忘憂物〈バウイウブツ〉酒異名也、飲レ酒即忘レ憂也」とある。 3「み」は美称、「き」は酒の古語。『毘沙門堂本古今集注』三（三九七番歌の注）に、ほぼ同文を見いだせる。『壒嚢鈔』六・三十七にも類話が見えるが、人名などに異同がある。 4後漢の第二代皇帝。 5ひでり。 6未詳。彰考館本および『毘沙門堂本古今集注』の用字による。『壒嚢鈔』にはこの父親は登場しない。 7内部が空になっているところ。空洞。 8未詳。彰考館本および『毘沙門堂本古今集注』の用字による。『壒嚢鈔』では「劉石」。 9「うろ」に同じ。 10米・麦・大豆などを蒸してねかし、麹かびを加えて繁殖させたもの。 11雨と露。転じて大きな恵み。 12古活字本『平治物語』下・頼朝義兵を挙げらるる事并びに平家退治の事に、「毒薬変じて甘露となる」とある。 13『毘沙門堂本古今集注』に「酒ノミヌレハ、風其身ニ三寸チカツカス」とある。「風」はひろく邪気によっておこる病。 14『毘沙門堂本古今集注』に「家隆云、馬ノ寸ヲハ、キト云也」とある。「家隆」は藤原氏、鎌倉時代初期の歌人。『新古今集』選者の一人。 15馬の大きさを示す際、

も書けり。これは、[14]家隆卿の言ひけるなり。[15]馬の寸を『き』と言へば、その故もあるにや。また、[16]『風防』とも言へり。風の妨ぐる義なり。又、ある者の家に杉三本あり。その木のしたゞり、岩の上に落ちたまり、酒となるといふ説あり。その時は、『三木』と書くべきか。また[17]『医心方』に曰く、[18]『新酒百薬の長たり』とも書けり。[19]『漢書』には、『石祚、三木を得て、天命を助く』と書けり。又、[20]慈童といひし者は、七百歳を経て、[21]彭祖と名を変へし仙人、[22]『菊水』とてもてあそびけるも、この酒なり。これは、[23]『法華経』普門品の[24]二句の偈を聞きし故に、菊の下行く水、不死の薬となりけるを、この仙人は用ひけるとかや。[25]公にも、これをうつして、[26]重陽の宴とて、酒に菊を入れて用ひ給ふ。上よりくだる雨露の恵み、下にさしくる月日の光、あまねく君の御恵みに漏れたる品はなきにこそ、高きも賤しきも、酒は祝ひにすぐれ、神も納受し、仏も憐愍あるとかや。

君も聞こし召されつる御酒のごとくに、過ぎにし憂きを忘れさせ給ひ、日本国を従へさせ給ふべし。左右の御足にて外浜と鬼界島を踏み給ひけるは、[27]秋津洲残りなく、従へさせ給ふべきにや。左右の御袂に月日を宿し給ひけるは、主上・上皇の御後見におゐては、疑ひあるべからず候ふ。小松三本頭にいたゞき給へるは、[28]八幡三所の擁護[29]あらたにして、[30]千秋万歳を保ち給ふべき御瑞相なり。又、南向きに歩ませ給ひけるは、主上御在位の時、[31]大極殿の南面にして、天子の御位を踏み給ふとこそ承り候へ。御運を開き給はん事、これに同じ」

と申しければ、佐殿喜び給ひて、

「景信が合はするごとく、頼朝、世に出づる事あらば、夢合はせの[32]返答あるべし」

四尺を基準としてそれを超えたぶんを何寸と数える。16『毘沙門堂本古今集注』に「風防ト云名アリ。此ハ、酒ヲノメハ風ニヲカサレヌ故也」とある。17底本「はしんほう」、古活字本「しん心ほう」。彰考館本「医心方」によって改める。『毘沙門堂本古今集注』「医心法」。『医心方』は、丹波康頼の撰による日本最古の医書。18『毘沙門堂本古今集注』には「酒斯百薬之長也トイヘリ」とある。また『漢書』二十四下・食貨志に、「夫塩食肴之将、酒百薬之長、嘉会之好」とある。ただし『医心方』にこの句はない。19班固・班昭らによって編纂された歴史書。ただし、以下の句は同書にない。20菊慈童。周の穆王に仕え、菊の露を飲んで不老長寿になったといわれる仙童。この話は、『太平記』十三・法花二句之偈事、『三国伝記』一・十四、謡曲「菊慈童」等に見える。21帝顓頊の玄孫。殷王朝の大夫で七百余歳に達していたという。22菊慈童が飲んで若さを保ったという水。観音経が記された菊の葉から滴り落ちた露だという。23『法華経』の第二十五品、「観世音菩薩普門品」の略称。観音経。24謡曲「菊慈童」では、「具一切功徳慈眼視衆生、福聚海無量是故応頂礼」という観音経の最後の二句を引き、この二句が菊の葉に記されていたとする。25朝廷。26陰暦九月九日の節句。27日本国の異称。28八幡宮にまつられた三神。一般には応神天皇・神功皇后・比売神または仲哀天皇。29あらたかで。30千年万年。長久を祝することば。31大内裏の北部中央、朝堂院の正殿。32古活字本同。返事。太山寺本や彰考館本は「纏頭」とし、褒美として与える金品。従うべきか。

頼朝謀叛の事

1その内容を詳しく言えば。 2一一五九年。 3後白河法皇の寵臣。 4源為義の長子、頼朝の父。5頁注63参照。 5ひどい悪事。 6平清盛。忠盛の長子。 7討手を差し向けて討ちとること。 8流罪に処した。 9『平家物語』一・鱸には、「太政大臣は一人に師範として、四海に儀刑せり」と、『令義外』一・職員令の一節を引く。「一人」は天皇、「儀刑」は手本の意。「一人師範にあらずして」は天皇のお手本となるようにも振る舞わずの意。 10真名本に「子息らに至りて近衛大将と為しつつ、兄弟左右に相並ぶ」とある。重盛・宗盛兄弟のこと。 11寺院に寄進された土地。 12神社に寄進された田畑。 13公卿。「三公」が太政大臣・左大臣・右大臣をさし、「九卿」がひろく公卿をさす。 14「月卿」は、宮中を天、天子を日、公卿を月に喩えたところから、公卿のこと。「雲客」は、雲の上の人のことで、殿上人のこと。 15治承三年（一一七九）十一月、平清盛が軍勢を率いて京都を制圧した治承三年の政変をさす。太政大臣藤原師長以下三十九人が解官され、後白河法皇の院政が停止された。 16後白河法皇。 17鳥羽の離宮。59頁注27参照。 18楊貴妃の

とぞ仰せける。

頼朝謀叛の事

さる程に、頼朝は天下を掌の内にいよいよ思し召しより給ひけるは、度々の御瑞相ども多き故、御謀叛の事思し召し立ちけり。殊に世間の様を見給ふに、たとへば[1]、去んぬる平治元年[2]に、右衛門督藤原信頼卿[3]、左馬頭源義朝[4]を語らひて、梟悪[5]を企てしに、清盛[6]これを追罰[7]し、件の凶徒を配流[8]せしよりこのかた、源氏は退散して、平家繁昌す。されば、朝恩に誇りて叡慮を悩まし奉る事、古今に類なし。剰へ、その身一人師範にあらずして[9]、忝なくも大政大臣の位をけがす。かくのごとく、近衛大将[10]、兄弟左右に並ぶ事、凡人におひて先例なしといへども、初めてこの義を破る。又、仏餉[11]の田苑を止め、神明[12]の国郡を覆し、我が朝六十余州の内、三十余箇国は、かの一族知行す。又、三公九卿[13]の位、月卿雲客[14]の官職、大略この一門塞ぐ。かやうの驕りのあまりにや、さしたる科もなきに[15]、臣下卿相、多く罪科に行ひ、剰へ、法皇[16]を鳥羽殿[17]に押し込め、天下を我がままにする。つらつら旧記を思へば、楊国忠[18]が叡慮に背き、安禄山[19]が朝章[20]を乱りし悪行も、かくのごとくの事はなし。人臣王事を奪はざる他は、これ体の悪行、異国にも未だ先例を聞かず。いはんや、我が朝におひてをや。かかりければ、後白河院の第二の皇子高倉宮[21]を、源三位入道頼政[22]、謀叛を勧め奉る。治承四年[23]四月二十四日の暁、諸国の源氏に令旨[24]を下さる。御使ひは、十[25]

郎蔵人行家なり。同じき五月八日に、行家、伊豆国に着き、兵衛佐殿に令旨を告げ奉る。令旨の[26]案を書き、やがて常陸国に下り、[27]志太三郎先生義憲にこの由を触れ、信濃国に下り、[28]木曽義仲にも見せけり。これによつて、国々の源氏、謀叛を企て、思ひ思ひに案をめぐらすところに、平家の郎等国々に多かりければ、ほぼ伝へ聞きたりけり。[41][42]

[1]兼隆が討たるる事

かくて頼朝謀叛の由、平家の侍、和泉判官兼隆聞きし上、すなはち当国山木が館にありけるを、八月十七日の夜、時政父子をはじめとして、[2]佐々木四郎高綱、伊勢の[3]加藤次景廉、[4]かげまさ以下の郎従等を差し遣はして、討

従兄。玄宗帝に仕えて権力をふるった。19 66頁注3参照。20 朝廷のおきて。21 59頁注30参照。22 摂津源氏仲政の子。高倉宮以仁王を奉じて平氏を討とうとしたが、戦いに敗れて宇治の平等院で自害した。23 一一八〇年。24 皇太子以下の皇族が発する文書。25 源為義の十男。頼朝の平氏追討に加わったが、のちに義経にくみして和泉国で捕らえられ、山城国赤井河原（桂川の河川敷）で殺された。26 下書き。27 源為義の三男。志太は現茨城県稲敷市。義仲について上洛、義仲没後、伊勢国の羽取山（現三重県鈴鹿市の服部山）で討たれた。28 源為義の孫（義朝の弟義賢の子）。平家を追って京都へ入り、一時は力を誇示するが、義仲追討宣旨を受けて出立した範頼・義経連合軍に敗れ、寿永三年（一一八四）一月、近江国粟津（現滋賀県大津市）で戦死した。

兼隆が討たるる事

1『吾妻鏡』治承四年（一一八〇）八月十七日条、『平家物語』五・早馬などにも、同様の記事が見られる。兼隆は75頁注2参照。2 近江源氏。佐々木は現滋賀県近江八幡市安土町。3 底本「かとうじかげたか」。他本により「景廉」と改める。真名本「景門」。延慶本『平家物語』に、景廉は頼朝の期待に応えて山木兼隆を討ち取ったことが記される。もと伊勢国を本拠としたが、景廉の父景員とともに伊豆に下った。保元の乱に破れて流罪となった源為朝を伊豆大島に討ちとった人物としても知られる（『保元物語』）。4 古活

41 源頼朝、以仁王令旨を受け取る。

42 頼朝に加勢した三浦大介義明、三浦に攻め込まれ自刃。

ち取りけり。これぞ合戦の始めなりけり。

ここに、相模国の住人[5]大庭三郎景親、平家の重恩を報ぜんために、当国[6]石橋山に追つかけ、さんざんに戦ふたり。これのみならず、武蔵・上野の兵共、我劣らじと馳せ向かひて、防ぎ戦ふ。その中に、[7]畠山重忠は、父重能・叔父の有重、折節、平家の[8]勘当にて、京都に召し置かるる最中なれば、その科をもはらし、国土の狼藉をも鎮めんと思ひ、向かひけるが、[9]三浦党、頼朝の謀叛に与力せんとて馳せ向かひけるが、鎌倉の[10]由比といふ所にて行き会ひ、さんざんに戦ひけるが、重忠打ち負けて、[11]希有の命生きて武蔵に帰りけり。その後、[12]江戸・[13]葛西をはじめとして、武蔵国の住人ども、一千余騎、三浦へ押し寄せ、[14]身命を捨てて戦ひければ、三浦打ち負けて、今は[15]大介一人になりにけり。年九十余になりけるが、子孫に向かひて申しけるは、

「兵衛佐殿の[16]浮沈、今にあり。己等一人も死に残りたらば、[17]見継ぎ奉れ」

と申し置きて、腹切り畢んぬ。

さても、[18]伊東入道は、もとより佐殿に意趣深き者なりければ、一合戦と馳せ向かひけるが、頼みし畠山は打ち負けにし折節なれば、伊豆の御山より引き返しにける。

頼朝七騎落ちの事

さても頼朝は、[1]無勢たるによつて、心は猛く思はれけれども、この合戦かなふべしとは見えざりけり。されども、[2]土肥次郎、[3]岡崎悪四郎、佐々木四郎、命を惜しまず戦ひ

字本「景信」、太山寺本「景義」で大庭(懐島)景義(景信、20頁注2参照)。弟の大庭景親・俣野景久とは袂を分かち、頼朝に従ったが郎従クラスではない。また「景正」は景義の曾祖父で、鎌倉権五郎として知られる。延慶本『平家物語』は、景廉を「元は伊勢国住人加藤五景員が二男、加藤太元員が舎弟也」と紹介、『吾妻鏡』同月二十日条、頼朝扈従の者たちの中に、「加藤五郎景員、同藤太光員、同藤次景廉」と見えることから、この「かげまさ」は景廉の兄弟と見るべきで、記載順に問題を残すが「光員」のことか。 5景義の弟。20頁注8参照。 6現神奈川県小田原市早川西南の山地。 7坂東八平氏の一つ秩父氏の一族。武蔵国男衾郡畠山郷(現埼玉県深谷市畠山)を本拠とする。 8不興をこうむること。 9坂東八平氏の一つ三浦氏。現神奈川県の南東部の三浦半島を本拠とした。 10現神奈川県鎌倉市の海岸部。 11あやうく死にそうであった命。 12江戸太郎重長か。江戸は旧豊島郡の一部で今の皇居を中心とした地。 13底本「かづさ」。太山寺本「葛西」、古活字本「葛西」等により改めた。葛西は現墨田・江東・葛飾・江戸川各区にわたる地域。 14身体と生命を投げうって。 15三浦大介義明。 16運命が栄えたり衰えたりする境。 17お助け申し上げよ。 18伊東祐親。『吾妻鏡』同月二十三日条に祐親の動きが見える。

頼朝七騎落ちの事

1軍勢が少ない。 2 18頁注84参照。 3名は義実。三浦大介義明の弟。岡崎は20頁注7参照。 4石橋山の南より箱根に連なる山谷をいうか。ここで、頼朝は伏木の洞に隠れ、

けるその隙に、佐殿は逃れ給ひて、[4]杉山に入り給ひぬ。[5]北条三郎宗時、[6]佐那田与一も討たれけり。佐殿は、七騎に討ちなされ、[7]大童になりて、大木の中に隠れ、その暁、山を忍び出で、[8]安房国龍崎へ渡り給ふとて、海上にて、三浦の人々、[9]和田小太郎義盛に行き会ふて、船共を漕ぎ寄せ、互ひに合戦の次第を語る。義盛は、[10]衣笠の軍に大介討たれし事ども語りければ、土肥・岡崎は又、石橋山の合戦に与一が討たれし事どもを語り、互ひに鎧の袖をぞ濡らしける。

さて、安房国に渡り、それより上総に越え、[11]千葉介をあひ具して、次第に攻め上り給ひて、相模国鎌倉の館にぞ着き給ひける。これよりして、武士共、関東に[12]帰伏せざるはなかりけり。されば、平家驚き騒ぎ、度々討手を向かはすといへども、或ひは[13]鳥の羽音を聞きて退く者もあり、又は、戦場に堪へずして鞭にて打ち落とさるるもあり。これ、普通の儀にあらず、ただ[14]天命のいたす所なり。昔、周の[15]文王、[16]いしんちうを討たんとせしに、冬天に雲さえて、雪の降る事、一丈余なり。[17]五色の馬に乗る人、門外に来たりて、その事を示ししかば、文王、勝つ事を得たりき。かるが故に、[18]逆臣程なく敗北して、天下すなはち穏やかなり。

伊東入道が斬らるる事

さても、[1]不忠を振る舞ひし伊東入道は、生け捕られて、聟の[2]三浦介義澄に預けられけるを、先日の罪科逃れがたくして、召し出だし、[3]鎧摺といふ所にて、首を刎ねられ

梶原景時の温情で助かった。5北条時政の嫡男。6名は義忠。岡崎義実の子。佐那田は現神奈川県秦野市内。7髻が解けて髪が乱れたさま。8真名本に、「安房の国北の郡、狩嶋と云ふ処に付き給ひぬ」とある。現千葉県安房郡鋸南町竜島にあたる。9三浦義明の孫（義宗の子）。和田は現神奈川県三浦市内。10三浦氏が本拠地とした衣笠城。現神奈川県横須賀市内。11名は常胤。千葉氏は桓武平氏良文流。現千葉県千葉市を本拠とした。12心をよせて従わない者はなかった。13平家の大軍が水鳥の羽音を源氏の夜襲と間違えて都へ逃げ帰ったことを言う。『平家物語』五・富士川参照。14人倫をこえた天の命令。15周の創始者である武王の父。『六代勝事記』に、「昔周武王、殷紂を討とするに、冬天雲さえて雪降事、高丈にあまりぬ。五車二馬に乗人、門の外に来て、「王をたすけて、紂をうつべし」といひてさりぬ。深雪に車馬のあとなし。海神の天の使として来なりけり。しかうして討事を得たり」と見え、『平家物語』読本系諸本の法住寺合戦記事に引用されている。ともに武王の逸話である。なおこの話は『百詠和歌』一・雪に見え、「五車二馬」の部分を「いつ、の車、ふたりの馬のり」とする。16古活字本同。殷の紂王にあたる。太山寺本「いしんちやう」。17古活字本「五車馬」、太山寺本「五車や二馬」、彰考館本「五車二馬」。「五車二馬」が正しい。18主君に反逆する家臣。

伊東入道が斬らるる事

1真名本に、「そもそも、兵衛佐殿のために不忠なりし伊藤次郎助親入道をば、三浦介義澄を以て召されければ、「前日の罪科遁れ難し。その上参りた

けり。[4]最期の十念にも及ばず、[5]西方浄土をも願はず、先祖相伝の所領、伊東・河津の方を見やりて、[6]執心深げに思ひやるこそ無慙なれ。

[1]奈良の勤操僧正の事

これや、[2]延暦年中に、奈良の勤操僧正は、[3]大旱魃に雨の祈りのため、大和国[4]布留社にて、[5]薬草喩品を一七日、[6]講ぜられける。いづくともなく童一人来たりて、毎日、御経を 43 44 聴聞しける。[7]七日に満ずる時、

「何者にや」

と、御尋ねありければ、

「我はこの山の小龍なり。七日の聴聞によつて、[8]安楽世界に生まれ候ひなん嬉しさよ」

とて、[9]随喜の涙を流しけり。その時、僧正の曰く、

「龍は、雨を[10]心に任するものなれば、雨を降らしめ候へ」

と宣へば、

「大龍王の許しなくして、我が計らひにては、なりがたく候へども、さりながら、[11]後生菩提を御助け給ひ候はば、身は失せ候ふとも、雨を降らし候はん」

と申す。

「[12]左右にや及ぶ。[13]追善あるべし」

と、[14]御領状ありしかば、すなはち雷となりて天に上がり、雨の降る事、二時ばかりなり。されども、

らば、首をぞ召されむずらむ。その由を申し給へ」とて、腹昇切つてぞ失せにける」とある。『吾妻鏡』寿永元年（一一八二）二月十四日条によると、祐親は恩赦にあずかりながらそれをよしとせず、自殺したという。 2三浦義明の子。62頁注5参照。 3古活字本同。「鐙摺」がよい。鐙摺は現神奈川県三浦郡葉山町。 4臨終にあたり、阿弥陀仏の名号を十回唱えること。 5阿弥陀仏の極楽浄土。 6事物に執着して離れない心。

奈良の勤操僧正の事

1この話は、真名本、太山寺本にはない。『今昔物語集』十三・三十三、『雑談集』九・冥衆ノ仏法ヲ崇事に類話が見える。勤操は秦氏。三論宗の僧で石淵僧正とも。大和（奈良県）の人。天平宝字二～天長四年（七五八～八二七）。

2七八二年～八〇六年。

3大ひでり。

4現奈良県天理市布留町にある石上神宮。

5『法華経』薬草喩品第五。衆生を草木に、仏法を雨に喩えて衆生の成仏を説く。

6説教すること。

7七日の期限に達する時。

8極楽浄土をさす。

9心からありがたく感じて流す涙。

10思うままにする。

11死後に成仏の果を得ること。

12とやかく言うまでもない。

13死者の冥福を祈って仏事を営むこと。

この（此・）龍、その身砕けて五所へぞ落ちにける。僧正憐れみ給ひて、かの龍の落ちける所にして、一日経[15]を書写せられけり。その後、かの僧正の夢に、御弔[16]ひにより、すなはち蛇身を転じて仏道に成ずと見えたり。さて、かの五所に五つの寺を建てて、今にありと申すなり。寺号は、[17]龍門寺、龍禅寺、龍食寺、龍宝寺、龍尊寺、これなり。紀伊国・大和両国にあり。勤行もとこしなへに怠らずとこそ聞こえけれ。

かやうの畜類だにも、後生をば願ふぞかし。この（此・）伊東入道は、最期の時にも、後生菩提を願はぬぞ愚かなる。これをもつて、過ぎにし事を案ずるに、親の譲りを背くのみならず、[18]現在の兄を調伏し、持つまじき所領を横領せし故、天これを戒めけるとぞおぼえたる。されば、[19]悪は一旦の事なり（也・）、勝利あり（有・）といへども、つゐには正直にして、道理道を行くとかや。

総じて、頼朝に敵したる者こそ多き中に、目の当たりに誅せられける、[20]因果逃れざる理を思へば、[21]昔、天竺に大王あり、尊き上人[22]を帰依せんとて、国々をたづねけるに、ある時、いみじき上人ありとて、迎ひを遣はし給ふに、この王、朝夕碁を好み、臣下を集めて打ち給ふ時、

43 伊東祐親、鎧摺にて斬首される。

14 ご承諾になったので。

15 追善供養のため、大勢が集まって、一部の経文、おもに『法華経』を一日で写し終えること。頓写。

16 追善（注13）に同じ。

17 龍門寺は奈良県吉野郡吉野町に存在した寺か。ただし、寺伝等にこの話は見られない。他の四寺については、諸本間に異同がある。なお、『今昔物語集』『雑談集』ともに、それぞれ異なる寺を三つずつ挙げている。

18 正真正銘の。

19 悪事が通用するのは一時的なものであって、結局は正義にかなわない。13頁にも類句が見えた。

20 仏教語で、一切の現象の原因と結果の法則をいう。

21 この話は、真名本、太山寺本にはない。この話は、『宝物集』（三巻本）下、『太平記』二一・東使上洛円観文観等召し捕りの事に載る。『賢愚因縁経』四の、曇摩苾提の家臣が誤って処刑する話に連なるか（大正新修大蔵経・四・本縁部）。

22 底本の「上」字は、「土」もしくは「十一」と読める形。また、底本は「を帰依～いみじき上人」を欠く。目移りによる脱文か。古活字本により補う。

「上人参り給ひぬ」

と申しければ、碁[23]に、きりてしかるべき所ありけるを、

「きれ」

と宣ひけるに、この上人の首を斬れとの宣旨と聞きなして、すなはち聖の首を打ち斬りぬ。大王、夢にも知り給はで、碁を打ち果てて、

「その上人、こなたへ」

と宣ふ。

「宣旨に任せて、斬りたり」

と申す。大王、大きに悲しみ、仏に歎き給ふ時に、仏宣はく、

「昔、国王は、蛙にて土中にありしなり。上人は、もと田を作る農人[24]なり。しかるに、民、春田をかへすとて、心ならず、唐鋤[25]にて蛙の首をすき斬りぬ。その因果逃れずして斬られにけり。因果は、かやうなるものをや」

と宣へば、国王、未来の因果を悲しみて、多くの心ざしを尽くして、かの苦を免れ給ひけるとかや。人は、ただ報[26]ひを知るべき事なりとぞ。

祐清、京へ上る事

44 頼朝、伊東九郎を宥めるも、伊東はこれを固辞、京へ上る。

23 碁で、相手の石と石との連絡を絶つことを「きる」という。
24 農夫。
25 柄が曲がっていて刃が広く、牛馬に引かせて田畑を耕すのに用いる。牛鍬。
26 因果の応報。

祐清、京へ上る事
1 祐清。54頁注7参照。『吾妻鏡』寿永元年（一一八二）二月十五日条に、伊東九郎について「被レ加二不意誅殺一」

とあるが誤り。同建久四年（一一九三）六月一日条に、「祐清加二平氏一、北陸道合戦之時、被二討取一」とある。『平家物語』七・篠原合戦には、「伊東九郎祐氏」という人物が、俣野五郎景久、長井斎藤別当実盛らとともに、都に逃げ上って平家方についたとある。
2 主君に仕えて功績があったもの。
3 ゆるされ。
4 けなげであるさま。殊勝であるさま。
5 伊東祐親に命を狙われた頼朝を逃がしたことをさす。67頁参照。
6 「辞儀」の訛り。挨拶。
7 やむをえない。
8 明らかに御覧になること。
9 おゆるしがありますならば。
10 敵に通じて、味方が背後から放つ矢。
11 七道のひとつ。若狭・越前・加賀・能登・越中・越後・佐渡の日本海沿岸の七国。
12 現石川県加賀市片山津町。
13 名は実盛。武蔵国幡羅郡長井庄（現埼玉県熊谷市）を本拠とした。
14 武士としての正しい道。

鎌倉の家の事
1 伊東祐親の三女。62頁参照。2 65頁注30参照。真名本「江間次郎」、太山寺本「江間小太郎」。3「跡」は子息。真名本に、「子息の少き者をば、北条小四郎義時申し預て免されぬ。則て義時が元服の子となして、後に江馬の小次郎と云ふは、則ちこれなり」とある。普通は義時が「江馬小次郎（江間小四郎）」と呼ばれる。4 45頁注

ここに、伊東[1]九郎と申すも、父入道と一緒にて誅せらるべきを、彼においては、頼朝に奉公[2]の者なり、死罪を宥め[3]られ、召しつかはるべき由、仰せ下されしを、

「不忠の者の子、面目なし。その上、石橋山の合戦に、まさしく君を討ち奉らんと打ち向かひし身が、命生きて候ふとも、人に等しく頼まれ奉るべしとも存ぜず。さあらんにおひては、首を召されん事こそ深き御恩たるべし」

と望み申しけるも、優し[4]くぞおぼえける。この心なればや、君をも落とし[5]奉りけると、今さら思ひ知られたり。君聞こし召され、

「申し上ぐる所の辞儀[6]、余儀[7]なし。しかれども、忠の者を斬りなば、天の照覧[8]もいかが」

とて、斬らるまじきにぞ定まりける。九郎、重ねて申しけるは、

「御免[9]候はば、たちまち平家へ参り、君の御敵となり参らせ、後矢[10]仕るべし」

と、再三申しけれども、御用ひなく、

「たとひ敵となるといふとも、頼朝が手にては、いかでか斬るべき」

と仰せ下されければ、力及ばず、京都に上り、平家に奉公いたしける。北陸道[11]の合戦の時、加賀国篠原[12]にて、斉藤別当[13]と一所に討ち死にして、名を後代に留む。よき侍の振る舞ひ、弓矢[14]の義理、これにしかじとて、惜しまぬ者はなかりけり。

鎌倉の家の事

さても佐殿、北[1]の御方取り奉りし江間[2]小四郎も討たれけり。その跡[3]を北条四郎

時政に賜る。さてこそ、江間小四郎とも申しけれ。この他、討たる侍共、相模国には[4]波多野右馬允、[5]大庭三郎、[6]海老名源八、[7]荻野五郎、上総国には[8]上総介、陸奥国には[9]秀衡が子どもをはじめとして、国々の侍五十余人ぞ討たれける。又、平家には、[10]屋島大臣殿、[11]右衛門督清宗、[12]本三位中将重衡を先として、或ひは斬られ、自害する輩、記すに及ばず。源氏には、御舎弟[13]三河守範頼、九郎判官義経、[14]木曽義仲、[15]甲斐国には一[16]条次郎忠頼、[17]小田入道、常陸国には[18]志太三郎先生をはじめとして、以上二十八人、かれこれ討たるる者、百八十余人なり。

「この内に、[19]冤貶の者は、わづか三人なり。一条次郎、三河守、上総介なり。この他は、皆[20]自業自得果なり」

とぞ宣ひける。

さて、鎌倉に居所を占めて、郎従以下、軒を並べ、貴賤袖を連ねけり。これや、[21]『政要』の言葉に、「漢の文王は千里の馬を辞し、晋の武王は雉頭の裘を焼く」とは、今の御代に知られたり。[22]民の竈は、朝夕の煙豊かなり。世に出づれば[23]鳳凰翼を伸べ、賢臣国に来たれば[24]麒麟蹄を研ぐといふ事も、この君の時に知られたり。めでたかりし御事なり。

八幡大菩薩の事

そもそも、八幡大菩薩をば、忝なくも、[1]鶴岡に崇め奉る。これを[2]若宮と号す。

7参照。　5 20頁注8参照。　6 20頁注12参照。　7 20頁注13参照。　8上総広常。『尊卑分脈』に、「広常〈号二介八郎一、上総介、為二右大将頼朝卿一被レ誅了〉」とある。　9藤原秀衡は陸奥平泉にあって義経を助けて頼朝と対立した。その子泰衡は、義経を討ちとったが、文治五年（一一八九）、頼朝に攻め滅ぼされた。　10平宗盛。清盛の三男。　11平宗盛の長男。　12平重衡。清盛の五男。　13源義朝の六男。頼朝の異母弟。　14源義朝の九男。頼朝の異母弟。　15 83頁注28参照。　16武田信義の嫡男。甲斐源氏。　17未詳。真名本では、「安田三郎義定」を挙げる。安田義定も甲斐源氏。　18 83頁注27参照。　19無実の罪で地位を落とされること。　20自分の行いに対する報いを自ら受けること。　21『貞観政要』十・論慎終四十に、「漢文辞二千里之馬一、晋武焚二雉頭之裘一」とあり、『玉函秘抄』下に引かれる。「千里の馬」は一日に千里を走る駿馬、「雉頭の裘」は雉の頭部の美しい毛で飾った皮衣。漢の文帝、晋の武帝が、ともに珍奇で贅沢なものを退けたことをいう。　22「高き屋にのぼりて見れば煙立つ民のかまどはにぎはひにけり」（新古今集・賀）による。人民の暮らしが豊かな様子。『和漢朗詠集』下・詠史では作者不明とされるが、『新古今集』では仁徳天皇御製とされ、その仁政を象徴する歌とされた。　23中国の想像上の鳥。聖徳の天子のしるしとして現れるという。　24中国の想像上の獣。聖人の出現にあたって現れるという。

3蘋繁の礼、4社壇にしげく、5奉幣、6にんわうの7碩社なり。その8垂迹三所に、仲哀・神功・応神三皇の9玉体なり。10本地を思へば、11弥陀三尊の12聖容、13行教和尚14三衣の袂をあらはし給へり。百皇15鎮護の誓ひをおこして、16一天静謐の恵みまします。まことにこれ、本朝の17宗廟として、源氏を守り給ふとかや。18現世安穏の19方便は、観音・勢至、神力を受け給ふ。20後生善処の利益は、21無量寿仏の誓ひを施し給ふ。仰ぎても信ずべきは、もつともこの御神なり。22父左馬頭のために、23勝長寿院を建立し給ふ。今の大御堂、これなり。その他、堂舎・塔婆を造立し給ふ。仏像経巻を24敬崇す。25征罰の心ざし、早く速やかにして、26善根も又莫大なり。

27寿永二年九月四日に、居ながら征夷将軍の院宣を蒙り、28建久元年十一月七日に上洛して、大納言に補し、同じき十二月五日に右大将に任ず。されば、29籌策を帳の内にめぐらし、勝つ事を千里の外に得たり。げにや、はるかに伊豆国に流罪せられ給ひし時、かかるべしとは誰か思ひけめ。一天四海を従へ、靡かぬ草木もなかりけり。まことや、30『史記』の言葉に、「天下安寧なる時は、刑錯を用ひず」とは、今こそ思ひ知られたり。平家繁昌の折節は、誰やの人か、この一門を滅ぼすべしとは思ひける。

さても、伊豆の御山にて夢物語し、同じく合はせ奉りし者は、31勧賞に預かり、32藤九郎盛長は、上野の33総追捕使になさる。34景信は、35若宮の別当、神人総官を賜る上に、36大庭の御厨は、先祖には代々数多に分かたれしを、今度は37一円に賜りけり。この他、荘園五六箇所賜つて、朝恩に誇りけり。

八幡大菩薩の事

1現神奈川県鎌倉市雪ノ下の鶴岡八幡宮。 2京都石清水八幡宮の分霊を勧請した社なので若宮と称す。 3浮草と白蓬のお供え物。 4神を祭ったやしろ。 5神に幣を奉ること。この部分、真名本に「奉幣の神器翼誓に盛んなり」、太山寺本に「奉幣の仁は玉砌に盛んなり」。 6古活字本同。彰考館本「仁王」。太山寺本に見える「仁玉」を誤るか。 7古活字本「せきしやう」。彰考館本「石社」。大きくてすぐれている意の「碩」をあて、立派な神社と解した。 8仏菩薩が仮に神として現れること。 9天子の身体の敬称。 10仏・菩薩の本来の姿。 11阿弥陀仏と、観音・勢至の二菩薩。 12神仏の姿。 13三論宗の僧、大安寺別当。『続古事談』四にこの話が見える。 14僧の着る大衣、七条、五条の三種の袈裟のこと。「袂を」は「袂に」がよい。 15底本「てん此」。他本により「ちんご(鎮護)の」と改める。 16世の中が穏やかに治まること。 17天子の祖先をまつる霊屋。とくに石清水八幡宮を指す。 18この世で安らかに暮らすこと。 19衆生を導く巧みな手段。 20後の世に、善いところに生まれること。 21阿弥陀仏の誓い。 22源義朝。5頁注63参照。 23現神奈川県鎌倉市雪ノ下にあった寺。 24あがめ尊ぶ。 25罪ある者を討ち、罰を与えること。 26よい果報をもたらすよい行い。 27一一八三年。この年に頼朝が征夷大将軍を任命されたとするのは『平家物語』と同じ。史

さても、先年、[38]河津三郎を討ちたりし[39]工藤一臈祐経は、[40]左衛門尉になり、伊東を賜る。その他、所領数多拝領して、随分[41]きり者にて、昼夜、君の御側去らで祇候す。されども、[42]傷を蒙る鳥は、天に上がりて翼を叩くといへども、又地に落つる思ひあり。鉤を含む魚は、深き淵に入りて尾を振るといへども、つゐには陸に上がる憂へあり。祐経も、かやうに果報いみじくて、[43]公方・私、[44]おどろを逆様にひくといへども、敵ある身は、行く末逃れがたくして、[45]つゐに討たれなんとぞ申しける。

曽我物語 巻第二終 45

45 鶴岡八幡宮に参詣する源頼朝。（482頁解説参照）

実では建久三年（一一九二）。28一一九〇年。『吾妻鏡』によると、建久元年十一月七日に、頼朝が上洛し、同月九日に大納言、同月二十四日に右大将に任じた。真名本では、上洛を十一月七日、十四日に大納言、十二月に右大将に任じられている。29『史記』八・高祖本紀第八、同五十五・留侯世家第二十五等に、「運二籌策帷帳之中一、決二勝於千里之外一、吾不レ如二子房一」とあり、『明文抄』二・帝道部下、『管蠡抄』九・計策に引かれる。30『史記』四・周本紀第四に、「成康之際、天下安寧、刑錯四十余年不レ用」とあり、『玉函秘抄』上、『明文抄』一・帝道部上に引かれる。『史記』は漢の司馬遷による紀伝体の史書。31功労を賞して、官位を授けること。32安達盛長。夢物語については78頁参照。33鎌倉幕府の地方官職で、守護の別称。34大庭景義。頼朝挙兵時に弟景親たちと袂を分かち、頼朝に参じている。夢合わせについては79頁参照。35八幡若宮の頭で、すべての神人を統括する職。36「大庭」は20頁注2参照。「御厨」は神領で神饌を供進した土地。37ある区域の全体。38河津祐重。18頁注77参照。39工藤祐経。7頁注5参照。40左衛門府の判官であり、六位相当の官職。41主君に気に入られ、権威のある者。権臣。真名本は「稠者」と表記する。42真名本に「鉤を呑む魚は淵に遊びて勲めども陸に引かるる愁あり、疵をかうむる翅は雲に羽を叩いて喜べども即ち地に落る歎きあり」とある。『文選』十五・帰田賦（張平子）の「仰飛二織繳一、俯釣二長流一、触レ矢而斃、貪レ餌呑レ鉤、落二雲間之逸禽一、懸二淵沈之魦鰡一」によるか。また、『平治物語』（金刀比羅本）上・主上六波羅へ行幸の事には、「雲上に飛鳥は高けれ共射つべし。海底にすむ魚は深けれ共釣すべし」と見える。

43公私ともに。44未詳。傲慢なさまをいうか。「おどろ」は、草木が乱れ茂っている所、やぶ。太山寺本には「栄華に誇るとは云へども」とある。45古活字本「ついに討たれにけるこそ無慚なれ」。流布本（底本）は結末を明かさない。

九月十三夜、名ある月に、一万・箱王、庭に出で、父の事を歎きし事

[1]そもそも、伊豆国赤沢山の麓にて、工藤左衛門尉祐経[2]に討たれし河津三郎が子二人あり。兄をば、一万と言ひて五つになり、弟は、箱王と言ひて三つにぞなりにける。[3]父に後れて後、いづれも母につき、継父曽我太郎[4]がもとにて育ちけり。やうやう成人する程に、父が事を忘れずして、歎きけるこそ無慙なれ。人の語れば兄も知り、兄が語れば弟も知り、恋しさのみに明け暮れて、積もるは月日ばかりなり。心のつくに従ひて、いよいよ忘るる暇もなし。我等二十になり、父を討ちけん左衛門尉とやらんを討ち取りて、母の御心をも慰め、父の孝養[5]にも報ぜんと、いそがはしき[6]は月日なり。[7]数ならぬ身にも、日数の積もればにや、憂き事どもに長らへて、一万[8]九つ、箱王七つにぞなりにける。

折節、[9]九月十三夜の、まことに名ある月ながら、隈[10]なき影に、兄弟、庭に出でて遊びけるが、五つ連れたる雁がねの、西に飛びけるを、一万が見て、

「あれ御覧ぜよや、箱王殿。雲居の雁の、いづくをさして飛び行くらん。一列も離れぬ仲の羨ましさよ」。

弟聞きて、

九月十三夜、名ある月に、一万・箱王、庭に出で、父の事を歎きし事

1 河津三郎殺害については45頁参照。
2 底本「助経」。
3 父と死に別れて。
4 55頁注4参照。
5 後世を弔うこと。
6 気ぜわしい。
7 一人前の数に入らない幼い者。
8 兄弟が遺した歌とともに記された年齢（275頁注38・39参照）から逆算すると、作中時間は治承四年（一一八〇）。真名本に、「ころはいつぞとよ。人王八十一代安徳天王の御宇、養和元年辛丑年、新歳の年も立ち返りしかば、一万は九つになり筥王は七歳になりけり」とある。真名本では、兄弟の父河津が討たれたのを安元二年（一一七六）とし、当時兄弟は五歳と三歳だったとするが、そうすると養和元年（一一八一）には兄は十歳、弟は八歳となる。
9 陰暦九月十三夜の月。八月十五夜の月に対して後の月という。
10 くもりのない月の光。

「何かはさ程羨むべき。我等が伴[11]ふ者共も、遊べばともに打ち連れて、帰れば連れて帰るなり」。

兄聞きて、

「さにはあらず。いづれも同じ鳥ならば、鴨をも鷺をも連れよかし。空を飛べども、己々が友ばかりなる事ぞとよ。五つあるは、一つは父、一つは母、三つは子どもにてぞあるらん。わ殿は弟、我は兄、母はまことの母なれども、曽我殿、まことの父ならで、恋しと思ふその人の、行方[12]も敵の業ぞかし」

箱王[13]聞き、

「親の敵とやらんが首の骨は、石金よりも硬き物か」

と問へば、兄が聞きて、袖にて弟が口をおさへ、

「かしがまし[14]、人や聞くらん、声高し、隠す事ぞ」

と言へば、箱王聞きて、

「射殺すとも、首斬るとも、隠して[15]かなふべき事か」

「さはなきぞとよ。それまでも忍[16]ぶ習ひぞかし。心にのみ思ひて、上[17]には物を習へとよ。能[18]は稽古によるなるぞ。我等が父は、弓の上手にて、鹿をも鳥をも射給ひけるなるぞ。哀れ、父だにましまさば、馬をも鞍をも用意して賜[19]びなまし。さあらば、犬追物[20]・笠懸[21]をも射習ひなん。我等より幼き者も、世[22]にあれば、馬に乗り、物射る。見るも羨まし」

11 遊び仲間。 12 いなくなったのも、敵のせいだよ。 13 古活字本では、「「…業ぞかし。あはれや」「親の敵とやらんが…」」とあり、「あはれや」の後にかなりの脱文があったと考えられているが、流布本（底本）は、「あはれや」を「箱王聞きて」と整理する。指摘される脱文を彰考館本によって示すと、「「…我らいつまで」とて、夜の更くるまでぞ泣き居たる。乳母はこれをほの聞きて、いとけなき御心に故殿の御事を思し召すいとをしさよと、涙ぐみけるが、「夜の更けゆけば、誘ひいて、各内に」と言ひければ、此の人々、門の外まで逃げ出て、心のゆくゆく泣き飽きて、袖にて顔をしのごい、何となきていにもてなし、内にぞ入りにける。されども、寝られぬ長き夜の、枕に近き蟋蟀、庭の木葉の雨の音に、夢見るほどもまどろまで、鐘聞く空に明け果てぬ。次の日にもなりしかば、一万、弟を近付けて「や、殿、かまへて弓射習ひ給へ。我も射習ふべし。男は弓に過ぎたる能なしと、母御も乳母も申すにや」。箱王聞きて、「男こそ候へ。我らは未だ童なり」。「幼くより、よく射習ひてこそ、男にても上手になるべけれ」。「幼くとても射習はば、欲しき雀・しとども取るべきか」。「それは物の数ならず。小さき物は人の目も射、堅き物をば石金をも通すぞとよ」。「さては、我らが心にかくる親の敵とやらんが…」」である（適宜漢字を当てた）。 14 やかましい。 15 隠していられようか。 16 こら

と口説きければ、箱王聞きて、

「父だにましまさば、自らが弓の弦食ひ切りたる鼠の首は、射させ参らすべきもの
を。腹立ちや」

と言へば、兄聞きて、

「それよりも憎き者こそあれ」

「誰なるらん。[23]自らが乗りつる[24]竹馬、打ち候ひつる事か」

「その事にてはなきぞ。父を討ちける者の憎さに、[25]月日の遅き」

と言へば、

「習はずとても、弓矢取る身が、弓
射ぬ事や候ふべき」。

兄が聞きて、打ち笑ひ、

「わ殿、さやうに言ふとも、[26]手慣れ
ずしては、いかがあるべき。射てみ
よ」

とて、46 47 竹の小弓に、[27]篦は薄なる
[28]笹矧の矢さし番ひ、兄、[29]障子をかな
たこなたに射通し、

「いつか我等、十五・十三になり、

える。我慢する。 17 うわべでは。 18 弓矢の技能は練習によるものだ。 19 くださるであろうに。 20 武士の騎射の練習のために行なわれた馬上の三物の一種。竹垣で方形の馬場をつくり、折烏帽子をかぶり、直垂または素襖を着た三十六騎の騎馬武者が三手に分かれ、そのうちの四騎ずつが百五十四の犬を射る。犬に傷をつけないために蟇目矢を用いる。 21 馬上から遠距離の的を射る競技。もとは射手の笠をかけて的としたところによる名称。後には革張りの板的で一尺八寸。的間は十丈。弓は塗弓、三所籐の類で、矢は的を傷つけないように鏃を除いて鏑を大きく笠懸用に作った蟇目を用いる。 22 世間に認められている人は。 23 古活字本に、「まゝが子、みづからが…」とある。補うべきか。 24 葉のついた竹を馬に見立てて、またがって遊ぶ遊具。 25 月日がたつのが遅い。

26 熟練しないでは。

27 矢柄。
28 笹竹で作った。
29 太山寺本等に「明かり障子」。外の明かりを採るために紙を一重に張った障子。

46 一万・箱王兄弟、月夜に雁を見て父を想う。

父の敵に行き会ひ、かやうに心のままに射通さん」。

箱王聞きて、

「[30]さる事にては候へども、大事の敵、弓にてはいかがとおぼえたり。かやうに首を斬らん」

とて、障子の紙を切り、高々と差し上げ、側なる木太刀を取り直し、二つ三つに切つて捨てて立ちたる[31]眼差し、人に変はりてぞ見えたりける。

兄弟を母の制する事

かくて、乳母はこれを忍び見て、恐ろしき人々の企てかな、後はいかにと思ひければ、急ぎ母上にぞ語りける。母聞きて、大きに驚き、彼等を[1]一間所に呼びければ、箱王、[2]居直らざるに、障子の破れたるを叱り給ふべきと心得て、

「障子をば損じ候はず。よその童が破りて候ふを、乳母が[3]ことごとしく申す」

と言ひければ、母、涙を流し、

「障子の事にてはなきぞとよ。汝等、たしかに聞け。[4]わ殿原が祖父伊東といひし人

47 兄弟、竹の小弓で障子を射通し、敵討ちを誓う。

30 もっともなことではありますが。
31 目つき。

兄弟を母の制する事
1 一柱間を仕切った室。転じて一室。
2 居ずまいも正さないうちに。
3 大仰に。たいそうに。
4 お前たち。

は、君[5]の若君を殺し奉るのみならず、謀叛の同意たりしによつて、斬られ奉りし上は、汝等も、その孫なればとて、首をも足をももがれ奉るべし。平家の公達をば、胎の内なるをだにも、求め[6]失はるるぞかし。今より後、ゆめゆめ[7]思ひも寄り、言ひも出だすべからず。あさましき事なり。未だ上[8]も知ろし召されぬか、御許しありて、知らず顔にて、御尋ねもなきとおぼゆるなり。かまへて[9]、遊ぶとも、門より外へ出づべからず。汝等打ち連れ遊ぶを、物の隙より忍び見るに、勇み[10]驕る時は、自らが心もともに勇ましく、打ち萎るるを見る時は、妾が心もともに萎るるものを。親にも添はぬ孤児の、育つ行方の無慙さよ。後ろ[11]に立ち添ひ見るぞとよ。乳母は、かくとも知らせぬぞ。近く寄り候へ」

とて、二人が袖を取り、引き寄せ、小声に言ふやう、

「まことや、さしも恐ろしき世の中に、悪事思ひ立つとな。さやうの事、人に聞かれなば、よかるべきか。上様の御耳に入りなば、召し捕られ、禁獄[12]・死罪にも行はれなん、恐ろしさよ」

48 母、一万・箱王を呼び寄せて制す。

5 兄弟の祖父伊東祐親は、頼朝の子、千鶴御前を殺害している。65頁参照。
6 探して殺される。
7 決して思いついたり、言い出したりしてはならない。
8 将軍、頼朝をさす。16行目の「上様」も同じ。
9 決して。
10 勢いにまかせて、気持ちがふるい立つ。
11 後にぴったりと付き添って。
12 獄中に拘禁しておくこと。

とぞ制しける。一万は、顔打ち赤め、[13]打ち傾きて居たり。箱王は、打ち笑ひ、

「乳母が[14]申しなしとおぼえたり。[15]さらに後先も知らぬ事なり」

と申しければ、母聞きて、

「今より後、[16]思ひも寄らざれ。かまへてかまへて」

と言ひて立ちぬ。その後は、[17]よそ目を忍びて、兄弟は語りけれども、人にはさらに知らせざりけり。

ある日の徒然に、友の童もなく、軒の松風、耳に留まり、[18]暮れやらぬ日は、一万、門に出でて人目を忍び、さめざめと泣きけり。箱王も同じく出でけるが、兄が顔をつくづくと見て、

「何を思ひ給へば、兄御は、向かひの山を見て、[48][49]さのみ泣かせ給ふぞや」

と言ふ。兄が聞きて、

「[19]さればこそとよ。何とやらん、事の外に父の面影思ひ出でられて、恋しく覚ゆるぞ」

[49] 父を想って泣く箱王を、一万が慰める。

13 首をうなだれて。
14 それらしく言うこと。
15 まったく何もかも。
16 思いついたりするな。
17 他人に見られないように気をつけて。
18 暮れてしまわない。
19 そのことですよ。

と言ひければ、

「愚かにわたらせ給ふものかな。何程思ひ給ふとも、父は帰り給ふまじ。いざ帰り給へ。童共の、又参り候はんに、[20]囃子物して遊び候はん」

とて、打ち連れて帰る時もあり。

又、ある夕暮に、夜に近き軒端の雨の物哀れなる折節に、箱王、門に立ち出で涙に咽ぶ時は、一万、弟が袖を[21]控へ、

「何を思ひ給へば、四方の梢に目をかけて、さのみ泣かせ給ふぞや」

「[22]覚えぬ父御とやらんの恋しきは、かやうに心の[23]凄きやらん。兄御は、何とかおはする」

とて、さめざめとこそ泣き居たれ。一万、弟が手を取りて、

「覚えず、知らぬ父を恋しと思はんより、愛おしとのみ仰せらるる母に、いざや参らん」

とて、袖を引きてぞ入りにける。これも、人目を忍ばんとて、互ひに[24]諫め諫められて、[25]心ばかりと思へども、さすが幼き心にて、忍ぶよそ目の隙々の、漏るるを見聞く人ごとに、[26]舌を振り、哀れを催さぬはなかりけり。[27]良竹は生ひ[28]出づれば直なり、[29]栴檀は二葉より芳ばしとは、かやうの事に知られたり。されば、つゐに敵を思ふままに討ち、名を[30]万天の雲に上げ、威勢一天に余れり。[31]哀れにも、いみじきにも、申し伝へたるは、この人々の事なり。

20 囃子ことばのはいった歌謡。音楽。
21 ひきとめて。
22 記憶にない父上とかいうお方。
23 ものさびしくて心が動かされるさま。
24 互いに戒めあって。
25 心の中だけで思って、おもてに出さないように。
26 驚きおそれるさま。
27 よい竹は、芽を出した時からまっすぐであり、栴檀は芽を出した時からよい香りがする。大成する者は、幼いときから人並み外れてすぐれていることの喩え。「栴檀」はビャクダン。インド原産の香木。
28 底本「思ひいづれば」。他本により改める。
29 この喩えは、『保元物語』下・義朝幼少の弟悉く失はるる事、『平家物語』一・殿下乗合、『太平記』十六・政成首送二故郷一事などにも引かれる。
30 天下全体。次の「一天」も同じ。
31 いじらしいことにも、すばらしいことにも。

源太[1]、曾我へ兄弟召しの御使ひに行きし事

かくて、三年の春秋の過ぐるも夢なれや。はやくも、一万十一、箱王九つになりにける。その頃、彼等が身の上に、思はぬ不思議ぞ出で来たる。故をいかにと尋ぬるに、鎌倉殿[2]、侍共に仰せられけるは、

「保元[3]の合戦に、為義、義朝に斬られ、平治[4]の乱れに、義朝、長田に討たれしよりこのかた、驕れる平家を悉[5]く滅ぼし、天下を心のままにする事、我等が先祖にをきては、頼朝に勝る果報者[6]あらじ」

と仰せ下されければ、御前祗候の侍共、一同に、

「さん候ふ[7]」

と申し上げければ、伊豆国の住人工藤左衛門祐経[8]、畏まつて申しけるは、

「仰せのごとく、四海[9]鎮まり、九島[10]狼煙[11]立たざる所に、間近き御膝[12]の下にをきて、幼くは候へども、末の御敵となるべき者こそ、一二人候へ」

と申しければ、御前にありける侍共、誰が身の上やらんと目を見合はせ、拳[13]を握らざるはなかりけり。君聞こし召されて、御気色[14]変はり、

「頼朝こそ知らね。何者ぞ」

と、御尋ねありければ、祐経承りて、

「先年斬られ参らせ候ひし、伊東入道が孫、五つ三つにて、父河津に後れ、継父

源太、曽我へ兄弟召しの御使ひに行きし事

1真名本には、以下巻三末尾までの、兄弟が頼朝に召されたという話は載らない。ただし、兄弟を制する母のことばの中に、「汝らが鎌倉へ召されし時も、曽我殿歎き申して留めたり」と見える。謡曲「切兼曽我」、幸若「一万箱王」に、このことが脚色されており、『曽我物語』の説話の中でも有名な場面のひとつと言える。

2源頼朝のこと。

3保元元年（一一五六）、皇室および摂関家内部の抗争により、京都で起こった争乱。後白河天皇・藤原忠通・平清盛・源義朝が勝利し、崇徳上皇は流罪となり、藤原頼長・源為義・平忠正等は処刑された。「為義」は頼朝の祖父、「義朝」は頼朝の父。

4平治元年（一一五九）、藤原信頼・源義朝等が、後白河上皇の御所三条殿を焼き、二条天皇を奪って内裏を占拠するが、やがて平清盛等に鎮圧され、頼信は処刑、義朝は尾張で殺害された。「長田」は長田庄司忠致。義朝の家臣であったが裏切って義朝を殺害した。尾張国知多郡内海（現愛知県知多郡南知多町）の住人。

5底本「悉」は字形不審だが、「こと〳〵く」とふりがなを付している。

6幸せ者。

7「さに候ふ」で、さようでございます。

8底本「助経」17行目も同。

9天下。

10未詳。日本の国土を指すか。

曽我太郎がもとに養ひ置きぬ。成人の後、御敵とやなり候ふべき。身[15]にも又、野[16]心ある者にて候ふ」

と申し上げたりければ、君聞こし召し、

「不思議なり。祐信[17]は、随分心安き者に思ひつるに、末の敵を養ひ置くらん不思議さよ。急ぎ梶原[18]召せ」

とて召さるる。源太景季、御前に畏まりければ、

「急ぎ曽我へ下り、伊東入道が孫共を隠し置く由聞こゆ。急ぎ具足[19]して参るべし。もし異議[20]に及ばば、それにて首を刎ねよ」

とぞ仰せける。景季承り、御前を罷り立ち、急ぎ曽我へぞ下りける。祐信が屋形近くなりしかば、使者を立てて、

「曽我殿やましまます。君の御使ひに、景季参りたり」

と言はせければ、祐信、何事なるらんと、

「思ひ寄らざる[21]御出で、珍し」

と言ひければ、景季も、しばらく辞退[22]

11 のろし。のろしが立たないことから戦争がないこと。
12 すぐお近くに。
13 緊張したさま。
14 お顔色。
15 我が身（祐経）に対しても。
16 よくないたくらみ。
17 底本「助信」。11行目も同。
18 梶原源太景季。梶原平三景時（115頁注1参照）の子。官位は左衛門尉。
19 伴って。
20 仰せに従わず、反対の意思を示すのであれば。
21 思いがけないおいで。
22 引き下がって、の意か。彰考館本「しきだい（色代）」で挨拶。

50 梶原景季の通達に、曽我祐信は泣き悲しむ。

23 将軍、頼朝をさす。
24 合わせる顔がない。
25 古活字本同。あまりよろしくない、の意となるか。彰考館本「ゆゝしからざる仰」。
26 これという返事もできずに。
27 子どもを失った悲しみ。
28 祐信の先妻。
29 ひととおりでない悲しみ。
30 一万・箱王の母。
31 殊勝である。

して、

「さん候ふ。上[23]よりの御使ひ」

とばかり言ひて、[24]面目なき事なれば、左右なく言ひも出ださず。ややありて、

「御ため[25]ゆゆしき事ならぬ仰せを蒙りて候ふ。その故は、故伊東入道殿の孫、養育の由、君聞こし召して、『頼朝が末の敵なり。急ぎ具して参るべし』との御使ひを蒙り、参りて候ふ」

と申しければ、祐信、[26]とかくの返事にも及ばず。ややありて、

「世間に歎き深き者を尋ぬるに、祐信に過ぐべからず。幼き者二人候ひし、五つ・三つにて失ひ候ふ。[27]その思ひ、未だ晴れざるに、[28]彼等が母に後れ候ひぬ。[29]一方ならぬ思ひの浅からざりしに、[30]彼等が母も、夫に後れ、子を持ちたる由聞き候ひしが、しかも親しく候ふ上、失ひし子ども、同じ年にて候ふ、されば、人の歎きをも、我等が思ひをも、語り慰まんと思ひ、押さへ取り、今年は、この者共、十一・九つに罷りなり候ふ。事の外[31]健気に候ふ間、実子のごとく養じ立てて、この頃、かやうの仰せを蒙るべしとこそ存じ候はね。子に縁なき者は、人の子をも養ずまじき事に

51 一万・箱王を左右に抱き寄せ、歎く母と女房たち。

て候ひける」

とて、袖を顔に押し当てけり。景季も、まことに理とぞ思ひける。[50][51]

母、歎きし事

さても祐信は、

「御定[1]違背[2]申すべきにあらず。召し連れて参るべし。さりながら」

とて内に入り、彼等が母に申しけるは、

「故伊東殿、君に御敵とて失せ給ひし、その孫とて、二人の幼き者共を参らせよとの御使ひに、梶原殿の来たれり」

と言ひければ、母は聞きもあへず、

「[3]心憂や、これは何となりゆく世の中ぞや。夢とも現ともおぼえず。げに夢ならば、覚むる現もありなまし。憂き身の上の悲しきも、彼等二人を持ちてこそ、よろづの憂さも慰みつれ。身の衰ふるをば知らで、いつか成人して、[4]大人しくもなりなんと、月日のごとく頼もしく、後の世かけて思ひしに、斬られ参らせてその後、憂き身は何と長らへむ。ただ諸共に具足して、とにもかくにもなし給へ」

と泣き悲しむその声は、門の辺まで聞こえけり。げにや[5]園生に植へし紅の、焦がるる色のあらはれて、よそに見えしぞ哀れなる。堪えぬ思ひのあまりにや、母は子どもを左右の膝に据ゑ置き、髪かき撫でて口説きけるは、

母、歎きし事
1 貴人や主君のご命令。仰せごと。
2 命令に背くこと。違反。
3 つらいことだ。
4 大人らしく。
5 優れたものはどこに置いても目につくという意のことわざ。ここでは顕れやすいという意で用いている。『義経記』二・鏡の宿吉次が宿に強盗の入る事、謡曲「安宅」「頼政」等にも見える。

「祖父伊東殿、君に情けなくあたり奉りし故に、その孫とて、汝等を召さるるぞや。いかなる罪の報ひにて、人こそ多けれ、御敵とはなりぬらん心憂さよ。さりながら、汝等が先祖、東国において、誰にかは劣るべき、知らぬ人あるべからず。君の御前なりとも、恐るる事なく、最期の所にて、[6]言ひ甲斐なくしてかなふまじ。さしも勇みし親祖父の、世にありし故にこそ、御敵ともなり給ひしが、幼くとも思ひ切りて、[7]臆する色あるべからず。健気に」

と申せども、涙にこそ咽びけれ。

「げにや、かなはぬ事なれども、汝等を留め置き、その代はりに、妾出でて、いかにもなりなば、心安かりなん」

と泣きければ、二人の子どもは、聞き分けたる事はなけれども、ただ泣くより他の事ぞなき。[8]卑しき賤に至るまで、泣き悲しむ事、[9]叫喚・大叫喚の悲しみも、これには過ぎじとぞおぼえし。時移りければ、景季、使ひをもつて母の方へ申しけるは、

「御名残、理と存じ候へども、御思ひは尽くべきにあらず。疾く〳〵」

と責めければ、祐信、

「承り候ふ」

とて、嬉しからざる出で立ちを急ぎける。母も、今を限りの事なれば、[10]介錯するぞ哀れなる。一万が装束には、[11]精好の大口、[12]顕紋紗の[13]直垂をぞ着せたりける。箱王には、紅葉に鹿描きたる[14]紅梅の小袖に、大口ばかりぞ着せたりける。かやうに介錯せん事も、

6 意気地がないようではいけない。
7 気後れする様子。
8 下男下女にいたるまで。
9 八大地獄のうちに数えられる叫喚地獄と大叫喚地獄をいう。罪深い亡者が、熱湯や猛火に苦しめられ、大声で泣き叫ぶ所。数ある地獄の中で、この大叫喚地獄の苦しみが最大のものであるとされる。
10 世話をする。
11 厚手で美しい絹織物の一種で作られた、裾口の広い袴。
12 いろいろの紋様を織り出したうすぎぬ。
13 23頁注3参照。
14 「紅梅」は襲の色目。表が紅で裏が紫の小袖。「小袖」は、74頁注21参照。

今を限りにてもやと、後ろにめぐり、前に立ち、つく〴〵とこれを見るに、一万が着たる小袖の紋、心得[15]ぬものかな。さても徒[16]なる朝顔の、花の上露時の間も、残る例はなきものを。さて箱王が小袖の紋、濡[17]れてや鹿のひとり鳴くらんも、憂き身の上の心地して、いよ〳〵袖こそ濡れまされ。古は何とも見ざりし衣裳の紋、今は目[18]に立ちて、思ひ残せる事もなし。やがて帰るべき道だにも、さしあたりたる別れは悲しきに、帰らん事は不[19]定なり。見[20]、見えん事も、今ばかりぞと思へば、肝[21]魂も身に添はず。一万、大人しやかに、

「あまりな御歎き候ひそ。御思ひを見奉れば、黄[22]泉路安かるべしともおぼえず。もし斬られ参らせば、前[23]世の事と思し召せ」

と言ひければ、箱王、

「兄の仰せらるるごとく、御歎き候ひそ。我〳〵手を出だして御敵仕る身にてもなし。その上、未だ幼く候へば、御許しもや候ふべし。仏にも御申し[24]候へ」。

と、まことにげに〳〵しく[25]申すにつけても、いよ〳〵名残ぞ惜しかりける。さ[26]

52 一万・箱王、鎌倉へ連行される。

15 納得できない。
16 朝顔の花の上に置く露が、一時の間さえも残るためしはないのに。朝顔と露は、ともにはかないものの喩えに引かれる。
17「下もみぢかつ散る山の夕時雨濡れてやひとり鹿の鳴くらむ」(新古今集・秋下・藤原家隆)による。
18 きわだって見えて。
19 あてにはできない。
20 見たり、見られたりする。互いに相まみえる。
21 心の落ち着きをなくし、正気を失うような感じがする。
22 冥途。
23 前世からの因縁。
24 お願いしてください。
25 もっともらしく。
26 いくら何でも切られることまではないだろう。

りともとは思へども、まさ[27]しき御敵なり。帰らん事は不定なり。留まり居て、物思はん事も悲しければ、一所にて[28]いかにもならんと、出で立ちけるぞ哀れなる。祐信、これを見て、大きに制しける。

「さりとも、斬らるるまではあるまじ。誰々も、よきやうに申しなし[29]給はば、いか[30]さま、遠き国に流し置かれぬとおぼえたり。さやうなりとも、命だにあらば」

と慰め置きて、二人の子どもを誘ひ出でける、心のうちこそ哀れなれ。母は、梶原が見るをも憚らず。事[31]の斜めの時にこそ、恥も人目もつつまるれ[32]、まことの別れになりぬれば、歩行裸足[33]にて、乳母諸共に、庭上に迷ひ出でて、

「しばらく、や、殿[34]。一万。止まれや、箱王、我が身は何となるべき」

と、声を惜しまず泣き悲しみければ、上下男女諸共に、

「今しばらく」

と泣き悲しむ有様、喩ふべき方もなし。或ひは馬[35]の口に取り付き、或ひは直垂の袖を控

53 持仏堂で、子どもたちの無事を祈る母。

27 あきらかな。
28 一緒に死んでしまおう。
29 とりなして言ってくださるならば。
30 きっと。
31 普通。いつもの通りである。
32 憚られもするだろうが。
33 裸足で歩いて。
34 人に呼びかける声。「やい、お前」。
35 馬の口取り縄。

へければ、景季も、猛き武士とは申せども、涙に塞[36]きあへず、

「由[37]なき御使ひを承つて、かかる哀れを見る事の悲しさよ」

とて、直[38]衣の袖を顔に押し当てて泣きけり。母は、なをも止まりかねて、門の外まで惑ひ出でて、彼等が後ろ姿を見送り、泣くより他の事ぞなき。子どもも、後ろのみ見返りしかば、駒をも急がず、後に心は留まりけり。互ひの思ひ、さこそと推し量られて哀れなり。母は、子どもの後ろも見えず、遠ざかり行きければ、すなはち倒れ伏しにけり。女房たち、急ぎ引き立て、やうやう介錯して、泣く泣く内にぞ入りにける。52 53 持[39]仏堂に参りて、口説きけるは、

「大[40]慈大悲の誓願には、枯[41]れたる草木にも、花咲き実のなるとこそ聞け。などや彼等が命をも助け給はざらん。我、幼少の古より、深く頼みをかけ奉る。毎日に三巻普[42]門品怠らざる験に、彼等が命を助け給へ」

と、悶[43]へ焦がれけるぞ無慙なる。せめての事にや、仏に向かひて口説きけるは、

「げにや、彼等が父の討たれし時、いか[44]なる淵瀬にも入りなんと、思ひ焦がれしに、彼等を世に立てんと思ひて、つれ[45]なく命長らへ、飽[46]かぬ住まゐの心憂かりつるも、ひとへに子どものためぞかし。斬られ参らせて後、一日片時の程も、身は誰がために惜しかるべき。願はくは、我等が命も取り給ひて、彼等一所に迎へ取り給へ」

と、声も惜しまず泣き居たり。まことや、身に思ひのある時は、科もましまさぬ神仏を恨み奉り、泣きては口説き、恨みては泣き、伏し沈みけるこそ、せめての事とはおぼえ

36 こらえかねて。せき止められず。
37 つまらない使い。しなくてもよい使者。
38 古活字本同。「直衣」は貴人の平服。彰考館本には「ひた、れ」とあり、その方がよい。
39 自分の護持仏や先祖の位牌を安置供養する堂。
40 一切衆生の苦を取り除き、楽を与える広大無辺な慈悲。特に、観世音菩薩の広大な慈悲。
41 『梁塵秘抄』二・仏歌廿四首に、「よろづの仏の願よりも、千手の誓ひぞ頼もしき。枯れたる草木も忽ちに花咲き実生ると説いたまふ」とある。
42 81頁注23参照。
43 ひどく苦しみながら恋い慕う。
44 身を投げて死んでしまおうかと。
45 古活字本同。彰考館本「つれなき命」のほうが熟した表現か。「つれなし」は、ままならない、味気ないの意。
46 おもしろくもない暮らし。望ましくない生活。

けり。

祐信、兄弟を連れて、鎌倉へ行きし事

さても祐信は、梶原諸共に打ち連れて、駒を速むるとはなけれども、夜に入りて、鎌倉へこそ着きにけれ。今宵ははるかに[1]更けぬらんとて、景季が屋形に留め置きたり。祐信は、二人の子ども近く居て、今宵ばかりと思ふにも、名残惜しくぞ思はれける。名残の夜半も明けやすく、[2]隈なき軒を漏る月も、思ひの涙にかき曇り、鳥と同じく泣き明かす、心のうちこそ無慚なれ。[3]早天に、源太左衛門、[4]御所へ参りければ、祐信、はるかに[5]門送りして、

「彼等が事は、[6]一向に頼み奉る。いかにもよきやうに申しなされ、郎等二人ありと思し召し候へ」

と、まことに思ひ入りたる有様、哀れにて、源太も不便におぼえて、

「げにや、子ならずは、何事か、これ程に宣ふべき。[7]人の親の心は闇にあらねども、子を思ふ道に迷ふとは、げに理とおぼえて、景季も、子ども数多持ちたる身、[8]さらさら人の上とも存じ候はず」

とて、[9]忍びの涙を流しけり。

「心の及ぶ所は、[10]等閑あるべからず候ふ。心安く思ひ給へ」

とて出でければ、頼もしくぞ思ひける。

祐信、兄弟を連れて、鎌倉へ行きし事

1 すっかり時が過ぎてしまったので。
2 古活字本同。彰考巻本等「くまなく」。
3 早朝。
4 将軍、源頼朝の在所。
5 門口まで見送って。
6 ひたすらに。
7 「人の親の心は闇にあらねども子を思ふ道に迷ひぬるかな」(後撰集・雑一・藤原兼輔)による。
8 少しも。
9 人目につかぬように流す涙。
10 なおざりにはしません。

兄弟を梶原請ひ申さるる事
1 それにつきましては。
2 かわいそうで見るに忍びない様子。
3 意に介するほどのものとも思いません。
4 容易ならざること。
5 頼りにして。すがりついて。

兄弟を梶原請ひ申さるゝ事

その後、梶原、御前に畏まりければ、君御覧じて、

「昨日は参らざりけるぞ。祐信は、異議にや及びけるか」

「いかでか惜しみ申すべき。夕べ、景季がもとまで具足して候ひつるを、夜更け候ふ間、明くるを待ち申して候ふ。[1]したがひ候ひては、母や曽我太郎が歎き、申すに及ばず。[2]かわゆき有様を見てこそ候へ。同じ仰せにて、戦場にして一命を捨て候はん事は、[3]物の数とも存じ候ふまじ。かやうに[4]難儀の事こそ候はざりしか」

と申しければ、54 55 君聞こし召されて、

「さぞ母も惜しみつらん。同じ科とはいひながら、未だ幼き者共なり。歎きつるか」

と仰せられければ、この御言葉に[5]取り付き、畏まつて申しけるは、

「かやうに申す事、畏れ多く候へども、母が思ひ、あまりに不便なる次第に候ふ。未だ幼き者共にて候へば、成人の程、景季に預けさ

54 曽我祐信、梶原景季に兄弟宥免の取りなしを懇願する。

せ給ひ候へかし」

と申しければ、君聞こし召されて、

「汝が申すところ、理と思へども、[6]伊東入道に、[7]情けなくあたられし事を、聞きも及びぬらん。三歳の[8]若を失はれ、剰へ女房まで取り返されて、歎きの上に恥を見、その上、[9]由比の小坪にて、頼朝を討たんとせし恨み、[10]条々喩へてやるかたなし。せめて、伊豆国一国の主にもならばやと、明け暮れ祈りしは、伊東に[11]あたり返さんと願ひしぞかし。されば、かの者の末といはんをば、[12]乞食非人なりとも、[13]かけて見んとは思はざりき。いはんや、彼等は[14]現在の孫なり。しかも、[15]嫡孫ぞかし。急ぎ誅して、若が[16]孝養に報ずべし。頼朝恨むべからず」

と仰せ下されければ、重ねて申すに及ばで、御前を罷り立ちにけり。

「[17]時を移さず、由比の浜にて[18]害せよ」

と承りて、宿所に帰る。祐信、[19]遅しと待ち受けて、

「さて、彼等が命いかに」

55 梶原景季、源頼朝に兄弟の助命を願い出る。

6 伊東祐親。
7 むごい仕打ち。
8 子ども。伊豆松川の奥で柴漬けにして殺された千鶴御前。65頁参照。
9 「由比」は現神奈川県鎌倉市内、「小坪」は逗子市内の海岸。伊東祐親がこの地で頼朝を討とうとしたかは未詳だが、頼朝挙兵時に畠山が頼朝と敵対した事に乗じて兵を動かそうとした事が、84頁に記されている。
10 一つ一つの箇条。出来事。
11 仕返し。報復。
12 人数に入らぬ乞食。
13 すこしも。全く。まったく見たいとも思わないの意か。太山寺本「いきて」、彰考館本等「いけて」とあり、生かしておこうとは思わないの意となり、そちらに従うべきか。
14 まぎれもない事実であるさま。
15 嫡子の嫡子。
16 後世を弔うこと。
17 ただちに。即刻。
18 殺せ。
19 景季はまだかと。

と問ふ。

「さればこそとよ、再三申しつれども、故伊東殿の不忠、始めより終はりに至るまで、御物語ありて、若君の[20]草の蔭にて思し召す所もあり、この人々を斬りて、御[21]追善に報ぜんと、[22]御意の上、力及ばず」

と言ひければ、祐信、頼みし力尽き果てて、

「今は、かなふまじきにや」

とて、二人の子どもを近づけて、[23]装束ひきつくろひ、[24]鬢の塵打ち払ひ、

「汝等[25]、いかなる報ひにて、[26]乳の内にして、父に後れ、[27]重代の所領に離れ、命だにも、十五・十三にもならず、斬らるるのみにあらず、母にも又、思ひを[28]授くる事の不思議さよ。祐信も、汝等に後れて、千年を経るべきか。[29]髻切り、後世懇ろに[30]訪ひて取らすべし。今生の[31]宿縁薄くとも、来世にては、必ず一[32]・蓮に生まれ会ふべし」

と、涙に咽びけり。子どもは聞き、

「祖父御の御事により、我等幼けれども許されず、斬られん事、力に及ばず。さりながら、[33]殿の御恩こそ、ありがたく思ひ奉り候へ。御遁世、[34]ゆめゆめあるまじき事なり。母御の御思ひ、いよいよ重かるべし。それを慰めて給はり候へ。それならでは[35]」

とばかりにて、泣くより他の事ぞなき。景季が妻女も、[36]女房たち引き連れ、[37]中門に出で、物越しに彼等が言葉を立ち聞きて、

20 あの世で。
21 死者の冥福を祈って、仏事を行い、またはその人にちなんだ行事をすること。ここでは、若君の恨みをはらすこと。
22 お考え。
23 衣服をととのえ装う。
24 頭の両側面の髪。
25 底本、古活字本「等（ら）」なし。彰考館本により補う。
26 乳飲み子の頃に。
27 家に代々伝わる領地。
28 与える、させるの意となるか。太山寺本「さする」、彰考館本「つくる」、万法寺本「かくる」。
29 出家して。「髻」は、髪を頭頂に束ねたところ。
30 弔ってやろう。
31 うまれつきの因縁。
32 極楽浄土の同じ蓮の上に生まれようぞ。
33 曽我祐信に受けた恩。
34 決して決して。
35 それ以外、何の望みもありません。
36 景季のもとに召し使われている女たち。
37 表門の内側にある門。

「げにや、さる[38]者の子どもとは聞こえたり。[39]優に大人しやかに言ひつる言葉かな。よそにて聞くだにも哀れに無慙なるに、いかに今まで取り育てぬる、母や乳母の思ふらん。[40]片端なる子をさへ、親は[41]悲しむ習ひぞかし。[42]弓取りの子の、七つにて親の敵を討ちけると申し伝へたるも、彼等が大人しやかなるにて思ひ知られたり。弓取りの子なり」

とて、涙に咽びけり。[43]及ぶも及ばざるも、皆袂をぞ絞りける。

由比の浜へ引き出だされし事

かくて景季、ややはるかにありて、子どもの前に来たり、

「時こそ移り候へ」

と言ひければ、祐信、彼等を出で立たせ、由比の浜へぞ出だしける。[1]今にはじめぬ鎌倉中のことごとしさは、彼等が斬らるるを見んとて、[2]門前に市をなす。源太が屋形も、[3]浜のおもて程遠からで、行く程に、[4]羊の歩みなを近く、命も[5]際になりにけり。すでに[6]敷皮敷きて、二人の者共[7]直りにけり。今朝までは、さりとも源太や申し助けんと、頼みし心も尽き果てて、彼等に向かひ申しけるは、

「母が方に、思ひ置く事はなきか」

と問ふ。

「ただ何事も、[8]御心得候ひて、仰せられ候へ。ただし、『最期は、御教へ候ひしごとく、

38 相当な者の。
39 立派に落ち着いて。
40 肉体的、または精神的、知能的に、一部障害をもっていること。現代ではその使用は憚られる。
41 いとしく思う。
42 武士。
43 近場にいる者も、そうでない者も。

由比の浜へ引き出だされし事
1 従来からあったことで、少しも変わらない。
2 人の多く群集まるさまをいう。『本朝文粋』六・申民部大輔状に、「堂上如レ華、門前成レ市」とある。『平家物語』一・吾身栄花等にも用いられる表現。
3 由比ヶ浜の方面。
4 屠所に引かれる羊の歩みで、死に近づくことをいう。『摩訶摩耶経』上に、「譬如下栴陀羅駆レ牛就二屠所一歩々近中死地上、人命疾二於是一」とあり、『大般涅槃経』三十八・迦葉菩薩品第十二之六にも、「如二囚趣一レ市歩歩近レ死、如下牽二牛羊一詣中於屠所上」とある。『源氏物語』浮舟、『保元物語』下・義朝の幼少の弟悉く失はるる事等にも引かれる。
5 かぎり。生死の境目。
6 敷皮の上に座らせて首をはねる。斬首の作法。
7 居ずまいを正して座ること。
8 ご推察の上、お計らいください。

思ひ切りて[9]、未練にも候はざりし』とばかり、御語り候へ」。

「箱王はいかに」

と問へば、

「同じ御心なり。今一度見[10]奉りて」

と言ひもあへず、涙に咽び、深く歎く色見えけり。一万これを見て、

「母の仰せられし事、忘れ給ふか。親祖父の孫ぞと思ひ切るべし。かまへて、母や乳母が事、思ひ出だすべからず。さやうなれば、未練の心出で来るぞ。『ただ一筋に思ひ切れ』と教へ給ひし事ぞとよ。人もこそ見れ」

と諌めれば、箱王、この言葉にや恥ぢにけん、顔押し拭ひ、嘲笑ひ[11]、涙を人に見せざりけり。貴賤惜しまぬ者はなし。曽我太郎、この色を見て、今は心安くて、敷皮に居かかり[12]、鬢の塵打ち払ひ、心静かに介錯し、

「いかに汝等、よくよく聞け。は[13]じめたる事にはあらねども、弓矢の家に生まるる者は、命よりも名をば惜しむものぞとよ。『龍門原[14]

9 覚悟して。

10 もう一度母上にお目にかかって。

11 からからと高笑いをして。

12 座って寄り添う。

13 今に始まったこと。

14『和漢朗詠集』下・文詞付遺文に、「遺文三十軸、軸々金玉声、龍門原上土、埋レ骨不レ埋レ名」とあり、『源平盛衰記』三・澄憲祈雨事にも、「骨縦埋二龍門之土一、名可レ留二鳳闕之雲一」とある。「龍門」は、中国洛陽の西南の地。

56 梶原景季の館にて、曽我祐信、兄弟に最後の言葉をかける。

上の地に骨は埋めども、名をば雲居に残せ』といふ言葉、かねて聞き置きぬらん。最期見苦しくは見えねども、心を乱さで、目を塞ぎ、[15]掌を合はせ、『弥陀如来、我等を助け給へ』と深く祈念せよ」。

一万聞きて、

「いかに祈り候ふとも、助かる命にても候はぬものを」

と言ひければ、

「その助けにてはなし。別の助けぞとよ。[16]御分の父、一所に迎へ取り給ふべき、誓願の助けぞとよ。頼み候へ」

と言ひければ、

「[17]申すにや及ぶ。故郷を出でしより、思ひ定むる事なれば、何に心を残すべき。父に会ひ奉らん頼みこそ、嬉しく候へ」

とて、[18]西に向かひ、各小さき手をあげて、

「[19]南無」

と高らかに聞こえければ、56 57 [20]堀弥太郎、[21]太刀抜きそばめ、二人が後ろに近づきて、

57 一万・箱王、由比ヶ浜に引き出される。太刀取りは堀弥太郎。

15 手のひら。

16 あなたの父親と。

17 申すまでもない。

18 極楽浄土があるとされた西の方角。

19 絶対的な信仰を表すために唱える語。仏・菩薩・経文の名を言う時、まず唱える。

20 『吾妻鏡』元暦二年（一一八五）六月二十一日条等に「堀弥太郎景光」、『平家物語』十一・能登殿最期に「堀弥太郎親経」とある。また『平治物語』下・牛若奥州下りの事には、「金売吉次」の後の名とある。

21 刃渡りがおおむね二尺（約六〇cm）以上で、太刀緒を用いて腰から下げるかたちで佩用する日本刀。刃を上向きにして腰に差す打刀とは「銘」を切る位置が異なる。太刀は、馬上での戦いを主としているため、打刀より寸が長く、反りが深い。

兄をまづ斬らんは順[22]次なり、しかれども、弟見て、驚きなんも無慙なり、弟を斬るは逆なりと、思ひ煩ひ立ちたりしを、祐信、思ひに堪へかねて、走り寄り、取り付き、

「[23]しかるべくは、[24]打物をそれがしに預けられ候へ。我等が手にかけて、後生を弔はん」

と申しければ、

「[25]御計らひ」

とて、太刀を取らせけり。祐信取りて、まづ一万を斬らんとて、太刀差し上げ見れば、折節、朝日輝きて、白く清げなる首の骨に、太刀影の写りて見えければ、左右なく斬るべき所も見えざりけり。祐信、猛き武士と申せども、打物を捨てて、口説きけるは、

「なかなか思ひ切りて、曽我に留まるべかりしものを、これまで来たりて、憂き目を見る事の口惜しさよ。しかるべくは、まづそれがしを斬りて後に、彼等を害し給へ」

と歎きければ、見物の貴賤、

「理かな。幼少より育てて、憐れみ給へば、さぞ不便なるらん」

と、[26]弔はぬ者はなかりけり。

人々、君へ参りて、兄弟を請ひ申さるる事

ここに、[1]梶原平三景時、近く寄りて、祐信に申しけるは、

「御歎きを見奉るに、推し量られておぼゆるなり。しばらく待ち給へ。[2]一端申して

22 次第にしたがうこと。順当。
23 できることなら。
24 太刀（注21）に同じ。
25 お計らいに任せましょう。
26 慰め、同情せぬ者。

人々、君へ参りて、兄弟を請ひ申さるる事
1 梶原景季の父。鎌倉幕府の御家人。石橋山の戦いで源頼朝を救ったことから重用され侍所所司、厩別当となる。「平三」は底本「平蔵」。
2 事柄の一部分。少し。

みん」

と言ひければ、[3]弥太郎、大きに喜びて、しばらく時を移しける。まことに景時、[4]さしきりて申されんには、[5]かなひつべしと、人々頼もしくぞ思ひける。

景時、御前に畏まりければ、君御覧じて、

「梶原こそ、例ならず[6]訴訟顔なれ」

「さん候ふ。曽我太郎が養子の子ども、ただ今浜にて誅せられ候ふ。あはれ、それがしに、御預けもや候へかし。景時が申状、[7]聞こし召し入れらるべきと、普く思ひ候ふものをや」

と申しければ、君聞こし召して、

「今朝より、源太が申しつれども預けず。汝、恨むべからず」

と仰せ下されければ、力及ばず、御前を罷り立ちにけり。

次に、[8]和田左衛門義盛、御前に畏まり、

「景時が親子、申してかなはざる所を、義盛、重ねて申し上ぐる条、[9]かつうは、畏れ少なからず候へども、人を助くる習ひ、[10]さのみこそ候へ。義盛、御大事に罷り立つ事、度々なりといへども、[11]分きては、[12]衣笠城にて、御命に代はり奉り、御世に出でさせ給ひ候ひぬ。その[13]忠節に申し替へて、曽我の子どもを預かり置き候はば、生前の御恩と存じ候ふべし」

と申されければ、君聞こし召されて、

3 堀弥太郎。114頁注20参照。
4 思い切って。つきつめて。
5 きっとうまくゆくであろう。
6 訴えようとしている顔つき。
7 お聞き入れなさるだろうと。
8 85頁注9参照。
9 一方では。
10 それだけのことです。
11 とりわけ。特に。
12 85頁注10参照。
13 主君への忠義をかたく守ろうとする気持ち。

「かの者共の事は、斬らでかなふべからず」

と仰せ下されければ、義盛、重ねて申されけるは、

「もとより、罪軽くして、[14]追罰せらるべきを申し預かりては、御恩と申しがたし。重罪の者を給はつてこそ、掟を背く御恩にて候へ。[15]義盛が一期の大事、何事かこれにしかん」

と、さしきりて申されたりしかば、君も、まことに難儀に思し召しけるが、しばし、御思案に及び、

「御分の所望、何をか背き申すべき。しかれども、この事におひては、頼朝にさし[16]をき給へ。伊東が情けなかりし振る舞ひ、ただ今報ぜん」

と仰せられければ、義盛、力及ばずして、御前を罷り立たれけり。

その次に、[17]宇都宮弥三郎朝綱、思ひけるは、[18]面々申してかなへられずして、罷り立たれぬ、さりながら、もしやと存じ、御前に祗候す。君御覧じて、

「今日の[19]訴訟人は、かなふべからず。別に思ふ子細あり」

とて、御気色悪しかりければ、申し出だすに及ばず、退出せられにけり。

又、[20]千葉介常胤、座敷に居替はりて、畏まつて、

「人々の申されてかなはぬ所を申し上ぐる条、まこと[21]鳥道の跡を尋ね、霊亀の尾を引くに似て候へども、[22]龍の鬚を撫で、虎の尾を踏むも、事による事にて候へば、今日の人々の訴訟、御聞き入れ候はば、[23]畏まり存ずべき由、[24]方々[25]申すげに候ふ」

14 討手をさし向けて賊徒を征伐すること。彰考館本等に「追放」。
15 義盛が生きている間に、これ以上の大事はないでしょう。
16 任せなさい。
17 宇都宮(八田)宗綱の子。藤原北家道兼流宇都宮氏三代当主。代々宇都宮二荒山神社社務職を襲った。本拠地は下野国河内郡宇都宮(現栃木県宇都宮市)。
18 おのおのの申し出は聞き入れられないで。
19 訴えをおこす人。
20 85頁注11参照。
21 危険を伴う無駄な努力を喩えるか。「尾を引くに似て」の部分、底本は「おくひにて」、古活字本「を、ひにて」。彰考館本により改める。
22 『本朝文粋』十三「為左大臣供養浄妙寺願文」に「栄余㆓於身㆒、賞過㆓於分㆒、如㆑履㆓虎尾㆒、如㆑撫㆓龍鬚㆒」(大江匡衡)とある。『平家物語』三・法印問答、『太平記』十二・兵部卿親王流刑事付驪姫事等にも引かれる。
23 恐縮するであろう由。
24 「人々」を敬っていう。
25 申すようです。

と申し上げければ、君聞こし召し、

「御分の事、身[26]に替へても余りあり。それをいかにと言ふに、頼朝、石[27]橋山の合戦に
打ち負けて、ただ七騎になりて、杉山を出でて、ゆき[28]の浦に着き、すでに自害に及び
し時、数千騎にて合力[29]せられ奉り、今は世を執る事、ひとへに御分の恩ぞかし。

その故、忘るべきにあらず。されども、伊豆の伊東が恨めしさは、知り給ひぬらん」

と仰せありて、その後は、御返事もなし。常胤、重ねて申されけるは、

「[30]畏れ存じ候ふ事なれども、それがし[31]に限らず、今日の訴訟人、[32]時に取りての御大事、
誰か身命を惜しみ、不忠を思ひ奉る者の候ふべき。その御心ざしに、御[33]免わたら
せおはしまして、彼等を御助け候へかし」

「さても、彼等が祖父は、[34]忠の者にはあらざるをや」

「さてこそ、御慈悲にて、御助け候へとは申せ」

「[35]奈落に沈む極重の罪人をば、慈悲の仏だにも救ひ給はずとこそ聞け」。

千葉介承つて、

「[36]地蔵薩埵の第一の誓願には、[37]無仏世界の[38]衆生を救はんとこそ、誓ひの深くまし
ますなれ」。

君聞こし召されて、

「地蔵は、未だ[39]正覚なり給はずとこそ聞け」

「かやうの悪人を救ひ尽くして、正覚あるべしと承る。それは、慈悲にてましま

26 自分の身と取りかえても足りないほど大切に思っている。
27 84頁注6参照。
28 古活字本同。太山寺本「ゆふき」、彰考館本「由城」。結城の浦で、現千葉県千葉市中央区寒川町のあたり。延慶本『平家物語』にこの地で頼朝と常胤が会ったことが見える。
29 加勢をお受けして。
30 恐縮至極に存じますが。
31 わたくしに限らず。
32 その時にあたっての。
33 お許しくださって。
34 忠義の者ではなかったではないか。古活字本「不忠の者にあらざるをや」。
35 地獄。泥梨。
36 地蔵菩薩に同じ。釈迦如来が入滅後、弥勒菩薩の出現までの無仏時代に、六道で衆生の救済にあたったという菩薩。「薩埵」は、菩提薩埵の略で菩薩に同じ。
37 前注にある仏のいない世界。『延命地蔵菩薩経』に、「無仏世界度二衆生一」とある。
38 一切の生き物。
39 仏の正しい悟り。

さずや」。

君聞こし召し、

「まことにそれは、仏の御法[40]の言葉、如来[41]に会ひて問ひ給へ。彼等は、世上[42]の政道なり。斬らではかなふべからず」

とて、御気色悪しく見えければ、その後は、物をも申さず。御前祗候の人々も、力を落とし、いかがせんとぞ思はれけるこそうたて[43]けれ。

畠山重忠、請ひ許さるる事

ここに、武蔵国の住人、畠山[1]庄司次郎重忠、在鎌倉[2]して、筋違橋[3]にありけるが、この事を聞き、取る物も取りあへず、急ぎ御前に参られけり。君御覧じて、

「重忠珍しや」

と仰せ下されければ、

「さん候ふ」

とて、深く畏まりぬ。ややありて、重忠申されけるは、

「伊東が孫ともを、浜にて斬られ候ふなる。未だ幼く候へば、成人の程、重忠に御預け候へかし」。

君聞こし召し、

「存知[4]のごとく、伊東が振る舞ひ、条々[5]の旨、忘るべきにあらず。彼等が子孫にを

40 仏法のことば。
41 釈迦如来に向かって。
42 出世間の仏法に対して、一般世間での政治の道。
43 がっかりする。

畠山重忠、請ひ許さるる事

1 84頁注7参照。
2 鎌倉に滞在して。
3 筋替橋とも。現神奈川県鎌倉市雪ノ下にある。畠山重忠邸跡は、その西南にあたる。
4 承知のとおり。
5 ひとつひとつの内容。

きては、いかに賤しき者なりとも、助け置かんとはおぼえず。これらは[6]まさしき孫ながら、嫡孫ぞかし。頼朝が末の敵となるべし。されば、誅しても足らざるものを。頼朝恨み給ふべからず」

と仰せられければ、

「かなはじとの御[7]諚、重ねて申し上ぐる条、畏れにて候へども、成人の後、いかなる振る舞ひ仕り候ふとも、重忠[8]かかり申すべし。その上、[9]一期に一度の大事をこそと存じ候ひて、常には訴訟を申さず候へ。これ一つをば、御免わたらせ給へ」

と申されければ、君の仰せには、

「彼等が先祖の不忠、皆々存知の事、何とてか程に宣ふ。この事かなへぬおこたり[10]に、武蔵国二十四郡を奉らん」

と仰せ下されしぞ、まことに忝なくはおぼえける。重忠承り、

「御諚の趣、畏まり存ずれども、国を賜り、彼等を誅せられては、[11]世の聞こえ、重忠が恥辱にて候ふべし。それがしがもと賜りて候ふ所領を[12]参らせ上げ、彼等を助け候ひてこそ、[13]人の思惑も候へ」

と申されければ、君、御返事にも及ばせ給はず。重忠、[14]居丈高になりて、

「畏れ多き申し事にて候へども、[15]平治の乱に義朝討たれ給ひき。その御子として、清盛に[16]取り込められ、すでに御命危うくわたらせ給ひしに、[17]池殿申されしによつて、助かりましましぬ。御喜びを思し召しより、彼等を御助け候へかし」。

6 正真正銘の。
7 仰せ。おことば。
8 お引き受けいたしましょう。
9 一生に一度の。
10 謝罪。おわび。
11 重忠に対する世間の評判。
12 差し上げ。
13 人々の納得も得られるのです。
14 座ったまま、身をぐっとそらせるさま。
15 100頁注4参照。
16 押しこめられ。
17 池禅尼。平忠盛の後妻で、清盛の継母。頼朝助命の事は、『平治物語』に詳しい。

君、御顔色変はり、事[18]悪しく見えければ、しばらく物も申されず。[19]悪し様なり、申し過ごしぬると存じて、ただ慎んでありけり。

ややしばらくありて、君いかが思しけん、御扇さつと開き、

「げにげに、重忠宣ふごとく、平家の一門、頼朝に情けをかけ、助け置きて、頼朝に[20]退治せられぬ。そのごとく、彼等を助け置きて、[21]末代に頼朝滅ぼされぬとおぼゆる。されば、彼等をば、一々に斬りて、由比の浜に掛くべし」

と、荒らかにこそ仰せけれ。重忠も、[22]申しかかりたる事なれば、58 59 言葉も[23]たばはず、伸び上がり、

「さん候ふ。滅びし平家の悪行、いかばかりとか思し召す。仏法にも恐れず、[24]王法にも従はず、官を止め職を奪ひ、子孫に伝はるといへども、邪なる沙汰、天これを許さざるによつて自滅す。[25]政道順義にして、政[26]専らなれば、末代までも、いかでか絶え候ふべき。ただ神慮に背かで、[27]横さまなる事さへ候はずは、位は[28]転

18 事態が険悪に。
19 よくないようだ。
20 攻め滅ぼされた。
21 後の世。
22 言い出した。
23 惜しまず。残さず。
24 王のとるべき正しい道。国王の施す法令や政治。出世間の法としての「仏法」に対して、世間の支配者の法をいう。
25 政治の道が道義に従っていること。
26 古活字本「専ならば」、彰考館本「賢ならば」。「賢」が本来のかたちか。
27 非道。不当。
28 四天下を統一して正法をもって世を治める王。天から得た輪宝を転じて、四方を降伏せしめるという。

58 梶原景時、和田義盛ら、源頼朝に兄弟の助命を願い出る。

輪聖王と等しかるべし」
と申されければ、御寮[29]聞こし召して、
「忠を高く感じ、科を深く戒むる
事、邪なるべきにや」
「その儀にては候はず。ただ御慈悲
わたらせ給へとこそ候へ。御敵の
末、不忠のいたり、[30]陳じ申すには
あらず。さりながら、幼く候へ
ば、成人の程、御預け候へかし。
忝なくも、君の御恩に誇り、[31]栄
華にそなふる事、世の人に優れたり。されば、重忠が訴訟、何事もかなふべしと、
人々存ずる所に、御許されなくは、命生きても無益なり。御前にて首を召され候
へ。それかなはずは、[32]浅間も御[33]照覧候へ。重忠自害仕り候ふべし。[34]ものその身に
ては候はずとも、それがし御前にて失せぬと聞き候はば、自害とは申し候はじ。一
門馳せ集まり、御[35]不審の歎きを申し上げ候ふべし。しからば、今日の訴訟人、さだ
めて同意ありぬべし。さあらんにおひては、諸国の煩ひとこそ存じ候へ」。
君聞こし召し、
「さやうの儀に至りては、頼朝[36]騒ぐべきにあらず。ただ天の照覧に身を任せ候ふべ

59 畠山重忠、源頼朝に兄弟の助命を願い出る。

29 貴人の敬称。ここでは源頼朝をさす。
30 釈明いたすのではありません。
31 栄華によくすること。「そなふる」は「そなはる」。
32 浅間菩薩。現静岡県富士宮市にある浅間神社。富士浅間大菩薩。
33 御覧になってください。
34 ものの数にはいる身ではありませんが。
35 嫌疑。
36 騒ぎをおこすつもりはない。

し」

とて、御返事もなかりけり。

張子が事にて兄弟助かる事

重忠畏まつて、

「畏れ存ずる次第にて候へども、昔、大国に大王あり、武勇の臣下を集めて、千人愛し、玉の冠、金の沓を与へて召し使ふ。その中の臣下に、[1]張子といふ賢人あり。大王これを召して仰せけるは、

『[2]朕が[3]七珍万宝、一つとして不足なる事なし。しかるに、[4]並びの国の市に、[5]宝の数を売るなり。汝、かの市に行きて、我が倉の内になからん宝を買ふて来たるべし』

とて、多くの宝を与へぬ。張子、これを受け取り、かの市に行きて見るに、一つとして[6]漏れたる物なし。しかれども、王宮に[7]善根永く絶えてなかりけり。これを買い取らんと思ひ、保つ所の財宝を、かの国の[8]非人どもを集めて、悉く施し、[9]手を空しくして帰りぬ。大王問ふて曰く、

『買い取る所の珍宝はいかに、見ん』

と宣ふ。その時、張子答へて曰く、

『王宮の宝蔵を見るに、金銀珠玉をはじめとして、不足なる事なし。されども、善根のなかりしかば、買い取りぬ』

と答ふ。大王、[10]歓喜して、

『その善根見ん』

張子が事にて兄弟助かる事

1 彰考館本「張士」。漢初の功臣、張子房（張良）を略したものか。であるならば「大王」は高祖劉邦。
2 帝王・天皇が自らを指して言った語。
3 「七珍」は七宝とも。七宝は、『無量寿経』では、金・銀・瑠璃・玻璃・硨磲・珊瑚・瑪瑙をいい、『法華経』では、金・銀・瑠璃・硨磲・瑪瑙・真珠・玫瑰をいうなど、種々の数え方がある。多くの宝。「七珍万宝」と続けて、あらゆる宝をあらわす。
4 隣の国。
5 多くの宝。
6 足りないものはない。
7 よい結果をもたらす善い行い。諸善を生み出す根本となるもの。
8 彰考館本等は「貧人」。124頁8行目に再度出てくるが、同2行目には「貧者」と見え、「貧人」とすべきか。
9 何も持たないで。手ぶらで。
10 よろこんで。

と宣ふ。張子が曰く、

『かの国の貧者を集め、持つ所の宝を取らせぬ』

と答ふ。大王、不思議に思ひしかども、賢人の計らふ事なりしかば、さてのみ過ごし給ふ。その頃、国の夷[11]起こりて、大王を[12]傾く。合戦に打ち負けて、並びの国に移りぬ。その時、千人の臣下、さしも愛せし恩を捨てて、一度に逃げ失せにけり。王一人になりて、すでに自害に及びける時、張子が曰[13]くしばらくおさへて言ふ。

『待ち給へ。この国の市にて買い置きし善根、この度尋ねてみん』

とて行く。その宝を得たりし非人の中に、[14]志房といふ[15]武勇の達者、深き心ざしを感じて、多くの兵を語らひ、この王のために、城郭を拵へ、しばらく引き籠もりぬ。時あつて、運を開き、二度国に帰り給ふ。これひとへに、張子が買ひ置きし善根の故と、国王感じ給ふ。[16]一人当千といふ事、この時よりも始まりけり。その時、もと逃げ失せし千人の臣下、又出でて、

『仕へん』

と言ふ。大王聞き給ひて、

『又事あらば、逃げぬべし。新しき臣下を召し使ふべし』

と宣ふ。張子諫めて曰く、

『はじめたる臣下は、心知りがたし。ただもと逃げ失せし臣下を召し使ひ給へ。二度の恩を忘れんや』

と言ふ。大王、理を聞き、逃げ失せし臣下を、悉く尋ね出だして召し使ふ。時に又、国大きに起こりて、王の都を傾く。帰り来たる所の臣下、二度の忘恩を恥ぢて、身を捨て、命を惜しまず防ぎ戦

11 反乱を起こす。
12 攻め滅ぼす。
13 古活字本「しばらくおさへていわく」。衍か。
14 彰考館本「志房」に倣う。
15 勇気があり武術にすぐれた達人。
16 一人の強さが千人分に相当するほど強いこと。

17『史記』八・高祖本紀第八に見えることば。91頁注29参照。

18立派な武士の子。

19臣下とみなして。思いくらべて。

20勝敗や成否の決する大事な場面の意の「先途」と解した。ただし、太山寺本「御用」、彰考館本「御せん」。

21『論語』八佾篇、『後漢書』四十六・郭陳列伝（陳寵・子忠）、『貞観政要』五・論誠信第十七等に、「君使ㇾ臣以ㇾ礼、臣事ㇾ君以ㇾ忠」とあるものに基づいた句か。なお、『論語』等に見える句は、『玉函秘抄』中、『明文抄』二・帝道部下、『管蠡抄』三・礼儀、『五常内義抄』（内閣文庫本）下・礼順也不邪淫戒・第八等に引かれる。

22結果。特に、よい結果。

23そのような場合には。

24理にかなわない。

25『ロドリゲス大文典』等に見える格言。法にまさる道理はないことをいう。


ふ。されば、勝つ事を千里の外に得[17]、位を永久に保ち給ふと申し伝へて候ふ。彼等も、さる者の子[18]にて候へば、御恩を忘れ奉るべきにあらず。つゐには、御用に立ち申し候はんずれ」。

君聞こし召し、

「それも、臣が尊きにあらず。張子が賢なるによつてなり」

「さらば、それがしを張子と思し召し、彼等を臣下に擬[19]へて、御助け候はゞ、後の御先途[20]にもや立ち候ひなん。君[21]、君たる時は、臣、礼をもつてし、臣、臣たる時は、君憐れみを施すとこそ見えて候へ」。

頼朝聞こし召し、

「彼等、何の礼かありし」。

重忠承つて、

「御助け候はゞ、いかでか、その礼なかるべき。君御許しなくは、我々までも、果[22]に驕るべきにあらず。さあらんにおひては[23]、合は[24]ざる訴訟なりとも、一度はなどか御免なからん」

「理[25]を破る法はあれども、法を破る理はなし。罪科といひ、法とい

60 兄弟の助命が許され、喜ぶ人々。

ひ、いかでか彼等逃るべき」。

重忠も、申しかかりたる事なれば、身をも命をも惜しまず、高声になりて申しけるは、

「国を滅ぼす[26]天元も、[27]讒せば聞かずとこそ承りて候へ。[28]釈迦如来の昔、善恵仙人と申せし時、道を作り給ふ時、[29]燃燈仏、通り給ふに、道悪しくして行き煩ひ給ふ。時に仙人、泥の上に伏し給ひて、御髪を敷き、仏を通し奉る。[30]薩埵王子は、飢へたる虎に身を与へ、[31]尸毘大王は、[32]鳩のはかりに身を掛くる。これ皆、末代の衆生を思し召す、御慈悲の故ぞかし。[33]就中、諸国を治め給ふ事、[34]理非を正し、情けを旨とし、憐れみを本とし給ふべきに、これ程面々の申されて、彼等を御助けなくは、人頼み少なく思ひ奉るべし。重忠が一期の大事と思し召し、助け置かれ候へかし」

と、まこと思ひ切つたる気色にて、仏法・[35]世法、唐土・天竺の事まで、[36]引きかけ引きかけ申されければ、君御思案ありて、まことにこの人は、[37]内には五戒を保ち、外には仁義を本とす賢人ぞかし、この重忠を失ひなば、神の恵みに背き、天下も穏やかなる

61 一万・箱王、曽我祐信と共に曽我の里へ。出迎える母。

26 彰考館本「天眼」。天子・君主の意の「天元」と解した。
27 彰考館本「讒せは」に倣う。太山寺本は「ざむをば」で「懺」か。未詳。
28 釈迦が前世で摩納と称していた時の話として、『大乗本生心地観経』一「序品第一」に「昔為二摩納仙人一時、布レ髪供二養燃燈仏一」、『明文抄』二・帝道部下に「前生時曽為二摩納仙人一、将二金銭一於婦人辺買レ花、供二養燃燈仏一」と見える。
29 釈迦が前世で修行していたとき、未来において、悟りを開き釈迦仏となるであろうと予言した仏。
30 釈迦の前世における名の一つ。『三宝絵詞』上、『私聚百因縁集』一―三等に見える説話で、薩埵王子は七匹の子を養う虎のために我が身を与えたという。
31 釈迦の前世における名の一つ。『三宝絵詞』上、『私聚百因縁集』一―三、『三国伝記』九・尸毘大王代レ鳩事等に見える説話で、尸毘王は鳩を追いかける鷹のために自身の肉を与えたという。この話は真名本巻五の畠山重忠の鷹狩談義にも引かれている（170頁注2参照）。
32 鳩のとまる横木。あるいは「代はり」か。
33 とりわけ。特に。
34 道理にかなうことと、そうでないこと。
35 人間世界の法。仏法に対して、俗世間のおきて。
36 引き合いに出して、ことさらに関係づけて。
37 「内」は内典で仏教の経典、「外」

は外典で儒教の経典。「五戒」は8頁注41参照。「仁義」は儒教でいう五常（仁・義・礼・智・信）に説く道徳観。類似の表現によって、『平家物語』二・教訓状では平重盛が称揚されている。

兄弟助かりて曽我へ帰り、喜びし事

1 榛沢六郎成清。畠山重忠の郎等。武蔵国榛沢郡（現埼玉県深谷市）の住人。

2 どうしてよいか分からず。

まじと思し召しければ、
「さらば、この者共助け候へ。ただし、御分一人には預けぬぞ。今日の訴訟人共に、
悉く許す」
と仰せ下されけり。御前祗候の侍共、思はずに、あつとぞ感じける。げにや、重忠、身に替へて申さるる、一人には御許しもなくて、今日の訴訟人共にと、仰せ下さるるありがたさよ。されば、天下の主ともなり給ふと、重忠、感じ申されけるとかや。60 61

兄弟助かりて曽我へ帰り、喜びし事

その後、重忠は、成清[1]を呼びて、

「幼き人々の事、やうやうに申し預かり候ひぬ。はやはや子ども召し連れられ、祐信に御帰り候へ。曽我に心許なく思ひ給ふべし。見参に入りたく候へども、御前に候ふ間」

と言ひ送りければ、曽我太郎、是非[2]を弁へかねて、

「畏まり存ずる」

とばかりぞ申しける。さて、二人の子どもの馬を先に立て、曽我へ帰りける心のうち、喩へんかたもなし。母が宿所には、これをば知らで、ただ泣くばかりなる所へ、

「人々帰り給ふ」

と告げければ、母をはじめて、喜ぶ事限りなし。一万が乳母、月さえといふ女房、庭

上に走り向かひ、3馬の口を取り、

「君たちの御帰り」

と言はんとて、あまりに慌てて、

「馬たちの帰り給ふぞや」

と呼ばはりけり。兄弟の人々、馬より下り、母が方に行きければ、一門馳せ集まり、喜びの見参、隙もなし。されば、頼朝、御憤り深く、御憐れみの普く広き事は、「4めいてんの君は、時に蔽壅の累をなし、しゆんゐんの臣は、屢々しんしの悲しみを抱く」とは、『文選』の言葉なるをや、今さら思ひ知られたり。

曾我物語 巻第三終

3 馬の口取り縄。

4『文選』五十五・演連珠五十首（陸子衡）に、「明哲之君、時有二蔽壅之累一、俊乂之臣、屢抱二後時之悲一」とあるのによる。ただし、「めいてん」は「明哲」の誤りで、事理に明らかで賢い人。「蔽壅の累」はおおい塞ぐという煩い。「しゆんゐん」は「俊乂」の誤りで、すぐれて賢い人。「しんしの悲しみ」は「後時の悲しみ」の誤りで、時に後れるという悲しみ。『玉函秘抄』下に類句が見え、太山寺本に近いという。

十郎元服の事

光陰[1]惜しむべし、時人を待たざる理、隙[2]行く駒、つながぬ[3]月日重なりて、一万は十[4]三歳になりにける。身の不祥[5]なるにつけても、又、公方[6]を憚る事なれば、秘かに元服して、継父[7]の名字をとり、曽我十郎祐成[8]とぞ名乗りける。

箱王、箱根へ登る事

母、弟の箱王を呼び寄せて宣ひけるは、

「わ殿は、箱根[1]の別当のもとへ行き、法師になり、学問して、親の後世弔へ。ゆめゆめ男[2]羨ましく思ふべからず。世を逃るる身なれば、綾羅錦繍[3]の袖も苔[4]の衣に同じ。十善帝王[5]も身を捨て、人に

62 箱王、箱根にて父からの便りがないことを歎く。

十郎元服の事

1「光陰」は歳月。『大慧普覚禅師語録』十三、『五灯会元』十二等の禅宗の書に、「光陰可レ惜、時不レ待レ人」と見える。 2年月の早く過ぎ去ることの喩え。白駒過隙。『荘子』知北遊篇に「人生二天地之間一、若三白駒之過レ郤（隙）、忽然而已」と見える。 3月日は刻々に過ぎ去り、瞬時もとどまることのないたとえ。 4兄弟が遺した歌とともに記された年齢（275頁注38・39参照）から逆算すると、作中時間は寿永三年（一一八四）。 5不運。不幸。 6将軍源頼朝。 7曽我太郎祐信。 8元服の名（烏帽子名）は、烏帽子親の名前から一字拝領し、太郎・次郎などの通称を付す。「祐信」から「祐」を拝領したわけだが、「十郎」の根拠は不明。147頁注16の箱王の烏帽子名も参照。

箱王、箱根へ登る事

1 8頁注23参照。 2元服して一人前になった男。 3あやぎぬとうすぎぬと錦と刺繍のある布。美しい衣服、また、美しく着飾ること。 4僧が着用する衣。 5天皇、天子のこと。前世に十善を行なった果報としてこの世で天子の位につくことができたとする仏教思想による。十善は、不殺生・不偸盗・不邪淫・不妄語・不綺語・不悪口・不両舌・不貪欲・不瞋恚・不邪見の十種の善をいう。 6釈迦の十大弟子の一人目犍連。はじめ六師外道に学んだが、のちに釈迦に帰依し、六通（六種の超人的な能力）を得て神通第一と称された。 7釈迦入滅後、

対するに所なし。憂きも辛きも世の中は、夢ぞと思ひ定むべし。伝へ聞く[6]大目連尊者は、母の教へ給ひし御言葉を、耳の底にたもち給ひてこそ、[7]五百大阿羅漢には越え給ひし。かまへて法師となりて、父の跡をも、妾が後世をも助け給へ」

と申されければ、箱王、身に思ふ事あると思ひけれども、

「承り候ふ」

とぞ言ひける。母喜びて、生年十一歳より、箱根に登せ、年月を送りけるに、箱王、十三になりにける。

[8]十二月下旬の頃、かの坊の[9]稚児・[10]同宿、二十余人ありける者共のもとへ、親・親しき方より、面々に[11]音信共ありけるに、「[12]下れ」と書きたる文もあり、或ひは[13]元三の装束に、師の御坊への贈り物添へたる文もあり、或ひは父の文、母の文、伯父・伯母の文とて、二つ三つ読む稚児もあり、五つ六つ読む稚児もありけり。中にも、箱王は、ただ母の文ばかりに、[14]からがら装束添へて送りける。よろづ羨ましくて、文を袂に引き入れ、

63 源頼朝の箱根参詣。祈る頼朝と奉納される神楽。

仏典の第一結集に参加した釈迦の弟子五百人、または第四結集のおりの五百人の聖者をいう。 8兄弟が遺した歌とともに記された年齢（275頁注38・39参照）から逆算すると、作中時間は文治二年（一一八六）。真名本同。 9寺院で貴族や武士の子どもを預かり、俗体のまま、学問をさせたり給仕に使ったりした。 10同じ僧坊に住み、同じ師匠に仕える者。 11手紙。たより。 12山を下りて里へ帰ってこい。 13歳・月・日の三つのはじめ（元）であるところから、正月一日のこと。また、正月三が日の意にも用いられた。『平家物語』四・厳島御幸に、「元日元三の間」と見える。 14かろうじて。やっと。 15姉聟の二宮太郎朝忠。相模国淘綾郡二宮（現神奈川県中郡二宮町）の住人。『曽我両社縁起』、『吾妻鏡』文治五年（一一八九）七月十九日等には「朝忠」と見えるが、293頁には「義実」として登場する。 16ふっつりと途切れて。 17怠惰なさま。放埒で、だらしのないこと。 18底本「おそろしも」。他本により改める。 19新年の祝賀のことば。 20本来は、元旦に天皇が大極殿で諸臣の年賀を受ける儀式。 21「帰命頂礼」は、「南無」の漢訳で、仏の教えに従い、仏の足を頂いて拝むという意。真名本ではここで箱根権現の本地について説く。

鎌倉殿、箱根御参詣の事

1前段から、作中時間は文治三年（一一八七）。真名本同。『吾妻鏡』では、文治四年正月二十日条に「二品立」鎌

傍らに行き、泣きしほれて、ある稚児にあふて言ひけるは、

「人は皆、父母の文、親しき方の御文とて、数多読み給ふに、我はただ、母の御文ばかりにて、父とやらんの御文は知らず。何と書かれたるものぞや。見せ給へ。十郎殿と二[15]宮殿は、何とやらん、この程は、[16]かき絶へ訪ひ給はず。曽我殿はましませども、一度の言伝にも預からず、一月に一度なりとも、父の御文とて、『学問よくせよ。[17]不用するな』などと言はれ奉らば、いかばかりか、嬉しく[18]恐ろしくもありなまし。いつよりも恨めしきは今年の暮、恋しく見たき物は父の御文なり」

とて、さめざめとぞ泣きける。心なき稚児も、理とや思ひけん、ともに涙を流しけり。されば、箱王は、[19]新玉の年の祝言をも忘れ、新しき春の[20]朝拝をも、物ならず思ひ焦がれて、昼夜権現に参り、

「[21]南無帰命頂礼、願はくは、父の敵を討たしめ給へ」

と、歩みを運びけるぞ無慙なる。62 63

鎌倉殿、箱根御参詣の事

かくて、権現の計らひにや、正月十五日に、[1]鎌倉殿、[2]二所御参詣とぞ聞こえける。箱王、これを聞き、年来の祈りの[3]功積もり、神慮の御憐れみにしかじとぞ、喜びける。げにや、「[4]九層の台は、累土より起こり、千里の行は、一歩より始まる」といふ老子の教へも、功は積もりて、つゐに事をなすものをと、頼もしくぞ思ひける。工藤祐経

倉㆒、令ㇾ参㆓詣伊豆箱根三島社等㆒給」とある。 2 伊豆山・箱根の二所権現。 3 功徳。 4『老子』徳経下篇・守徴第六十四章に、「合抱之木、生㆓於毫末㆒、九層之台、起㆓於累土㆒、千里之行、始㆓於足下㆒」とあり、『玉函秘抄』中、『明文抄』五・雑事部に引かれる。大きな事業も、小さな行為から始まるの意。 5 92頁注41参照。 6 北倶盧洲の略。仏教の須彌山説に説かれる四大洲（四大陸）の一つ。北方にあって他の三洲に勝れ、寿命千歳の楽土という。 7 129頁「十郎元服の事」注3参照。 8 85頁注9参照。 9 84頁注7参照。 10 秩父氏の一族川越太郎重頼か。川越は現埼玉県川越市。 11 武蔵七党の児玉党に属した高坂氏か。高坂は現埼玉県東松山市。 12 84頁注12参照。 13 秩父氏の一族。豊島は現東京都北区周辺か。 14『平家物語』九・三草勢揃で源頼範麾下として記される「玉井四郎資景」か。玉井は現埼玉県熊谷市。 15 小山朝政か。小山は下野国都賀郡小山荘（現栃木県小山市）。 16 117頁注17参照。 17 新田あるいは足利氏の一族。山名は現群馬県高崎市南部。 18 新田氏の一族。里見太郎義成か。里見冠者とも。里見は現群馬県高崎市西部。 19 美しく装うさま。 20 以下は、『庭訓往来』八月十三日条による。 21 綾絹と薄衣。うつくしい衣服。 22 雲のように多く群れ集まるさま。 23 狩衣をさらに簡便にしたもの。 24 白色の狩衣。 25 布製の狩衣。 26 権力を握っていて威勢のいいこと。太

は、[5]きり者にてあるなれば、さだめて御供には参り候はんを、見知らん事よと喜び、その日を待ちし心のうち、ただ千年を送るばかりなり。伝へ聞く、[6]北洲の命も、千年の限りを保つなり。それも限りあればにや、[7]つながぬ日数重なりて、その折節にもなりにけり。御供の人々には、[8]和田、[9]畠山、[10]川越、[11]高坂、[12]江戸、[13]豊島、[14]玉井、[15]小山、[16]宇都宮、[17]山名、[18]里見の人々をはじめとして、以上三百五十余騎、[19]花を折り、紅葉を重ね、[20]装束共、[21]綺羅天を耀かし、陣頭に[22]雲を覆ひ、[23]水干、[24]浄衣、白直垂、[25]布衣、[26]権勢あたりを払ひ、[27]行粧目を驚かす。をよそ、[28]中間・雑色に至るまで、[29]気色に色を尽くす。後陣警固の武士は、甲冑をよろひ、弓矢を帯する[30]随兵は、上下に番ひ、左右の[31]帯刀、二行に並び、[32]御調度懸の人、左手右手にあひ並ぶ。御迎ひの[33]伶人は、[34]伎楽を調へ、[35]羅綾の袂を翻す。御前の舞人は、[36]雞婁を打つて、舞行の[37]踵を欹つ。君の召さるる御船は、大船数多組み合はせ、[38]幔幕を引き、[39]沈の匂ひ、四方に満つ。これや、[40]諸仏の弘誓の船も、かくやと思ひ知られたり。侍共の乗りける船数、百艘に及べり。いづれも[41]屋形を打ちたりけり。無双の武具を立て並べ、静まりかへり、漕ぎ連れたり。上代は知らず、末代にかかる見物あらじと、貴賤群集をぞなしける。[42]大衆、稚児たちを引き連れ、[43]船津まで、御迎ひに参る。船より社頭までは、[44]四方輿にぞ召されける。神前には、[45]禰宜・神主、[46]幣帛を[47]大床に捧げ、別当・[48]社僧は、経の紐を[49]玉の甍に解き、[50]神楽男は、[51]銅拍子を合はせて、拝殿に祗候す。[52]しかのみならず、臨時の[53]加役、当座の神楽、[54]朝倉返しの謡物は、[55]拍子の甲乙を調べて、[56]礼はん如在の儀をかへり申す。[57]神感のおこるを厳重にして、掲焉

山寺本や彰考館本は「けいせい（景勢）」。27 出で立ちの装い。28 ともに下僕をいう。29 美しく飾りたてる。30 将軍の前後を守る武士。31 太刀を帯びて従う武士。32 主人の弓などの武具を持って供をする者。33 音楽を奏する人。34 音楽。『庭訓往来』に「楽妓」、太山寺本「楽器」。35 綾羅（129頁注3）に同じ。36 紐で首にかけて使用する鼓。37 舞ながらかかとを上げてつま先立ちをする。38 式場などでまわりに張りめぐらす幕。39 沈香木の香り。40 諸菩薩の衆生を救おうとする大きな誓いが、人を運ぶ船に喩えられる。41 船の上に設けられる家の形をした覆い。42 多くの僧徒。43 船着き場。古活字本「船つき」。44 四方に簾をかけた輿。45 神職の一。宮司、神主に次ぐ位。46 神仏への供え物。47 神社の簀子縁。48 神社に奉仕した僧侶。49 玉のように美しく立派な棟瓦で葺いた寺。50 神楽を奏する男。51 銅製の打楽器。52 そればかりでなく。53 他本「陪従」。陪従は、神楽に従事した地下の楽人。南葵文庫本に「はいせう（かやく）」とあり、底本の「かやく」は「加役」で、本職以外に臨時につとめる役のことで、臨時加役の陪従と解す。54 神楽歌の「朝倉」。55 拍子の本末を合わせて。56 古活字本同。『庭訓往来』に「賽㆓礼奠㆒致㆓如在之儀㆒」（礼奠に賽して、如在の儀を致す）」とあるのを誤る。所願成就の御礼のために捧げ物をし祭事を営む意。57 古

も莫大なり。耳目の及ぶ所なり。[58]まうひつに遑あらず。[59]高察を仰ぐのみにぞ覚えける。

箱王、祐経に会ひし事

かくて箱王は、御奉幣の時までも、人一人も連れず、[1]介錯の僧一人あい具し、御座所の後ろに隠れて、御供の人々を、

「彼は誰そ、これはいかに」

と、詳しく問ひければ、この僧、鎌倉の案内者にて、大名・小名の名よく知りたれば、教へけり。されども、未だ祐経をば明かさず。あはれ、問はばやとは思へども、怪しく思はれじとて、残りの人を問ひます。

「君の左の一の座は誰そ」

「彼こそ、[2]秩父重忠よ」

「右の一の座はいかに」

「これぞ、[3]三浦義盛よ」

「さて、その次は誰人ぞ」

「[4]里見源太といふ人よ」

「さて、その次は」

「[5]豊島冠者といふ人なれ」

「ただ今、物仰せらるるは誰やらん」

活字本同。『庭訓往来』に「神感之興、厳重之態、誠以掲焉也（神感の興、厳重の態、誠に以て掲焉なり）」とある。神が信心をほめ、それに心を動かされるのはあきらかであるの意。「掲焉」ははっきりと著しいさまをいうが、「けちゑんも莫大なり」という用法から、「掲焉」を「結縁」と誤るか。

58 古活字本「こくひつ」、彰考館本「とくひつ」。『庭訓往来』に、「不レ遑二禿筆一（禿筆に遑あらず）」とあるのを誤る。自分の文章では表せないことを謙遜して言う表現。

59 『庭訓往来』に「只仰二高察一而已（只高察を仰ぐのみ）」。前の「禿筆に遑あらず」とともに、書簡の文体をそのまま採り入れている。

箱王、祐経に会ひし事

1 介添え。付き添い。

2 畠山重忠。84頁注7参照。

3 和田義盛。85頁注9参照。

4 里見太郎義成か。117頁注17参照。里見氏は源氏（新田）を名乗る。

5 『吾妻鏡』文治元年（一一八五）十一月二日条に、義経一行の行く手を阻む頼朝の勢に「豊島冠者」と見える。豊島は132頁注13参照。

「これこそは、当時聞こゆる[6]梶原平三景時とて、侍共の、鬼神に思ふ者よ」

「又、右手の方に、少しひき退きて、[7]半装束の数珠持ちて、[8]香の直垂着たるは、いかなる人にてあるやらん」

「彼こそ、御分たちの一門、伊東の主、工藤左衛門祐経よ。御分の父河津殿とは従兄弟なり。御前去らぬ[9]きり者」

とぞ教へける。さてはそれにてありけるよ、[10]この事思ひ寄りて言ふやらん、知りぬれども何事かあらんと思ひ、[11]こなして言ふやらんと、いつしか胸うち騒ぎ、思ひ寄らざるやうにて、

「この者は、よき男にてありけるや。三十二三にぞなるらん。自らが父にや似たる」

と問ふ。

「少しも似給はず。まさしき兄弟さへ、似たるは少なし。まして従兄弟に似たる者はなし。年こそ、河津殿の討たれ給ひし程なれ、その人のましまさば、四十余りにてあるべし。これよりはるかに丈高く、骨太くして、前より見れば胸反り、後ろより見れば俯き、脇より見れば[12]四角なる大の男にてましまししが、[13]馬の上、歩行立ち、並ぶ人なし。殊に[14]鹿の上手にて、力の強き事、四五箇国には並びなき大力なり。されば、相模国の住人大庭三郎が弟、俣野五郎景久とて、相撲に負けざる大力を、伊豆の奥野の狩場にて、片手を放ちて、相撲に[15]二番勝ちてこそ、いとど名を上げ給ひしが、それを最後にて、帰りさまに、あへなく討たれ給ひき。大力と申せども、死の

6 115頁注1参照。
7 玉の半数が水晶、残りが瑪瑙等でできた数珠。全て水晶の本装束に対していう。
8 香染め。丁字の煮汁で染めたもの。黄味を帯びた薄紅色。
9 92頁注41参照。
10 兄弟が祐経を敵として狙っていること。
11 見くびって。
12 真名本に「四方」とある。
13 騎馬の戦いと徒歩の戦い。
14 草鹿の略。草の中に伏している鹿をかたどった的を据え、それを射て鹿狩りの訓練とした。
15 古活字本同。太山寺本、彰考館本に「一番」。河津が俣野に勝ったのは二回。40頁参照。

道には力及ばず」

とぞ語りける。箱王は、父が昔をつく〴〵と聞きて、今さらなる心地して、忍びの涙に咽びけり。ややありて、我、この間祈りし願ひの叶ふにこそあるべし、窺ひ寄りて、便宜[16]よくは一刀刺し、いかにもならんと思ひ定めて、

「御坊は、これにましませ。法師[17]こそ寄らね、童は近く寄りても苦しからず。山寺に住めばとて、人を見知らぬは無下[18]なり。近く寄りて、見知らん」

とて、赤地の錦にて柄鞘巻きたる守り刀を脇に差し隠し、大衆の中を抜け出でて、祐経が後ろ近くぞ狙ひ寄りける。

祐経も、しばしの冥加[19]やありけん、梶原三郎兵衛[20]を隔てて、箱王を見つけて、これなる童の眼差し[21]、河津三郎に似たる者かな、まことや、この御山に伊東が孫のありと聞けば、もしこれにてやあるらんと、目を離さずまぼりければ、左右なく寄らざりけり。祐経、なをよく〳〵見れば、眼の見返し[22]、顔魂[23]、少しも違ふ所なし。祐経は、念誦[24]果てて後、大衆の中へ立ち入りて、

「伊東入道が孫、この御山に候ふと聞く。いづくの坊に候ふぞや。名をば何と申すぞ」

と問ひければ、ある僧申すやう、

「御名をば、箱王殿と申して、別当の坊にまし〳〵候ふ」

「この頃は、里に候ふか、これに候ふか」

と問ひければ、

16 よい機会があれば。
17 法師は近くに寄れないが。
18 あまりにひどい。
19 目に見えない神仏の加護。
20 梶原景時の子。『三浦系図』に「景茂（三郎兵衛）」、『平家物語』九・三草勢揃に「三郎景家」とある。
21 目つき。
22 相手の目を見返すさま。
23 精悍そうな顔つき。
24 心に仏を念じ、口に経を唱えること。念仏誦経。

「これにこそ」

とて、東西を見めぐらし、

「[25]長絹の直垂に、松に藤を縫ふて、萌葱の糸にて[26]菊綴して、こなた向きに立ち給ふこそ」

と教へければ、さればこそと思ひ、もとの座に帰り、箱王を招きければ、願ふ所と喜びて、祐経が膝近く寄り添ひけり。
[27]左の手にて、箱王が肩を押さへ、右の手にては、髪をかき撫でて、
「あつぱれ、父に似給ふものかな。今まで見奉らざる事の[28]本意なさよ。わ殿は河津殿の子息と聞くはまことか。兄は男になり給ふか。曽我太郎は愛おしく[29]当たり奉るか。知らざる者の馴れ〳〵しく、かやうに申すとばし思ひ給ふな。御分の父河津殿とは従兄弟なり。殿原にも、親しき者とては祐経ばかりなり。見奉れば、昔の思ひ出でられて、今さら哀れに存ずるぞ。急ぎ法師になり、[30]別当につぎ給へ。弟子多しといふとも、祐経程の[31]方人持ちたる人あらじ。[32]便宜をもつて上様へもよきやうに申し、[33]寺門の訴訟あらば申し達すべし。今より後は、いかなる大事なりとも、心を置かず仰せられよ。叶へ奉るべし。わ殿の兄にも、かやうに申すと伝へ給へ。父にも添はで、いかに頼りなくましますらん。[34]行縢、乗り馬などの用の時は承るべし。[35]身貧にして他人に交はらんよりは、親しければ常に訪ひ給へ。まことや、古き言葉に、『[36]貴きは賤しきが嫉み、智者をば愚人が憎む。[37]さいじよはせんざいにたえず、

25 堅く光沢をもつ絹の一種。
26 直垂の縫い合わせ箇所に付けられた総飾り。綴じた紐の残りを解きほぐした様子が菊の花に似ているところから。
27 真名本には、「左の手を以て髪を舁摩でつつ右の手を以て腰の刀を押へて」とある。
28 残念さよ。
29 接して。
30 古活字本同。真名本「別当を継ぎ給へ」、彰考館本「へつたうつき給へ」。「別当を」とあるべきか。
31 味方。ひいきする人。
32 よい機会に。
33 寺の訴えごと。
34 旅や狩などの時に着用する、腰から足のあたりを覆う毛皮。
35 『文選』八・感旧詩（曹顔遠）に「富貴他人合、貧賤親戚離」とあり、『玉函秘抄』下にも引かれる。この句をふまえた表現か。
36 『韓詩外伝』八に、「貴者則賤者悪レ之、富者則貧者悪レ之、智者則愚者悪レ之」とあり、『玉函秘抄』上、『明文抄』三・人事部上等に引かれる。
37 『孔子家語』一・五儀解第七に、「災妖不レ勝善政一、寤夢不レ勝善行一」とあり、『玉函秘抄』中、『明文抄』一・帝道部上、『管蠡抄』八・攘災に「寤

むくひはせんがうにたえず』と申し伝へたり。さても、見参のはじめに、折節、引き[38]
出物こそなけれ。又空しからんも無念なり。これを」
とて、懐より[39]赤木の柄に[40]胴金入れたる刀一腰取り出だし、箱王にこそ取らせけれ。何
となく受け取れども、箱王は涙に咽びけり。便宜よくば、一刀刺さんと思へども、目
を離さず、その上、大の男の、常に刀に手を置きければ、[41]なまじゐなる事をし出だして
[42]小腕取られ、人に笑はれじと、思ひ止まりぬ。ただ言ふ事とては、
「[43]さん候ふ」
とばかりなり。
「[44]卒爾の見参こそ、所存の外なれ。
さりながら、喜び入り存じ候ふ。
里下りのつゐでには、わ殿の兄十
郎殿と打ち連れて来たり候へ。返
す返す」
と言ひて、立ちにけり。[64][65]箱王、力
に及ばず止まりぬ。
日暮れければ、もしやと便宜を窺
ひけれども、宵の程は、御前に祗候
しをれば、夜更けて、罷り出づる所を

夢」を「夢怪」として引かれるのを誤るか。万法寺本に「さいようはせんさいにたえすむくわひはせんかうにたえす」とあるのが近い。善政・善行に勝るものはないという意で、ここで引用されるのは不適当か。なお、『玉函秘抄』が、先の「貴者…」の次にこの「災妖…」が続く。

38 主人から客に贈る物品。

39 花櫚や紫檀などの赤木の材で作られた、鍔のない合口拵えの短刀。箱根神社に「赤木柄短刀」として所蔵されている。

40 刀の柄、鞘の合わせの割れるのを防ぐためにはめた幅広の環状の金具。

41 しなくてもよいこと。

42 肘から肩までの間。二の腕。

43 さようでございます。

44 突然の。にわかな。

[64] 工藤祐経（右）、箱王に刀を与える。

窺ひけれども、庭上に兵[45]甍をなす。[46]火は天の目のやうなれば、かへりて我が身を隠さんと立ち忍ぶ事なれば、人までの事は思ひも寄らず。左衛門尉が宿坊と御前との間なる石橋の辺に、[47]徘徊し待ちけれども、[48]鰭板の陰に郎等共立ち囲み、前後左右にありければ、それも叶はで、暁に及ぶまで、心を尽くし狙へども、少しの隙なければ、いたづらに夜を明かす、心のうちぞ無慚なる。

次の日は、君[49]御下向の船に召され、[50]滄海を渡り給ふ。箱王は、船津まで、[51]人目隠れに交はりて、敵の後ろを見送れば、侍共、思ひ思ひの屋形船にて御供申す。箱王は、左衛門が船の内のみ見送りて、泣くより他の事ぞなき。かの[52]松浦佐用姫が、[53]雲井の船を見送りて、石となりけん昔を思ひやられて、空しく坊に帰りけり。その後、いよいよこの事のみ心にかかりて、一字も忘れじと思ふ経文をも打ち捨てて、昼夜権現に参り、「今度こそ空しく候ふとも、つゐには我が手にかけ給へ」と、祈り申すぞ哀れなる。

65 箱王、源頼朝一行を見送り、悔し涙を流す。（破れあり）

45 古活字本同。太山寺本や彰考館本は「いち（市）をなす」。「甍をなす」は、甍のように重なりあうさまとも解せるが、他本に従うべきか。
46 灯火を太陽（天の目）に喩える。火を日輪のようにともして。
47 あてもなく歩き回り。
48 家の内を外から見えないように覆い隠す薄い板。板塀。
49 ここでは、神仏に参って帰ること。
50 青海原。ここでは、芦ノ湖をさす。
51 人目につかないように。
52 『万葉集』『肥前風土記』等に見える伝説の女性。朝鮮に出征する愛人大伴狭手彦を送り、松浦山から領巾を振ってそのまま望夫石になった。
53 雲のある所から、遠く離れた所をいう。

眉間尺が事[1]

されば、箱王が親の敵を深く思ひ入るにつけて、昔を思ふに、ある大国に、楚商王[2]といふ大王あり。后数多持ち給ふ中に、とうよう[3]夫人と申す后、御身常々ほとをり[4]ければ、鉄の柱にむつ[5]れつつ、御身を冷やし給ひけるが、程なく懐妊し給ひけり。大王聞き給ひて、位を譲るべき皇子もなかりつるに、誕生なり給はん事よと、喜び給ひけれども、三年まで生まれ給はず。大王、不思議に思し召し、博士を召し、御尋ねありければ、

「まことに、君の御宝なり。ただし、人にてはあるべからず」

と申す。何者なるべきと、おぼつかなくて待ち給ふ所に、博士の申すごとく、人にてはあらで、鉄の丸[6]かせを二つ産み給ひけり。大王これを取り、莫耶[7]を召し、剣に作らせ給ひければ、光世に超え、験あら[8]たなる名剣にてありけり。大王賞翫[9]し、昼夜御身を離し給ふ事なし。しかるに、この剣、常に汗をぞかきける。不思議なりとて、又博士を召し、占はせ給ふ。勘文[10]にて申し上げけるは、

「過ぎにし金は、雌剣・雄剣とて、剣二つ作りしが、これ夫婦なり。雄剣ばかりまいらせて、雌剣を隠す故に、妻を恋ひて汗をかき候ふ。これを召して、添へて置かるべし」

と奏聞申しければ、すなはち、その鍛冶を召されけり。鍛冶、家を出づるとて、妻女にあひて申しけるは、

「我が隠し置きたる剣を尋ね給ふべきにぞ召さるらん。取り出だすまじければ[11]、さだめて責め殺されなん。かの剣は、南山のそこもと[12]に埋み置きたり。我が三歳の男子、成人の後、掘り出だして取らせ

眉間尺が事

1 以下の話は、「干将莫耶」の話として『法苑珠林』巻二七、『呉越春秋』、『捜神記』、『拾遺記』、『孝子伝』等に見える中国の民間説話。『今昔物語集』九・四十四、七巻本『宝物集』六、『三国伝記』十一・十七、『太平記』十三・干将莫耶事などの諸書に引かれる。ただし、それらの記事は必ずしも一致していない。ここでは、執念の深さの例として引かれている。なお、真名本、太山寺本にこの話は載らない。「眉間尺」は、刀鍛冶夫婦の子どもの名。この話の主人公。140頁注14参照。

2 『捜神記』、『孝子伝』、『三国伝記』、『太平記』等に「楚王」とある。彰考館本「楚のしやう王」、南葵文庫本「楚商王」。中国春秋戦国時代の楚の威王を指すか。

3 『太平記』等には見えない名前。漢字未詳。

4 ほてる。発熱する。

5 親しみまつわりつくこと。抱きつく。

6 かたまり。『太平記』に「鉄の丸」、『今昔物語集』では「鉄精」とある。

7 刀鍛冶の名前。『今昔物語集』は同様だが、『三国伝記』、『太平記』では刀鍛冶の夫を「干将」、その妻を「莫耶」とする。この話では、妻の名は明かされていない。

8 霊験のいちじるしい。 9 大事に取り扱い。 10 陰陽師などに古例や吉兆を調べさせた結果を記した文書。

11 差し出すつもりはないので。

12 その所。どこそこ。ある場所を漠然と指し示していう。

よ」

と言ひ置きて、王宮へ参りぬ。案のごとく、今一つの剣の行方を尋ね給ふ。知らざる由、陳じ申しければ、
拷問の後、つゐに責め殺されにけり。

さて、鍛冶が子、[13]二十一歳にして、母の教へに従ひ、かの剣を掘り出だして持ちけり。されども、王威を恐れて、里へは出でず、山に隠れ居たりけるが、ある時、君王の夢に、[14]眉の間一尺ある者来たり、我を殺すべし、その名を眉間尺といふと見えたり。王、この夢に恐れて、

「かやうの者あらば、搦めて参らせよ」

と、国々に宣旨を下さる。

「[15]勲功は、請うによるべし」

とぞ聞こえし。

ここに、[16]伯仲といふ者、眉間尺がもとに行き、

「汝が首、多くの[17]功に仰せ触れられたり。しかるに、汝がために、君王は、まさしき親の敵ぞかし。さぞ討ちたく思ふらん。我がためにも又重き敵なり。己が首を斬りて、我に貸せ。件の剣、ともに持ちて行き、大王に近づき、討たん事安かるべし。されば、御分が首を借りて、[18]本意を遂ぐるにおひては、我とても[19]遅速の命、王のために失ひなん」

と言ひければ、眉間尺聞きて、

「父の敵、討たんにをきては、我が命、何か惜しかるべき。[20]かまへて」

と言ひて、自ら首をかき落として出だしけり。されども、件の剣の先を食い切りて、口に含み、持ち

13 彰考館本、南葵文庫本に「十歳」、万法寺本に「十一歳」。
14『太平記』に、「面貌尋常の人に替て長の高事一丈五尺、力は五百人が力を合せたり。面三尺有て眉間一尺有ければ、世の人其名を眉間尺とぞ名付ける」とある。
15 恩賞。
16『捜神記』や『太平記』では「客」、『今昔物語集』は「使」とするのみ。

17「勲功」か。
18 本来の望みを遂げた時には。
19 遅い早いの違いはあっても限りある命。
20 きっと（敵を討ってください）。

21 眉間尺の首に、件の剣を取り添えて。

22 執念。

けり。伯仲は、[21]剣に取り添へ、王宮に捧ぐ。大臣に見せられければ、

「夢に違はず、眉の間一尺ある首、又、剣も、我が持ちたる剣に、露も違はず」

とて、君王、喜び給ふ事限りなし。されども、この首の勢ひ、未だ尽きず、眼を見開きたり。大王、いよいよ恐れ給ひて、

「さらば、釜に入れて煮よ」

とて、大きなる釜にこの首を入れて、三七日ぞ煮たりける。しかれども、なを眼を塞かず、嘲笑ひてありければ、その時、伯仲申すやう、

「これは大王の御敵なれば、帝を見奉らんとの執心により、勢ひ残るとおぼえ候ふ。何かは苦しく候ふべき。一目見えさせ給ひて、彼が念[22]をも晴らさせ給へかし」

と申したりければ、君王聞こし召し、

「さらば」

とて、端近く出でさせ給ひて、釜の辺に近づき給ふ。その時、眉間尺が首を見せ申す時に、かの首、口に含み置きし剣の先を、王に吹きかければ、すなはち、大王に飛びつき、首を打ち落とす。伯仲走り寄り、大王の首を取り、眉間尺が煮らるる釜の中へ打ち入れた

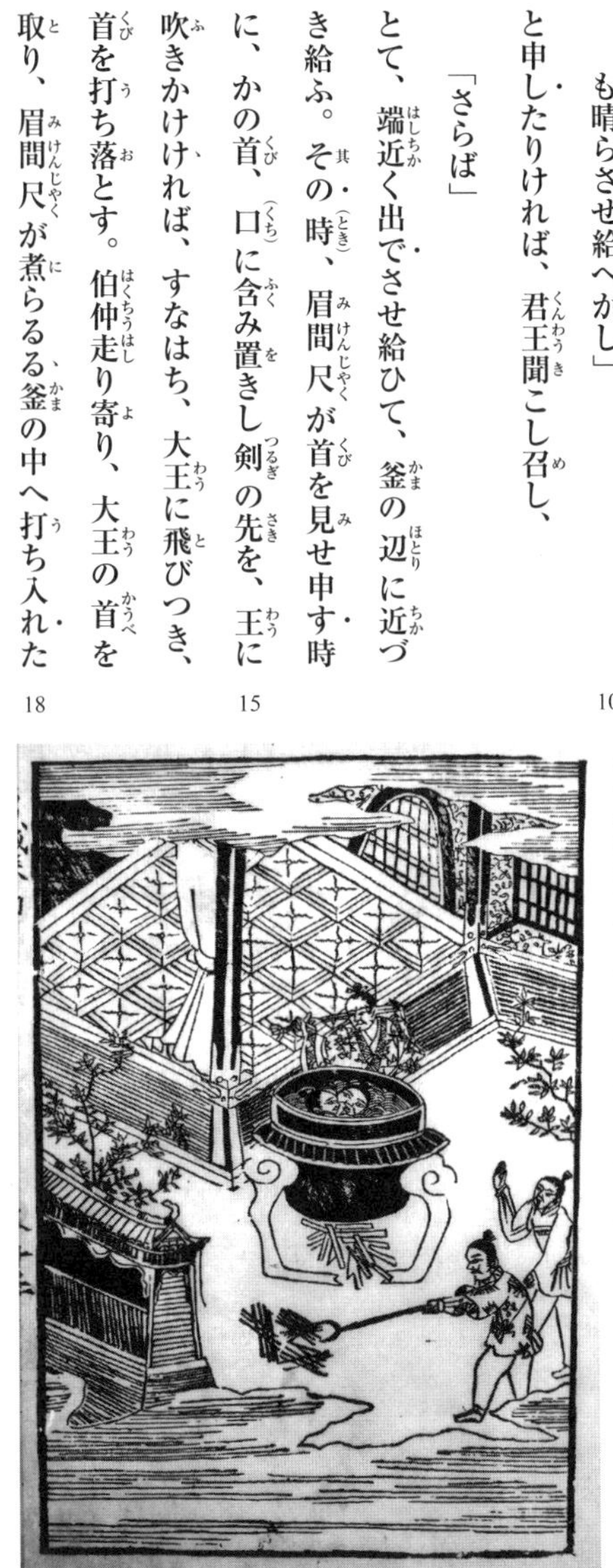

66 釜の中で食い合う王と眉間尺の首。伯仲も自ら首を斬り落とす。

り。王の首も、勢ひ劣らず、眉間尺が首と食ひ合ひけり。その時、伯仲、山にて約束せし事なれば、

「我も、大王に野心深し[23]。このためぞかし」と言ひも果てず、我が首をかき斬り、釜の中へ投げ入れたり。この三つの首、釜の中にて、一日一夜ぞ食い合ひける。つゐに、王の首、負けにけり。その後、二つの首も威勢衰へにけり。執心の程ぞ恐しき。さて、この三つの首を、三つの塚に築きこめて、三王の三つ塚とて、今にありとぞ伝へける。

今の箱王も、未だ幼き者なれども、親の敵に心をかけ、昼夜忘れぬ心ざし、これにも劣らじとぞ見えける。これや、『文選』の言葉に、「[24]流れ長じては、すなはち尽きがたく、願ひ深くしては、すなはち朽ちがたし」と見えたり。されば、この人々の成長の末、さこそと言はぬはなかりけれ。66 67

箱王、曽我へ下りし事

さる程に、年月過ぎ行きければ、十七[1]になりにける。ある時、別当、箱王を近づけ

67 十郎祐成、箱王を伴い北条へ向かう。

23 殺害しようとする心。

24 『文選』二・西京賦一首（張平子）に、「流長則難レ竭、柢越深則難レ朽」とあり、『玉函秘抄』下、『明文抄』四・人事部下等に引かれる。

箱王、曽我へ下りし事

1 兄弟が遺した歌とともに記された年齢（275頁注38・39参照）から逆算すると、作中時間は建久元年（一一九〇）。

て、

「御分は、はや十七になり給へば、上洛し、[2]受戒をし給ふべきなれば、[3]垂髪にて上り給はば、[4]もの〳〵しく清うてかなふまじ。それ又大事なり。これにて髪を下ろして上るべし」

と宣ひければ、身に思ひのあるものをと思ひながら、

「御計らひ」

とぞ申されける。

「さらば」

とて、大衆に触れ、出家の用意ある。母の方へも[5]言ひ下しけり。すでに明日とぞ定まりける。


箱王、つく〴〵と思ひけるは、法師になりたりとも、折節に付けて、[6]この事思ひ思はば、罪深かるべし、[7]一向に思ひ切り、男になりて、本意を遂ぐべし、その砌には、後悔するとも叶ふまじ、この事を、十郎殿と[8]言ひ合はせて、とにもかくにも定めてと案じ、人にも知らせずして、ただ一人、夜に紛れて、曽我の里へぞ下りける。

[9]山月東に前途をさして、しかも思ひを労す
辺雲秋冷しくして、こうくはを同じくしてしかも魂を消す

といふ、[10]藤原篤茂が餞別の詩、今さら思ひ出でられて、曽我の里にぞ着きにける。十郎が乳母の家に立ち入りて、十郎を呼び出だして[11]対面しければ、

2 僧侶となるために、戒律を守ることを誓う儀式。
3 髪を垂らした童子の姿。
4 真名本「物具どもも見苦しくて憚りあり」、太山寺本「物具清く出で立たんも大事なり」、彰考館本「物のくきよからでかなふへからす」、古活字本「ものくきよらでかなふまじ」。本来は、物具（剃髪のための道具や僧服などの一揃い）が調ってなければならないという意味であったか。
5 箱根の山上から曽我の里へ言いやるので「言ひ下す」となる。
6 太山寺本や南葵文庫本に「敵を討たばやと思はば」とある。
7 ひたすらに。
8 相談して。
9 『新撰朗詠集』下・餞別（藤原敦宗）「山月東昇、指前途而労思、辺雲秋冷、問後会而消魂」による。「こうくは」は、「後会を問ひて」を読み誤ったものか。彰考館本「こうくわひをなしくして」。
10 彰考館本、古活字本同。平安時代中期の官吏、漢詩人。しかし、前注に見るように、この詩は藤原敦宗によるものである。太山寺本には「ふぢはらのとくめ」とある。藤原敦宗は、参議左大弁実政の子。式部大輔、文章博士、大学頭に任じ、正四位下に叙す。
11 太山寺本、彰考館本では、ここに十郎の物思いのさまが描かれている。

「いかにしてましますや。明日は一定[12]出家の由、聞きつる間、登りて見奉ら
んと存ずる所に、下り[13]給ふ事の嬉しさよ」
と言ひければ、箱王聞きて、
「のび〳〵[14]の御心なるべしと思ひつるに、少しも違はず。かやうの事、きは〳〵[15]と、か
ねてより御定め候へかし。すでに明けなば、事定まるべし。打ち延び[16]て道行[17]くべきに
あらず。よくぞ参り候ひけるものかな。御左右[18]を待ち参らせなば、空しく髪剃られな
ん。それにつきては、一年、鎌倉殿箱根御参詣の時、祐経御供せしを見初めしより、
少しも忘るる隙もなし。たとひ法師になり候ふとも、この悪念[19]は晴れ候ふまじ。
一念[20]無量劫となる事、今に始めざる事にて候へば、思ひ煩いて、罷り下りて候
ふ。さだめて御登り候はんと存じ候ひしかども、その儀も候はず。申し合はせてこそ、
とにもかくにもなり候はめ。もし又思し召し捨てさせ給はば、このついでに上洛して、
我が山[21]にて髪剃り落とし、膚を墨に染め隠し、足に任せて、頭陀乞食[22]して、一期
の程、親の後世、懇ろに弔ひ奉るべし。又、男になり、御あらまし[23]の御事、かな
はぬ[24]までも仕るべきか。はや〳〵是非[25]の返事を承り切るべし。身の浮沈、今に
候ふなり。なまじゐに罷り下りて、帰山せんも見苦し。後にいかばかり騒ぎ候はん。
夜も更けゆき候ふ」
と責めければ、ややあつて、
「祐成が心を見んとて、かやうに宣ふか。烏帽子[26]を着せん事をこそ案ずれ、何しに思

12 きっと。かならず。
13 太山寺本では、「目も当てられじと思ひて、泣きゐつるぞ」（彰考館本類同）とある。
14 のんびりとした。悠々とした。
15 きっぱりと。はっきりと。
16 太山寺本「泣き伏し給ひて」（彰考館本類同）。
17 はかどるはずがない。物事が進むわけがない。
18 知らせ。指図。
19 悪事を企てていること。
20 一瞬でも妄想を抱くと、きわめて長い間にわたってその報いを受けること。
21 比叡山延暦寺をさす。
22 僧が食を乞い、野宿などをして修行し、衣食住の欲望を断つこと。
23 こうありたいという願い。敵討ちをさす。
24 及ばずながら。
25 きっぱりとうかがいましょう。
26 元服させること。

案(あん)に及(をよ)ぶべき」

と言(い)ふ。箱王(はこわう)聞(き)きて、

「さ程(ほど)思(おぼ)し召(め)し定(さだ)むる事、などやかねてよりは承(うけ給は)り候はぬや。それがし、罷(まか)り下(くだ)り
候はずば、御左右(さう)あるまじきにや」

と言(い)ひければ、十郎聞(き)きて、

「[27]この(此)事別当(べつたう)も知(し)り給はぬ事あらじ。夜明(あ)けて登(のぼ)らんと存(ぞん)じ候ひしに、嬉(うれ)しくも下(くだ)り
給ひける」

と言(い)ひければ、箱王(はこわう)申しけるは、

「母(はゝ)や師匠(ししやう)の御心に違(ちが)はん事、[28]いかゞすべきなれども(共)、何方(いづかた)の御事も、一旦(たん)の事
とおぼえたり」

と言(い)ひければ、十郎聞(き)きて、

「その(其)科(とが)をば、祐(すけ)成に任(まか)せよ。[29]いかにも申し許(ゆる)すべし。夜(よ)も明(あけ)ければ、いざや」

とて、馬(むま)に打(う)ち乗(の)り、ただ二騎(き)、曽我(そが)を出(い)でて、[30]北条(ほうでう)へこそ行(ゆ)きにけれ。

箱王(はこわう)が元服(げんぶく)の事

[1]かく兄弟(きやうだい)の人々は、先々(さきざき)も、常(つね)に[2]越(こ)えて遊(あそ)ぶ所(ところ)なり(成)ければ、[3]時政(正)見参(げんざん)して、
「いかに、珍(めづら)しや」

と[4]色代(しきだい)しければ、十郎、[5]笏(しやく)(とり)取り直(なを)し、申しけるは、

27 底本「事」なし。他本により補う。
28 どうすることもできないが。
29 太山寺本「申し宥むべし」（彰考館本類同）。なんとかお願いをして事が穏便に済むようにしてやろう。
30『吾妻鏡』建久元年（一一九〇）九月七日条に、「入レ夜故祐親法師孫子祐成〈号二曽我十郎一〉、相二具弟童形〈号二筥王一〉一。参二北条殿一。於二御前一令レ遂二元服一。号二曽我五郎時致一。賜二竜蹄一疋〈鹿毛〉一。是祖父祐親法師者、雖レ奉レ射二一品一、其子孫事、於レ今不レ及二沙汰一。祐成又相二従継父祐信一、在二曽我庄一。依二不肖一雖レ未レ致二官仕一。常所レ参二北条殿一也。然間今夜儀強不レ及二御斟酌一云々」とある。

箱王が元服の事

1「かく兄弟の人々は、」の部分、他本になし。「かく」は「かくて」とあるべきか。
2 出かけていって。
3 北条時政。20頁注17参照。
4 挨拶。
5 古活字本同。太山寺本、彰考館本「扇取り直し」。「笏」は束帯などの時に持つものであるから、ここにはふさわしくない。「扇を笏に取りなして」などとあるべきか。礼儀をただす様子。231頁注27参照。

「弟にて候ふ童を、母が箱根へ登せて法師になさんと仕り候へば、世に[6]不用にて、[7]学問の名字をも聞かず、剰へ、[8]鹿・鳥食はでかなはじと申し候ふ間、『[9]堅固のいたづら者、教へに従はざらん弟子をば、はやく父母に返すべき』といふ詞につき、里へ追ひ下さるる折を得て、男にならんと仕り候ふを、母にて候ふ者、曽我太郎など、しきりに制し候ふ間、親しき[10]三浦の人々、伊東の方さまにてと存じ候へども、御前にてと存じ、あひ具して参りて候ふ。たとひ道の辺にて、頭を切りて候ふとも、御前にてと申し候はば、[11]その身の[12]勘当は候ふまじ」

と申しければ、

6 怠惰。無精。
7 学問の名目や文字。
8 肉食をせずにはいられない。
9 全くの不心得者。
10 古活字本同。太山寺本は「みうち」とする。
11 古活字本同。太山寺本「さ程に母の」、彰考館本「さのみの」とする。 12 とがめを受けること。 13 見捨てることはできない。 14 よそででも、元服されるならば、残念なことであったろう。 15 底本「時正」。元服の時に烏帽子をかぶらせ、烏帽子名をつける人を烏帽子親と呼び、その子との間に親子の縁を結ぶ。 16 烏帽子名は、

68 箱王、北条時政を烏帽子親として元服。五郎時致と名乗る。

69 元服した五郎時致を見た母は怒り、勘当を言い渡す。

「誠に、面々の御事、[13]見放し申すべきにあらず。しかれば、[14]よそにてもあらば、無念なるべし。もっとも本望なり。[15]時政が子と申さん」

とて、髪を取り上げて、烏帽子を着せ、曽我[16]五郎時致と名乗らせて、[17]鹿毛なる馬の、太く、[18]五臓逞しきに、[19]白覆輪の鞍置かせ、[20]黒糸の腹巻一領添へて引かれけり。

「常に越えて遊び給へ。さだめて、母の心には違ひ給ふべし」

と、色代して帰りけり。68 69

母の勘当蒙る事

さても、箱根の別当は、箱王が曽我へ下りし事をば知らで、明けければ受戒の用意とて、箱王を尋ねけるに、[1]閨の枕、衾も変らで、主は見えざりければ、急ぎ曽我へ人を下し、尋ねけれども、

「これにもなし」

と答へければ、別当、大きに騒ぎ、方々を尋ね給ふぞ愚かなる。

その後、十郎は五郎と打ち連れて、曽我へ帰り来たりぬ。内の者共見て、

「箱王殿を男になし、十郎殿の連れだち参らせてましましたり」

と言ひければ、母聞きて、

「別当の物騒がしく尋ね給ひけるぞや。十郎、昨日より[2]見えざると言ひつるが、弟が法師になるを見んとて、箱根へ登りけるかや。稚児にてよりも悪きやらん」。


烏帽子親から一字を拝領し、これに太郎・次郎などの通称をつける。「時政」の「時」を譲り受け、実子の「四郎義時」に次ぐ者として、「五郎」を通称としたのであろう。真名本では、「北条五郎時致」と名乗る。なお、時政には実子「五郎時房」もいる。 17 毛並みが茶褐色で、たてがみ・尾・膝から下などが黒いもの。 18 身体のたくましいさまをいう。「五臓」は肝・心・脾・肺・腎の五つの内臓。 19 鞍の山形の前輪と後輪を銀でふちどりしたもの。 20 札を黒い皮で綴った鎧で、腹に巻き、背中で合わせるように着用するもの。

母の勘当蒙る事

1 寝所の枕も布団も。

2 古活字本同。彰考館本などは「見えず」とある。

男になりたると言ふを、法師になりたると聞き紛ひ[3]、いつもの[4]所に出で、

「これへ」

と宣へども、身の科[5]により、五郎は左右なく内へも入らざりけり。母待ちかねて、急ぎ見んとて、障子を開けければ、男になりてぞ居たりける。母思ひの外にて、二目とも見ず、障子を引き閉て[6]、

「これは夢かや現かや。心憂や。今より後、子とも思ふべからず[7]。見もせず[8]、音にも聞かざらん何方へも惑ひ行け。仮初めも見ゆべからず。何のいみじさ[9]に男にはなりたるぞや。十郎が有様を羨ましく思ふか。一匹持ちたる馬をだに、毛なだらかに飼はず、一人具したる下人にだに、四季折々に扶持[10]をもせず、明け暮れ見苦しげにて、目もあてられず。世にある人々の子どもを見る時は、誰にかは劣るべきと思ふにも、涙の隙はなきぞとよ。思ひ知らずして、物に狂ふ[11]か。恨めしや。法師になりぬれば、上臈[12]も下臈も、乞食頭陀をしても恥ならず。又、下臈なれども、知恵才覚あれば、法師に誹りなし。十郎だにも、男になしし事の悔しくて、入道せよかしと思ひたる所に、口惜しの有様や。『善[13]を見ては喜び、悪を見ては驚け』とこそ言へ。あはれ、河津殿程罪深き人はなし。後世弔ふべき人は、御敵とて滅び果てぬ。たまたま持ちたる子どもさへ、孝養すべき者一人もなし。まことに末の絶えなば、目[14]の当たりの本領をよそに見んも悲しくて、[15]もしやと思ふ頼みに、兄は男になしたれども、親の跡をこそ継がざらめ、名をさへ変へて、曽我十郎なんど言はるるも口

3聞き違い。

4古活字本同。真名本に「先々筥根より下らむ時の料に人にも敷かせずして置き給ふ筵を取り出し畳の上に敷かせたり」、太山寺本にも「何時もの所に畳敷かせよ」とあり、箱王を歓待しようとする母が描かれる。

5古活字本同。太山寺本に「身の科を恥じて」、彰考館本に「身のとかにはゝかり」とある。

6引いて閉じて。

7古活字本同。真名本「今日より後は親ありとも思ふべからず。童もまた子を持ちたりとも思ふまじきぞ」、太山寺本「今より後、子とも見まじや。親ありとも思ふべからず」。

8古活字本同。太山寺本「目にも見ず」、彰考館本「目に見す」。

9何がすばらしいというので元服したのか。

10従者に給与する米。

11物に憑かれて気がふれる。

12上臈・下臈の区別は、修業年数の多少による。

13『文選』三十七・薦禰衡表（孔文挙）に、「見レ善若レ驚、疾レ悪若レ讎」とある。『玉函秘抄』下、『明文抄』四・人事部下に引かれる。

14眼前にある旧来の領地を、他人のものとして見るのも残念なので。

15もしかしたらその領地を継がせることができるかもしれないという望みのために。

惜しく、一[16]人の子は、父死して後、生まれしかば、捨てんとせしを、叔父伊東九郎、養育せしが、それも平家へ参り給ひて後は、思ひかけざる[17]武蔵守義信、取りて養育して、今は、[18]越後の国上といふ山寺にありと聞けども、父をも見ず、母にも親しまねば、思ひ出だして一返の念仏を申す事もあらじ。それはただ他人のごとし。かの子をこそ法師になして、父の孝養をもさせんと思ひしに、かやうになりゆく事の悲しさよ。しかも、忘るる事はなけれども、心ならずに忍びてこそ過ごせ、今は誰にか、後の世をも訪はるべき。あはれ、かかる憂き身の生を替ゆる習ひ、昔よりなどやなかるらん。それ、『[19]良薬は口に苦くして、しかも病に利あり。忠言は耳に逆ひて、しかも行を利せり』と申す言葉のあるなるぞ。よく〱案じてもみ給へ」

と、泣く〱口説きければ、五郎、物越しに聞きて、泣き居たりけるが、兄の方に帰りて申しけるは、

「ただ今の母の仰せられし事ども、一々にその謂はれありとおぼえ候ふ。死し給へる父を悲しみて、孝養を致さんとすれば、生きてまします母の[20]不興を蒙る事、これまことに不孝の至りなり。身の罪の程こそ思ひ知られて候へ。あまねく人の知らざる先に、髪を切り候はん」

と申しければ、十郎言ひけるは、

「母の勘当は、かねてより[21]思ひ設けし事なり。さればとて、昨日男になりて、今日又入道するに及ばず。人こそ数多知らずとも、まづ北条殿の思はれん事も軽々しく、

16御房のこと。53頁参照。

17平賀義信。新羅三郎源義光の孫で父は平賀氏の祖である源盛義。真名本は「武蔵守源茂信朝臣」とする。400頁注5参照。

18現新潟県燕市国上の国上寺。『義経記』七・判官北国落の事にも見える著名な霊場。

19『孔子家語』四・六本篇第十五に「良薬苦二於口一、而利二於病一。忠言逆二於耳一、而利二於行一」とあり、『玉函秘抄』上、『明文抄』四・人事部下、『管蠡抄』一・納諫に引かれる。なお、『玉函秘抄』は「良薬」を「薬酒」とし、太山寺本も同じ。『明文抄』、『管蠡抄』は典拠を『後漢書』とする。

20機嫌を損なうこと。古活字本は「ふけう（不孝）を蒙る事…ひたうの故なり」とあり、「ひたう」は彰考館本等にある「ひんだう（貧道）」の誤りとみられるが、底本は「不孝の至り」と続けるので、「ふけう」を「不興」と解した。

21予期していた。

かつうは、もの狂はしきにも似たり。[22]死生の事にてはあらじ。いざや、何方へも行きて、慰み候はん」

とて、打ち連れてぞ出でにける。

遊ぶ所は、[23]三浦介義澄は伯母聟なり、[24]土肥次郎が嫡子の弥太郎も伯母聟也・[25]平六兵衛は従姉妹聟、北条殿は烏帽子親、[26]一宮太郎は姉聟なれば、彼等がもとに通ひつゝ、二三日、四五日づゝぞ遊びける。たま〳〵曽我に帰りても、五郎は不孝の身なれば、十郎がもとに隠れ居て、母の恋しき折〳〵は、物の隙より見奉れども、[27]我が身は見えじと隠れける。

「されば、[28]人界に生まるるとはいへども、白駒の隙を過ぐるに似たり。[29]老少不定の習ひなれば、彼も我も、後れ先立つ習ひ、[30]空しかるべきこそ無念なれ。時致も、法師になるべき身の、男になりて、母の勘当を蒙るも、この故也・いかにも、とく急ぎ給へ」

と申しければ、祐成も、

「さぞと思ひ候へ。さりながら、いま一人も語らふべし」

とぞ申しける。

小次郎語らひ得ざる事

ここに、[1]京の小次郎とて、[2]一腹の兄弟あり。彼は、[3]河津殿より先に、京の人に相馴れ

22 古活字本同。命にかかわることでもあるまい。太山寺本「始終の勘当にてはよもあらじ」、彰考館本「しじうのことにはあらじ」。一生の勘当の意が本来か。
23 62頁注5参照。兄弟の父祐重の姉が嫁している。
24 土肥次郎実平。その子弥太郎遠平は62頁注7参照。兄弟の父祐重の姉が嫁している。
25 三浦義澄の子義村。真名本には見えない。義村の妻は兄弟の従兄弟で、幼少期に共に育ったという（160頁参照）。
26 131頁注15参照。兄弟の姉が嫁している。
27 自分の姿は見られないようにした。
28 『漢書』三十三・魏豹伝に、「人生一世間、如白駒過隙」とあり、『玉函秘抄』中に引かれる。太山寺本は「人は一世界に生まるると云へども、白駒の隙を過ぐるが如し」とする。「白駒」は129頁「十郎元服の事」注2参照。
29 人間の寿命はわからないもので、老人が早く死に、若者が遅く死ぬとは限らないということ。
30 真名本には「助経もし病にて死なば、我らが手に懸らざらむ事も口惜しかるべし」とある。

小次郎語らひ得ざる事
1 兄弟の兄。真名本によると、兄弟の母が河津三郎に嫁す前に、国司代として京より下ってきた源仲綱（頼政の子）の乳母子左衛門尉仲成を聟として

儲けた子とする。仲成との間には一男一女を儲けており、女は二宮太郎に嫁した姉である。

2母親を同じくする兄弟。

3諸本類同だが、古活字本は「河津殿在京の時に、人にあひなれてまうけたまふ子なり」とあり、親子の関係がはっきりしない。

4考え。配慮
5同じ父母から生まれた兄弟。

6納得しがたく思われます。

7『玉函秘抄』下、『管蠡抄』十・世俗に、「橘生二淮北一為レ枳、水土之異也」とある。出典の『晏子春秋』には、「橘生二淮南一則為レ橘、生二淮北一則為レ枳、葉徒相似、其実味不レ同、所二以然一者何、水土異也」とある。

8きっと。かならずや。ただし、古活字本等、他本は「いしやう（異姓）他人」とする。


て儲け給ふ子なり。

「彼を呼び寄せて語らはん」

と言ひければ、五郎聞きて、

「[4]御計らひこそ大事にて候へ。[5]一腹一生の兄ならば、いかに臆病に候ふとも、罪科逃れがたくて同意すべし。彼は別の事なり。いかでか左右なく大事を仰せ出だされん。[6]おさまりがたくおぼえ候ふ。御思案には過ぐべからず候ふ。もし聞き入れずは、悪き事や出で来なん。[7]橘、淮北に生じて枳となり、水土の異なればなり。隔てのあれば、兄弟なりとも、心を置くべきものをや」

と言ひければ、十郎聞きて、

「さりとも、その儀はあらじ。男と言はるる程の者、[8]一定、他人なりともうち頼まんに、聞かざる事やあらん。まして、一腹の兄弟にて、いかでか同心せざるべき」

とて、小次郎を呼びて言ふやう、

「かねても大かた知り給ひぬらん。この事を思ひ立ちて候ふ。されば、一期の大事なれば、ただ二人して遂

70 十郎・五郎兄弟、京の小次郎に敵討ちの助力を依頼する。

[9]将軍の命令。　[10]対等に交際する。[11]すぐれて強い者。　[12]ばか者。愚かな者。　[13]心外なことで不愉快ならば。　[14]領家の蔵人所。　[15]「院・内」で、上皇と天皇をさしたものであろう。　[16]神仏の加護。　[17]真名本に「院宣・宣旨」。「院宣」は、上皇・法皇の仰せを伝え、「宣旨」は天皇の、「令旨」は皇太子や三后などの仰せを伝える文書。ここでは「宣旨」がよいか。[18]荘園記録所といわれ、国司と荘園領主との荘園に関する訴訟を審議する機関であったが、後白河天皇の頃には朝廷の訴訟処理や一般政務を行うところになっていた。　[19]『後漢書』二十五・卓魯魏劉列伝第十五に、「夫以レ徳勝人者昌、以レ力勝人者亡」とあり、『玉函秘抄』上、『明文抄』一・帝道部上、同四・人事部下に引かれる。　[20]この上ない卑怯者。　[21]領地。　[22]『壒嚢鈔』六・三十七に、「後漢書云、試レ金以レ火、試レ人以レ酒」、『五常内義抄』（内閣文庫本）下・信貞也不飲酒戒・第二にも、『後漢書』を出典として引かれる。ただし、『後漢書』にこの句は見えない。　[23]『宝物集』（三巻本）下に、「大海の辺りの猩々は、是（酒のこと）に酔て血をしぼられ、千尋の底なる犀は、彼を煥て角を切らる」とある。『義経記』四・土佐坊義経の討手に上る事には、「猩々は血を惜しみ、犀は角を惜しみ、日本の武士は名を惜しむ」と見える。「猩々」は中国における想像上の怪獣。人に似て体は狗のごとく、声は小児に似通い、朱紅色の長い体毛をもち、酒を好むとされた。「犀」はサイ。その角は薬とされた。た

げがたし。三人寄り合ふものならば、安かるべし」と言ひければ、小次郎聞きて、大きに騒ぎ、

「この事いかが思ひ給ふ。当代さやうになりては、親の敵、その数ありといへども、勝負を決する事なし。ただ[9]上意を重くして、[10]肩を並べ、膝を組む次第なれば、これを恥とも言はずして、所領を持つ折節なり。当時、さやうの事する者は、[11]剛の者とは言はで、[12]痴れ者とこそ申せ。まことに、敵を目の当たりに置きて見給ふ事の[13]目ざましくは、京都に上り、いかにもして[14]本所の末座に列なりて、[15]院内の御見参にも入り、[16]冥加あらば、御気色を伺ひ、[17]院宣・令旨を申し下し、鎌倉殿に着け奉り、敵を本所に召し上せ、[18]記録所にて問答し、敵を負かし、所領を心に任すべし。朝敵となりては叶ふべからず。古人の言葉にも、『[19]徳を以て人に勝つ者は栄へ、力を以て人に勝つ者はつゐに滅ぶ』と見えたり。その上、さばかり果報めでたき左衛門尉を、各の力にて、討ち給はん事はかなふまじ。止まり給へ」

[71] 京の小次郎を亡き者にしようとする時致を、祐成が引き留める。

と言ひ捨ててぞ立ちにける。70 71
兄弟の人々は、大事をば言ひ聞かせ、言葉にもかけず、座敷を蹴立てられぬ。あきれ果ててぞ居たりける。ややありて、五郎申しけるは、

「さればこそ。今はよき事あらじ。[20]日本一の不覚人にてありけるもの。[21]所知荘園の敵ならばこそ、訴訟をも致さめ。不思議の事をひつるものかな。[22]金を試みるは火なり。人を試みるは酒なり。かの者は、酒をだに飲みぬれば、何事がな言はんと思ふ者なり。それ、[23]大海の辺の猩々は、酒に着して血を搾られ、滄海の底の犀は、酒を好みて角を切らるるなり。かやうの理を知りながら、言ひつる事こそ悔しけれ。一定、[24]母や二宮太郎に[25]言ひつる事とおぼえたり。それならば、曽我殿に語りなん。さあらば、母も知り給ふべし。かれこれもつて、祐経に知られて、かへつて狙はれん事疑ひなし。かかる大事こそ候はね、第一、[26]上に聞こし召されては、死罪・流罪にも行はれ、身をいたづらにせん事の無念さよ。いざや、この事漏れぬ先に、小次郎が細首打ち落とし、[27]九万八千の軍神の[28]血祭にせん。我等がしたるとは誰か知るべき」

と言ひければ、十郎聞きて、

「さればとて、か程の大事、いかでか漏らすべき。[29]罪の疑ひをば軽くし、功の疑ひをば重くせよ。[30]喜ぶ時は、みだりに無功を助け、怒る時は、みだりに無罪を殺す。これは大きなる誤りなり。仏も深く戒め給ふ。[31]心得べし」

と言ひければ、五郎聞き、

だし、海中に住むという点は不審。24 真名本や太山寺本にこの句はない。「母や」他本になし。流布本による加筆であろうが、続く文と重複してしまう。25 彰考館本等、「いひつると」。従うべきか。26 鎌倉殿。源頼朝。27 伊勢貞丈『軍神問答』によると、「九万八千軍神」は「中古源平合戦の物語以来の書」見えるものだという。「九万八千」という数字は、『荒神経』には「夜叉」の数として見えるが、中世における荒神信仰の高まりとともに、特に兵法書の世界において、戦勝を祈る神としての「軍神」と結びついていったものと思われる。『保元物語』や『平家物語』等では「軍神にまつる」「軍神をいはう」の形で見られる。28 合戦の初期段階において、犠牲の血で神をまつること。室町以降に見えることばだが、漢語「血祭(ケッサイ)」や「釁(キン)」等の意識と通ずるか。なお、「軍神」と「血祭り」を結びつけた用例は珍しく、佐伯真一は、軍記物語に見えた「軍神にまつる」ということばの後継としてとらえる。29『尚書』二・虞書・大禹謨に、「罪疑惟軽、功疑惟重」とあり、『玉函秘抄』上、『明文抄』二・帝道部下、『管蠡抄』七・賞功赦罪に引かれる。30『貞観政要』二・求諫第四に、「喜則濫賞レ無レ功、怒則濫殺レ無レ罪」とあり、『玉函秘抄』上、『明文抄』二・帝道部下に引かれる。31 底本「心えべし」。本来は「心うべし」であるが、中世以降「べし」の接続は複雑化し、上一段・下一段・上二段・下二段活用には、イ列音・エ列音に伴うものも見られる。

「これは無罪を殺すにては候はず。かゝる不覚人、有罪とも、無罪とも、言葉にたゝざる奴をば。急ぎ[32]暇をくれ候ふべきにて候ふ」

と申しければ、

「いかで、他人に、かくとは言ふべき。これもたゞ、我等を世にあれと思ひてこそ言ひつらめ。さらば[33]口を固めん」

とて、追ひ付き、

「たゞ今申しつる事は[34]戯れ事なり。まことし顔に人に語り給ふな。もし聞こゆるものならば、ひとへに御辺の所為と存じ、永く恨み奉るべし。返す返す」

と言ひければ、

「承る」

とて、去りにけり。

この約束ありながら、小次郎思ひけるは、よそへ漏らさばこそ[35]悪しからめ、母に見参して、この事を詳しく語るに、母、聞きもあへず、十郎を呼びければ、五郎、先に心得て、

「この事とおぼえたり。時致も、身を隠し、御供して聞き候はん」

とて、十郎と連れて、母の所へ来たり、物越しに聞けば、母、女房たちを遠く退けて、泣く〱宣ひけるは、

「まことか、わ殿原は、さばかり恐ろしき世の中に、謀叛起こさんと宣ふなるか。妾や二宮の姉をば、何となれと思ひて、かゝる悪事をば思ひ立ち給ふぞ。死したる親

32 暇を乞うことは、死ぬ覚悟で別れを告げることであり、ここでは死を与えてやろう、殺してやろうという意。

33 口止めをしよう。

34 軽い気持ちの冗談。

35 「悪しからめ」に続けて、彰考館本や南葵文庫本等には、「はゝにしらせたてまつりてと、めさせんと思ひ、やかて」とある。

のみにて、生きたる妾は親ならずや。箱王が男になるも、わ殿が[36]賺し出だしてこそ、男にはなしつらめ。わ殿、無用の事企てつるものかな。恥は家の病にて、末代失せずと申せども、事にこそよれ。世にあらんと思はば、[37]恥を忍びて益を蒙れとこそは申せ。げにや、河津殿の討たれし時、妾思ひに耐えかねて、言ひし事を[38]聞き保ち給ふか。一旦はさこそ思ひしか。狩場へ打ち出で給ふに、四五百騎の中に優れて見えしが、帰りさまに、[39]引き替へたりし悲しさに、火にも水にも沈まんと思ひしに、五つや三つになりしを、左右の膝に据へて、『汝、二十ならざる先に、親の敵を討ちて見せよ』と、妾言ひし時、箱王は聞きも知らず、わ殿言ひつるは、『はやく[40]大人しくなりて、父の敵の首を、いつか斬らん』と言ひしこそ、多くの人をば泣かせしが、それを忘れずして、母が言ひし事なればとて、かやうに思ひ立ち給ふかや。[41]うたてさよ。返す返すも止まり給へ。この頃は、昔の世にも似ず。平家の世には、伊豆・駿河にて、敵討ちたる人も、武蔵・相模・安房・上総へも越えぬれば、日数積もり年隔たりぬれば、[42]さてのみこそあれ。当代には、いささかも悪事をする者は、[43]蝦夷が島へ渡りても、その科逃れず。又親しき者までも、その科逃れがたし。女とても[44]所にも置かれず、幼けれども助かる事なし。かやうに、さしも厳しき世の中に、いかで悪事を思ひ立ち給ふぞ。[45]汝等十一・九つになりし時、祖父伊東の御末とて召し出だし、すでに斬らるべかりしを、畠山殿、『[46]自然の事あらば、[47]かかり申すべし』とて預かり申し、命どもを助けられしぞかし。数ならぬ、妾が事はさてをきぬ。重

36 欺き誘うこと。
37 恥をこらえて利益を受けよ。
38 聞いて覚えている。聞いたことを守っている。
39 うって変わって。様子が一変して。
40 成人して。
41 情けないことよ。
42 そのままになったものよ。
43 蝦夷が住む島。古活字本「蝦夷が千島」。彰考館本「あくろ・つがる・ゑぞがちしま」、真名本には「東は安久留・津軽・外浜、西は壱岐・対馬、南は土佐の波达、北は佐渡の北山、これらの間は」とあり、鎌倉期における日本の領域意識が示されている。
44 配慮されることはない。
45 このことは、巻三「源太、曽我へ兄弟召しの御使ひに行きし事」(100頁)以下に記されていた。
46 万一のことがあれば。
47 お引き受けしましょう。

忠の大事をば、いかがし給ふべき。妾が生きたらん程は、目を塞ぎ、恥をもよそにしてましませ。心憂き目を見せ給ふな。殿原、今まで[48]ありつけざるこそ、心にかかり候へども、何事も思ふやうにあらねばぞとよ。[49]妾が身にては、憚りあれども、男は、思はしき者にだに会へば、さやうの[50]詮なき心は失するぞや。あはれ、父だにましまさば、妾に[51]心は尽くさせじ。いかなる人の聟にもなり、思ひ止まりて、念仏をも申し、父にも[52]回向し、[53]妾をも助けよ。『論語』に曰く、『[54]極めて衰ふる時は、必ず又盛んなる事あり』と申すに、[55]などや方々の、さのみ申す事のかなはざらん悲しさよ。箱王、いかに男にならんと言ふとも、御辺の止めんに、左右なく男になるべからず。あはれ、げにかなはぬ事なれども、妾死して、父だに生きてましまさば、いかなる不思議を思ひ立つとも、父の命をば背かじ。二の宮の女、いかなる事を思ひ立つとも、妾がうち口説き言はんに、などかは聞かで候ふべき。男子のために、母親は何にも立たず」

とて、さめざめと泣き給ふぞ哀れなる。十郎、流るる涙を直垂の袖にて押し止め、[56]つしんでぞ居たりける。ややありて、母宣ひけるは、

「この事を、小次郎大きに驚き、制させんとて聞かせたるぞ。さればとて、小次郎を恨み給ふな。人に知らすなとて、自らが口を固めつるぞ。『それ程の大事を左右なく語り申すは、この殿原かへり聞きては、悪し様に思ひ候はんずれども、[57]人々の祖父こそあらめ、さのみ末々まで絶やさん事不便なりと思し召され、君より御尋ねありて、

48 身を固めさせなかったことこそ。
49 私（母親）の立場としては。
50 かいのない。無益な。
51 気をもませないだろう。
52 死者の冥福を祈ること。
53 万宝寺本に「われらがごぜをもたすけよかし」とある。
54 何晏『論語集解』「八佾第三」の「儀封人請見…」の注に、「極衰必有レ盛也」と見える。『玉函秘抄』中に引かれるが、出典を『論語』とする。
55 古活字本ほぼ同。どうしてお前たちが望むことばかりがかなわないのか、悲しいことよ、といった意になろうか。ただし、太山寺本等の諸本には「などや、方々のさのみに憂き事の変わらざるらん」とあり、どうしてお前たちにとってそんなにつらいことが変わらず続くのだろう、悲しいことだ、といった意が本来であったか。
56 謹んで。
57 お前たちの祖父はともかくとして。
58 もとのまま賜る。
59 別の領地を賜る。

先祖の所領を安堵[58]するか、しからずは、別[59]の御恩を蒙り候はば、各までも面目にて候ふべし』と申して立ちつるぞ。それも、殿原を思ひてこそ言ひつらめ。ゆめ[60]ゆめ憤り給ふべからず。理をまげて、思ひ止まり給へ」

と宣ひければ、十郎、

「承りぬ。但し、この事は、何となき戯れに申しつるを、まことし顔に申されつらん不覚[61]さよ。かつうは御推量も候へ。当時、我等が姿にて、思ひも寄らぬ事」

とて立ちければ、五郎も足抜き[62]して立ちけるが、十郎に申しけるは、

「さればこそ申しつれ。小次郎を失ふ[63]べかりつるものを、助け置きて、かかる大事を漏らされぬる事こそ安からね。心にかからん事をば、ためらひ候はず、逸早[64]にすべきものを。憐れみ[65]胸を焼くとは、かかる事をや申すべき。今はかなはじ。我等が所為と思はめ」

とて、息継ぎ[66]居たり。

「さても[67]、この事思ひ止まるべきやうに、妻子持ちて安堵[68]せよとせられつるこそ、耳に留まりて候へ。寒き[69]者は、しよくぎよくをも貪らで、たんかんを思ひ、飢へたる者は、千金をも顧みずして、一食を美す。身に思ひのあれば、万事を顧みずして、所領所帯[70]も望みなし。思ふ事こそ、いそがはしく存ずれ。男の心留まるものは、妻子に過ぎずといへども、我等討ち死にの後、残り留まりて、山野[71]に交はらんも不便なり。又、男女の習ひ、若き子一人も出で[72]来たらばいかがせん。我法師にな

60 決して決して。
61 至らなさよ。おぼつかなさよ。
62 音を立てないように歩くこと。抜き足。
63 命を奪っておくべきだったものを。
64 気になっていることは、思い切ってすばやく片付けなければならない。「逸早」は、底本「一さう」、彰考館本等も同。太山寺本や古活字本は「いつさう」。「逸早し」を音読したものか。
65 憐れみをかけたことがかえって心を悩ますことになる。『源平盛衰記』二十二・入道申官符事で、伊豆に挙兵した頼朝を「今は、哀は胸をやくと申たとへに合て侍り」と評す。
66 ため息をつく。
67 太山寺本、彰考館本等には、「十郎申しけるは」とあり、以下を十郎の発話とするが、真名本では五郎の発話。古活字本や底本では話主は明示されないが、五郎の発話と解するべきであろう。
68 家に落ち着け。
69 『佩文韻府』「曹植望恩表」に、「寒者不レ貪二尺玉一而思二短褐一、飢者不レ顧二千金一而美二一餐一」とあり、『玉函秘抄』上、『明文抄』四・人事部下に引かれる。底本「しよくぎよく」は「尺玉」を、「たんかん」は「短褐」を誤る。一尺の珠玉と一反の粗服のこと。
70 領地財産。
71 家を持たぬ浮浪の身となることをいう。
72 太山寺本、彰考館本は、この後に「我等がやうに惑い者として、物を思はんも無慙なり」とある。

るべき身なれども、このためにかやうになりぬれば、定めたる妻持つべからず。[73]遊び者などには、夫の[74]僻事かかるまではあらじ。されば、[75]手越・[76]黄瀬川の辺にて、さりぬべき[77]遊君あらば、遊び馴れて通ひ給へ。しかも、道の辺なり。敵を窺ふべき便りも、然るべし」

と申しければ、

「[78]承り候ふ。さりながら、[79]執心、後世のため、しかるべからず。一日も命あらん限りは、心静かに念仏申して、後世を願ふべし。我等が命、あるかなきかのごとし。今あればあるやうなり。只今も便宜よくば打ち出でなん。阿弥陀仏」

と申して過ぎゆきける、心のうちこそ無慙なれ。

大磯の虎思ひ初むる事

されば、[1]執着身を離れず、おんせい尽きずして、[2]大磯の[3]長者の女、[4]虎といひて、十七歳になりける遊君を、[5]祐成、年頃思ひ初めて、秘かに三年ぞ通ひける。これや、古き言葉に、[6]「写し得たり、楊妃湯の靨を、成しあらはせり、人民仰ぎたる唇を」なんど思ひ出だして、折々情けを残しける。五郎も、影のごとく、時の間も離れずして、諸共に通ひけり。是もただ敵をもしやと便宜を狙はんとぞ見えし。心ざしの程、無慙と言ふも余りあり。

ある時、敵左衛門尉、伊豆より鎌倉へ参りける折節、曽我兄弟、大磯にありける

---

73 遊女。
74 間違ったこと。
75 現静岡市内安倍川西岸の古駅。
76 現沼津市内黄瀬川東岸の古駅。
77 遊女。「遊び者」に同じ。
78 太山寺本、彰考館本等には、「五郎聞きて」とあり、以下を五郎の発話とする。古活字本や底本では話主は明示されないが、十郎の発話と解するべきであろう。
79 この世に深く思いをかけること。

大磯の虎思ひ初むる事

1 深く恋い慕う心。真名本に「乃往過去の契りも違はねば、随縁真如の甲斐有りて」とある。「おんせい」は未詳。古活字本に「しうれんのせいつきずして」とあるが、やはり意を汲みにくい。
2 現神奈川県中郡大磯町。
3 宿場の遊女たちの長をいう。
4 真名本には、寅年の寅の日の寅の刻に生まれたところから三虎御前と呼ばれたとある。この女性については、『吾妻鏡』建久四年（一一九三）六月一日条に「曽我十郎祐成妾大磯遊女〈号レ虎〉」と見える。
5 底本「助成」。
6 『新撰朗詠集』上・雨に、「写シ得タリ楊妃湯ノ後ノ靨ヲ、模シ成セリ任氏汗ノ来ノ唇ヲ」とあるものによるが、太山寺本や彰考館本の段階ですでに同様

が、五郎見つけて、十郎に告げたりけるは、

「[7]かやうの便宜を狙はんためにこそ、年来是へも[8]連れ通ひ、[9]砥上原こそよき原なれ。いざや、追ひ付き、矢一つ射ん」

とて、弓押し張り、矢かき負ひ、馬に打ち乗り、追ひ付き見れば、[10]江間小四郎打ち連れて、五十騎ばかりにて打ち囲み歩ませければ、

「左右なく二騎駆け入りて、討たん事もかなふまじ。一期の大事にてありければ、し損じ笑はれんより、ただ何となく通らんと思ふはいかに」

と言ふ。[11]時致も、

「かうこそ」

とて、打ち連れて通りけり。


に誤る。「楊妃」は楊貴妃、「にんみん」は「任氏」を誤る。「任氏」は中国唐の奇伝小説「任氏伝」に登場する狐が化けた女性。いずれも美しい女性の例として引かれる。「唇」は、底本「口びる」。

7このような、敵に出会う好機を伺うためにこそ。

8古活字本「かよひつれ」。従うべきか。

9現神奈川県藤沢市鵠沼の西より、茅ケ崎に至る辺り。

10北条時政の子義時。江間は、現静岡県伊豆の国市北東部。89頁「鎌倉の家の事」注2・3参照。

11底本「時宗」。

72 祐成を呼び出して制する母。時致は座敷に上がれず外で立ち聞く。

73 大磯にて、兄弟、工藤祐経と遭遇する。

「是より帰らば、人も怪しと思ふべし。つゐでに三浦へ通り候へ」
とて、はるかに引き下がりて歩ませ行く程に、彼は鎌倉へ行きぬ。兄弟は三浦へこそ
行きにけれ。72 73

平六兵衛が喧嘩の事[1]

ここに、十郎[2]が身にあてて、思はぬ不思議ぞ出で来けれ。故をいかにと尋ぬるに、三浦[3]
平六兵衛が妻女は、相沢[4]の土肥弥太郎が女なり。この人々とは従姉妹なり。幼少
より、叔母に養ぜられて、伊東にありける程に、十郎と一所[5]に育ちけり。やうやう成人
する程に、十郎、彼[6]に忍びて情けをかけたりける。互ひの心ざし深ければ、家にも取り[7]
据へ、まことの妻にも定むべかりしを、敵を討たんと思ひける間、家を忘れて、ただ
女のもとへぞ通ひける。かくて日数を経る程に、父[8]これをば知らずして、平六兵衛に合
わすべしとて請ひけり。忍ぶ事なりければ、人知らで、成人の女一人置くべきにあらず
とて、三浦へやりにけり。女又、「かかる事あり」と言ふべきにあらねば、十郎が方へ忍び
て文をやり、詳しく問ふ。されども、けはけはしく[9]、まことの妻とも頼まざりければ、恨
みの袖褄るのみにて、親[10]に計らはれて、力及ばずして、義村が方へ行きにけり。され
ども、心ざしの深ければ、ある時、義村が在京の隙に、忍びて十郎がもとへ文を遣はしけ
り。従姉妹の文なりければ、祐成見て、苦しからずと思ひけれども、留守の間はしかる
べからずとて、返事もせざりけり。

1 5 10 15 18

平六兵衛が喧嘩の事

1この物語は、真名本にはない。

2十郎の身にとって。

3三浦義澄の子義村。150頁注25参照。

4古活字本同。正しくは「相模」。彰考館本・南葵文庫本等には「さがみの」、太山寺本に「相模国」。「相模」を「相沢」と誤る。土肥弥太郎は62頁注7参照。弥太郎遠平の妻は、兄弟の伯母である。

5十郎・五郎（一万・箱王）は、河津の没後に曽我へ移っているので、伊東で一緒に育ったという設定は矛盾を生じる。

6彼女に。

7迎え置き。

8土肥遠平。古活字本類同。太山寺本でも、親が決めた婚姻とするが、彰考館本では「是をはしらて、平六ひやうへ、あひぐすへしとて、をやにこいけり」とあり、二人の間柄を知らなかった義村が求婚したとする（南葵文庫本類同）。底本では続く「忍ぶ事なりければ、人知らで」の文脈を追いにくいが、彰考館本、南葵文庫本では、親（遠平）が知らなかったので婚姻を了承したとあり、文脈を追いやすい。古活字本のあたりで誤ったか。

9きわだって。ただし、太山寺本・彰考館本等では「げにげにしく」とあり、まことらしくの意となる。

10親に決められて。

人[11]の口のさがなさは、義村に知らせたり。[12]不思議に思ひ、内々尋ね聞かばやと思ふ程に、京都の御用過ぎて、鎌倉へ参りけるに、曽我の人々は、三浦より帰りさまに、[13]腰越にて行き会ひけり。兄弟の人々は、三浦の殿原とは知らで、馬鞍見苦しと思ひければ、傍らへ駒打ち寄せ、人々を通さんとす。平六兵衛は、曽我十郎と見て、[14]日頃の便宜を喜び、郎等二三騎ありけるを、はるかの後に残し置きて、[15]宗徒の者六七人あひ具して、この人々の隠れ居たる船の陰に押し寄せ、

「まことや、御分は。義村が在京の間に、聞く事あり」

と、苦々しく言ひかけたり。されども、十郎[16]事ともせず、[17]嘲笑ひ、

「いかさま、人の讒言とおぼえ候ふ。よくよく尋ね聞こし召し候へ。[18]かやうの次第、見参に入り、直に承り候[19]ふところ、所縁のしるしと存ずるなり。たとひ身に誤りありとも、一度は[20]御免にや蒙るべき」

とぞ言ひける。五郎は、義村が大きに怒りたる気色を見て、[21]靫より大の[22]雁股抜き出だし、矢先を義村にあてて、ただ一矢にと思ふ顔魂、さしあらはれたり。義村、五郎が勢ひを見て、まことに[23]大剛のおこの者なり、[24]今勝負しては損なり、後日をこそと思ひ静めて、何となき[25]辞儀に言ひなして、静まりぬ。この人々、事弱くも見えなば、すなはち討ち果たすべき体なりしかども、五郎も、思ひ切りたる色見えければ、そのまま通りにけり。[26]身を軽くして名を重くすれば、十分に死ぬべき害を逃るるとは、かやうの事を言ふべきにや。不思議なりし事どもなり。

11 人は他人のことに対しては意地悪く言うものでの意。
12 けしからぬこと。
13 現神奈川県鎌倉市内。鎌倉・大磯間の古駅。
14 近頃のよい機会。
15 主だった人々。
16 とくに問題にもせず。
17 からからと笑って。
18 このようなことを、お目にかかって直接に伺いますことは、縁者に連なっているためのご好意と存じます。直談判の非礼を、暗に非難するもの。
19 底本「候ふところ」なし。他本により補う。
20 お許し。
21 矢を入れて背負う道具。
22 先が二股に開いている鏃のついた矢。
23 優れて強い愚か者。
24 太山寺本「血の」、彰考館本・南葵文庫本「かりの」、万法寺本「ぢきの」、古活字本「命」とあり、定まらない。底本では、今この場で勝負をしては、となる。
25 挨拶。
26 出典未詳。

三浦の片貝が事[1]

ここに、この人々の伯母聟に、三浦別当[2]といふ者あり。これに片貝といひて、優なる美女を召し使ひけり。別当、折々情けをかけたりしを、女房、安からずに思ひ[3]、

「淵河にも身を沈めん」

と言ひければ、

「いかでか、彼等体[4]の者に思ひ替へ奉るべき。月待つ程[5]の夕まぐれ、風の便りの徒然を慰むにこそ。今より後は、思ひ捨つべし。心安く」

と言ひけれども、なをも思ひ止まらで、埋み火[6]の下に焦がるる焚き物の、匂ひはよそにあらはれて、移る心をこのままにて、事を限らん[7]と思ひつつ、十郎に言ひ合はせん[8]とて、急ぎ人を遣はし、十郎を呼び寄せけり。いつとなく行き睦ぶる[9]事なれば、伯母は十郎を傍らに招き寄せ、

「これに、片貝とて、召し使ふ女あり。かたち・心ざま優に、品[10]、世に超えたり。一人あれば、いかなる事もこそ[11]とおぼつかなくおぼゆれば、風の便り[12]のをとづれに、まつには音する習ひ[13]なり。何かは苦しかるべき。曽我へ具足し給へかし[14]」

と語りければ、親方[15]の言ふ事なり、かねてかやう[16]の事ありとは夢にも知らず、

「承りぬ[17]」

と言ふ。伯母、やがて片貝を呼び出だして、しかじかと語る。十郎は、曽我にさして用の

三浦の片貝が事

1 この物語も、真名本にはない。
2 三浦介義澄。62頁注5参照。義村の父。
3 心おだやかならず。
4 あのような者。
5 ほんの一時の間のなぐさみに。
6 秘めようとする思いが表に現れてしまうさまを言う。
7 関係を断ち切ろう。
8 相談しよう。
9 出かけて仲良くする。
10 人がら。
11 どんなことが起こるかもしれないと気がかりなので。
12 何かのついでの思いを伝えること。
13 「聞くやいかにうはの空なる風だにもまつに音する習ひありとは」（新古今集・恋三・宮内卿）による。便りを出せば、きっとよい返事が来るでしょう。
14 連れていらっしゃいよ。
15 伯母。兄弟の父祐重の姉のこと。
16 義澄と片貝の関係のこと。
17 承知しました。

事ありければ、その夜を待つまでもなくて、暮程に帰りけり。この事、別当が郎等共、ほの聞きて、片貝を曽我へ取りて行くぞと心得て、[18]伊沢平三、はかせの源八、難波太郎を先として、宗徒の者共七八人寄り合ひて、

「不思議を振る舞ひ給ふ祐成かな。これ程の事、別当に申すまでもあるべからず。いざや行きて、かの女奪ひ返さん」

「しかるべし」

とて、馬引き寄せ引き寄せ打ち乗つて、三浦を打ち出で、[19]つぶな川の端にて追ひ付きたり。彼等、[20]片手矢を矧げて、[21]矢筈を取り、[22]あますまじとて追つかけたり。十郎、何事とは知らねども、子細ありと心得て、馬より下り立ち、弓取り直し、

「何事にや」

と問ふ。この者共、追つかけ見れば、片貝はなし。されども、[23]言ひかかりたる事なれば、

「振る舞ひしかるべからず。尋ねて参らんためなり」

とて、すでに[24]事実に見えけり。始め終はりをも知らず、敵は又、伯母の若党なり。討ち違へても[25]詮なし。いかにもして逃れればやと思ひければ、自ら弓を投げ出だし、

「[26]陳ずるには似たれども、[27]身にをきて事をおぼえず。[28]さもあれ、[29]僻事ありとも、かやうにはあるまじ。静まり給へ。別に思ふ子細ありて、[30]降を請ひ申すなり。[31]自然の時、思ひ知るべし」

と言ひければ、伊沢平三、

18 以下の三名、未詳。「はかせ」は他本では「ふかせ」。従うべきか。
19 太山寺本「つぶら川」、彰考館本・南葵文庫本「ふなかは」、古活字本「つふかわ」とあり、定まらない。所在不明。
20 一本の矢。二本の矢を「一手」という。
21 矢の末端の弓弦を受ける部分。
22 討ちもらすまい。
23 いいがかりをつける。
24 太山寺本に「狼藉に及ぶ」とある。無法な行為に及びそうである様子。
25 しょうがない。
26 釈明する。
27 自身としては、この件について思いあたるところがない。
28 ともかく。
29 間違いがあっても、このようにしないでよかろう。
30 降参をお願いするのだ。
31 何かある時。

「仰せのごとく、人の讒言[32]にてもやあるらん。まさしく片貝を具足して御越しとこそ聞きつるに、さもあらねば、あらたむるに及ばず。その上、御陳法[33]の上は、重ねて申すべからず」

とて、皆三浦に帰りけり。十郎は、ここにて腹を切り、討ち違へても飽き足らずと思ひけれども、父のために備へをきたる命、思はざる事に果つべきかと思ひ、害を逃れけるこそ無慙[34]なれ。

別当、これを後に伝へ聞きて、涙を流し、宣ひけるは、

「思ひ忘るるかと案じつるに、未だ心にかけらるるや。十郎呼べ」

とて呼ばせけり。過[35]たず帰り来たりぬ。三浦別当、対面して、

「さても、これなる者共の、聞き分けたる事もなくて、不思議[36]の振る舞ひ仕るとな。全くそれがしは知らず候ふ。もし偽り申さば、二所大権現[37]も御照覧候へ、弓矢[38]の冥加、たちどころに絶えなん。思ひ寄らざる事なり。たとひ面々[39]の誤り、十分にあるとも、いかでか、かやうの沙汰[40]をばいたすべき。それ程の事に迷ふべき身ならず。かねても知り給ひぬらん。思ひやり給へ」

とて、片貝を呼び出だし、十郎に取らせけり。慎んで申しけるは、

「仰せまでも候はず。御[41]はからひとは努々存ぜず。その上、身に誤り候はねば、無[42]念と申すべきにもあらず。さるにとりては苦しく候はぬ」

とて、片貝をば別当のもとに捨て置き、曽我の里へぞ帰りける。かの郎等共、深く勘当[43]

32 他人を陥れようとして、事実をまげ、偽って悪しざまに言う告げ口。
33 御弁明。御釈明。
34 古活字本にはこれに続けて、「漢朝の呉王夫差は、越王勾践のために、みふんみつのみて命をつぎ、会稽山に二度恥をきよめけるも、今の十郎が心におなじ。無慙といふもことばにあまり、あわれといふも涙にたゝざりき」とあるが、底本はこれを省く。巻五・呉越の戦いの事（202頁）との重複を避けたか。
35 間違いなく。
36 けしからぬ。
37 伊豆山権現と箱根権現。
38 戦争における神仏の加護。
39 めいめい。
40 指図。
41 あなたのお考え。
42 残念。
43 罪に応じて処分をした。

しけるとかや。
この事を詳しく問ひければ、女の業にてぞありける。されば、[44]嫉妬の深き女は、前後を弁へずして、家を失ふ喩へは、今に始めずといへども、か程の大事出で来なんとは知らで、言ひ合はせけるぞ、まことの嫉妬にてありける。別当は、[45]しかじ、ただ[46]向顔せざるまでとて、女を離別しける、理とぞ聞こえし。さても、十郎がここを逃れけるにて、[47]『左伝』の言葉を思ふに、「身に思ひのある時は、よろづ恥を捨てて害を逃れよ」となり。[48]あひ合ふ心なるとかや。

[1]虎を具して、曽我へ行きし事

かくて月日を送りけるが、定むる妻持つべからずとて、ただ虎が情けばかりにひかれて、折々通ひ馴れける。互ひの心ざしの深き事は、[2]ふつくんにも劣らず、千代万代とぞ契りける。

そもそも、この者と申すは、母は大磯の長者、父は一年東に流されし、[3]伏見大納言実基卿にてぞましましける。男女の習ひ、旅宿の徒然、一夜の[4]忘れ形見なり。されば、虎が心ざま[5]尋常にして、和歌の道に心を寄せ、[6]人丸・赤人の跡を訪ね、[7]業平の昔、『源氏』『[8]伊勢物語』に情けを移し、春の梢に散りまがふ、霞隠れの天つ雁、雲居の上に心を残し、秋は月の前に、曇らぬ時雨の夜嵐に、明けゆく雲のうき枕、鹿の音近き野辺ごとに、虫の声々ものすごく、哀れを催す[9]小田守の、庵寂しき木枯らし

44 太山寺本は、「讒臣は国を乱し、妬婦は家を破る」とする。太山寺本に見る句は64頁注18に既出。
45 むしろ。いっそのこと。
46 顔を合わせない。
47 『春秋左氏伝』。ただし、この言葉は『左伝』に見えない。
48 それにあてはまる。

虎を具して、曽我へ行きし事

1 この物語も、真名本にはない。 2 古活字本「た、ふつくん」、彰考館本・南葵文庫本「た、ふんくん」、太山寺本「たくぶんくん」。前漢の才女「卓文君」。賦の作者として有名な司馬相如の妻。美貌で知られ、貧しかった司馬相如との結婚は、駆け落ち同然だったという。『十訓抄』第五・朋友を撰ぶべき事にも記事が見える。 3 「伏見大納言実基卿」は、『公卿補任』や『尊卑分脈』に見られず。真名本によると、虎の父は、平治の乱に敗れた藤原信頼の異母兄基成の乳母子の宮内判官家長という。基成が奥州へ流された後、都にいかねて相模国へ下った際に、平塚宿の遊女に通って儲けた娘がこの虎であるとする。 4 親の死後に遺された子。遺児。 5 優れているさま。 6 柿本人麻呂と山辺赤人。 7 『伊勢物語』。 8 他本「いせ」なし。古活字本は「なりひらげんじの物がたり」。 9 田の番人。

まで、心[10]をやらぬ方はなし。住みも定めぬ世の中の、移り変はるも恨めしく、恋[11]の暮とや偽りを、頼み顔なるうら情け、向かひて言ふもさすがなり。

さて又いつと夕[12]づ方、五月はじめの事なるに、南面の御簾近く、立ち出でて、来し方行く末の事ども、つくづく思ひ連ぬるに、まことに男の心程、頼み少なき物はなし、げに浅からず契りしも、空しかりける妹背[13]の仲、頼みし末もいつしかに、変はり果てぬる言の葉かな、さて又いつの同じ世に、会ひて恨みを語るべき、げにや、昔を思ふに、「物[14]は遠きを珍しとし、士は稀なるを貴しとす」と言へども、何とてさのみ疎きやらんと、涙に咽ぶ夕暮れに、五月雨の風より晴るる雲の絶え間、それともなき郭公、ただ一声に聞き絶えぬ、憂き身の上もかくやらんと、古き歌を思ひ出だして、

夏[15]山に鳴く郭公心あらば物思ふ身に声な聞かせそ

とうち詠[16]めて立ちたる所に、十郎、三浦より帰りけるが、佇みたる縁の際に、駒打ち寄せ、広縁に下り、

「いかにや、程[17]はるかに見参に入らず。心許なき」

とて、鞭にて簾打ち上げ、立ち入りければ、虎は返事もせずして内に入りぬ。祐成、心得ず思ひ、

「情[18]けは人のためならず、無[19]骨の所へ参りたり。又こそ参らめ」

とて、駒引き寄せ乗らんとす。虎、急ぎ立ち出でて、

「さやうには思ひ奉らず。この程、かき[20]絶へ給へる恨めしさといひ、万世の中の

10 心を慰めないものはない。
11 恋の暮というのか、嘘もあてにしてしまいそうな心のうち。
12 「言ふ」と「夕」をかける。
13 男女の仲。
14 『後漢書』七十六・循吏列伝第六十六に「物以遠至為珍、士以稀見為貴」とあり、『玉函秘抄』中にも引かれる。底本「ものはとをきをめづらしし、年はまれなるをたつとしとす」。他本により改める。
15 「夏山になくほととぎす心あらば物思ふわれにこゑなきかせそ」（古今集・夏・読み人知らず）。
16 何心なく目に入るものを見やるさま。
17 長い間、お目にかかっていない。
18 他人に情けをかけておくと、やがて自分にもよい報いが返ってくるということわざ。
19 具合の悪い。不都合な。
20 ふっつり途切れたようにおいでにならない。

[21]あぢきなくて、涙の零るる[22]顔ばせの恥づかしくて」
と打ち笑ひ、袖さし翳し、

「申すべき事の候ふ。しばしや」

とて、直垂の袖に取り付きたり。心弱くも[23]祐成は、引かるる袖に立ち帰り、

「さぞ思すらん。この程は、[24]立つ名のよそに漏るると、[25]粗略はなきを、何となく打ち紛れつる[26]本意なさよ」

と、細々と語り、

「今宵はここに留まりつつ、[27]枕の上の睦言を、夢にもさぞと思へども、さして所用の子細あり。[28]いざさせ給へ」

とて誘ひ、乗りたる馬に打ち乗せ、曽我の里へぞ帰りける。74 75 日頃、[29]世になし者の[30]君を思ふとて、内々母の制し給ふ由、聞きければ、幾程あるまじき身の、心苦しく思はれ奉らじとて、母がもとより北に造りたる家あり、ここに隠し置きぬ。

祐成、この程、はるかに母を見奉らず、参りて見参らせんとて、沓・[31]行

21 おもしろくなくて。
22 顔つき。顔色。
23 底本「助成」。
24 浮き名が立ってよそに知られてしまう。
25 おろそかにすること。
26 残念なことよ。
27 寝室での男女の語らい。
28 さあ一緒にいらっしゃい。
29 落ちぶれている者。仕官していない身。
30 遊君。遊女。
31 狩りや騎馬の時に着用する、腰から足のあたりを覆う毛皮。

74 腰越にて、祐成、三浦義村に呼び止められる。時致、矢を番える。

縢、未だ脱がざるに、母の方へぞ出で・ける。祐成を見給ひて、

「いかにや、はるかにこそおぼゆれ。なかなか[32]、御房[33]、かやうにあらば、見んとも思ひ寄らじ。生きて、妾が孝養[34]に、常に見え給へ。わ殿の父、討たれ給ひて後は、ひとへに形見と思ひ、愛おしくも頼もしくも思ふぞとよ。箱王と申せし悪者は、不孝[35]にして行方も知らず。わ殿は何を不審[36]して、この程はるかに見え給はぬぞ」

と口説き給ひけり。後に思ひ合はすれば、添[37]ひ果つまじきにて、かやうなりと哀れなり。

十郎承つて、無慙[38]の子やと御ぜんも、今幾程と哀れにて、

「何となく、親しき方に遊び候ふ・」

とて、扇を取り直し、忍ぶ涙は隙もなし。母、又仰せられけるは、

「これ程にことごとしく[39]親に思はれて、何かはせん。せめて五日に一度は見え給へ」

とありければ、十郎涙を抑へて、

「承りぬ」

75 祐成、三浦義澄の家来伊沢平三らに呼び止められる。

32 むしろ。なまじっか。
33 底本「御かた」。古活字本「御はう(房)」により改める。「御かた」は二人称のあなたの意となり文意が通りにくい。「御房」は、生まれてすぐに伊東九郎祐清に引き取られた子。53頁参照。
34 親孝行。
35 父母の勘気を受け、義絶状態であること。勘当。
36 何を不快に思って。
37 最後まで一緒にはいられない。
38 かわいそうな子。
39 古活字本同。ぎょうぎょうしくの意か。太山寺本・彰考館本等は「疎々(うとうと)しく」で、疎遠であっての意。従うべきか。

とて、罷(まか)り立(た)ちにけり。虎(とら)をば、その夜留(とゞ)め置(を)きけり。

曽我物語 巻第四終 76 77

1 5 10 15 18

76 三浦義澄、祐成に片貝を与えようとするが祐成は断る。

77 祐成、大磯の虎を伴って曽我の里へ帰る。

曽我物語 巻第五

浅間の御狩の事

1刑鞭蒲朽ちて蛍空しく去り、諫鼓苔深ふして鳥驚かぬ御代、静かなるによりて、頼朝は、昼夜の遊覧に、月日の行くを忘れさせ給ひけり。ある時、2梶原を召して、

「さしたる事もなきに、国々の侍を召すに及ばず。近国の方々、3ありあはんに従ひて、用意あるべし。4信濃国浅間野を狩らせてみん」

と仰せ下されけり。景時承つて、この由を相触れけり。面々の支度、5分々の大事とぞ見えし。

曽我五郎聞きて、兄に申しけるは、

「信濃の浅間を狩らせらるべきにて、近国の侍に触れられ候ふ。あはれ、御供申して、便宜を窺ひ候はばや。かやうの所こそ、よき隙もありぬべく候へ。6思し召し立ち候へ」

と申しければ、

「いかがあらん、信濃まで御供仕り候はば、我等が中に、馬の四五匹もありてこそ、思ひ立ため」

と言ふ。

浅間の御狩の事

1『和漢朗詠集』下・帝王に、「刑鞭蒲朽螢空去、諫鼓苔深鳥不レ驚」（藤原国風）とある。罪人を打つ鞭が用いられることなく朽ち、その蒲は蛍となって飛び去り、帝王に訴える鼓も用いられないので苔むしてその音に鳥が驚くこともないの意。帝王の善政を称える言葉で、『源平盛衰記』十・丹波少将上洛事にも引かれる。

2梶原平三景時。115頁注1参照。真名本ではこれに先立ち、狩猟の是非について梶原景時や畠山重忠が論議を交わす。

3そこに居合わせている。

4長野県・群馬県にまたがる活火山を中心に広がる高原。

5それぞれの分に応じた。

6決心してください。

「さやうに思し召し候はば、この事、一期の間、かなふべからず。畏れ入りて候へども、悪しき御心得と存じ候ふ。君に仕へ、[7]御恩蒙り、[8]いみじき身にても候はば、馬をも引かせ、[9]乗替をも具して、[10]美々しく候ふべし。かやうの事[11]思ひ立つ身は、恥をも思ふべからず。[12]栄華名聞は、世にありての事にて候ふ。ただ、蓑笠・[13]粮料持つ者、四五人召し具し、姿を変へて、[14]藁沓縛り履きて、弓矢は[15]ことごとし、太刀ばかりにて、[16]雑人に交はり、宿々にて便宜を窺ふにはしくべからず。曽我には、三浦・北条にて、いつものごとく遊ぶらんと思し召し候ひなん」

と申しければ、

「しかるべし」

とて、出でにけり。その日ばかりは、馬にぞ乗つたりける。まことに思ひ入れたる姿、哀れにぞ見えし。

[17]鎌倉殿は、[18]武蔵国関戸の宿に着かせ給ふ。

「旅宿の習ひ、盗人に馬とらるるな。怪しき者あらば、かたく咎むべし」

など、用心厳しかりければ、[19]寸の隙も

78 入間の久米にて追鳥狩をする人々。

7 所領をいただき。
8 立派な身分。
9 乗り替え用の予備の馬。
10 華やかである。
11 底本「事」なし。他本により補う。
12 世に栄え、名声を得ること。
13 食料。
14 藁で作った草履。
15 仰々しい。
16 身分の低い者。
17 真名本によると、建久四年（一一九三）四月下旬に鎌倉出立とあるが、『吾妻鏡』によれば、同年三月二十一日。
18 現東京都多摩市内。古くは「霞の関」とも呼ばれた鎌倉街道の要地。多摩川を渡る渡し場がある。
19 ほんのわずかな隙。

なかりけり。兄弟の人々は、夜もすがら、微睡む程の枕にも、うちい寝ずして、ここやかしこに徘徊して、明かしけるこそ無慙なれ。

明けければ、[20]入間の久米にて、[21]追鳥狩ぞありける。この人々は、勢子の者共にうち交はり、[22]狩杖振り立てて、[23]心も起こらぬ鳥を立て、[24]落ち葉に目をばかけずして、もしも尋ぬる人もやと、[25]岡の遠見に立ち交はり、ここやかしこに狙へども、敵は馬にて馳せめぐり、彼等は歩行立ちなるに、その上弓矢持たざれば、空しく[26]よそ目ばかりにて、その日も暮れて果てにけり。[27]入間川の宿に、その夜は着かせ給ふ。78 79 国々の人々参りて、辻々を[28]固め、厳しかりければ、この人々は、夜回りの者にうち紛れ、

「御用心候へ。他国より、盗賊数多越して候ふなり。宿々の番の人々、[29]打ち解け給ふべからず」

と、太刀[30]ひきそばめ、屋形屋形を言ひめぐる。見知りたる人なければ、[31]あはれよきぞと打ち頷き、祐経が屋形へぞ忍び入る。不運の極めにや、折節、[32]新田三郎客人にて、

79 狩場を行く源頼朝。

20 現東京都東村山市久米川から埼玉県所沢市久米にわたる地域。
21 鳥を追い立て、馬上よりこれを射る狩。『吾妻鏡』建久四年三月二十五日条に「於二武蔵国入間野一、有二追鳥狩一」とある。
22 勢子が鳥を追い立てる時に用いる杖。
23 その気にもなれない。
24 太山寺本や彰考館本では「落ち草」で、鳥を追い落とした草むらをいう。南葵文庫本・古活字本に「落ち葉」。
25 高い所に立つ見はりの者。
26 よそながらそれと見るばかりで。
27 現埼玉県狭山市入間川。
28 警固すること。
29 油断なさるな。
30 手もとに引き寄せて。
31 さあよい機会だぞ。
32 新田太郎義重の子、三郎義範。新田は現群馬県太田市および桐生市・伊勢崎市・みどり市の一部と埼玉県深谷市の一部。

若党[33]数多立ち隔て、馬見て庭に立ちたりしが、笠[34]の内、怪しゝと見入れ、立ち退けば、
又便宜悪しくて、

「これは、御前へ参り候ふ。雑色[35]なり。帰りて参らん」

と言ふ様にて、足早にこそ出でにけれ。畠山重忠[36]、御前より帰られけるに会ふたり。

会ふまじと思ひ、松明の陰へぞ忍びける。雑色、灯火を振り立てて、

「何者ぞ」

と咎めけり。重忠聞きて、

「咎めず[37]とも者ぞ」

と宣へば、ものをも言はで過ぎにけり。姿ばかりにて、見知り[38]給ひつると、後には思ひ
知られけり。重忠、この人々の屋形へ消息あり。

「御志ども、哀れにおぼえ候ふ。わざと詳しくは申さず候ふ。後ろ盾にはなり申す
べし。御用意こそ候ふらめども」

とて、粮物[39]少し送られけり。この人々は、返事言ひがたくして、

「ただ畏まり存じ候ふ」

とばかり言ひて返しけり。隠るるとはすれども、しかるべき人は知りけり。よろづ、よそ[40]

目を忍ぶ事なれば、その夜も空しく明けにけり。

次の日は、大蔵[41]・児玉[42]の宿々にて、便宜を窺ひけれども、番の人々、用心厳しく
しければ、その日も討たで暮れにけり。その夜は、上野国松井田[43]の宿に着き給ふ。そ

33 若い家来を多く間に立てて。
34 太山寺本は「この人々の笠の内、怪しげに見ければ、見られじと足早に歩み出でけるに」とあって、「歩み出」たのは十郎と五郎だが、彰考館本・南葵文庫本等には、「この人々の笠の内、あやしと見入れ、立ち退けば」とあり、「立ち退」いたのは祐経と解することもできる。底本の「あやしゝ」は衍か。
35 雑役を勤める下僕。
36 84頁注7参照。
37 とがめなくてもよい者だ。
38 十郎五郎の兄弟であると知っていらっしゃった。
39 食物。
40 はたの見る目。
41 現埼玉県比企郡嵐山町。
42 現埼玉県本庄市内。江戸時代に川越街道と呼ばれた街道の宿駅。
43 現群馬県安中市内。中山道の宿場。

の夜、それにて狙へども、山[44]名・里見の人々、宿直に参り、用心隙なくて、討つべきやうはなかりけり。明くれば、信濃と上野との境なる碓[45]氷の南の坂下に着き給ふ。その夜も、両国の御家人集まりて、辻〳〵を固め、知らざる者を咎むれば、寄りて討つべきやうもなし。

次の日は、碓氷峠に打ち上がりて、矢[46]立明神に上[47]矢を参らせ、御狩始めわたらせ給ひけり。[48]朝倉山に影深く、露吹き結ぶ風の音、[49]まつばかりとやたはふらん。[50]また立ち残る薄雲の、峰より晴るる朝ぼらけ、梢まばらの遠里は、[51]小野の里にや続くらん。所〳〵の高草の、下にある谷の水、岩間〳〵に伝ひ来て、勢子声、狩杖、音しげく、折から心[52]すごくぞ狩らせ給ひける。[53]野守も驚くばかりなり。さる程に、晴れたる空、にわかにかき曇り、[54]鳴る神おびたたしくして、雨かきくれて降りければ、鎌倉殿をはじめとして、皆〳〵滞り、興を失ひ、花やかなりし姿ども、思ひの外に引き替へて、茅草の蓑、菅の小笠、変はり果てたる村雨に、袂は萎れ、裾は濡れ、上下ともに露けき色、[55]無興といふも余りあり。その日は、碓氷に帰り給ひて、旅宿の用心あるべしとて、国々の侍参り集まり、辻〳〵をぞ固めける。

五郎と源太と喧嘩の事[1]

さる程に、曽我の人々は、雑人にや紛るると、古き蓑に編笠深く引きこうで、太[2]刀脇挟み通る所に、折節、[3]源太左衛門景季、三浦の屋形より帰りけるに、[4]十文字に行き会

44 132頁注17・18参照。山名・里見は、松井田から碓氷一帯を本拠とする。
45 現群馬県安中市松井田町坂本と長野県北佐久郡軽井沢町との境にある峠。「坂下」は、松井田町坂本か。
46 碓氷峠の熊野神社の末社。『軽井沢町誌』に、梶原源太景季が上矢を奉納したと伝える。
47 上差の矢。箙の表に差し添える矢で、狩股の鏃をつけた鏑矢を用いる。
48 未詳。碓氷峠の熊野神社が長倉山熊野大権現と称していたことと何か関係があるか。
49 「待つ」と「松」をかける。
50 古活字本同。太山寺本・彰考館本等「たくふらん」、万法寺本「おとすらん」。いずれも、音をたてているだろうの意。
51 固有名詞ではなく、山間に小さく開けた野をさす語であろう。
52 すさまじさが身にしみるほど感動的なさま。
53 野の番人。
54 雷鳴がひどく鳴り響き。
55 すっかり興がさめてしまった。

五郎と源太と喧嘩の事

1 この物語は、真名本や太山寺本にはない。
2 深くかぶって。
3 梶原景季。101頁注18参照。「左衛門尉」が正しい。左衛門府の判官で六位相当。
4 縦横に交差して。

ひぬ。この人々は、源太と見なし、笠を深く傾け、眦[5]にかけてぞ通りける。源太、駒を控へつつ、

「これなる者共の怪しさよ、止まれ」

とぞ咎めける。十郎立ち返り、笠の下より、

「和田殿[6]の雑色[7]なり」

と言ふ。

「[8]それは何とて忍ぶぞや。名をば何と言ふぞ」

「藤源次と申す者なり。和田殿、御所[9]へ参られ候ひつる暇をはかり、御屋形[10]の次第を見物仕り候ふ。義盛帰られ時になり候ふ間、急ぎ帰り候ふ」

と言ふ所に、梶原が雑色進み出で、

「藤源次は、それがし見知りて候ふ。これは、あらぬ[11]者にて候ふ」

と言ひければ、

「[12]さればこそ、怪しかりつるに、まづ打ち留めよ」

とて犇めきけり。五郎、堪へぬ[13]男にて、太刀を取り直し、

5 横目に見て。眦は、目じり。
6 和田義盛。85頁注9参照。
7 雑役を勤める下僕。
8 お前はどうして人目を避けているのだ。
9 将軍頼朝の御座所。
10 旅宿の仮屋の並び方。
11 別人。
12 思った通りだ。
13 がまんできない。

80 兄弟、梶原景季に見とがめられる。

「あらことごとし〳〵。雑人に目はかくまじ。源太が駒の向かふ脛[14]、薙ぎ[15]落とさんに、よも堪へじ。落ちん所を刺し殺し、腹切るまで」

と呟きて、兄を押し退け、かかりけり。十郎、

「しばし」

と止むる時、折節、義盛は、御前より帰り給ひしが、源太が声の高ければ、何事にやとて立ち寄りけり。「これは、和田殿の御内の者」と言ふ声、十郎祐成と聞きなし[16]、よく見れば、案にも違はず、兄弟の人々、思はぬ姿に身をやつし、思ひ入れたる心ざし[17]、見るに涙ぞ零れける。

「あの冠者原[18]は、義盛が内の者にて候ふ。奇怪[19]なり。罷り去れ[20]」

と怒られければ、この人々、死にたき所にてあらざれば、傍らにこそ忍ばれけれ。源太は、その後、駒打ち寄せ、大かたに色代[21]して、互ひに屋形へ帰りけり。

「さても、源太が勢ひはいかに」。

五郎聞きて、

「なに[22]、鬼神なりとも、彼が首は危うくこそおぼえしか」

81 兄弟の投宿先に、和田義盛から食料や酒が贈られる。

14 脛の前側。
15 横ざまに切りはらって落としたならば。
16 聞いてそれと思い。
17 深く思いつめた様子。
18 若い家来たち。
19 けしからぬことだ。
20 引きさがれ。
21 ひととおりの挨拶をして。「色代」は挨拶。
22 相手の言い分を押し返していう。なあに。

[23]今後。これから先。
[24]大切にする。

和田よりの雑餉の事

[1]この物語も、真名本や太山寺本にはない。「雑餉」は、人をもてなすための酒や食物。
[2]流布本において増補された地名。現長野県北佐久郡軽井沢町借宿か。中山道の沓掛宿と追分宿の間にあり、脇道としての姫街道の分岐点にあたる。
[3]忘れられず、いつまでも残る恨み。
[4]とるにたらない。つまらない。
[5]こちらへ送ってくる。よこす。
[6]軽はずみな判断。
[7]家の中の様子。
[8]隠れる。

と言ふ。十郎聞きて、

「身に思ひだになくは、言ふに及ばず。心の物にかかりては、いかでかさやうの事あるべき。源太討たん事は、いと易し。我等が命も生きがたし。さては、梶原を討たんとて、心を尽くしけるか。[23]向後は心得給ひて、身を[24]たばひ、命を全くして、心を遂げ給ふべし。返す返す」

と言ひながら、夜の更くるまでぞ居たりける。80 81

和田よりの雑餉の事[1]

かくて兄弟の人々は、[2]かりやの宿にありければ、夜半ばかりに、数十人が声して、

「まさしくこの辺なりつるぞ。こなたにめぐれ。かしこを尋ねよ。声な高くせそ」

とて、物の具の音しきりなり。五郎聞きて、

「昼の梶原が[3]遺恨にて、[4]いたづらなる者共、討手に[5]遣せりとおぼえたり」。

十郎聞きて、

「静まり候へ。[6]粗忽の沙汰あるべからず。[7]内の体も見苦し。まづ灯火を消せ」

とて消させ、今や今やと待ちかけたり。五郎は、太刀押っ取って、すでに屋形を出でんとす。十郎、袖を控へて、

「静まり給へ。昼こそあらめ、夜なれば、一方打ち破りて、[8]忍ばん事いと易し。たとひ何十人来たるといふとも、まづ一番を切り伏せよ。二番に続きて、よも入ら

じ。まして三番[9]しらむべし。たとひ乗り越え切り入るとも、[10]裾を薙ぎて薙ぎ伏せよ。
かまへて御分、離るるな。[11]隔てられてはかなふまじ。急ぎて外へは出づべからず。隙
間を[12]まぼりて、諸共に出でて、逃れば逃るべし。もし又、[13]逃れ方なくは、差し違へ
ては死ぬるとも、[14]雑兵の手にばしかかるな」
と言ひつつ、脇に立てたる太刀取りて、[15]今や入るかと待ちかけたり。来たる者共、[16]思はず
に静まりかへりて音もせず。不思議なりとて、聞く所に、秘かに門を叩きけり。人を出
だして、
「誰そ」
と問ふ。
「和田殿よりの御使ひなり。昼の喧嘩、危うくこそ見えしか。御心ざしを見るに、思
はず袖をこそ絞り候ひつれ。わざとこなたへとは申さず候ふ。御用意こそとは存ず
れども、国より持たせ候ふ」
とて、
「[17]樽二つ三つ、[18]粮米添へて」
と言ふ声を聞けば、義盛の郎等に、[19]志戸呂源七が声と聞き、急ぎ十郎立ち出でて、返事
にも及ばず、
「[20]畏まり入り候ふ。罷り帰り候はば、参り申すべし」
とて返しけり。さて、酒ども取り散らし、連れたる者共にも飲ませ、夜も明け方にな

9 ひるむであろう。尻込みするだろう。
10 足もとを横ざまに切りはらって倒せ。
11 二人の間を遠ざけられてはならないぞ。
12 よく見はからって。
13 逃げ場がなくなったら。
14 身分の低い兵。
15 今にも入ってくるか。
16 意外にも。
17 酒樽。
18 食料としての米。
19 志戸呂は、現静岡県島田市内。
20 恐れいります。

りぬれば、雑人に交はらんとて、蓑笠・藁沓縛り履き、夜とともに出でし心ざし、[21]草の陰なる父[22]聖霊も、哀れとや思ひ給ふらん、[23]心がけこそ優しけれ。

三原野の御狩の事

[1]その日は、[2]同じ国の三原野を狩らせらるべきにてぞありし。各[3]花を折り、出で立ちけるも理なり。日本国に名を知らるる程の侍、参り集ひければ、天下におひての[4]晴れ、何かはこれに勝るべき。すでに君御出でありければ、御供の人々は申すに及ばず、見物の貴賤、野山も揺るぐばかりなり。梶原源太、馬駆けまはし、「誰も[5]疎かはあるまじけれども、今日の御狩に、御前において[6]高名の人々は、[7]勧賞あるべし。[8]忠節を励ませとの御諚」とて、馳せめぐる体、美々しさ、[9]辺りを払ひてぞ見えし。近年[10]狩らざる野なりければ、[11]鹿数を尽くす。老若家を忘れて、我も我もと、君の御見参に参る。

その日の[12]午の刻に、又空俄に曇り、雷鳴つて、雨やうやう零れ、笠を潤す。[13]大将殿、景季を召して、「昨日、浅間野の雨は、さてをきぬ。又、三原野の雨こそ無念なれば、歌一首」と仰せ下されければ、源太承つて、とりあへず、

[14]昨日こそあさまは降らめ今日はまたみはらし給へ夕立の神

と申しければ、鎌倉殿、[15]御感のあまりに、碓氷の麓五百余町の所をぞ賜りける。鳴る

21 底本「に」なし。他本により補う。
22 父河津三郎の御霊。
23 その心がけは立派であった。他本「心細さはかぎりなし」を、流布本において改変。

三原野の御狩の事

1『吾妻鏡』によれば、建久四年（一一九三）三月二十五日に入間で追鳥狩を行い（172頁注21）、四月二日には栃木県の那須野に入っており、三原野での記事はない。真名本では、三原の狩場に三日間逗留している。

2『吾妻鏡』建久四年三月二十一日条にも「信濃国三原」とあるが、同仁治二年（一二四一）三月二十五日条に「上野国三原庄」と「信濃国長倉保」との境界訴訟の記事が見えることから、現群馬県吾妻郡嬬恋村辺りと考えられる。浅間山の山頂から北東方面の範囲で、碓氷宿から北上した事になる。
3 美しく装うさま。
4 はれがましくあらたまった場。「褻」の対。
5 疎か。粗略。
6 手柄。 7 功労をほめて、官位や物品を与えること。 8 忠義に励めとの仰せ。 9 周囲を寄せつけないほど、勢いの激しいさま。 10 狩が催されていない野。 11 鹿の古称。
12 午前十一時から午後一時まで。
13 源頼朝。 14 夕立の神にむかい、雨が上がるのを祈る歌。「浅間」と「朝間」をかけて「夕立」と対比し、「三原」に「見晴らし（す）」をかける。 15 天子が感心・賞賛すること。

神も、この歌にや愛[16]でたりけん、則ち雨晴れ、風やみければ、いよ〳〵源太が面目、これにしかじとぞ、人々申し合はれける。君も誠に御心よげにわたらせ給ひければ、御前祗候の侍共、御眦[17]にかからんと思はぬ者はなかりけり。

されども、曽我の人々は、君の御前をも知らず、野干[18]に心をも入れず、その[19]人ばかりを尋ねける。雑人に交はり、馬にも乗らざれば、一日に一度、よそながら見る日もあり、ただ空しくのみぞ日を送りける。

さても、御狩の人々は、日の暮るるをも、時の移るをも知らずして狩りけるに、狐鳴きて北を指して飛び去りけり。人々これを止めんとて、矢筈[20]を取つて追つかけたり。君御覧ぜられ、彼等を召し返して、

「秋の野の狐とこそ言へ、夏の野に狐鳴く事不思議なり。誰か候ふ、歌詠み候へ」

と仰せ下されければ、祐経承つて、

「まことに源太が歌には、鳴る神も愛でて、雨晴れ候ひぬ。これにも歌あらば、苦しかるまじ。誰々も」

と申されければ、大名・小名、我も〳〵と案じ、詠じてみんとすれども、詠む人なかりけり。ここに、武蔵国の住人愛甲[21]三郎、居丈高[22]になり、浮[23]かべる色見えければ、源太左衛門、

「いかさま[24]、愛甲が仕りぬと見えて候ふ。はや〳〵」

16感心したのであろう。 17お目にとまろうと。 18狐の異称。 19仇敵の工藤祐経。 20矢筈を弓の弦にあて、いつでも射られるようにかまえて。 21横山党の愛甲三郎季隆（『小野氏系図』）。愛甲は現神奈川県厚木市内なので、相模国に属する。 22ぐっと背伸びをして。 23歌が思い浮かんだ。 24いかにも。きっと。 25「来う〳〵」に狐の鳴き声をかけ、あさましいさまに「朝間」と「浅間」をかける。真名本では、「忍びても夜こそこうと言ふべきにあさまに鳴ける昼狐かな」とあり、梶原景季と海野幸氏との連歌として伝えられるが、『沙石集』五・連歌の事では、頼朝と梶原とで、「契りあらば夜こそこうと言ふべきにしらけて見ゆる昼狐かな」と詠んでいる。 26殊勝に。 27狐のせいにして。 28「木賊原」「伏屋」の地名は、ともに浅間山付近に見いだせない。ただし、信濃国園原（現長野県下伊那郡阿智村）は、注30に見るように木賊の産地として知られ、「伏屋」は、注31のように「園原」に導き出される地名であることが想像される。 29「し」は強意の副助詞。名に負う。名前として持っている。ここでは、木賊という名がついているの意。「木賊」はものを磨くのに用いる。 30「木賊刈る園原山の木の間より磨かれ出づる秋の夜の月」（『夫木抄』二十・八四四三・源仲正）とある。 31「園原や伏屋に生ふる帚木のありとは見えてあはぬ君かな」（新古今集・恋一・坂上是則）とある。 32以下の物語は真名本や太山寺本・南葵文庫本

と申しければ、やがて、

[25]夜ならばこうこうとこそ鳴くべきにあさまに走る昼狐かな

と申しければ、君聞こし召されて、

「[26]神妙に申したり。まことに[27]狐におほせて、吉凶あるべからず」

とて、上野国松井田にて三百町をぞ賜りける。

さて、[28]木賊原より伏屋に至るまで、静かに狩り暮らし給ひ、まことに聞こゆる名所なり、げにや[29]所の名にし負ふ、木賊原の夕月は、嵐や[30]磨き出だすらん。伏屋に近き軒の山、[31]ありとは見えて見えざるは、もし又雲やかかるらん。空澄みわたる折からや、暮るるも惜しくぞ思し召しける。

[32]そもそも、夏の野に狐の鳴きたる例にて、昔を思ふに、[33]在五中将業平、姿よからん女を求めんと思ひしに、[34]伏見の山荘より都へ行きけるが、[35]木幡山の辺にて、[36]由ある女に行き会ひぬ。とかく言ひ寄りて、語らひ具して往ににけり。かくて、しばし日頃経て、うち失せぬ。いかなる事にかと慕へども、かなはずして、思ひのあまりに、かの女の常に住みける所を見ければ、

[37]出でて往なば心軽しと言ひやせん身の有様を人の知らねば

と、詠み置きて行きけり。いかなる事やらんと思ひて過ぎ行きける程に、ある夕暮れに、[38]古ざれ色着たる女一人来たりて、文を前に置きぬ。取りて見れば、ありし女の文なり。

[39]今はとて忘れやすらん玉鬘面影にのみいとど見えつつ

と書ける。男、やがて返しに、

にはない。真名本では、浅間野から上野国（現群馬県）を東に横断して下野国（現栃木県）那須野へ向かう途中、角田川（利根川）を渡る際、『伊勢物語』九に短くふれることが、仮名本における以下の引用の契機となったか。なお、以下の物語は、「夏の野に狐の鳴」く例としては、適切とは言えまい。33在原業平。平安初期の歌人で『伊勢物語』の主人公とされる。以下は、『伊勢物語』二十一に見える歌の贈答を軸としているが、同書には、ここに見るような狐と契る話はない。『伊勢物語』の古注釈書のひとつ、『伊勢物語難儀注』「玉津嶋の御使の事」にほぼ同文が見える。34現京都市南部、伏見区。35現京都府宇治市木幡。36わけのある女。『伊勢物語難儀注』に「よしばみたる女」。37出て行ったならば、軽薄だと言うだろうか。我が身の有様を人は知らないので。『伊勢物語』『伊勢物語難儀注』では、四句「世の有様を」。38古びて色のあせた装束か。『伊勢物語難儀注』は「ゆるされ色」とあり、だれでもが自由に着用を許された衣服の色で紅色や紫色などの淡い色、ゆるし色のことか。182頁3行目の「古ざれ色」も、『伊勢物語難儀注』は「ゆるされ色」とする。39今となっては忘れておいでしょう。私はあなたの面影ばかりが目に浮かんでいます。『伊勢物語』では、初・二句「人はいさ思ひやすらむ」とし、女に去られた男の詠とする。『伊勢物語難儀注』では、二句以下を「忘るる草の種をだに人の心にまかせずもがな」として女

[40]思ふ甲斐なき世なりけり年月を徒に契りて我や住まゐし
かやうに書きて遣りけるが、なを[41]怪しくて、使ひの帰るにつきて、自ら行きて見れば、女の着たりつる古ざれ色、次第に薄くなりて、木幡山の奥に入りぬ。いよ〱怪しくて、続きて分け入り見れば、古き墓の中に、塚のありけるに、老ひたる狐集まり居たるが、この文の返り事を見て、泣き居たり。ややありて、人影のしければ、多かりつる狐ども、すなはち女になりけり。塚と見えつる所は、[42]いみじき家になり、内より若き女出でて、

「これへ」

と言ひけり。不思議に思ひながら入りぬ。女出で会ひ、さま〲にもてなし、

「今宵はこれに」

と言へば、留まりぬ。女の振る舞ひ、有様、露程も昔に違はず。夜明けぬれば、女、

「我も故郷に帰りなん」

と言ふ。

「故郷とはいづくぞ」

と問へば、

「[43]和歌浦より、[44]玉津島明神の御使ひなり。御有様知らんとて来たれり。今より後も、忍びて来たるべし」

とて、[45]かき消すやうに失せにけり。男帰るさに詠めり。

[46]別れをば誰か哀れと言はざらん神も宮居は思ひ知れかし

の詠とする。
40 愛した甲斐もない男女の仲でしたね。この長い時間をいい加減な気持ちで共に過ごしてきたのでしょうか。『伊勢物語』でも同。『伊勢物語難儀注』にこの歌なし。
41『伊勢物語』では、しばらくの後、男のもとを去った女から歌が届き、しばらく歌のやりとりはあったが結局二人の仲は絶えたとし、本章段を終える。
42 立派な。
43 和歌山県北部、和歌山市の南西部の海岸。
44 和歌山県和歌山市和歌浦の玉津島神社。和歌の神として住吉明神、北野天満宮と並ぶ和歌三神の一柱として尊崇を受ける。
45 神仏の仮の姿が見えなくなる時に用いられる常套句。
46 別れを哀れと言わない者はいない。神も宮居のさびしさを知ってほしい。の意か。『伊勢物語難儀注』には、「別れせば誰か恋しと言わざらむ神も宮居と思ひしるらん」とある。
47 古活字本同。彰考館本・万法寺本は「かよひけれども」。従うべきか。
48 秘密の事。

その後も通り[47]けれども、人には知られざりとなん。『伊勢物語』の秘事[48]を言ふなるをや。

那須野の御狩の事

さて、君、宇都宮弥三郎[1]を召して、

「信濃の御狩[2]とはいへども、下野[3]の那須野に勝る狩座[4]はなし。つゐでに、かの野を狩らせて御覧ぜん」

と仰せられければ、朝綱承つて、御設け[5]のために暇申して、宇都宮へぞ帰りける。烏帽子子[6]の権守がもとを拵へ[7]て、君を入れ奉る。板鼻[8]の宿より宇都宮へ入らせおはします。かの那須野広ければ、無勢にてはかなふべからずとて、

「面々、人を参らせよ[9]」

と触れられければ、仰せに従ひて、和田[10]左衛門千人参らする。畠山[11]も千人、川越[12]・小山[13]も千人づつ、武田[14]・小笠原[15]五百人、渋谷[16]・糟屋[17]も五百人、土肥[18]・岡崎[19]も五百人、松田[20]・河村[21]三百人、分々に従ひて、東八箇国[22]の侍共、思ひ思ひに参らせければ、すでに数万

82 源頼朝の御前で、歌を詠む人々。

那須野の御狩の事

1 宇都宮弥三郎朝綱。117頁注17参照。
2 古活字本同。太山寺本「三原」、彰考館本「御原野」。従うべきか。　3 栃木県北部の原野。那須野原とも。
4 狩場。　5 御準備。　6 烏帽子親から見て、元服させた子。「権守」が誰をさすか未詳だが、『吾妻鏡』建久四年（一一九三）四月二日条に、「那須太郎光助」が接待役に当たったとある。　7 準備をととのえて。真名本では、宇都宮朝綱の命を受けた朝綱の妻が差配して準備を整えたとする。
8 現群馬県安中市内。真名本では、板鼻は三原野へ向かう途中で通過しており、三原野から那須野へ向かう際にはより北寄りの大渡（現前橋市内）で利根川を渡り、赤城山の南麓を廻って現桐生市を経て宇都宮に入っている。
9 狩場の人夫どもを差し出せ。　10 和田義盛。85頁注9参照。　11 畠山重忠。84頁注7参照。　12 132頁注10参照。　13 132頁注15参照。　14 甲斐源氏。武田は現山梨県韮崎市。　15 武田の一族。小笠原は現山梨県南アルプス市。　16 20頁既出。渋谷は現東京都渋谷区の辺りから神奈川県大和市・綾瀬市・藤沢市の一帯。　17 20頁既出。糟屋は現神奈川県伊勢原市内。
18 18頁注84参照。
19 20頁既出。三浦の一族。岡崎は現神奈川県平塚市・伊勢原市内。
20 20頁既出。松田は現神奈川県足柄上郡松田町。
21 河村は現神奈川県足柄上郡山北町。
22 33頁注47参照。

人に及びけり。那須野広しと申せども、いづくに所ありとは見えざりけり。曽我の人々は、勢子の者共にかき紛れ、[23]人目隠れにまはりけり。されども、[24]よそ目しげみの草の原、[25]分きて知らるる夕風の、誰とも定かに弁へず。82 83[26]青竹下ろしの狩場にて、左衛門尉祐経は、二匹連れたる牝鹿に目をかけて、[27]下りさまに落とせしを、一目見たりしばかりにて、その日も空しく暮れにけり。無念と言ふも余りあり。

[1]朝妻の狩座の事

[2]御寮は、青竹下ろしの屋形に入り給ひぬ。[3]更闌け、夜静かにして、人静まりけれども、御酒宴ありけるに、[4]朝綱、[5]御気色に参らんとて、[6]とりどりの曲ども申し、御徒然慰め奉りけり。君、御盃を控へさせ給ひける時、
「鹿の音かすかに聞こゆるは、いづくぞ」
と、御尋ねありければ、

83 兄弟、青竹下ろしの狩場にて、工藤祐経を目撃する。

23 人目につかぬように隠れて。
24 「しげみ」に、「よそ目」が多いのでの意と、茂っている「草の原」の意の、二つの意味を持たせている。
25 夕風が草を分けて吹くので、それと知られる。
26 未詳。真名本にも「青竹落狩倉」。
27 下ってきて鹿を追い落とす。

朝妻の狩座の事

1 この物語は、真名本にはない。
2 貴人またはその子息・息女をいう尊敬語。ここでは源頼朝。
3 夜がふけて。
4 宇都宮弥三郎朝綱。117頁注17参照。
5 ご機嫌をうかがおうと。
6 人それぞれがおもしろい話をしたり特技などを披露して。

「[7]板鼻の辺」

と申す。君聞こし召し、

「古の人も、[8]『鹿の音近き秋の山越え』とこそ詠みしに、夏の野に、鹿の鳴くこそ
不思議なれ」

と仰せ下されければ、朝綱、畏まつて申しけるは、

「さる事の候ふ。昔、[9]保昌といひし人、[10]丹後国に下り給ふ。かの国に、[11]朝妻とて、日本一の狩座あり。その山の鹿は、夕べよりも夜に入れば、山には住まで、渚に下りて、数を尽くして並び伏す。その隙に、山へ勢子を入れて夜の中に[12]引きまはし、海には船を浮かべ、暁に及びて広き浜に追ひ出だし、思ひ思ひに射取る。海に入るをば、[13]櫓櫂にて打ち取らんとす。保昌、これを聞き、朝妻に陣を取り、射手を三百人添へ、勢子を山に入れ、明くるを遅しと待ちける所に、夜半ばかりに及び、鹿の声聞こえけり。折節、[14]和泉式部を召し具したりければ、鹿の音を聞きて、

[15]理やいかでか鹿の鳴かざらむ今宵ばかりの命と思へば

と詠みたりければ、保昌、歌の理に愛で、その日の狩を止め給ふ。心なき鹿の思ひを憐れみて、[16]道心を起こし給ふ。三百人の郎等まで、道心起こし候ふとなり。これにもなを飽き足らずして、[17]鹿のために六万本の[18]率塔婆を書き供養し、六百人の僧を請じて、かの[19]菩提を弔ひ給ひけるとかや。それよりして、『朝妻の狩座を[20]末代まで止むべし』との[21]御判を申し下され、諸共に[22]判形を添へて置かれければ、今に至るまで、狩場にはならずと申し伝へたり。されば、この野の鹿も、明日の命をや悲しみて、鳴き候ふらん」

7 諸本同。不審。板鼻は現群馬県の西部、安中市内。183頁注8参照。8『藤谷和歌集』（冷泉為相）に「名所歌の中に」として、「露払ふ蔦の下ぶし夢たえて鹿の音近き宇津の山越え」とある。9 藤原保昌。平安中期の武将。丹後・摂津・大和などの守を歴任。『今昔物語集』二十五・七にもとられている盗賊袴垂を威伏させた事で知られる。10 現在の京都府北部。11 現京都府与謝郡伊根町の一帯か。丹後半島の北東部に位置する。12 取り囲み。13 櫓と櫂。ともに船を漕ぐ道具。14 平安中期の歌人。藤原保昌の妻として丹後に下った。15『後拾遺集』十七・雑三に、「丹後国にて保昌朝臣あすかりせんといひける夜鹿のなくをきゝてよめる」という詞書に続けて、この和泉式部の歌が載る。もっともなことですよ。鹿が鳴かないはずはありません。今夜限りの命と思うのですから。16 仏道に帰依する心。保昌の発心譚ではないが、『今昔物語集』十九・七に、保昌の郎等が鹿に転生した母を射た事で道心をおこした話が見える。17 他本には「過ぎにしか鹿」とあり、今までに死んでいった鹿の意。従うべきか。18 死者の供養のために立てる、上部が塔の形になっている板。表面には梵字や経文が記される。19 成仏を祈り供養する。20 永久に。21 御裁決の旨を記した文書。22 書き判。

と申しければ、頼朝聞こし召し、

「それは、[23]平家の一類にて、かやうの善事をなしけるにや。我、源氏の[24]正統なり。

いかでか、これを知らざらん」

とて、その日の御狩を止め給ふ。それのみならず、

「末代までも、この野に狩を止むべし」

と、朝綱方へ御判を下されけり。これ、ひとへに保昌の例を引かるるにこそと、感じ申
さぬはなかりけり。これも、殺生を禁じ給ふにやと、人々申し合はれけり。

[1]帝釈と阿修羅王戦ひの事

されば、君の御慈悲の深きをもつて昔を思ふに、[2]天台の釈に、[3]阿修羅王が軍に[4]帝釈負け給ひて、[5]須弥山をさして逃げ登り給ふ。この山険しとは申せども、帝釈の[6]眷属、[7]恒河沙のごとく登らんとす。ここに、[8]金翅鳥の卵多くして、この戦ひのために踏み殺されぬべし、されば、我等が命は阿修羅に奪はるとも、いかでか殺生を犯さんとて、帝釈、須弥を出でて、[9]鉄囲山といふ山にかかり給ふ。阿修羅これを見て、かへつて我を追ふぞと心得て、逃げければ、その軍に帝釈勝ち給ふ。これも、殺生を禁じ給ふ故とかや。この君も、鹿の命を[10]憐れみ、狩座を止め給ふ。いかでかその徳なかるべきとぞ申しける。

三浦与一を頼みし事

[1]明けぬれば、君、鎌倉へ入り給ふ。兄弟の人々も、泣く泣く曽我にぞ帰りける。げに

23保昌をさす。保昌を平家とするのは諸本同じだが、保昌は藤原南家巨勢麻呂流である。摂津国平井に住し平井保昌とも呼ばれたことと関わるか。

24正しい血筋の者。

帝釈と阿修羅王戦ひの事

1この物語は真名本や太山寺本にはない。この物語は、『法苑珠林』六十四、『雑阿含経』四十六にあり、『今昔物語集』一・三十、『宝物集』（三巻本）下などに引かれる。『宝物集』が、須弥山中にあったものが金翅鳥の卵だったとするので、底本に近い。帝釈と阿修羅の戦闘の話は他にも多くの経に見られる。　2彰考館本・南葵文庫本「てんたいしやくは」、万法寺本「主上のたいしやくは」とあり、阿修羅との戦った主体としての帝釈と解せるが、古活字本では「天たいのしやく」とあり、文意を汲みにくい。流布本は、後ろに主体である「帝釈」を補い、この部分を「天台の釈」と読み替えたか。ただし「天台の釈」は不明。　3阿修羅道の主。仏教以前、もと天界の神のひとりであったが、娘をめぐって帝釈と対立して天界を追われ、修羅界を形成したという。仏教以後は仏教の守護神、八部衆のひとり。　4帝釈天のこと。須弥山頂上、忉利天の主で、天界の帝釈。仏教以前は武勇の神としての面が強かったが、仏教以後は釈迦を成道前から助け、梵天と並んで仏教の二大護法善神となった。　5仏教の世界観において、世界の中心にそびえ立つ高い山。　6従者。　7恒河は、

や、日本国の名将軍の近辺にして、ここに忍び、かしこにまはり、命を捨て、身を惜しまで、敵を思ふ心のうち、優[2]しと言ふも余りあり。無慙なりしたしなみなり。[3]

又、鎌倉殿、梶原を召されて、仰せ下されけるは、

「侍共に暇取らすべからず。狩場多しといへども、富[4]士野に勝る所なし。つゐでに狩らん」

と仰せられければ、景季[5]、この旨を披露す。

曽我五郎、この事を聞き、兄に申しけるは、

「我等が最期こそ近づき候へ。知ろし召され候はずや。国々の侍共返さずして、富士野を御狩あるべきにて候ふなり。長らへて思ふも苦しし。思し召し定め候へ」

と言ひければ、祐成聞きて、

「嬉しきものかな。今度は程近け[6]れば、馬一疋づつだにあらば、さ[7]しあらはれて御供申すべし」。

時致言ふやう、

「つらつら事を案ずるに、隙を求め、便宜を窺へばこそ、今まで

84 鎌倉へ戻った源頼朝、富士野の巻狩開催を決める。

現在のガンジス川。その砂（沙）のように、数知れないさまをいう。 8 仏典に見える想像上の鳥。両翼をのばすと三三六万里あり、金色で、口から火を吐き龍を取って食うとする。 9 須弥山を囲む九山八海の一つで最も外側にある、鉄でできた山。 10 底本「哀み」。

三浦与一を頼みし事

1 『吾妻鏡』によると、頼朝一行は建久四年（一一九三）四月二十八日に鎌倉へ戻っている。
2 殊勝である。けなげである。
3 心がけ。覚悟。
4 富士山南西麓一帯を指す地名。現静岡県富士宮市。
5 梶原源太景季。101頁注18参照。
6 距離も近いので。
7 表だって。

本意は遂げざれ。今度にをひては、一筋に思ひ切り、便宜よくば、御前をも畏るべからず、御屋形をも憚るべからず、夜とも言はず、昼とも嫌はず、遠くは射落とし、近くは組んで、勝負をせん。[8]身をあるものにせばこそ、隙をも窺ひ、[9]所をも嫌はめ。もしし損ずるものならば、悪霊・死霊ともなりて、命を奪ふべし。[10]なまじゐなる命生きて、明け暮れ思ふも悲し。今度出でなん後、二度帰るべからずと、思ひ切りて候ふは、いかが思し召し候ふ」。

祐成聞き、

「[11]子細にや及ぶ。それがしも、かくこそ思ひ定めて候へ」

とて、各出で立ちけるぞ哀れなる。

すでに鎌倉殿、御出でましましければ、この人々は、三浦の伯母のもとへぞ行きにける。ここに、[12]三浦与一といふ者あり。[13]平六兵衛が[14]一腹の兄なり。父は伊東の[15]工藤四郎なり。与一が母は伯母なり。[16]何方も親しかりければ、[17]睦びけるも理なり。十郎、弟に言

85 兄弟、三浦与一に敵討ちの助力を依頼して断られる。

8 命を大切にするのであれば。

9 場所柄をも憚るであろう。

10 あっても甲斐のない余計な命をながらえて。

11 あれこれ言うまでもない。

12 工藤介茂光の子。真名本に、「かの余一と申すは、平六兵衛義村には一腹の兄なり。父は鹿野の宮藤四郎茂光なり。余一が母も曽我の人共のためには伯母なり。いづ方に付ても親しかりける間、委しく云ひ睍びけり」とある。

13 三浦義村。150頁注25参照。

14 同じ母の腹から生まれた兄。

15 工藤介茂光のこと。

16 兄弟の母は工藤茂光の孫なので、父方・母方ともに親しいということ。

17 親しくしていた。

ひけるは、

「かの与一を頼みてみん。さりとも否とは言はじ」。

五郎聞きて、

「小次郎[18]にも御懲り候はで」

とは言ひながら、もしやと思ひければ、84 85与一がもとに行き、この程久しく対面せざる
由言ひしかば、

「珍し」

とて、酒取り出だし勧めけり。盃二三返過ぎければ、十郎、近く居て、

「これへ参る事、別の子細にあらず。大事を申し合はせんためなり」

と言ふ。与一聞きて、

「何事なるらん。たとひいかなる大事なりとも、打ち頼み仰せられんに、いかでか背
き奉るべき。ありのままに」

と言ひければ、十郎、小声になつて、

「かねても聞こし召さるらん。我等が身に思ひありとは、皆人知りて候ふ。しかるに、
敵は大勢にて候ふに、貧なる童二人して、狙へどもかなはず。御分[19]、頼まれ給へ。

我等三人、寄り合ふものならば、いかでか本意を遂げざるべき。親の敵を近く置き
て思ふが、詮方なさに、申し合はせんとて参りたり。頼まれ給へ」

と言ひければ、与一、しばらく案じて、

18 150頁「小次郎語らひ得ざる事」参照。
19 あなた。

「この事こそ、ふつと[20]かなふまじけれ。思ひ止まり給へ。当世は昔にも似ず、さやうの悪事する者は、片時も立ち忍ぶ方[21]なし。されば、親の敵、子の敵、宿世の敵[22]と申せども、討ち取る事難し。ましてや言はん、御供仕りたる者[23]を、狩場にても、旅宿にても、誤りては[24]、ひとまど[25]も落つべきものか。今度は思ひ止まりて、私歩き[26]を狙ひ給へ。その上、祐経は、君の御きり者[27]にて、先祖の伊東を安堵[28]するのみならず、荘園を知行[29]する事、数を知らず。敵ありと思ひ、用心厳しかるべし。なまじゐなる事し出だし、面々のみならず、母や曽我太郎を惑ひ者[30]になし給ふな。理をまげて思ひ止まり、いかにもして、御不審[31]許され奉り、奉公をいたし、先祖の伊東に安堵し給へ。面々の有様にて、当御代に敵討たん沙汰をば、止まり給へ」

と、大きに驚き申しければ、十郎聞き、

「いとおし[32]の人や。試みんとて言ひつるを、まことし顔[33]に制するぞや。今時、我等が身にては、思ひも寄らず。馬持たざれば、狩場も見たからず。ゆめゆめ披露あるべからず」

と、口を固め、立たんとす。五郎は、堪らぬ男[34]にて、

「殊に初めの言葉には似ず。思へば、恐ろしさに辞退し給ふか。『史記』[35]の言葉をば聞き給はずや。蛇は蟠れども生気の方に向き、鷺は太歳の方を背きて巣を開き、燕は戊己に巣をくひはじめ、比目魚は湊に向かひ方違ひす。鹿は玉所に向かひて伏し候ふなる。かやうの獣だにも、分[36]に従ふ心はあるぞとよ。面ばかりは

20 けっして。
21 隠れる場所。
22 前世の因縁によって定められている敵。
23 将軍に付き従っている者。
24 太山寺本「討ちては」。「あやめて」と同義に用いるか。傷つけては。殺害しては。
25 「ひとまづ」の音変化。さしあたって。
26 私用の外出。
27 主君に愛されて、権威のある者。
28 領地に対して与えられた法的な保証。
29 土地を支配すること。
30 落ち着き所のない者。浮浪人。
31 将軍の嫌疑を受けている状態。
32 気の毒な人だ。かわいそうな人だ。
33 真剣に。真面目に。
34 我慢することができない男。35頁にも既出。
35 『史記』とあるが、『史記』にこの句は見えない。『玉函秘抄』下に、「虵蟠常向二王(生歟)気一、鵲巣開レ口背二大歳一、燕戊日己日不レ啣レ泥巣一」、『管蠡抄』十・世俗にも見え、出典を『博物誌』とする。『五常内義抄』(内閣文庫本)下・礼順也不邪淫戒・第十二に「史記云、蛇ハ蟠ルニ王気ニ向、鵲ノ巣ハ口ヲ開事、太歳ノ方ヲ背キ、燕戊己日栖ヲ不レ造、鹿ハ玉女ノ方ニ向テ臥シ、王余魚ハ湊ニ向テ方違スト云リ」とある。
36 分相応に。

人に似て、魂は畜生にてあるものかな」
と言ひ捨てて立ちにけり。与一は、五郎に悪口せられて、いかにもならばやと思ひしが、我は一人、彼等は二人なり、その上、五郎は、聞こゆる大力なり、小腕取られて、かなふべからず、所詮[37]、この事、鎌倉殿に申し上げて、彼等を滅ぼさん事、力[38]もいらでと思ひ鎮まりぬ。さて、彼等、はるかに行きつらんと思ふ時、急ぎ馬に鞍置かせ、打ち乗り、鎌倉へこそ参りけれ。この事、兄弟は、夢にも知らでぞ居たりける。

ここに、和田義盛は、鎌倉より帰りけるに、手越川[39]にて行き会ふたり。与一を見れば、顔の気色変はり、駒の足並み速かりければ、義盛、しばらく駒を控へ、

「いづくへぞ」

と言ふ。与一、物をも言はで、駒を速めけるが、ややあつて、

「鎌倉へ」

とばかり答ふ。

「さても鎌倉には、何事の起こり、三浦には、いかなる大事の出で来候へば、それ程に慌て給ふぞや。何方の事なりとも、義盛、離る[40]べからず。御分又、隠すべからず」

とて、与一が馬の手綱を取り、隙なく問ひければ、与一申す条、

「別の子細にては候はず。曽我の者共が来たり候ひて、親の敵討たんとて、義直[41]を頼み候ふ間、『かなふまじき』と申して候へば、五郎と申すおこの者[42]が、さんざんに悪口仕り候ふ。当座[43]にいかにもなるべかりしを、彼等は二人、それがしはただ一人

37 結局。
38 古活字本同。太山寺本他諸本には、「我が力」とある。
39 現神奈川県逗子市内の田越川。真名本では、和田義盛と畠山重忠の一行が鐙摺（現神奈川県三浦郡葉山町）で与一と出会う。それに先立ち、由比の小坪で涙ぐんだ兄弟に行き会ったとする。
40 無関係でいることはできない。
41 三浦与一のこと。
42 ばか者。愚かな者。
43 その場で。

候ひし間、かなはで、かやうの子細、上へ申し上げて、彼等を[44]失はんため、鎌倉へ急ぎ候ふ」

と言ひければ、和田、これを聞き、しばらく物をも言はず。ややあつて、

「や、[45]殿、与一殿。弓矢取るも取らざるも、[46]男と首を刻まるる者が、『いざや、死にに行かん』と打ち頼まんに、辞退する程の輩をば、人とは言はで、[47]犬・野干とこそ申せ。就中、[48]弓矢の法には、命は[49]塵芥よりも軽くして、名をば[50]千鈞よりも重くせよとこそ言ふに、侍の命は、今日あれば、明日までも頼むべきか。聞くべしとてこそ、か程の大事を言ひ聞かせつらめ。しかも、親しき仲ぞかし」

と、[51]当たる道理を言ひ聞かせて曰く、

「[52]領状して、かなはじと思はば、後に辞退するまでぞ。左右なく[53]鼻を突き、剰へ、上へ申さんとな。それ程の大事、心にかくる上、[54]穏便の者にてあればこそ、当座もわ殿が命をば助け置け。上様へ申し上ぐると聞きては、[55]今一遣りも遣らじ。命惜しくは止まり給へ。命ありてこそ、京へも鎌倉へも申し給はめ。義盛が[56]若盛りならば、その座敷にても討つべきぞ。よく〳〵[57]申し上げて失ひ給へ。君も、一旦はしかりと思し召すとも、親しき者の事、悪し様に申さんを、神妙なりとて、頼もしくは思し召さじ。その上、彼等を失ひ給ふとも、親類多ければ、御身いかでか安穏なるべき。孔子の言葉に、『[58]善人に交はれば、蘭麝の窓に入るがごとし、その芳ばせ残り、悪人に交はれば、鮑魚の肆に入るがごとし、臭き事残れる』と見えた

44 兄弟を殺害しようと。
45 呼びかけのことば。おい。
46 太山寺本「男と生まるる程の者」。
47 犬畜生。
48 武士のおきて。
49 ちりあくた。小さい、つまらないものの比喩として用いる。
50 三万斤の重さ。とてつもない重さ。
51 あてはまる道理。
52 一旦承知して、よくないと思ったら、後に辞退するまでのことだ。
53 面と向かって怒る。
54 穏やかな者であるから。
55 ここから一歩も進ませないぞ。
56 若く血気盛んであれば。
57 太山寺本「案じて」。
58 『孔子家語』四・六本篇第十五に、「与二善人一居、如レ入二芝蘭之室一、久而不レ聞二其香一、即与レ之化矣、与レ不レ善人一居、如レ入二鮑魚之肆一、久而不レ聞二其臭一、亦与レ之化矣」とあり、『玉函秘抄』上、『明文抄』四・人事部下、『管蠡抄』八・慎染習に引かれる。『世俗諺文』上・芝蘭友には、「顔氏家訓云、与二善人一居、如レ入二芝蘭之室一、久而自芳、与二悪人一居、如レ入二鮑魚之肆一、久而自臭」とある。

り。御身におひては、同じ道をも行くべからず。心を返して見給ふべし。[59]朝恩に誇る敵を目の前に置きて、見るも[60]目覚ましくてこそ言ひつらめ。この事、訴訟申して、いか程の[61]勲功にか与るべき。武蔵・相模には、この殿原の一門ならぬ者や候ふ。かく申す義盛も、[62]結ぼるるは知り給はずや。昔の御代とだに思はば、などや彼等に矢一つ弔はざるべき。当代なればこそ、恐れをなし、敵をば、[63]直ぐに置きたれ。彼等が心のうち、推し量られて哀れなり」

とて、双眼に涙を浮かべければ、義直、つくづくと聞きて、悪しかりなんとや思ひけん、

「これも、一旦の事にてこそ候へ。この上は、とかくの子細に及ばず」

とて、駒の手綱を引き返す。その後は、[64]四方山の物語して、三浦へ打ち連れて帰りけり。この事、年頃、神仏に申せし感応にや、義盛に助けられぬ。しからずは、いかでかこの事逃るべき。不思議なりし振る舞ひなり。されば、人間は高きも下れるも、[65]五常を旨とし、神明を専らに敬ふべきものをや。

[1]五郎、女に情けかけし事

さても、この人々は、三浦より帰るさに、

「大磯に打ち寄りて、虎に見参せん」

と言ひければ、

「しかるべく候ふ。この度出でて、永き別れにてもや候ふべからん。思ひ出だして、一

59 朝廷の恩が本意であるが、ここでは将軍家の恩をいう。
60 不愉快だ。癪に障る。
61 褒美。
62 親類の縁に繋がる。
63 そのままにしておくのである。
64 あれこれさまざまの雑談をして。
65 儒教で説く、人として守るべき五つの道。一般に、仁・義・礼・智・信。

五郎、女に情けかけし事
1 この物語以降、巻五巻末までの物語は、真名本にはない。

返の念仏も、[2]はかりがたき事にて候ふぞかし。まことに[3]思ひ切られぬ道にて候ふ。時致も、[4]化粧坂の麓に知りたる者の候ふ。五日・十日を経て、行くにても候はず。この度出でなん後は、又会ひ見ん事も難し。明日、参り会ひ申さん」

とて、打ち別れにけり。

五郎は、[5]一夜を明かし、明けければ鎌倉を出でて、[6]腰越より[7]片瀬の宿へぞ通りける。折節、[8]梶原源太左衛門、十四五騎にて、かの宿に[9]下り居たりしが、五郎が通るを見て、

「申すべき子細候ふ。しばし止まり給へ」

とて、[10]足軽を走らしむ。五郎、かねて聞く事ありければ、

「[11]さしたる急事の候ふ。後日に見参に入るべし」

とて、通りにけり。さだめて五郎は止まるらんと、[12]片瀬川を駆け渡し、向かひの岡に駒打ち上げて見ければ、はるかに[13]打ち延びぬ。

「この者は、何と心得て、かやうには振る舞ふらん」

とて、駒をしづめて[14]打つて行く。時致は、馬の息休めんと[15]平塚の宿に下り居て、しばらくありける所へ、景季、打つて来たり。

「これに控へたるは、曽我五郎が乗りたる馬ござんめれ」

とて、縁の際に、駒打ち寄せける気色、[16]怒り余りければ、[17]乗替五六騎、馬より下り、[18]広縁に上がる。五郎、これを聞きて、悪しかりなんとや思ひけん、急ぎ内にぞ入りにける。源太、この上は、尋ぬるに及ばずとて、手綱かひ繰り通りけり。五郎、物越しに聞

2 古活字本同。はかりしれない。太山寺本「あらまほしく候ふ」。
3 断ち切ることのできない道。男女の仲。
4 現神奈川県鎌倉市の扇ガ谷から源氏山公園を経て梶原・深沢あたりに出る坂。鎌倉七口の一つ。
5 この化粧坂の女性のもとで一夜を過ごして。なお202頁の記述によれば、この女性はこの時点で尼となっているか。
6 現神奈川県鎌倉市西部。
7 現神奈川県藤沢市南部。
8 梶原景季。101頁注18参照。
9 下馬してそこにいた。
10 平時は雑役に使われ、戦時には歩兵となる下人。
11 これといった急を要すること。
12 現神奈川県南東部、境川の下流部の称。
13 逃げ延びた。
14 馬を走らせていく。
15 現神奈川県平塚市。相模川西岸。
16 非常に怒っている様子で。
17 乗り替え用の予備の馬。その馬を預かって乗っている従者。
18 建物の外側に造られた幅の広い縁。

き、世に驕り、又人[19]もなげなる奴かな、走り出でて、一太刀斬り、いかにもならばやと思ひけれども、この二十余年、惜しかりつる命は、景季がためにはあらず、祐経にこそと思ひて止まりけり。

これや『論語』に曰く、「[20]事を遂げんには、諫まずして、万事を咎めざれ」とは、今の五郎が心なるをや。見聞く輩は、「五郎が[21]不覚なり」と言ひけれども、[22]敵祐経を討ちて後、引き据へられし時、[23]君の御返事をば申さで、まづ源太に向かひ、

「わ殿は、年頃、時致に[24]意趣あり。今は時致が身に思ふ事なし。本意を遂げよ遂げよ」

と言ひければ、景季、御前を罷り立ち、五郎がありける程は参らざりけり。時致は、和田・畠山、左右にありけるその方を見やりて笑みを含みけるこそ、理過ぎてぞおぼえける。これや、[25]松柏は霜の後にあらはれ、忠臣は世の危うきに知らるるとは、今こそ思ひ知られたれ。

「[26]しばらくもなかりける時致、平塚の宿にては、[27]さこそ思ひつら

86 化粧坂の遊女、五郎からの手紙を読む。

19 人を人とも思わない様子。傍若無人なさま。
20 『論語』八佾篇第三に、「成事不レ説、遂事不レ諫、既往不レ咎」とあり、『玉函秘抄』中（ただし「遂事」以下）、『明文抄』四・人事部下にも引かれる。済んだことをあれこれ言うなという意だが、仮名本はそれを誤る。
21 卑怯である。
22 作中時間は、379頁以降と重なるが、そこに以下の記述は見えない。
23 頼朝のこと。
24 恨みを含むこと。
25 『文選』十・西征賦（潘安仁）に、「勁松彰二於歳寒一、貞臣見二於国危一」とあり、『玉函秘抄』下、『明文抄』二・帝道部下、『管蠡抄』九・貞臣に引かれるものによるか。松が霜のあとにもその色を変えないように、貞臣は国の危機にこそその真価をあらわすものであるの意。
26 この後いくらも生きられない時致は。
27 太山寺本に「さこそ死にたくこそ思ひつらん」、南葵文庫本に「さこそしにたくおもひけん」とある。さぞ死を覚悟して景季と争いたく思ったことであろう、という文脈であろう。

め。大事[28]ありて小事なし。身に思ひあれば、万事を捨て、平塚の宿まで逃げたりし、[29]会稽の恥をただ今[30]すすぐ」

と申し合へり。

「思ふ事だになかりせば、源太が命は危うかりし」

とぞ申しける。

そもそも、この意趣を尋ぬるに、化粧坂の麓に遊君あり。時致、情けをかけ、浅からず思ひしに、引く手数多の事なれば、梶原が[31]浜出して帰りさまに、この女のもとに打ち寄りて、夜とともに遊びけり。暁帰るとて、いかがしたりけん、腰の刀を忘れて出でけるを、女のもとより刀を遣はしけるとて、
[32]急ぐとてさすが刀を忘るるはおこしものとや人の見るらん
景季、馬に乗りながら、[33]左手の鐙を未だ踏みもなをさず、返歌をぞしける。
[34]形見とて置きてこしものそのままに返すのみこそさすがなりけれ
その頃、源太左衛門は、歌道には、[35]定家・家隆なりともと思ひしなり。さても、この歌のおもしろさよと思ひ初めて、景季通ひ馴れけり。[36]よその異業など戯れければ、女引き

87 穎川の水で耳を洗う許由と、牛を連れて引き返す巣父。

28『平家物語』八・太宰府落に、「大事のなかに小事なし」、古活字本『平治物語』上・源氏勢汰への事に、「大事の前の小事」とある。

29敗北の恥辱をいう。「呉越の戦ひの事」（202頁）を載せない太山寺本、南葵文庫本は、ここにこの句はない。

30恥や不名誉を除き去ること。

31浜辺に行って遊ぶこと。浜辺の遊山。

32どんなに急ぐからといってもさすがに、お腰の刀をお忘れになるとは。くださったものかと他の人が見るでしょうよ。「さすが」に副詞の「さすが」と「刺刀」、「おこしもの」に贈り物と「御腰物」（腰に帯びる刀剣）をかける。

33左の鐙を踏み直さないうちに。きちんと馬に乗るまでの短い時間に。

34形見と思って置いてきたものを、そのまま返すとは、さすがに立派なものだな。「こしもの」「さすが」の掛詞は女の歌に同じ。

35定家や家隆であってもけっして負けないぞと。藤原定家、藤原家隆。ともに『新古今集』の撰者。

36「異業」は、他の仕事。ここでは、他の男を相手にすること。他の男相手の仕事かとからかうので。太山寺本に「日頃の事わざあるまじき」。

籠り、五郎一人にも限らず、出仕[37]を止めけり。

これをば知らで、五郎、かのもとに行き、訪ねけれども会はざりけり。何によりてかと危うく、友の遊君に問ひければ、

「梶原源太殿の取りて置かれ、余[38]の方へは思ひも寄らず」

と言ひければ、五郎聞きて、流れをたつる[39]遊び者、頼むべきにはあらねども、世にある身ならば[40]、源太には思ひ替へられじ[41]と、身一つ[42]のやうに思ひけり。「貧は諸道の妨げ[43]」とは、おもしろかりける言葉かな、人をも世をも恨むべからずとて、この歌を詠み置きて出でぬ。

逢ふと見る夢路にとまる宿もがなつらき言葉にまたも帰らむ[44]

と書きて、引き結びて置きたり。五郎帰りて後、この女、立ち出でて見れば、結びたる文あり。取りあげて見れば、[86][87]日頃馴れにし五郎が手跡[45]なり。歌をつくづく見て、文を顔にあて、さめざめと泣きつつ、友の遊君に、

「これ御覧ぜよや、人々。恥とも知らで恥づかしや。日本我が朝は瑞穂の里[46]として、神明[47]、光をやはらげ、天の岩戸[48]に閉ぢもらせ給ひし時、『あらおもしろ[49]』と言ひ初め給ふも、この三十一字の歌故ぞかし。かくあるべしと知りたらば、いかで情けなうあるべき」

とぞ思はれける。

巣父[1]・許由が事

---

37 人前へ出ることをやめた。

38 他の客。

39 遊女として世を渡ること。

40 世にときめいている身ならば。

41 愛情を移されないだろう。

42 孤独。

43 貧乏は何事につけても邪魔になる。

44 恋しい人に逢うと見る夢のなかで泊まる宿があればよいのに。それもないのでつらい世の中にまた帰っていくよ。「逢ふと見る夢も空しく覚めぬればつらき現に又なりにけり」（新拾遺集・十三・恋三・大蔵卿行宗）によるか。なお、太山寺本や彰考館本等には、この歌と並べてもう一首、「つらからむ人もいつまでつらからん恨むる我もいつをいつまで」とある。

45 筆跡。

46 みずみずしい稲穂が実る里。日本の美称として用いられる。

47 天照大神。

48 高天原にあったという岩屋。

49『古語拾遺』によると、天の岩戸の前で「阿波礼、阿那於茂志呂、阿那多能志、阿那佐夜憩、飫憩」と歌ったという。

巣父・許由が事

1 この物語は、真名本にはない。『荘子』逍遥遊、『史記』三十四・燕召公世家第四などにみえる故事。流布本『平治物語』一・許由が事にも見えるが、あさましい事態を聞いた光頼卿が、耳を洗いたいと思ったという文脈で引用される。栄貴を忌み嫌う喩え話としての本話を引用する意図は、話末の「貞女両夫に見えず」を導くためか。

扨もこの女房は、時致が歌をかなたこなたに見せ、申しけるは、

「昔も、さる例あり。[2]大国に、[3]穎川と言ふ川あり。[4]巣父と言ふ者、黄なる牛を引きて来たる処に、[5]許由と言ふ[6]賢人、この川の端にて、左の耳を洗ひ居たり。巣父、是を見て、

『汝、何によりて、左の耳ばかりを洗ふにや』

と問ひければ、許由答へて曰く、

『我は、この国の賢人と言はれし者なり。我が父、九十余にして[7]老耄極まりなし。我未だ幼少なり。されば、[8]神拝・政みだりにして、ある甲斐なき身なれば、都を出でぬ。[9]この程聞きつる事、皆左の耳なれば、汚れたるなり。それを洗ふにや』

と言ひけり。巣父聞きて、

『扨はこの川、七日濁るべし。汚れたる水[10]飼ひて、益なし』

とて、牛を引きて帰りしが、又立ち帰り、

『さては汝は、いづくの国に行き、いかなる賢王をか頼むべき』

と問ふ。

『[11]賢人二君に仕へず、貞女両夫に見えず』

となり。されば、[12]首陽山に入り、蕨を折りて過ぎけると申し伝へ候ひけり。二心なきにはしかじとぞ」。

[1]貞女が事

「[2]ここに又、貞女両夫に見えずと言ふ事あり。[3]去る国に、[4]しそうと言ふ王あり。[5]かんば

2中国。　3中国河南省にある川。　4中国の伝説上の高士。堯の頃の人で、樹上に巣を作って住んだという。　5中国古代の伝説上の高士。字は武仲。許繇。　6聖人に次いで徳のある人。また、かしこい人。賢者。　7かぎりなく老いぼれる。　8神をまつることと国を治めること。　9今回聞いたこと。その内容は記されていないが、もとの話では、許由は堯帝から天下を譲ろうという話を受けていた。　10飲ませて。　11『史記』八十二・田単列伝第二十二に、「忠臣不㆑事㆓二君㆒。貞女不㆑更㆓二夫㆒」とあり、『玉函秘抄』上、『明文抄』二・帝道部下、『管蠡抄』九・臣礼に引かれる。『平家物語』九・小宰相身投、『保元物語』下・為義の北の方身を投げ給ふ事、『義経記』二・義経鬼一法眼が所へ御出の事にも見え、『保元物語』『義経記』では「賢臣」とする。　12中国山西省の西南部にある山。周の武王をいさめた伯夷と叔斉がこの山に隠棲し、蕨を食べて命をつないだが、ついに餓死したという。巣父・許由とは、特に関係がない。太山寺本に、この下りはない。

貞女が事

1この物語は、真名本・太山寺本にはない。この物語の典拠は不明。

2化粧坂の遊女のことばの続き。

3他本「大国」で中国をさす。従うべきか。

4彰考館本に「師具宗」とあるが、

くと言ふ臣下を召し使ひ給ふ。或時、かんばく、結びたる文を落としたり。御門御覧じて、

『いかなる文ぞ』

と、御尋ありければ、

『我、宮仕ひ暇なくて、日数を送り、家に帰らず候ふ。心許なしとて、妻のもとよりくれたる文』

と申す。猶怪しみ、

『[6]叡覧あらん』

と、勅定あり。隠すべき事ならねば、叡慮に捧ぐ。

『この文の主、呼びて見せよ』

と仰せ下されければ、宣旨背きがたくて、この女を呼びて見せ奉る。帝御覧じて、[7]押し止め置き給ふ。かんばく、[8]安からずに思ひけれども、かなはず。女も、王宮の住まゐ、物憂くて、ただ男の事のみ思ひ歎きければ、この時御門、いかがはせんと思し召し、時の関白[9]りやうはくと言ふ者を召し、この事問ひ給ふ。

『さらば、[10]彼が男のかんばくを、[11]片端になして見せ給へ。[12]思ひは冷めぬべ

88 かんはくの妻、淵に身を投げる。歎くしそう王。（482頁解説参照）

未詳。
5 彰考館本に「漢白」とあるが、未詳。
6 叡覧になろう。帝など高貴な身分の人が会話の中で、自分の動作に尊敬語を用いて自身を高める。自尊敬語。
7 無理矢理そばに留め置いた。
8 おもしろくない。不安に。
9 彰考館本に「良白」とあるが、未詳。
10 あの女の夫の。
11 112頁注40参照。
12 夫に対する思い。

し』

と申したりければ、

『しかるべし』

とて、耳鼻を削ぎ、口を裂きて見せ給ふ。

女、我故にかかる憂き目にあふよと、いよいよ歎き、伏し沈み悲しみければ、又臣下に問ひ給ふ。

『さらば、かんはくを殺して見せ給へ』

と申しければ、やがて、深き淵にぞ沈められける。女聞きて、思ひ少し等閑[13]にして申しけるは、

『願はくは、かの淵を見ん』

と言ひけり。大王、はや思ひ捨てけりと悦びて、大臣・公卿諸共に、かの淵に臨み、管絃遊宴し[14]て遊び給ふ時に、88 89 この女、汀に出で、休らふ[15]とぞ見えしが、淵に飛び入りて死にけり。大王をはじめとして、あへなさ[16]限りなくて、空しく帰り給ひけり』。

鴛鴦[1]の剣羽の事

「[2]かくて帝、還幸ましまして、歎きながらも月日を送り給ふ。幾程なくして、この淵の中に、赤き

89 鴛鴦に生まれ変わったかんはくとその妻。それを見に来た王。

13 本気でないさま。おろそか。夫への思いがいくらか冷めて。
14 音楽や酒宴をして。
15 立ち止まる。
16 張り合いのなさ。あっけなさ。

鴛鴦の剣羽の事
1 この物語も、真名本・太山寺本にはない。
2 化粧坂の遊女のことばの続き。
3 渓流、湖沼などに生息するカモ科

石二つ出で来て、抱き合ひてぞありける。

『誠に不思議なり。かんばく夫婦の霊魂なるをや』

と、人申しければ、大王聞こし召し、なをもありし面影の忘れがたくて、又官人召し具し、彼の淵の辺に行幸なり、叡覧ありければ、申すに違はず、誠に石二つあり。不思議に思し召す所に、かの石の上に、[3]鴛鴦鳥一番上がりて、[4]鴛鴦の衾の下懐かしげに戯れけり。これも彼等が精にてもやと御覧じけるに、この鴛鴦飛び上がり、[5]思ひ羽にて、王の首をかき落とし、淵に飛び入り失せにけり。それよりして、思ひ羽を剣羽と申すなり」。

[1]五郎が情けかけし女、出家の事

[2]「去る程に、皆人よく聞き給へ。『貞女両夫に見えず』とは、[3]前に言ひつる女の事なり。いかなる貞女か、二人の夫に見え、いかなる身にてか、[4]引く手数多に生まれつらん。さらぬだに、[5]我等風情の者は、[6]欲心に住すると、言ひならはせり。[7]『己を知る者のために、容をつくろふ』とは、[8]『文選』の詞なるをや。我又、[9]かひがひしくなければ、景季がまことの妻女になるべき身にてもなし、来世こそ[10]つゐの住処なれ。その上、歌は、神も仏も[11]納受し、慈悲を垂れ給ふ。されば、[12]花に鳴く鶯、水に棲む蛙だにも、歌をば詠むぞかし。いはんや人として、いかでかこれを恥ぢざるべき」

とて、この歌を詠みける。

[13]数ならぬ心の山の高ければ奥の深きを尋ねこそ入れ

の鳥。雌雄の仲が良いと考えられ、夫婦仲のよい喩えに引かれる。4男女が睦まじく夜具に共寝するさま。5鴛鴦、孔雀、雉などの尾の両わきに立つ、銀杏の葉の形をした小羽。詩文で、夫や恋人を思う心に喩える。形が剣の先に似ているところから「剣羽」ともいう。

五郎が情けかけし女、出家の事

1この物語は、真名本にはない。2化粧坂の遊女のことばの続き。3他本「この女」。前々段の「かんばく」の妻をさす。4誘う人の多いさま。5自分たちのような者は。6愛欲の心にとらわれる。7『文選』四十一・報任少卿書一首（司馬子長）に、「士為知己者用、女為説己者容」とあり、『玉函秘鈔』下（ただし、「説己」を「悦己」と作る）、『明文抄』三・人倫部に引かれる。太山寺本は「士は己を知る者の為に用いられ、女は己を悦ばしむる為に容をつくろふ」とあって『玉函秘抄』に近く、彰考館本は「士は己をしる者の為に用られ、女は己が為に形を刷」（南葵文庫本類同）、古活字本は「士は己をしる者のために、容をつくろふ」。8底本、古活字本「は」なし。彰考館本により補う。9頼む甲斐もなければ。10生涯の最後に住み着く場所。11聞き入れ。12『古今集』仮名序に、「花に鳴く鶯、水に住むかはづの声を聞けば、生きとし生けるもの、いづれか歌をよまざりける」とあるが、鶯や蛙が、みずから歌を詠むとはいっていない。「鶯

捨[14]つる身になを思ひ出となるものは問ふに問はれぬ情けなりけり

「誠や、『天人[15]のゐんせざる所は、禍ありて、しかも禍なし』と、東方朔[16]が言葉、思ひ知られて候ふ」。

しかるべき善知識[17]を尋ね、生年十六歳と申すに出家して、諸国を修行して、後には、大磯[18]の虎が住処を尋ね、ともに行ひすまして、八十余にして、大往生を遂げにけり。有難かりし心ざしとぞ聞こえし。

去る程に、源太左衛門景季は、この事を聞きて、もとよりこの女の心様、尋常[19]にして、歌の道にも優し[20]、今は曽我五郎こそ敵なれ、行き会はん所にて本意を達せんと思ひければ、さてこそ、平塚の宿までは追ひたりけり。その時、景季が勢ひ、又並ぶ人やあるべきと振る舞ひしかども、富士の裾野にては、まことにおこがましくも[21]見えざりしぞかし。されば、

「人は世にありとも、よく〳〵思慮あるべきものを」

とて、皆人申し合はれけり。五郎も、この事を伝へ聞きて、優しくも又心許なくもぞ思ひける。これによつて、いよ〳〵身を身とも[22]、世を世とも知らで、思ふ事[23]のみ急ぎけるは、理過ぎてぞ聞こえける。

呉越[1]の戦ひの事

抑も、五郎が富士野にて、「会稽[2]の恥をきよむ」といひける由来を委しく尋ぬ

と蛙の歌の事」(218頁)を載せない太山寺本、南葵文庫本は、ここにこの句はない。 13数ならぬ我が身ではあるが、心は山のように高いので、奥深く尋ねて仏道へ入ろう。 14世を捨てる身になっても、やはり思い出されるのは問うにも問いかねる、あの人の愛情であるよ。 15古活字本同。『漢書』七十七・劉輔伝に、「天人之所レ不レ予、必有レ禍而無レ福」とあり、『玉函秘抄』中に、典拠を「東方朔詞」として引かれる。太山寺本と南葵文庫本は、後半を「禍有りて、しかも福なし」とする。「予」を「尹」と誤ったか。 16前漢の文人。諧謔、風刺の才にすぐれ、武帝に寵愛された。前注に見るごとく、これは東方朔のことばではない。 17人を仏道に導く高僧。 18虎の隠棲が記される巻十二に、この化粧坂の女は登場しない。 19立派であって。 20すぐれている。 21太山寺本「おこがましくぞ見えし」、彰考館本「おこかましくそ見えたりしそかし」、古活字本「おとこがましくもみえざりしぞかし」。馬鹿のように見えたの意で、彰考館本の形がよいか。 22我が身は考えず、世間体には目もくれず。 23敵を討とうとする事。

呉越の戦ひの事

1この物語は、真名本や太山寺本、南葵文庫本にはない。この物語は『平治物語』下・頼朝遠流に宥めらるる事付けたり呉越戦ひの事、『源平盛衰記』十七・勾践夫差事、『太平記』四・呉越戦の事などに引かれるが、以下は、

るに、昔、異国に、呉国・越国とて、並びの国あり。呉国の王をば、闔閭の子にて呉王夫差といひ、
越国の王をば、[4]大帝の子にて越王勾践とぞいひける。然るに、かの両の王、国を争ひ、戦ひをなす
事絶えず。或時は呉王を滅ぼし、ある時は越王を退治し、或時は親の敵となり、ある時は子の仇となり、
[5]義勢甚だしく、[6]累年に及ぶ。ここに、越王の臣下に、[7]范蠡と言ふ武勇の達者あり。彼を招き寄せて曰く、
「今の呉王は、まさしき親の敵なり。これを討たずして、いたづらに年を送りて、嘲りを天下に
残す事、父祖の[8]恥を九泉の苔の下に辱むる事、恨み尽くしがたし。されば、越国の兵を催し、
呉国へ打ち越え、呉王を打ち滅ぼして、父祖の恨みを報ぜんと思ふなり。汝は、しばし国に留まり
て、[9]社稷を守るべし」
と宣ひければ、范蠡申しけるは、
「しばらく[10]愚意をもつて事を謀るに、今、越の力にて、呉王を滅ぼさん事、難かるべし。その故は、
まづ両国の兵を数ふるに、呉国には二十万騎あり、越の国にはわづか十万騎なり。[11]小をもつて
大に敵せざれとなり。その上、呉王の臣下に、[12]伍子胥とて、知深うして才高き事のみならず、[13]人を付
くる事雨の降るがごとし。かくのごときの勇士あり。彼があらん程は、呉王を滅ぼさん事、かなふべ
からず。[14]麒麟は、角に肉ありて、猛き形をあらはさず、[15]潜龍は、[16]三冬に蹲つて、[17]一陽来復の天を待
つ。しばらく兵を[18]伏して武を隠し、時を待ち給へ」
と諫めければ、越王、是を用いず、大きに怒つて、
「軍の勝負は、勢の多少によらず、只時の運により、又は大将の謀によるなり。されば、呉
と越との戦ひ、度々に及び、雌雄を決する事、汝悉く知れり。次に、伍子胥があらん程はかな

『太平記』に引かれるものが最も近い。　2 196頁注29参照。以下の説話引用は、196頁で引かれたこの句を説明するもの。　3 呉・越ともに春秋十四列国のひとつ。呉は中国、周時代に太白が建国し、呉（蘇州）を都とし、紀元前六世紀頃から強大となり、春秋時代に、楚・越と抗争、一時、中原に覇を競ったが、前四七三年、越王勾践に滅ぼされた。越は、夏の少康の庶子が封ぜられた国を起源とし、侯の子として生まれた允常（勾践の父）が領土を拡大し、会稽（浙江省紹興県）を都として王を称し、浙江地方を治めた。允常が逝去すると、太子勾践が跡を継いだ。呉王夫差の父闔閭は、前四九六年、喪中の越に侵攻、その戦いで負った傷がもとで没した。闔閭の跡を継いだ夫差は、前四九四年に勾践を会稽山に破った。しかし、臣下の伍子胥の諫めに従わず勾践を許した夫差は、前四七三年、枯蘇城に包囲されて自害した。夫差に勝利した勾践は、越の都を琅邪（江蘇省連雲港市）に遷し、更に諸侯を会盟して中原の覇者となった。春秋五覇の一人に数えられるが、前三三四年、越は楚に滅ぼされる。　4 彰考館本は「兕帝」とするが、他本は「たいてい」。越王勾践の父は「允常」であるが、「大帝」と読み誤ったか。なお『太平記』には、勾践の父の名は記されていない。　5 負けん気。意地。　6 年を重ねること。　7 越王勾践の功臣。呉王夫差を滅ぼして会稽の恥をすすぐ。上将軍となったが、その年に越を去り、斉（山東省）で商人となって巨万の富を

はじと言はば、我つゐに父祖の敵を討たずして、恨みを謝[19]せん事あるべからず。いたづらにして伍子胥が死ぬるを待たば、生死限りあり、老少定まらず、伍子胥と我、いづれをか先と知らん。これ、[20]併しながら汝が愚暗なる故なり。我又、兵を催す事、定めて呉国へこゆらん。事延びば、かへつて呉王に滅ぼされなん時に、悔ゆとも益あるまじ」

とて、越王十一年二月上旬の頃、十万騎の兵を率して、呉国へぞ寄せたりける。呉王、これを聞き、

「小敵[21]あざむくべきにあらず」

とて、自ら二十万騎の勢を率して、呉と越との境、[22]夫椒県と言ふ所に馳せ向かふて、[23]後ろには会稽山をあて、前には[24]古仙と言ふ大河を隔て後陣をとり、敵を[25]謀らんがために、三万騎を出だして、残る十七万騎をば、後ろの山に隠し置きけり。越王、夫椒県に臨みて、敵を見るに、わづか二三万騎には過ぎざりけり。思はず小勢なりとて、十万騎の兵を同じ心に駆け出ださせ、[26]筏を組みて、馬を打ち渡す。呉の兵、かねてより敵を難所におびき入れて、残さず討たんと定めし事なれば、わざと一戦にも及ばずして、夫椒県の陣を引き、会稽山に引き籠もる。越王の兵、勝つに乗り、逃ぐるを追ふ事三十余里なり。[27]次の陣を一陣に合はせ、馬の息の切るる程ぞ追ふたりける。呉の兵、思ふ程敵を難所におびき入れて、二十万騎の兵、四方の山より打つて出づ。越王勾践を中に取り籠め、一人も漏らさじと攻め戦ふ。越の兵は、今朝の戦ひに[28]遠駆けして、馬人ともに疲れたる上、小勢なりければ、呉国の大勢に囲まれて、一所に打ち寄り控へたり。進んでかからんとすれば、敵[29]嶮岨に支へて、[30]鏃を揃へて待ちかけたり。退ひて[31]払はんとすれば、[32]鋒先曲がれり。されども、越王勾践は、[33]堅きを破り、強き打つ事、大勢に超えたる人なりければ、事ともせず、かの大勢の中に駆け入りて、[34]十文字に駆け破り、[35]追ひまはして、一所

築き、後に陶へ行き陶朱公と称した（217頁参照）。8古活字本同。彰考館本などには「戸」とある。従うべきか。「九泉」は206頁注44参照。9天子や諸侯が祭った土地の神（社）と五穀の神（稷）をいい、転じて朝廷または国家をさす。10私の考えでこの事態を推し量りますと。11『孟子』梁恵王上に、「小固不レ可三以敵レ大」とある。少ない人数で大勢と戦ってはいけないの意。12楚の人。父と兄が楚の平王に殺されたので、呉王闔閭に仕えて楚に復讐し、さらに夫差に仕えたが、諫言を容れられず自死した（214頁参照）。13王堂本に「人をなつくるゆうし（勇士）」とある。「つくる」は他動詞「つく」で、引きつけるの意か。『太平記』には「民を懐け」とある。また、「雨の降るがごとし」は流布本独自句だが、「人をつくる」を人材育成のように解したか。14中国で、聖人の世に出る時に出現するという想像上の動物。15水中や谷間に潜んでいて、まだ天に昇らない龍。16初冬（十月）、仲冬（十一月）、季冬（十二月）の三ヶ月。17冬が去り、春が来ること。前行の「麒麟」以下は、大人・君子が時節の到来を待つ喩え。18潜伏させて。19報いる。20すべて。21古活字本同。彰考館本「嘲へからす」。22「夫椒県」という県名はないが、江蘇省呉県の西南、太湖の中の椒山を「夫椒」と呼んだという。23会稽山を後ろにあてて。会稽山は浙江省中部、紹興県の東南にある山。24漢字は彰考館本に

よる。夫椒を前にした大河なら銭塘江、会稽山に近い長河なら曹娥江となる。『太平記』では「長江」。25欺く。26彰考館本、万法寺本に「馬筏」。『太平記』も「馬筏」。馬筏は、流れが急な大河などを騎馬で渡る時に、筏を組むように馬の隊伍を整えて渡る方法。27古活字本「ついの陣」、万法寺本「しつゐの陣」、彰考館本「しついのちん」。『太平記』に「四隊の陣」とあるものが該当するか。28遠方まで馬を走らせる。29山の険しい所に踏みとどまって。30みなで矢を引きしぼって。31追い払おう。32古活字本「鉾先にはまれり」。彰考館本に「鉾端をさゝえて透なし、進退爰にきわまれり」とある。33『太平記』に、「堅を破り利を摧き、項羽が勢を呑み、樊噲が勇みにも過ぎたり」とある。34縦横に敵陣に駆け入って破り。35彰考館本「巴の字に追まはし」、万法寺本「八のじをひきまはし」。36両軍の間で勝負をうかがって。37植物の稲・麻・竹・葦が同じ場所に群がって生えているという意味、人や物がたくさん集まっていて群がっている様子をいう。『法華経』方便品第二「又能善説法、如稲麻竹葦充満十方刹」による。38雨露をしのぐために油をぬった天幕。彰考館本は「帷幕」とする。39臣下から受けた重い恩義。40陣営の門。41他本は「再生に報ずべし」。「九門」は九重の門で宮城の門。42決心なさった様子を見て。43勾践の子。

に合はせて三所に別れ、四方を払ひ八方に当たり、百度千度の戦ひに勝劣なし。しかりとはいへども、多勢に無勢かなはねば、つゐに越王は打ち負けて、三万騎に打ちなされけり。されば、越王堪へずして、会稽山に上りて、打ち残されたる勢を見るに、わづかに三万騎になりにけり。馬に離れ、矢種悉く尽き、鉾折れければ、一戦にも及びがたし。隣国の諸侯は、36勝つ事を両方にうかがひて、何方とも見えず控へたりしが、呉王軍に利ありと見て、悉く呉王の勢にぞ加はりける。今は三十万騎になりて、かの山を囲む事、37稲麻竹葦のごとし。越王かなはじとや思ひけん、38油幕の内に入り、兵を集めて曰く、

「我、運命すでに今、この囲みにて尽きぬ。この上は腹を切るべし。全く軍の科にあらず。天、我を滅ぼせり。恨むべきにあらず。ただ范蠡が諫めこそ恥づかしけれ。従つては臣が心ざし、まことに報ぜざるこそ無念なれ。さりながら、39重恩は生々世々に忘れがたし。とても、これ程の心ざしなれば、明けなば、諸共に囲みを出でて、呉王の陣に駆け入りて、屍を40軍門に曝し、41九門に報ずべし」

とて、鎧の袖を濡らし給へば、兵も、一途に42思ひ定まる勢を見て、今までの旧交、まことに浅からざるとぞ思はれける。さて、越王の子、43王鼫与とて、八歳になる太子ありけり。呼び出だして、

「汝、未だ幼稚なり。敵に生け捕られて、

90 越王、太子と宝物とともに焼身自殺を図るが、大夫種が止める。

憂き目を見ん事、口惜し。汝を先立てて、心安く打ち死にして、[44]九泉の苔の下に埋みなん。[45]冥途までも、父子の契りをなすべしと思ふなり。急ぎ殺すべし」

と言ひけれども、太子は何心もなくおはしぬ。

[90] [91] 又、[46]随身の重器を積み重ね置き、悉く焼き失はんとす。時に、越王の[47]左将軍に、[48]大夫種といふ臣下、進み出でて申しけるは、
「[49]生を全くして命を待つ事、遠くして難し。[50]死を軽くして節を望む事は、近くして易し。しばらく、重器を焼き太子を殺さん事を止め給へ。我、[51]無骨なりといへども、呉王を欺きて、君王の死を救ひ、本国に帰り、二度大軍を起こし、この恥をきよめんと存ずるなり。しかるに、今、この山を囲み、一陣を張る左将軍は、[52]太宰嚭といふ臣下なり。彼は、我が古の朋友なり。まことに[53]血気の勇士といひながら、心に欲あり。又、呉王も、智浅くして謀短し。色に淫して道に暗し。されば、君臣ともに、欺くに易き所なり。今、この戦ひに負くる事も、范蠡が諫めを用ひ給はぬによつてなり。願はくは、君王、しばらく臣下に謀を許して、敗軍数万の死を救ひ給へ」

と、涙を流して申しければ、越王、さしあたる理に折れて、

「今より後、大夫種が言葉に従ふ」

[91] 越王、呉の軍門に降る。

44 幾重にも重なった地の底の意から、人間が死んだ後に行く世界。冥土。黄泉。九原とも。
45 死人のたどる道。
46 底本「の」なし。他本により補う。身近に持っていた大切な宝物。
47 左方の軍隊の将軍。前後左右将軍の一つ。
48 正しくは「大夫種」。「大夫」は官名、「種」が名。越王勾践の功臣。
49 生きられるだけ生きて、天寿を全うする。
50 あっさり死んで、節操を守る。
51 古活字本同。彰考館本に「不肖」(万法寺本同)。従うべきか。「不肖」は、とるにたらないこと。
52 「太宰」が官名、「嚭」が名。呉王闔閭・夫差に仕えた。のちに賄賂を受けて越に内通したという。『太平記』では、「上将軍」とある。「上将軍」は全軍の総大将。
53 血気にはやり威勢のよい者。
54 底本「此」。他本により改める。以下、同様の誤りがある。
55 いつまでも栄えるようにという祝いのことば。万歳。
56 底本「此ゑもん」。古活字本同。彰考館本は「呉の懐門」。『太平記』に、「呉の轅門」とあるのに従った。轅門は、陣屋の門、軍門。車を並べて戦陣をつくり、

とて、重器をも焼かず、太子をも殺さざりけり。大夫種喜び、兜を脱ぎ、旗を巻き、会稽山より下り、

「越王の勢、すでに尽きて、[54]呉の軍門に降る」

と呼ばはりければ、呉の兵三十万騎、勝ち鬨を作りて、[55]万歳の喜びをぞ唱へける。大夫種は、すなはち、[56]呉の轅門に入りて、

「謹んで、[57]この上は将軍の下執事に属す」

と言ひて、[58]膝行頓首して、太宰嚭が前に跪く。太宰嚭、哀れに思ひ、[59]顔色とけて、

「越王の命をば申し宥むべし」

とて、大夫種を連れて、呉王の陣に行き、この由かくと言ふ。呉王、彼等を見て、大きに怒つて曰く、

「呉と越との戦ひ、今に限らずといへども、[60]時に至りては勾践[61]捕らはれ、僻事となれり。これ、天の我に与へたるにあらずや。汝知りながら、彼を助けよと言ふ。あへて[62]忠烈の臣にはあらず」

とて、さらに用ひ給はず。太宰嚭、重ねて申しけるは、

「臣、不肖なりといへども、忝なくも将軍の号を許されて、この戦ひにも一陣たり。しかれば、謀をめぐらし大敵を破り、命を軽んじて[63]勝つ事を決せり。これひとへに、臣が大[64]じんの功とも言ひつべし。君王のために、天下の太平を謀るに、豈一日も忠を尽くす心をあらはさざらんや」。

時に、呉王、

「つらつら[65]事を謀るに、越王、戦ひ負けて、力尽きぬとはいへども、残る兵、未だ三万騎あり。これみな[66]ただの兵にあらず。御方は、たとひ多しといへども、昨日の軍に疲れて前後を失ひぬ。敵は、小勢なりといへども、心ざしを一つにして、しかも逃れぬ所を知れり。これや、[67]窮鼠かへりて

轅を向かい合わせにして門としたことから。 57古活字本「ごじやうしやうぐんのけしゆつこと」、彰考館本「呉将軍の下執事」。正しくは、「呉の上将軍の下執事」か。「謹んで…属す」は、面会や取り次ぎを申し入れることば。『太平記』では、大夫種が勾践助命の条件として、越国の宝物の提供を申し出ている。 58膝進して頭を深く垂れて敬礼をすること。うやうやしい礼の作法。 59顔つきを和らげて。 60古活字本同。彰考館本、万法寺本に、「いまにあたりて」とある。 61古活字本同。彰考館本、万法寺本に、「とらはれ人となれり」とある。 62まったく忠実な臣下ではないな。 63勝利を決めた。 64古活字本同。彰考館本「丹心の切」、万法寺本「たむしんのかう」。「丹心」は嘘いつわりのない、ありのままの心。赤心。彰考館本の「切」は、「功」の誤りであろう。 65古活字本「せい」。彰考館本「是非」。 66彰考館本「逞兵鉄騎の勇士也」、万法寺本「こえいてつきのようし」、古活字本「こへいてつきの勇士なり」、十一行古活字本「たゝものにあらざるなり」。 67『塩鉄論』(後漢、桓寛撰)詔聖に、「窮鼠齧レ狸」とあり、『玉函秘抄』上、『明文抄』四・人事部下、『管蠡抄』十・世俗に引かれる。なお、『管蠡抄』では狸を猫とし、『玉函秘抄』では左脇に「闘雀不レ畏レ人」との小書きが見える。『太平記』には、「窮鼠かへつて猫を噛ひ、闘雀人に怖れざることあり」とある。追いつめられて必死になると、弱者も強者

猫を食らひ、闘雀人を恐れずと言ふべきにや。もし重ねて戦はば、御方には怪しみ多かるべし」。

太宰嚭が、

「ただ越王を助け、[68]一田の地を与へ、呉の下臣となすべし。しからば、呉と越と両国のみならず、[69]斉・楚・趙の三箇国、悉く[70]朝せずといふ事あるべからず。これぞ、[71]根を深うして葉を固くする道なり」

と、理を尽くしければ、呉王聞き終はりて、欲に耽る心をたくましくして曰く、

「さらば、会稽山の囲みを解き、越王を助くべし」

とぞ定めける。太宰嚭、急ぎ大夫種に語る。大きに喜びて、越王に告げければ、[72]士卒は[73]色を直し、

「[74]万死を出で一生に遇ふ事、ひとへに大夫種が知謀によれり」

とぞ喜びける。

去る程に、兵共、皆国に帰る。太子の王鼫与には、大夫種をつけて本国へ返し、我は、[75]素車に乗りて、越の国の[76]璽綬を首に掛け、いやしくも呉王の下臣と称じ、軍門に降り給ひにけり。あさましかりし次第なり。されども、なをしも呉王、[77]心許しやなかりけん。「[78]君子、刑人に近づかず」とて、あへて勾践に面を見え給はず。剰へ、[79]典獄の官に下されしかば、[80]きやうこう駅きうして、[81]枯蘇城へ入り給ふ。その姿見る人、袖を濡らさぬはなかりけり。げにや、昨日までは、越国の大王として、[82]何か心を携へし弓矢を帯する身とて、今日は、かかる目にあふべしとは、誰か知るべきとて、涙を流さぬはなかりけり。越王、[83]かの所に入りぬれば、[92][93][84]手枷足枷を入れ、首に綱をさし、土の牢にぞ籠められける。夜明け、日暮るれども、日月の光をも見ず、[85]冥暗の内に、年月を送り迎へし涙の露、さこそは袖に積もるらめ、思ひやられて哀れなり。

を苦しめることの喩え。 68底本「一天」（全世界の意）を改めた。彰考館本「一田の地」、古活字本「一てんの地」。『太平記』に「一田」あるいは「一畝」。わずかな土地をいう。 69春秋戦国時代の国名。「斉」は山東省、「楚」は湖北省近辺、「趙」は山西省・河北省。 70（我々の）朝廷に参内しないということはないでしょう。 71『文選』六・魏都賦（左思）に「剣閣雖㆑嶛憑㆑之者蹶、非㆔所㆓以深根固㆑蔕也」とあり、『玉函秘抄』下にも引かれる。『太平記』に「これ根を深くし、蔕を堅うし」とある。「蔕」は野菜や果実のへたのことで、『曽我物語』諸本は「葉」と誤る。 72兵士たち。 73安心した顔つきになり。 74『貞観政要』一・君道第一「備㆓嘗難苦㆒、出㆓万死㆒遇㆓一生㆒」による。『太平記』同。 75白木づくりの車。『太平記』に「白馬素車」。決死の覚悟で謝罪や降伏の意を表す時に用いる。 76天子の印とそれを帯びる組紐。 77油断。気を許すこと。 78『春秋公羊伝』襄公二十九年に、「君子不㆑近㆓刑人㆒、近㆓刑人㆒則軽㆑死之道也」とあり、『玉函秘抄』上、『明文抄』一・帝道部上、『管蠡抄』七・不近刑人にも引かれる。『太平記』類同。 79監獄の事務をつかさどる役人。 80古活字本同。彰考館本に「行幸駅駈して」とある。王堂本に「日にゆく事一駅に駆して」、『太平記』に「日々に行くこと一駅」とある。一日に一駅ずつ進むさまをいうか。 81春秋戦国時代の呉の中央政庁が置かれた都城。江蘇省呉県の西南、

さる程に、国に留め置きし范蠡、この事を聞き、86恨み骨髄に通りて忍びがたし、あはれ、いかにもして、我が君を本国に返し奉りて、諸共に謀をめぐらし、会稽の恥をきよめばやと、87肺肝を砕きてぞ悲しみける。ある時、范蠡、謀をもつて、88身をやつし、籠に魚を入れて、自らこれを担ひ、商人のまねをして、呉国をぞめぐりける。呉の城の辺にて、我が君勾践のおはしける所を、秘かにこれを問ひければ、人これを詳しく教へけり。范蠡嬉しくて、かの禁獄近く行きけれども、警固隙もなかりければ、魚商ふ由にて、近づき寄りて、一通の書を魚の腹の中に入れて、獄中に投げ入れたり。勾践、怪しみ思ひて、魚の腹を開きて見れば、書あり。言葉に曰く、

「89西伯羑里に囚はれ、重耳翟に走る。皆以て王覇たり。死を敵に許す事なかれ」

とぞ書きたりける。筆勢、文章の体、90紛はぬ范蠡が業なり。さればにや、未だ憂き世に長らへ、我がために91徘徊しけり、心ざしの程、哀れにも、又頼もしくも思ひ給ふ。92一日片時の長らへも、恨めしかりつるに、范蠡が諫めを受けて、今更命も惜しく思はれけり。

かかる所に、敵の呉王、にはかに93石淋といふ病を受けて、心身94常しなへに悩乱す。95巫覡祈れども験なく、医師治すれども癒へずして、露命すでに危うかりけり。ここに、他国

92 獄中の越王を、魚売りに変装した范蠡が見舞う。

枯蘇山上にあった。 82何に心を用いただろうか、なにもしなくてよかった。 83枯蘇城をさす。 84罪人の手足にはめて自由を奪う木製の刑具。 85暗がり。 86『史記』五・秦本紀「繆公之怨二此三人一、入二於骨髄一」による。 87杜甫「垂老別」に「搦然摧二肺肝一」による。心力のあるかぎりを尽くして考える。心を尽くすこと。 88みすぼらしい姿に変え。 89『史記』四十一・越王勾践世家第十一「湯繫二夏台一、文王囚二羑里一、晋重耳犇レ翟，斉小白犇レ莒、其卒王覇」とあり、『太平記』に「西伯囚二羑里一、重耳奔レ翟。皆以為二王覇一、莫二死許レ敵」とする。彰考館本、万法寺本は、本文に乱れはあるものの『太平記』のように漢文体で記す。「西伯」は周の文王。殷の紂王のために羑里（河南省湯陰県の北）に幽閉されたが、のちに王者となった。「重耳」は晋の文公。国内の内紛をさけて諸国（「翟」は「狄」で異民族の意）を放浪したのち、帰国して君主となって天下の覇権を握った。 90まちがいなく。 91彰考館本「肝をやきけり」（万法寺本同）、古活字本「はいかんしけり」で「肺肝」（注87参照）。 92ほんの少しの時間を生きているのも恨めしく思っていたのに。 93腎臓や膀胱に結石ができ、砂石のようなものが尿にまじって出る病気。 94いつまでももだえ苦しむ。 95神に仕える人。神楽を奏し、祝詞をあげて神意をうかがい、それを人々に伝える、神と人間とのなかだちをする人。

より名医来たりて、

「この病、まことに重しといへども、医術及びがたきにあらず。もしこの石淋を舐めて、[96]五味の様を知る人あらば、[97]その心を受けて療治せんに、すなはち癒ゆべし」

と申しければ、

「誰か、この石淋を舐めて、味はひの様を知らすべし」

と言ふに、左右の近臣、皆顧みて舐むる者なし。勾践、これを聞き給ひて、

「我、会稽山に囲まれ、すでに[98]誅せらるべかりしを、今まで助け置かれて、[99]天下の赦を待つ事、ひとへに君王の厚恩なり。今我、これをもつて報ぜずは、[100]いつの日をか期せん」

とて、秘かに石淋を取りて舐め、その味はひを医師に告げければ、医師すなはち味はひを聞きて、療治を加ふるに、呉王の病、たちまちに平癒す。呉王、大きに喜びて、

「人、心あり。死を助けずは、いかでか今、赦心あらん」

とて、越王を土の牢より出だし、剰へ越の国を与へ、

「本国に返し給ふべし」

と宣下せられけり。

93 赦免された越王帰国。后の西施との再会。

96 甘・酸・辛・苦・鹹の五種の味の総称。
97 その味わいに応じて。
98 討たれるべきであったのに。
99 公然と許されること。
100 いつの日を待ちましょうか、この機会以外にありません。

ここに、呉王の臣下に、伍子胥といふ者あり。呉王の前にて申しけるは、

「天の[101]与へを取らざれば、かへつてその咎を得ると見えたり。この時、越の国を取らずして、勾践を返し給はん事、[102]千里の野辺に虎を放つがごとし」

と諫めけり。呉王用ひずして、勾践を本国に返されけり。まことに運の極めとおぼえけり。越王喜びて、[103]車の轅をめぐらし、急ぎ国にぞ帰りける。道の辺に、蛙多く集まりて、路頭を塞ぐ。勾践、これを見て、

「勇士を得て、[104]素懐を達すべき[105]瑞相、めでたし」

とて、車より下りて、これを礼して通られけるが、はたして言ふ、[106]隣国の諸侯、

「この君は、勧むるに諫めありし賢王なり」

とて、従ひ付く事数を知らず。然る瑞相によつて、本意を遂げ給ふなり。


されば、越王は、故郷に帰り、見給ふに、いつしか三年に荒れ果てて、[107]梟松桂の枝に巣くひ、狐蘭菊の草むらに鳴き、萩が枝折るるばかりに露かかれども、払ふ人なき[108]閑庭には、落葉満ちて[109]蕭々たり。哀れなりし形なり。かくて、越王帰り給ひぬと聞きければ、隠れ居たる范蠡、太子の[110]王鼫与を宮中に入れ奉りぬ。

又、后に[111]西施と言ふ美人あり。これぞ、呉国に聞こゆる美人、南国・南威・東威・西施とて、四人の美人なり。中にも西施は顔色世に優れ、[112]嬋娟たる[113]顔ばせ、類なかりしかば、越王、殊に寵愛して、しばしも傍らを離し給はざりき。越王、呉王に囚はれし程は、その難を逃れんがために、身を[114]側め、隠れ居給ひしが、越王帰り給ふと聞き、悦びて故宮に参り給ふ。この三年を待ちわびし思ひに、雪の膚、

101 46頁注25参照。
102 危険なものを野放しのままにし、大きな災いのもとをつくることの喩え。『平治物語』下・頼朝遠流の事付けたり守康夢合せの事や、『源平盛衰記』十七・大庭早馬、『義経記』二・義経陵が館焼き給ふ事にも見える表現。
103 車の向きを変えて。
104 かねてからの願い。平素の志。
105 めでたいしるし。吉兆。
106 以下「瑞相によつて」まで、他本になし。
107 古活字本「鳥」。彰考館本等も同。『白氏文集』一・凶宅詩に「梟鳴二松桂枝一、狐蔵二蘭菊叢一」とある。
108 もの静かな庭。
109 もの寂しいさま。
110 底本「せきわうよ」。諸本により改める。「王鼫与」は越王勾践の子。
111 春秋時代の越国の美女。
112 容姿が、あでやかで美しいこと。品位があってなまめかしいこと。
113 顔つき。顔色。
114 わきへ寄る。

115 古活字本同。万法寺本は、「しろくおとろへたる」とする。
116 たえがたく苦しい。どうにもやるせない。
117 中国、宮中の女官の位の一つ。
118 私には納得できない。ただし、彰考館本では「臣、心かなしまさるにはあらね共」（万法寺本類同）で、私も悲しくないわけではないが の意。古活字本は「臣か心なしまさるにはあらね共」。
119 おとろえ。
120 神仏が御覧になること。8頁注32参照。

しばしば[115]衰へたる御容、いとどわりなく[116]おぼえたり。よその袂まで萎るばかりなり。越王、この顔ばせに、いよいよ心を睦まじうし給ひけり。理とぞ見えける。

ここに、呉王より使ひあり。越王驚きて、范蠡を出だして聞くに、

「我、淫を好み、色を重くして、美人を尋ぬる事、天下に普し。しかれども、西施がごとくの顔色を求め得ず。越王の古、会稽山を出でし時、一言の約束、忘れ給ふべきにあらず。はやはや西施を呉の宮中へ貸し給はるべし。貴妃[117]の位にそなへん」

との使ひなり。越王聞き、

「我、呉王に囚はれ、恥を忘れ、石淋を舐めて、命を助かりし事も、ただかの西施に会はんと思ひしなり。されば今、西施を他国へ遣はさん事、かなふべからず」

と宣ふ。范蠡申しけるは、

「まことに、君王の仰せ、臣が心に能はず[118]。つらつら事を案ずるに、西施を惜しみ給はば、呉越の義兵、二度起こりて、この国を取らるるのみならず、西施をも奪はれ、社稷をも傾けらるべし。深く是を謀るに、呉王、淫を好み、色に迷ふ事疑ひなし。国費へ[119]、民背かん時に及びて、兵を起こし、呉を攻められんに、勝つ事を立ち所に決すべし。しかあらば、西施も帰り、長久なりぬべし」

と、涙を流して口説きければ、越王、

「我、前に范蠡が諫めを用ひずして、呉王に囲まれ、命尽きなんとす。今又、彼が諫めを聞かずは、天[120]の照覧にも背きなん」

とて、西施を呉国へ送られけり。互ひの別れ、今を限り、[121]連理枝朽ちぬれば、後朝の袖、[122]愁歎に残る
と言ふも余りあり。されども、范蠡が諫めを違へず、一人の太子をも振り捨て、出で給ふ御心も、ただ
末の世を思ひ給ふ故なり。さりながら、一方ならぬ別れの悲しさ、喩へん方もなかりけり。

さて、かの西施は、[123]一度笑めば百の媚あり。一度宮中に入りぬれば、呉王、心を惑はす。呉王は、思ひよりも心あくがれ、[124]婬欲を好みて、夜とも知らず昼とも分かず、遊宴を専らとして、国の危うきをも顧みず、誠に范蠡が諫めに違はずと見えたり。ここに、呉王の臣下伍子胥、これを歎き、呉王を諫めて曰く、

「君見ずや、[125]殷の紂王は、妲己に迷ひ世を乱し、[126]周の幽王は、褒姒を愛して国を傾けられし事、遠きにあらず」

と、度々諫めけれども、あへてこれを聞かず。

ある時、呉王、[127]西施に宴ぜんとて、群臣を集め、[128]枯蘇台にして、花に酔を進めけるが、伍子胥も威儀を正しくして出でにけり。さしも玉を敷き、黄金を鏤むる[129]瑶階を上るとて、[130]裳裾を高くかかげて、深き水を渡る時のごとくにせり。人これを怪しみ、その故を問へば、

「この枯蘇台は、今越王に滅ぼされ、草深く、露しげき地とならん事遠からず。我、もしそれまで命あらば、昔の跡見んに、袖より[131]余る[132]荊棘の露深かるべし。行末の秋、思へば、かやうにして渡らん」

とぞ申しける。君王を初めとして、聞く者、奇異の思ひをなせり。はたして思ひ[133]合はせられけり。

又、ある時、伍子胥、青蛇のごとくなる剣を抜きて、呉王の前に置き、言ふやう、

121 67頁注21参照。
122 嘆き悲しむこと。
123 『白氏文集』十二・長恨歌に「廻レ眸一笑百媚生」とある。一度でも微笑むと多くの媚態があらわれたの意。
124 魂が身にそわないような状態で。
125 殷王朝最後の王。愛妃妲己におぼれ、酒池肉林による長夜の宴にふけり、良臣を殺し、民を苦しめたという。
126 西周王朝最後の王。褒姒を寵愛し、申皇后および太子を廃し、褒姒の子を太子としたことから、諸侯に背かれ襲殺されたという。
127 西施のために。
128 枯蘇山のそばに、闔閭が築いたという高さ三百丈の楼閣。
129 美しい階段。
130 裳の裾。裳は、男子の礼服では、表袴の上に着用した。
131 こぼれる。
132 『和漢朗詠集』下・故宮付破宅に、「強呉滅兮有二荊蕀一、姑蘇台之露瀼々」(源順)とあり、典拠を『本朝文粋』一・河原院賦とする。これは、呉王に伍子胥が言った「臣今見三麋鹿游二枯蘇台一也、今臣亦見下宮中生二荊棘一露霑上レ衣也」(『史記』百十八・淮南衡山列伝第五十八)ということばによる。
133 案の定。思った通り。

「この剣を磨ぐ事、邪を退け、敵を払はんためなり。つらつら国の傾くべき基を尋ぬるに、皆西施より起これり。されば、これに過ぎたる大敵なし。願はくは、西施が首を刎ねて、社稷の危うきを助けん」

と言ひて、歯咬みをしてぞ立ちたりける。げにや、[134]忠言は耳に逆ふ習ひなれば、呉王、大きに怒り、眼の前にをきて国傾くと言ふとも、[135]軽く我をや背かん、まして、命邪路に入る事、[136]その数ならず、これひとへに[137]怨敵の語らひを受けたりとおぼえたり、さあらんにおひては、[138]是非を犯さざる先に、伍子胥を誅せらるべきにぞ定めける。伍子胥、あへてこれを[139]痛まず、

「[140]我が君臣の朝恩を捨つべきにあらず。国乱れば、一番に出でて、呉王のために屍を曝すべき身なり。越王の兵の手にかからんより、君王の手にかかり死なん事、恨むべきにあらず。但し、君、臣下が諫めを聞かずして、[141]怒りを広くして、我に死を与ふる事、天すでに君を捨つる初めなり。君、越王に滅ぼされ、[142]刑戮の罪に付せられん事、三箇年を過ぐべからず。願はくは、我が両眼を[143]穿ちて、[144]呉の東門に掛けて、その後、首を刎ね給へ。一双の眼[145]枯れずして、待ち申すべし。君、勾践に滅ぼされんを見て、笑はん」

と申しければ、呉王、いよいよ怒りをなして、つゐに伍子胥を斬られけり。無慙なりし有様なり。しかれども、呉王、後悔せられけり。かくて[146]伍子胥願ひなればとて、二つの眼を抜きて、[147]東門に掛け置きたり。しかうして後、悪事いよいよ積もれども、伍子胥が果てを見て、あへて諫むる臣下もなし。あさましかりし有様なり。

越国の范蠡、これを聞き、時すでに至りぬと悦びて、自ら二十万騎の兵を率して向かひけり。

134 よいことばは聞きづらい。149頁注19参照。
135 軽々しく。
136 ひととおりでない。
137 仇敵からの仲間入りの誘い。
138 良いことと悪いこと。ここでは悪いこと。
139 つらいこととは思わない。
140 我が君からの恩を捨てることはできない。
141 たいそう怒って。
142 死刑に処せられる。
143 くりぬいて。
144 底本「此こうもん」、古活字本「此とう門」。彰考館本、万法寺本および『太平記』により改める。
145 生きたままで。
146 古活字本「伍子胥ねがひしごとく」、彰考館本「伍子胥かねかひしことく」。「伍子胥が（の）」とあるべきか。
147 底本「こうもん」、古活字本同。彰考館本、万法寺本および『太平記』により改める。

折節、呉王は、[148]晋の国背くと聞きて、兵を率し、かの国へ向かはれたる留守なりしかば、防ぐ兵一人もなし。范蠡、まづ王宮へ乱れ入り、西施を取り返し、越の王宮へ返し入れ奉り、すなはち、枯蘇城を焼き払ふ。[149]晋・斉の両国も、越王に心ざしを通じければ、三十万騎の兵を出だし、范蠡が勢に力を合はせけり。呉王、これを聞き、大きに驚き、晋の国の戦ひをさしをきて、呉国に引き返し、越王に戦ひをなす。されども、[150]越の勢、その兵、[151]雲霞のごとく前より[152]競へば、後ろよりは、晋の強敵、勝つに乗つて追つかけたり。呉王、大敵に前後を包まれて、逃るべき方なかりければ、死を軽うして戦ふ事、三日三夜なり。則ち、范蠡、新手を入れ替へ、息をもつがせず攻めける程に、呉王の兵、三万余騎討たれしかば、わづかに百余人になりにけり。呉王も自らあひ戦ふ事、三十二箇度なり。夜半に及びて、百余人の兵、六十騎になりて、枯蘇山に登りて、越王の方へ使ひを立てて、

「君王の昔、会稽山に苦しめ置き、越王勾践が命を助けし事、忘るべきにあらず。自らが臣下となり、今、この乱を起こす事、ひとへに助けし重恩にあらずや。我も、今より後、越王のごとく、又君王の[153]玉趾を戴かん。君、もし会稽の恩を忘れずは、今日の死を助け給へ」

と、言葉を尽くしけり。越王、これを聞きて、

94 連行される呉王を、刑死した伍子胥の眼球が見送る。

148 春秋戦国時代の国名。山西省汾水流域の国。

149 底本「しんせい」。彰考館本は「哥・楚」、万法寺本、古活字本に「せい、そ」とあり、『太平記』に「斉の国・楚の国」とある。彰考館本の「哥」は「斉」の誤りと見られ、「斉・楚」が正しい。底本のこの誤りは、次注で示す誤りに関与する。

150 底本「ゑつのせい。その兵」。彰考館本は「越・哥・楚の兵」、万法寺本「ゑつのせいそのつはもの」、古活字本に「ゑつせいそのつわ者」とあり、『太平記』に「斉・楚・越の三国の兵」とある。彰考館本の「哥」は前注参照。前からは越・斉・楚の三国が、後ろからは晋の国が、呉国を攻めたとするのが正しい。

151 多く集まるさま。

152 競って攻めると。

153 お足。絶対に服従する意。

古[154]の我が思ひ、今の人の悲しみこそ思ひ知られて、呉王を殺すに及ばず、その死を救はん事を思ひ煩ひ給へり。范蠡、これを聞き、大きに怒り、越王の前に来たり、[155]面をおかして申しけるは、

「呉は、天より越を与へたり。しかるに、今又、呉を越に施す。呉王、過ぎにし与へを取らずして、この害にあふ。又越、かくのごとくの害にあはん事疑ひなし。呉王が意を憐れむ事、君臣ともに肝を砕き、呉王を得る事[156]二十箇年の春秋、豈思ひ知らざらんや。君非を行ふ時、従はざるは忠臣なり」

と言ひ捨てて、呉王の使ひの未だ帰らざるに、范蠡、自ら攻め[157]鼓を打ちて兵を進め、つゐに呉王を生け捕りにして、軍門の前に引き出だす。范蠡が年月の望み、憤り、さこそと思ひやられたれ。呉王は、すでに[158]面縛せられて、呉の[159]東門を通り給ひけるに、[94] [95] 呉王の忠臣伍子胥が諫めかなはずして、首を刎ねられし時の両眼、[160]幢に掛けたりしが、呉王の果てを見んとて、三年まで枯れずして、見開きてありしが、呉王面縛せられ、かの一双の眼の前を渡りけるを見て、自ら動き働きて、笑ふ気色見えけり。[161]執情の程ぞ恐ろしき。呉王、彼に面を合はせん事、さすが恥づかしくや思はれけん、袖を顔に押し当てて、首を傾けて通り給ふぞ労しき。数万の兵、これを見て、[162]唇を返さぬはなかりけり。

95 高間寺の僧、鶯の和歌を聞く。右下には蛙。

154 底本「の」なし。他本により補う。
155 主君などの意にさからうのもはばからずに諫めること。
156 古活字本同。彰考館本や『太平記』は「はかる」。呉王を討とうとしてきた二十年を、という文脈がよい。
157 攻撃する合図に打ち鳴らす鼓。
158 両手を後ろ手に縛り、顔を前にさし出しさらすこと。
159 底本「此ごうもん」。214頁注144に同じ。
160 小旗を上部につけた鉾。
161 深く思い込むこと。
162 憎み、そしらない者はいなかった。

扨、彼の伍子胥が眼は、呉王の果てを見送りて、霜の日に溶くるがごとく、時の間に消えて失せにけるぞ奇特なる。則ち、呉王夫差をば、典獄の官に下されて、会稽山の麓にて、つゐに首を刎ね奉る。哀れなりし例とぞ申し伝へける。されば、古より今に至るまで、俗の諺に、「会稽の恥をきよむ」とは、この事を言ふなるべし。

扨、越王は、呉国を取るのみならず、隣国迄従へ、[163]覇者の盟主となりしかば、その功を賞じて、范蠡をば、[164]万戸侯に封ぜんとし給ひしかども、范蠡、かつて禄を受けず、

「[165]大名の下には、久しく居るべからず。[166]功成り名遂げて、身退くは、天の道なり」

とて、終に名を変へ、[167]陶朱公と言はれて、[168]五湖と言ふ所に身を隠し、世を遁れて、釣をして、[169]白頭の翁となりて、後には行き方知らずと申し伝へけり。

或人の曰く、

「越王は、会稽の恥をすすぎ、運命を開き、世に栄ふるなり。今の[170]時致は、恥をすすぐといへども、一命を失ふ。喩へは少し違ふやうなれども、名を清め、誉を世に残す理にや。この人々の、弓矢取っての勢ひ、[171]打ち物取っての振る舞ひ、呉越の戦ひには勝るもの哉」

と感ずる人多かりき。聞く人、

「理」

とぞ申しける。

163 武力・権謀を用いて政治をとる諸侯の頭。
164 一万戸の人民を領有する大諸侯。広大な土地に封ぜられた大名の意。
165 『史記』四十一・越王勾践世家第十一に、「范蠡以為、大名之下難ニ以久居一、且勾践為レ人、可ニ与同一レ患、難ニ与処一レ安」とあり、『玉函秘抄』中に「大名之下不可久処」、『明文抄』人事部下、『管蠡抄』七・功成身退に「大名之下難以久居」と引かれる。「大名」は、大きな名誉。
166 『老子』運夷第九に、「功成名遂身退、天之道」とあり、『管蠡抄』七・功成身退にも引かれる（前注「大名之下…」の直前）。『太平記』は、「大名の下には久しく居すべからず。功なり名遂げて身退くは天の道なり」。
167 「陶」は山東省定陶県の西北。交易の中心地。『史記』四十一・越王勾践世家第十一に、「止ニ于陶一、…自謂ニ陶朱公一。致レ貲累ニ巨万一」とある。
168 中国、古代の五つの湖。太湖または洞庭湖を五つに区切った呼び名とも、また付近の湖を含めて呼んだともいう。
169 白髪の老人。
170 底本「時宗」。
171 打ちきたえて作った武器。刀剣・槍など。

鶯[1]と蛙の歌の事

扨も、「花に[2]鳴く鶯、水に住む蛙さへ、歌をば詠むものを」と言ひけるは、人皇[3]八代の帝孝元天皇[4]の御時、大和国[5]葛城山の麓、[6]高間寺と言ふ所に、僧ありけるが、又もなき弟子を先立てて、深く歎きゐたり。次の年の春、かの寺の軒端の梢に鳴く鶯の声を聞けば、

[7]「初陽毎朝来、不相還本栖」

と鳴きけり。文字に写せば、歌なり。

[8]初春の朝ごとには来たれども相はでぞ還る本の栖に

と、[9]鶯のまさしく詠みたる歌ぞかし。

又、「[10]蛙の歌詠みける」とは、昔、良定、[11]住吉に行き、[12]結びし女を尋ねけるに、かの女には逢はずして、あくがれ立ちたりし折節、蛙、その前を通りし跡を見ければ、三十字一文字の歌なり。

[13]住吉の浜のみるめも忘れねばかりそめ人にまた訪はれけり

これ又、[14]蛙のまさしく詠みし歌なり。

曽我物語　巻[15]第五終

鶯と蛙の歌の事

1この物語は、真名本や太山寺本、南葵文庫本にはない。この物語は、『毘沙門堂本古今集注』に「日本記云」として収められ、また、『月苅藻集』下に「二条為世曰ク」として見える。鶯の歌については謡曲「白楽天」にも見える。 2 201頁注12参照。以下の説話引用は、201頁で引かれたこの句を説明するものである。 3底本「仁王」。 4底本「てん王」。 5大阪府と和歌山県との境にある山。修験道の霊場。 6葛城山の東南麓、現奈良県御所市高天にあった寺。『毘沙門堂本古今集注』は寺の名を記さず、『月苅藻集』は「高間寺」、謡曲「白楽天」は「高天寺」と記す。 7『毘沙門堂本古今集注』に「初陽毎朝来不相還本誓」。『月苅藻集』、謡曲「白楽天」は底本と同じ。 8『毘沙門堂本古今集注』に「ハツ春ノアシタコトニハキタレトモアヒカヘラサルモトノチカヒヲ」。『月苅藻集』、謡曲「白楽天」は底本と同じ。 9『毘沙門堂本古今集注』には、「恠思テネタル夜ノ夢ニ告テ云、我ハ汝カ弟子ナリ。生ヲカヘテ鳥ト成テ此ニ来レリト云ケリ。是ヲ日本記ニハ、ウクヒス童ノ歌ト云也」とある。 10『月苅藻集』には、「此児ノ鶯ニナリシヨトテ哀傷思ヒヲナシタリ」とある。 『毘沙門堂本古今集注』には、「日本記云、紀良定、住吉ノ浦ニ行テワスレ草ヲ尋ケルニ、美女ニアヘリ。来春ヲ契テ尋来リケルニ、女ハナシ。ツク〲トヲル所ニ、カヘルノ浜ヲアユミトホルヲ見ニ、其跡歌ナリ」とある。『月苅藻集』には、紀良定を「貫之カ四代祖、壱岐守紀良貞」とする。良定については未詳。 11現大阪市住吉区。古くは「すみのえ」と称し、『摂津風土記』『万葉集』にもその名が見える。全国の住吉神社の総本社、住吉大社がある。古活字本「住吉に忘草をたづねゆきしに」。 12脱文があるか。注10参照。 13『毘沙門堂本古今集注』に「スミヨシノハマノミルメモワスレネハカリニモ人ニ又トハレヌル」、『月苅藻集』に「スミヨシノ浜ノミルメモワスレネハカリソメ人ニマタトハレヌル」。 14『毘沙門堂本古今集注』には、「カハツ女ノ歌ト云リ」とある。『月苅藻集』には、「カノ女ノ蛙ノ化シタルト思ヘリ」とする。 15底本「第」なし。他本により補う。

曽我物語 巻第六

十郎大磯へ行き、立ち聞きの事[1]

さても、十郎祐成は、三浦より曽我へ帰りけるが、定めなき憂き世の習ひ、つくづくと案ずるに、明日富士野に打ち出でて、帰らん事は不定なり、この二三年情けをかけて浅からぬ、虎に暇乞はんとて、[2]宿河原・[3]松井田と申す所より、大磯にこそ行きにけれ。折節、[4]鎌倉殿召しに従ひ、近国の大名・小名、打ち連れ打ち連れ通りけり。十郎、虎が宿所に立ち寄りてありけるが、心を変へて思ひけるは、国々の侍、多く通る折節なれば、[5]流れをたつる遊び者、又我ならぬ人に情けもやと、心許なく思はれて、しばらく駒を控へて、内の体をぞ聞き居たる。

折節、虎が住処には、友の遊君数多並み居て物語しける中に、虎が声と思しくて、

「ただ今上る人々は、いづくの国の誰人ぞ」

「聞き給はずや、[6]先陣は波多野右馬允。[7]後陣は[8]横山藤馬允」

とぞ申しける。虎聞きて、

「まことや、[9]孔子の言葉に、『[10]耳の楽しむ時には慎むべし。心の驕る時には恣にすべからざれ』とは申せども、あはれ、げに、この殿原の馬・鞍・鎧・[11]腹巻を妾にくれよかし」。

十郎大磯へ行き、立ち聞きの事

1この物語は真名本にはない。 2現神奈川県川崎市多摩区か。ただし、「三浦」から「曽我」（あるいは「大磯」）間の地名とは言えまい。真名本でも、三浦からの帰りに十郎は虎のもとに立ち寄るが、「金屋川大橋」を越えて大磯へ行ったとあり（巻六）、「宿河原」を固有の地名ととらえなければ、あるいは金屋川（現花水川）の河川敷周辺とも解せようか。 3前出の松井田か（173頁注43参照）。「宿河原」同様、「三浦」から「曽我」（あるいは「大磯」）間の地名とは言えない。 4古活字本同。彰考館本「鎌倉殿の」。 5 197頁注39参照。 6本陣の前に立つ隊。 7底本「波多野右馬允。後陣は」なし。他本により補う。「波多野」は45頁注7参照。なお古活字本は「右馬助」。「後陣」は、本陣の後ろに付く隊。 8横山右馬允時兼。「横山」は現東京都八王子市と日野市の一部。 9「孔子」のこと。 10太山寺本に「目にこもる所にふべからず、身の楽しむ所に住すべからず、口の楽しむ所に随ふべからず、心の欲する所に恣にすべからず」、彰考館本等は、底本とほぼ同。「孔子の言葉」は未詳であるが、『抱朴子』外篇・酒誡に、「目之所レ好不レ可レ従也。耳之所レ楽不レ可レ順也。鼻之所レ喜不レ可レ任也。口之所レ嗜不レ可レ随也。心之所レ欲不レ可レ恣也」とあり、『玉函秘抄』上、『明文抄』四・人事下にも引かれる。気分のよい時には、特に警戒せよという戒め。 11腹に巻き、背で合わせる鎧。

女房たち聞きて、
「あはぬ願ひ物[12]、何の[13]御用にや」
と言ふ。
「祐成に参らせ、思ふ事を」
とばかり言ひて、涙を浮かべけり。友の遊君聞きて、不思議やな、思ふ事は何なるらん
と怪しみながら、問ふべきにあらず。敵討ちて後にこそ、この事よとは知られけり。され
ば、この人も、かねてより知りけるよとは申し合ひけり。
祐成、物越しに聞きて、いかでかこれ程情け深き者に、立ち聞きしたりと思はれては、
後の恨みも残るべし、[14]後ろ暗くも思ひなば、来ぬこそと思ひつつ、[15]知らざる体にもてな
し、駒の口をしばし控へ、何となく広縁に下り、鞭にて簾を打ち上げて、内に入りぬ。
虎も、やがて出で、いつよりも睦ましく語り寄り、飽かぬ世の中の[16]夢か現かと思ひ居た
りける所に、思ひの外なる事こそ出で来たれ。

[1]和田義盛、酒盛の事

さる程に、[2]和田義盛、一門百八十騎[3]打ち連れて、[4]下野へ通りけるが、子どもに向かひ
言ひけるは、
「都の事は限りあり、田舎にては、[5]黄瀬川の[6]亀鶴、[7]手越に[8]少将、大磯の虎とて、
海道一の遊君ぞかし。[9]一献勧めて通らばや」

12 あなたにふさわしくないお願い事ですね。
13 何のお役に立つともわかりませんが。
14 うしろめたい思いをするくらいなら、来ないのに。
15 何も知らないようにとりつくろって。
16 男女の仲。

和田義盛、酒盛の事
1 真名本にも、兄弟が大磯で和田義盛と酒宴をする場面はある（巻五）が、以下のような筋立てではない。なお真名本では、この酒宴を浅間をはじめとした北関東を巡る狩に先立つ建久四年（一一九三）四月中旬の頃の事とする。
2 85頁注9参照。　3 太山寺本に「九十三騎」。彰考館本、古活字本等は底本と同じ。ただし、230頁には「九十三騎」、235頁には「四百余人」とある。
4 諸本同。現栃木県。本拠地の三浦

（神奈川県南東部）あるいは所領の安房国和田御厨（千葉県南端部）から下野へ向かう途上に大磯は位置しない。真名本では、熱海から三浦への帰り道に大磯に立ち寄ったとしていて地理的には齟齬がない。 5 158頁注76参照。 6遊女の名。395頁に、虎の妹（妹同様の者の意か）とある。『吾妻鏡』建久四年（一一九三）五月二十八日条に、「祐経、王藤内等所レ令二交会一之遊女、手越少将、黄瀬川之亀鶴等」と見え、敵討ち事件当夜は王藤内と伏し寝をしている。 7 158頁注75参照。 8遊女の名。441頁に、虎の姉（姉同様の者の意か）とある。注6も参照。敵討ち事件当夜は工藤祐経と伏し寝をしている。 9酒宴をして。 10古活字本同。大磯宿の長者。虎の母にあたる。太山寺本「長者」。 11ひととおりでなく。太山寺本「座敷」、彰考館本、南葵文庫本「さふらひ」、万法寺本「さふらひところ」。 12古活字本同。侍、侍所は武士の詰め所。主殿に付属するものを内侍、主殿から離れて中門近くにあるものを遠侍、外侍という。ここでは「別棟」程度の意か。 13和田義盛の子。母を巴御前とする伝がある。通称三郎。勇猛かつ豪力無双と伝えられる。「朝比奈」は現千葉県南房総市千倉町瀬戸。 14 304頁に「兼忠」とある。『吾妻鏡』建仁二年（一二〇二）八月十五日条に、「古郡左衛門尉保忠」と見え、建暦三年（一二一三）五月の和田合戦にも義盛麾下にその名が見える。「古郡」は現山梨県上野原市。現東京都八王子市を本拠とした横山党の流れをく

「しかるべく候ふ」

とて、かの長[10]の方へ使ひを立てて、かくぞ言はせけるに、長、なのめならず[11]に悦び、遠侍[12]の塵取らせ、

「義盛、これへ」

と請じけり。虎に劣らぬ女房共、三十余人出で立たせ、座敷へこそは出だしけれ。朝比奈[13]三郎義秀、古郡左衛門[14]、種氏[15]を先として、八十余人居流れて[16]、96 97 すでに酒宴ぞ始まりける。されども、虎は、座敷へ出でざりけり。義盛、心得ず思ひて、

「この君たち[17]もさる事なれども[18]、虎御前の見参のためなり。などや見え給はぬ。義盛悪しくや[19]参りて候ふか」

と言ひければ、母聞きて、

「この程、煩はしくて[20]」

と言ひながら、座敷を立ち、虎が方へ行き、

「などや遅く出で給ふぞ。疾く疾く」

と言ひ置きて、母は座敷へ出で、

「ただ今、虎は参り候ふ」

と言ひければ、義盛、盃控へ、今

96 祐成、大磯の宿にて、虎の想いを立ち聞きする。

やと待てども見えざりけり。なかなか〱始めより、心地[21]例ならで、と言ひなばよかるべきを、ただ今と言ふにより、義盛、色を損じ、

「御心に背く事あらば、罷り立ちて、重ねて参るべし」

と言ふ。母聞き、悪し様にやと思ひ、又座敷を立ち、

「何とて出で給はぬぞや。時世に[22]従ふ習ひ、思はぬ人に馴るるも、さのみこそ候へ。恨めしの御振る舞ひや」

とて佇む。虎は又、十郎が心をかねて[23]、衣引き被き打ち伏しぬ。母は、この心を見かねて、

「いかにや。昔のふん女[24]が事をば知り給はずや。さやうの事だにあるぞかし。なをも出でまじくは、六字[25]の名号も御照覧候へ、生々世々[26]、不孝する」

と言ひ捨てて、座敷へこそは出でにけれ。

ふん女が事[1]

97 和田義盛、一門を引き連れ大磯宿にて酒宴。

む。15古活字本同。彰考館本等は「同種氏」とするので、古郡左衛門とは別人と考えられるが、「種氏」は未詳。太山寺本、南葵文庫本「常氏」、彰考館本、万法寺本、古活字本は底本と同。16座をつらねて座り。17遊女たちも。18まことに結構ではあるが。19来ては都合が悪かったのか。20他本、「心（の）わづらはしくて」。気持ちがふさいでいるので。21病気で気分がすぐれないので。

22時世に従うのは世の常である。

23気兼ねして。

24彰考館本に「分女」とあるが、漢字は未詳。223頁注2参照。太山寺本にこの母のことばはない。

25「南無阿弥陀仏」の名号。

26何度生まれ変わっても勘当するぞ。

ふん女が事

1この物語は、真名本、太山寺本にはない。

そも〳〵[2]、ふん女と申す由来を詳しく尋ぬるに、昔、大国[3]流沙[4]の水上に、ふん女といへる女あり。天下に聞こゆる長者[5]なり。金銀珠玉のみならず、七珍万宝[6]、四方の蔵に余りけり。しかれども、いかなる罪の報ひにや、一人の子なし。悲しみて、祈れどもかなはず。ある時、思はざるに懐妊す。喜びの思ひをなすに、苦しめる事いふばかりなし。されども、子の出で来ぬべき事の嬉しさに、物の数とも思はざりけり。日数積もる程に、産の紐を解く[7]。見れば、人にはあらで、卵を五百産みたり。

「これはいかに、一つなりとも不思議なるぞかし。五百まで生まるる事、ただ事にあらず。縁なき子を強いて祈るによつて、天の憎みを蒙るとおぼえたり。孵りなば、いかなる物にて、親をも損じ、人をも害すべきやらん。その上、胎卵湿化[8]の内、卵生罪深しと説かれたり。置くべからず」

とて、箱に入れて、流沙の波に流し捨てけり。不思議なる例なり。はるかの川の末に、れうかん[9]といふ所に、[10]きよはくと言ふ[11]貧道無縁の老人あり。明け暮れ、この川の[12]鱗を漁り、[13]身命を助かりけるが、折節、釣する所へ、この箱流れ寄りたり。取り上げ、開き見れば、卵なり。何者の子やらんと思ひ、家に取りて帰り、妻にかくと語る。女、これを見て、

「恐ろしや、いかなる物にか孵りなん。主もやう[14]ありてこそ捨てつらん。急ぎ元の川に入れよ」

と言ふ。男の曰く、

「ただ置き候へ。かやうなる物には不思議もこそあれ。たとひ[15]僻事ありとも、我等が齢幾程かあるべきならねば、彼が様を見よ」

とて、物に包み、温かにして置きたりければ、程もなく、美しき男子に孵りぬ。我、古より子のなき事を歎きに思ふに、しかるべき瑞相、天の憐れみにやと喜びて、又見れば、[16]孵り〳〵て、五百人にぞ孵り

2『今昔物語集』五・六に類話が見える。『今昔物語集』では、天竺（現インド）の般沙羅王の后が産んだ五百の卵を、箱に入れて恒伽河（現ガンジス川）に流したとする。典拠は『雑宝蔵経』一・蓮華夫人の話に求めることができる。五百の卵を産んだ女性の名、「ふん女」は未詳。『今昔物語集』には見えない。『雑宝蔵経』では蓮華夫人とするが、この女性が小便の精気を受けて産まれたとすることと関係があるか。
3 中国。
4 中国北西部のゴビ砂漠およびタクラマカン砂漠をさしていうことが多い。砂が河のように流れるという。ここでは川の名とされている。
5 ここでは単純に金持ちの意。
6 123頁注3参照。
7 53頁注1参照。
8 仏教語であらゆる生物。胎生、卵生、湿生、化生の四生をいう。胎は母胎より生まれる人間や獣類、卵は卵から生まれる鳥類など、湿は湿気から生まれる虫類など、化はそのものの業によって生まれる天や地獄などの生きもの。
9 未詳。彰考館本に「りうかん」。
10 未詳。彰考館本「魚白」。
11「貧道」は、仏道修行の貧しいこと。「無縁」は、救われる機縁のないこと。
12 鱗の意から魚をいう。
13 生活する。
14 何かわけがあって。
15 不都合なこと。
16 次々とかえって。

揃ひける。一つを捨てて一つを養はん事、恨めしく、もだしがたくて[17]、とり集め、養ひけるに、一つも[18]つつがなく、成長しけるぞ不思議なる。まことに夫婦二人の時だにも、渡世[19]かなひがたく、乏しかりけるに、ましてこの者共を育てける程に、朝夕[20]の世路に侘びければ、ここやかしこに徘徊し、命を助からんとする程に、心ならず猛悪[21]になり、思はずも欲心に住す。瞋恚[22]を旨として、驕慢[23]に余りければ、外道[24]にも近づきけり。

ある時、彼等言ひけるは、

「我等一人ならず飢えに及べり。さればとて、いたづらに身を捨つべきにあらず。この川上に、ふん女とて長者あり。財宝を蔵に置き余る[25]。いざや行きて、打ち破り、宝を取りぬべし」

と言ひければ、一人が進み出で言ふやう、

「さる事なれども、それ程いみじき果報者[26]を、我等賤しき貧力[27]にて、宝を奪はん事、思ひも寄らず。かへつて身の仇となりぬべし。案じ給へ」

と言ふ。今一人、進みて言ふやう、

「さらば、外道共を語らひ、彼等が神通[28]の力を借りて、破つてみん」

「しかるべし」

とて、非天外道[29]といふ者のもとへ言ひやりたりければ、もとより闘諍修羅[30]を好む者なれば、同類[31]を催し、打つ立ちける。装束には、流転生死[32]の鎧直垂に、悪業煩悩[33]の籠手をさし、貪欲[34]の脇楯[35]に、因果撥無[36]の脛当に、愚痴暗蔽[37]の綱貫履き[38]、極大邪見[39]の佩楯[40]に、誹謗[41]三宝の裾金物[42]をぞ打つたりける。三界無安[43]の白星[44]の兜に、六趣輪廻[45]の頬当[46]、瞋恚忿怒[47]の刀を差し、放逸無慚[48]の太刀を佩き、殺生偸盗[49]の大弓に、破戒無[50]

17 放っておけないで。 18 一つ残らず無事に。 19 世活が立ちゆかない。 20 日々の生活に困ったので。 21 猛々しくて悪いこと。 22 怒ること。憤ること。 23 おごり高ぶって人を見下すこと。 24 仏教以外の宗教を信奉する者。 25 余るほどに置く。もてあます。 26 幸運に恵まれた者。 27 とぼしい力。 28 66頁注8参照。 29 「阿修羅」の漢訳。186頁注3参照。 30 戦い争うこと。 31 仲間を集めて。 32 生死を重ねて、たえることなく、三界六道(443頁注4参照)の迷界をはてもなくめぐること。以下、諸悪を武具に喩える。 33 悪果を招く一切の迷いの所行。 34 六根本煩悩の一つ。古活字本「とく」。彰考館本等に「自業自得」とある。 35 鎧の胴の右脇のすき間に当てるもの。 36 因果の理法を否定する邪見。「撥無」は払いのけて顧みないこと。 37 道理に暗く、愚かなこと。 38 甲冑とともに用いた毛皮製の沓。 39 極めて大きな誤った見識。 40 草摺の外れから膝頭までを覆うもの。 41 仏法僧を悪く言うこと。 42 鎧の袖や、草摺の菱縫の板の端に打った金物。 43 この世は苦しみが多く、しばしも心が安まらないの意。418頁注34参照。 44 兜の鉢を釘づけする鋲頭の星の表面を銀で包んだもの。 45 地獄・餓鬼・畜生・阿修羅・人間・天上の六道をめぐって生まれ変わり死に変わること。 46 顎から両頬にかけて顔面下方を保護するもの。 47 怒り、恨むこと。憤ること。 48 自分勝手で恥

明の弦をかけて、[51]苦患極重の[52]箙には、[53]諸法愛著の矢数を差し、[54]四顛倒の馬の太く逞しきに、[55]四苦八苦の鞍置きてぞ乗つたりける。[56]異類異形の[57]下外道共、思ひ思ひの装束に色々の旗差させ、数を知らずぞ集まりける。

[58]城中には、静まりかへりて音もせず。されども用心厳しくて、たやすく入るべきやうはなし。時を移して[59]ゆらへたり。かのふん女と申すは、同じ福者といひながら、三宝を崇め、仁義を乱さぬ賢人なり。いかでか諸天も捨て給ふべきならねば、ふん女を[60]渇仰し給ひけり。かくてはいかがあるべきとて、[61]死生知らざる外道共、喚き叫んで乱れ入る。その時、悪魔を降伏の[62]四天・[63]十二天、[64]影向なりて、四角四方を守り給ふ。四天は、もとより甲冑をよろひ、弓箭を離さぬ勇士なれば、[65]面も振らず支へ給ふ。[66]火天、猛火を放し、[67]風天、風を吹かせ、各城を守り給ふ。

中にも、[68]水天は、弓矢を守らんと誓ひ給ふなれば、数の眷属を引き連れ、[69]妙観みつちの旗差させ、殊に進みて見え給ふ。その日の御装束には、[70]九ほん正覚の直垂に、[71]相好荘厳の籠手をさし、[72]上求菩提の[73]小具足に、[74]下化衆生の脛当、[75]二求両願の綱貫履き、[76]大悲大しゆらの頰当し、[77]無数方便の[78]赤糸の毛を引かせ、[79]紫磨黄金の裾金物をこそ打つたりけれ。[80]万徳円満の月、[81]真つ向に打ち、[82]畢竟空しくの四[83]

98 きよはくとその妻のもとで、川で拾われた五百の卵が次々と孵る。

知らずであること。49生き物を殺すことと他人のものを盗むこと。50戒を破って真理に暗いこと。51苦しみや悩みがきわめて重いこと。52矢を入れて背負う道具。53この世の一切のものに執着すること。54四つの道理に背く見解。凡夫が、無常、苦、無我、不浄のこの世を、常、楽、我、浄と思い誤ること。55人間のあらゆる苦しみの称。四苦は生苦、老苦、病苦、死苦。八苦は四苦に、愛別離苦、怨憎会苦、求不得苦、五蘊盛苦の四つを加えたもの。56普通では見られない姿かたちや様子のもの。奇怪な生物、鬼畜の類。57下っ端の外道たち。「外道」は224頁注24参照。なお古活字本は「ちたげだうども」、彰考館本「懶惰外道共」。「懶惰」は、なまけ怠ること。58ふん女の居館。59その場所にとどまった。60慕い仰ぎなさった。61命知らずの。62須弥山の中腹にある四王天の主で、東方の持国天、西方の広目天、南方の増長天、北方の多聞天または毘沙門天のそれぞれを主宰する王の総称。八部衆を支配して帝釈天に仕え、仏法と仏法に帰依する人々を守護する。63一切の天龍・鬼神・星宿・冥官を統べて世を護る十二の神。八方天と上下の天と日月とからなる。東に「帝釈天」、東南に「火天」、南に「閻魔天」、西南に「羅刹天」、西に「水天」、西北に「風天」、北に「多聞天（毘沙門天）」、東北に「大自在天」、上に「梵天」、下に「地天」、および「日天」「月天」の総称。64 60頁注13参照。65わき目も振ら

方白の兜を猪首に着、[84]五劫思惟の[85]厳物作りの[86]太刀を佩き、[87]首楞厳定の刀を差し、[88]火しや三昧の槻弓、[89]実相般若の弦をかけ、[90]智徳無量[91]の矢数を差し、[92]随類化現を羽に交へ、[93]筈高に負ひなし給ふ。本より手なれし大蛇、後ろ・より這ひかかり、左右の肩に手を置き、甲の上に頭をもたせ、[94]両眼の光明らかにして、時々稲妻四方に散り、紫の舌の色鮮やかにして、折々火焔を吹き出だす。勢ひ天に余る。今の世に、兜の龍頭を打つ事、[95]この時よりも始まりけり。各床几に腰を掛け、宣ひけるは、

「[96]大修羅王が戦ひの強きも、仏力にはかなはず。ましてや言はん。彼等が勇み、物の数にて数ならず。[97]蟻のたけとおぼえたり。城中静まれ」

とぞ下知し給ふ。98 99

ここに、城の内より武者一人進み出で、申しけるは、

「只今寄せ来たる兵は、いづくの国のいかなる者ぞ。又、いかなる[98]宿意あるぞ。詳しく名乗れ」

と言ひければ、五百人の兵聞きて、

「[99]我等には、親もなし、氏・系図もなし。生まるる所を知らざれば、[100]なんでう誰と名乗るべし。朝夕

99 卵から孵った五百人の者たち、長者ふん女の館を襲う。

ず。まっしぐらに。　66十二天の一。　67十二天の一。以下、225頁注63参照。　68十二天の一。　69古活字本同。彰考館本に「めうくわんさつち」。「妙観察智」、南葵文庫本に「妙観察智」は、存在の相を正しくとらえ、仏教の実践を支える智。以下、諸善を武具に喩える。　70古活字本同。彰考館本に「久遠正覚」、南葵文庫本に「くおんしやうかく」。「久遠正覚」は、久遠の昔に真実の悟りを成就して仏となったこと。　71仏の顔かたちが貴くおごそかなさま。　72菩薩が上に向かってみずからのために菩提を求めること。　73甲冑の付属具の総称。続く、脛当、頬当等と重複する。古活字本他は「膝鎧」でいわゆる小具足の一つ。　74菩薩が利他の行として、生を受けたものすべてを教化し救済すること。　75衆生の二種の欲求のこと。楽を求めること（得求）と長寿をもとめること（命求）。　76古活字本同。彰考館本に「大悲代受苦」、南葵文庫本に「大ひ大しゆく」。「大悲大受苦」は、他の人に代わって苦しみを引き受ける菩薩の衆生に対するいつくしみ。　77仏が人を真の教えに導くための数え切れない手段。　78他本は「赤糸の鎧」とする。「毛」は鎧の縅毛で、鎧を縅した糸や革ひも。　79紫色を帯びた純粋の黄金。最上質の黄金をいう。　80あらゆる徳を完全にそなえていること。　81兜の鉢の正面。　82古活字本同。彰考館本に「畢竟空寂」、南葵文庫本に「ひつきやうくうしやく」。「畢竟空寂」は、つまるところすべては実体は

思ふ事とては、宝の欲しきばかりなり。急ぎ蔵を開き、財宝を与へ給へ。我等、思ふ程取りて帰らん」

と言ふ。

「心得ぬ言葉かな。人により、分に従ひ、氏も名字もあるものを、[101]猛悪の身が不思議なり。詳しく申せ」

と言ひければ、

「問ふては何にし給ふべき。さりながら、この川上より流れ来たる五百人の[102]卵の流人なり。[103]謂はれなければ人知らず。急ぎ宝を施して、帰すべし」

とぞ申しける。流れ来たる兵と言ふを、ふん女、つく〴〵聞きて、怪しく思ひ、櫓の下に歩み出でて、

「五百人の殿原、近く寄り給へ。尋ぬべき事あり」

と言ひければ、一人、塀の際に寄りたり。

「そも〳〵、『流れ来たる』と仰せられつる言葉につゐて申すぞとよ。姿は何にて流れけるぞ」

「宝をば出ださで、[104]むつかし」

とは言ひながら、

「我等が昔、いかなる者か産みたりけん。五百の卵にて、水上より流れたりけるを、取り上げて育てけるが、かくなりぬ」

と言ふ。さればこそと思ひ、

「その卵は、何に入りけるぞ」


ないのだということ。[83]四方に鋲を張ってある兜。[84]兜を後ろにずらして、少しあみだにかぶること。敵の矢も刀も恐れない、勇ましいかぶり方。[85]阿弥陀如来が一切の衆生を済度するための願を起こし、五劫の間（極めて長い時間）思惟したことをいう。[86]外装をいかめしくこしらえた太刀。[87]悪魔を調伏する勇猛で堅固なさま。[88]古活字本同。彰考館本に「火生三昧」、南葵文庫本に「くわしやう三まい」。「火生三昧」は、不動明王が身から出す火炎でいっさいの悪魔、煩悩を焼き尽くすもの。[89]槻の木で作った弓。[90]真実のさまを見ぬく智慧。[91]知識と道徳がはかりしれないさま。[92]仏菩薩が、衆生の素質、能力に応じて身を現わし、教化すること。[93]46頁注12参照。[94]もたせかけて。[95]兜の前立物で、龍の頭の形をしたもの。[96]阿修羅王。186頁注3参照。[97]どれもこれも似たり寄ったりで、抜きん出た者がいないことの喩え。ただし、古活字本は「蟻のたけり」、彰考館本「螻のたけり」、南葵文庫本「けうのたけり」。「螻」はケラで、「たけり」は勢いよく叫ぶことであるが、成句としては未詳。[98]かねてよりの望み。[99]底本「かれら」。他本により改める。[100]どうして。[101]猛悪になったのはなぜだ。[102]「卵の」は、他本になし。「流人」は古活字本同。彰考館本等には「牢人」とある。[103]由緒を知る者もいないのでの意か。古活字本「いはれんものもなけければ」（「け」は衍）、

「玉の手箱に入り、上には銘[105]を書きしなり」

「銘をば何と書きたるぞ」

「『はうしやうろう[106]の箱』と書けり」

「さては疑ふ所なし。これは、そなたの支証[107]なり。こなたの証拠には、『もしこの卵つつがなく成長あらば尋ね来よ。ふん女』と書きて、判を押し、箱の底に入れたりしが[108]」

「刹那[109]も膚を離さじと、首に掛けて持ちたり」

とて、懐よりも取り出だす。

「さては疑ふ所なし。汝等は、自らが子どもなり」

と、門戸を開きて出でければ、尾花[110]のごとく支へたる鉾・剣をも捨てにけり。母も子どもの懐かしさに、剣の刃も忘れつつ、彼等が中へ走り入りて見ませば、兵も、兜を脱ぎ、弓矢を横たへ、各大地に跪く。いつしか母は懐かしく、思ひの涙に袖絞る。並み居たる兵も、同じ心になりにけり。かれもこれもそかと言ふ、情けの袖も芳ばしく、憐れみ憐れむ装ひは、見るに涙も進みけり。げにや、恩愛[111]の仲程悲しき事あらじ。まことや、夜叉[112]・羅刹を従へて、猛く勇める武士も、母一人の言葉に、皆々靡くぞ哀れなる。かくて、城中に誘ひ入れ、親子の睦び[113]、懇ろなり。

弁才天の事[1]

かのふん女と申しし人、後には、大弁才天[2]とあらはれ給ふとかや。五百人の人々は、五百童子[3]となり、その一は、印鑰[4]預かり給ふ神とあらはれ、はうしやうろうの箱をも、その中に持たせ給ふ。一切衆生の願

彰考館本等は「あはれむものなければ」。104答えるのは難しい。無理だ。

105器物などに、来歴などを記したもの。

106未詳。彰考館本に「坊城楼」とある。

107物事の事実認定の裏付けとなる証拠。特に、争論の時に示す証拠。

108古活字本、彰考館本類同。南葵文庫本に、「…いれたりしは。とといければ、せつなもはたへを…」とあることにより、ここで話主を交代する。

109極めて短い時間。

110ススキの別名。

111愛情に引かれる親子の間柄。

112「夜叉」は容貌・姿が醜怪で猛悪な鬼神。「羅刹」は人をたぶらかし血肉を食うという悪鬼。ともに、後に仏教にとり入れられて八部衆の一つとされ、毘沙門天の眷属として諸天の守護神となる。

113親しみ。

弁才天の事
1この物語も、真名本、太山寺本にはない。　2インドの聖河の神の名。仏教にはいって舌・財・福・智慧・延寿などを与え、災厄を除き、戦勝を得させるという女神。女神であることから、のちに吉祥天などと混同され、福徳

ひを悉く満て、[5]安楽世界に迎へんと誓ひ給ふ。かやうに猛き弓取りも、母には従ふ習ひぞかし。

[1]朝比奈、虎が局へ迎ひに行きし事

さても母は、虎を制しかね、

「何とて母には従はざるや」

とぞ言ひける。虎は、なをも涙に咽び、

「[2]流れをたつる身程、悲しき事はなし。夫の心を思ひ知れば、母の命に背き、又、母に従へば、[3]時の綺羅に愛づるに似たり。とにもかくにも我が思ひ、乱れそめける黒髪の、飽かぬ情けの悲しさよ。いかなる罪の報ひにや、女の身とは生まれけん。さればにや、[4]五障三従と説き給ひけるぞや」

とて、さめざめと泣き居たり。十郎、この有様を見て、

「何かは苦しかるべき。[5]一旦こそあれ、座敷に出で給へ。母の命背きなば、[6]冥の照覧も恐ろし」

と申しければ、虎は、これにも従はず、ただ泣くより他の事はなし。義盛、これをば知らずして、

「何とて虎は遅きやらん」

とて、一座の[7]興を失ひけり。母、待ちかねけるにや、

神としての性格も生じた。 3未詳。弁才天の眷属には、「十五童子」があるが、それに付会したものか。 4印判と鍵。弁才天の十五童子のその一に、「印鑰童子」がいる。 5極楽浄土。

朝比奈、虎が局へ迎ひに行きし事

1 この物語も、真名本にはない。

2 197頁注39参照。

3 時の権勢に従って機嫌をとる。

4 女人が宿命として課せられているとされる五つの障害と三種の忍従。『法華経』提婆達多品第十二による。

5 わずかな時間でも。古活字本「一献の程の隙」。

6 8頁注32参照。

7 面白味。興味。

8 十郎が自分から出て、会わないにしても、遊女を独り占めにしてよいものか。
9 義盛の子。『吾妻鏡』健保元年（一二一三）五月三日条に「和田四郎左衛門尉義直〈年三十七〉」と見える。
10 朝比奈三郎義秀。221頁注13参照。
11 太山寺本は「九十余人」。220頁注3も参照。
12 緊張が走った。
13 逃れられないのはいたしかたがない。
14 無駄な死に方をして。
15 直垂の袖くくりの緒の垂れた端を結んで。
16 伊東家に代々伝わった。
17 赤銅（銅に金・銀を加えた合金）で装飾した太刀。236頁には、五郎が帯びた太刀も「伊東重代の四尺六寸の赤銅作りの太刀」とある。なお、十郎が敵討ちに用いた太刀については、387頁にその由来が語られているように、ここで帯びている太刀とは異なる。
18 地獄で亡者を責めたてる鬼。
19 着物の端に取り包み。

「曽我十郎殿ましますが、さてや、出でかね候ふらん」。

和田、これを聞き、

「心得ぬ十郎が振る舞ひかな。[8]我こそ出でて対面せざらめ、流れの遊君を塞ぐべきか。まことに僻事なり。[9]四郎左衛門、[10]朝比奈はなきか。御迎ひに参れ」

と言ふ。[11]四百余人の殿原も、はや事出で来ぬと[12]色めきけり。祐成が在り所近ければ、義盛が言葉、手に取るやうにぞ聞こえける。

「不思議やな。思はぬ最期の出で来たるぞや。身に思ひのあれば、千金万玉よりも惜しき命なり。されども、[13]逃れぬ所は力なし。[14]いたづらなる死にして、五郎に恨みられん事こそ、思ひやられて悲しけれ。さりながら、かやうの所は、神も仏も許し給へ」

と言ふままに、烏帽子押し直し、[15]直垂の露結んで肩に掛け、[16]伊東重代の[17]赤銅作りの太刀を二三寸抜きかけ、片膝押し立て、一方の戸を開き、

「ことごとしや。三浦の者共何十人もあれ、一番に入らん朝比奈が諸膝薙ぎ伏せ、続かん奴原、ものの数にやあるべき。伊東の手並み見せん。遅し」

とこそは待ちかけたり。虎も、この有様を見て、げにや、冥途より来たるなる[18]獄卒の追つ立つる道だにも、主君・師匠の命には代はるぞかし、ましてや、夫婦恩愛の契り浅からずとは、古今までも伝へ聞くなるものを、後の世までも離れじと思ひ切つて、守り刀、[19]衣の褄にとりくくみ、三浦の人々、いかに勇み乱れ入るとも、何となく立ち回り、

よき隙に義盛を一刀刺し、いかにもならんと、只一筋に思ひ定め、[100][101]祐成[20]近く寄り、今やと待つぞ優しき。

時移りにければ、和田、いよいよ腹を立て、

「いかに、朝比奈はなきか。御迎ひに参れ。[21]無骨の訴訟も苦しかるまじ」

とぞ怒りける。義秀聞きかね、座敷を立ち、虎が迎ひに行きけるが、つくづく案ずるやう、十郎といふも、伊東の[22]嫡々たり、[23]心も又立て切つたり、初めより出ださで、かやうになりては、よも出でじ、我又、荒く怒りて出ださんも恥辱なり、所詮、難なきやうに打ち向かひ、[24]賺さばやと思ひければ、静かに歩み入りけるが、この殿原兄弟は、[25]身こそ貧なりとも、心は貧にあらばこそ、[26]楚忽に入りて、細首打ち落とされ、悪しかりなんと思ひ、[27]扇、笏に取り直し、畏まつて、

「これに、曽我十郎殿の御入りの由、父にて候ふ者承り、御迎ひのために義秀を参らせられて候ふ。何かは苦しく候ふべき。御出でありて、親にて候ふ者に御対面や候ふべき。それに又、それがし一

[100] 五百人の者たち、ふん女が実の母であることを知る。

20 祐成の近くに寄り添って。

21 不作法な訴え。力ずく。

22 正統な子孫である。

23 心ばえも優れている。

24 機嫌をとって巧みに言いくるめる。

25 その身は貧乏であっても、心は貧弱ではなく、強いものがある。

26 軽率に。

27 扇を笏のように持ち直し。威儀を正すさま。

期の所望の候ふ。御前[28]の事、ゆか[29]しき事に義盛思はれ候ふが、御座[30]を存じて、義秀申し止めて候ふ。しかるべくは、諸共に御出でありて、父が所望をも叶へ、義秀が面目、施すやうに御計らひ候へ。一[31]向頼み奉り候ふ。さりながら、御心に違ひ候はば、罷り帰り候ふべし」

と、障子越しに言ひければ、十郎聞きて、頼むと言ふに和らぎて、

「左右[32]にや及ぶ、朝比奈殿、いかでか異議に及ぶべき。立ち給へや、御前。祐成も出でん」

とて、烏帽子の筒[33]押し立て、直垂の衣紋[34]ひきつくろひ、虎を先に立てて、各三人出でたりけり。さてこそ、並み居たりける人々も、生きたる心地はしたりけり。まことに、義秀の振る舞ひ、優なるものかな、座敷に事も起こらず、虎も出でて、十郎も心[35]を破らで、事過ぎにけり。これや、『世要論[36]』に、「国[37]のまさにそきする事は、諫臣にあり。家のまさに盛んにたつとうする事は、忠臣によつてなり」と言へり。かやうの事をや申すべき。朝

101 祐成と虎、和田義盛の座敷への呼び出しに、覚悟を決める。

28 虎御前のこと。
29 会いたい。
30 主体は祐成。十郎殿がおいでなので。
31 ひたすら。
32 とやかく言うまでもない。
33 空洞になっている部分。
34 人前に出て見苦しくないよう、装束をととのえるさま。
35 心を傷つけないで。
36 底本「せうろん」。古活字本「せようろん」、太山寺本、南葵文庫本に「せいようろん」、彰考館本「世要論」により改める。『世要論』は桓範著。桓範は、中国後漢末期から三国時代にかけての武将、政治家、文学者。
37 『世要論』諫争（『群書治要』四十七所収）に、「国之将㆑興、貴㆑在㆓諫臣㆒、家之将㆑盛、貴㆑在㆓諫子㆒」とあり、『玉函秘抄』上、『明文抄』二・帝道部下にも引かれる（上の訓点は同書による。なお『明文抄』は典拠を『臣軌』上・匡諫章とする）。諸本に乱れがあり、彰考館本は「国の将に興貴する事は諫臣にあり、家の将に盛貴する事は諫子によってなり」とし、訓読を誤るも用字の面でより本来の形に近い。底本は、古活字本の「こうき」を「そき」と誤ったか。国家や家が盛んになるには、諫臣や諫子が必要だという意。
38 『詩経』小雅・小旻の「戦戦兢兢、

比奈なかりせば、由なき事出で来、十郎も討たれ、和田も人多く滅びて失せなん。まことに、[38]深淵に臨んで薄氷を踏むがごとく、危うかりし事どもなり。

[1]虎が盃、十郎に差しぬる事

義盛は虎を見給ひて、嬉しげにして宣ひけるは、「さても、十郎殿の内にましましけるや。よそがましく心を隔て給ふものかな。御入りを知り候はば、初めより申すべかりつるものを。これへこれへ」と請ぜらる。十郎、[2]笏取り直し、「[3]さん候ふ。御目にかかるべきを、[4]異体の無骨に候へば、罷り出でざる」由、[5]色代して、左手の畳に直りけり。虎も、座敷に定まれば、盃前にぞ置きたりける。義盛、虎をつくづく見て、「[6]聞きしは物の数ならず。かかる者もありけるよ。[7]十郎が心をかねて出でざるさへ、[8]優しく覚ゆるに

102 朝比奈義秀の取りなしにより、座敷に向かう祐成と虎。

如レ臨二深淵一、如レ履二薄氷一」による。『玉函秘抄』中にも引かれるが、典拠を『論語』（泰伯第八）とする。『五常内義抄』（内閣文庫本）上・義和也不偸盗戒・十四にも引かれる。危険な立場にあるさまをいう。

虎が盃、十郎に差しぬる事

1 この物語も、真名本にはない。
2 諸本同。145頁注5参照。
3 さようでございます。応答の語。
4 異様な風体で不作法と存じ。
5 挨拶して。
6 聞き及んでいたよりも素晴らしい。
7 十郎の心を憚って。
8 けなげで感心である。

や、それそれ」

と言ふ。何となく盃取り上げ、その盃、和田飲みて、祐成に差す。その盃、義秀飲みて、面々に下し、思ひ差し[9]、思ひ取り、その後は乱舞になる。

ここに、又はじめたる土器、虎が前にぞ置きたりける。取り上げけるを、今一度と強いられて、受けて持ちけるが、義盛、これを見て、

「いかに御前、その盃、何方へも思し召さん方へ、思ひ差しし給へ。これぞまことの心ならん」

とありければ、七分[10]に受けたる盃に、千々[11]に心を遣ひけり。和田に差したらんは、時の[12]賞玩異議なし、されども、祐成の心のうち恥づかし[13]、流れ[14]をたつる身なればとて、睦びし人を打ち置きながら、座敷に出づるは本意ならず、ましてや、この盃、義盛に差しなば、綺羅[15]に愛でたりと思ひ給はんも口惜し、祐成に差すならば、座敷に事起こりなん、かくあるべしと知るならば[16]、初めより出でもせで、内にていかにもなるべきを、二度思ふ悲しさよ、よしよし、これも前世[17]の事、思はざる事あらば、和田の前下がりに差し給ふ刀こそ、妾が物よ、さゆる[18]体にもてなし奪い取り、一刀刺し、とにもかくにもと思

103 祐成の危機を察知した時致、裸馬に乗って大磯宿へ駆けつける。

9 自分のこれと思う相手に盃を差すこと。
10 盃に七分目の酒を受けて。
11 さまざまに思案した。
12 時勢に従ってもてはやすのはやむを得ない。
13 気が引ける。
14 197頁注39参照。
15 時の権勢にへつらう。
16 こんなことになるのであれば。
17 前の世から決まっていたこと。運命。
18 「障ふる」で、さえぎる、とめるの意。諍いをとめるふりをして刀を奪い。

ひ定めて、義盛一目、祐成一目、心を遣ひ、案じけり。和田は、我[19]にならではと思ふ
処に、さはなくて、
「許させ給へ、さりとては、思ひの方を」
と打ち笑ひ、十郎にこそ差されけれ。一座の人々、目を見合はせ、
「これはいかに」
と見る処に、祐成、盃取り上げて、
「それがし賜らん事、[20]狼籍に似たり。これをば御前に」
と言ふ。義盛聞ひて、
「心ざしの横取り、[21]無骨なり。いかでかさるべき。はやはや」
と色代なり。さのみ辞すべきにあらず、102 103 十郎、盃取り上げ、三度ぞ酌む。義
盛、[22]居丈高になり、
「年程物憂き事はなし。義盛が齢、二十だにも若くは、御前には背かれじ。たとひ一
旦嫌はるるとも、かやうの思ひ差し、よそへは渡さじ。南無阿弥陀仏」
と、[23]高声なりければ、事の外、苦々しくぞ見えにける。[24]九十三騎の人々も、義秀の
方を見やりて、事や出で来なんと色めきたる体、さしあはれけり。十郎、もとより[25]騒
がぬ男にて、何程の事かあるべき、事出で来なば、何十人もあれ、義盛と引つ組んで勝
負をせんずるまでと思ひ切り、[26]嘲笑ひてぞ居たりける。

19 自分に差さないはずはない。

20 無法な振る舞い。

21 不作法。無粋である。

22 ぐっと上半身を伸ばして相手を威圧するさま。

23 声を張り上げたので。

24 220頁注3および230頁注11参照。

25 46頁にも既出。冷静沈着な男。「堪らぬ男」五郎（190頁注34参照）と対をなす十郎の造型。330頁には、「案者第一の男」（注66）ともある。

26 からからと笑って。

五郎、大磯へ行きし事[1]

ここに、五郎時致[2]は、曽我に居たりけるが、父のために『法華経』読みて、本尊に向かひ、念誦[3]しけるが、しきりに胸騒ぎしけり。心得ぬ今の胸騒ぎや、いか様祐成[4]の大磯へ越し給ひぬるが、東国の武士共、富士野へ打ち出づる折節なり、流れの遊君ゆへ、事し出だし給ふにやと[5]、心元[6]なく思ひければ、帳台[7]に走り入り、緋威[8]の腹巻取つて引つかけ、伊東重代[9]の四尺六寸の赤銅作りの太刀、十文字に結び提げ、鞍置くべき暇なければ、膚背[10]に打ち乗り、二十余町[11]のその程を、ただ一馬場[12]に駆けつけ見渡せば、長者の門の辺に鞍置き馬一二百疋引つ立てたり。遠侍[13]には物の具の音しきりにして、ただ今事出で来ぬとぞ見えける。入るべき所なくして、門の外をめぐり、日頃祐成[14]に行き連れて通りし細道をめぐり、虎が居所にこそ着きにけれ。

さて、

「十郎殿は、いかに」

と問へば、

「和田殿と盃を論じて、ただ今事出で来ぬ」

と申す。さればこそと思ひ、透垣[15]を跳ね越え、兄の居たりける後ろの障子を隔て、立ちたりけり。時致、これにありと知られんために、笄[16]にて、障子越しに、袴の着際[17]を刺しければ、十郎、

五郎、大磯へ行きし事

1 この物語は真名本にはない。ただし、巻五に兄弟が大磯で和田義盛たちと酒宴をした話は見える（220頁注1参照）。
2 底本「時宗」。
3 心に仏を念じ、口に経を唱えること。念仏誦経。
4 底本「助成」。
5 事件が起こっているのではないかと。
6 心許なく。心配だ。
7 台のようになっていて、帳を垂らした部屋。家の奥にあって寝所に用いられた。
8 緋色の皮で札をとじ合わせた略式の鎧。「緋色」は、やや黄色みのある鮮やかな赤色。
9 底本「伊藤」。230頁注16・17参照。「四尺六寸」は約一四〇cm。太刀としては大きな部類に入る。
10 鞍を置かない馬。裸馬。
11 一町は六十間で、約一〇九m。二十余町は二km超。
12 休むことなく一気に駆け抜けて。
13 221頁注12参照。
14 底本「助成」。
15 柱の間に通した貫の表裏から細板または割竹を交互に打ち並べた垣。
16 刀の鞘の付属品の一つ。金属で作り、刀の差表に挿しておき、髪をなでつけるのに用いる。
17 着ている所のそば。

「誰そ」

と問ふ。五郎、小声になりて、

「時致、これにあり」

と言ふ。十郎聞きて、千万騎の兵を後ろに持ちたるよりも頼もしくぞ思ひける。義盛の声として、

「上もなく振る舞ふものかな」

と聞こえける。[18]祐成の御事ぞと心得、何事もあらば、障子一重踏み破り、飛び出でて、一の太刀にて義盛、二の太刀にて朝比奈、その外の奴原、何十人もあれかし、物の数にてあらばこそと思ひ切り、四尺六寸の太刀、杖に突きて立つ。忍びかねたる有様は、[19]刀八毘沙門の悪魔を[20]降伏し給ふかとぞおぼえける。[21]夕日脚の事なれば、太刀影の障子に透きて見えければ、朝比奈、これを見て推量し、まことや、彼等兄弟は、兄が座敷にある時は、弟が後ろに立ち添ひ、弟が座敷にある時は、兄が後ろにあるものを、いかさま、五郎は、後ろにありと

18 底本「助成」。
19 兜跋毘沙門天。毘沙門天の一で、西域に起源をもつとみられる異形の毘沙門天像。北方を守護し、外敵を撃退する力をもつという。宝冠を戴き、異国風な鎧を着す。類似した表現が、『保元物語』（宝徳本）上・新院御所各門々固めの事で、源為朝の描写に見える。
20 神仏の力や、またはその法力によって、悪魔、怨敵などをとりしずめること。
21 夕方の日差し。

104 緊迫した座敷に、朝比奈義秀が舞う。

おぼえたり、さしたる事もなきに、大事引き出だして、何の益かあらん、又[22]さりとは親しき仲ぞかし、何となき体にもてなし、座敷を立たばやと思ひければ、[23]紅に月出だしたる扇を開き、

104 105 「何とやらん、御座敷静まりたり。
歌へ殿原、囃せや舞はん」

とて、すでに座敷を立ちければ、[24]面々にこそ囃しけれ。義秀、拍子を打ち立てさせ、

「[25]君が代は千代に八千代をさざれ石の」

と[26]しほり上(あげ)げて、

「巌となりて苔(こけ)のむすまで」

と、[27]短く舞ふてまはりけり。

[1]朝比奈と五郎、力くらべの事

かくて朝比奈三郎、舞ひも過ぎぬれば、五郎が立ちたる前の障子を引き開け見れば、

105 五郎時致と朝比奈義秀、草摺引きの力くらべ。

22 彰考館本は「異姓他人にてもあらざるをや」とし、諸本類同。古活字本「いつしやう他人にもあらざるなり」。縁のない他人というわけでもないという文脈で意訳したか。ただ、「さりとては」(王堂本)とあるべきか。そうかといって親しい間柄であるの意。
23 紅の地色に月の形を表した扇。
24 めいめいに。
25 『和漢朗詠集』下・祝に、「わが君は千代に八千代にさざれ石の巌となりて苔のむすまで」とある。
26 声を細くしなわせ張りあげて。
27 古活字本「ふみしかく」。太山寺本や彰考館本に「ふみちかへて」。「踏み違へて」は、踏む足の調子を変えて舞うさまをいう。

朝比奈と五郎、力くらべの事
1 この物語は真名本にはない。

案に違はず、時致は、四[2]天王を作り損じたる様にて、踏[3]みしかりてぞ立ちたりける。朝比奈、過[4]たず、狂言に取りなして、

「客人ましますぞや。こなたへ入らせ給へ」

とて、草[5]摺二三間むずと取り、引きけれども、少[6]しも働かず。磐[7]石なりとも、義秀が手をかけなば、動かぬ事やあるべきと思ひ、力に任せ、ゑいやゑいやと引きけれども、五郎は物とも思はねば、引くともなく、引かるるともなく、嘲[8]笑ひてぞ立つたりける。大力に引かれて、横[9]縫草摺堪へずして、一度に切れて、朝比奈は、後ろへどうど倒れけり。五郎は、少しも働かで、仁[10]王立ちにぞ立ちたりける。さてこそ五郎時致は、汀[11]優りの大力と、よその人まで知りにけり。まことや、この者の父河津三郎は、東八箇国に聞こゆる俣[12]野五郎に、片手を放ちて、相撲三[13]番勝ちてこそ、大力の[14]おぼえは取りたりしぞかし。その子なるをや、力競べはかなふまじ、賺[15]さんものをと打ち笑ひ、

「これへこれへ」

と請ずれば、

「あまりの辞退は無礼なり。異[16]体は御免候へ」

と言ひ言ひ、座敷に出でけるが、持ちたる太刀と草摺にて、末座なる人々の首のまはり、側[17]顔を打ち殴り、差し越え差し越え行き過ぎて、朝比奈が下なる畳に直りける。座[18]敷に余りて見えたりけり。朝比奈、急ぎ座敷を立ち、義盛の前にありける盃を、五郎が前にぞ置きたりける。時致、盃取り上げて、酌に立つたる朝比奈に色[19]代して、

2 作りぞこないの四天王像のように。「四天王」は、225頁注62参照。
3 足を開いて強く踏みかまえる。踏みはだかる。踏んじかる。
4 はたして、たわむれごとのようにとりつくろって。
5 鎧の胴の下に垂れて、大腿部を覆うもの。腰の下にあって、草の摺れる部分にあるための名称という。大鎧には前・後・左脇に三間、脇楯に一間、合計四間を垂れる。ここで五郎が着用している腹巻や胴丸は、さらに細分されて、六間ないし八間とし、五段下りを普通とする。
6 ちっとも動かず。
7 大きな岩。
8 からからと笑って。
9 草摺を鎧の胴につける糸。
10 仁王像のようにどっしりと立っていた。「仁王」は、仏法守護のため、寺門または須彌壇前面の左右両脇に安置してある一対の神像。金剛力士。
11 ひときわ目立ってすぐれていること。
12 俣野五郎との相撲については、40頁参照。
13 古活字本同。太山寺本、彰考館本「二番」。河津が俣野に勝ったのは二回。134頁にも「三番」とあった（同頁注15参照）。
14 評判。
15 なだめよう。
16 普通と変わった様子であること。
17 横顔。
18 その座を威圧して。
19 挨拶して。

「御盃の前後は、[20]遅参の無礼、御免あれ。御盃は賜り候ふ」

とて、三度までこそ[21]干したりけれ。

「その盃、[22]思ひ取り申さん」

とて、元の座敷に直りけり。五郎も、[23]酌に手をかけ、

「[24]近くも参らぬ御酌に、[25]時致立たん」

と[26]ゆるぎ立つ。[27]四郎左衛門、座を立つて、

「それがし、是に候ふ」

とて、銚子に取り付けば、五郎もしばし色代す。義盛、これを見て、

「客人の御酌、然るべからず。それそれ」

とありければ、[28]経氏、酌にぞ立ちたりける。朝比奈、盃取り上げ三度干す。その盃を虎飲みて、義盛に差す。その時、五郎、[29]扇、笏に取り直し、

「今しばらくも候ふべけれども、曽我にさしあたる用の事、御座候ふ。[30]後日に恐れ申さん」

とて、兄諸共に立ちければ、虎も同じく立ちにけり。一座も[31]無興至極にして、和田は鎌倉へ通りければ、この人々は打ち連れて、曽我へとてこそ帰りけれ。

曽我にて虎が名残惜しみし事

まことにこの殿原の事は、これや、[1]名鳥昊天に翼を並べ遊ぶといへども、小沢に下

20 遅れてきた無礼に。
21 飲みほした。
22 自分のこれと思う相手から盃を受けること。
23 酌をしようとして。
24 近ごろ差し上げない御酌に。
25 底本「時宗」。
26 体をゆすりながら立ちあがる。
27 義直。230頁注9参照。
28 未詳。221頁注15の「種氏」と同一人物か。「経氏」の漢字は彰考館本による。
29 231頁注27参照。
30 後日、日を改めて無礼をお詫びいたしましょう。
31 座がしらけ、まったく興味がさめてしまって。

曽我にて虎が名残惜しみし事
1『新序』(『群書治要』四十二所収)に、「鴻鵠保ニ河海之中一、厭而欲レ数移徙之二小沢一、則必有二丸矰之憂一」、

黿鼉保㆓深淵㆒、厭而出之㆓浅渚㆒、則必有㆓羅網釣射之憂㆒」とあり、『玉函秘抄』上、『五常内義抄』（内閣文庫本）下・信貞也不飲酒戒・第三に引かれる。太山寺本には、「鴻鵠は昊天に遊べども、小沢に必ず憂へ有り。亀鼈は深き淵を保てども、浅渚に出でてさくしん憂へに遭ふ」、彰考館本には、「鴻鵠は海河の中を保とも、小沢に移て必九矰の憂にあひ、黿鼉は深淵の底を保とも、浅渚に出て必釣射の憂にあふ」、古活字本に、「名翼は、昊天にあそべ共、小沢にうつり、九そうのうれへにあひ、黿鼉は、深淵の底をたもて共、浅渚に出て、ほこうのうれへにあそふ」とあって典拠から離れる。底本は意訳を進め、後半の黿鼉を大魚とする。「昊天」は大空の意。「きうそう」は本来「丸矰」で、「矰」は鳥を射る道具の「いぐるみ」のこと。

2 くだらない。

3 思ってもいなかった災難。

4 峰を越して飛んでくる流れ矢。

5 身の貧に生まれたことはやむを得ないこととしても。

6 頭の側面、耳の上のあたりの髪。

7 多くの櫛。

8 親密な関係の者として。

9 努力するかいがない。無益だ。

10 いいかげんに約束した二人の仲が、世に知られるようになるのもいかがなものか。

11 はかない命と嘆き悲しむ、そのわずかな間も、いとわしいと思われる。

12 祐成が仕官の身でないことをいう。

りてきうそうの憂へに遭ひ、大魚深淵の底に尾を振れども、陸に上がる思ひありと見えたり。十郎も、身に思ひのある者ぞかし、[2]由なき女のもとにて、[3]思はずの難に遭はんとしけるぞ危うかりし次第なり。

かくて、祐成は、虎を具して、曽我に帰り、常に住みける所に隠し置き、いつよりも細々と打ち語りしは、

「この度、御狩の御供申し、思はずの[4]峰越しの矢にも当たり、朽ち果つる埋もれ木ともなるならば、[5]身こそ貧に生まれめ、[6]鬢なる塵の見苦しさよと、人の言はんも口惜し。髪けづりてたび候へ」

と言ひければ、虎は、何とも思はで、[7]数の櫛を取り散らし、しばらく髪をぞけづりける。十郎は、女の膝に伏しながら、虎が顔をつくづくと見て、祐成を[8]睦まじと見んも、これぞ限りなるべきと思へば、流るる涙を見て、

「例ならぬ御涙、心許なさよ。何なるらん」

と問ひければ、

「今に始めぬ事とはいひながら、憂き世の中の定めなさよ。この程のよろづ[9]あぢきなく、何事も心細くおぼゆれば、[10]徒に契り置きし同じ世の、名の立つ程も、いかにやと思へば、心に浮かぶ涙の零るるぞ。げにや頼まぬ身の習ひ、[11]かこつ命も露の間も、忌まはしくこそ思はるれ」

「げにも、さやうに思ひ給はば、この度の御狩、思し召し止まり給へかし。君に[12]知ら

るる宮仕ひの、隙なき業にも候はず。止まり給へ」

と言ひければ、

「思ひ立つ御供なり。[13]何事かは」

と言ひながら、か程深く思ふ中、思ひ知らせず出でなば、[14]情けの色も絶えぬべし、せめて夢程、この事を、知らせばやとは思へども、女は[15]甲斐なきものなれば、飽かぬ別れの悲しさに、止めんために、母にもや語り広めん、この度は、[16]思ひ定めたるもの故、かなはぬ事を母聞きて、[17]思ひの種ともなりぬべし、又は五郎も恨みなん、思ひ切りたる一大事、女にさぞと言はん事、悪しかるべしと思ひ切り、何としもなく戯れけり。忍ぶとすれど、その色の怪しく思ひ奉り、

「[18]おぼつかなし」

と問ひければ、深き思ひの切なるに、束の間も思ひ合はする事なくて、[19]果てぬるものならば、後の恨みも深かるべし、よし、思ひ出に[20]一はしを、言ひてや心を休むると、

「身の有様を思ふには、[21]憂きが住まゐの詮なくて、世には住まじのその故を、いかにと言ひて知らすべき。さればにや、[22]祖父入道の謀叛によつて、斬られ参らせし孫なれば、君にも召し使はれず、[23]御恩蒙る事もなし。まして、先祖の本領は、年月よそ[24]にみなす上、馬の一匹も[25]毛なだらかに飼はず、又、[26]父のためとて経巻の一部も書かず、[27]あるとしもなき身の[28]仕儀、人に見ゆるも恥づかしく、[29]面ならぶる便りもなし。されば、この度、御狩より帰りなば、出家を遂げ、墨の衣に染め替へて、[30]頭陀乞

13 何でもないことだ。
14 愛情の道理も絶えてしまうだろう。
15 ふがいない。
16 決心を止められない。
17 心配のもと。
18 気がかりだ。
19 死んでしまう。
20 少しばかり。一部分でも。
21 つらい暮らしをするのもいたしかたなく。
22 伊東祐親。
23 所領を拝領することもなく。
24 他人のものとして眺める。
25 毛並みのよい状態で余裕をもって飼うことができない。
26 河津三郎祐重。
27 そこにいるとも言えないくらい頼りない。
28 次第。なりゆき。
29 人と並び立つすべもない。
30 行脚しながら食などを乞い、仏道を修行すること。

食して、[31]霊仏霊社に参り、父の後世をも弔ひ、[32]我が身をも助からんと思ひ候ふなり。世にありとも、夢幻のごとく、[33]放心を残すべきにあらず。[34]花山法皇だにも、[35]万乗の位を去りて、[36]山林に交はり給ふぞかし。ましてや、[37]貧道無縁の祐成が、何に命も惜しかるべし。今度の御供を最後に定め、二度帰らじと思へば、飽かぬ別れの道、捨てがたくて」

と申しければ、虎、聞きもあへず、十郎が膝にかかり、しばしは物も言はざりけり。ややありて、

「恨めしや。問はずは知らせじと思し召すかや。まこと、妾は大磯の遊君、[38]あさましき者の子なれば、[39]まことの道をも思し召さじなれども、[40]女の身のはかなさ、身に代へてもとこそ思ひ奉れ。[41]見え初めしより、などやらん、思ひの色の深草よ、忍ぶの袖の摺り衣、忘れ奉る便りもなし。御心ざしは知らねども、[42]御予言の違ふをば、偽りに又なるらんと、心を尽くし待たれしに、[43]さやうに思ひ立ち給はば、妾も同じく髪剃り下ろし、墨の衣に身をやつし、[44]一つ庵にあらばこそ、外に庵室引き結び、衣を濯ぎて参らせん。香を供へ給はば花を摘み、薪を拾い給はば閼伽の水を結び、[45]一つ蓮の縁をも願はん。[46]その睦びをも否と宣はば、山々寺々を修行して、[47]よそながら見奉らん。それも憚り思し召さば、聞き給へ、[48]身を投げ、一日片時も長らへじ」

とて、涙に咽び申しけり。まことに、十郎が膝の上も、虎が涙に浮くばかり、袖も絞

31 霊験あらたかな仏寺と神社。
32 自分の後世をも救済しよう。
33 ほかのことに迷って本体を失った心。
34 第六十五代天皇。冷泉天皇の御子。右大臣藤原兼家に謀られて、十九歳で出家した。
35 天子の位。
36 隠棲する。出家する。
37 223頁注11参照。
38 いやしい。
39 一般には仏道をいうが、太山寺本には「まことの色」とあり、ここでは、真剣な恋の道と解す。
40 か弱く頼りない女の身としては。
41 逢いはじめた時から、どういうわけか、恋い慕う思いが深まって。
42 約束のことば。
43 出家しようと思い立たれたのでしたら。
44 できることなら一つの庵に暮らしたいが、そんなことはできないだろうから。
45 死後、極楽浄土で同じ蓮の花の上に生まれること。
46 そのような親密な振る舞いもかなわないとおっしゃるならば。
47 離れたところから。
48 自死。太山寺本、彰考館本では、「髪をも下げて、一日片時もあるべからず(一日片時もきかれたてまつることあらし)」とある。有髪俗体のままわずかの間もいようとは思わない(長らえていることがお耳にとまることはない)、つまり、即座に出家するという意。

りぞかねたりける。

十郎は、つくづくと案ずるに、これ程思ひ入りたる心ざし、露程も知らせずして、[49]心強く隠し遂げぬるものならば、永き恨みとなりぬべし、[50]もし立ち帰らぬ習ひあらば、思ひ出だして、念仏をも申すべし、さればとて、人に漏らすなと言はん事を、[51]徒にやすべき、その上、日数なければ、知らせばやと思ひ、

「この事、母にだにも知らせ奉らで過ぎしかども、御身の心ざし[52]切にして、知らせ奉るぞ。漏らし給ふべからず。[53]まことの道心にもあらず、出家、又、遁世にてもなし。年頃、祐成が身に思ひありとは知り給ひぬらん。その[54]本意を遂げんと思へば、この度出でて後、二度帰るまじければ、会ひ見ん事も今宵ばかりなり。さてしも、何となく申し契りて、時の間と思へども三年になりぬ。いつ思ひ出もなく、果てん事こそ無念なれ。御心ざしの程こそありがたく思ひ奉れ。[55]面々ごときの人は、祐成風情の[56]貧しく頼む所なきに、何によりてか、[57]つゆ情けもあるべきに、三年の間の顔ばせの、[58]変はらぬ色は常磐山、己泣きてや時鳥、憂き世の夢か朝顔の、はかなくならん身の程を、恥ぢず忘れぬ情けの袖、前世の事と言ひながら、[59]過ぎにし事の恥づかしさよ。[60]奉公の身ならねば、御恩の時とも言はれず、[61]廻船の身ならねば、利のあらん折とも言はれず。思ひ出のなき事を思ひ出だし給はん事よ」

とて、さめざめと泣きにけり。虎も、この言葉を聞きて、又打ち伏して、泣くより他の事ぞなき。ややありて、起き直り、

49 意志が固いこと。
50 もしも、帰ってこないということがあれば。
51 無為にすることがあろうか。
52 心底から愛情を抱くさま。
53 正しい悟りを求める心。
54 敵討ちの本望。
55 あなた方のような遊女にとっては。
56 「まづし」の転。「貧　マドシシ」(元亀本『運歩色葉集』)。
57 何のためにしても、わずかな情けもかけてくれるはずはないのに。
58 このあたりの文飾は、太山寺本にはなく、彰考館本から流布本へと冗長さを増す。彰考館本は「かはらぬ色は常磐山、をのれなきてや、うきをしる」とあり、「紅葉せぬときはの山にすむ鹿はおのれなきてや秋をしるらん」(『拾遺集』秋・大中臣能宣)をふまえたか。
59 時を過ごしてきた面目なさよ。
60 主君に仕える身。
61 諸本「くわいせん」。彰考館本の表記を用いた。商業に携わる者をいうのであろう。

「そもこれは、何となり行く事どもぞや。これ程の大事、[62]はかなき女の身なりとも、いかでか人に漏らすべき。一人まします母にだにも、聞かせ奉らず振り捨てて、心強く思ひ立ち給はん事、数ならぬ妾申すとも、止まり給ふべきか。何につけても、飽かぬ別れの道こそ悲しみても余りあり。かやうの大事、[63]心置かず、知らせ給ふこそ返す返すも嬉しけれ。さても、この年月の御馴染み、いつの世にかは忘るべき。思ふにかなはぬ事なれども、御物の具の見苦しきを見参らする折節は、[64]人々しき身なりせば、などや頼りにもなり奉らざらんと、[65]賤心を尽くし、明かし暮らしつるに、世を捨てて、いづくともなくならんと仰せらるるをこそ、身の置き所なかりしに、思ひも寄らぬ永き別れ路とならん悲しさよ」

とて、声も惜しまず泣き居たり。十郎も、[66]詮方なくして、

「あまりな歎き給ひそ。人もこそ聞き候へ。名残は誰も同じ心ぞ」

と慰めつつ、

「これを形見に」

とて、

「祐成に添ふと思し召せ」

とて、鬢の髪を切りて取らせぬ。虎は、

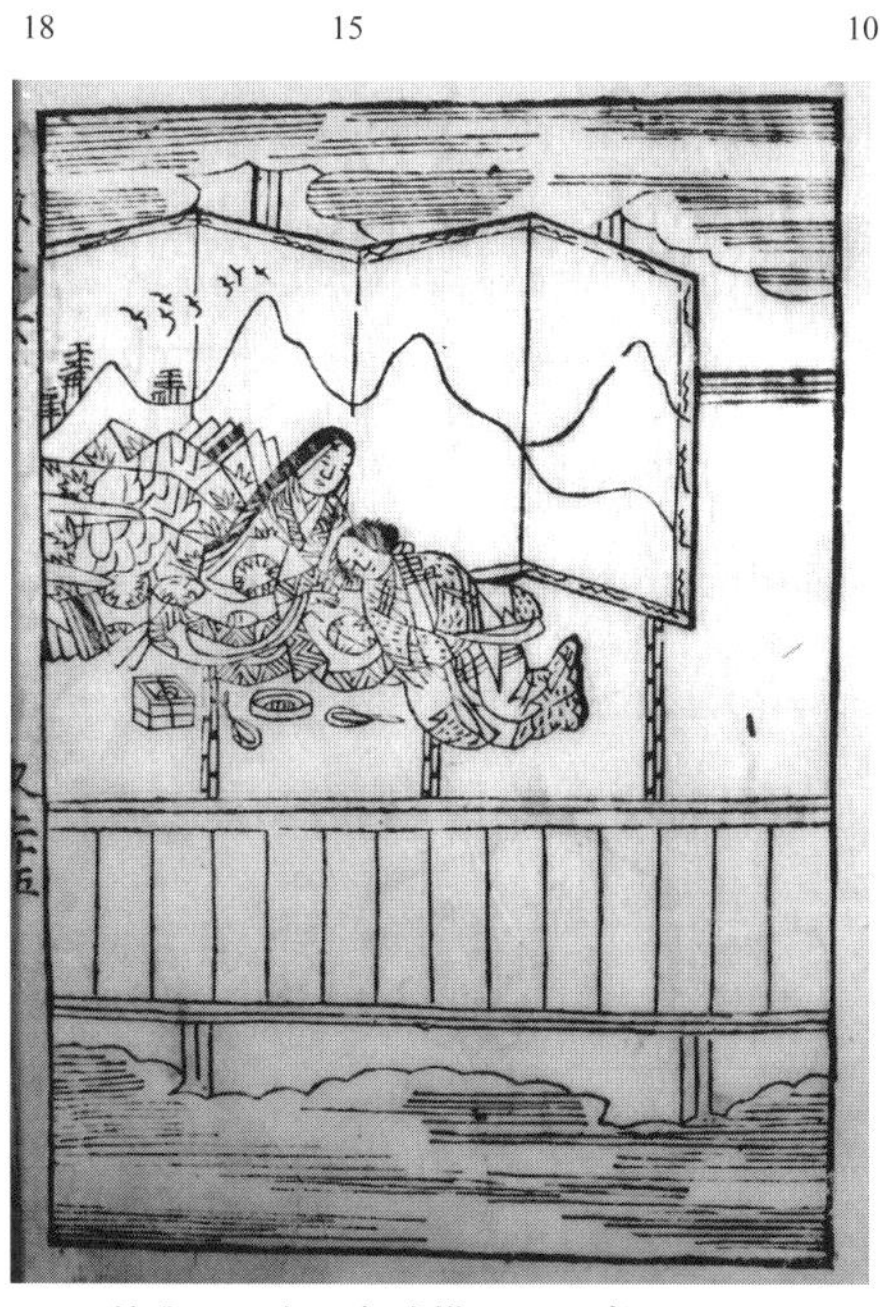

106 曽我の里、祐成の宿所にて、祐成は虎に髪を調えてもらう。

62 取るに足りない。
63 隔てなくうちとけて。
64 世間並みの身。
65 身分の低い者の心。
66 なすべき方法がなくて。

涙諸共に受け取り、膚[67]の守りに深く納め、物をも言はず伏し沈みぬ。同じ枕に打ち傾き、涙に咽ぶばかりなり。日もすでに暮れければ、今宵ばかりの名残ぞと、思ひやるこそ悲しけれ。千夜[68]を一夜に重ねても、明けざれかしと思はるる。

頃さへ五月(さ)の短夜の、有明[69]なれば宵の間の、待たるる程もなければや、出づると見ればそのままに、傾く[70]空も恨めしく、八声[71]といふも鶏の、夜や知り[72]ふると明けやすく、夢見る程も微睡まで、東にたなびく横雲の、東雲[73]白むうき枕、まだ睦言[74]の尽きなくに、後朝[75]になる暁の、涙に床も浮きぬべし。互ひの名残(なごり)、心のうち、さこそと思ひ知られたれ。なをしも虎は打ち伏して、消え入る[76]やうに見えしかば、十郎、彼を勇めん[77]とて、

「暇申して、祐成は、後生にて参り会はん」

とて驚[78]かせば、起き直りたるばかりにて、物言ふまではなかりけり。今を限りの別れなり。106 107 後の世までの形見とて、十郎着たりける目結[79]の小袖に、虎が紅梅[80]の小袖に着替へて、

107 祐成、虎に敵討ちの宿願のことを打ち明ける。

67 膚につける守り袋。
68 千夜を重ね、一夜にあてても、夜が明けないでほしいの意。『伊勢物語』二十二に、「秋の夜の千夜を一夜になせりともことば残りて鶏や鳴きなむ」とあり、『続古今集』十三・恋三に載る。
69 有明の月。夜おそく出て、夜が明けても空に残っている月。陰暦の十六夜以後にあたる。
70 月が沈んでいく。
71 暁に何度も鳴く鶏を、「八声の鶏」と呼んだ。
72 古活字本同。彰考館本等に「しりぬる」とある。
73 あけがた。夜明け。
74 男女の閨房でのかたらい。「睦言もまだ尽きなくに明けぬめりいづらは秋の長してふ夜は」(古今集・雑体・凡河内躬恒)によるか。
75 男女が共寝して過ごした翌朝。またその朝の別れ。
76 悲しみのあまり気を失う。
77 勇気づけようと。
78 起こす。
79 布地をつまんで糸でくくり、くくりめを目のような形に染め出す絞り染めの小袖。「小袖」は、74頁注21参照。
80 104頁注14参照。

「心のあらば移り香[81]よ、しばし残りて憂き別れ、慰む程も面影の、着替へし衣にとまれかし。互ひの名残尽きせず」

と、又諸共に打ち臥しぬ。

「幾万代を重ねても、名残尽くべきにあらず。祐成[82]も、道まで送り奉るべし。日[83]こそ傾き候へ」

とて、葦毛[84]なる馬に貝鞍[85]置かせ、道三郎[86]、門の辺に控へたり。

「この馬鞍、返し給ふべからず。この三年通ひしに、馬は変はれど鞍変はらず。鞍変はれども馬変はらず。今日を最後の別れなれば、留め置きて、永き形見とも思ひ給ふべし。但し、馬は生[87]ある物にて替はる事あり。鞍をば失はで持ち給へ」

と言ひ言ひ、馬にぞ乗せたりける。

山彦山にての事

「祐成も送るべし」

とて、馬に鞍置かせ、打ち乗りて、

「中村[1]通りに行くべし。大道は馬鞍見苦し。虎を祐成[2]が思ふとは、皆人知られたり。供の者共も、かひがひしからず[3]」

とて、打ち連れてこそ送りけれ。

81 着物に移り残った香り。
82 底本「助成」。
83 古活字本同。太山寺本や彰考館本は、日が「たけ」（長け・闌け）とし、日が高くなるの意とする。従うべきか。
84 栗毛等の原毛色に、後天的に白色毛が発生してきて、加齢とともに全体的に白色になっていく馬の毛色。
85 貝で模様をすり込んで装飾された鞍。
86 兄弟の従者のひとり。
87 十郎亡き後、虎がこの馬・鞍に乗って曽我の里を訪れる様子が、405頁に記されている。

山彦山にての事

1「中村」は、中村荘で現神奈川県足柄上郡中井町の西部。「中村通り」は曽我荘から中村荘の南部を通って大磯へ通じる道筋。海岸沿いを通る「大道」からすると裏道にあたる。
2 底本「助成」。
3 頼りにならない。

曽我と中村の境なる山彦山[4]の峠まで送り来て、十郎、ここに駒を控へ、今少しも送りたくは候へども、必ず今朝より出でんと定めしかば、定めて五郎も来たらん、名残尽くべきにあらず、この世にて相見ん事も、今ばかりぞと思へば、やる方なくして、涙に咽ぶばかりなり。[5]遠近のたづきも知らぬ山中に、道もさやかに見え分かず。かの松浦佐用姫[6]が、ひれふす[7]姿は石になる、それは昔の事ぞかし。今の別れの悲しさに、駒近々と打ち寄せ、手に手を取り組み、涙に咽ぶばかりなり。ややありて、

「祐成[8]が心のうち、推し量り給へ。これにて年を送るべきにもあらず。たゞ一筋に浄土の縁を結ばん。来世を深く頼むぞ」

と、心強くも思ひ切り、控ふる袖を引き分けて、泣く〳〵立ち別れけり。げにや、か[9]んかんの床の上には、はるかに契りを千年の鶴に結び、沈麝[10]の筵の上には、遠く齢を万劫の亀に期して契りしかども、逃れぬ別れの道は、力及ばず。互ひに後を顧み、坂中に休らひ[11]て控へたり。かすかに見えし姿も見えずなり行けば、そなたの空[12]のみ顧みる。あしびきの山のあなたの恋しさは、いづれも同じ心にて、現ともなき涙の袖、夢のごとくに打ち別れにけり。思ひのあまりに、虎が馬の口控へたる道三郎に、泣く〳〵言ひけるは、

「祐成を見奉らんも、今ばかりの名残なり。何事も、細々と言ひたかりつるを、涙にくれて言ひも尽くさず。とりわき暇[13]乞ひ給へるに、返事せざりし心許なければ、今一度呼び返し奉りてたび候へ。物一言申さん」

4 現神奈川県小田原市と足柄上郡中井町の境に位置する山。現在は曽我山や曽我丘陵と呼ばれる山域で、中でも不動山は一帯の最高峰。麓には曽我梅林が広がる。祐成と虎の別れの地として、「六本松跡」が伝わり、近くに二人が腰を掛けて別れを惜しんだといわれる「忍石」がある。

5 「をちこちのたづきも知らぬ山中におぼつかなくも喚子鳥かな」（古今集・春上）による。

6 138頁注52参照。

7 古活字本「ひれふし」。「領巾振りし」を誤ったものを、流布本は誤解したか。

8 底本「助成」。

9 古活字本、南葵文庫本同。彰考館本に「含函」とするも未詳。太山寺本は「かんかい」とあり、「函蓋」をあてて両者が相応じて一体となっているものの喩えと読む。

10 古活字本、彰考館本同。香料の沈香と麝香。太山寺本、南葵文庫本は「かうれい」とあり、夫婦の意を表す「伉儷」と解せる。

11 ためらいとどまる。

12 「山」にかかる枕詞。

13 祐成の最後の別れの言葉に返事をしなかったのが気がかりなので。

と言ひければ、道三郎、

「ただ世の常の、出家遁世にてもなし」

とて、さしても騒がざりけるが、[14]なのめならざる互ひの歎きを見て、哀れに思ひ、急ぎ走り返り、はるかに行きたりける十郎を呼び返し、もとの峠に打ち上がり、駒を控へ、

「何事ぞ」

と問ひければ、108 109 虎は、涙に目も暗れて、[15]思ひまふけし言の葉の、いつしか今は失せ果てて、[16]鞍の前輪に打ちかかり、消え入るやうに見えしかば、十郎、分きて言ふべき詞もなくて、ただ泣くばかりにてぞありける。ややありて、虎は息の下にて言ひけるは、

「いつとなく、[17]さぞと契らぬ夕暮れも、駒の足並み、轡の音のする時は、もしやと思ふ折々の、[18]その人となく過ぎ行けば、その夜は空しく床に伏し、鳥諸共に泣き明かす、枕の上の塵の海、思ひを深く湛へつつ、夕べの鐘の響きには、暮るる便りを待ちかねて、干されぬ袖のそのままに、はかなかりける契りかな、三年の夢は程も

108 祐成と虎、互いの形見に小袖を交換する。

14 ひととおりでない。
15 前もって考えておいた。
16 鞍の前部の輪形に高くなった所。
17 来ると約束していない。
18 祐成ではなく。

なく、[19]別るる現になりにけり。扨いつの世にめぐりあひ、かかる思ひの又もや」

と、声も惜しまず泣き居たり。

「[20]祐成、身の上をつくづく思ふに、罪の深きぞ知られたる。幼くして父に後れ、本領だによ[21]そにみなし、母一人の育みにて、[22]身命を延ぶるといへども、ある甲斐もなし。この三年、御身にだにも相馴れて、飽かぬ別れの悲しさ、歎きの中の歎きなり。五[23]欲の無常は春の花、[24]娑婆は仮の宿りなり。秋[25]の紅葉の影散りて、草葉にすがる露の身、後生弔ひて賜び給へ」

とて、東西へ打ち別れけり。

[1]比叡山始まりの事

扨も我が朝、比叡山の始まりを聞くに、天地すでに分かち、国未だ定まらざる時は、[2]人寿二万歳をたもちける。[3]迦葉尊者は、西天に出世し給ふ。[4]大聖釈尊は、その[5]教義を得て、[6]都率天に住し給ふ。

109 祐成と虎、山彦山にて涙ながらに別れる。

19 現実の別れ。
20 底本「助なり」。
21 他人のものとして眺める。
22 命をつなぐ
23 色・声・香・味・触の五つの欲情のはかなさは、春の花のようだ。
24 人間世界。
25 はかない我が身の喩え。

比叡山始まりの事

1 この物語は、真名本や太山寺本にはない。前段末尾の「東西へ打ち別れけり」に引かれての挿話。この物語は、『太平記』十八・比叡山開闢、『壒嚢鈔』十四・延暦寺（『塵添壒嚢抄』十九）、謡曲「白鬚」に見える。 2『太平記』に、「第九の減劫人寿二万才の時」と

「我、[7]八相成道の後、[8]遺教流布の地、何れの所にかあるべき」

と言ふに、この[9]南閻浮洲をあまねく飛行して御覧じけるに、[10]遠々茫々たる大海の上に、

「[11]一切衆生悉有仏生、如来常住無有変易」

かくのごとく立つ波の声あり。

「この浪の止まらん所、一つの国となりて、我が仏法を弘め通達すべき霊地たるべし」

とて、かの十万里の滄海を凌ぎて行くに、葦の葉一つ浮かびたる所に、この波流れ止まりぬ。今の比叡山の麓、[12]大宮権現のおはします[13]波止土濃、これなり。さればにや、「波止まり、土こまやかなり」と書けり。かく御覧じをきて、釈尊、天に上がり給ふ。されば、[14]葦原中国と申しならはせるは、この一葉の葦の故とかや。日本我が朝は、葦の葉を表するとぞ申しならはせるとぞ聞こえし。その後、人寿百歳の時、[15]悉達太子と生じて、八十年の春の頃、[16]頭北面西の時、[17]跋提河の波と消え給ふ。されども仏は常住にして、不滅なりしかば、[18]無えん法界の妙体を現し給ふなれば、葦の葉の島となりし中国を御覧じける時、[19]鸕鷀草葺不合尊の御代なれば、仏法の名字を人知らず。ここに、[20]さざ波や[21]志賀の浦の辺に、釣をする老翁あり。釈尊、彼に向かひ、

110 釈尊と薬師、老翁（白鬚大明神）と仏法弘通を約束する。

ある。仏説で、人間の寿命が百年ごとに一歳減って八万歳から十歳になるまでを減劫といい、逆に十歳から八万歳になるまでを増劫という。そしてこの増減が十回ずつ繰り返されてこの世は存続するという。その第九回目の減劫の期間で、人の寿命が二万歳だった頃、ということ。 3釈迦の十大弟子の一人。頭陀第一（第一人者の意）と称せられた。釈迦の信頼が厚く、釈迦の入滅後、教団の統率者となった。 4底本「大乗釈尊」。古活字本は「大しやうしやくそん」。釈迦仏の尊称「釈尊」に、さらに「大聖」の語を冠したもの。 5古活字本同。他本および『太平記』『壒嚢鈔』などは「授記」とする。「授記」は仏が弟子に、未来では仏になれるであろうという保証を与えること。 6六欲天（413頁注10参照）の下から四番目の天。弥勒菩薩の浄土がある所。 7釈迦が衆生を救うために示した八種の相。一般に、降兜率（兜率天から下ったこと）・託胎（母胎に入ったこと）・降誕（母胎から出生したこと）・出家・降魔（菩提樹下で悪魔を降伏させたこと）・成道（悟りを得たこと）・転法輪（説法・教化したこと）・入滅（涅槃に入ったこと）の八つ。 8釈迦が遺した教え、すなわち仏教。 9南贍部洲、南閻浮提とも。須弥山の南方海上にある大陸。ここでは、人間世界。 10広くはてしないさま。 11『涅槃経』師子吼品にある句。あらゆる生物はすべて生まれながらに仏となりうる素質を備えている。仏は常に存在して、変化す

「翁、もしこの所の主たらば、この地を我に得させよ。仏法[22]結界の地となすべし」

と宣へば、翁、答へて申さく、

「我、人寿六万歳の始めより、この[23]湖の七度まで、葦原になりしをも、まさに見たりし翁なり。されば、この地結界となるならば、釣する所なかるべし」

と、深く惜しみ申せば、釈尊、力なくして、今は、[24]寂光土に帰らんとし給ふ時に、東方より、[25]浄瑠璃世界の薬師如来、忽然と出で給ひて、

「善きかなや善きかなや、はやはや仏法を弘め給へ。我、人寿八万歳の始めより、この所の主なれども、老翁、未だ我を知らず。何ぞこの山を惜しみ申すべき。はや仏法を弘め給へ。我も、この山の守護として、ともに[26]後五百歳まで仏法を弘むべし」

とて、二仏東西に去り給ふ。その時の老翁は、今の[27]白髭大明神にてましましける。東方よりの如来は、[28]中堂の薬師にてぞましましける。釈迦、薬師の東西に帰り給ひき、今の十郎と虎が行き別かるるには、違ひぬる心なるをや。

「[29]蝸牛の角の上、何事をか争ふ、石火の光の内に、この身を寄せつらん。名残の

111 大磯に戻った虎は涙にくれる。道三郎は祐成のもとへ帰る。

ることはないの意。底本「しつつう」の衍字を改めた。また末尾の「へんい」は、「へんやく」が正しい。 12日吉山王七社の第一。 13橋殿。大宮権現の前の小川にかけ渡された建物。 14日本国の古称。 15釈迦の出家以前の名。 16他本、「頭北面西」に続けて「右脇臥」(古活字本は「右きうくわ」)とする。頭を北に、面を西に向け、右脇を下にして臥すこと。釈迦の涅槃のさま。 17古代インドのマラ国の首都拘尸那掲羅(クシナガラ)を流れる川。釈尊がこの川の西岸で涅槃したことにより知られる。 18古活字本同。彰考館本に「無辺法界」。広大無辺で諸法を含みもつ世界のすぐれた姿。 19彦火々出見尊の子。神武天皇の父。 1頁注3も参照。 20志賀を含む琵琶湖西岸の枕詞。 21現滋賀県大津市の湖岸部。 22俗人の立ち入りを禁止する場所。 23底本「水うみ」。 24仏の住む浄寂光土。 25衆生の病患を救う仏。薬師如来。その浄土を浄瑠璃世界という。 26釈迦入滅後に五期の五百歳があり、第一・二は正法一千年、第三・四は像法一千年、第五は末法一万年の開始期にあたる。後五百歳はつまり末法の時期をいう。 27琵琶湖西岸、現滋賀県高島市の白鬚神社の祭神。 28比叡山延暦寺の本堂、いわゆる根本中堂。 29『和漢朗詠集』下・無常「蝸牛角上争㆓何事㆒、石火光中寄㆓此身㆒」とある。典拠は『白氏文集』五十六・対酒五首。かたつむりの角の上で何のために争うのか、石を打って火花が出る間に、この身を寄

道、尽くべからず。後世、参り会はん」
と言ふうちにも、道三郎が心も恥づかしとて、思ひ切りてぞ別れける。虎は、峠に手綱控へ、祐成の後ろ姿の、隠るるまで見送りける。

さてしもあらねば、泣く泣く大磯にぞ帰りける。110 111母のもとに入りしかば、友の遊君ども、[30]広縁に出でて、

「思ひかけざる今の御入りかな。いつとなき山路の寂しさ、推し量りて」

など戯れけれども、虎は、馬より下るると同じく、衣引き被き、打ち伏しぬ。遊君ども集まりて、

「何とて、これ程御歎き候ふやらん。十郎殿に捨てられおはしますか」

と、さまざまに慰めけれども、かくと言ふべき事ならねば、ただ打ち伏し泣き居たり。[31]人々討たれての後にこそ、かくとは申し聞かせけれ。

道三郎申しけるは、

「[32]殿も、今朝より御出であるべきにて候ふ。急ぎ御暇を申さん」

と言ふ。虎は、彼を近く呼び寄せて、

「三年が程、馴れにし汝にさへ、別れなん事もやあらんと思へば」

とて、袖を顔に押し当て、さめざめと泣きければ、道三郎、返事にも及ばず、涙を流しけり。

「昔が今に至るまで、[33]主従の縁浅からぬ事ぞとよ。かまへて思ひ忘るな。二世まで

せているにすぎない。人生とは、そのようなものだ。

30 194頁注18参照。

31 祐成と時致。

32 祐成をさす。

33 一般に、親子は一世の契り、夫婦は二世の契り、主従や師弟は三世の契りと言われていた。

も朽ちせぬものぞ」

と言へば、道三郎、暇乞ひて出でにけり。心ざしは、二世までも尽きせじとこそおぼえけれ。

仏性国[1]の雨の事

されば、縁により仏果[2]を得る事を思へば、昔、仏性国[3]に、血の雨降りて、国土紅なり。帝大きに驚かせ給ひて、博士[4]を召して、御尋ねありければ、占形[5]を引き、申しけるは、

「今宵、不思議の子を産む者あり。尋ね出だして、遠き島に捨てらるべし」

と申しければ、舎衛城[6]の中に、その夜、子を産みし者、千人なり。その中より選び出だして見るに、口より炎吹き出だす子を産みたる者あり。すなはち、これを人蟒[7]とぞ名付けける。これ、不思議の者とて、官人[8]に仰せ付けて、島に捨てけり。しかるにこの人蟒、やうやう成人する程に、猛き鬼の姿になりにけり。この島に来たる者を、漏らさず取りて食らふ。又、国に罪ある者をこの島に流せば、これをも取りて食らふ。七万二千人までぞ食らひける。その罪尽くしがたし。仏、これを憐れみ給ひて、阿難尊者[9]を遣ひ奉りて、善知識[10]たち、引導[11]し給ひけるとかや。人蟒は、阿難を七度見奉りし結縁に、七度天上に生じて、仏果を得たりとなり。かやうの縁を思ふには、彼等が後世も、などや[12]一つ蓮に生ぜざらん。頼もしくぞおぼえし。


さて、十郎が心の猛き事、四方にも聞こえしかども、さしあたりたる恩愛[13]の道には、迷ふ習ひなり。まことに、夏の虫[14]の飛んで火に入り、秋の鹿の笛に心を乱し、身をいたづらになす[15]事、高きも賤しきも、力及ばぬはこの道[16]なり。八つの苦[17]の中にも、愛別離苦[18]

仏性国の雨の事

1この物語は、真名本や太山寺本にはない。前段末尾の「縁浅からぬ事」に引かれての挿話。この物語は、『宝物集』(三巻本)下に見える。　2仏道修行の成果として得られる、成仏という結果。　3未詳。『宝物集』では「同国(舎衛国)」とする。「仏性」は、仏となる可能性。　4ここでは、陰陽などの博士。　5占いにあらわれた形。占いの結果。　6中天竺の舎衛国の都城。南に祇園精舎があった。　7人間の顔をした蛇。　8役人。　9釈迦のいとこで、十大弟子の一人。　10 202頁注17参照。　11迷っている者を教えて仏道に入らせること。　12どうして極楽で同じ蓮華の上に生まれあわない事があろうか、必ず一緒になるだろう。　13親子夫婦などの愛情。　14自ら進んで災いの中に飛び込むことの喩え。『源平盛衰記』八・法皇三井灌頂に、「又常の御詠吟に、智者は秋の鹿、鳴て入レ山、愚人は夏の虫、飛て火に焼とぞながめさせ給ける」とあり、『童子経』にも引かれる。　15身を捨てる。　16恩愛の道。　17八苦。225頁注55参照。　18親・兄弟・妻子など愛する者と別れる苦しみ。　19仏教の典籍と、仏教以外の典籍。

嵯峨の釈迦作り奉りし事

1この物語も、真名本や太山寺本にはない。嵯峨の釈迦の由来は、『今昔物語集』六・五、『宝物集』(三巻本)上、『保元物語』(宝徳本)中・左府御最後の事、『清凉寺縁起』などに見える。　2底本「十郎」なし。他本により補う。　3摩耶夫人のこと。釈迦が母のために忉利天に昇ったことは、『今昔物語

と説かれたり。[19]内典・外典にも、深く戒め給ふとなり。

[1]嵯峨の釈迦作り奉りし事

さても、五郎、待ち遠なる折節、[2]十郎来たりて、

「この者送りし。今まで時を移しぬ。いかに遅しと不思議に思ひ給ひけん」

とぞ申しける。五郎承つて、

「昔も、さる事の候ふ。釈尊、[3]母の報恩のために、[4]忉利天に昇り給ふ。[5]帝釈聞き給ひて、[6]毘首羯磨といふ天人を下し給ふ。[7]優填王喜びて、[8]栴檀にて如来を作り奉り、[9]いづれを写したる姿とも見えずぞ作りける。優填王、喜びのあまりに、毘首羯磨を留められければ、

『我はこれ、[10]善法の大工なり。留まるべからず』

とて、つゐに天に昇りぬ。その像を[11]玄奘三蔵盗み取りて、[12]この国に渡し、多くの衆生を済度し給ふ。今の[13]嵯峨の釈迦、[14]これなり。ましてや人間として、いかでか恩愛を思はざるべき」。

十郎聞きて、

「大きに違ふ[15]心かな。優填王は、[16]利益方便の恋なれば、[17]愚痴凡夫、[18]輪廻の執着なり。一つにあらじ」

と笑ひて、各富士野の出で立ちをぞ急ぎける。

曽我物語　巻第六終

集』二・二などに見える。　4欲界六天の第二。須弥山の頂上にあるという天界。帝釈天が住む。　5 186頁注4参照。　6帝釈天の臣下で、彫刻、建築など種々の美術をつかさどる神。　7天竺憍賞弥国の王。釈迦在世中の仏教を保護した。　8古活字本「赤栴檀」。香木の一種。優填王は、天竺摩羅耶山（牛頭山）に産する牛頭栴檀で、最初の仏像をつくったとされる。　9どちらが本物かわからないように。　10古活字本同。彰考館本「善法堂」。善法堂は、忉利天の中にある帝釈天の喜見城（善見城）外の堂。　11中国、唐初の僧。三蔵法師。六二九年に長安を出発、苦難を克服しインドに入る。仏教を学び、六四五年に帰国。法相宗の開祖とされる。なお、この仏像を盗み取ったのは、『今昔物語集』や『保元物語』によると「鳩摩羅焔」である。　12古活字本同。彰考館本等に「我朝に渡り給ひしに、ひるは三蔵にをはれ、夜は三蔵をおゐて此国に来り」とある。　13現京都府京都市右京区嵯峨釈迦堂にある清凉寺の本尊。三国伝来の霊像として知られる。　14古活字本同。彰考館本等では、これに続けて「宇天王たにも恋はし給ふぞかし」とある。古活字本以降の誤脱か。　15古活字本同。彰考館本等は「こひの心」。　16古活字本同。彰考館本は「衆生利益方便」。衆生に利益を授ける手段。　17愚かな衆生の意か。南葵文庫本「…なり。ぐちのほんふ」、古活字本「…也。はくぢぼんぶ」、彰考館本「…なり、白地凡夫」、万法寺本「なり。われらはくちのほんぶ」。　18衆生が三界六道の迷いの世界に生死を繰り返すこと。彰考館本等に「三途輪廻」とあり、その場合は地獄・餓鬼・畜生の三悪道を経巡る意になる。

曽我物語 巻第七

千草の花見し事

「それ、[1]迷ひの前の是非は、是非ともに非なり。[2]夢の中の有無は、有無ともに無なり。されば、我等が身の有様、[3]あればあるが間なり。夢の憂き世に何か現と定むべき。されば、[4]刹那の栄華にも、心を延ぶる理を思へば、無為の快楽に同じ。いざや、最後の眺めして、しばしは思ひを慰まん」

とて、兄弟ともに庭に下りて、植へ置きし[5]千草の栄へたるを見るにも、名残ぞ惜しかりける。心のあらば、草も木も、いかでか哀れを知らざるべきと、かなたこなたに休らひけり。これによそへ、古き歌を見るに、

[6]故郷の花の物言ふ世なりせばいかに昔の事を問はまし

と[7]今さら思ひ出でられて、情けを残し、哀れをかけずと言ふ事なし。五郎聞きて、

「草木、心なしとは申すべからず。釈迦如来、[8]涅槃に入らせ給ひし時は、心なき植へ木の枝葉に至るまでも、歎きの色をあらはしけり。我等が別れを惜しみ候ふやらん。いかでか知り候ふべき[9]」

とて、草を分けければ、[10]卯の花の蕾みたるが、一房落ちたりけり。十郎、是を取り上げて、

千草の花見し事

1迷いを前にしての是非は、所詮迷っているのだから、是非ともに非に帰する。　2夢の中での有無は、所詮夢の中なのだから、有無ともに無に帰する。3彰考館本「今日あれ共明日をたのます」、南葵文庫本「あるはあるかはあたなる」、万法寺本「あれはあるかあたなり」。古活字本に「間也」とあり、「徒」を「間」と誤るか。その場限りのさまをいう。　4古活字本同。太山寺本に「刹那の栄華を延ぶれば、万歳の理あり」とあり、非常に短い栄華であっても、それを延ばしていけば、万歳の長さになる道理であるの意となるが、底本では、ほんの短い栄華も、心をのびのびとする道理を思うなら、あるがままの快楽と同じであるとなり、文脈が汲みにくい。　5いろいろの草。　6『後拾遺集』二・春下、出羽弁の詠。故郷の花が、もし物言うことができたなら、昔のことをぜひとも尋ねてみたいものよ。『平家物語』三・少将帰洛にも引かれる。　7底本、古活字本「と」なし。太山寺本、彰考館本等により補う。　8仏・聖者などの死。入滅。　9真名本では、続けて菅原道真の飛び梅伝承を引く。10ウツギの白い花。夏に咲く。　11人間の寿命はわからないもので、老人が早く死に、若者が遅く死ぬとは限らないということ。　12「忘れ草」をその名前として持つ。ここから、次頁1行目までの花をめぐる兄弟のやりとりは、太山寺本、彰考館本にはない。13カンゾウ（萱草）、特にヤブカンゾ

「いかに見給へ、五郎殿。[11]老少不定の習ひ、今に初めぬ事なれども、老ひたる母留まり、若き我等が先立ち申さん事、これに等しきものを。開きたるは留まり、蕾みたるは散りたるとや。[12]名にし負ふ[13]忘れ草ならば、名残を思ひてや散りつらむ。それは、昔、[14]住吉に、諸神[15]影向なりける事あり。御帰りを留め奉らむとて、この花を植へて、忘れ草と名付け給ひけるなり。歌にも、

[16]紅葉ては花咲く色を忘れ草ひと秋ながら二待ちの頃

その忘れ草は、[17]紫苑とこそ聞きて候へ」

とて、なを叢に分け入りければ、[18]深見草の盛りと咲きたるを見て、

「卯の花は、蕾みてだにも散るに、この花の思ふ事なげに盛りなるや。いかに咲くとも[19]二十日草、盛りも日数もあるなれば、花の命も限りあり。あはれ、身に知る心かな」

と涙ぐみければ、五郎聞きて、

「この草の事は、[20]『花開き落ちて千日、同じく一城の人誑かすがごとし』と見えたり。これは、[21]楽府の言葉なり。又、歌にも、

[22]名ばかりは咲かでも色の深見草花咲くならばいかで見てまし」

と口ずさみければ、十郎聞きて、

「この歌は、未だ咲かざる時も、色深き草とこそ詠みたれ。盛りの花には、[23]心や違ふべからむ」

ウ。ユリ科の多年草。夏に橙赤色のユリに似た花を開く。『今昔物語集』三十一・二十七に、「萱草と云ふ草こそ、其れを見る人、思をば忘るなれ」とある。　14 218頁注11参照。　15 60頁注13参照。　16『蔵玉集』「忘草」に出る。紅葉になると、花の咲く色を忘れる萱草は、一つの秋に二つの色を待つことだ。なお注に、「軒に生る忘草、住吉の岸に生ると云。又萱草をも忘草と云にや」とある。『蔵玉集』は室町時代の歌集。一巻。草木鳥月の異名などを詠み込んだ和歌を類聚する。　17 キク科の多年草。秋に淡い紫色の花を咲かせる。『今昔物語集』三十一・二十七に、「紫苑と云ふ草こそ、其れを見る人、心に思ゆる事は忘れざなれ」とある（「忘れ草」注13も参照）。ちなみに『今昔物語集』のこの話は、父を失った二人の兄弟が、父を想って兄はその墓に忘れ草を植えて忘れ、弟は紫苑を植えていつまでも忘れなかったという話であり、祐成と時致兄弟の会話も、これをふまえると考えられる。　18 ボタン（牡丹）の異名。一般に夏に咲く。　19 ボタンの異名。　20『白氏文集』四・牡丹芳に、「花開花落二十日、一城之人皆若ㇾ狂」とある。　21 漢詩の一体。『白氏文集』によって日本で大いに読まれたところから、特に唐の白居易が新しい題でつくった「新楽府」をさす。　22『蔵玉集』「不加見草」に出る。四句「花の比とは」。花の名が深見草というのだから、花が咲かなくても色深く見られよう。花が咲いたならば、なんとかして見たいものだ。　23 歌の

と戯れけるにも、哀れを残さぬ言の葉はなかりけり。[24]無慙なりし心ざしどもなり。

「扨も、我等が思ひ立つ事、母に露程も知らせ奉るべきか。計らひ候へ」

と言ひければ、時致聞ひて、

「思ひも寄らぬ御事なり。これ程思ひ定めざる前は知らず、[25]今はいかでか事変じ候ふべき。その上、人の子が謀叛起こして出で候はんに、その親聞きて、急ぎ死にて物思はせよとて、喜ぶ母や候ふべき。それがしは、ただ御形見を賜つて、最後まで身に添へ、こなたよりも又[26]参らせて、罷り出でんとこそ存じ候へ」。

十郎聞きて、

「まことにこの儀しかるべし。さらば、そのつゐでに、御分が勘当をも申し許してみん」

とて、母の方へぞ出でたりける。

小袖乞ひの事

十郎、御前に畏まり、[1]扇、笏に取り、申しけるは、

「[2]奉公をいたし、御恩蒙るべき身にては候はねども、[3]末代の物語に、富士野の御狩の御供に思ひ立ちて候ふ。恐れ入りたる申し事にて候へども、御[4]小袖一つ貸し賜り候へ」

と申しければ、母聞きて、

趣とは違うのではないだろうか。

24 いたましく不憫であった。

25 今となっては変えることはできません。

26 形見を差し上げて。

小袖乞ひの事

1 231頁注27参照。

2 古活字本同。太山寺本等には、「別して奉公をいたさざれば、御勘当蒙るべしとは存じ候はねども」とある。

3 後の世までの話の種に。

4 母上の御小袖。「小袖」は74頁注21参照。

「『君、[5]臣を使ふに礼をもつてし、臣、君に仕ふるに忠をもつてす』と、『論語』の内に候ふぞや。[6]何の忠によつてか御感もあるべき。御恩なくは無益なり。あはれ、この度の御供、思ひ止まり給へかし。それをいかにと言ふに、[7]伊東殿の父、奥野の狩場より病つきて帰り、幾程なくて死に給ひぬ。御分の父、河津殿、狩場にて討たれ給ひぬ。かかる事どもを思ひ続くるに、狩場程憂き所なし。しかも謀叛の者の末、上にも御許しなきぞかし。又、馬鞍見苦しくて、[8]物を見れば、かへつて人に見らるるものを。思ひ止まりて、親しき人々の方にて慰み給へ。[112][113]かやうに申せば、小袖惜しむに似たり。よくはなけれども、[9]紋柄おもしろければ」とて、[10]秋の野に草尽くし縫ふたる練貫の小袖一つ取り出だして賜びにけり。十郎、畏まつて、障子の内にて着替へ、我が小袖をば打ち置きて出でぬ。亡き後の形見にとぞ思ひ置きたりける。

五郎は[11]不孝の身にて、兄が方に空しく泣き居たり。よくよく物を案ずるに、母の不孝を許されずして、死なん事こそ無念なれ、[12]推参してみばや、生きた

[112] 祐成と時致、宿所の庭の種々の草花を眺める。

5『論語』八佾篇第三に、「君使レ臣以レ礼、臣事レ君以レ忠」とあり、『玉函秘抄』中、『明文抄』二・帝道部下、『管蠡抄』三・礼義、『五常内義抄』(内閣文庫本)下・礼順也不邪淫戒・第八等に引かれる。

6どのような忠義によって、賞賛を受けることがあろうか。

7工藤祐経の父、伊東武者祐継。7頁注12参照。戸川本は「伊藤殿の兄」とし、伊東祐親の兄祐継をさす。祐継の死は13頁、兄弟の父祐重の死は49頁参照。

8ものを見に行くということは、かえって人に見られるということなのだ。

9文様の柄。

10秋の野のさまを摺りだして、いろいろの草花を縫いとった練貫の小袖。「練貫」は、縦糸に生糸、横糸に練糸(灰汁などで煮て柔らかくした絹糸)を用いた平織りの絹織物。真名本では、着ていた「連銭付たる浅黄の小袖」を与え、「白き小袖」を着替えて置いてきている。

11不孝者として勘当された身。

12自分から押しかけてゆくこと。

13 私も御子でございます。

14 晴れがましい狩場で着用したいと思います。

15 兄弟の異父兄。150頁注1参照。

16 古活字本同。太山寺本、彰考館本に「君に奉公をいたす」とある。仕官の身だから小袖を乞いに来ることはないだろう。

17 兄弟の実弟。河津三郎の死後に生まれたが、生後すぐに伊藤祐清夫婦に引き取られる（54頁参照）。祐清が北国合戦で没した（一一八三年。89頁参照）後、妻はその子を伴って河内源氏の平賀義信に再嫁した。越後の国上寺（現新潟県燕市）で法師となっている（400頁参照）のは、信濃国佐久を本貫地とした平賀義信と関わるか。

18 主人が外出中のために都合が悪いので。

19 かたく心に決めたことなので。

る程こそ仰せらるるとも、死して後、悔やみ給はん事、疑ひなし、思ひ切り申してみんとて、母の方へは出でたれども、さすがに内へは入り得ず、広縁に畏まり、障子を隔てて、

「そも、誰[13]が御子にて候はん。時致にも、召し替への御小袖一つ賜りて、[14]狩場の晴れに着候はん」。

母聞きて、

「誰そや、来たりて小袖一つと言ふべき子こそ持たね。十郎は、ただ今取りて出でぬ。[15]京の小次郎は、[16]奉公の者なり。二宮の女房は、又かやうに言ふべからず。[17]禅師法師とて、乳の内より捨てし子は、叔父養育して、越後にあり。又、箱王とて、悪者のありしは、勘当して、行く末知らず。これはただ、武蔵・相模の若殿原の、貧なる妾を笑はんとて、かく宣ふとおぼえたり。しかも、[18]留守居の体見苦し。はや門の外へ出で候へ」

と、事の外にぞ宣ひける。時致、[19]思ひ切りたる事なれば、

「その箱王が参りて候ふ」

「それは、誰が許し置きたるぞ。女親とて、卑しみ候ふか。さやうには候ふまじ。

113 母を訪ね、祐成は小袖を乞う。時致は座敷に入れない。

とても、かやうに[20]侮らるる身、七代まで不孝するぞ。対面思ひも寄らず」

とぞ言はれける。五郎は、許さるる事はかなはずして、[21]結句、後の世までと、深く勘当せられて、前後を失ひ、[22]思ひにばうじ果ててぞ居たりける。

ややありて、小声になりて申しけるは、

「かやうの身に罷りなりて、重ねて申し上ぐべき事、[23]上までは畏れにて候へば、女房たち、心ある人あらば聞こし召せ。人の親の習ひ、[24]盗みする子は憎からで、縄付くる者を恨むるは、常の親の習ひにて候ふぞや」。

母聞きて、

「[25]さやうならん者を、わ殿が母にして、妾がやうなる者をば、親とな思ひそとよ。人の言葉を重くせず、[26]言葉を返すは、よき子かとよ」

「御言葉を重くして、御返事を申さじとてこそ、御前の人々には申し候へ」

「さやうに申すは、返り事にてはなきか。『[27]一念の瞋恚には、具胝劫の善根を焚き、刹那の怨害には、無量億劫の苦報を招く』。聞けばいよいよ腹ぞ立つ。その座敷立ちて」

と宣ふ。

「恐れながら、[28]普門品をばあそばし候はずや」

「いかなる観音の誓ひにも、掟を背く者を許し候へとは説き給はぬぞとよ」。

20 軽んじられる。見くびられる。
21 あげくのはてに。
22 呆然として、の意か。古活字本「物おもひはて、ぞ」、南葵文庫本「物をもいはてそ」。太山寺本、彰考館本にこの部分なし。南葵文庫本の形（物をも言はで）が本来のものか。
23 母のこと。母には畏れ多くて言えないが、そばの女房たちのなかで理解してくれる人がいたら聞いてください。
24 自分の子が盗みをしても憎くはないが、その子を捕らえて縛る者は恨めしい。
25 そのようなものわかりのよい者をお前の母にするがよい。
26 古活字本「言葉を返す、憂き子かとよ」。口ごたえするのは良い子と言えようか。
27 『二十五三昧式（六道講式）』に「一念瞋恚焼二倶胝劫之善根一、刹那怨害招二無量生之苦報一」とあり、『五常内義抄』（内閣文庫本）上・義和也不偸盗戒・第九に引かれる。
28 『法華経』の第二十五品、「観世音菩薩普門品」の略称。観音経。

生滅婆羅門の事[1]

「[2]恐れながら、事長く候へども、聞こし召され候へ。昔、天竺に、[3]生滅婆羅門といふ人あり。物の命を千日に千殺して、悪王に生まれんといふ願を起こし、はや九百九十九日に、九百九十九の生物を殺し、今千日に満ずる日、[4]西山に登りて見れどもなし。[5]玉江に下り、船に乗り海中に出でて、[6]比翼の亀を一つ取りて、[7]害せんとす。母、これを悲しみて、渚に出でて見れば、波風高くして、[8]雲雷電おびたゝしき、その中に、婆羅門、亀を害せんとす。母これを見て、

『その亀放せ。汝が父の[9]命日ぞ』。

婆羅門聞きて、

『[10]忌日ならば、[11]沙門をこそ供養せめ』

と言ひて、押さへて殺さんとす。亀、涙を流して、

『[12]我八十年後、我不堕地獄、大慈大悲故、必生安楽国』

とぞ泣きける。母、これを聞き、

『汝、亀の言葉聞き知れりや』

『知らず』

と答ふ。

『亀は、罪深きものにて、[13]万劫の罪障を経尽くし成仏すべきに、[14]今剣に従はゞ、又多劫を経返すべき事の悲しさよとなり。願はくは、その亀を放して、自らを殺し候へ』

生滅婆羅門の事

1この物語は、真名本にはない。ただし、真名本では親の命に背く不孝者の例として、慈童長者や瞋増長者等とともに「生滅婆羅門が父に向て矢を放ちしかば大地破れて忽に八獄の栖守となる」と挙げられる。仮名本に見る物語の典拠は未詳だが、『日本霊異記』中・三や『今昔物語集』二十・三十三に見える、吉志火麻呂が母を殺そうとした時に大地が割れ地中に陥り、それを助けようとした母の手に髻(頭髪)が残ったという話と通じる。なお、舞の本「小袖曽我」に類話が見える。　2時致のことば。　3古活字本同。「生滅婆羅門」の字は、真名本による(注1参照)。太山寺本、彰考館本他、舞の本「小袖曽我」は「かうしやうばらもん」とあり、『今昔物語集』三・三十五、『宝物集』下に、「香姓婆羅門」の名が見える。　4未詳。　5未詳。太山寺本、彰考館本「きよくうん」、万法寺本「たまへ」。　6雄雌一対の。　7殺そうとした。　8かみなりといなづま。天候がひどく荒れるさま。　9父親の亡くなったのと同じ日。　10命日。とくに祥月命日(同じ月の命日)をいうか。　11僧侶に対して冥福を祈ろう。　12私は八十年後に地獄に堕ちることなく、仏の大きな慈悲によって、安楽の浄土に生まれるのだ。諸本に異同はあるが、底本の「八十年後」は、古活字本では「八十年ご」、太山寺本、彰考館本では「八十二こふ」で、「八十二劫」が本来であったか。　13古活

1　5　10　15　18

と言ふ。

『誠に亀の命に代はり給ふべきにや』

と言ひも果てず、亀を海上に投げ入れ、すなはち剣を抜きて母に向かふ時、天神地神もこれを捨て給へば、大地裂け割れて奈落[15]に沈む。母を殺さんとする子の命を悲しみて、心ならずに母、走り向かひて、婆羅門が髻を取り給へば、すなはち頭髪は抜けて、母の手に留まり、その身は無間[16]に沈みけり。されども、亀を放せし功力によつて、[17]仏果を得、『法華経』の普門品に、[18]婆羅門身と説かれたり。かやうの子をだにも、親は憐れむ習ひにて候ふものを」。

母聞きて、

「[19]や、殿、それも、母が言ふ事を聞きて、亀を放ちてこそ、成仏はし給へ。汝、何とて妾が教へを聞かざるぞ」

「悪き子を思ふこそ、まことの親の御慈悲にては候へ。又、母の憐れみの深きには、事長く候へども、[20]ある国の王、一人の太子のなき事を歎き、天に祈りし[21]感応にや、后懐妊し給ふ。国王の喜びなのめならず。されども、

114 生滅婆羅門、亀を救おうとした母に斬りかかる。

字本同。他本は「一万劫」。きわめて長い時間。14ここで剣の先にかかったならば。

15地獄。泥犁。

16無間地獄。八大地獄の中でも最も苦しい地獄とされる。
17 254頁注2参照。
18『法華経』観世音菩薩普門品第二十五に、「応下以二婆羅門身一得度者、即現二婆羅門身一而為中説法上」とある。「婆羅門」とは、インドのバルナ（四種姓）の最上位の身分の司祭階級。

19呼びかけのことば。おい。

20以下の物語は、『義楚六帖』二十一・寺舎塔殿部第四十四に見える「高宗慈恩」の縁起によるものか。であるとすれば、「ある国」は、唐（中国）ということになる。

21信者の思いが神仏に通じること。

三年まで生まれ給はず。公卿[22]僉議あり
て、[23]博士を召して尋ね給ふ。[24]勘文に曰く、
『御位は[25]転輪聖王たるべし。ただし、
御産は[26]平かなるまじ』
と申す。后聞き給ひて、
『賢王の太子、いかでか空しくすべき。
自らが腹を裂き破りて、王子を[27]つつ
がなく取り出だすべし』
と宣ふ。大王、大きに御歎きあつて、許
し給はず。后、
『さらば、[28]干死ににせん』
とて、食事を止め給ひしかば、[114][115]力なく、大臣に仰せつけて、御腹を裂かれにけり。その半ばに、
后仰せられけるは、
『太子の誕生、いかに』
と問はせ給ふ。
『御つつがなし』
と申せば、喜び給ふ色見えて、うち笑みたるまま、御年十九にて、はかなくなり給ひぬ。さて、この
太子、御位につき給ひしが、母の御志を悲しみ、[29]御菩提のため、三年胎内にして苦しめ奉りし

[115] ある国の后、自らの腹を裂いて太子を産む。

22 一同で相談すること。
23 陰陽道に広く通じた学識者。
24 諸事を考え、調べて、上申する文書。
25 四天下を統一して正法をもって世を治める王。
26 無事ではないだろう。
27 無事に。
28 自ら飲食を断って死ぬこと。餓死。
29 死後の冥福。
30 「間」は建物の柱と柱との間。柱間。
31 古活字本他諸本に「しおんじ」とあり、従うべきか。十一行古活字本で「しかんし」と誤る。他本に見る「しおんし」は、中国陝西省西安にある慈恩寺（大慈恩寺）。唐の貞観二二年（六四八）、当時皇太子であった高宗が母の文徳皇后の慈恩に報いるために建立した寺で、広大な規模を誇ったという。インドから帰国した玄奘三蔵（255頁注11参照）を迎え、法相宗を広めた。
32 古活字本同。太山寺本、彰考館本にこの一文なし。万法寺本「にほんにはさいじなり」、南葵文庫本「日本には西方なり」。日本でいえば西寺にあたる、の意か。西寺ならば、平安京の右京九条一坊にあった官寺。羅城門を挟んで東寺と対をなした。『続日本後紀』承和十一年（八四四）四月壬午の条によると、滋野貞主が西寺の南にあった自宅を西寺の別院とし、慈恩院と名づけたとある。また、『百練抄』保延二年（一一三六）十二月の条に、慈恩寺焼亡記事が載るが、そこには、滋野貞主が唐の慈恩寺を模して建立したと記される。

日数千日にあてて、[30]千間に御堂を建て給ひけり。今の[31]しかん寺、これなり。[32]日本には西の寺なり。さればにや、后すなはち成仏し給ふ時に、[33]金蓮台を傾け、[34]来迎し給ふ。そのしこんに[35]擬へて、藤を多く植へられたり。さてこそ、[36]藤の名所には入りたりけれ。母親の慈悲は、かやうに候ひしなり」。

母聞きて、

「[37]老ひたる自ら、合はぬ教へのむつかしくて、腹をも裂きて死に失せよとな。汝も母と見ず、妾も子とも思はぬぞ」

とて、障子荒らかに閉て給ふ。時致は、この度許し給はずしては、[38]永劫を経るともかなふまじければ、五郎[39]うちふてて。

[1]斑足王の事

「[2]『仁王経』の文をば御覧じ候はずや。昔、天竺に、帝一人ましますに、太子おはしき。名をば斑足王と申す。[3]外道羅陀の教訓につきて、一千人の王の首を取り、塚の神にまつり、その位を奪ひ、大王にならんとて、数万の力士を集めて、東西南北、遠国近国の王城に、押し寄せ押し寄せ搦め取り、すでに九百九十九人の王を取り、今一人足らで、

『いかがはせん』

と言ふ。ある外道、教へて曰く、

『これより北へ一万里行きて、王あり。名を普明王といふ。これを取りて、一千人に足すべし』

33 古活字本、南葵文庫本同。金または金銅の蓮華の台座。
34 死ぬ時に仏・菩薩が枕元に迎えに来ること。
35 古活字本同。彰考館本に「紫雲」とあり、太山寺本、万法寺本も「しうん」。紫雲は、念仏行者の臨終などにあたって、阿弥陀仏が乗って現れるという紫色の雲。従うべきか。
36 唐の慈恩寺が藤の名所であったことは、『白氏文集』十三・三月三十日題二慈恩寺一」などで知られる。
37 年老いた私の教訓がうるさいので、腹を裂いて死ねと言うか。
38 未来にわたる長い時間。
39 ひどく不平を起こしてやけになる、意地をはる。

斑足王の事

1 この物語は、真名本にはない。この物語は、『仁王経』下・護国品第五から出て、『宝物集』(三巻本)下、『三国伝記』二・七、『壒嚢鈔』七・二十七に見える。
2 時致のことば。「仁王経」は61頁注24参照。
3 底本「けたうら、たの」。他本および『仁王経』によって改めた。

と言ふ。やがて、力士を差し遣はし、かの王を取りぬ。今は千人に満ちぬれば、一度に首を斬らんとす。ここに、普明王、合掌して曰く、

『願はくは、我に一日の暇を得させよ。故里に帰り、三宝[4]を請じ頂戴し、沙門[5]を供養して、闇[6]路の便りにせん』

と言ふ。易き間の事とて、一日の暇を取らす。その時、王宮に帰り、百人の僧を請じて、過去七仏[7]の法より、般若波羅蜜[8]を講読せしかば[9]、その第一の僧、普明王のために偈[10]を説く。

『劫焼終訖[11]、乾坤洞然、須弥巨海、都為灰煬』

と述べ給ふ。普明王、この文を聞きて、四諦十二因縁[12]を得たり。法眼空[13]を悟る。さればにや、斑足王、諸法空[14]の道理を聴聞して、たちまちに悪心を翻して、取りこむ千人の王に曰く、

『面々の科にあらず。我、外道に勧められ、悪心を起こす。不思議の至りなり。今は、助け奉るべし。急ぎ本国に帰り、般若を修行して、仏道をなし給へ』。

すなはち、道心起こして、無生法忍[15]を得たりと見えたり。これも、普明王を許してこそ、ともに仏[16]果を得給ひしなり」。

母聞きて、

「そのごとく、仏果を証じて、多くの人を助くべき。汝、などや法師になりて、妾をば救はぬぞ。まことや、『重き[17]にしたがつて、道遠ければ、休む事、地を選まず。家貧[18]にして、親老ひたる時は、官を選ばずして仕へよ』とこそ、古き言葉にも見えたれ。何とて、妾が言ふ事を聞かざるぞ」。

4 仏・法・僧をおしいただき。
5 僧侶に供え物をして死者の冥福を祈り。
6 冥途の寄る辺。
7 釈迦如来が世に現われるまでに出た過去の仏。毘婆尸仏、尸棄仏、毘舎浮仏、拘留孫仏、倶那含牟尼仏、迦葉仏、釈迦牟尼仏の七仏の総称。
8「般若波羅蜜」は、最高の智慧を完成させることをいうが、後に「講読」とあるところから、『大般若経』そのものをさしている。
9 底本「せししかば」。他本により「し」(衍)を省く。
10 経典中で、詩句の形式をとり、仏徳の賛嘆や教理を述べたもの。四句から成るものが多い。
11 劫火に焼けて、天地は空しくなり、須弥山も大海も、すべて灰になってしまうの意。
12 仏教で説く四つの真理。苦諦・集諦・滅諦・道諦。「十二因縁」は57頁注1参照。
13 すべての有為、無為の諸法を観察すると、一切は空であるという意。
14 他本「諸法皆空」。従うべきか。前注の「法眼空」と同義。
15 一切の事物・事象の無生を悟ること。
16 254頁注2参照。
17『後漢書』三十九・劉趙淳于江劉周趙列伝第二十九、「斯蓋所謂『家貧親老、不レ択レ官而仕』者也」の注として、「韓詩外伝曾子曰、「任レ重道遠、不レ択レ地而息。家貧親老、不レ択レ官而仕」」(『韓詩外伝』一)とあり、『玉函秘抄』中、『明文抄』四・人事部上に

五郎も、思ひ切りたる事なれば、居直り畏まつて、

「ただ御慈悲には、御許し候へ」

とのみぞ申し居たりける。

十郎は、我が所にて、五郎を待てども見えざりけり。あまりに遅ければ、又母の方へ行きて見たれば、五郎、内までは入り得ず、広縁に泣き萎れて居たり。あまりに[19]無慙におぼえて、障子を引き開け、畏まつて、五郎が理をつくづくと聞き居たり。ややありて、

「それがし、兄弟数多候へども、身の貧なるによつて、[20]所々の住まゐ仕る。ただあの者一人こそ、連れ添ひては候へ。祐成を不便と思し召され候はば、御慈悲をもつて、御許し候へかし。御子とても、御身に添ふ者、我等二人ならでは候はぬぞかし」。

母聞きて、

「『[21]心に合ふ時は、呉越もらんていたり。合はざる時は、骨肉も敵党たり。[22]智者の敵とはなるとも、愚者の友とはなるべからず。[23]位の高からぬをば歎かざれ、知恵の博からぬをば歎くべし』とは、『[24]漢書』の言葉ならずや」。

十郎承りて、

「それは、さる事にては候へども、『[25]観経』の文を見るに、『[26]諸仏念衆生、衆生不念仏、父母常念子、子不念父母』と説かれて候ふ。この文を釈すれば、

引かれる。ここでの引用としてはしっくりこない。老いた親には仕えなさいとの意か。 18 底本「家貧にして～選ばず」なし。目移りによる欠落。他本により補う。 19 気の毒でかわいそうなこと。 20 別々に住んでおります。 21『漢書』五十一・鄒陽伝に、「意合則胡越為二兄弟一、由余子臧是矣。不レ合則骨肉為二讎敵一、朱象管蔡是矣」とあり、『玉函秘抄』中、『明文抄』三・人倫部、『管蠡抄』五・不依親疎等に引かれる。「心」は、古活字本「こゝろ」。「らんてい」は、古活字本同、南葵文庫本に「こんてい」とあり、兄弟の意の「昆弟」を誤るか。「敵党」は、古活字本「てきしやう」、あだや仇の意の「讎敵」を読み替えたか。 22『五常内義抄』（内閣文庫本）上・義和也不偸盗戒・一に、「サレハ或論云、智者成レ敵、愚者不レ成レ友云へリ」と見え、『壒嚢鈔』二・十七にも引かれる。 23『後漢書』五十九・張衡列伝第四十九に、「君子不レ患二位之不一レ尊、而患二徳之不一レ崇、不レ恥二禄之不一レ夥、而恥二智之不一レ博」とあり、『玉函秘抄』中、『明文抄』三・人倫部、『五常内義抄』（内閣文庫本）下・智賢也不妄語戒・二十二にも引かれる。 24 右に見るように、すべてが『漢書』によるものではない。 25 太山寺本、彰考館本には「観経」とは記されていない。「観経」は、大乗仏教の経典の一つの『観無量寿経』の略称。 26『保元物語』中・為義最期事や、『平家物語』（長門本）三・土仏因縁事にも引かれるが、仏典にこの一文は見当たらない。鎌倉後期以降、

『仏は衆生を思し召さるれども、衆生、仏を思ひ奉らぬ』とこそ見えて候へ。親として、子を思はぬはなきものをや」。

母聞きて、

「汝等は、親の善きを申し集むるかや。いで又、自ら、子の孝行なる事を言ひて聞かせん。[27]孟宗は雪の内に筍を得、王祥は氷の上に魚を得、花眼は眼を抜き、恩勝は耳を焼き、知足は足を切る。善面、舌を抜き、くはそくは歯を施し、くはうふめいは身を温め、おしき、子を殺す。これ皆々、孝行のためならずや。『[28]扁鵲も、針薬を承ぜざる病をば治せず。賢聖王も、善言の聞かざる君をば用ゐず』とこそ申せ。人の言葉を聞かざる者、何の用にか立つべき。その上、不孝の者をば、同じ道をも行くべからず。急ぎ出でよ」

とぞ言ひける。祐成、重ねて申しけるは、

「一旦の御心を背き、法師にならざるは、不孝には似て候へども、父母に心ざしの深き事は、法師によるべからず、僧俗の形にもよらず。時致、箱根に候ひし時、『法華経』一部読み憶え、父の御ために、はや二百六十部読誦す。毎日、六万返の念仏怠らずして、父に[29]回向申すと承り候へば、[30]大地を戴き給ふ堅牢地神も、地の重き事は候ふまじ。[31]不孝の者の踏む跡、[32]骨髄に通りて悲しみ給ふなり。一つは、[33]かの御跡をも弔ひ、一つは、御慈悲をもつて、[34]祐成に御許し候へかし。父に幼少より後れ、親しき者は、身貧に候へば目もかけず。母ならずして、誰か憐れみ

禅僧等によってもたらされて広まった文言であるという（渡瀬淳子）。

27『五常内義抄』（内閣文庫）上・仁義也不殺生戒・第一に、「孟宗竹ニナキシカハ、雪中ニ笋ヲヌキ、王祥池ニ苙シカハ、氷ノ上ニ鯉ヲトリ、〈中略〉花眼ハ眼ヲ抜テ奉リ、恩勝ハ耳ヲ焼テ供養シ、知足ハ足ヲ切リ、利益ハ股ヲ割キ、善面ハ舌ヲ抜キ、華徳ハ歯ヲホトコシ、光明ハ身ヲ授ケ、妙色ハ子ヲアタヘ、修楼ハ目（妻）ヲサツクト云ヘリ」とある。孟宗、王祥までは孝子として『二十四孝』にもその記事が見えるが、花眼以下は、『五常内義抄』では師長の恩を語る例として挙げられている。「くはそく」は古活字本「くわそく」、南葵文庫本に「くわとく」。「くはうふめい」は古活字本「くはふめい」、南葵文庫本に「くわうみやう」。「身をあたゝめ、おしき」は古活字本「身をあたえめうしき」、南葵文庫本「みえおあたへめうせき」とある。

28『塩鉄論』五・相刺第二十に、「扁鵲不レ能レ治下不レ受二針薬一之疾上、賢聖不レ能レ正下不レ食二諫諍一之君上」とあり、『玉函秘抄』上、『明文抄』一・帝道部上に引かれる。「扁鵲」は春秋時代の名医。

29 156頁注52参照。

30「堅牢地神」は、大地をつかさどる神。『五常内義抄』（内閣文庫本）上・仁義也不殺生戒・第一に、「堅牢地神ハ其身（孝子のこと）ヲ戴ト云リ」と見え、『義経記』一・常磐都落の事に、「親の孝養する者は、堅牢地神も納受したまふなれば」とある。

給ふべきに、かやうに御心強[35]くましませは、立ち寄る蔭もなきまゝに、乞食とならん
事、不便におぼえ候ふぞや」。

あはれ、げに今を限りと申すならば、いかが易かるべきを、申すべき事ならねば、忍[36]びの
涙に目も暗れて、しばしは物をも言はざりけり。

猶も許すと宣はねば、十郎、怒りてみばやと思ひて、持ちたる扇、さつと開き、大[37]
きに目を見出だし、

「とてもかくても、生き甲斐なき冠者、ありても何か益あらん。御前に召し出だし、
細首打ち落として、見参に入れん」

と、大声を出だして座敷を立つ。116 117

女房たち驚き、

「いかにや」

とて、取り付く袖[38]に引かれて、板敷荒く踏み鳴らし、怒りければ、母も驚き縋り付き、

「物に狂ふか、や、殿。身貧にして、思ふ事かなはねばとて、現在の弟の首を斬る事やある。それ程までは思はぬぞ。しばし、や、殿」

116 時致の勘当を解いてもらうために、母を説得する祐成。

31 不孝のために勘当された者。
32 耐えがたいほど骨身にこたえる。
33 亡父の菩提を弔う。
34 祐成の面目にかけて。
35 意志が固い。気丈な。
36 ひそかに流す涙のために、何もわからなくなって。
37 目を大きく見開いて。
38 古活字本同。太山寺本、彰考館本は、「袖を振りきり」。

39 好都合であること。

母の勘当許されし事
1 しばらくは母の前に出ることができずにいた。

とて、取り付き給ふ。事こそよけれと[39]思ひければ、

「助け候はん。御許し候へ」

と言ふ。母、

「さらば許す。止まり候へ」

と宣へば、その時、十郎、怒りを止めて、声を柔らかにし、座敷に直り、畏まり居たりける。されども、忍びの涙の進みければ、とかく物をば言はざりけり。五郎も、恨みの涙を引き替へて、嬉しさの忍びの涙しきりにして、前後をさらに弁へず、ただ慎んでぞ居たりける。

母の勘当許されし事

ややありて、十郎、座敷を立ち、

「御許しあるぞ、時致。こなたへ参り候へ」。

五郎は、萎るる袖に忍びかね、しばし[1]は出でこそかねたりけれ。しばらくありて、時致、袖打ち払ひ、顔押し拭ひ、出でければ、十郎も嬉しく、哀れにて、うち傾き居たり。兄弟ともに、物をも言はず。たださめざめと泣き居たり。母、この有様を見

117 なおも勘当を許されない時致を、祐成は斬り捨てようとする。

て、

「げにや、親子の仲程、哀れなる事なし。年老ひ、身貧にして、人数ならぬ妾が言葉一つを重くして、泣き萎るる無慙さよ。[2]片端なる子をだにも、親は[3]愛しむ習ひぞかし。いかでか憎かるべき。ただよかれと思ふ故なり」

と[4]言ひも分かで、母も涙を流しけり。その後、兄弟の者共、畏まり居たるを、母、つくづくとまぼり、[5]いつしかの心地して、

「汝、自らを[6]愚かにや思ひけん。十郎が在る所を見つるに、五郎ありと言ふ時は心安し。なしと聞けば心許なくて、妾も立ちて見るぞとよ。この三年が程、打ち添はで、恨めしく悔しく思はれて、つくづくと見るに、[7]直垂の衣紋、[8]袴の着際、[9]烏帽子の座敷に至るまで、父の思ひ出でられ、昔に袖ぞ萎れける。さても、五郎は、箱根にても聞きつらむ。十郎は、いかにして経文をば知りけるぞや」。

祐成承って、

「[10]馬痩せては毛長く、断ふるに力なし。人貧にして智短く、言葉賤し。何によってか、貴くも候ふべき」。

女房たち聞きて、

「[11]勧学院の雀とかや」
[12]と申しければ、母、うち笑みて、
「それそれ、酒飲ませよ」

2 112頁注40参照。
3 いとしいと思う。かわいがる。
4 はっきりとわかるように言うこともできず。
5 いつの間にか、こんなことになったのかという気がして。
6 子どもへの愛情が少ないと思っただろう。
7 直垂の着付け方。
8 袴を着た様子。
9 古活字本同。太山寺本に「烏帽子つき、座敷に居たる風情まで」、南葵文庫本に「ゑぼしつきさしきにゐたるまで」とあり、古活字本における誤脱があるか。ただし、278頁にも同様の表現が見え、単なる誤脱か不審。
10 『世俗諺文』に「人貧智短」、『管蠡抄』十・世俗に、「人貧智短、馬疲毛長」（出典『朝野僉載』）と見える。
11 『宝物集』（三巻本）上に、「勧学院ノ雀ハ蒙求ヲ囀」とあり、『義経記』六・静鎌倉へ下る事にも引かれる。常に見たり聞き慣れたりしていると自然におぼえるという当時のことわざ。勧学院は平安時代に藤原冬嗣が一門の子弟を教育するために創設した私学。
12 底本「と」なし。他本により補う。

とありければ、種々の肴、盃取り添へて、二人の前にぞ置きたりける。母取り寄せ、飲みて、その盃、十郎飲む。その盃を、五郎三度干して置きければ、その盃、母取り上げて、

「三年の不孝[13]の事、ただ今許したるしるしに、この盃、思ひ取り[14]にせん。但し、親と師匠に盃差すは、必ず肴の添ふなるぞ。当時、鎌倉にては、秩父六郎[15]が今様[16]、梶原源太[17]が横笛[18]と聞く。されども、他人なれば、見もし聞きもせられば こそ。わ殿は、箱根にありし時、舞の上手と聞きしなり。忘れずは、舞ひ候へかし」。

十郎、腰より横笛取り出だし、平調[19]に音取り、

「いかにいかに。遅し」

と責めければ、しばし辞退に及びけるを、十郎、囃し立てて待ちければ、五郎、扇を開き、かうこそ歌ひて舞ふたりけれ。

君が代は千代に一度ゐる塵の白雲かかる山となるまで[20]

と、押し返し押し返し、三返踏みて[21]ぞ舞ふたりける。そのまま調子を踏み換へて、

別れのことさら悲しきは　親の別れと子の歎き[22]
夫婦の思ひと兄弟と　いづれを分きて思ふべき
袖に余れる忍び音を　返してとどむる関もがな

と、二返ぜめ[23]にぞ踏みたりける。母は、昔を思ひ出づれば、彼等は、さても憂き命、近

13 親の勘当。
14 240頁注21参照。
15 畠山重保。重忠（84頁注7参照）の子。
16 今様歌の略。催馬楽、風俗歌、神楽歌などの古い歌謡に対して、平安中期に起こった新様式の流行歌謡。七五調四句のものが多く、白拍子・傀儡女・遊女などにより歌われた。
17 101頁注18参照。
18 雅楽に用いる笛の一。竜笛。
19 雅楽十二律の音名の一つ。基音である壱越から三番目の音。中国十二律の大簇、西洋音楽のホ音に相当する。
20 『後拾遺集』七・賀、大江嘉言の詠。『梁塵秘抄』一（巻頭歌）、『新撰朗詠集』下にもとられている。わが君の御代は、千年に一度、地に置く塵が、積もり積もって、白雲のかかる山になるほどまで限りなく続くでしょう。『梁塵秘抄』巻一の冒頭の一首。
21 手を打ち、足で床を強く踏むなどして拍子をとること。
22 『義経記』五・静吉野山に捨てらるる事に、「別れの殊に悲しきは、親の別れ子の別れ、勝れてげに悲しきは、夫妻の別れなりけり」とある。当時の流行歌か。
23 古活字本同。太山寺本等は「二編踏みて舞いたりける」。「せめ」は、調子を高めたり、拍子を速めたりする部分とも解せるか。

き限りの涙の露、思はぬよそ目に取りなして、袖の返しに紛らかし、しばし舞ふてぞ入りたりける。かくて、酒も過ぎければ、十郎畏まつて、

「今度、御狩に罷り出で、兄弟が中に、いかなる高名をも仕り、思はずの御恩にも預かり候はば、率塔婆の一本をも心安く刻み、父聖霊に供へ奉らばやと存じ候ふ」。

母聞きて、

「など[24]やらん、この度の御狩の御供、心許なくおぼゆるぞや。[25]よき程にも候はば、思ひ止まり給へかし。さりながら、衣装の望みもあれば、小袖惜しむに似たり。それ〳〵それ女房たち」

と宣へば、[26]白き唐綾に鶴の丸所々縫ひたる小袖一つ取り出だし、

「十郎にも取らせぬるぞ。失はずして返し候へ。十郎は、常に小袖を借りて返さず。これは、曽我殿の見知りたる小袖なり。二度とも見えずは、又例の子どもに取らせたりと思はれんも恥づかし。[27]小袖をし[28]たためて置くべし。かまへてかまへて、疾く帰り給へ」

とありければ、

「承り候ふ」

とて、[29]練貫の着損じたるに脱ぎ替へ、

「見苦しく候へども、人に賜び候へ」

24 どういうわけか。
25 それでもよいというくらいの事ならば。
26 唐綾の小袖は、74頁注20・21参照。「鶴の丸」は翼をひろげた鶴の形を丸く書いた紋所。真名本では、上物の「白き唐綾の小袖」を取って投げ出したとある。
27 古活字本同。太山寺本に「べつの小袖」、彰考館本に「べちのこそで」とある。従うべきか。
28 用意しておこう。
29 259頁注10参照。真名本も、五郎は「練貫の小袖の着損じたる」を脱いで遺していった。

とてぞ置きにける。小袖の欲しきにはあらねども、互ひの形見の替へ衣、袖懐かしく打ち置きけり。

さても、兄弟は、座敷を立ちければ、母見送り、宣ひけるは、

「過ぎにし頃、十郎、小袖を借り、二度とも見せず。いかなる遊び者にも取らせぬるよと思ひしに、さはなくして、弟の五郎に着せけるぞ。又近き頃、[30]大口・直垂仕立てて取らせしを、これも二度とも見せざりしが、道三郎に着せたりと思へば、これをも弟に着せけるぞや。まことに、[31]兄弟をば、野の末、山の奥にも持つべかりけるものをや。父には幼くして後れ、一人ある母には不孝せられ、貧なれば、親しきにも疎くなり、あるかなきかの世に[32]なし者、誰やの人か憐れむべき」

とて、涙をはら〳〵と流し給ひければ、その座にありし女房たち、ともに袖をぞ濡らしける。

さて、兄弟の人々は、我が方様に帰り、小袖を中に置き、

「嬉しくも[33]推参しつるものかな。ただ今許されずしては、[34]多生劫を経るともかなふまじ。生きて二度帰るべきやうに、小袖返せと仰せられつるこそ愚かなれ。何しに返せとは言ひつらん、神ならぬ身の悲しさよと、後悔し給はん事、[35]今のやうにおぼえたり」

とて、うち傾きてぞ泣き居たる。

「我等、世にありて、心のままに親孝養をもいたさば、これ程まで思はぬ事もありぬ

30 大口袴の略。裾の口が広い袴。

31 たとえどのような場所にあっても、兄弟は欲しいものである。

32 落ちぶれて、世人にかえりみられない人。日陰者。

33 招かれもしないのに自分からおしかけていくこと。

34 多生広劫。長い年月多くの生死を繰り返して輪廻すること。

35 目に見えるようである。

べし。この三年こそ、不孝の身にては候へ、それさへ恋しく思ひ奉りし折は、ある時は、物越しにも見奉りて慰みしに、ただ今御許しを蒙り、一日だにもなくして、出でん事こそ悲しけれ。死に給へる父を思ひて、[36]孝養せんとすれば、生き給へる母に物を思はせ奉る。されば、我等程、親に縁なき者はなし。[37]後の世まで尽きせぬものは、ただ手跡に過ぎたる形見はなし。いざや、我等一筆づつ、忘れ形見を残さん」

とて、墨すり流し、かくばかり、

「[38]今日出でてめぐり会はずは小車のこの輪の内になしと知れ君

祐成生年二十二、後の世の形見」

とぞ書きける。

「[39]ちちぶ山おろす嵐の激しさに枝散り果てて葉はいかにせん

五郎時致生年二十歳、親は一世の契りとは申せども、必ず浄土にては参り会ふべし」

とこそ書きたりけれ。各〳〵、箱に入れて、

「我等討たれぬと聞き給はば、この所に[40]転び入りて、伏し沈み給ふべし。いざや、[41]拵へせん」

とて、畳敷き直し、[42]めんらうの塵打ち払ひ、まづ見給ふやうにとて、[43]差し入りの障子の際にぞ置きたりける。

36 敵討ちをすることをさす。

37 後の世までも尽きることのない形見としては、手跡にまさるものはない。

38 今日この家を出ると、もう再び逢うことはないでしょう。小車の輪が回るようにめぐる輪廻の輪のうちにも、すでにいないと思ってください。真名本同。舞の本「小袖曽我」にも引かれる。

39 秩父山を吹き下ろす風の激しさに、枝もすっかり折れ落ちてしまい、残された葉はいかにして過ごしていくのだろう。「ちち」に「父」、「葉は」に「母」をかけ、「枝」に「兄弟」の意を重ねる。舞の本「小袖曽我」では第四句を、「このみ散りなば」（「木の実」「この身」）とする。真名本には、「定めなきうき風いとど思ひ知れ弔はるべき身の弔はんたびには」とある。

40 転げ込んで。

41 母を迎える準備をしよう。

42 太山寺本、彰考館本になし。万法寺本に「めたう」、南葵文庫本に「めんさう」、古活字本は底本に同じ。「めだう」もしくは「めんだう」で「馬道」のこと。「馬道」は、殿舎と殿舎の間をつなぐために縦に厚板を敷き渡した簡単な通路で、馬を中庭まで引き入れる時には、一部を外した。後には長廊下の称。

43 入り口。

「[44]空しき人をば、常の所よりは出ださず。我等、死人に同じ」

とて、厩の[45]荒れ間より出でたりけり。[46]最後の文にこそ、かやうの事まで書きにけれ。

かくて出でけるが、

「いざや、今一度、母を見奉らん」

とて、暇乞ひにぞ出でたりける。母宣ひけるは、

「かまへて、人と諍ひし給ふな。世にある人は、貧なる者をば、[47]おこがましく思ひ侮るべし。さやうなりとも咎むべからず。三浦・土肥の人々は、さやうにはあらじ。その人々に交はり、睦び給へ。心の逸るままに、[48]人のあひつけたる鹿、射給ふべからず。[49]公方の御許しもなきに、弓矢持たずとも出で給ふべし。謀叛の者の末とて、咎めらるる事もやあらん。いかにも事過ごし給ふな。年頃憎まれずして養ぜられたる[50]曽我殿に、大事かけて恨みかけ給ふな」

と、細々とぞ教へける。五郎は、聞きても[51]色に出ださず。十郎は、かやうの教へも、今を限りと思ひ、心の色もあらはれて、涙ぐみければ、急ぎ座敷を立ちにけり。五郎も、名残に涙を抑へかね、[52]よそ目にもてなし立ちけるが、[53]妻戸の敷居に蹴躓き、俯しにこそ倒れけれ。されども、人目に[54]漏らさじとて、

「色ある小鳥の、東より西の梢に伝ひしを、目にかけ、思はずの不覚なり」

とて、打ち笑ひける。母、これを見給ひて、

「今日の道、思ひ止まり候へ。門出で悪しし」

44 死人のこと。
45 荒れたところ。破れたところ。
46 341頁で書き遺される母への手紙。
47 馬鹿にして見下してくることでしょう。
48 他の人が射程に収めた鹿を。
49 ここでの「公方」は、将軍頼朝をさす。将軍のお許しも受けていないのだから、弓矢を持たずに行ってもよいでしょう。
50 養父曽我祐信。55頁注4参照。
51 素知らぬふりをして。
52 よそ事のようにとりつくろったが。
53 家の端の方にある両開きの板戸。
54 太山寺本「かけじ」、彰考館本「いれじ」。気づかれまいと。

とありければ、五郎立ち返り、

「[55]馬に乗る者は落ち、道行く者は倒る。皆人[56]ごとの習ひぞかし。さればとて、止まり
候はんには、道行く者も候はじ」

と、打ち連れてこそ出でにけれ。五郎は、なを母の名残を慕ひつゝ、今一度とや思ひ
けん、

「扇の見苦しく候ふ」

とて、帰りにければ、母、これをば夢にも知らずして、

「折節、扇こそなけれ、悪けれども[57]」

とて、賜びにけり。時致、これも形見の数と思ひ、母の賜りけるよと思へば、扇さへ懐かしくて、開きて見れば、霞に雁がねをぞ描きたりける。折にふれなば夏山の、茂る梢の松の風、五月雨雲の晴れ間より、遠里小野の里続き、我等が道の行く末も、顕るべきに、さはあらで、その色違ふ[58]も理なり。憂き身の上と案ずれば、古き歌を思ひ出でて、

118 勘当を許された時致、祐成の笛で舞を披露する。

55 『玉函秘抄』上、『明文抄』三・人事部上、『管蠡抄』八・誡所好に、「善游者溺、善騎者堕」という類句が見える。出典は『淮南子』。
56 どの人もみな。誰も彼も。
57 底本「悪けれ」なし。古活字本等により補う。彰考館本に、「わるけれともあたらしく候へは」。
58 その様子が違うのも、兄弟の状況からすればもっともなことである。母から美しい扇をもらって嬉しく思うはずなのに、その様子が違うのである。

同じくは空に霞の関守りて雲路[59]
の雁をしばし留めむ

これは、為世卿[60]の詠みし歌ぞかし。我等限りの道を歎けども、誰ありて[61]留むる者もなきに、扇心のあるやらん、「しばし」といふ言の葉の詠まれたるかな。

さても、十郎が供には道三郎なり。五郎が供には鬼王、その他四五人召し具して、打ち出でける有様、[118][119]母は、女房たち引き連れ、広縁に立ち出で見送くり、さまざまにぞ宣ひける。

「直垂[62]の着やう、行縢[63]の引き合はせ、馬の乗り姿、手綱の取りやう、十郎は、父に似たれども、器量[64]ははるかの劣りなり[65]。五郎は、烏帽子[66]の座敷、矢の負ひやう、弓の持ちやうに至るまで、穏やか[67]なる体、父には少し似たれども、これもはるかの劣りなり。山寺にて育ちたれども、色黒く、下種[68]しく見ゆる。十郎は、里に住みしかども、色白く、尋常[69]なり。我が子と思ふ故にや、いづれも清げなる者共かな。いかなる大将軍と言ふとも、恥づかしからじ。あはれ、世にあらば、誰にか劣るべき。同じくは、彼等を父諸共に見るならば、いかに嬉しくありなん」

[119] 祐成と時致、母に見送られ、富士野へ発つ。

59『続千載集』春上、「前大納言為世」の詠、「おなじくは空にかすみの関もがな雲ぢのかりをしばしとゞめん」と見える。同じことならば、空に霞の関が欲しいものだ。北へ帰る雁をしばしの間とめておきたいの意。『続千載集』は、元応二年（一三二〇）に奏覧された十五番目の勅撰集。二条為世撰。

60二条為世。鎌倉期の歌人。『続後撰集』『続千載集』の撰者。

61我々はこれが最後の出で立ちであることを知っているのでつらく思うが、そのことは誰も知らないので、引き留める者もいないのに。

62直垂の着付け方。

63狩りや騎馬の時に着用する、腰から足のあたりを覆う毛皮。

64容姿。体格。

65古活字本同。彰考館本「はるかにをとれり」、南葵文庫本「はるかにをとるなり」。従うべきか。

66太山寺本、彰考館本「烏帽子の着際」。271頁注9参照。

67太山寺本は、「いづくまでも物太き風情、父に違はず」（彰考館本もほぼ同）とする。

68いやしく。

69すぐれている。

と、さめざめとこそ泣き給ふ。女房たち、これを見て、

「[70]物への御門出でに、御涙忌まはし」

と申しければ、

「誠に、彼等が貧なる出で立ち、[71]すずろなる事ども思ひ連ねられて、袖のみ昔に濡れ候ふぞや。げにげに[72]千秋万歳と、栄ふるべき子どもの門出でなり。[73]嬉しくも言ひ出だし給ふものかな。この度、御狩より帰りなば、上の御免蒙り、[74]本領悉く安堵して、思ひのままなる[75]帰るさを待つべき」

とてぞ、急ぎ内にぞ入り給ふ。後に思ひ合はすれば、これぞ最後の別れなりと、今こそ思ひ知られけれ。哀れなりし次第なり。

[1]李将軍が事

さても、鎌倉殿は、[2]合沢原に御座の由聞こえしかば、この人々も、駒に鞭を添へて急ぎける。道にて、十郎言ひけるは、

「名残惜しかりつる故郷も、一筋に思ひ切りぬれば、心の[3]引き替へて、先へのみ急がれ候ふぞや」。

時致聞きて、

「さん候ふ。思ふ程は現、過ぐれば夢にて候ふ。心のままに[4]本意を遂げ、[5]憂き世を夢になし果てて、はやく浄土に生まれつつ、恋しき父、名残惜しかりつる母、かく申

70 どこかへお出かけになるのに、涙は不吉ですよ。
71 つまらないこと。とりとめもない事柄。
72 めでたさを祝福することば。
73 古活字本同。他本、「いしくも」「いみじくも」で、殊勝にもの意。
74 もとの領地をすべてそっくり賜って。
75 帰る折を。

李将軍が事
1 この章段には、命々鳥の説話と李将軍の説話が引かれるが、これらの物語は真名本にはない。
2 20頁注15参照。
3 全く異なったさまにする。
4 敵討ちの望み。
5 つらいこの世をはかないものとしてしまって。

す我等まで、一つ蓮の縁とならむ」[6]
とて、引つ駆け引つ駆け打つて行く。[7]ややありて、十郎申しけるは、
「我等が有様を、ものに喩ふれば、命々鳥[8]に似たり。それをいかにと言ふに、大唐
しくう山[9]に、雪深ふして、春秋を分かざる山あり。その山に、頭は二つ、胴一つある鳥あり。かの
山には、青き草なければ、食ふべき物なし。されば、その左の頭、たまたま餌食を求め、服せん[10]と
すれば、右の頭、宙にて取りて奪うて食ふ。ある時思ひけるは、所詮毒の虫を求め、右の頭を退
治せんと思ひ、毒の虫を求め、いつものごとく服せんとす。かの頭、又奪うて食ふ。されば、胴一
つにてありぬれば、その身もいかでたまるべき。つゐに空しくなる。その鳥も、明け暮れに右は左
を取らん、左は右を取らんとせしぞかし。我等も、敵の手にやかからん、敵をや手にか
けんと、思ふ憂き身の長らへて、いつまで物を思はまし。この度は、さりとも」
と申しければ、五郎聞きて、
「弱き御喩へを仰せ候ふものかな。何によつてか、空しく敵の手にかかり候ふべ
き。本意を遂げて後は知り候はず。それは、ともかくも候ひなん。[11]事長くは候へど
も、昔、大国に、李将軍[12]とて、猛く勇める武勇[13]の達者あり。一人の子のなき事、天に祈る。憐れ
みにや、妻女懐妊す。将軍喜ぶ処に、女房言ふやう、
『生きたる虎の肝をこそ願ひなれ』。
将軍、易き事とて、多くの兵を引き連れ、野辺に出でて、虎を狩りけるに、かへつて、将軍、
虎に食はれて失せにき。乗りたりける雲上龍と言ふ馬、鞍の上空しくして帰りぬ。女房怪しみ

6 極楽浄土の同じ蓮の上に生まれようぞ。
7 手綱を引きたぐって馬を急がせ駆けていく。
8 体は一つでありながら、頭が二つあるという想像上の鳥。その顔は人間であるという。耆婆鳥とも。他本は「寒苦鳥」（太山寺本「閑古鳥」）とするが、「寒苦鳥」は、インドのヒマラヤに住むという想像上の鳥で、終夜、雌は夜寒を嘆いて鳴き、雄は夜が明けたら巣を作ろうと鳴くが、夜が明けると朝日の暖かさに夜寒を忘れてそのまま巣を作らないで怠けるという鳥。他本における誤りを流布本が正したと考えられる。『平家物語』九・いけずきの沙汰では、「寒苦鳥」を本来の意味で引く。
9 未詳。
10 服用する。食べる。
11 何とでもなるでしょう。
12 『漢書』五十四・李広伝に、「広出レ猟、見二草中石一以二為虎一而射レ之、中レ石没レ矢、視レ之石也、他日射レ之、終不レ能レ入矣」とある。『蒙求和歌』一・李広成蹊によると、李広は親を虎に食われ、その虎と見て石を射たという。『今昔物語集』十・十七に、李広が石を虎と見ている話が見えるが、虎に食われたのは母である。村上美登志は、『古註蒙求』が、虎に食われたのは父であるとすることから、本話の典拠と見なす。なお、真名本には、巻四で兄弟が母に敵討ちを制止された後もひそかに敵討ちへの思いを募らせていくところで、母を虎に食われた胡の深王が石

を虎と見間違えて射た話が記される。
13 勇気があり武術にすぐれた達人。
14 古活字本同。太山寺本に、「さては虎に喰はれ給ひぬと知り、嘆き悲しみ給ひしかども、甲斐ぞなき」（彰考館本類同）とある。泣いたのは女房と解した。
15 年月の早く経つさま。
16 介抱して産ませ。
17 漢字未詳。万法寺本は、「かうそ」とする。
18 心おだやかでなく。
19 月日の早く過ぎること。
20 父から伝わった刀。
21 他本「角の槻弓」で、角の筈をつけ、槻木で作った弓。
22 神頭に同じ。木製で、形は鏑矢に似ているが、中をくりぬかず、先端が平らになっている鏃の一種。
23 古活字本同。太山寺本に、「汝、馬の中の龍なり。我は人の中の将軍なり」（彰考館本類同）とある。
24 連れて行け。
25 嘆き悲しんで流す涙。血の涙。多く動物についていう。
26 声高くいないた。
27 うずくまった動物の体長。「一丈」は、一〇尺（三・〇三m）にあたる。

て、

『将軍、虎に食はれけるや』

と問へば、龍、涙を流し、膝を折り、泣[14]けどもかなはず。我が胎内の子は、父を害する敵なり、生まれ落ちなば捨てんと、日数を待つ処に、月日に[15]関守なければ、程なく生まれぬ。見れば男子なり。いつしか捨つべき事を忘れ、取り上[16]げ、名をかうりよ[17]くと付けて、もてなしけり。名将軍の子なれば、胎内より、父虎に食はれけるを安[18]からず思ひ、敵取るべき事をぞ思ひける。[19]光陰矢のごとし。かうりよく、はや七歳になりにける。ある時、父重代[20]の刀を差し、[21]角のつきたる弓に、[22]神通の鏑矢を取り添へ、厩に下り、父乗りて死にける雲上龍に向かつて曰く、

『[23]汝、馬の中の将軍なり。しかるに、父の敵に心ざし深し。父の取られける野辺に、我を具[24]足せよ』

と言ふに、馬、黄[25]なる涙を流して、膝を折り、[26]高声に嘶へけり。かうりよく、大きに喜びて、かの龍に乗り、馬に任せて行く程に、千里の野辺に出でて、七日七夜ぞ尋ねける。八日の夜半に及びて、ある谷間に、獣多く集まり居たり。その中に、伏[27]し長一丈余りなる虎の、

120 かうりよく、父の敵の虎と思って放った矢が岩に突き立つ。

両眼は日月を並べたるやうにて、紅の舌を振りて[28]伏しければ、[29]肝魂を失ふべきに、さる将軍の子なりければ、これこそ父の敵よと、矢取つて差し番ひ、[30]よつ引いて放つ。過たず、虎の左の眼に射立てたり。少し弱ると見えければ、かうりよく、馬より飛んで下り、腰の刀を抜き、虎を斬らんと見ければ、虎にてはなくして、年経たる石の苔むしたるにてぞありける。かやうの心ざしにて、つゐに敵を討つ。今の世の、[31]石竹と言ふ草、かうりよくが射ける矢なりとぞ申し伝へたる。されば、弓取りの子は、七歳になれば、親の敵を討つとは、この心なり。心ざしにより、石にも矢の立ち候ふぞや。歌にもこの心を詠みけるにや、

[32]虎と見て射る矢の石に立つものをなど我が恋の通らざるべき」

十郎聞きて、

「や、殿、歌物語心得ず。[33]祐成いかなる鬼神なりとも逃さじとこそ思ふぞとよ。『など我が敵討たであるべき』と語れかし」

「げにや、折による歌物語、[34]悪しく申すとおぼゆるなり。歌はともあれかくもあ

121 証空阿闍梨、智興大師の身代わりとなる。右下は安倍晴明。

28 古活字本同。太山寺本に、「かうりよくに懸かる。普通の者の子なりせば」（彰考館本、南葵文庫本類同）とある。
29 恐怖・不安などに襲われて生きた心地を失う。
30 よく引いて。十分に引きしぼって。
31 ナデシコ科の多年草で、夏に花を咲かせる。『蔵玉集』「石竹」の注には、霊力を持った石が人々を悩ますので島田時主という勇士がこの石を射ると、石に矢が立ち、その矢は抜けずにセキチクの花が咲いたとある。『蔵玉集』については257頁注16参照。
32 『甲子夜話』続編第九「卜謂」に、「思ふには石に立矢も有物をなど我恋の徹らざるべき」とある。虎と思って射る矢が石に突き立つのに、どうして私の恋の思いが通らないことがあろうか。
33 底本「助成」。
34 間違えて言ってしまったようです。

れ、この度は、敵討たん事易かるべし。[35]老少不定の習ひなれば、我等敵に先立たば、悪霊ともなりて取るべきものをや」

と戯れつつ、馬に鞭打ち急ぎけり。[120][121]

三井寺の智興大師の事

十郎は、

「[1]足柄を越えて行かん」

と言ふ。五郎は、

「箱根を越えん」

と言ふ。

「謂はれあり。この三四年、[2]別当の呼び給へども、[3]男になりける面目なさに、見参に入らず。つゐでに打ち寄りて、御目にかかるべし。最後の暇をも申さんとて参りたりと思し召さば、[4]聖教の一巻、[5]陀羅尼の一返なりとも、弔ひ給ふべき[6]善知識なり。[7]その上、師の恩を重くすれば、法に与る例あり。近き頃の事にや、[8]園城寺に、[9]智興大師とて、めでたき上人わたらせ給ひけり。[10]顕密有験の高僧と聞こえけれども、未だ肉身を離れ給はざりける故に、重病に冒されて、[11]苦痛悩乱弁へがたし。すなはち、[12]晴明を呼びて占はせけるに、『[13]定業限りにて、助かり給ふべからず。ただし、多き御弟子のうちに、法恩重くし、命を軽くして、師の御命に代はるべき人ましまさば、[14]まつり[15]代へん』

35 人間の寿命はわからないもので、老人が早く死に、若者が遅く死ぬとは限らないということ。

三井寺の智興大師の事

1 現神奈川県足柄上郡。箱根の北。足柄峠を越える足柄路（矢倉沢往還）は、律令時代以来の東海道の本道であった。のちに湯坂峠を越える箱根路が整備され、江戸時代以降、東海道の本道となった。 2 箱根の別当。8頁注23参照。 3 無断で元服したことが申し訳なくて。 4 仏教の経典。 5 特に密教で、長文の梵語を訳さないで、原語のまま音写されたもの。 6 202頁注17参照。 7 以下の物語は、真名本、太山寺本、彰考館本にはない。本話は、きわめて著名な説話であったようで、『今昔物語集』十九・二十四、『宝物集』（三巻本）中、『発心集』六、『三国伝記』九・六、『元亨釈書』十二、『とはずがたり』五など、諸書にさまざまな形で流伝している。 8 滋賀県大津市園城寺町にある天台寺門宗の総本山。三井寺。 9 運昭内供の弟子、証空阿闍梨の師。奥州の人というが、伝未詳。「大師」は多くその死後にその偉業を称えて贈られる尊称。『宝物集』他では「内供」（宮中の内道場に奉仕し、毎年御斎会が行なわれる時に読師などの役をつとめた僧）とする。 10 顕教と密教とにわたって祈祷の効験のある僧。顕教は、顕わにわかりやすく説き示した教え。それに対して、その教えが大菩薩でさえも知り尽くすことのできない深遠秘奥なものであるととらえるのが密教。 11 つらい痛みに悶え

と申す。上人は、苦痛のままに、誰とは宣はねども、御目を開けて、御弟子を見まはし給ふ。並び居給ふ御弟子二百余人あれども、我代はらんと仰せらるる方一人もなし。目を互ひに見合はせ、赤面し給ふ色あらはれにけり。[16]うたてかりし御事なり。ここに、[17]証空阿闍梨と申して、十八になり給ふが、末座より進み出でて、

『我、法恩の憐れみ尽くしがたし。何としてか報じ奉るべき。我等が命なりとも、代はり奉る身なりせば、喜びの上の喜び、何事かこれにしかんや。はやはや』

とて、墨染の御袖をかき合はせ給ひて、晴明が前に跪き給ふ。上人聞こし召し、悩める御眦に、御涙を浮かべさせ給ひて、御顔を振り上げ、本尊の御方を御覧じけるは、[18]証空の命を御惜しみありて、[19]御身はいかにもと思し召さるる御顔ばせ、あらはれたり。これ又、御慈悲の御心ざしとぞ見えける。証空、重ねて申されけるは、

『深く思ひ定めて候ふ。変ずべきにも候はず。その上、上人の苦悩を見奉るに、刹那の隙も惜しくこそ候へ。[20]御心に任すべきにあらず。急ぎ法会を行ひ、まつりを急がれ候へ。ただし、[21]八旬に余る母を持ちて候ふ。今一度、今生の姿を[22]見見え候ひて、帰り参るべし。しばし待ち給ふべし』

とて、暇を乞ふてぞ出で給ふ。証空阿闍梨を哀れと言はぬ者はなし。その後、母のもとに行き、この事詳しく語り給ふ。母聞きも果てず、証空の袖に取りつき、

『思ひも寄らず。師匠の御恩ばかりにて、母が憐れみをば捨て給ふべきか。御身を残し、自ら先立ちてこそ、[23]順次なるべけれ。思ひも寄らぬ例』

苦しむこと。
12 安倍晴明。平安中期のきわめて著名な陰陽師。寛弘二年（一〇〇五）没。八十五歳。
13 決定業の略。善悪の報いを受ける時期が定まっている行為。
14 底本「ず」。他本により改める。
15 代わるように祈りましょう。
16 情けないことであった。
17 三井寺常住院の始祖というが、伝未詳。
18 底本「せうの」。他本により改める。
19 自分の身はどうなってもよい。
20 上人の判断に任せて止めてはならない。
21 八十歳をこえた。
22 見もし見られもして。
23 年長者から順に往生すること。

とて、証空の膝に倒れかかり、涙に咽ぶばかりなり。証空は、母の心を取り静めて、
『よく〳〵聞こし召せ。師匠の御恩徳には、何をか喩へて申すべき。はかなき仰せともおぼえて
候へ』
『はかなき母が産み置きてこそ、尊き師匠の恩徳をも蒙り給へ。母の恩[24]、大海よりも深しとは、
誰やの人か言ひ初めける』
『親は一世、師は三世[25]、浅き憐れみなり。知らせ給ふらん』
『何とて、情けはましまさぬぞ。今日の命を知らぬ身の、恥をば誰か隠すべき。かなふまじ』
とて、取りつきたり。
『聞き給はずや、浄飯大王[26]の御子悉達太子[27]は、一人おはします父大王を振り捨て、阿羅邏仙人[28]に
給仕し給ひしぞかし[29]』
『それは生きての御別れ、これは死すべき別れなり。喩へにもなるべからず』
『御言葉の重きとて、只今隠れ給ふ師匠をや殺し奉るべき』
『まことに、自ら物ならずは[30]、暇を乞ひても何かせん。七生まで不孝するぞ[31]』
と言はれつつ、打ち転び給ひけり[32]。かくて証空、進退ここに窮まり[33]、師匠の恩徳を報じ奉らんとす
れば、母の不孝、永劫[34]にも逃れがたし。身の置き所なかりければ、母の御前に跪き、
『不孝の仰せ、悲しみても余りあり。奈落の責め、いつをか期せん[35]。この世は仮の宿りなり。未来
こそ、まことの住処にて候ふ。師匠の命に代はり奉らば、御迎ひにも参るべし。さあらば、
一つ蓮の縁にも、などかはならで候ふべき[36]。思し召し切り候へ』

24『童子経』に、「父恩者高レ山、須弥山尚下、母徳者深レ海、滄溟海還浅」と見え、親の恩が広大であることの喩え。

25一般に、親子は一世の契り、夫婦は二世の契り、主従・師弟は三世の契りと言われていた。『義経記』六・関東より勧修坊を召さるる事に、「親は一世の契り、主は三世の契と申せども」とある。

26中インドのヒマラヤ山麓にあった迦毘羅国の王。釈尊の父。妃は摩耶夫人。

27釈迦の出家以前の名。

28釈迦が求道のはじめに教えを請うた仙人。無所有の境地を説いたという。

29そば近くにいて雑用をつとめなさったのですよ。

30物の数でないとすると。

31七回生まれ変わるまで不孝者として勘当するぞ。

32その場に倒れなさった。

33『詩経』大雅・桑柔の「人亦有レ言、進退維谷」による。進むことも退くこともできないで途方にくれる。

34未来にわたる長い時間。

35地獄の責め苦は、いつのがれられるともわからない。

36死後、極楽浄土で同じ蓮の花の上に生まれる縁とならないはずがない。

とて、名残の袂を引き分くる。母は、なをも慕ひかね、

『さらば、自らをも連れて、一つ蓮の縁になし給へや。捨てられて、老ひの身の何となるべき』

と、悶[37]え悲しみ給ふ。阿闍梨は、母を宥めかね、かやうならんと思ひなば、なか〳〵申し出だすまじかりつるものを、又は、母に暇申さずとも、思ひ定むべかりつる事を、心弱くて、かやうに憂き目を見る事よ、惜しみ給ふも理なり、ただ一人ある子なり、一日片時も見奉らぬだに心許[38]なくて、隙[39]なき行法の間にさへ、心ならず思ひ見奉る事なし、見ゆる事遅き時は、杖にすがり来たり給ひて、跪き、後ろに立ち、夏は扇を使ひ、冬は暖むるやうにしたため[40]給ふ、これ、しかるべからずと申せども、幾程もなき自らが、心に任せてくれよと仰せられければ、上人も憐れみありて、心に任せよと、御慈悲あるによつて、片時も離れ給ふ事なし、我又、御憐れみのもだしがたさ[41]に、暇を計らひ、見奉らんと通ひしぞかし、げにも、今さら別れ奉りなば、さこそ悲しくましまさめと、思へば涙も塞[42]きあへず。まことに、自ら失せなば、やがても絶え入り[43]給ふべき心ざしなれば、立つも立たれず、居るも居られず、ただ呆然として泣くばかりなり。なをしも、母は、控[44]へたる袂を放さで寄りかかり、泣き沈み給ひければ、袖引き分きがたくて、掌[45]を合はせ、

『自らが申す理、よく〳〵聞こし召し候へ。惜しみ思し召さるる御事、僻[46]事には存じ候はず。さりながら、かねても申ししごとく、この世は、夢幻と住みなし給へ。仏と申す事は外になし。我がなす胸[47]の内に明らかなり。月輪[48]の曇らぬを悟りと申し、埋もるるを迷ひと申し候ふ。されば、仏は、衆生に善悪隔てなき由、説き置かせおはしますものを。さあらば、親となり子となり、師となり弟子となり、これ皆一心の願により、山河大地[49]、悉く阿[50]字の一字にこそ収ま

37 底本「たえ」。他本により改める。
38 気がかりで。
39 古活字本「隙なき行法の間は、心ならず見たてまつる事なし。おそき時は」、南葵文庫本「きやうほうのひまなきあひたは、心も心ならす、見たてまつる事おそき時」。「行法」は、仏法の修行。
40 用意なさる。
41 そのまま放っておくことができなくて。
42 せきとめられない。
43 そのまま気を失って亡くなってしまいそうな。
44 ひきとめた袖。
45 手のひら。
46 間違ったこと。
47 思い描く。
48 衆生に本来備わっている心を清浄な満月に喩えたもの。真如の月。
49 底本「大事」。他本により改める。「山河大地」で大自然。
50 梵語の第一番目の文字「𑖀」。宇宙万物は元来不生にして不滅であるとい

りて候へ』
と怒りければ、母、控へたる袖を少し許しける所に、[51]棄恩入無為、真実報恩者の理をつぶさに説き
ければ、母、涙を抑へて、
『さらば』
とて許しけり。証空は嬉しくて、急ぎ坊に帰りけり。まことに孝行の程、天衆地類も憐れみをなし給
ふべきにや」。

[1]泣き不動の事

[2]「晴明、遅しと待ちし事なれば、七尺に
床をかき、五色の幣を立て並べ、[3]金銭散
供、数の供具、菓子を盛り立て、証空を
中に据へて、晴明、[4]礼拝恭敬して、数
珠[5]はら〳〵と押し揉み、【122】【123】上は[6]梵天帝
釈、[7]四大天王、下は[8]堅牢地神、[9]八大龍
王まで[10]勧請して、すでに祭文に及びけ
れば、[11]護法の渡ると見えて、色々の金銭
幣帛、或ひは空に舞ひ上がりて舞ひ遊び、
或ひは壇上を踊りまはる。[12]絵像の大聖

【122】証空阿闍梨、母に別れを告げるが、母に引き留められる。

う真理、すなわち空を象徴するものと考え、阿字（の形、音、意味）を観ずることにより、真理を体得できるとする考え。
51『法苑珠林』二十二に、「流転三界中、恩愛不レ能レ断、棄レ恩入二無為一、真実報レ恩者」とある。恩愛の情を捨て、世俗の執着を断ち切って、悟りの道に入ること。出家受戒のおりに唱えられる。『平家物語』十・維盛出家にも引かれる。

泣き不動の事

1この物語も、真名本、太山寺本にはない。前話に引き続くものであるが、「泣き不動」に言及するのは、『宝物集』（三巻本）中、『発心集』六、『三国伝記』九・六等である。　2時致のことばの続き。　3金銭をまき散らして、神仏に供えること。　4深くつつしみ敬って神仏を拝むこと。　5古活字本同。諸本「さら〳〵」。従うべきか。　6大梵天王と帝釈天。ともに仏教の守護神。　7四天王。須彌山の中腹にある四王天の主で、東方の持国天、西方の広目天、南方の増長天、北方の多聞天または毘沙門天のそれぞれを主宰する王の総称。八部衆を支配して帝釈天に仕え、仏法と仏法に帰依する人々を守護する。　8大地をつかさどる地神で、大地が万物を載せて堅固不動であるところから、堅牢の名がある。　9法華経説法の座に列したという八種の龍王。難陀・跋難陀・娑伽羅・和修吉・徳叉迦・阿那婆達

不動明王は、利剣を振り給ひければ、その時、晴明、座を立つて、数珠をもつて証空の頭を撫で、

『[13]平等大慧、[14]一乗妙典』

と言ひければ、すなはち、上人の苦悩覚めて、証空に移りけり。やがて、[15]五体より汗を流し、[16]五臓を破り、[17]骨髄を砕く事、言ふにばず。これを見る人、晴明が[18]奇特の尊さ、証空の心ざしのありがたさに、上下袖を絞るばかりなり。さて、証空の頭より、煙立つて、苦痛忍びがたかりしかば、年頃頼み奉る絵像の不動明王を睨み奉り、

『我が二つなき命、師命に奉ず。召し取らしめ、屍を壇上に留めん』

と、[19]正念に住して、

『[20]安養浄刹に迎へ取り給へ。[21]知我心者、即身成仏、誤ち給ふな』

と、一心の願をなしければ、明王、哀れとや思しけん。絵像の御眼より、紅の御涙はらはらと流させ給ひて、

『汝、尊くも法恩を重くして、一人の親を振り捨て、師命に代はる心ざし、[22]報じても余りあり。我又、いかでか汝が命に代はらざるべき。行者を助くる[23]大聖明王の誓ひ、[24]地蔵薩埵に限らず。

123 安倍晴明による儀式が始まると、絵像の不動明王が涙を流す。

多・摩那斯・優鉢羅の各龍王をさす。
10 神仏の来臨を乞うこと。
11 祈祷によって物の怪などを調伏する法力。
12 絵像の明王が剣を振る霊験は、3頁にも見えた。
13 『法華経』見寶塔品第十一に見える。三乗は方便で、一乗の法だけが真実であると説く仏の智慧。
14 法華一乗の妙理を説く経典の意。『法華経』のこと。
15 身体の五つの部分。筋・脈・肉・骨・毛皮の称。一説に、頭・頸・胸・手、足・または頭と両手・両足。転じて、からだ全体。全身。
16 古活字本、万法寺本「五蘊」、南葵文庫本「六こん」。「五臓」は、漢方でいう、肝臓・心臓・脾臓・肺臓・腎臓の五つの内臓。
17 非常に苦しい思いをする。
18 神仏などの不思議な力。奇蹟。
19 一心に仏を念ずること。
20 極楽浄土。
21 『勝軍不動明王四十八使者祕密成就儀軌』に見える。自分の心を知る者は、この肉身のまま仏となるの意。
22 ひととおりの報いでは足りない。
23 大聖不動明王をいうか。古活字本「かたいしゆく」、南葵文庫本「我たいしゆく」。『大宝積経』に見える、「我代受苦」か。
24 地蔵菩薩。六道の一切衆生の苦を除き、福利を与えることを願いとする

菩薩。また、特に地獄の衆生を教化し、代受苦の菩薩とされる。
25 激しい炎。

鞠子川の事
1 時致のことばの続き。
2 箱根権現。
3 酒匂川。富士山東麓より出て、現神奈川県小田原市内で相模湾に入る。

『受くる所の苦痛を見よ』
と、あらたに霊験あらはれければ、明王の御頂より、[25]猛火ふすぼり出で、五体より汗を流し給ふ。
尊しとも、忝なしとも、言葉にも言ひがたし。すなはち、証空が苦悩止まり、智興大師も助かり、
証空も誓ひにあづかり給ふ事、ありがたかりし例なり。されば、三井寺に泣き不動とて、寺の宝の
その一なり。流させ給ひし御涙紅にして、御胸まで流れかかりて、今にありとぞ承る。まこと
に師匠の恩、かやうにこそありがたきものなれ」。

鞠子川の事

「[1]箱根を忍び出で候ひし時は、[2]権現に御暇をも申さず、まして、師匠にかくとも
申さざりし事、今にその恐れ残りておぼえ候ふ」

と申しければ、十郎も、

「さこそ」

とて、箱根にぞかかりける。
[3]鞠子川を渡りけるが、手綱かひ繰り申しけるは、
「わ殿三つ、祐成五つの年より、二十余の今まで、この川を一月に四五度づつも渡り
つらん。いかなる日なれば、今渡り果てん事の悲しさよ。などやらん、いつよりも、
この川の水濁りて候ふ。心許なし」
と言ひければ、五郎申すやう、

「皆人の冥途[4]に赴く時は、物の色変り候ふとな。我等が行くべき道、曽我を出づるは、娑婆[5]を別るるにて候ふ。この川は三途の川[6]、湯坂[7]の峠は死出[8]の山、鎌倉[9]殿は閻魔[10]王、御前祗候[11]の侍共は獄卒[12]阿防羅刹、左衛門[13]尉は善知識[14]、箱根の別当は六道[15]能化の地蔵菩薩と念じ奉る。この川の水、色変ると見えて候へ」

とて、駒打ち入れけるが、ややありて、十郎、

五月雨[16]に浅瀬も知らぬ鞠子川波に争ふ我が涙かな

五郎聞きて、歌の心悪しくや思ひけん、行縢[17]鼓打ち鳴らし、かくぞ詠じける。

渡る[18]より深くぞ頼む鞠子川親の敵に逢ふ瀬と思へば

かやうに思ひ連ね、通る所は阿弥陀[19]のゐんじゆ、かさまでら[20]、湯本[21]の宿を打ち過ぎ、湯坂の峠に駒を控へ、弓杖[22]つきて申しけるは、

「人生れて、三箇国にて果つるとは、理なり。我等生まるる所は伊豆国、育つ所は相模国、最期所は駿河国、富士の裾野の露と消えなん不思議さよ」。

五郎聞きて、

「その最期所が大事にて候ふぞ。心得給へ」

と諫むれは、

「仰せにや及ぶ」

と宣へども、さすが故郷の名残や惜しかりけん、我が故里の方をはる〳〵と眺むれば、ただ雲のみかかり、いづく[23]をそこととも知らねども、

4死後の世界。 5この世。人間界。 6死後、初七日に渡ると信じられているあの世の川。 7現神奈川県足柄下郡箱根町。箱根山東部の尾根道。湯本から芦ノ湯を経て、二子山の北西をめぐり箱根権現にいたる山道。 8死後、越えて行かなければならない険しい山。 9源頼朝。 10死者の霊魂を支配し、生前の行ないを審判して、それにより賞罰を与えるという地獄の王。 11つつしんで側近に奉仕すること。 12地獄で罪人を責める鬼。 13工藤祐経。 14202頁注17参照。 15天道・人間道・畜生道・餓鬼道・地獄道・修羅道の六道の衆生を救済・教化する能化尊としての地蔵菩薩。 16降り続く五月雨のためにどこが浅瀬かもわからない鞠子川を渡っていると、波しぶきに袖はぬれ、思わず流す自分の涙と、その量を競うかのようだよ。真名本第二句「浅瀬も見えぬ」。 17行縢（32頁注33参照）を鼓のように音高く打ち鳴らして。 18鞠子川を渡るにあたって、深く頼みに思うことだ。この鞠子川の瀬を渡るように、親の敵に首尾よく逢う瀬（機会）が得られるようにと。「深く」と「逢瀬」は、「川」の縁語。舞の本「小袖曽我」では、下の句「明日は敵に逢ふ瀬ならまし」。 19未詳。 20未詳。他本に「かまとまり」「かさまとり」とあり、現神奈川県小田原市風祭のことか。 21現神奈川県足柄下郡箱根町。湯本温泉の所在地。 22弓を杖のようについて。 23どこが曽我の里であるかわからないが。

「煙少し見えたるは、もし曽我にてや候ふらん」。

道三郎、これを顧みて、

「煙は曽我にて候はず。それより南の、黒き森に雲のかかりて候ふこそは、曽我にて候へ」

と申しければ、古き事どもの思ひ出だされて、十郎、

曽我林[24]霞なかけそ今朝ばかり今を限りの道と思へば

とうち詠め、涙ぐみければ、五郎、この有様を見て、この人に同心[25]しては、はかばかしき事あらじ、諌めばやと思ひければ、怒り声になりて、

「殿こそは、大磯[26]・小磯、曽我故郷をも眺め給へ。時致においては、思ふ事こそいそがはしく候へ」

とて、駒引き退け駆け出だし、二町[27]ばかり駆け通りぬ。十郎、興覚めて思ひながら、駒駆け出だし、追ひ付きけり。

五郎、引き下がり口説きけるは、

「人界に生を受くる者、誰かは最後の名残惜しからで候ふべき。鬼王・道三郎が心をも、御恥じ候へ

24 曽我林に、今朝だけは霞をかけてくれるなよ。これが最後の見納めと思われるから。真名本では、十郎、五郎がここでそれぞれ二首ずつ歌を詠んでいる。
25 十郎の気持ちに合わせていたら、出来ることも出来なくなってしまう。
26 ともに、現神奈川県中郡大磯町。
27 およそ二二〇m。一町は六〇間で、約一〇九m。

124 祐成と時致、従者の道三郎と鬼王とともに、鞠子川を渡る。

かし。彼等をば曽我へ返し候ふべし。もしこの事かないて候はば、申すにや及ぶ、し損ずるものならば、この人々が、ここにては歌を詠み、かしこにては詩を詠じて、しもたてぬ事なんど嘲られんも口惜し。いかばかりとか思し召し候ふ」

と申しければ、理とや思はれけん、その後は、歌をも詠まず、横目をもせず、打ちける程に、大崩[28]にこそ着きにけれ。124 125

二宮太郎に会ひし事

隙行く道を見渡せば、馬乗り五六騎出で来たる。誰なるらんと十郎見るに、二宮殿[1]とおぼえたり。

「いざや、この事一端[2]語らん」

と言ふ。五郎聞きて、あまりの事なれば返事もせず。ややありて申しけるは、

「いかでかやうの大事、聟には知らせ候ふべき。異姓他人にては候はずや。いかなる

125 祐成と時致、二宮太郎と出会う。

28 真名本に、「大崩の下の手向」とある。地名に含まれる「崩」は、地滑りや崩落部を表しており、湯坂峠と箱根権現との間でいえば、駒ケ岳東南斜面の崖を言ったものか。

二宮太郎に会ひし事

1 兄弟の姉婿。131頁注15参照。次頁に「義実」と記されるが、正しくは「朝忠」。

2 一部分。

人か、世になき我等が死にに行くと語[3]らはんに、同意する者や候ふべき。ただ対面ばかりにて、御通り候へ」。

十郎聞きて、

「御分の心を見んとてこそ」

と雑談[4]し、間近くなりければ、この人々、馬より下り、弓取り直し、色代[5]す。

「鎌倉殿、富士の御狩と承り、狩座[6]の体見参らせて、末代の物語と思ひ立ちて、罷り出で候ふ」

「人々は、いづくへ行き給ふぞや」

と申す。義実[7]聞きて、

「あはれ、人々、無用の見物かな。馬鞍見苦しくての見物、しかるべからず。これより帰り給へ。それがしも、御供と仰せられつるを、見苦しさに、風邪の心地と、梶原が方へ申して遣はし候ふ。面々も、ただこれより帰り給ひて、二宮に逗留し、笠[8]懸など射て遊び給へ」

と申しければ、十郎、

「畏まり存じ候へども、かやうの事は重ねてありがたき見物[9]と存じ、すでに思ひ立ちて候ふ。馬弱くは山をば引かせ候ふべし。帰りには参り、しばらくも逗留仕り候ふべし。設[10]けの肴御用意候へ」

と申しければ、

3 相談したところで。
4 冗談を言って。
5 挨拶する。
6 狩り場でおこなわれる狩りの様子を。
7 二宮太郎朝忠のこと。古活字本同。太山寺本「義定」。
8 94頁注21参照。
9 めったにない見物。
10 もてなしのための食事。

「この上は、御帰りをこそ待ち申すべし」

とて、馬引き寄せ打ち乗り、東西へ打ち別れにけり。ただ世の常とは思へども、これぞ最後の別れなり。さても、我等討ち死にの後、形見ども、曽我より二宮へも送りなん、その時にこそ、[11]男子なりせば、一つ道にならであるべきに、女の身の悲しさは、その事こそかなはずとも、せめて道より、など最後の言伝だになかりつるぞと、恨み給はん事、さぞあらんと、思へば包むその涙、先立ちぬるこそ悲しけれ。

矢立の杉の事

「[1]とても捨つべき命ども、遅速は同じ事ながら、[2]さりぬべき便宜もこそあらめ、一時も急げや」

とて、駒を速めて打つ程に、[3]矢立の杉にぞ着きにける。この杉と申すは、もとは湯本の杉といひけるを、一年九州[4]阿蘇の平権守とて、[5]虎狼の逆臣あり。[6]九国を打ち従へて、[7]ちやうずる事、四箇年なり。軍する事、五十余度なり。度ごとに勝てり。その時の齢、七十二歳なり。剰へ天下を悩まし奉らんとて、[8]国を催す聞こえありければ、[9]六孫王の御時、その討手のために、関東の兵を召され、上りしに、この杉の本に下り居て、祈りけるは、

「九州に下り、権守を打ち従へ、難なく都に帰り上り、名を後代に上くべくは、一の矢受け取り給へ」

---

11 二宮の姉の心中を想像している部分。

矢立の杉の事

1 いずれ死ぬべき我々の命は、遅かれ早かれ同じである。
2 これという好機はなかなかないのだから。
3 「矢立の杉」は、諸国に多く伝えられるが、ここでは現神奈川県足柄下郡箱根町湯本にあったもの。『新編相模国風土記稿』二十七・足柄下郡六に、「矢立杉蹟、東海道往還の傍、小名山崎にあり」とある。
4 未詳。真名本には、文徳天皇の弟、柏原宮の東夷鎮圧の折の法楽に、上矢を射立てた話が載る。
5 欲が深く残忍なこと の喩え。「逆臣」に合わせて「虎狼」をあてたが、彰考館本は「古老の人」とし、続く「七十二歳」などの記述に合うか。
6 九州。
7 古活字本「きちやうする」。太山寺本「知行する」、彰考館本「住する」。
8 国中の人をかり集めるという評判。
9 源経基。5頁注49参照。

とて、各射けるに、一人も射損ぜず。さて、筑紫に下り、合戦するに、難なく打ち勝つて、帰り上りぬ。その時よりして、矢立の杉と申しけり。

「門出でめでたき杉とて、上下旅人、心あるもなきも、この木に上矢[10]を参らせぬはなし。いはんや、我等、思ふ事ありて行く者ぞかし。いかでか上矢を参らせざらん」

とて、十郎、一の枝に留む。五郎、二の枝にぞ射立てける。何となく射けれども、十郎は、宵に討たれ、五郎は、朝に斬られにけり。この杉の瑞相[11]あらはれて、一二の枝の隔て、不思議なりける次第とは、今こそ思ひ合はせけれ。さても兄弟は、駒を速めて打つ程に、箱根の御山にぞ着きにける。

曽我物語 巻第七終 126

10 上差しの矢。174頁注47参照。

11 不思議な前兆。きざし。

126 祐成と時致、矢立の杉に上矢を射立てる。

曽我物語 巻第八

箱根にて暇乞ひの事

そもそも、箱根山[1]と申すは、関東第一の霊山なり。後ろには、高山峨々[2]と連なりて、真如の月影[3]を宿す。前には、生死の海[4]漫々[5]として、波煩悩[6]の垢をすゝげば、無始[7]の罪障も消滅すとおぼえたり。本地[8]文殊師利菩薩[9]、衆生を化度[10]し給へば、有為[11]の都と名付けたり。されば、一度縁を結ぶ者は、長く悪所に落とさじと誓ひ給ふ事、頼もしくぞおぼえける。

この人々は、御前に参り、

「帰命頂礼[12]、願はくは、浄土に迎へ取り給へ。時致十一より、この御山に参り、今に至るまで、毎日三巻づゝ、普門品[13]怠らず読み奉るも、たゞこのためなり。憐れみ給へ」

と念誦[14]して、別当の坊へ行きにけり。

同じく別当に会ふ事

行実[1]、やがて出で会ひ給ひて、古今の物語し給ふ。

「男[2]になり給へばとて、昔になり変はりて思ふべきにあらず。御身[3]こそ、よそがま

箱根にて暇乞ひの事

1 真名本では、兄弟の祈誓のことばとして、「当山三所権現と申すは、関東守護の霊神、法体文殊としては、覚母三昧の徳を顕はして尊師の跡を伝へ給ふ。俗体弥勒としては、慈心三昧に入て悪世の我らを導き給ふ。女体観音としては、妙覚高貴の形を隠して微妙の光明をば娑婆の塵に交へ給ふ。」と紹介される。 2 高い山が険しくそびえたつさま。 3 明月の光が闇を照らすように、真理が人の迷妄を破ること。煩悩が解け去って、あらわれてくる心の本体を月に喩えた。 4 生死流転の苦の深さを海に喩える。 5 はてしなく広がるさま。 6 衆生の心身を煩わせ悩ます妄念。 7 限りない前世から犯してきた罪。 8 神はこの世に仮に姿を現した垂迹身であるという考え（本地垂迹説）に基づくもので、その真実身をいう。彰考館本や万法寺本では、ここで箱根の本地について詳細に語るが、真名本に記されるものとは内容が異なり、原拠は不明。 9 諸仏の智慧をつかさどる菩薩。釈迦如来の脇侍として左に侍し、普賢菩薩とともに三尊を形成する。 10 人々を教え導き、迷いから救うこと。 11 因果によって生じた、この世の一切の現象。 12 仏の足に頭をつけ、すべてを仏に捧げて帰依する意で、仏を拝む時に唱えることば。 13 81頁注23参照。 14 心に仏を念じ、口に経を唱えること。念仏誦経。

同じく別当に会ふ事

1 箱根権現十九世別当。『吾妻鏡』建久四年（一一九三）六月十八日条には、十郎の三七日の仏事を行ったことが見える。416頁注1参照。
2 元服されたからといって。
3 あなたの方ではよそよそしくされていたようですが。
4 身分不相応な望み。
5 自分の過失を謝ること。

しくし給へ、面々の心中、始めより詳しく知りて候ふぞ。哀れにのみこそ思ひ奉れ、いかでか恨み申すべき。人に頼まるる事、在家・出家によらず。愚僧も、年だに若く候はば、などかは頼りにならざるべき」

とて、墨染の袖を顔に押し当て、さめざめと泣き給へば、[127][128]十郎承り、

「御意は、畏まり入り候へども、さらに野心[4]の候はず。時致も、その後、やがて罷り上り、男になりて候ふ怠り[5]をも申すべきにて候ひしを、母に不孝せられ候ひぬ。又、恐れをなし奉る故、今に遅なはり候ふ」。

別当聞き給ひ、

「祈祷は頼もしく思ひ給へ。千騎万

127 祐成と時致、箱根権現に参詣。

128 祐成と時致、箱根の別当より太刀刀を授かる。

騎の方人[6]と思し召せ」

とて、酒取り出だし、三々九度[7]勧め給ひけり。

太刀刀[1]の由来の事

「何をもつてか、方々の門出で祝はん」

とて、鞘巻[2]一腰取り出だし、十郎に引[3]かれけり。

「この刀と申すは、木曽義仲[4]の三代[5]相伝とて、三つの宝あり。第一に、龍王[6]作りの長刀、第二に、雲威[7]といふ太刀、第三に、この刀なり。名をば微塵[8]といふ。通らぬ物なければなり。されば、この三つの宝を秘蔵して持たれたり。御子清水[9]御曹司、鎌倉殿の聟になり給ひて、国の大将軍賜りて、海道を攻め上り給ひ候ふ由聞こえければ、かの宝を祈りのためとて、この御山へ参らせらる。宝殿[10]の事は、一向別当の計らひたるによつて、これを御辺に奉る。高名[11]し給へ」

とて、引かれけり。

五郎には、兵庫鎖[12]の太刀を一振り取り出だし、引かれけり。

「この太刀と申すは、昔頼光[13]の御時、大国より武悪大夫[14]といふ莫耶[15]を召し、三箇月に作らせ、一箇月に磨かせ、二尺八寸に打ち出だす。秘蔵並ぶ物なくして持たれける。ある時、二つの太刀を枕上に立てられし時、にはかに雨風[16]吹きて、この太刀を吹き動かしければ、刃風[17]に、側なりける草紙三帖の紙数七十枚切れたりけり。


6味方。

7出陣・帰陣・祝言などの諸儀式における献杯の礼。三献ずつ三度やりとりすること。

太刀刀の由来の事

1箱根別当が、兄弟に名刀を授けたことは、『平家物語』「剣の巻」や、舞の本「剣賛嘆」にも語られる。 2鍔のない合口拵えの刀。太刀に添えて差す。 3引き出物とされた。 4 83頁注28参照。 5三代にわたって受けつぐこと。太山寺本は「重代の」。 6刀身に龍王（倶利伽羅龍王）を彫刻した長刀か。 7太山寺本、万法寺本に「くもおち」とある。「蜘蛛威し」あるいは「蜘蛛怖ぢ」か。 8『新編相模国風土記稿』二十八・箱根三社権現・神宝に、「微塵丸太刀一振〈曽我十郎祐成所持ノモノニテ頼朝卿奉納セラル、所ナリ。社蔵曽我兄弟太刀由来記曰、微塵丸者備前長円作、長三尺三寸、木曽義仲重宝也、義仲嫡子清水冠者為レ虜在二鎌倉一、使下大夫房覚明奉中納当社上者也、建久三年当社別当行実贐二曽我祐成一、爾後源頼朝奉二納当社一也」とあり、別当が祐成に与えた刀は鞘巻ではなく太刀ということになる。 9義仲の子。『尊卑分脈』に、「義基〈号二清水冠者一〉」とある。 10神宝を収めておく殿舎。 11武功をたててください。 12「兵庫鎖」は、「兵具鎖」の転。長円形の鐶を交互に通して折り返しつなぐことで強度を高めた鎖。「太刀」は、太刀緒を用いて腰から下げるかたちで佩用する刀を指し、その太刀緒を通すために鞘の上部に付く帯取に、兵具鎖を用いた太刀を「兵庫鎖の太刀」という。13多田満仲の子。酒呑童子退治等で著名。14未詳。彰考館本、万法寺本「武碇大夫」。15名刀工「干将・莫耶」から転じて、刀匠一般をさすことばとなった。139頁注7参照。16古活字本同。太山寺本「雨」、彰考館本「南風」、万法寺本「なんふう」。17刃からおこる風。18漢字未詳。19多田満仲の子。頼光の弟。20五段四方の範囲。一段は六間（一〇・九m）なので、約五四・五m四方の範囲。21頼信の子。義家の父。22ひとりでに抜け出して。23一丈は一〇尺（三・〇三m）。24尻尾から頭の先までが九尋。尋は両手をひろげた時の長さで五～六尺にあたるので、九尋は約一四～一六m。25乱暴。26八幡太郎義家。頼義の子。27現京都府宇治市の宇治橋を守る女神。『古今集』恋四に、「さむしろに衣かたしき今宵もやわれを待つらん宇治の橋姫」と詠まれ、以後の歌論書などに多く取り上げられるが、『平家物語』「剣の巻」では、貴船大明神に鬼になって妬む相手をとり殺すことを祈った女が、鬼になったのが、宇治の橋姫だという。28義家の孫。義親の子。義朝の父。5頁注62参照。29不思議なしるし。30この太刀より六寸ばかり長い。一寸は約三cmなので、一八cmほど。31何かわけがあると思って。32『平家物語』「剣の巻」では、「獅子ノ子」が「小烏」を切って「友切」と名づけられた

頼光、[18]てうかと名付けて持たれたり。それより、[19]河内守頼信のもとへ譲られぬ。それにての不思議には、此の太刀を抜かれければ、[20]四方五段ぎりの、虫も翼も切れ落ちにければ、虫喰とぞ付けられける。それより、[21]頼義のもとへ譲られたり。それにての不思議には、折々御所中震動して、人死し失する事、度々なり。ある時、頼義、此の太刀を枕に立てられしに、例のごとく、雷電激しくして、御所中騒がし。この太刀、[22]己と抜け出でて、大地[23]一丈が底に入り、かかる悪事仕る大蛇の[24]尾頭九尋ありけるを、四つにこそは切りたりけれ。その後よりぞ、御所中の[25]狼籍も止まりける。怪しみて、跡を尋ねて見給へば、かかる不思議をしたりければ、毒蛇と名付けて持たれたり。それよりして、[26]八幡殿へ譲られける。それにての不思議には、その頃、[27]宇治の橋姫の、荒れて人を取りけり。ある夕暮れに、八幡殿、宇治へ参られけるに、人の申すに違はず、川の水波しきりにして、十八九ばかりなる美女一人、橋の上に上がりて、八幡殿を馬より抱き下ろし、川の中へ入れんとす。かの太刀、己と抜け出でて、橋姫の左手の腕を切り落とす。力及ばず、川へ飛び入りぬ。それより、狼籍も止まりけり。しかれば、此の太刀を、姫切と名付けて持たれたり。それより、[28]六条の判官為義のもとへ譲られたり。それにての[29]奇特には、[30]此の太刀に六寸ばかり勝りたる太刀を添へて置かれたるに、夜に入りぬれば、切り合ひけるを、判官、この由聞き給ひて、かねてより[31]やうあるものをとて、五夜までこそ立て添へて置かれけれ。五夜の間、隙なく戦ひて、六夜と申すに、我が寸に勝り

たるを安からずや思ひけん、余る六寸を切り落とす。されば、[32]友切と名付けて持たれたり。源氏重代にも伝ふべかりしを、保元の合戦に、為義斬られ給ひ、嫡子[33]左馬頭義朝の手へ渡りけるに、[34]仏法守護の仏とて、[35]鞍馬の毘沙門に籠め給ふ。されども、[36]過ぎにし合戦に、父を斬り給ひしかば、[37]多聞も受けずや思しけん、合戦に打ち負け、東国さして落ち給ふ。[38]尾張国知多郡野間の内海といふ所にて、[39]相伝の家人[40]鎌田兵衛正清が舅、[41]長田四郎忠致に討たれ給ひて後、伝ふべき人なかりしに、義朝の末の子[42]九郎判官殿、未だ牛若殿にて、[43]鞍馬の東光坊のもとに、学問しておはしけるが、いかにして聞き給ひけん、折々、毘沙門に参り、

『帰命頂礼、願はくは、父義朝の太刀、この御山に籠められて候ふ。父の形見に、一目見せしめ給へ』

と、祈念申されければ、多聞、哀れと思し召しけるにや、この太刀を下し給ふと[44]夢想を蒙り、喜びの思ひをなし、急ぎ参りて見奉り給へば、御戸開けて、この太刀あり。盗み出だして、深く隠し置きて、十三になり給ひける年、相伝の郎等、奥州の[45]秀衡を頼み、商人に伴ひ下り給ひけるに、[46]美濃国垂井の宿にて、商人の宝を取らんとて、夜討ちの多く入りたりしかども、[47]起き会ふ者もなかりしに、牛若殿一人起き会ひ、[48]究竟の兵十二人斬り止め、八人に手を[49]負ほせて、多くの強盗追つ返す、高名したる太刀なりとて、奥州まで秘蔵せられけるに、[50]十九の年、兵衛佐殿謀叛起こし給ふと聞こし召し、鎌倉に上り、見参に入り、幾程なくして、西

という。舞の本「剣賛嘆」では、「寸なし」が「枕上」を切って「友切」と名づけられたという。33為義の子。頼朝の父。34古活字本同。他本は、「平治の乱に、仏法守護の仏とて」とあり、誤脱か。35現京都府左京区にある鞍馬寺の本尊毘沙門天。36保元の乱。この合戦の後、義朝は父為義を斬らせた。37多聞天すなわち毘沙門天のこと。38愛知県知多半島の南部、現知多郡美浜町野間から南知多町内海にかけての地。39代々仕えてきた家来。40藤原通清の子。鎌田次郎正清。後、政家に改名。41『平治物語』下などに、「長田四郎忠致」とある。野間内海荘の庄司。42源義経。43古活字本『平治物語』下・牛若奥州下りの事に、「牛若は、鞍馬寺の東光坊阿闍梨蓮忍が弟子、禅林坊阿闍梨覚日が弟子に成て、遮那王とぞ申ける」とある。44夢の中に神仏のお告げが示現すること。45藤原基衡の子。鎮守府将軍・陸奥守となり、奥州藤原氏の最盛期を築いた。46現岐阜県不破郡垂井町。美濃路の宿駅。47起きて戦う。48きわめて強い勇士。49手傷を負わせて。義経が強盗を退治した話は、『義経記』二・鏡の宿吉次が宿に強盗の入る事に見えるが、その場所を近江国鏡の宿とする。舞の本「烏帽子折」では美濃国青墓宿とするなど異伝がある。50頼朝が挙兵した治承四年（一一八〇）当時、義経は二十二歳。

国の大将軍にて、[51]発向せられけるに、今度の合戦に打ち勝たせ給へとて、この御山へ[52]参らせられ給ひて候ふ。[53]自然に僻事し出だし候ひて、上より御尋ねあらば、[54]法師が御辺に奉りて狼籍なりと、御不審あらん時は、京に上り[55]四条の町にて買い取りたる由申さるべし。御分男になり給へば、[56]今は見参に入りたくはなけれども、心ざしを思ひやられて、哀れなるぞとよ。[57]祈祷は頼もしく思ひ給へ。この法師が息の通はん程は、明王を責め[58]奉らんに、何の疑ひかあるべき」

と宣ひけり。129 130

時致承つて、

「仰せ忝なけれども、さらに野

51 軍勢を出動させる。

52 奉納なさいました。

53 たまたま不都合なことでもおこって。

54 この私が。

55 真名本に、「京の町にて買たりと云へ。広き処なれば苦しかるまじ」とある。

56 もうお目にかかりたくはないが。

57 ここでは、敵討ちの成就を祈ること。

58 きびしく責めたてるように祈る。

129 祐成と時致、三島大明神の御前で七番ずつの笠懸を法楽。

130 富士野の巻狩の様子。右上に富士山、左上に源頼朝。

心の儀は候はず。御不審の条、もつともにて候へども、恐れ奉つて参らぬなり。狩場より帰りには、参るべく候ふ。又は、[59]思し召し合はする事も候ひなん」

とて、罷り立ち、[60]さらぬ体にはもてなせども、今を限りなれば、忍びの涙を流しけり。別当も、縁まで立ち出で給ひて、はるばる見送りつつ、名残惜しくぞ思はれける。兄弟の人々は、駒に鞭を打ち、急がれける程に、[61]三島近くぞなりにける。

三島にて笠懸射し事

十郎、道にて申しけるは、

「ただ今別当の御言葉、ひとへに[1]御託宣とおぼえたり。その上、我等に権現より剣一つづつ賜り候ふ上は、今度敵を討たん事、疑ひあるべからず」

と喜びて、[2]三島大明神の御前にこそ着きにけれ。この人々、[3]畳紙を挟み、七番づつの[4]笠懸を射て、[5]法楽し奉り、敵の事、心のままにぞ祈られける。

「まことに、思ふ事かなはずは、我等敵の手にかかりて、足柄を東へ二度返し給ふべからず。南無三島大明神」

とぞ念じける。皆人は、神や仏に参りては、或ひは[6]寿命長遠と祈り、[7]諸病悉除とこそ祈るに、この人々の明け暮れは、父のために命を召せとのみぞ申しける。無慙なりし事どもなり。

かやうの事までも、[8]最後の文に詳しく書きて、富士野より曽我へ返しける。母見給ひて、

59 思い合わせなさる。
60 なにげないふうにふるまうが。
61 現静岡県三島市。三島明神がある。

三島にて笠懸射し事
1 箱根権現のお告げ。
2 伊豆国一宮三嶋大社。現静岡県三島市大宮町にある。
3 折りたたんで懐に入れておく紙。ここでは、笠懸の笠の代わりにこの紙を騎射の的とした。
4 中世に行なわれた射芸の一つ。馬上から遠距離の的を射る競技。もと射手の笠をかけて的としたところによる名称。
5 神仏を楽しませるために技芸を奉納すること。
6 長い命を保つように。
7 万病がすべてなくなること。『薬師本願功徳経』の「衆病悉除」から転じたもの。
8 341頁参照。

五[9]つや三つより思ひ立ちけるとも知られけり。

浮島原の事

さても、御寮[1]は、浮島原[2]に御座の由承り、曽我兄弟も、急ぎ追つ付き奉りぬ。

浮島原[3]を通りけるに、かの原の昔は海にてありけるに、大国[4]より愛鷹山[5]といふ山、富士と丈比べせんとて来たりけるを、権現蹴崩し給ひければ、その山、海に浮きて今の浮嶋原になりにけり。一方は、海[6]漫々として雲行客[7]の跡を埋み、一方は、横[8]おり伏せる小夜の中山、宇津[9]の山へ続き、東路分けてはるかなり。ある人[10]、東国に下りけるが、この原にて「蒼波道遠くして雲千里」といふ詩の上の句を作り、下の句を寄せかねたりける折節、十六歳になりける女を連れたりけるが、詩をば作り得ずして、

道遠く雲居はるけき山中にまたとも聞かぬ鳥の声かな

と詠みたりければ、父聞きて、先の下の句を継ぎけり。「白霧山深うして鳥一声」といふ詩も、今さら思ひ知られたり。

その夜は、君、浮嶋原に御泊まりあり。この人々も、便宜よくばと窺ひけれども、用心隙なかりければ、

131 梶原景季と畠山重保、獲物の鹿をめぐって口論の末、弓を構える。

9 十郎五歳、五郎三歳の幼児の頃から。

浮島原の事

1 源頼朝。 2 静岡県東部、愛鷹山南麓の田子ノ浦に沿う低湿地。 3 以下、15行目までの浮島原の故事を、太山寺本、古活字本は載せない。真名本は富士にまつわる伝説を紹介する。『名所方角抄』（宗祇編）「駿河国」に、「足高山、富士より東に有。此山は唐土の山となり。富士に岳くらべせんとて日本へ来るを、あしがらの明神けくづさせ給ひて富士よりひきしと云なり。駿河の沖に浪のごとくにて有けるを、神力を以、今浮島が原と成しと云々」とある。 4 ここでは中国をさす。 5 静岡県の東部、富士山の南麓に位置する山。 6 海がはてしなく広いさま。 7『和漢朗詠集』下・雲「山遠雲埋二行客跡一、松風寒風破二旅人夢一」（紀斉名）による。 8 横に伏し広がる。山などが横たわるさま。「甲斐が嶺をさやにも見しがけけれなく横ほり伏せるさやの中山」（古今集・東歌・よみ人しらず）による。「小夜の中山」は、現静岡県掛川市日坂から島田市金谷に至る途中の坂路。箱根路に次ぐ東海道の難所。歌枕。 9 静岡市宇津ノ谷と藤枝市岡部町岡部とにまたがる山。歌枕。 10『和漢朗詠集』下・行旅「蒼波路遠雲千里、白霧山深鳥一声」（橘直幹）による。なお、『和漢朗詠集注』八には、「敦光云、是ハ直幹ミチノクニ、下シケルニ、アフミノ石山寺ニテ水海ヲ見テ上句ヲ作リテ、下句ヲ作リ

力なし。[11]その夜も、そこにて窺へども、北条殿の警固にて、隙もなし。

131 132

富士野の狩場への事

御寮は、[1]合沢の御所にましましけるが、[2]梶原源太左衛門を召して、仰せ下されけるは、「昨日の狩場より、[3]勢子少なくてはかなふまじ。その由あひ触れよ」。承はつて、人々に触れ、射手を揃へけり。まづ武蔵国には、[4]畠山庄司次郎重忠、[5]三浦和田左衛門義盛、[6]三浦介義澄、下総国には、[7]千葉介、[8]古郡左衛門兼忠、[9]武田太郎信義、下野国には、[10]宇都宮弥三郎朝綱、[11]横山藤馬允、相模国には、[12]松田、[13]河村の人々を先として、以上三百余人なり。若侍には、[14]畠山六郎重保、梶原源太左衛門景季、[15]朝比奈三郎義秀、同じく[16]彦太郎、[17]御所太郎、[18]毛利五郎、[19]林四郎、[20]小山三郎、[21]葛西六郎、[22]板垣弥次郎、[23]本間彦七、[24]渋谷小五郎、[25]愛甲三郎をはじめとして、四百五十余人なり。総じて、弓持ち、馬に乗る侍、[26]三百万騎もあるらんと見えし。その後、勢子を山へ入れけるに、東は[27]愛鷹の峰を境、北は[28]富士の裾野を限り、西は富

132 燕の国王、自身の政治の是非を知るために、我が身を焼かせる。

煩ヒテ、足柄山マデ案ジユキケルヲ、ムスメ具セラレテ下リケルガ、道トヲク雲井ハルケキ深山路ニ又トモキカヌ鳥ノ声カナト読タリケレハ、父直幹ウチキクマヽニ此下ノ句ヲハ作リタリケルトゾ」と、近似した話を載せる。それによれば、「ある人」は橘直幹であり、浮島原ではなく足柄山での詠である。　11古活字本同。太山寺本に、「次の日は、いのこま林の御狩なり。その日も…」（万法寺本・南葵文庫本類同）とあり、脱文か。

富士野の狩場への事

1『吾妻鏡』建久四年（一一九三）五月十五日条に、「藍沢御狩、事終入二御富士野御旅館一」とある。「合沢（藍沢）」は、20頁注15参照。　2梶原景季。101頁注18参照。「左衛門尉」が正しい。左衛門府の判官で六位相当。　3狩場で鳥獣を追い立てる人夫。　4 84頁注7参照。　5 85頁注9参照。　6 62頁注5参照。　7千葉常胤。85頁注11参照。　8 221頁注14参照。　9諸本同。甲斐源氏の信義かは不明。那須野の狩場に見えた人物（183頁注14）と同一か。　10 117頁注17参照。　11 219頁注8参照。　12 183頁注20参照。　13 183頁注21参照。　14「六郎」を、底本「次郎」とするが他本により改めた。重忠の子。272頁注15参照。　15 221頁注13参照。　16未詳。朝比奈義秀の子か。　17未詳。彰考館本等には、「ゆいの六郎、よこ山の太良」とある。　18毛利は現神奈川県厚木市内。　19未詳。　20 132頁注15参照。　21諸本同。この後「葛西六郎清重」として、巧みな馬術を披露するが、清重であるならば「三郎」が正しい（333頁注55参照）。葛西は

士川を際として、引きまはされけり。勢子は雲霞のごとし。峰に上り、谷に下り、野干[29]を平野に追ひ下し、思ひ〱に射止めけり。

御寮のその日の御装束には、羅綺[30]の重衣の富士松の、風折[31]したる立烏帽子、御狩衣は柳色[32]、大紋[33]の指貫に、熊の皮の行縢[34]、芝打長[35]に召し、連銭葦毛[36]なる馬の五尺に余りたるに、白鞍置かせ、厚総[37]の鞦掛けてぞ召されける。御剣[38]の役、江戸太郎[39]、御笠の役は、豊島新五郎[40]、沓の役は、小山五郎[41]、御敷皮は、金子十郎[42]なり。その他、一人当[43]千の兵六七百人、御馬のまはりと見えたりし。その中に、殊に優れて見えたりしは、五[44]郎丸なり。萌葱威[45]の胴丸に、一尺八寸の大刀差し、四尺八寸の太刀をはき、鉄の棒の、三人して持ちけるを、本軽げに突きて、御馬の先にぞ立ちたりける。御陣の左右には、和田・畠山、いづれも鷹をぞ据へさせける。馬打ち[46]静かにして、又並ぶ人なくぞ見えし。その他、数千騎の出で立ち、花を折り[47]、月を招く粧ひ、広き富士野も、所なくぞ見えし。かくて、山より鹿ども多く追ひ下ろし、思ひ〱に止め[48]て、御寮の御見参にぞ入れにける。

畠山六郎重保、左手右手にあひ付け[49]て、鹿二頭止む。宇都宮、五頭、一条・板垣、五頭、武田・小山の人々も、五頭こそ止めけれ。その狩場[50]の物数は、この人々とぞ聞こえし。ここに、葛西六郎清重、日の暮れ方に至るまで、鹿一頭も止めずして、勢子に漏るる鹿もやと、茂み〱に目をかけてまはりける。折節、左手の茂みより、鹿一頭出で来たる。願ふ所と見わたせば、矢ごろ[51]に少し延びたり。鐙に鞭を打ち添へて、下り

秩父豊島氏庶流。下総国葛飾郡葛西御厨（現東京都葛飾区周辺）を本拠とした。　22板垣氏は甲斐源氏。山梨県甲府市内を本拠とした。　23本間氏は武蔵七党横山氏流。神奈川県厚木市を本拠とした。　24 183頁注16参照。　25 180頁注21参照。　26太山寺本「一二万騎」、彰考館本「三万き」。　27古活字本は「あしから(足柄)」、多くの諸本は「愛鷹」とする。愛鷹山は303頁注5参照。　28底本「北は富士の裾野を限り」なし。他本により補う。　29狐の異名であるが、ここではひろく野獣をさす。　30薄衣と綾絹の美しい生地に、松葉模様をつけた物。「綺羅の重衣」は、薄衣や綾絹の衣服でさえ重たそうに見えるというところから、なよなよとした女性のさまをいう語だが、ここではその意は含まない。　31風で吹き折られた形の烏帽子の意で、頂辺の峰の部分を左または右に斜めに折った烏帽子。風折烏帽子。　32くすんだ黄緑色。彰考館本は「とくさ色」。　33大きな模様のついた指貫の袴。　34狩りや騎馬の時に着用する、腰から足のあたりを覆う毛皮。　35端が地面にふれるまで長くして。　36葦毛に銭を並べたような灰白色のまだら模様のあるもの。　37厚総は、馬の頭や胸や尻にかける組紐に、糸の房を多数よせ、厚く飾りとしてつけたもの。鞦は馬の尾の下から鞍を固定するためにつなげる緒。　38貴人の刀剣を捧げ持つ役。以下、笠、沓など、それぞれに役がある。　39重長か。　40 132頁注13参照。　41 304頁注12参照。　41 304頁注20の「小山三郎」と同一人物か。ただし、他諸本の多くは「横山五郎」とする。　42家忠か。金子は武蔵七党村山党の一族。現東京都調布市内。　43一人の強さが千人分に相当するほど強いこと。　44頼朝に仕え

さまにぞ落としける。すでに二三[52]段ぎり違へて、弓打ち上げて、引かんとする所に、思はぬ岩石に馬を乗りかけて、四足一つに立てかねて、わななきてこそ立ちたりけれ。下ろすべきやうもなく、[53]進退ここに窮まれり。[54]上下万民、これを見て、ただ、

「あれはあれは」

とぞ申しける。今は、馬人諸共に、微塵になるとぞ見えたりける。清重、手綱を静かに取り、[55]舎人無を結び置き、[56]かがみの鞭を打ち添へて、[57]二つ一つの捨て手綱、[58]むくんりうに落ちかかり、放せば後ろに下り立つたり。馬は、手綱を捨てられて、[59]真砂につれて落ちて行く。[60]主は、つきたる弓の本、岩角に[61]彫り立てて、しばし堪へて立ち直る。諸人、[62]目をこそ澄ましけれ。

「[63]乗りたり、下りたり、据へたりや、堪へたり」

と、しばしは鳴りも静まらず。[64]君も御感のあまりにや、[65]常陸国小栗庄三千七百町下されけり。時の面目、[66]日の高名、何事かこれにしかんと、感ぜぬ人こそなかりけれ。

[1]源太と重保が鹿論の事

かかる所に、上の茂みより、鹿一頭出で来たり。[2]梶原源太控へたる、左手を通りてぞ下りける。景季、幸ひにやと喜びて、[3]鹿矢を打ち番ひ、よつ引き放つ。[4]追つさま、[5]筋交ひに首をかけずつつとぞ射抜きたる。されども、鹿は物ともせず、思ふ茂みに飛び下る。二の矢を取つて番ひ、鞭打ち下す所に、伏木に馬を乗りかけて、足並乱るる

る小舎人童。後に曽我五郎を取り押さえる。出自は375頁に詳しい。 45萌葱色（46頁注14参照）の糸で綴じた胴丸鎧。 46馬に乗り歩ませる。 47きらびやかな装束をいう。 48射止めて。 49引きつけて。 50その狩場で最も獲物が多かった者。 51矢を射るのに都合のよい距離。 52古活字本同。太山寺本に「二三段きりちかづきて」、彰考館本に「三四反きりはせよせ」とあり、「ぎり」は範囲を限定する意を表す副助詞。「違へて」だと交差する、すれ違うの意となるか。一段は六間、およそ一一m。 53前に進むとも後ろへ退くこともできず、窮地に陥る。 54見物の諸人。誰もかれも。 55馬の口を取る舎人が無用の手綱の結び方で、芝繋ぎの別称か。芝繋ぎは、立木のない芝地や、手綱を木などにかけるひまのない時などに、手綱で両足をからみとめるなどして馬をとどめておくこと。 56跳ね馬を打ちとどめる時の鞭の打ち方。馬の口の両脇に位置する鏡の板のあたりを打つ。 57二つに一つ。一か八か。 58十行古活字本になし。南葵文庫本「むくしんりうにおつかゝり」、十一行古活字本「むくんりうにおつかゝり」。「むくんりう」は馬術の流派の名か。 59細かい砂。 60底本「かづき弓の」。他本により改める。 61地面をえぐって立てる。 62見つめる。熟視する。 63葛西清重の馬術を称賛することば。 64源頼朝。 65現茨城県筑西市小栗。 66その日の高名、手柄。

源太と重保が鹿論の事

1この物語は真名本にはない。 2梶原景季。101頁注18参照。 3狩猟に用いる矢。合戦に用いる征矢に比べ簡素に仕立てる。

4 あとを追うように、すぐ続いて行くさま。
5 斜めに交差していること。
6 他本「ず」なし。他本により補う。
わけもなく。無造作に。
7 重忠の子。秩父六郎。272頁注15参照。
8 十一行古活字本同。十行古活字本にはこの一文なし。
9 矢のあたった跡。
10 十一行古活字本同。彰考館本「はきわ」。「羽際」で矢の本矧ぎ（矢羽のもと）をさすか。
11 射止められた。
12 狩猟において獲物を仕留めた者の決定にはルールがあり、猪猟では「留矢」（とどめをさす）、鹿猟では「初矢、一の矢」、熊・カモシカ猟では「一の槍、初槍」等とされた。
13 優先順位がある。底本は「しだひありや。めは…」と句点を付すが改めた。
14 他本「おさへて」で強引にの意。底本は、頼朝の御前で、と解したか。
15 皮をはげ。
16 担いで。

所に下り立つて、馬ひつ立つる。その隙に、[7]畠山六郎重保、馳せ並べて、よつ引いて放つ。[8]源太が[9]矢目を[10]はぎりまでぞ射ける。源太にはしたたかに射られぬ。鹿は少しも働かず、二つの矢にてぞ[11]止まりける。重保、馬打ち寄せ見る所に、源太も駆け寄せて、

「鹿は、景季、止めて候ふぞ」。

重保聞いて、

「心得ぬ事を宣ふものかな。鹿は、重保が矢一つにて止めたる鹿を、誰人か主あるべき」。

源太、弓取り直し、嘲笑ひて申すやう、

「[12]狩場の法定まれり。一の矢、二の矢、[13]次第あり。矢目は二つもあらばこそ、一二の論もあるべけれ。景季も、まさしく射つるものを」。

とて見れば、げにも矢目は一つならではなかりけり。さりながら、[14]御前で取らるるものならば、時の恥辱に思ひければ、源太、大きに怒りをなし、

「勢子の奴原はなきか。寄りてこの鹿取れ」。

重保も、駒打ち寄せ、

「雑人はなきか。重保が止めたる鹿の[15]皮たて」。

源太、さる者なりければ、少しもひるむ気色はなし。

「臆したる奴原かな。景季が止めたる鹿の皮たて。[16]舁きて取れ」。

重保、さらぬ体にて、駒駆けまはし、

「雑色共は、など鹿をば取らぬぞ」

と、はや事実[17]なる詰論[18]なり。源太は手綱[19]かい繰り、駒打ち寄せて、小声に言ふやう、

「恋路[20]に迷ふ隠し文、遣る者こそ主候ふよ」。

重保聞ひて、

「優しく宣ふ喩へかな。思ひ[21]の色の数、読まで空しく返すには。返し得たるぞ主となる」。

源太打ち笑ひ、

「吉野[22]、竜田の花紅葉、誘ふ嵐は主ならずや」。

重保聞きて、

「言[23]はれずや。誘ふ嵐もそのままに、つゐに連れ[24]ても行かばこそと宣ふ。竜田[25]の河の川波に、散りて流るる花の雪、紅葉の錦渡りなば、中や絶えなん、さりながら、流[26]れて止まる所こそ、まことの主と思はるれ」

「げに故ありて聞こえたり。波にも連れて行かばこそ。かかる[27]堰も主なるべき」

「堰も、止[28]め果てばこそ。流[29]れて止まる水門こそ、まことの主とはおぼえけれ」。

源太、この言葉を打ち捨[30]てて、

「更け行く月の傾くをも、眺むる者こそ主となれ」。

重保聞きて、高らかに打ち笑ひ、

17「ことじつ」。事態が不穏なさま。一触即発のさま。

18おしつめての論議。詰論議。

19底本「ほ」。他本により改める。

20恋の道に迷って、ひそかに文をやる者こそが、恋人を得るのだ。初矢を射た者が優先することを喩える。

21思いの色を現した数々の文も、読まずにそのまま返されては意味がない。返事をもらえた者こそが恋人を得るのだ。射止めた者の優先を主張する。底本「夜まで」（古活字本同）はあて字とみた。

22花紅葉を恋の対象に喩え、それを散らした者が恋人となる。初矢を射た者の優先を主張。

23道理にあわぬことだ。

24連れて行くならともかく、そのようなことはあろうはずがない。

25「竜田河もみぢ乱れて流るめりわたらば錦なかやたえなむ」（古今集・秋下）をふまえた表現。

26最後に止まった所こそ、本当の主なのだ。射止めた者の優先を主張。

27最初にせき止めた（射止めた）者が主なのだ。

28止められたならともかく、止められなかったではないか。

29最後に行き着いて止まった所こそ真実の主なのだ。

30かまわずに投げ出して。

「世界を照らす日月を、主と宣ふ、過分なり」

「過分は人によるものを。御分一人に帰すかとよ」。

重保、堪[32]らぬ男にて、

「一人に帰すか、帰せざるか、手並の程を見せん」

とて、すでに矢をこそ抜き出だす。源太も、白[33]まぬ者なれば、

「案[34]の内よ」

と言ふままに、すでに中差[35]抜き出だす。梶原が郎等は言ふに及ばず、時[36]の綺羅並ぶ者なかりしかば、知るも知らぬもおしなべて、梶原方へぞ馳せ寄りける。三浦の人々も、これを見て、源太に意趣[37]ある上は、秩父[38]方へは所縁なり、見放すまじとて馳せ寄りける。いけ[39]の人々、児玉[40]の人々は、梶原方へぞ与力する。みま[41]・本間[42]の人々は、秩父方へぞ寄せ来たる。駿河国の人々は、梶原方へぞ寄りにける。伊豆国の人々は、北条殿を先として、秩父方へぞ馳せ寄りける。安房と上総の侍は、二つに割れて寄りにける。常陸・下総の人々は、秩父方へぞ集ま

31 分に過ぎている。
32 我慢することができない男。190頁では五郎の形容にも用いていた。
33 ひるまない男。
34 思っていたとおりだ。
35 箙の中にさしてある上差以外の矢。戦闘用の征矢。
36 当時の威光。威勢のさかんなさま。
37 心に含むところ。恨み。三浦と梶原の間の確執は物語の中には見えない。
38 畠山重保の父、重忠の母は、三浦義明の娘とされる。
39 古活字本「いけの人」。太山寺本・円成寺本・万法寺本に「いけのへ」、南葵文庫本「いけのうへ」。現埼玉県川越市池辺か。332頁にも「池辺・児玉」と列挙されている（注23）。
40 現埼玉県本庄市児玉町。武蔵七党の一。
41 古活字本同、太山寺本・彰考館本に該当箇所はなく、円成寺本「さうま」、南葵文庫本「さま」。「さま（座間）」は現神奈川県座間市。333頁に、相模国の武士として「座間・本間」と列挙されている（注98・99）。
42 現神奈川県厚木市金田（旧本間）。

133 工藤祐経を射る絶好の機会に、祐成が落馬する。（482頁解説参照）

[43] 魚の鱗の形のように、中央を突出させ、人の字形にした陣形。
[44] 鶴が翼を広げたような形に兵を並べて、敵をその中に取りこめようとする陣形。
[45] ひたすらに押し合い騒ぎ立てた。
[46] 重忠。重保の父。84頁注7参照。
[47] 和田義盛。85頁注9参照。
[48] 主君の意見。源頼朝の命令。
[49] 鹿についての論議。
[50] 続く「燕の国の旱魃の事」に接続するための文言。

燕の国の旱魃の事

[1] この物語は、真名本・太山寺本・彰考館本・円成寺本・十行古活字本にはない。万法寺本は目録に章段名は見

りける。八箇国のみにあらず、日本国中に名を知らるる程の侍、[43]魚鱗に重なり、[44]鶴翼に列なりて、[45]ひた犇めきに犇めきけり。[46]畠山殿は、始めより知り給ひしが、いかが思はれけん、知らぬ由にてぞましましける。

頼朝、これを御覧じて、

「あれあれ、[47]義盛、鎮め候へ」

と仰せ下されければ、和田殿、両陣の間へ馬駆け入れ、

「[48]上意にて候ふぞ。[49]鹿論の事、互ひにその理あり。所詮、鹿をば上へ召され候ふ。両人御前へ参られよとの御諚にて候ふ」

と、大音声にて言ひ、その後、勢子を召し、かの鹿を舁かせ、六郎と源太と引き連れ、御前さして参られけり。さてこそ両陣は敗れにけれ。危うかりし事どもなり。さればにや、君の御恵みあまねく、御憐れみ深くして、事静まりぬ。[50]方々も安穏なるにて昔を思ふに。133 134

[1]燕の国の旱魃の事

134 落胆する時致を宥める祐成。馬上は畠山重忠と梶原景季か。

大国の燕[2]の国、旱魃する事三箇年なり。しかれば、草木悉く枯れ失せ、人民多く滅びける上は、鳥獣に至るまで生き残るべしとは見えざりけり。国王、大きに歎き給ひて、大法[3]・秘法残さず行ひ、雨を祈られけれども験なし。大王、思ひのあまりに、諸天に恨み奉りて曰く、

「我、生まれてよりこの方、禁戒を犯さず、事をみだりに行ふとも思はず候ふに、かくのごとく日照りして、人の生命少なし。もし、我が身に誤る所あらば、戒め給へかし」

と歎き申さるれども、その験なし。今は身命を民のために捨てんにはしかじとて、広き野辺に出で、萱を多く集めて、高さ二十丈[4]に積み上げさす。公卿大臣、奇異の思ひをなす所に、国王、臨幸なりて、その萱の上に上り給ひて、

「火を着けよ」

と綸言[5]なりければ、臣下、大きに辞して、着くる者なし。その時大王宣ふ。

「もし誤りて、政みだりなる事あらば、焼けぬべし。焼くる程の身ならば、命生きても益なし。もし又、誤らずは、天これを守るべし」

とて、大きに逆鱗[6]ありければ、綸言背きがたくして、四方より火を着けければ、猛火山のごとくに燃え上がりて、炎空に満てり。大王も、煙に咽び、前後弁へがたし。すでに御衣に火の着きければ、目を塞ぎ、掌を合はせて、正念[7]に住して、

「火坑変成池」[8]

と念じ給ひければ、天これを憐れみて、大雨にはかに降り下りて、山のごとくなりつる猛火を消し、国王も助かり給ひ、人民も命を継ぎ、五穀成就しけるとなり。されば『論語』に曰く、「過りて[9]改むるに

えるが、該当する本文はない。南葵文庫本・十一行以降の古活字本に載る。この物語の典拠は『蒙求和歌』第一・九の「戴封積薪」か。戴封伝は、『後漢書』巻八十一・独行列伝に載る。

2 燕国は中国漢朝の行政区分。ただし、戴封が燕王であったかは不明。

3 密教で行う修法の仕方で、大法、秘法、普通法がある。

4 「一丈」は、一〇尺（三・〇三m）にあたる。

5 天子の仰せごと。君主のことば。

6 天子が怒ること。帝王が立腹すること。

7 一心に仏を念ずること。

8 『法華経』観世音菩薩普門品第二十五「仮使興二害意一。推二落大火坑一、念二彼観音力一、火坑変成レ池」による。観世音菩薩を念ずれば、地獄の熱い火の穴も変じて清涼な池となる。

9 『論語』学而第一・八「過則勿レ憚レ改」、同衛霊公第十五・二十九「過而不レ改。是謂レ過矣」による。

憚る事なかれ。過りて改めざるは、賢かへりて愚なり」と見えたり。この文の名を『円珠』[10]といへり。円かなる玉の、磐を走るとよそへて[11]なり。君、御言葉の重き一つにて、多勢の静まりけるにて知られけり。

曽我の人々は、あはれ、事の出で来たれかし、方人[12]する風情にて、狙ひ寄つて、一刀刺さむとばかり思ひけり。かくて、日も暮れ方になりしかば、今日を限りと、傾く日影を惜しみけり。

仁田が猪に乗る事

ここに、伊豆国の住人仁田[1]四郎忠綱、未だ鹿に会はずして、落ちくる鹿をあひ待つ所に、幾年経るとも知らざる猪が、ふし草かく十六[2]つきたるが、主を知らぬ鹿矢ども、四つ五つ立つたりしが、大きに猛つて駆けまはる。たとへば、養由[3]が術弓、李広が神箭も、及ぶべしとは見えざりけり。近づく者をたければ[4]、落ち合ふ[5]者もなくして、いたづらに中を開けてぞ通しける。忠綱、これを幸ひと駆け寄せけり。御前近ふなりければ、

「よしや仁田、よしや忠綱」

とぞ仰せ下されける。人もこそ多き中に、かやうの御諚蒙る事、生前の面目、何事かこれにしかんと存ずる間、鉄銅[6]を丸めたる猪なりとも、余さじ[7]ものをと思ひければ、大の鹿矢を抜き出だし、ただ一矢にと引いて放つ所に、矢よりも先に飛び来たり、乗り

10 円転きわまりない美しい玉に喩えて、『論語』をいう。平安朝期、博士家での称。円珠経。
11 なぞらえる。喩える。
12 味方に加わるふりをして。

仁田が猪に乗る事

1 太山寺本他諸本の多くは「ただつな」とするが、真名本・彰考館本「忠経」、『吾妻鏡』には「忠常」と見える。「仁田」は現静岡県田方郡函南町。「新田」（群馬県太田市周辺を本拠地とする新田源氏）と混同される事が多い。十一行古活字本は一貫して「二たん」とする。
2 未詳。古活字本「ふし草か、」、彰考館本・万法寺本等になし。太山寺本に「くさりかり十六」とあり「異形の猪」の形容であると注す。真名本では「猪の大王」とする。
3 底本「やうゆうがじゆつ。きよりくりうがじんべん」。他本により、「じゆつ。きよ」を「術弓」、「りくりう」を「李広」、「じんべん」を「神箭」と改めた（「じんべん」は古活字本同）。「養由」は養由基。春秋時代楚国の人で弓の名人。「術弓」は霊力を持った弓。「李広」は前漢の武帝に仕えた将軍。280頁注12参照。「神箭」は神の放った矢。
4 古活字本同。他諸本「かけければ」。従うべきか。
5 立ち向かう者もなく。
6 たとえ鉄や銅を丸めたような強靱な猪であっても。
7 取り逃がすものかと。

たる馬を主共に、宙に掬ふて投げ上げ、落ちば駆けんとする所に、かなはじとや思ひけん、弓も手綱も打ち捨てて、[8]向かふ様にぞ乗り移る。されども、逆様にこそ乗つたりけれ。猪は乗られて腹を立て、馬をかしこへ駆け倒し、[9]雲と霞に分け入りて、虚空を飛んでまはりしは、[10]周の穆王、釈尊の教法を聞かんとて、八[11]匹の駒に鞭をあげ、万里の道、刹那に飛び着きしも、これにはいかで勝るべき。仁田は、[12]慣らひし手綱の様、腰も切れよと挟みつけ、[13]尾筒を手綱に取り、[14]楽天の伝へし三[15]頭、[16]王良が秘せし手綱、これなりけりと、堪へけれども、せん方なくぞ見えたりける。猪は、いよいよ[17]猛りをかき、木の下、萱の下、岩、岩石を嫌はずして、宙に飛んでまはりしかば、烏帽子・竹笠・沓・行縢、一度に切れて落ちにけり。[18]大童になりて、ただ落ちじとばかりぞ堪へける。

大きに猛き猪も、数多手は負ひぬ、仁田が威にや押されけん、御前近き[19]枯株に躓き、弱る所に、誤たず腰の刀を抜き、胴中に突き立て、肋骨二三枚かき切りければ、猪は、四足を四五寸土に踏み入れて、[20]立ちずくみにこそなりにけれ。仁田は、急ぎ飛び下りて、[21]数の止めを刺す。上下の狩人、

8 面と向かって。
9 自由に駆けまわる様子。
10 周朝の第五代の王。八頭の駿馬で天下をめぐっている途中で、釈迦の説法に出会ったという話が、『太平記』十三・法花二句之偈事、『三国伝記』一・十四に見える。
11 穆王八駿。中国の伝説に登場する、絶地・翻羽・奔霄・越影・踰輝・超光・騰霧・挟翼の八頭の駿馬。
12 扱いなれた手綱。
13 獣の尾の付け根の太い部分。
14 諸本同。馬の善し悪しを見極める「伯楽」と、「白楽天」を混同する。
15 正しくは「三頭」。牛馬の尻の方の骨が盛りあがって高くなった所。
16 馬を御する名人。『文選』十五・思玄賦（張平子）「命二王良一掌二策駟一兮」とある。
17 恐ろしく大きなうなり声を上げて。
18 髪が解けてばらばらになって。
19 枯れた木の株。
20 立ったまま動けなくなること。
21 多くの。

135 仁田忠綱、大猪に乗る。

これを見て、

「前代未聞の振る舞ひかな。おもしろくも止めたり。乗りも乗つたり、堪へも堪へたり」

と、感ぜぬ人こそなかりけれ。君も、この由御覧じて、

「狩場の内の高名は、これにしかじ」

と、御感あり。富士[22]の下方にて、五百余町を賜りけり。勢ひ余りてぞ見えし。


されども、この猪は、富士の裾、かくれいの里[23]と申す所の、山の神にてぞましまし〳〵ける。凡夫の身の悲しさは、夢にもこれを知らずして、止めにける、御咎めにや、やがてその夜、曽我十郎に打ち合ひ、数多の手負い、危うかりし命、幾程なくて、田村判官[24]が謀叛同意の由、讒言せられて、討たるべかりしを、重保[25]に付き申し開き、御目にかからんとて参じける折節、召し[26]の御馬離れたりしが、御庭狭しと馳せまはる。日本一の荒馬なれば、追ひまはす人々、これを見て、

「よしや仁田、捕れや忠綱、縄をかけよ、過ちすな」

136 龍頭鷁首の船。

22 現静岡県富士市吉原。
23「隠居の里」か。未詳。
24 この事は史実に見えない。忠常は、建仁三年（一二〇三）九月、将軍頼家の命令で北条時政を殺害しようとするも失敗し、逆に殺害された。
25 畠山重保。重忠の子。272頁注15参照。
26 将軍がお乗りになる馬。

と、声々に呼ばはりて、庭上騒動す。仁田が郎等、門外に集まりて、

「我等が主、只今搦め取らるるぞや。主の討たるるを見捨てて、いづくまで逃るべき」

とて、思ひ切つたる[27]兵ども[135][136]二三十人抜き連れて[28]、御前さして切つて入る。仁田が運の極めなり。御所方の人々、これを見て、

「仁田が謀叛、まことなり。余すな、方々」

とて、非番・当番の人々出で合ひて、火出づる程こそ戦ひけれ。御所方の人々、数多討たれしかば、仁田が陳法[29]逃れずして、二十七にて討たれにけり。不便なりし事どもなり。これしかしながら[30]、富士の裾野の猪の咎めなりとて、舌を巻かぬ[31]はなかりけり。これや、霊神怒る時は災害巷に満つなるも[32]、今こそ思ひ知られたれ。

舟の始まりの事[1]

さても御寮[2]は、いつの暮れより御狩の興に入り、四方の海山をぞ眺めさせ給ひける。折節、沖つ島の木の間より、漕ぎ浮かべたる海士小舟、同じ風にぞ行き違ふ。

「げに不思議なる舟の操りかな。誰人かし初めつらん」

と仰せられけり。千葉介[3]が申しけるは、

「[4]舟の始めは、昔、黄帝[5]の御時、蚩尤[6]といふ逆臣ありて、おほごう[7]といふ海を隔て、攻むべきやうなかりけり。ここに貨狄[8]といふ臣下あり。折節、秋の末なるに、寒き嵐に散る柳の一葉の上に乗りつつ、次第次第にささがに[9]の、いとはかなくも柳の葉の、汀に寄りし秋霧の、立ち来る蜘蛛の振

27 すでに死を覚悟した者たち。
28 刀を抜いて連れ立って。
29 弁解すること。申し開きすること。
30 全部そっくり。すべて。
31 驚き、恐れてことばも出ないさま。
32 十行古活字本になし。『貞観政要』一・君道第一「人怨則神怒、神怒則災害必生」による。『平家物語』一・内裏炎上にも類句が見える。また古活字本『太平記』二十・越後勢越前事には、「霊神怒を為す則は、災害岐に満つといへり」とある。

舟の始まりの事

1 この物語は、真名本、太山寺本、十行古活字本にはない。
2 源頼朝。
3 千葉常胤。85頁注11参照。 4 以下、千葉常胤の語りは、謡曲「自然居士」に依拠したもの。 5 中国古代の伝説上の帝王。三皇五帝のひとり。 6 中国古代の伝説上の人物。黄帝時代の諸侯のひとり。好戦的で、黄帝と戦って死んだとされる。 7「自然居士」では「烏江」とし、特に宝生流と下掛三流は「オオゴオ」と謡う。「烏江」は中国揚子江の支流のひとつ。 8 黄帝の臣。中国で船の創造者といわれる人物。 9 蜘蛛の異名。

る舞ひ、げにもと思ひ初めしより、巧みて舟を作らせ、おほごうを易く渡り、蚩尤を平らげ、御代を治め給ふ事、一万八千歳となり。しかるに、舟の「船」の字を『君にすすむ』[10]と書きたり。又天子の御舸[11]を龍舸と名付け奉り、又舟を一葉と言ふ事も、この時よりぞ始まりける。又君の御座船を龍頭[12]鷁首と申すも、この御代よりぞ起こりける」

と申しければ、

「さて、極楽の弘誓[13]の舟はいかにや」

「それは菩薩聖衆の御法にて、凡夫[14]の及ぶ所に候はず」

とぞ申されける。

同じく富士の高嶺をはるばると見上げさせ給ひて、昔、竹取[15]の翁、鶯の卵を養じてかくや姫となりし行く方、又、

風[16]に靡く富士の煙の空に消えて行く方も知らぬ我が思ひかな

と詠[17]ぜし西行[18]法師が下心まで思し召し出だしけり。

祐経を射んとせし事

梶原源太左衛門景季は、未[1]だ鹿にあはずして、落ち来る鹿を待ちかけつつ、駆け並べ、よつ引いて放つ。されども、上をはるかに射越して通しけり。景季、とりあへずかくこそ申しけれ。

夏草[2]の茂みが下を行く鹿の袖の横矢は射にくかりけり

10「船」の俗字「舩」に基づいて付会した説。「公」の訓は「キミ」、「舟」には、舟に乗って渡る（進む）の意がある。 11「舸」は大きな船。 12二隻を一対とし、一隻の船首に龍の形、他の一隻に鷁の形の彫物をつけたり、その形を描いたりしたもの。「鷁」はよく飛んで風に堪えるという水鳥。 13生死の苦海を渡って涅槃の彼岸に至らせる仏菩薩の救いを、船が人を渡すのに喩えた表現。 14普通の人。 15かぐや姫が鶯の卵から生まれる話は、為家『古今抄』他、中世の『古今集』注釈書に多く、『海道記』にも引かれる。真名本（巻七）にも竹取説話を載せるが、卵生とはしない。 16『新古今集』雑中に収められた西行の詠。詞書に「あづまの方へ修行し侍りけるに、富士の山をよめる」とある。 17底本「ゑいし」。他本により改める。 18平安末期・鎌倉初期の歌人、僧。俗名佐藤義清。鳥羽院下北面の武士として仕えたが、二十三歳で出家。生涯にわたって旅が多く、旅の体験を通して自然と心境とを詠み、独自の詠風を築いた。彰考館本、万法寺本等は、これに続けて頼朝と信濃国住人望月小太郎との連歌譚が載る。

祐経を射んとせし事

1太山寺本、古活字本同。ただし、景季がまだ鹿に会えていないとするのは不審。彰考館本、万法寺本等では、重保との鹿論の後はめぼしい獲物にあえずにいるとする。

君聞こし召して、

「神妙なり」

とて、これも富士の裾野にて百余町をぞ賜りける。人々、これを聞ひて、

「鹿射外し、歌詠みてだに、恩賞に与る。まして、よく止めたらん輩はいかに」

とぞ申しける。

御寮[3]、左衛門尉祐経を召して、

「不審なる事あり。用心せよ」

と仰せ下されければ、

「畏まり存じ候ふ」

由を申しける。

ここに、梶原源太景季、侍[4]の所司にて、総奉行[5]第一の者なれば、上[6]の御諚を承はり、曽我の人々を近づけて申しけるは、

「神妙[7]に御供申されて候ふ。奉公は、いづれも同じ事、御宿に、大事の御物の具あり。留守[8]の御宿直申されよ。いかさま、今度鎌倉へ入らせましまして、御免[9]蒙り給ふべし。奉公、心に入れられよ」

と申しければ、祐成、是非[10]に及ばずして、

「畏まり入り候ふ。よきやうに御申し候へ。頼み奉る」

とぞ返事しける。源太、重ねて申すやう、

2 仮名本諸本に載る歌だが、太山寺本、彰考館本等では第四句を「右手の横矢は」とする。従うべきか。夏草の茂みの下を走り来る鹿を、右手側から横に射止めようとするのは難しいものであるよの意。弓矢を取り扱う上では、どうしても獲物を左側に置くことが望ましい。ちなみに彰考館本では、鹿が景季の弓手（左側）に出てきたと明記しており、この歌を聞いた頼朝も、弓手を右手に詠み替えたところがおもしろいと言っている。

3 「御寮」は頼朝。この、頼朝と祐経とのやりとりは、太山寺本にはない。

4 鎌倉幕府侍所の次官で別当を補佐する。

5 上命を受けて事務を担当する奉行人の長。なお、彰考館本から十行古活字本に至るまでは、「総奉行たるうえ、和讒第一の者」とある。

6 頼朝からの命令。

7 殊勝に御供をされていますね。

8 主君が留守の間、お宿を守っていてくださいよ。

9 お許しをいただくことでしょう。

10 やむを得ず。しかたなく。

「御[11]給仕によつて、本領子細あらじと存じ候ふ」

と言ひてこそ帰りにけれ。時致、これを聞きて、

「あはれ、源太、我々を[12]賺さんと思ひたる気色のさし表れたる奴かな。[13]蛇は一寸を出だしてその大小を知り、人は一言をもつてその賢愚を知る。[14]狐の子は、子狐より父が孫を継ぎて、この[15]冠者が面の白さよ。[16]いつの奉公によりてか、御気色もよかるべき。さだめて御寮の仰せには、『その冠者原は、誰が許して狩場へは出でけるぞ、よくよく賺しをきて、首を斬れ』との御諚か、『流罪せよ』との仰せにてぞあるらん。げにや、古き言葉を案ずるに、『[17]国の賢をもつて興し、諂ひをもつて衰ふ。君は忠をもつて安じ、偽りをもつて危うし』。人は、巧みにして偽らんよりも、拙ふしてまことあるにはしかず。この者の振る舞ひは、[18]世の煩ひともなりぬべし。その上、奉公申すべきためならず。あはれ、身に思ひだになかりせば、この冠者が面、一太刀切つて慰まんずるものを」

とぞ申しける。

さて兄弟は、見え隠れに[19]連れつ離れつ、心を尽くし狙ひけるこそ無慙なれ。十郎がその日の装束には、[20]萌葱匂ひの裏打ちたる竹笠、[21]群千鳥の直垂に、[22]夏毛の行縢深く引つ込うで、[23]鷹護田鳥尾の鹿矢、[24]筈高に取つて付け、[25]重籐の弓の真ん中取り、[26]葦毛なる馬に、[27]貝鞍置きてぞ乗つたりける。五郎がその日の装束には、薄紅にて裏打つたる[28]平文の竹笠、目深に着て、[29]唐貲布に蝶を二つ三つ所々に付けたる直垂に、紺の袴、[30]秋

11そば近くお仕えすることで、もとからの領地をいただくことも難しくないだろうと思いますよ。　12なだめ、巧みに言いくるめようとして。　13『君子集』に、「蛇出㆓一寸㆒知㆓其大小㆒、人出㆓一言㆒復見㆓賢愚㆒」とある。　14『源平盛衰記』三十七・平家開城戸口並源平侍合戦事に「狐の子は頰白と、親に似たる不敵者哉」、狂言「子盗人」にも類似表現が見える。「孫」は血筋、血統の意。子が親に似る喩えで、景季が父景時の人物像を引き継いでいると記す。　15若者。ただし景季は当時三十三歳になるので、蔑む意を含むか。弱輩者めが。　16いつ御奉公したということで御機嫌のよいことがあろうか。　17『後漢書』四十九・王符列伝第三十九に「国以レ賢興、以レ諂衰、君以レ忠安、以レ佞危」とある。　18世間に面倒をかける。　19連れ立ったり離れたりしながら。　20萌葱の萌え出ずる色の意で、黄と青との中間色。「匂ひ」は濃い色からだんだん薄くなっていくこと。　21千鳥の群がった模様。　22鹿の夏毛で作った行縢。夏から、鹿の毛は黄色くなり、斑が鮮明に出る。　23護田鳥尾は、薄黒い斑点のある矢羽。特に斑の高く大きいのを鷹護田鳥尾という。　24胡籙に矢を差して負うとき、矢筈が高く現われて見えるようにすること。　25弓の幹を黒漆塗りとし、上に籐を繁く巻いたもの。　26栗毛等の原毛色に、後天的に白色毛が発生してきて、加齢とともに全体的に白色になっていく馬の毛色。　27貝で模様をすり込んで

装飾された鞍。　28彩色による色替わりの組み合わせ文様。　29「唐」は美称。「貲布」は経・緯ともに大麻の太糸で目をあらく平織りにした布。30鹿の秋毛で作った行縢。白い斑点のある夏毛に黒褐色の新毛が混じる。31ゆったりと。　32鶴の羽の本の白いもので作った戦闘用の矢。　33弓の籐の巻き方の一種。二か所ずつ、一定の間隔を置いて巻いたもの。　34毛並みが茶褐色で、たてがみ・尾・膝から下などが黒いもの。　35漆工芸の技法の一つ。漆で文様を描き、乾かないうちに金銀粉や色粉などを蒔きつけて付着させ、文様を表わすもの。36十一行古活字本同。十行古活字本「下にて祐経を見つけて五郎に告げ」を欠く。彰考館本には「兄弟心を一つにして、上野にてかたきをみつけては五郎につけ、下野にてすけつねを見つけ十郎につけ、たかひに心のひまこそなかりけれ」とある。彰考館本の上野・下野は、富士野の上の方・下の方というのがもともとの意であろう。兄弟が連携して祐経を狙う様子。　37古活字本同。諸本にはこの前に、「この人々は、思ふ人のみ心に掛けけるが、あまりに鹿を見ずしては」（太山寺本、他本類同）とあり、脱文か。38追いかけて続いて出てくる。　39文様を浮き織りにした綾織物。　40白斑の大きく鮮明な鹿の夏毛で作った行縢。　41鷲羽の褐色と白の斑がくっきりと分かれた矢羽。　42弓の籐の巻き方の一種。籐を二か所ずつ間隔を近く寄せて巻いたもの。　43浮き織

毛の行縢、[31]たぶやかに履き下し、[32]鶴の本白の征矢、筈高に負ひなし、[33]二所籐の弓の真ん中取り、[34]鹿毛なる馬に、[35]蒔絵の鞍置きて乗つたり。[36]はるかに遠き敵を見付けて十郎に告げ、下にて祐経を見つけて五郎に告げ、互ひに心を通はしけり。人は皆、鹿に心を入れ、いかにもして上の見参に入らんと、峰に上り、谷に下り、野を分け、里を尋ねけれども、[37]よそ目いかがと思ひしに、勢子を破りて、鹿こそ三頭出で来たりけれ。これはいかにと見る所に、彼の祐経こそ、[38]追つ次ひて落としけれ。その日の装束、花やかなり。[39]浮線綾の直垂に、[40]大斑の行縢に、[41]切斑の矢負ひ、[42]吹寄籐の弓の真ん中取り、金紗にて裏打ちたる[43]浮紋の竹笠、嵐に吹き靡かせ、黒き馬の太く逞しきに、[44]白覆輪の鞍置ひてぞ乗つたりける。馬も聞こふる名馬なり。主も[45]究竟の乗り手なり。三つある鹿に目をかけてこそ追つ次ふたれ。[46]三つある鹿には隔たりぬ、[47]馬の駆け場もよかりけり。十郎、これを見て、

「[48]この鹿は、埒の外に、勢子を破りて落ち来たるにや、追つ返し奉らん」

とて、[49]十三束の大の中差取つて番

137 屋形廻りをする祐成。

ひ、[50]矢所多しといへども、[51]奥野の狩場の帰り様に、父の射られけん鞍の山形の端、行縢の引き合はせ、[52]報ひの知らする恨みの矢、余の所をば射べからず、いかなる金山鉄壁なりとも、志のなどかは通らざらんと、[53]弓手になしてぞ下りける。五郎も、同じく中差取つて差し番ひ、左衛門尉が首の骨に目を掛けて、大磐石を重ねたりといふとも、などか切つて捨てざらんと、[54]鞭に鐙を揉み添へて、[55]右手に付け馳せ並べ、三つある鹿と左衛門を、真ん中に取り籠め、矢先を左衛門に差し当てて、引かんとする所に、祐経がしばしの運や残りけん、祐成が乗つたる馬を、思はぬ[56]伏木に乗り掛けて、137 138 真つ逆様に転びけり。過たず弓の本を越して、馬の頭に下り立つたり。五郎は、これを知らずして、矢筈を取り立ち上がりけるが、兄の有様を一目見て、[57]目も暗れ、心も消えにけり。この隙に、敵は、はるかに馳せ延びぬ。鹿をも人に射られけり。

五郎、空しく引き返し、急ぎ馬より下り立つて、兄を[58]介錯しける心のうちこそ悲しけれ。

138 祐成、工藤祐経の屋形に呼び入れられる。手を引くのは犬房。

りにした模様のある絹綾。
44 銀で前輪と後輪をふちどった鞍。
45 極めて優れた。卓越した。
46 古活字本同。諸本は「三つある鹿に目を掛けて、下り様にぞ落としける。人も遥かに隔たりぬ」（太山寺本、他本類同）とあり、脱文か。
47 馬を駆けめぐらせる場所。
48 周りの柵。
49 一束は、親指を除く四本の指の幅をいう。
50 矢の狙い所。
51 「奥野」は10頁注1参照。父（河津三郎）射殺については47頁参照。
52 報いを思い知らせる。返報の。
53 祐経を左方につけて馬を走らせる。
54 馬に乗って速く駆けさせるとき、馬の尻を鞭打つ拍子に合わせて鐙であおる。
55 祐経を右方につけて馬を並べ走らせる。
56 倒れている木。
57 目もくらみ。
58 介抱。

「あはれ、げに我等程、敵に縁なき者あらじ。只今は、さりともとこそ思ひしに、馬強かりせば、かやうにはなりゆかじ。これも貧より起こる事なり。人を恨むべきにもあらず。かなはぬ命長らへて、物を思はんよりも、自害して、悪霊にもなりて、本意を遂げん」

とぞ悲しみける。十郎、これを聞きて、

「しばらく待ち給へ。それ[59]泰山のかめは巌を穿ち、霤は石を穿つ。殫極の綆は井桁を切る。水は石の鑽にあらず。索は木の鋸にあらず。漸靡の然らしむる所なり。[60]ただ心を延べて、功を積み給へ」

とて、馬引き寄せ打ち乗りける。

畠山、歌にて訪はれし事

その後は、人々いかに見るらんとて、十郎駆くれば五郎控へ、五郎行けば十郎止まり、よそ目をもつつみければ、時移り、事延び行きければ、その日も、すでに暮れなんとす。畠山殿は、程近くましませば、兄弟の有様をつくづくと御覧じて、今まで本意を遂げざるぞや、あはれ、平家の御代と思はば、などか矢一つ弔はざらん、[1]当君の御代には、かやうの事もかなはず、重忠も、若き子どもを持ちぬれば、人の上とも思はずして、まことは無慙におぼえたり、梶原[2]触状には、明日鎌倉へ入らせ給ふべきなれば、今宵討たではかなふまじ、この由知らせんと思ひ給へども、人々数多ありければ、歌にてぞ訪

59 十一行古活字本同。諸本で異同がある。『文選』三十九・上書諫呉王（枚乗）に、「泰山之霤穿レ石、殫極之綆断レ幹、水非二石之鑽一、索非二木之鋸一、漸靡使二之然一也」とあり、『玉函秘鈔』下、『明文抄』五・雑事部に引かれる。これによると、底本「かめはいはほをうかち」は誤読による衍と判ぜられるが、穂久邇文庫本、南葵文庫本は「霤」を「かめ」とする。「霤」は雨だれ、したたりの意だが、諸本間で「らい」や「なるかみ」等と誤読されている。泰山からしたたる水のしずくが石に穴をあける。使い古した釣瓶の縄が井桁の木を断ち切る。水は石の鑿ではなく、縄は木の鋸ではないが、次第にそのようにさせるのだ。
60 ただ心をのびやかにして、努力を重ねていこう。

畠山、歌にて訪はれし事
1 源頼朝の御代。
2 宛名を連名にして、順次まわして通知する書状。

ひ給ひける。

3まだしきに色づく山の紅葉かなこの夕暮れを待ちて見よかし

と4詠め給ひて、涙ぐみ給ひけり。折節、梶源太左衛門が、近う控へたりしが、

「何事にや、曽我の殿原に、『まだしきに色づく』と詠じ給ふは。心得ず」。

重忠聞ひて、

「夏山に夕日影のさし残る風情、初紅葉に似ずや。この夕べこそ、なをも移りゆかば、まこと秋にやなりゆかん」。

源太、なをも言葉あり顔なりしを、君より急ぎ召されしかば、駆け通るとて、

「重忠の御歌の不審残りて」

と言ひながら、馳せ過ぎければ、人々聞きて、

「今に始めぬ梶原が5和讒とは言ひながら、殊に6かかりて見えぬるをや」

と申し合ひける。重忠仰せけるは、

「『7寿を養ふ者は、病の先に薬を求め、世を治むる者は、乱れぬ先に賢を習ふ』と、『8さんぶ論』に見えたり。それまでこそなくとも、かやうの9ゐせ者を近く召し使ひて、末の世いかが」

とぞ仰せける。その後、曽我の人々を近づけて、

「今宵、重忠が所へましませ。歌の物語を申さん」

と宣へば、

3まだ夏のことで早いのに、山の紅葉が色づくことだ。この夕暮れを待って、夕日に輝くその美しさを見るがよい。夕暮れを待てという心。

4歌をお詠みになって。

5一方で和らぎ親しんで、他方で事実をまげて悪くいうこと。中傷。讒言。「わざん」とも。源義経も、梶原（景時）の讒言で頼朝の不興を買った。

6気にかかって。

7『潜夫論』二・思賢第八に、「養ㇾ寿之士、先ㇾ病服ㇾ薬、養ㇾ世之君、先ㇾ乱任ㇾ賢」とあり、『玉函秘鈔』上、『管蠡抄』十・世俗、『明文抄』三・人倫部に引かれる。人の健康も国の政治も、ふだんからの心がけが大事であるということ。

8諸本同じくするが、彰考館本に「せんふろ」とある。正しくは『潜夫論』。後漢の王符の撰で、儒家思想の立場から学問を尊重し、政治の根本を有徳者による徳化に求め、時政世風を批判論述した。

9ふとどきな者。一筋縄ではいかない者。

「畏まり存じ候ふ」

由、返事して、十郎、弟に言ひけるは、

「畠山殿は、情けをもつて、はや、この事[10]を知り給ひけるぞや。『耳[11]を信じて、目を疑ふ者は、耳の常の弊なり。貴みて、近づくを賤しむ者は、人の常の情け』と、『抱朴子[12]』に見えたり。されども、歌[13]の心はいかに」

と問へば、

「知らず」

と言ふ。十郎は、万に情け深[14]くして、歌の心を得たり。

「『思ふ事あらば、今宵限り』と告げ給ふぞや。君は明日、伊豆[15]の国府、明後日、鎌倉へ入らせましますす由、その聞こえあり。思ひ定め給ふべし」

と言ふ。

「珍しくも思ひ定め候ふべきか」

「申[16]すにや及ぶ」

とぞ申しける。元来剛なる時致が、重忠には勇[17]められ、いよ〳〵今宵を限りとぞ定めける。

かねてより思ひ定めし事なれども、さしあたりて心細さ、思ひやられて無慙なり。日暮れ、君、井出[18]の屋形へ入り給ひしかば、国々の大名・小名、御供してぞ帰りける。曽我兄弟も、人なみ〳〵に、柴の庵へぞ帰りける。

10 敵討ちの本意。
11『抱朴子』外編・広譬に、「貴レ遠而賤レ近者、常人之用情也。信レ耳而疑レ目者、古今之所患也」とあり、『玉函秘抄』上、『明文抄』三・人事部上に引かれるが、二書では「貴レ遠而賤レ近者、人之常情。信レ耳而疑レ目者、俗之恒蔽」とする。ここでは後半の、噂を信じて目にした事実を疑う愚を戒めるための引用。
12 中国、東晋の葛洪（号抱朴子）撰の道家書。
13 歌の真意をどう思うか。
14 情趣を理解する心が深い。
15 現静岡県三島市内。
16 言うまでもない。
17 励まされて。
18 現静岡県富士宮市内。

屋形廻りの事

道にて、十郎申すやう、

「わ殿は、屋形へ帰り給ふべし。二人連れては人も怪しく思ひなん。祐成ばかり行きて、屋形の案内見て帰らん」

とて、太刀ばかり持たせ、屋形屋形をめぐりけり。思ひ思ひの幕の紋、心々の屋形の次第、なかなか言葉も及ばれず。ここに、二つ木瓜[1]の幕打ちたる屋形あり。誰が幕やらん、これは我等が家の紋なり、近き頃は[2]、伊東の一門、御敵となり滅びぬ、伊東と名乗る者なければ、この幕打つべき者なし、誰なるらんと、不思議にて立ち寄り、幕の物見[3]より見入れければ、敵左衛門が屋形なり。これはいかに、彼等は一つ木瓜[4]の幕をこそ打つべきに、心得ぬものかな、まことや、人、人にあらず[5]、知るを以て人とし、家、家にあらず、いづくを以てか家とす、継ぐべきをば継がで、すずろなる[6]曽我の某と呼ばれぬる上は、家の紋いる[7]べからず、祐経[8]は、誠やらん、我々が先祖の知行せし所領[9]を知るによつて、かやうになりゆくものをや、あはれ、昔はかやうになかりしものをと、見入れて通りけり。

祐経が屋形へ行きし事

かくて、祐経が嫡子犬房[1]、祐成を見つけて、

「ただ今、十郎通り候ふ」。

屋形廻りの事

1 木瓜を二つ並べた紋。伊東家嫡流の紋。

2 底本「近き頃は、伊東の一門」なし。十一行古活字本で脱文。十行古活字本により補う。

3 十一行古活字本同。外または内をのぞき見るのに便利なように作った、幕・壁・編笠などの穴。他諸本は「ほころび」。

4 工藤家の紋。後代、伊東・工藤・曽我家の紋としては、庵木瓜が知られる。

5『壒嚢鈔』一に、「非二家々一以レ継為レ家、非二人々一以レ知為レ人」とある。人は道を知らなければ人ではなく、家は跡を継がなければ家ではない。

6 縁もゆかりもないさま。

7 古活字本、底本「入べからず」。文脈としては必要ないの意。

8 底本「助経」。

9 領有する。

祐経が屋形へ行きし事

1 祐経の長男祐時。伊東を名乗り、後に従五位上検非違使左衛門尉、大和守に任じられた。日向伊東氏の祖。

左衛門聞きて、[2]

「玉井十郎か、横山十郎か」[3][4]

と問ふ。

「曽我十郎殿」

と言ふ。

「これは、祐経が屋形にて候ふ。立ち寄り給へ」

と言はせければ、祐成、少しも憚らず、屋形の内へ入り、見給へば、手越の少将は、[5]左衛門尉が君と見えたり。黄瀬川の亀鶴は、備前国吉備津宮の王藤内が君と見えて、[6][7]嫡子犬房に酌取らせ、酒盛しける折節なり。幾程の栄華なるべき、今宵の夜半に引き[8]替へん事の無慙さよと思ひながら、座敷にぞ直りける。祐経、敷皮を去りて、[9]

「これへ」

と言ふ。十郎、

「かくて候はん」

とて、押し退けゐたり。祐経が初対面の言葉ぞ強かりける。[10]

「まことや、殿原は、祐経を敵と宣ふなる。ゆめゆめ用ひ給ふべからず。人の讒言とおぼえたり。さしあたる道理に任せて、人の申すも理なり。伊東は、嫡々なる間、祐経こそ持つべき所なるを、面々の祖父伊東殿横領し、一所をも分けられざりしかば、一旦は恨むべかりしを、第一養父なり、第二伯父なり、第三烏帽[11][12][13]

2 左衛門尉とあるべき。祐経。
3 玉井は現埼玉県熊谷市内。
4 横山は現東京都八王子市と日野市の一部。
5 158頁注75、220頁注8参照。
6 158頁注76、220頁注6参照。
7 現岡山県岡山市北区一宮にある吉備津彦神社。備前国一宮。備前の豪族難波氏の一族の大守氏が代々「王藤内」を名乗り、吉備津宮の神職を継いだ。
8 変わった姿になる（死ぬ）。
9 ゆずって。
10 真名本に「左衛門尉は酒狂にやありけん、初対面の詞こそ広量なりけれ」とある。
11 当面する道理に。
12 正統の子孫であるので。
13 18頁に類似した表現が見られる。

子親なり、第四に舅なり、第五に一族の中の大人なり。一方ならざるによつて、堪へて過ぎしに、これはただ、『[14]高きに望み登らざれ、賤しきを謗り笑はざれ』といふ本文を捨てて、我等を[15]員外に思ひ給ふ故なり。面々の父河津殿、奥野の狩場の帰りに討たれ給ひぬ。猟師多き山なれば、[16]峰越しの矢にや当たり給ひけん。又は、伊豆・駿河の人々、多く打ち寄り、相撲取りて遊び給ひけるに、[17]俣野五郎と勝負を争ひ、[18]当座に喧嘩に及びしを、[19]御寮の御成敗により静まりぬ。さやうの[20]宿意にてもや、討たれ給ひけんを、在京したる祐経にかけて[21]申されけるなれども、さらに知らず。剰へ、[22]祐経が郎等共、数多失ひぬ。その時分、やがて[23]対決を遂げたりせば、[24]のがるべかりしを、幾程なくして、[25]当御代となりて、面々親しき人々、[26]皆御敵とて存へ給はぬ。ただ祐経一人になりて、つゐにこの事[27]讃談せずして止みぬ。しかれば、ただ祐経がしたるになりて、年月を経候ふ。これ、[28]不祥といふも余りあり。よく聞き給へ、十郎殿」。

祐成聞きて、とかく言ふに及ばず、ただ慎んでゐたり。

「これなる客人をば知り給ふにや」。

「今日初めて見参に入り候へば、いかでか見知り奉るべき」。

「あれこそ、備前国吉備津宮の王藤内とて、さる人なるが、今年七年、君の御[29]不審を蒙り、所領召されてありつるを、この三箇年、祐経取り次ぎ申しつる間、御免を蒙り、[30]所領に安堵して、[31]蒲原まで上り給ひしが、祐経に名残惜しまんとて帰り

14 典拠未詳。
15 人かずにはいらない。
16 山の峰を越すこと。
17 20頁注9参照。
18 その場におけるいさかい。
19 頼朝の裁きによって。
20 かねてよりの恨み。
21 関係づけて。
22 八幡三郎と大見小藤太。58頁参照。
23 両者を向かい合わせて行う審判。
24 底本「のこる」。十一行古活字本同。他本により改める。嫌疑は晴れただろうが。
25 頼朝の御代。
26 頼朝の敵となって滅んでいった。86頁参照。
27 事の是非を論じ合うこと。
28 不運。不幸。
29 王藤内は、源平の争いの折りに平家の家人妹尾兼康と与した嫌疑をかけられていたが、祐経を介して意趣なき由を申し立てていた（『吾妻鏡』建久四年（一一九三）五月二十八日条）。
30 もとのままに所領を認められて。
31 現静岡県静岡市清水区蒲原。

給ふ。かやうに、他人だにも申し[32]承れば、親しくなるぞかし。まして、殿原と祐経
は、[33]従兄弟甥といふ者なれば、今は親とも思ふべし。[34]便宜しかるべく候はゞ、上
様へ申し入れ、奉公をも申し、一所をも賜りて、馬の草飼ひ所をばし給へ。殿原は、
祐経が思ひ奉るやうには思ひ給はじ。北条へは常に越えて遊び給へども、何を恨
みてか、さらに伊豆へは見え給はず。[35]しもたてぬ賢人顔せんよりも、我々に[36]睦びて、
若き者共に背かれずしてましませ。面々の馬の様を見るに、痩せ弱り候ふ。伊東に
馬ども数多候へば、[37]乗り付けて乗り給へ。なまじゐに人の言ふ事につゐて、祐経討
たんと思ひ給はん事、今生にてはかなふまじ。曽我殿原」
と[38]広言しけるが、いかが思ひけん、言葉を替へて言ひけるは、
「[39]酔狂の余り、[40]言失仕るとおぼえたり。今より始めて、互ひの遺恨を止めて、親
子の契りたるべし」
とて、盃取り寄せ、客人なればとて、王藤内に始めさせ、
「その盃、珍しき」
とて、十郎に差す。その盃、少将に差す。その盃、[41]祐経に差す。その盃、亀
鶴に差す。その盃を十郎に差す。酒を[42]八分に受けて思ひけるは、憎き敵の広言かな、
[43]身不肖なり、何事かあるべきと[44]思ひこなし、初対面に散々に言ひつるこそ[45]奇怪なれ、[46]こ
の君共が耳こそ、東八箇国の侍の聞く所、日頃は親の敵、只今は[47]日の敵、[48]襖に
衣を重ねても、逃すべきにあらず、受けたる盃、敵の面に打ちかけて、一刀刺

32 頼まれれば。
33 兄弟の祖父祐親と祐経の父祐継は兄弟であるので、兄弟は祐経の従兄弟の子になる。
34 都合のよい機会があれば。
35 彰考館本「したてぬ賢人たてし給はんより」とあるべきか。「賢人立て」は、いかにも自分を賢人らしく見せかけること、賢人顔をすることで、「したてぬ賢人立て」という言い回しがあったか。やっても意味がない賢人（物が分かったような）顔をするよりも。
36 親しく交際して。
37 乗り慣らして。
38 他をはばからず、えらそうなことを言うこと。
39 酒に酔って常軌を逸すること。
40 ことばの上での失敗。言いそこない。
41 底本「助経」。
42 盃に八分目。
43 劣ること。未熟であること。
44 ばかにする。軽視する。
45 けしからぬことだ。
46 真名本に「この君共の見聞くは、日本国の侍共の見聞く処にてこそあれ」とある。
47 当面の敵。
48 襖は上に着る袷の衣。襖の上に衣を重ねて着るという意から、物事が重なることの喩え。彰考館本「あをに衣をかさぬるは、むねんの上のちしよく也」。

し、いかにもならばやと、千度百度進めども、心を変へて思ふやう、待てしばし、兄弟といひながら、祐成と時致は、父の敵に心ざし深くして、一所にて、とにもかくにもと契りしに、心逸りのままに、祐成いかにもなるならば、五郎空しく搦められ、恨みん事こそ不便なれ、ここは堪ふる所と思ひ静めて止まりしは、情け深くぞおぼえける。

左衛門尉は、神ならぬ身の悲しさは、我を心に懸くるとは、夢にも知らずして、

「十郎殿、盃はいかに干し給はぬ。[49]御前たち、数多ましませば、肴待ち給ふとおぼえたり。[50]今様を歌ひ給へ」

と言ひければ、二人の君、扇拍子を打ちながら、

[51]蓬莱山には千歳経る　千秋万歳重なれり
松の枝には鶴巣くひ　巌の上には亀遊ぶ

といふ[52]一声を返し、二返までこそ歌ひけれ。その時、盃取り上げて、三度までこそ干したりけれ。その土器、祐経乞うて、

「方々は何とか思ひ給ふらん、知らねども、今日よりして、親子の契約あるべし。あの[53]童めを弟と思し召され、汝も兄と思ひ奉れ。他人の悪しからんは、恨みにあらず。親しき中の疎きをば、神明も憎み給ふ事なれば、今より後、互ひに憚りあるべからず。この盃賜りて、祝ひ候はん。ただし、所望候ふぞや。139 140十郎殿は、[54]乱拍子の上手と聞けども、未だ見ず。一番舞ひ給へ。一つは客人のため、一つは祐経が祝ひのあやにく。[55]いかがあるべき、御前たち、おもしろく候ふべし。

49 遊君たちをさす。
50 今様歌の略。催馬楽、風俗歌、神楽歌などの古い歌謡に対して、平安中期に起こった新様式の流行歌謡。七五調四句のものが多く、白拍子・傀儡女・遊女などにより歌われた。
51 『源平盛衰記』第十七・祇王祇女仏前事にも引かれる。めでたい言葉を連ねた縁起物の歌謡。
52 謡などを一節うたうこと。
53 子どもをののしっていう語。また一般に、子どものこと。ここでは犬房をさす。
54 白拍子などの舞の一形式。特殊な足ぶみで踏みまわることのある舞踊。
55 期待に反して度合いがはなはだしいさまを表す。ここでは、思ってもいなかった祝儀であるの意。

「はやはや〳〵」

と責めければ、犬房、囃しぞ立てたりける。祐成、[56]子細に及ばずして、持ちたる扇さつと開きて、

[57]君が住む亀の深山の瀧つ瀬は

といふ一声を上げて、しばし舞ひけるが、千々に心を通はして、とやせん、かくやせましと、思ひ乱るる[58]舞の手に、夜更けば入るべき道伝ひ、[59]番外さん、長舞に、ここより入り、かしこよりめぐらん、かしこは詰まり、ここは通ひ路、忍びて入らば、音は立たじ、入るとも知らじ、[60]差す腕、袖の返しに目を遣ひ、[61]半時ばかりぞ舞ふたりける。座敷に列なる人々は、見知る印のなきままに、興を催すばかりなり。君どもをはじめとして、[62]囃すもおぼえぬ風情なり。

かくて、十郎[63]舞ひ入りければ、祐経、盃[64]思ひ返しとて、十郎に差したりければ、十郎取り上げ、三度干して、扇取り直し、畏まつて申しけるは、

「今宵は、これに御宿直申したく

139 工藤祐経に乞われ、舞を披露する祐成。

56 古活字本同。とやかく言うこともできず。太山寺本、彰考館本等は「辞退に及ばず」とする。
57 古活字本同。太山寺本、彰考館本等に「かめのを山」（彰考館本）。南葵文庫本「かめの御山」（お山／み山）を介した誤り。『新後撰集』二十・賀・西園寺実氏「君がすむ亀のを山の滝つ瀬は千代を心にさぞまかすらむ」とある。「亀のを山」は京都市右京区嵯峨にある山。
58 舞の所作。
59 木戸の蝶番か。太山寺本、彰考館本等は「掛けがね」。
60 「指肘」の旧称。舞楽の舞の手の名目の一つ。左手を伸ばし右手を伏せ、左の上へさすのを左指肘、その逆を右指肘という。
61 一時の半分。現在の約一時間に当たる。はんとき。
62 声を出したりして曲の調子を引き立てるのも忘れるほど素晴らしい舞いだった。
63 舞いながら退場する意だが、舞い終えて座に戻ったということ。
64 「思ひ差し」（234頁注9参照）に対し、盃を返すこと。

65 とにかく。
66 考え深い者。235頁「騒がぬ男」（注25）と対応する。
67 小柴で作った、丈の低い柴垣。
68 聞いているはずがない。
69 こまかにくわしく。
70 祐経が先祖伝来の所領を受けついだからには。 71 兄弟が、この祐経のために肩身の狭い思いをして過ごしていることだろう。 72 身分。 73 底本「助つね」。 74『後漢書』七十四上・袁紹劉表列伝第六十四上に、「欲下運二螳螂之斧一御中隆車之隧上」とあり、『玉函秘抄』中、『明文抄』四・人事部下に引かれる。カマキリが、前足をふりあげて、高く大きい車に立ち向かう

候へども、北条殿に申し合はする子細候ふ。[65]何様、明日参りて、常々宿直申すべし」

と、暇乞ふて出でにける。祐成、[66]案者第一の男にて、敵何とか言ふらんと思ひ、[67]小柴垣に立ち隠れ聞く事は知らで、王藤内、

「この殿原の父をば、まこと討ち給ひけるか」

と問ふ。左衛門尉聞きて、

「今は、彼が[68]聞かばこそ。以前、[69]つぶさに申しつる様に、我等嫡孫にて持つべき所領を、彼等が祖父に横領せられぬ。それがしが在京ながら、田舎の郎等共に申しつけて、彼等が父河津三郎といひし者を討たせしなり。人もやさぞ知りて候ふらん。この者共の子孫は、皆謀叛の者、君に失はれ奉り、今祐経一人に罷りなる。しかれども、君不便の者に思し召し、[70]先祖の所領拝領の上は、[71]祐経に狭められ、思ひながらぞ候ふらん。彼がこの頃の[72]分限にて、[73]祐経に思ひ掛からんは、[74]蟷螂が斧を取つて隆車に向かひ、蜘蛛が網を張りて鳳凰を待つ風情なり。哀れなる」

とぞ申しける。王藤内聞きて、

140 祐成、時致に屋形の次第を語る（作中では兄弟の宿所で）。

「それこそ僻事よ。世[75]にある人は、所領財宝に心が留まり、思ふ事は滞るなり。されば、寸[76]の金を切る事なし。貧なる侍と鉄とは、侮らぬものをや。何とやらん、悪しき様に仰せつる時には、しきりに目を懸け奉り、刀の柄に手を掛け、片膝押し立てつる時、事出で来ぬと見えしが、されども色には出ださず。よき兵かな」

とぞ褒めたりける。左衛門尉、これを聞き、

「何程の事か仕るべき。龍[77]は眠りて本体をあらはす。人酔ひて本心をあらはす。思[78]ふ事こそ言はれ候へ。恒[79]河沙は尽き、蛍[80]の火にて須弥は焼くるとも、討たるる事あるべからず。南無阿弥陀仏」

とぞ申しける。後に思ひ合はすれば、これや最後の念仏と、哀れにぞおぼえし。

十郎、かく言ふを立ち聞きて、すなはち屋形の内へ走り入り、いかにもならばやと思ひしが、五[81]郎に憂き身の惜しまれて、ただ空しく帰りける、心のうちこそ無慙なれ。そもそも、只今の言葉ども、よくよく思へば、ただ王藤内が言はする言葉なり、今宵は、落[82]ちば落とさんと思ひつれども、今の言葉の奇怪なれば、一の太刀には左衛門、二の太刀には王藤内と思ひ定めて、屋形よりこそ帰りけれ。

屋形の次第、五郎に語る事

五郎、兄を待ちかねて、心許なくして佇みける所へ、十郎来たりて、

の意から、無謀で身のほどをわきまえないことの喩え。なお、後半は「蜘蛛の網」として知られるが、典拠は未詳。　75彰考館本、南葵文庫本に、「世にある人は所領財宝に心がとまりて思ふことをば遂げざれども、貧なる者は思ひ置く事のなくして、なかなか思ふ事をば遂ぐるなり」（南葵文庫本に漢字を当てた）とある。　76彰考館本、南葵文庫本に、「寸の金にて尺の木をば切れども、尺の木にて寸の金を切ることなし」（彰考館本に漢字を当て一部訂した）とある。　77『五常内義抄』（内閣文庫本）下・信貞也不飲酒戒・二、「龍ハ眠テ本躰ヲ示シ、人ハ酔テ本性ヲ顕ト云ヘリ」と見え、『壒嚢鈔』六・三十七にも引かれる。　78酔いにまぎれて思うことが言えるものだ。　79十行古活字本にこの句なし。「恒河沙」は無限の数量の喩え。あり得ないことをいう。　80十行古活字本にこの句なし。『大方広円覚修多羅了義経略疏』上・二に、「如下取二蛍火一焼中須弥山上」とある。その力もないのに大きな仕事を企てることの無益さを喩えていう。　81（自分が命を落として）残された五郎一人につらい思いをさせるわけにいかないので。　82王藤内が逃げるのであれば、見逃そうと思っていたが。

「いかに待ち遠なるか」。

五郎聞きて、

「さらぬだに、人を待つは悲しきに、[1]疎かに思し召すものかな」

「祐成も、さ存ずるを、敵左衛門が屋形へ呼び入れられ、酒をこそ飲みつれ」

「さていかに。便宜悪しく候ひけるか」

「言ふにや及ぶ。[2]乱舞の折節、[3]あはれと思ひしかども、御分一所にこそと存じて、堪へつる志、推し量り給へ」。

五郎も聞きて、

「[4]御扶持はさる事にて候へども、これ程寄り付かずして心を尽くす。便宜よく候はば、御討ち候ふべきものを。さりながら、一太刀づつ、ともどもに斬りたく候ふぞかし。その屋形の様、御覧じ候ひけるにや」

「そのため、案内は、よく見置き候ひぬ。ただし、屋形の数多くして、見知りたる人は、所々にこそ候ひつれ」。

扇開きてこそは数へけれ。

「まづ、君の御屋形に並べて打ち[5]たりしは、[6]北条四郎時政、御一門には、[7]一条・[8]板垣・[9]逸見・[10]武田・小笠原・[11]南部・[12]下山・[13]山名・里見の人々、[14]石山・[15]山かた・[16]梶原、屋形を並べて候ふなり。東には、[17]和田・[18]畠山・[19]畔戸・[20]あに崎・[21]本田・[22]榛沢・[23]池辺・児玉・[24]小沢・[25]山口・[26]丹・[27]横山・[28]紀清の両党・[29]岡部・[30]はんざい・[31]金子・[32]村山・

屋形の次第、五郎に語る事

1 疎略にお思いになるのか。 2 酒宴の席などで、入り乱れて踊りまわること。 3 さあ討とうと思ったが。 4 助力すること。 5 屋形を構えるのは。 6 20頁注17参照。 7 90頁注16参照。 8 304頁注22参照。 9 武田（逸見）有義。一条忠頼、板垣兼信の弟。現山梨県甲府市の住人。 10 183頁注14・15参照。 11 武田一族の南部光行。現山梨県南巨摩郡南部町。 12 現山梨県南巨摩郡身延町内。 13 132頁注17・18参照。 14 現群馬県伊勢崎市下触町石山。 15 古活字本同。太山寺本「山田」。上野国山田郡（現群馬県の東部）か。 16 115頁注1参照。 17 85頁注9参照。 18 84頁注7参照。 19 現千葉県木更津市畔戸。 20 古活字本同。他本「あねさき」。姉崎は現千葉県市原市内。 21 本田次郎親経。畠山重忠の郎等。武蔵国男衾郡本田郷（現埼玉県深谷市内）の住人。 22 127頁注1参照。 23 309頁注39・40参照。 24 現埼玉県飯能市の小沢峠周辺か。 25 現埼玉県所沢市山口。 26 底本「たんの」。諸本により改める。丹党。武蔵国入間郡・秩父郡・および児玉郡西部を本拠とした武蔵七党の一つである武士団。 27 横山党。武蔵国多摩郡（現東京都八王子市）横山荘を本拠とし、相模国まで勢力を拡大した武蔵七党の一つである武士団。219頁注8も参照。

28底本「きい」。諸本により改める。紀・清両党は、下野国宇都宮大明神の座主である宇都宮氏の郎等益子氏（本姓紀氏）と芳賀氏（本姓清原氏）からなる武士団。 29現埼玉県深谷市岡部。 30古活字本「はんさう」。未詳。 31現東京都調布市金子。 32現東京都東村山市と武蔵村山市。 33古活字本同。彰考館本「村岡」。現埼玉県熊谷市村岡か。 34古活字本同。彰考館本「なるさや」。未詳。現埼玉県熊谷市成沢か。 35古活字本同。万法寺本「おりはら」。現埼玉県大里郡寄居町折原か。 36現埼玉県比企郡。 37現埼玉県熊谷市内。 38現東京都青梅市周辺を本拠とした一族。 39古活字本同。彰考館本「ひろた」。現埼玉県鴻巣市広田か。 40現茨城県常陸太田市内。 41現茨城県笠間市内。 42現茨城県稲敷市。83頁注27も参照。 43現茨城県守谷市同地。 44現茨城県鹿嶋市。 45現茨城県行方市。 46古活字本「こくは」、円成寺本「こくい」。未詳。 47現茨城県笠間市内。 48現茨城県日立市森山町。 49古活字本同。未詳。 50 85頁注11参照。 51千葉常胤の二男ならば「胤常」が正しい。下総国相馬郡は、現茨城県北相馬郡、取手市、守谷市、千葉県柏市、我孫子市一帯。 52底本「けしの」。他本により「た」を補い「武石」とする。千葉常胤の三男。現千葉県千葉市花見川区武石町。 53千葉常胤の五男。現千葉県市川市国分。 54千葉常胤の六男。正しくは「胤頼」。現千葉県香取郡東庄町。 55 304頁注

[33]むらおり・[34]なかさや・[35]おかはら・[36]比企・[37]中条・[38]三田・[39]むろの人々、屋形を並べて候ふ。常陸国には、[40]佐竹・[41]山内・[42]志太・[43]同地・[44]鹿島・[45]行方・[46]こく・[47]宍戸・[48]森山・[49]ちゝはの殿原、下総国には、[50]千葉介常胤・[51]相馬次郎師胤・[52]武石三郎胤盛・[53]国分五郎胤通・[54]東六郎胤兼・[55]葛西三郎清重・[56]意部・[57]猿島・[58]大原・[59]小原、屋形を並べ候ふなり。[60]上野国には、[61]伊北・伊南・[62]庁北・庁南・[63]印東・[64]金岡・[65]小寺・[66]深栖・山上・[67]大こし・大室、[68]上総国には、[69]桐生・[70]黒川・[71]多胡・[72]片山・[73]新田・[74]園田・[75]玉村、安房国には、[76]安西・神余・[77]東条、信濃国には、[78]内藤・[79]片桐・[80]くろだ・[81]すはう・[82]さいとう・[83]村上・[84]井上・[85]高梨・[86]海野・[87]望月、屋形を並べ候ふなり。下野国には、[88]小山・[89]宇都宮・[90]結城・[91]長沼・[92]氏家・[93]塩谷・[94]木村・[95]皆川・[96]足から・[97]まのだの人々、屋形を並べ候ひぬ。相模国には、[98]座間・[99]本間・[100]土屋・[101]愛甲・[102]土肥次郎父子・[103]糟屋藤五・[104]渋谷・[105]佐藤・[106]波多野右馬允・[107]岡崎・[108]三浦の人々、伊豆国には、[109]入江・[110]藁科・[111]吉川・舟越・[112]大森・[113]葛山、遠江国には、[114]いしあま・[115]しみづ、三河国には、[116]設楽・[117]中条、尾張国には、[118]大宮司・宮四郎・[119]関太郎、[120]美濃国には、[121]山本・[122]柏木・[123]たつゐ・[124]錦織・[125]佐々木党、屋形を並べ候ふなり。当番の人々には、[126]結城七郎・[127]川越・高坂・[128]大胡・をし室・[129]難波太郎・[130]上総介父子、屋形を並べしなり。[131]坂東八箇国、[132]海道七箇国のみにあらず、[133]三年の大番、訴訟人といふ程の者の屋形、雲霞のごとくなり。さて、君の御座所をば真ん中に、四角四面に[134]瑠璃を延べ、[135]五十九間に飾られたり。面々思ひ思ひの屋形造り、色々の幕の紋、金銀を鏤めて

1　5　10　15　18

こそ飾られけれ。[136]をよそ屋形の数、二万五千三百八十余軒なり。総じて上下の屋形の数、十万八千軒、軒を並べて[137]小路をやり、甍を並べて打ちたりけり。[138]東に沿ふたるは、梶原平三景時、西の外れは、左衛門尉祐経が屋形なり。[139]幾程とこそ思ひけん」。

五郎聞きて、

「さて、客人は、いづくの国のいかなる人にて候ひける」

「備前国の住人吉備津宮の王藤内、手越の少将、黄瀬川の亀鶴を並べ置きて、酒盛半ばなりしに呼び入れ、祐成も、舞ひを舞ふ程の事なりつるに、[140]面にあてて、広言どもしつる無念さよ。一刀刺し、いかにもと思ひけれども、わ殿に命が惜しまれて、手に握りたる敵を逃しつるこそ無念なれ」。

五郎聞きて、

「これや、[141]宝の山に入り、手を空しくする風情なり。嬉しくも、御堪へ候ふものかな。余し候ふべきにも候はず。南無阿弥陀仏」

とぞ申しける。

曽我物語 巻第八終

21参照。 56『和名類聚抄』の下総国相馬郡に見える「意部郷」ならば、現千葉県我孫子市内。 57下総国相馬郡猿島。現茨城県北相馬郡猿島にあたる。 58現千葉県香取郡多古町喜多大原か。 59千葉県山武郡芝山町小原子か。 60古活字本同。現群馬県をさすが、以下「金岡」までは千葉県と茨城県の一部の地名。 61上総国夷隅郡伊隅荘の北部を伊北（現千葉県夷隅郡大多喜町、いすみ市の一部）、南部を伊南（現夷隅郡御宿町、いすみ市の一部）。 62上総国長柄郡。「庁南」は現千葉県長生郡長南町。「庁北」はその北側の長柄町の一帯か。 63下総国印旛郡印東荘。現千葉県佐倉市・酒々井町・富里市西部・成田市南西部。 64現茨城県猿島郡境町金岡か。旧下総国。 65古活字本同。未詳。上野国か。 66上野国勢多郡。「深栖」は現群馬県前橋市粕川町深津、「山上」は現桐生市新里町山上。 67「大こし」は「大胡」の誤り。上野国勢多郡。現群馬県前橋市大胡町と西大室町。 68古活字本同。現千葉県と茨城県の一部をさすが、以下おおむね群馬県の地名。 69群馬県桐生市。 70群馬県富岡市黒川。 71底本「たんご」。上野国多胡郡。現群馬県高崎市吉井町。 72現群馬県高崎市吉井町片山。 73上野国新田郡新田荘。現群馬県太田市、桐生市、伊勢崎市、みどり市の一部と埼玉県深谷市の一部。 74上野国山田郡園田荘。現群馬県桐生市、太田市、みどり市と栃木県足利市の一部。 75現群馬県佐波郡玉村町。 76現千葉県館山市内。安房国の豪族、安西氏、神余氏の本拠地。77安房国長狭郡にあった東条御厨。源頼朝が伊勢神宮に寄進した。現千葉県鴨川市付近。78信濃国の内藤は未詳。79現長野県上伊那郡中川村片桐。80古活字本同。太山寺本、彰考館本「須田（すだ）」。須田は信濃源氏井上氏庶流で、本拠は現長野県須坂市。81古活字本「すわう」。太山寺本、万法寺本等「すわ(は)たう」。「諏訪党」か。諏訪は現長野県諏訪市。82古活字本「さいたう」。太山寺本「さゝたう」、彰考館本「さくたう」。「佐久党」か。佐久は現長野県佐久市。83信濃源氏村上氏。信濃国更級郡村上（現長野県長野市、千曲市）を本拠とする。84信濃源氏井上氏。信濃国高井郡井上（現長野県須坂市井上）を本拠とする。85井上氏の一族か。信濃国水内郡高梨邑（現長野県中野市）。86信濃国小県郡海野荘（現長野県東御市本海野）。87信濃国佐久郡望月（現長野県佐久市望月）。88 132頁注15参照。89 117頁注17参照。90小山氏の一族。下総国結城郡（現茨城県結城市）。91小山氏の一族。下野国芳賀郡長沼（現栃木県真岡市）。92現栃木県さくら市氏家。93現栃木県塩谷郡。94現栃木県栃木市都賀町木。95現栃木県栃木市皆川城内町。96古活字本同。太山寺本、彰考館本「足利（あしかゝ）」。「足利」か。現栃木県足利市。97古活字本、太山寺本同。太山寺本頭注は「間々田」の訛か」とする。「間々田」は現栃木県小山市内。98現神奈川県座間市。99 309頁42参照。100 309頁41参照。101 180頁注7参照。102 20頁注84、62頁注7注21参照。103 18頁注17参照。104 183頁注16参照。105相模国の佐藤は未詳。106 183頁注7参照。107 45頁注19参照。108 183頁注9参照。109 84頁注67参照。110現静岡県静岡市。藁科川流域。111 17頁注67参照。112現静岡県裾野市内。113 17頁注50参照。114古活字本同。彰考館本「いししま」、万法寺本「いくしま」等一定しない。未詳。115古活字本「しとつ」。彰考館本「しとろ」。「志戸呂」か。116 178頁注19参照。116現愛知県北設楽郡設楽町。117現愛知県豊川市中条町。118この大宮司は熱田の大宮司で、熱田神宮の神職の長。67頁注25参照。彰考館本は「大宮司末則の弟、宮の四郎」（万法寺本同）。「末則（季範）」は頼朝の母由良御前の父。彰考館本等に従えば、宮四郎は頼朝の叔父となる。119古活字本同。関は未詳。120古活字本同。太山寺本、彰考館本、万法寺本等に、「美濃国には、土岐・遠山・山田次郎・川辺太郎、この人々。近江国には、高島・今津・松井・山本…」（太山寺本校訂本文）とあり、脱文がある。121現滋賀県長浜市湖北町山本。122現滋賀県甲賀市水口町。123古活字本同。未詳。124現滋賀県大津市錦織。125 83頁注2参照。126 333頁注90参照。127 132頁注10・11参照。128古活字本同。「をしむろ」は「大室（おゝむろ）」の誤り。129諸本同様だが難波（備前国か）は不審。現埼玉県富士見市南畑（難波田）を誤るか。130広常・能常父子。90頁注8参照。131「東八か国」とも。33頁注47参照。132東海道に沿った七ヶ国。『延喜式』には東海道を十五ヶ国とするが、ここでは、近江・美濃・尾張・三河・遠江・駿河・伊豆を指す。133「大番役」の略。諸国の武士が京都に上って宮廷の警護に当たること。当初の任期は三年であったが、頼朝の時代から六ヶ月ないし三ヶ月となった。134七宝の一つである瑠璃を敷いて。135間口が五十九間。一間は約一．八ｍ。136彰考館本他、諸本の多くは「せう〳〵のやかたはしらず、むねとの屋形の数は…」（彰考館本）とある。137古活字本同。太山寺本、彰考館本等に「埒（らち）」。138古活字本同。彰考館本「御所之東にそうたるは」。139太山寺本に「かゝる栄華も、この暮ばかりぞ思ひつれ」とある。140面と向かって。141よい機会にあいながら、その望みを達し得ないで終わること。『摩訶止観』四下に「徒生徒死無二一可レ獲。如下入二宝山一空レ手而帰上、深可二傷歎一」とある。

和田の屋形へ行きし事

「来たつてしばらくも止まらざるは、[1]有為転変の里、去りて二度帰らざるは、[2]冥途黄泉の別れなり。[3]哀傷恋慕の悲しみ、今に初めぬ事なれども、日本国に我等程、物思ふ者あらじと案ずるに、劣らず歎きをする者のあるべきこそ不便なれ」。

五郎聞きて、

「[4]誰やの者か、我等に勝りて候ふべき」

「[5]さればこそとよ。備前の王藤内が、七年御不審蒙り、この度[6]安堵の御下文を賜りし使ひ、先に下り、かくと言はば、国に留まる親類集まり、悦びあはん所に、又人下りて、討たれぬと言ふならば、さこそ歎かんずらんと、[7]ふかき言葉を案ずるに、『[8]人としてのうある者は天のかごにより、人として災ある者は歎きによる』と見えたり。されば、王藤内助けばやとは思へども、[9]雑言あまりに奇怪なれば、[10]祐成においては[11]余すべからず。御分も漏らすな」

と申しければ、

「承る」

和田の屋形へ行きし事

1 この世の現象は、因縁のからみ合いによって生じたものであるため、恒常性がなく、常に移り変わることをいう。有為無常。「里」は、底本「さとり」。他本により改める。
2 「冥途」「黄泉」ともに死後の世界。古活字本、彰考館本「冥途隔生」、太山寺本「冥途現生」。
3 嘆き悲しみ、恋い慕う思い、いずれも切なる感情。
4 どのような者が。
5 そのことですよ。
6 土地の所有権を承認した幕府の公文書。
7 古活字本同。太山寺本、彰考館本「古き」。従うべきか。
8 古活字本同。太山寺本「人として報あるは天の感に依る、人としてさいあるは人の歎きに依る」（彰考館本類同）。『五常内義抄』（内閣文庫本）上・義和也不偸盗戒・二に、「人ノニクケニ物ヲ云時ハ」として、「本文云、人与ル報天ノ感ニヨテ也、天与災ハ人ノ嘆ニ依テ也ト云ヘリ」とある。人の善報は天の思し召しにより、人の禍災は人の恨みつらみによるのだの意。
9 種々の悪口。
10 底本「助成」。
11 討ちもらさないぞ。

とぞ申しける。

「かくて、夜の更けん程待たんも、はるかなり。いざや、[12]和田殿の屋形へ行き、最後の対面せん」

「しかるべし」

とて、二人打ち連れ、義盛の屋形へぞ行きける。やがて義盛出で会ひて、

「いかに殿原たち、[13]はるかにこそ存ずれ。狩座の体、これが初めにてぞましますらん。何とか思ひ給ひけん。誠に[14]見物には上やあるべき」。

十郎、[15]扇笏に取り直し、畏まつて、

「さん候ふ。かやうの事は珍しき見物、末代の物語に、[16]あの冠者に見せ候はんため、二三日の用意にて罷り出で候ふが、あまりのおもしろさに、[17]斧の柄の朽つるを忘れ、曽我へ人を[18]越して候ふ。その程と存じ、参りて候ふ」

と言ひければ、和田聞きて、[19]何条その儀あるべき、日頃の本意を遂げんとするが、[20]一家の見果てに、義盛に今一度対面せんとてぞ来たりぬらんと、哀れに思ひければ、

「さぞ覚すらん。数多度見て候ふだにも、面白く候ふ。まして、若き人々の、初めて見給はんに、さぞ思し召すらん。嬉しくも来たり給ふものかな。かねてより知り奉りなば、初めより申すべかりつるものを」

とて、酒取り出だし勧めけり。盃二三度めぐりて後、和田宣ひけるは、

「あひかまへて、[21]せばよくし給へ。し損じなば、一家の恥辱なるべし。後ろ楯にはな

12 義盛。85頁注9参照。
13 久しぶりに。
14 これ以上の見物はないであろう。
15 231頁注27参照。
16 時致をさす。
17 何かに気をとられていて、あっという間に時間が過ぎてしまうことの喩え。『述異記』上「信安郡石室山、晋時王質伐レ木至、見二童子数人棊而歌一、質因聴レ之、童子以二一物一与レ質、如二棗核一。質含レ之、不レ覚饑。俄頃童子謂曰、何不レ去、質起視レ斧、柯爛尽、既帰無二復時人一」の故事による。
18（食糧などの調達のために）遣わしました。
19 どうしてそのようなことがあろうか。
20 一族の見納めに。
21 するからにはうまくやりなさい。

り申すべし。頼もしく思ひ給へ」

とて、盃差されけり。

折節、[22]梶原源太、屋形の前を通りけるが、かく言ふを聞き、

「何事ぞや、和田殿。曽我の人々に、『せばよくせよ』と仰せられつる。不審なり。

御[23]耳にや入れ候ふべき」

と言ふ。和田殿聞きて、こはいかに、[24]曲者通りけるよ、[25]さりながら[26]陳じてみんと思ひければ、

「[27]自然の物語、何と聞きて、御分、御耳に入れんとは宣ふぞ。この面々、我に親しき事、[28]上にも知ろし召されたり。それに付きては、『[29]御狩と承り、必ず召しはなけれども、末代の見物に、忍びて御供仕り候ふ。若き者の習ひ、[30]黄瀬川にて女共と遊び候ひしが、君[31]合沢の御所に御入りの由承り、急ぎ参り候ひし間、[32]引き出物をせず候ふ。帰りに何にても取らせん』と申し候ふ間、『[33]道の者は恥づかしきぞ。引き出物せばよくせよ。し損じなば一家の恥ぞ』と申しつるが、[34]この事ならでは、何申したりとも覚えず。急ぎ御申しありて、義盛失ひ給へ」

と、[35]高声なりければ、景季も、

「[36]一興にこそ申し候へ。何とて和田殿は、某に会ひ給へば、由なき事にも[37]角を立てて宣ふらん。これは苦しからぬ」

とて、そら笑ひして通りけり。猶も[38]和讒の者にて、何とか言ふと、しばし佇む。こ

22 景季。101頁注18参照。
23 頼朝殿に申し上げようか。
24 悪者。
25 底本「去ながら」。
26 釈明してみよう。
27 たまたま何となく語った話。
28 源頼朝。後の「上様」も同じ。
29 (兄弟が)狩が催されると聞いて。
30 158頁注76参照。
31 20頁注15参照。
32 遊女に与える贈り物。
33 遊女のこと。
34 この事の他に。
35 声をはりあげたので。
36 ちょっとした面白味のあること。
37 物事を荒だてる。
38 讒言をする者。

れをば知らで、和田宣ふは、

「『[39]水をよく泳ぐ者はむもれ、馬によく乗る者は落ち、[40]日は昼中に移る、月は満つるに傾く。[41]高天に跼まれ、厚地に抜き足せよ』とあるをや。この者は、十分に過ぎて、いかがぞと覚ゆる」。

五郎、是を聞き、

「[42]御陣法を用ひず[43]通るものならば、[44]しや細首ねぢ切つて捨て候ふべきを」

と申しければ、梶原立ち聞きて、誠や、この者は、[45]朝比奈に[46]汀優りの大力、[47]おこの者と聞きたり、ここにて事し出だし、勝負せんより、上様へ申し上げ、我が力もいらで失はん事、易かるべしと思ひ定めて、聞かざる由にて通りけり。

和田宣ひけるは、

「今暫くも候ひて、物語申したけれども、源太と申す曲者が、御前に参りつるが、いか様にか申し上げ候はんずらん。あひかまへてし損じ給ふな」

と言ひ置きて、和田は御前へぞ参られ

39『玉函秘抄』上、『明文抄』三・人事部上、『管蠡抄』八・誡所好に、「善游者溺、善騎者堕」という類句が見える。出典は『淮南子』。277頁（注55）にも類句が見えた。

40『易経』彖伝に、「日中則昃、月盈則食」とあり、『玉函秘抄』上、『明文抄』四・人事部下、『管蠡抄』六・恐満に引かれる。繁栄を極めると、衰亡に向かうことの喩え。

41『文選』三・東京賦（張平子）に「跼㆓高天㆒蹐㆓厚地㆒」とあり、『玉函秘抄』中、『管蠡抄』九・慎蜜、『五常内義抄』（内閣文庫本）下・智賢也不妄語戒・十六にも引かれる。栄華を極めても、注意を怠らないことの喩え。

42言い訳を聞かないで。

43古活字本同。太山寺本、彰考館本等は「申し通る」とあり、上まで申し立てるならば。

44「しゃ」は接頭語で、首をののしっていう。

45朝比奈三郎義秀。221頁注13参照。

46際だって優ること。

47不届き者。不敵な輩。

141 祐成と時致、和田義盛の屋形を訪れ、もてなしを受ける。

ける。
この人々は、屋形に帰り、夜の更くるを待ちけるが、ややありて、十郎申しけるは、

「件の梶原が、御分が言ひつる事を立ち聞きけるが、いか様、大勢にて寄せぬと覚ゆる。屋形を替へん」

と言ひければ、五郎聞きて、

「源太程の奴、何十人も候へ、一々に斬り伏せなん」

と申す。十郎聞き、

「身に大事さへなくば、言ふに及ばず。但し、某に任せ候へ」

とぞ申しける。141 142

兄弟、屋形を替へし事

かくて兄弟の人々は、1柴の庵を引き払ひ、思はぬ所へ寄り居つつ、時を待つこそ哀れなれ。これをば知らで、源太百余人の兵を引き連れて、人々の屋形へぞ押し寄せた

142 祐成と時致、梶原景季による襲撃を回避する。

兄弟、屋形を替へし事

1 粗末で小さな仮の宿所。
2 この上ない卑怯者。
3 他をはばからず、えらそうなことを言うこと。
4 差し出がましい。
5『荘子』応帝王第七に、「鳥高飛、以避二矰弋之害一、鼷鼠深穴二乎神丘之下一、以避二熏鑿之患一」とあり、『玉函秘抄』下に引かれる。太山寺本、彰考館本は句の順序が『荘子』等と同じ。

る。されども、人無かりければ、「日本一[2]の不覚人、かやうにあるべしと思ひしに違はず。人にてはなかりけり」と、広言[3]して帰りしは、おこがましく[4]ぞ見えし。これや、鼠深く[5]穴を掘りて、くんきんの害を逃れ、鳥高く飛んで、さうめいの害を遠ざけるとは、かやうの事なり。危[6]うしかりし事どもなり。

曽我への文書きし事

さても兄弟の人々は、更けゆく夜半を待ちかねて、十郎言ひけるは、「いざや、この隙に、幼少より思ひし事を詳しく文に書きて、曽我へ参らせん」「しかるべし」とて、各[1]文をぞ書きける。

我等五つや三つの年より、父の討たれにし事、忘るる隙なくて、七つ・九つと申せし[2]に、月の夜に出でて、雲居の雁がねを見て父を恋ひ、明くれば、小弓に小矢を取り添へて、障子を射通し、敵の命に擬へ、彼を討たん事を願ひ歎きしを、母の制し給ひし事、又、父の恋しき時は、一間所にて二人は語りて慰めども、人々には言わざりしなり。祐成は、十三[3]にて元服し、五郎は、十一[4]より箱根に登り学問せしに、十二月の末つ方に、里々より衣裳音物[5]取り添へ〳〵、余の稚児たちには送れども、箱王が里よりは送り物もなし。まして、父の文もなし。明け暮れ父を恋しく思ひて、権現へ参り、

底本の「くんきん」は「熏鑿」（火で燻べ、掘りうがつこと）、「さうめい」は「矰弋」（鳥を捕らえる網と射ぐるみ）を誤読したもの（古活字本同）。はつかねずみは社壇の下に穴を深く掘って燻されたり掘り出されたりすることを避け、鳥は高く飛んで射ぐるみで射られることを避ける。それぞれに身を守る方法を知っていることの喩え。
6 古活字本「あやしかりし」。太山寺本、彰考館本等は「あやうかりし」。従うべきか。

曽我への文書きし事

1 『吾妻鏡』建久四年（一一九三）五月三十日条に、「祐成時致最後送書状等於二母之許一被二召出一之処、自二幼稚一以来、欲レ度二父敵一之旨趣、悉書二載之一。将軍家拭二御感涙一覧レ之、永可レ被レ納二文庫一云々」とある。
2 93頁参照。
3 129頁参照。
4 129頁参照。
5 贈り物。

敵を見んと祈りしに、程なく、御前にて祐経[6]を見初めし事、不思議なりとて、法師になるべかりしを、この事[7]によりて、ただ一人、夜に紛れて、曽我[8]へ逃げ下りしなり。男[9]になりて、母の勘当[10]蒙りし事、又、打ち出でし時、互ひの形見賜り[11]参らせ、置きて出でし事、信濃[12]の御狩に歩行にて下り、狙ひし事、虎に契りを込めし事、鞠子[13]河、湯坂[14]の峠、箱根[15]寺、大崩[16]までの有様、矢立[17]の杉の事ども、今の様におぼえたり。思ふ事ども詳しく書き、命[18]をば父に回向申し、読誦[19]の御経は母に手向け奉る。親[20]は一世の契りと申せども、これを形見にて、来世にては参り会はんと、同じ心に書き留めければ、大きなる巻物一つづつぞ書きたりける。十郎が言葉の末、五郎に変はりたるは、大磯の虎が事なり。五郎が言葉の十郎に変はりたるは、箱根の別当の事なり。さて[21]は、いづれも同じ文章なり。哀れにこそおぼえけれ。

鬼王・道三郎、曽我へ返しし事

扨、鬼王[1]・道三郎を呼びて、

「汝は急ぎ曽我へ帰るべし。143 144 小袖をば、上[2]へ参らせよ。馬鞍は、曽我殿[3]に奉れ。自然[4]の時は、御先途[5]にかはり参らせ候ふべき由、随分心にかけしを、父[6]の敵に心ざし深くして、先立ち申す事、無念に存じ候へども、畏れながら、二人の子どもの形見に御覧候へ。五つ・三つよりして、左右の御膝にて育てられ参らせし御恩、忘れがたくこそ存じ候へ。膚[7]の守りと、鬢[8]の髪をば、弟共の形見に御覧じ候

6 134頁参照。
7 敵討ちの本懐を遂げること。
8 143頁参照。
9 147頁参照。
10 148頁参照。
11 259頁、273頁参照。
12 170頁参照。
13 289頁注3参照。
14 290頁注7参照。
15 296頁参照。
16 292頁注28参照。義兄の二宮太郎との邂逅（292頁）。
17 294頁参照。
18 命を捨てて父の冥福を祈る。
19 声を出して経文を読むこと。
20 285頁注25参照。
21 その他は。

鬼王・道三郎、曽我へ返しし事

1 兄弟の従者。真名本は「丹三郎・鬼王丸」、太山寺本は「鬼丸・道三郎」とする。
2 太山寺本、彰考館本は「母」とする。
3 兄弟の養父、曽我太郎祐信。55頁注4参照。
4 万一のことがおこったならば。
5 古活字本「御前にかはりまいらせべきよし」。「先途」は、勝敗、成否あるいは存亡が決するような大事のこと。
6 父の敵を討とうと深く志して。
7 肌身に付けた守り札。
8 頭の左右側面の髪。

へとて、二宮[9]殿に参らせよ。弓と矢は、汝等に取らするぞ。亡き後の形見に見候へ。鞭と弓懸[10]をば、二人の乳母が方へやるべし。沓・行縢は、守育てし二人が守[11]に取らせよ。夜もこそ更くれば、これを持ちて落ち候へ」

とありければ、二人の者共、偲[12]びの形見を受け取りて申しけるは、

「我等、相模を出でしより、自然の事候はば、君より先に命を捨て、死出[13]・三途[14]の御供とこそ存じ候ふに、下臈[15]をば命惜しむ者と思し召し、かやうに承り候ふか。ただ召し具せられ候へ。ゆゆしき[16]御用にこそ立ち申さずとも、心ざしばかりの御供」

と申しければ、十郎聞きて、

「各が思ひよる所、まことに神[17]妙なり。かやうなる者共を、世[18]になければ、恩[19]をもせで、離れん事こそ無念なれ。憂き世の中、何事も思ふやうならば、いかで叶はぬ事あらん。師君[20]は三世の縁あり。来世にてこの恩をば報ずべし。ただこの形見どもを悉く曽我へ届けたらんは、最後の供に勝りなん。狩場に事出で来ぬと聞こえなば、

143 祐成と時致、それぞれ曽我へ手紙を書く。

9 兄弟の姉婿、二宮太郎朝忠。131頁注15参照。
10 弓を射るときに、手指が痛まないように用いる革製の手袋。
11 子守。
12 古活字本他「次第（しだひ）」。底本でも、346頁注43には「次第の形見」とある。ここでは、故人を思い出す材料の意の「偲び」と解した。
13 死出の山。290頁注8参照。
14 三途の川。290頁注6参照。
15 身分の低い人。
16 めざましいお役には立ちませんが。
17 感心である。
18 世に栄えている身ではないので。仕官している身ではないので。
19 これという手当を与えることもできず。
20 彰考館本、南葵文庫本に「主君」。285頁注25参照。

物思ふ子持ち給へる母の、我が子どもやらんと歎き給はんに、急ぎ参りて、この由かくと申すべし。今少しも疾く急げや」

とありければ、道三郎承つて、

「帰り候ふまじ。聞こし召せ。君をば乳[21]の内より、それがしこそ取り上げ奉りては候へ。されば、九夏三伏[22]の暑き日は、扇[23]の風を招き、玄冬素雪[24]の寒き夜は、衣を重ねて、膚を暖め参らせ、肝心[25]も尽くし育て、月とも星とも[26]明け暮れは、見上げ見下し[27]頼み奉り、御世にも出でさせ給ひ候はば、誰やの者にか劣るべきと、頼もしくも、愛おしくも思ひ奉り、今まで影形[28]のごとく付き添ひ参らせたる験[29]に、情けなくも『落ちよ』と承る。たとひ罷り帰りて候ふとも、千年万年を保ち候ふべきか。ただ御供に召し具せられ候へ」

とて、幼き子の親の後を慕ふごとくに、声も惜しまず泣き居たり。兄弟の人々も、心弱くぞ見えける。いかにもして帰すべきものをと、声を高くして、

「いかに未練なり。君臣の礼、もだし[30]がたけれども、心に従ふをもつて孝行とせり。

144 祐成と時致、従者道三郎と鬼王に、形見の品々を託す。

21 乳児の頃より。
22「九夏」は夏の九十日間、「三伏」は、夏至の後の第三庚の日を初伏、以後十日めごとに、中伏、末伏という三つの伏日で、一年のうちで、もっとも暑い時節をいう。
23 扇で風を起こし。
24「玄」は黒の意。五行説で冬にあてる。「素」は白の意。冬と雪。雪の降る冬。また、冬のきわめて寒いこと。
25 心。魂。
26 非常に頼みにすることの喩え。
27 成長したさまを確かめるために、見上げたり見下ろしたりする様子。
28 そのものの姿・形。
29 あるはたらきかけに対して現われる結果。報い。
30 そのままにしておくわけにはいかないが。

その上、つゐに添ひ果つまじき身なれば、名残の惜しき事、尽くべきにあらず。急ぎ出で候へ」

とて、荒らかにこそ宣ひけれ。鬼王居直り、畏まつて申しけるは、

「それがしも、母の胎内を出で、[31]竹馬に鞭を当てしより、君に付き添ひ申し、成人の今に至るまで、[32]片時も離れ奉る事なし。その験にや、『落ちよ』との仰せこそ、まことに御恨めしくは候へ。捨てられ参らせて後、[33]何にかかりて、片時の長らへもあるべき。憂き身の果てこそ悲しけれ」

と、さめざめと泣き居たり。まことに心ざし深く、馴染みの久しければ、互ひに語り給へば、憂きにつけても、夜や明け、日や暮れん。

「すでに明け方近くなるものを。急げや、汝等、早くも行け」

と、重ね重ね責めければ、二人の者共言ひかねて、

「御供申すべき命、いづくも同じ事よ。住み果つべきつゐの住処、[34]後れ先立つ道芝の、変はらぬ露の濡れ衣、払ひて御供申さん」

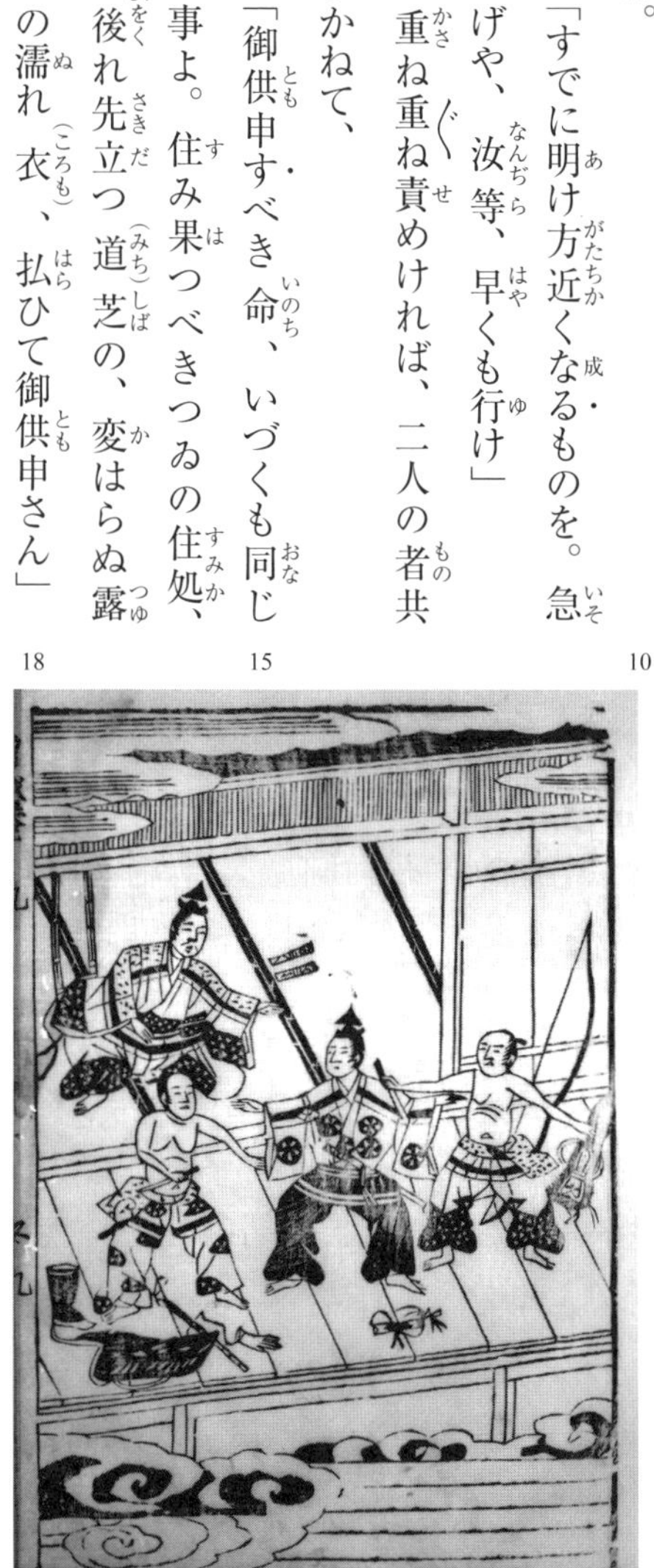

145 同道を許されず自害しようとする道三郎と鬼王。止める時致。

31 竹馬に乗って遊んだ幼い頃から。「竹馬」は、古くは、葉のついた笹竹を適当な長さに切りとって、その元の方に手綱のようにひもをつけて馬に見たててまたがって遊ぶものだった。
32 少しの間も離れることがなかった。
33 何を頼ってしばらくも生きながらえていられようか。
34 どちらにしても遅れるか先立つかという道ならば、私どもが先立ってお供しましょう。「道芝」は道ばたに生えている芝草のことだが、転じて道の案内をすること。露の縁語。太山寺本や彰考館本は「道のしるべ」。

とて、二人が袖[35]を引き違へ、すでに刀を抜かんとす。時致、はやくも座敷を立ち、二人が間に押し入りて、涙とともに言ひけるは、

「まことに汝等が心ざしは切なり。しかりとはいへども、我々、これ程[36]様を変へ制するを聞かで、[37]狼藉をいたすものならば、[38]浅間大菩薩も御照覧候へ、未来[39]永劫[40]不孝すべし。我等に命を捨つると言ふとも、故郷へ形見を届けずは、永く心ざし[41]に受くべからず。この上は、制するに及ばず」

と、荒らかにこそ叱りけれ。[42]飽かぬは君の仰せなり。[43]次第の形見を賜つて、曽我へとてこそ帰りけれ。互ひの心のうち、さこそは悲しからめと、思ひやられて哀れなり。145 146

悉達太子の事

かくて、鬼王・道三郎は、次第の形見賜り、泣く泣く曽我へぞ帰りける。これや、[1]悉達太子の、十九にて菩提の心ざしを起こし、[2]檀特山に入り給ひしに、[3]車匿舎人、[4]犍陟駒を賜り、王宮へ帰り

146 形見を預かり、富士野をあとにする道三郎と鬼王。

35 互いに袖を引き合い交わらせて。
36 十行古活字本「篇目をたてて」、十一行古活字本「様々に」。「様を変ふ」は、普通出家することなどをいうが、ここでは様子や態度を変えて、の意。
37 乱暴なこと。
38 誓いを立てることば。「浅間大菩薩」は静岡県富士宮市宮町にある浅間神社（富士山本宮浅間大社）。
39 非常に長い年月。
40 不孝者として勘当すること。もともと親子の間に用いられたが、転じて主従についていう。
41 志として受け入れられない。
42 主君の仰せはいかなるものであっても受け入れねばならないの意。
43 家来が主人から、順々に受け取る形見の品。

悉達太子の事
1 釈迦の出家前の名。
2 北インドの犍駄羅国（ガンダーラ地方）にあるとされる山。弾多落迦山。
3 釈迦が出家のため王城を去ったとき、御者として従い、後に出家した人の名。
4 太子が王宮を去って出家した時に乗った馬の名。「金泥駒」とも書く。

し思ひ、今さら思ひ知られたり。[5]鞍の上空しき駒の口を引き、故郷へとは急げども、心は後にぞ留まりける。五月雨の雲間も知らぬ夕暮に、いづくをそことも知らねども、そなたばかりを顧みて、涙と共に歩みけり。心のうちぞ無慙なる。

兄弟、出で立つ事

さても、この人々は、

「郎等共は[1]こしらへ返しぬ。今は思ひ置く事なし。いざや、最後の[2]出で立ちせん」

「しかるべし」

とて、十郎がその夜の出で立ちには、白き[3]帷子の腋深くかきたるに、[4]群千鳥の直垂の袖を結びて肩に掛け、[5]一寸斑の[6]烏帽子懸を強くかけ、[7]黒鞘巻・[8]赤銅作りの太刀をぞ持ちたる。同じく五郎が装束には、袷の小袖の腋深くかきたるを、狩場の用意にやしたりけん、[9]唐貲布の直垂に、蝶を二つ三つ所々に描きたるに、紺地の袴の[10]括りゆるらかに寄せさせ、袖をば結びて肩に掛け、[11]平文の烏帽子懸を強くかけ、[12]赤木の柄の刀を差し、源氏重代の[13]友切肩に打ちかけ、まことに進める姿、[14]ふきうが昔とも言ひつべし。頼もしとも余りあり。

十郎、松明振り上げて、

「こなたへ向き候へや、時致。飽かぬ顔ばせ見ん」

と言ふ。五郎聞きて、敵にあひ、刹那の隙もあるまじければ、これこそ最後の見参のた

---

5 主人（兄弟）を乗せない馬。

兄弟、出で立つ事

1 なだめすかし。
2 身ごしらえ。身じたく。
3 裏を付けない衣服の脇の下を縫い合わせずに広く開けて、活動しやすいようにしてあるもの。
4 千鳥の群がった模様。
5 一寸ごとに斑に染めた模様。
6 烏帽子の上からかける紐。
7 黒鞘巻の短刀と赤銅作りの太刀ということ。黒鞘巻の短刀は、箱根の別当から与えられた「微塵」（298頁注8参照）。
8 十郎の太刀は「奥州丸」。387頁に詳しい。
9 唐綾の目の粗い麻布。
10 裾口の括りをゆったりと結び。
11 彩色による色替わりの組み合わせ文様。
12 かつて祐経から与えられた短刀。137頁注39参照。
13 箱根の別当から与えられた太刀。300頁注32参照。
14 古活字本同。万法寺本「むきしかむかし」。未詳。

めなるべし、まことに、祐成を兄と見奉らんも、今ばかりと思ひければ、兄が顔をつく〲とまぼりけり。[15] 十郎も又、弟を見んも、これを限りと思ひければ、松明差し上げ、つく〲見、涙ぐみけり。互ひの心のうち、推し量られて哀れなり。

「今はこれまで候ふ。御急ぎ候へ」

とて、五郎、先に進みけるを、十郎、袖を控へて、

「女、数多あるべきぞ。太刀の振り廻し、心得候へ。罪作りに手ばしかくるな。[16] [17]後日の沙汰も憚り有り」

と言ひければ、

「[18]左右にや及び給ふ」

とて、足早にこそ急ぎけれ。

屋形〱の前にて咎められし事

ここに、[1]座間と[2]本間と、[3]屋形数十間、向かひ合ひてぞ打ちたりける。かの両人が郎等、篝を数多所に焚かせ、[4]木戸を結ひ重ね、辻を固め、通るべき様なかりけり。いかがせんと[5]休らふを見て、

「何者ぞ。これ程に夜更けて通るは。殊にその体、[6]事がましく出で立ちたり。怪しや。通すまじ」

とぞ咎めける。

15 見守った。
16 手をかけるな。殺したりするな。
17 のちの評判。
18 とやかくおっしゃるまでもない。

屋形屋形の前にて咎められし事

1 309頁注41参照。
2 309頁注42参照。
3 古活字本同。太山寺本「向かいたる屋形の前を通りける」。
4 出入り口の門を幾重にも構え。
5 立ち止まる。
6 事ありげに装っている。

「苦しからぬ者なり。これも用心の形、人[7]をこそ咎むべけれ」

「いや、誰[8]にてもましませ、五[9]つ打ちて後、かなふべからずとの御掟なり。通すまじき」

とぞ支[10]へける。十郎打ち向かひて、

「御咎めあるまじき者なり。これは土[11]屋殿より愛[12]甲殿への御使ひなり。通し給へ」

と言ひければ、

「さらば通せ」

と許しけり。ここをば過ぎぬれど、未だ幾つの木戸、幾重の関、警固をか通るべき。事むつかしき折節かなと、足早に行きけるに、千[13]葉介が屋形の前をぞ通りける。ここにも、木戸を厳く閉てて、番[14]装束の警固の者数十人、これも篝を焚きてぞ固めける。

「何者なれば、これ程夜更けて通るらん。遣[15]るまじき」

とぞ咎める。五郎打ち寄りて、

「御[16]内方の者なり。苦しからず」

とて、打ち寄り、木戸を押し開く。

「押[17]さへて通るは様あり。我等が知らぬ人あるまじ。御内方とは誰なるらん。名字を名乗れ」

とぞ咎める。

「我等は、名字もなき者なり。通し給へ」

7 人を見て咎めるべきですよ。
8 誰であっても。
9 いつつどき。午後八時頃をさす。午後八時以降に通行してはならない。
10 さまたげた。
11 20頁注7参照。
12 180頁注21参照。
13 千葉常胤。85頁注11参照。
14 番人の着る装束。武具・甲冑など、木戸や門を番する者がつける装束。
15 通さないぞ。
16 御家来衆。
17 無理に通ろうとするのは、何かわけがあるのであろう。

18 どうして通れようか。
19 憚らずものを言うさま。
20 差し支えないから。
21 怒りのあまり、自暴自棄になって言うことば。
22 333頁注62参照。「庁北」は底本「長北」。
23 数々の悪口。
24 勝った勢いに乗じて。
25 だからこそ。

と言ひければ、

「御内方へとは、虚言なり。[18]やはか通る」

と[19]広言して、木戸を荒くぞ押し閉てたる。五郎は、木戸を閉てられて、大きに怒つて言ひけるは、

「[20]苦しからねば通るなり。[21]苦しき者の振る舞ひを見よ。これこそ、さる所へ強盗に入る者よ。止めんと思はん奴原は、組み止めよ。手にはかけまじきものを」

と言ひければ、番の者共、これを聞き、

「夜番の兵士は何の用ぞや。かやうの狼藉静めんためなり。討ち止めよ」

と追つ掛けたり。五郎も、

「心得たりや、ことごとし。かかりてみよ」

と言ふままに、太刀取り直し、待ちかけたり。十郎、少しも騒がず、しづしづと立ち帰り、

「これは、さらに苦しからぬ者にて候ふ。[22]庁南殿より庁北殿へ、大事の御物の具の候ふを、取りに参り候ふが、夜深に候ふ間、人を連れて候へば、若き者にて、酒に酔ひ候ひて、[23]雑言申し候ふ。ただそれがしに御免候へ」

と、
打ち笑ひてぞ言ひたりける。御免と言ふに、[24]勝つに乗り、

「[25]さればこそとよ、不審なり。その儀ならば、事易し。庁南殿へ尋ね申すべし。その程待ち給へ」

とぞ怒りける。十郎聞きて、かかる勝事[26]こそなけれ、さりながらも陳じて[27]みんと思ひければ、この者共、怒りけるその中へ、なが〳〵と立ち交はり、

「御分たち、我々をば見知り給はずや。庁南殿の御内に、弥源次・弥源太とて、兄弟の厩の者なり。いつぞや、宇都宮殿[28]、北山[29]への御出での時、見参に入りたりしをば、忘れ給ひ候ふや」

と言ふ。その中に、大人しき[30]雑色[31]歩み出でて、十郎が顔をつく〴〵とまぼりけり[32]。祐成、彼奴は強し[33]と思へば、松明少し脇へまはし、眼を少しすがめて[34]ゐたりけり。この者共、よく〳〵まぼりて、

「まことに思ひ出だしたり。片瀬[35]より関戸[36]へ御帰りに、参り合ひたるやうにおぼゆるぞや」。

十郎、事こそよけれと思ひければ、

「さぞとよ、殿原、その時の酒盛には、座敷の一の狂ひ人[37]ぞかし。忘れ給ふか」

と言ひければ、147 148

「げに、その人にてまし〳〵けり。殿は、人をば宣へども[38]、仁王舞[39]

26 大変なこと。困ったこと。
27 弁明してみよう。
28 117頁注17参照。
29 古活字本同。太山寺本・彰考館本に「を（お）やま」とあり、栃木県小山市か。
30 年かさで物わかりのよさそうな。
31 雑役を勤める下僕。
32 見守った。
33 手強いぞ。
34 片目を細くする。
35 現神奈川県藤沢市南部。
36 現東京都多摩市内。多摩川を渡る渡し場がある鎌倉街道の要地。
37 座敷で一番騒ぎまわる人。
38 人のことをおっしゃるけれども。
39 力士舞と同じで、金剛力士に仮装して舞う舞のことか。

147 祐成と時致、屋形を出発。互いの顔の見納めをする。

をばし給はぬか」。

側なりける男が、

「これ程の知音[40]にてましますや。御使ひなるに、急ぎ通し給へ」

と言ふ。

「あはれ、濁り酒一桶あらば、いかなる御使ひなりとも、得手[41]の仁王舞を所望申さぬか。一番見たし」

とこそ言ひければ、十郎聞きて、

「同じ心[42]にて候ふ。さりながら[43]、後日に参り会はん」

とて、よそ目にかけて[44]ぞ通りける。この者共打ち寄りて、

「過りけん。通り給へや、人々」

とて、木戸を開きて押し出だす。兄弟の人々は、鰐の口を逃れたる[45]心地して、十郎言ひけるは、

「かやうの所にては、いかにも、降を請う[46]べきに、御分の雑言心得ず。孔子の言葉をば聞き給わずや。『事を見ては、勇む事なかれ。大事の前に小事なし』[47]とこそ見え候へ。身ながらも[48]、よくこそ陳じぬれ。これや、富楼那[49]の弁舌にて波斯匿王[50]の憤り

148 屋形の前で見咎められ、時致は太刀に手をかける。

40 知己。親友。
41 得意。
42 同感です。
43 底本「去ながら」。
44 よそ見をしながら。
45 きわめて危険なところをのがれる、危地を脱する意のことわざ。『義経記』七・平泉寺御見物の事にも見える。
46 下手に出て謝らねばならないところを。
47 『貞観政要』一・政体第二に「凡大事皆起二於小事一、小事不レ論、大事又将レ不レ可レ救」とあり、『明文抄』五・雑事部に引かれる。ただし、孔子のことばには見えない。大事を前にしては、小事にかまっていられないの意。
48 我ながら。
49 釈迦の十大弟子の一人。弁舌第一と称された。
50 紀元前五〇〇年頃の中インドの舎衛国王。釈尊に帰依し、仏教を保護した。

を止めけるも、今に知られたり」

とぞ申し合ひける。

[1]波斯匿王の事

そもそも、富楼那の弁舌にて[2]匿王の怒りを止めける由来を尋ぬるに、昔、釈尊、[3]霊山にて法を説き給ひしに、波斯匿王、[4]聞法結縁のために参らせられたり。富楼那尊者と申すは、弁舌第一の仏弟子にてましましけり。しかれども、匿王の臣下の子なり。教法に心を[5]染めて、匿王の方をだに見やり給はざりけり。匿王、怒りをなして曰く、

「さても、尊者は、自ら仏前にありつるを、つゐにそれとだにも見られざりつる奇怪さよ。この度、参らん時は、[6]その色見すべし」

とて、[7]高臣数あひ具し、[8]怨敵を含みて参られける時、富楼那尊者は、路中にて行き会ひ給ひ、

「いかに尊者、いづくへ」

と宣ふ。尊者聞き給ひて、事の外[9]恭敬して、

「過ぎにし仏の御説法の時、君参り給ひしかども、[10]法門歓喜の砌、身を忘れ、他を知らざりし事なれば、その礼さらになかりしなり。匿王は、未だ[11]真俗残り、[12]是非に携はり給ひき。それ又理なきにあらず。御憤り、[13]もだしがたし。王宮よりの御[14]たくみ、さぞと知られて、急ぎ参りたり。まことに[15]この理、弁へ給ふにや。[16]真如、[17]禅定の時は、[18]無二亦無三と説かれてこそ候へ。さるにをきて、自もなく他もなく、[19]法界平等なり。何者かありて、邪とも又正とも隔てん。[20]万法一如にし

波斯匿王の事

1この話は真名本・太山寺本・彰考館本にはない。2古活字本同。「波斯匿王」の「波斯匿」は、サンスクリット語の「Prasenajit」の音訳であるので分割はできないはずだが、「はし-の-く」のように「の」を読み添えの助詞と解して「く-わう」としたものと考えられる。よって「匿王」と宛てるのは適切ではないが、読みやすさのために「匿王」とする（以下同じ）。万法寺本や南葵文庫本は、「わう（王）」「のくわう」「の、わう」等とする。3霊鷲山の略。古代インドのマガダ国の首都、王舎城の東北にあった山。釈迦が法華経や無量寿経などを説いた所として著名。4底本「き、ほうけちゑん」を改めた。古活字本同。万法寺本の「もんぽうけちゑん」が正しい。仏法の聴聞をして、仏道と縁を結ぶこと。5深く心を寄せて。6怒っている様子。7高位、重職にある家臣。おもだった臣下。8恨みの気持ち。9謹み敬って。10諸本同。「聞法歓喜」が正しい。仏法を聴聞して心から喜ぶこと。11古活字本同。万法寺本「しんぞくのこり」。従うべきか。「真俗」は仏の教えと世俗の教え。12是非の差別にとらわれなさった。13そのままにしておけない。14たくらみ。計略。15真如の理。16一切存在の真実のすがた。事物の本来のあり方。17心を統一して静かに対象を観察し、思索して真理を悟ること。18ただ一つで、他には類のないこと。無二無三。唯一無二。19一切の存在はその本

て、[21]阿字本不生の観をなし給へ」
と示し給ひければ、匿王、なをしも邪に入りて、
「自らが言葉いたづらになりて、無礼に等しく候ふべきにや」。
いよ〳〵怒りを高くして、尊者の理に[22]受け候はず。これひとへに[23]驕慢瞋恚の[24]外道と、あさましくこそおぼ
えけれ。その時、富楼那、
『[25]にやくいしきたんが、いをんしむしやうくが、かやうの人は、まさに邪道を行じて、如来を見る事
かなふべからず』とこそ説かれて候へ。色に耽る、言葉に尋ねんは、[26]無縄自縛、[27]かん〳〵と見え
たるをや」。
匿王、猶[28]承つて、
「その縄は誰が出だしける」
「その心にかへりて尋ね給へど、外にはなし」
と宣ひける所に、匿王、[29]一理を受けて、恭敬礼拝して、[30]仏果に成じ給ふ。すなはち、尊者引き具し、霊
山に参り給ふ。
「げにや、[31]本文に、『私の心ざしを忘れ、誠の恭敬によつて、波斯匿王も、[32]方
便の教化によれる。返す返す私なし』とこそ示されてこそ候へ。但し、梶原と
言ふ曲者の屋形の前、いかがすべき。我等を見知りたる者なり。されども、帰る
べき道にもあらず。浮沈、ここに窮まれり。運に任せよ」
とて通る。案のごとく、[33]辻固めの兵数十人、[34]長道具立て並べ、誠に厳しく見えた

質上、平等で差別がないこと。20万法(精神的なすべての存在)は、帰する所は真如(万物に備わる永久不変の真理)と同体であるということ。21阿の字はすべての文字の始めであるとみて、これに「本」の義・「不生」の義があるとし、ここから阿字は、一切が不生不滅すなわち空であるという真理を表わすとして、これを阿字本不生といったもの。286頁注50参照。22古活字本同。万法寺本「うけこはす」、南葵文庫本「うけたまはす」。23驕りたかぶり怒りうらむこと。24仏教以外の宗教を信奉する者。25『金剛般若波羅蜜経』に、「若以ㇾ色見ㇾ我、以二音声一求ㇾ我、是人行二邪道一、不ㇾ能ㇾ見二如来一」とある。形や声によって私(仏)を求める者は、よこしまな道を修める者であって仏に出会うことは出来ないの意。26縄もないのに、みずからわが身をしばること。迷者は迷いに、悟者はさとりにとらわれて、自由になることのできない状態をいう。27古活字本同。万法寺本「かん」、南葵文庫本「春」。「かん」は「看」か。28古活字本「うけ給はて」。万法寺本・南葵文庫本「うけこはて」。文脈としては「聞き入れずに」などとあるべき。29一つの道理を認めて。30仏道修行の結果として得られる、成仏という結果。31古活字本同。万法寺本・南葵文庫本は「ほうもん」。「本文」は典拠となる文書。32衆生を教え導く手段。33警固のために道筋や辻々におく武士。34古活字本「長具足」。武器のうちで槍、薙刀、大太刀、鎌、

刺股など長柄のもの。

35 伊豆山権現と箱根権現。

36 急の出来事に驚いたときなどに発する語。それ。

祐経、屋形を替へし事

1 真名本では、祐経が屋形を替える設定はない。

2 底本「助経」。

り。せん方なくして、

「南無二所[35]権現、助け給へ」

と念じて、知らぬ様にて通りけり。されば、神慮の御助けにや、咎むる者もなかりけり。

「すはや[36]、よきぞ」

と囁きて、足早にこそ通りけれ。ただ事ならずとぞ見えける。

祐経[1]、屋形を替へし事

すでに祐経[2]が屋形近くなりて、

「ここぞ」

と言へば、打ち頷き、すでに屋形へ入らんとしける時、十郎、弟が袖を控へ、

「我々、敵に打ち合ひなば、刹那の隙もあるまじ。今こそ最後の際なれ。心静かに念仏せよ」

と言ひければ、

「しかるべし」

とて、兄弟、西に向かひて手を

149 工藤祐経の屋形をめざす祐成と時致。

合はせ、

「臨命終[3]の仏たち、親のために回向[4]する。迎へ取り給へ」

と祈念して、屋形の内へぞ入りにける。されども、王藤内[5]が申す様に従い、祐経[6]、思はぬ所に屋形を替へたりければ、ただ空しく土器踏み散らして、人一人もなかりけり。149 150 これはいかにと、松明振り上げ見れば、屋形も同じ屋形、座敷も宵の所なり。人は多く伏したれども、昼の狩場に疲れ、酒に酔ひ伏しければ、誰そと咎むる者もなし。この人々は、力なく屋形を立ち出でて、天に仰ぎ、地に伏し、悲しみけるぞ理なる。

「敵に縁なき者を尋ぬるに、我等には過ぎじ。今宵はさりともと思ひしに、[7]あましぬるこそ口惜しけれ。[8]かやうにあるべしと知るならば、曽我へ人は返すまじきものを。さなきだに[9]、世間に披露せられんこそ悲しけれ。自害して失せなん」

とて、立ちたりけり。

祐経討ちし事[1]

150 兄弟、工藤祐経の屋形へ侵入するも、祐経はいない。

3 念仏行者の死に臨んで現れるという阿弥陀仏や諸菩薩。
4 古活字本は「回向する命、諸尊も知り給はん。安楽世界に迎へ給へ」(諸本類同)とある。誤脱か。
5 曽我兄弟を侮ってはならないと忠告したことをさす。331頁参照。
6 底本「助経」。
7 どんなことがあってもきっと敵を討つぞ。
8 とり逃した。
9 そうでなくてさえ。ただでさえ。

祐経討ちし事
1 『吾妻鏡』建久四年(一一九三)五月二十八日条に、「小雨降、日中以後霽。子剋、故伊東次郎祐親法師孫子、曽我十郎祐成・同五郎時宗、致推参于富士野神野御旅館、殺戮工藤左衛

さる程に、兄弟の人々は、敵は討ち漏らしつ。呆れて立ちたる所に、[2]秩父殿の御内なる、[3]本田次郎親経、[4]小具足差し固め、夜回りの番なりしが、庭上、

「今宵もあましけるよ」

と、小声に言ふ音しけり。いか様、伊豆・駿河の盗賊の奴原にてあるらん、打ち止め、高名せんと思ひ、[5]太刀の鍔元、一二三寸すかし、足早に歩み寄りけるが、心をかへて思ふやう、[6]一定、曽我の殿原の、日頃の本意を遂げんとて、夜昼つけめぐりつるが、さやうの人にてもやと、障子の隙より、忍びて見れば、[7]案にも違はず、兄弟は、敵の替へたる屋形を知らで、呆れてこそはゐたりけれ。労しく思ひ、左衛門尉が伏したる屋形の[8]妻戸を、秘かに押し開き、何とも物をば言はずして、扇を出だして招きたり。五郎、この由きつと見て、本田が我等を招くは、様こそあれと思ひ、松明脇に[9]引き側め、広縁につと上がり、

「何事ぞや、本田殿」

と囁けば、本田、小声になりて、

「[10]夜陰の名字は詮なし。[11]波に揺らるる沖つ舟、[12]しるべの山はこなたぞ」

と、言ひ捨ててこそ忍びけれ。

「[13]そことも知らぬ夜の波、風をたよりの湊入り、心あるよ」

と戯れて、屋形の内へぞ入りにける。

兄弟ともに立ち添ひて、松明振り上げ、よく見れば、本田が教へに違はず、敵は

門尉祐経」」とある。
2 畠山重忠をさす。84頁注7参照。
3 332頁注21参照。
4 甲冑の付属具。籠手、臑当、佩楯、面具の類の総称。
5 刀の鍔際をゆるくし、すぐに刀を抜き放てるようにして身構えるさまをいう。
6 きっと。確かに。
7 思った通りに。
8 家の端の方にある両開きの板戸。
9 手もとに引き寄せて。
10 夜中に名字を呼ぶのは無意味である。
11 困惑している兄弟の心情を喩える。
12 めざす祐経の居所はこちらだ。
13「夜の波」は、底本「よるなみ」。他本により「の」を補った。どこともわからぬ夜の波の上で、それとなく知らせてくれた風をたよりにして、めざす湊へ入ることができたのは、深い親切心があればこそです。波・風・湊は船の縁語。

ここにぞ伏したりける。二人が目と目を見合はせ、辺りを見れば、人もなし。左衛門尉は、手越の少将と伏したり。王藤内は、畳少し[14]引き退けて、亀鶴とこそ伏しにけれ。十郎、敵を見つけて、弟に言ひけるは、

「わ殿は、王藤内を斬れ。[15]祐経をば、[16]祐成に任せよ」

とこそ言ひける。[17]時致聞きて、

「[18]愚かなる御言葉かな。我々幼少より仏神に祈りし事は、王藤内を討たんためか。この者は逃げば逃がすべし。[19]立て合はば斬るべし。祐経をこそ、千太刀も百太刀も、心のまゝに斬るべけれ。はや斬り給へ。斬らん」

とて、勇みかかりて立ちたりけり。果報めでたき祐経も、[20]無明の酒に酔ひぬれば、敵の入るをも知らずして、前後も知らでぞ伏したりける。二人の君共[21]をば、衣に押し巻き、畳より押し下ろし、

「己、声立つな」

と言ひて、松明側に差し置き、十郎、枕にまはりければ、五郎は跡にぞめぐりける。二人の君共、初めより知りたりけれども、あまりの恐ろしさに、音もせず。兄弟の人々は、祐経を中に置きて、各々目と目を見合はせ、打ち頷きて喜びけるぞ哀れなる。

「[22]三千年に一度、花咲き実なる西王母が園の桃、[23]優曇華よりも珍しや。優曇華をば、拝みて手折ると言ふなれば、それに喩ふる敵なれば、拝みて斬れや。斬

14 引き離して。
15 底本「助経」。
16 底本「助成」。
17 底本「時宗」。
18 ばかげた。（弟のことを）疎かにしたお言葉であるよ。
19 たてつく。抵抗する。
20 人の心を惑わす酒。
21 遊女たち。
22 西王母が漢の武帝に献じた桃は、三千年に一度花が咲き実がなるものという伝説から、珍しく得がたいものの喩え。
23 クワ科のイチジク属の一種で、花は小形で壺状の花托に包まれ、外からは見えない。仏教では、花が人の目に触れないため、咲いたときを瑞兆とみ、経典には三千年に一度咲くと伝える。きわめて稀なことの喩えに用いる。

れ」

とて、二人が太刀を左衛門尉に当てては引き、引きては当て、七八度こそ当てにけれ。ややありて、時致、この年月の思ひ、ただ一太刀にと思ひつる気色あらはれたり。十郎、これを見て、

「待てしばし。寝入りたる者を斬るは、死人を斬るに同じ。起こさんものを」

とて、太刀の切つ先を、[24]祐経が[25]心もとに差し当て、

「いかに左衛門殿、昼見参に入りつる曽我の者共参りたり。我等程の敵を持ちながら、何とて打ち解け伏し給ふぞ。起きよや、左衛門殿」

と起こされて、祐経も[26]よかりけり、

「心得たり。何程の事あるべき」

と言ひも果てず、[27]起きさまに、枕本に立てたる太刀を取らんとする所を、

「[28]優しき敵の振る舞ひかな。起こしは立てじ」

と言ふままに、左手の肩より右手の脇の下、[29]板敷迄も通れとこそは斬り付けけれ。五郎も、

「[30]得たりや、あふ」

24 底本「助経」。
25 胸元。
26 立派なもので。
27 起きるとともに。
28 殊勝なる敵の。
29 床板。
30 相手をうまく仕留めたときや、自分に好都合なときなどに勇んで発することば。

151 祐成と時致、工藤祐経を討ち果たす。下方に二人の遊女。

と罵り[31]て、腰[32]の上手を差し上げて、畳・板敷斬り通し、下持[33]までぞ打ち入れたる。理なるかな、源氏重代友切[34]、何物か堪るべき。当たる[35]に続く所なし。

「我幼少より願ひしも、これぞかし。妄念[36]払へや、時致[37]。忘れよや、五郎」

とて、心[38]のゆく〳〵、三太刀づゝこそ斬りたりけれ。無慙なりし有様なり。[151][152]

王藤内を討ちし事

かくて、後に伏したる王藤内[1]、寝怯[2]れて、

「詮[3]なき殿原の夜中の戯れかな。過ちし給ふな。人違ひし給ふな。人々をば見知りたり。後日に争ふな」

とは言ひけれども、刀をだにも取らずして、高這[4]ひにしてぞ逃げたりける。十郎追つかけて、

「昼の言葉には似ざるものかな。いづくまで逃ぐるぞ。あますまじ[5]」

[152] 祐経と時致、逃げる王藤内を斬り伏せる。

31 大声をあげて。
32 古活字本同。太山寺本や彰考館本に「腰の上手を差し上げて胴中を」とあり、腰の上部から体の真ん中にかけて。祐成の太刀筋「弓手の肩より馬手の脇の下」に対応する表現。
33 床板の横木を支える渡し木。根太掛。
34 300頁注32参照。
35 刀に触れるとすべて断ち切れたの意。
36 迷いの心から起こる執念。
37 底本「時宗」。
38 気の済むまで。

王藤内を討ちし事
1 325頁注7参照。
2 寝ぼけて。
3 かいのない。
4 尻を高く上げて這う様子。
5 逃がすまいぞ。

とて、左の肩より右の乳の下かけて、二つに斬つて押し退けたり。五郎走り寄り、左右の[6]高股二つに斬りて押し退けたり。四十余りの男なりしが、時の間に、[7]四つになりてぞ失せにける。逃げば逃がすべかりしものを、[8]かい伏しては逃げずして、[9]なまじひなる言葉言ひて、四つになるこそ無慙なれ。五郎、王藤内が果てを見て、一首とりあへず詠みたり。

[10]馬は吠え牛は嘶くさかさまに四十の男四つになりけり

十郎聞きて、

「よく仕りたり。一期詠じても、これ程こそ詠み候はんずれ。秀歌におひては、時致、集にも召されなん。思ふ本意をば遂げぬ。今は憚る事なし」

と、高声に言ひ散らし、どつと笑ひて出でにけり。

祐経に止めを刺す事

さても兄弟は、敵は心のままに討ちて、門より外に出でけるが、十郎言ひけるは、

「祐経に[1]止めを刺しけるか。止めは、敵を討つての法なり。[2]実検の時、止めのなきは、敵討ちたるに入らず」

「さらば、止めをさし候はん」

とて、五郎立ち帰り、刀を抜き、取つておさへ、

「御辺の手より賜つて候ふ刀ぞかし。ただ今返しぬるぞ。確かに受け取り給へ。取

---

6 股の上の方。大腿の上部。
7 祐成によって上半身を二つに、時致によって脚二本を断ち切られて、四つになったのである。
8 体を低くしてすぐに逃げずに。
9 言わなくてもよいことを言って。
10 馬はいななかずに吠え、牛は吠えずにいなくような逆さまの世の中で、四十の男がたちまち四つになったことだ。動物・畜生をあらわす「四つ足」からの連想で、死者に対してことさら侮辱的な表現をして、さらにそれを笑い飛ばす兄弟のやりとりには、何か別の意図を読み取るべきかもしれない。

祐経に止めを刺す事

1 人を殺すとき、その喉を刺して息の根をとどめ、死を確実にすること。真名本では「喉留」の字をあてる。
2 ある物事を本当かどうか調べ確かめること。首実検をいうことが多い。

らずと論じ給ふな」

とて、柄も拳も通れ通れと刺す程に、あまりにしげく刺しければ、口と耳と一つになりにけり。さてこそ、後に人の申しけるは、

「宵に悪口せられしその妬[3]に、わざと[4]口を裂かるる」

とぞ申しける。

「幼少より、敵を見んと、箱根に祈誓申し、御前にて祐経[5]を見初むるのみならず、一腰の刀を得たり。今止めを刺したる刀、これなり。権現の御恵み」

とて感じける。さすがに離れぬ一門の中、哀れとや思ひけん、

「我、過去の宿業[6]と言ひながら、一念の瞋恚[7]により、敵御方とは隔たるなり。懺愧懺悔[8]の力により、六根[9]の罪障を消滅し、因果の輪廻[10]をただ今尽くし果てて、一念[11]の菩提心誤り給はで、一つ[12]蓮の縁となし給へ。阿弥陀仏」

と回向[13]して、屋形をこそは[153][154]出でたりけれ。

十郎は、庭上に立ちて、五郎を待ち得て言ひけるは、

「我々名乗りて、人々に知られん」

「もつとも」

とて、大音声にて罵りけり。

「遠からん人は音にも聞け。近からん者は目にも見よ。伊豆国の住人伊東次郎祐親が孫、曽我十郎祐成、同じく五郎時致とて、兄弟の者共、君の屋形の前に

3「妬し」の転で、根に持つこと、恨みに思うこと。
4 ことさら。故意に。
5 祐経と対面し、刀を授かったことは、137頁参照。
6 前世の報い。
7 ひたすらに人を憎み怒ること。
8 仏の前で、今までの自分のことをいろいろと反省し、その罪を告白して、心を改めること。
9「六根」は、心的作用にはたらく六つの器官で、眼根・耳根・鼻根・舌根・身根・意根の六つ。六根によって生じた罪業のさわり。『太平記』十八・比叡山開闢事に、「既是慚愧懺悔の教主たり。六根罪障の我等、何ぞ之を仰ぎ奉ざらんや」とある。
10 因果の道理によって敵味方となった巡り合わせを、たった今終えて。
11 ひたすらに悟りを求めて修行しようとする心。
12 阿弥陀の浄土へともに導かれる機縁。
13 死者の冥福を祈ること。

て、親の敵、一家の工藤左衛門尉祐経を討ち取り、罷り出づる。我と思はん人々〳〵は、打ち止め、高名せよ」

と言へども、昼の狩座に疲れければ、音もせず。小柴垣のもとに躍り寄り、なを声を上げて呼ばはりけれども、東西南北に音もせず。[14]三浦の屋形には、かねてより知りたれば、わざと出づる者もなし。[15]次の屋形に聞きつけて、[16]榛沢・あかさは・柏原をはじめとして、宗徒の者共、出でんとする所を、重忠聞き、

「あまりな騒ぎそ。[17]一定、曽我の人々が、本意を遂ぐるとおぼえたり。いかに嬉しく思ふらん。心静かに[18]よくさせよ。さらぬだに、若き者は、心騒ぎて、し損ずる事ありぬべし。静まり候へ」

とありければ、出づる者こそなかりけれ。兄弟の人々は、しばし休らひ、敵を待てどもなかりければ、十郎言ひけるは、

「いざや時致、[19]ひとまづ落ちて、今一度母に会ひ奉り、思ふ事をも語り申し、なを事延びば、髻切り、いかならん野の末、山の奥にも閉ぢ籠もり、[20]父の孝養をもせん。

14 和田義盛。85頁注9参照。
15 和田義盛の屋形の次に建てられていたのは、畠山重忠の屋形であった(333頁参照)。
16 古活字本同。万法寺本に「はんさいあかさかかし井はら」とあるのをはじめ、「榛沢」以外に異同が多い。いずれも畠山重忠の家来。「榛沢」は127頁注1参照。「あかさは」は「赤坂」か。「赤坂」「柏原」ともに現埼玉県入間市内。
17 底本「ぢやう」。他本により補う。間違いなく。きっと。
18 思うままにさせよ。
19 いったん、この場を逃げて。
20 懇ろに後世を弔うこと。

153 時致、かつて祐経から授かった刀で、祐経に止めを刺す。

それかなはずは、心静かに念仏申し、自害するまで」

と言ひければ、五郎聞き、あまりの憎さに[21]音もせず。ややありて、

「この仰せこそ、[22]条々しかるべしともおぼえず候へ。弓矢取る者の習ひには、かりそめにも一足も逃ぐるといふ事、口惜しき事にて候ふ。命の惜しき者こそ、入道をもし、山林に閉ぢ籠もり候はんずれ。幼少より思ひし事は遂ぐるなり。何事を思ひ残して落ち候ふべき。母に対面の事、[23]科をかけ奉るべきためか。[24]させる孝養報恩をこそ送らざらめ、科もなき母を痛められ、『子どもの行き方知らぬ事あらじ』とて責め問はれ、[25]禁獄・死罪にも行はれば、[26]我等がいたさずしてかなふまじ。なまじゐに逃げ隠れゐて、かしこここより[27]搦め出だされ、剰へ諸国の侍共に、『幾程の命惜しみて、曽我の者共が髻切り、乞食をす』と、[28]沙汰せられん事は恥づかし。その上、一旦隠れ得たりといふとも、[29]東は奥州外浜、西は鎮西鬼界島、南は紀伊の地熊野山、北は越後の荒海までも、[30]君の御息の及ばぬ所あるべからず。天に翔り、地に入らざらん程は、[31]一天四海の

154 祐成と時致、斬り死にを覚悟して名乗りを上げる。

21 返事もしない。
22 一つ一つの箇条。
23 罪を負わせ申し上げようとするためか。
24 これといった孝行や報恩もしていないのに。
25 獄中に拘禁することと死刑に処すること。
26 古活字本同。万法寺本に「われらいでずして」（南葵文庫本類同）とあり、母が拘束されたら我等が出頭せずにはいられまいの意となる。従うべきか。
27 縛られて引き出され。
28 噂される。
29 以下、鎌倉期の国家意識を境界地名で表す。79頁に類似表現が見られた。真名本に、「南は熊野の御山を限る、北は佐渡の嶋を限る、東は蝦蝎・津軽・蛮崘が嶋を限る、西は鬼海・高麗・硫黄が嶋を限る」とある。
30 真名本に、「鎌倉殿の御気の懸らざる処やは候」とある。
31 全世界の意。ただしここでは日本全国をさす。

内に、鎌倉殿の御権威、及ばざる事なし。ただ羅網[32]の鳥、釣りを含む魚のごとし。
真実の仰せともおぼえず。時致にをきては、向かふ敵あらば、太刀の目釘[33]堪へん程
は、命こそ限りなれ」
と申しければ、十郎聞きて、
「わ殿が心見んとてこそ言ひたれ。祐成が心も、かねてより知りぬらん。一足も引き
候ふまじき」
と語らひて、寄する敵を待ちかけたり。

十番斬りの事

さる程に、夜討ちの時、恐ろしさに声も立てざりし二人[1]の君共が、

「御所中に、狼藉[2]人ありて、祐経も討たれたり。王藤内も討たれたる」

と、声々にこそ呼ばはりければ、鎧・兜・弓矢・太刀、馬よ、鞍よと、犇めき慌つる
程に、具足一領に二三人取り付きて、引き合ふ者もあり、繋ぎ馬に乗りながら、打ち煽[3]

る者もあり。それがし、かれがしと罵る音は、ただ六種震動[4]にも劣らず。

ややありて、武者一人出で来て申しけるは、

「何者なれば、我が君の御前にて、かかる狼藉をばいたすぞ。名乗れ」

とぞ言ひける。十郎打ち向かひて、

「以前名乗りぬれば、さだめて聞きつらん。かく言ふ者は、いかなる者ぞ」

32 385頁注55参照。やってしまったことを後悔しても仕方がないことの喩え。「釣り」は古活字本同。万法寺本に「つりはり」。従うべきか。
33 刀身と柄を固定する釘。これが持ちこたえている間は。

十番斬りの事

1 手越の少将と黄瀬川の亀鶴。『吾妻鏡』建久四年（一一九三）五月二十八日条に、「爰祐経、王藤内等、所レ令二交会一之遊女、手越少将、黄瀬河之亀鶴等、則喚二此由一、祐成兄弟、討二父敵一之由、発二高声一、依レ之諸人騒動、雖レ不レ知二子細一、宿侍之輩、皆悉走出、雷雨撃レ鼓、暗夜失レ灯、殆迷二東西一之間、為二祐成等一、多以被レ疵、所謂平子野平右馬允、愛甲三郎、吉香小次郎、加藤太、海野小太郎、岡部弥三郎、原三郎、堀藤太、臼杵八郎、被二殺戮一、宇田五郎已下也」とある。
2 乱暴者。
3 鞭で打ち、鐙であおる。
4 大地が六通りに震動すること。仏が説法をする時の瑞相とする。すなわち、地面の動揺や隆起をいう動・起・涌と、そのとき起こる音をいう覚（または撃）・震・吼との六種。

「こ[155][156]れは、武蔵国の住人[5]大楽平右馬助」

と名乗る。祐成聞きて、

「[6]薫蕕は入る物を同じくせず、梟鸞は翼を交へず。我等に会ひて、[7]かやうの事は過分なり。これこそ、曽我の者共よ。敵討つて出づるぞ。止めよ」

と言ひて、追つかけたり。右馬助、言葉には似ず、[8]かいふつて逃げにけるが、[9]押付のはづれに、[10]胛かけて打ち込まれ、太刀を杖に突き引き退く。

二番に、これらが姉聟[11]横山党[12]愛甲三郎と名乗つて、押し寄せたり。五郎打ち向かひ、言ひけるは、

「[13]紫燕は柳樹の枝に戯れ、白鷺は蓼花の陰に遊ぶ。か様の鳥類までも、己が友にこそ交はれ。御分たち、相手には不足なれども、人を選ぶべきにあらず。時致が手並の程を見よ」

とて、朱に染まりたる友切、[14]真つ向にさしかざし、稲妻のごとくに飛んでかかる。かなはじとや思ひけん。少し怯む所を、進みかかりて打ちければ、五郎が太刀を受け外し、左手の[15]小腕を打ち落とされて引き退く。

三番に、駿河国の住人[16]岡部三郎、十郎に走り向かひて、左の手の中指二つ打ち落とされて逃げけるが、[17]御所の御番の内に走り入り、

「敵は二人ならではなく候ふ。いたくな騒ぎ候ひそ」

と申しければ、

5 真名本は「大楽弥平馬允」、『吾妻鏡』は「平子野平右馬允」。「たいらく（たいらこ）」は武蔵七党の一つ。現東京都八王子市大楽寺町、あるいは神奈川県横浜市磯子（旧平子郷）の出身か。
6 『文選』五十四・弁命論（劉孝標）に、「薫蕕不ㇾ同ㇾ器、梟鸞不ㇾ接ㇾ翼」とあり、『玉函秘抄』下、『明文抄』四・人事部下に引かれる。「薫」はよい香のする草、「蕕」は悪い香のする草、「梟」はフクロウで悪鳥、「鸞」は鳳凰で神聖な鳥。善いものと悪いものは同じ所にいられないという喩え。
7 古活字本同。太山寺本に「かやうの言葉は」（彰考館本類同）。咎め立てするのは分に過ぎているぞ。
8 ふりきる、身をかわす。逃げるさまにいう「かいふる」。または、姿勢を低くするさまをいう「かいふす」か。
9 押付の板の略。腹巻、胴丸の背の上部にある。
10 肩胛骨。
11 武蔵国多摩郡（現東京都八王子市横山荘を本拠とし、相模国まで勢力を拡大した武士団。武蔵七党の一。
12 180頁注21参照。
13 太山寺本になし。燕は柳の枝の間を飛び交い、鷺は蓼の花の近くで遊ぶ。それぞれ分に応じた相手があることの喩え。典拠未詳。
14 真正面に。
15 腕の、肘より先の部分。
16 古活字本と『吾妻鏡』は「岡部弥三郎」。真名本に「岡部五郎」。駿河国の岡部は現静岡県藤枝市内。
17 古活字本同。諸本「御所の御坪の内」

「[18]神妙に申したり。いしくも見たり」とて、高名の御意にぞ預かりける。

四番に、遠江国の住人[19]原小次郎、斬られて引き退く。

五番に、[20]御所の黒弥五と名乗り押し寄せ、十郎に追つ立てられ、[21]小鬢斬られて引き退く。

六番に、伊勢国の住人[22]加藤弥太郎攻め来たつて、五郎が太刀を受け外し、[23]二の腕斬り落とされて引き退く。

七番に、駿河国の住人[24]船越八郎押し寄せ、十郎に[25]高股斬られて引き退く。

八番に、信濃国の住人[26]海野小太郎幸氏と名乗りて、五郎に渡り合ひ、しばし戦ひけるが、膝を割られて[27]犬居に伏す。

九番に、伊豆国の住人[28]宇田小四郎押し寄せ、十郎に打ち合ひけるが、いかがしけん、首打ち落とされて、二十七歳にて失せにけり。

十番に、日向国の住人[29]臼杵八郎押し寄せ、五郎に渡り合ひ、真つ向割ら

155 十番斬り。騒然とする巻狩の宿営地。

とするものが多い。頼朝の御座所の中庭か。

18 殊勝に。つづく「いしくも」もほぼ同じ意。

19 古活字本同。真名本と『吾妻鏡』は「原三郎」。原は現静岡県掛川市内か。

20 太山寺本、彰考館本には「御所の近習」と見えるが、未詳。

21 こめかみのあたり。

22 加藤次景廉（84頁注3）の一族か。『吾妻鏡』に「加藤太」。

23 肩から肘までの間の腕。

24 船越は17頁既出。現静岡県静岡市清水区内。

25 股の上の方。大腿の上部。

26 333頁注86参照。

27 しりもちをついた姿、また、はいつくばった姿の形容。

28 真名本は「鎮西の住人に宇田五郎」とし、右肘を切られて退いている。『吾妻鏡』は討たれた者として「宇田五郎」。未詳。

29 真名本と『吾妻鏡』同。ただし『吾妻鏡』では負傷者とする。臼杵は豊後国、現大分県臼杵市。

れて失せにけり。

この次に、安房国の住人[30]安西弥七郎と名乗つて、

「敵はいづくにあるぞや」

とて立ちけるが、十郎打ち向かひて、

「人々は優しくも、[31]面も振らで討ち死にしたるは見つらん。[32]愚人は銅をもつて鏡とす。君子は友をもつて鏡とす。引くな」

と言ひて打ち合ひけり。弥七も、さる者なり、

「[33]左右にや及ぶ」

と言ひもあへず、飛んでかかる。十郎、足を踏み違へ、[34]側目にかけて、[35]ちやうど打つ。肩先より[36]高紐の外れへ、切つ先を打ち込まれ、引き退くとは見えしかど、それもその夜に死ににけり。

頃しも、[37]五月二十八日の夜なりければ、[38]暗さは暗し。[39]降る雨は車軸のごとくなり。

「敵はいづくにあるぞや」

とて、走りめぐる所を、小柴垣に立ち隠れて、出づるをちやうど斬りては陰に引き籠も

156 十番斬り。祐成、宇田小四郎の首を打ち落とす。

30 333頁注76参照。
31 わき目も振らず。まっしぐらに。
32 『君子集』に、「顔曰、小人以レ財為レ宝、君子以レ友為レ鏡」とあるものによるか。
33 とやかく言うまでもない。
34 横目で見て。
35 がちんと。がんと。物が激しく打ち当たる音を表す。
36 鎧の後胴の先端と前胴の上部をつなぐ懸け渡しの紐。
37 『吾妻鏡』五月二十八日条に、「雷雨撃レ鼓、暗夜失レ灯」とある。
38 暗黒の暗さをいう。
39 激しい降雨の形容。雨あしが車軸のように太い。

り、向かふ者をばはたと斬る。斬られて引き退く者を、後陣に受け取つて、御方打ちする所もあり。二人の者共、呼ばはりけるは、

「武蔵・相模の逸者共[40]はいかに。これも重代、これも重代と思ふ太刀と、刀の鉄の程をも見せよかし。敵は十人ある、二十人あると、後日に沙汰するな。我等兄弟ばかりぞ。火を出だせ。その明かりにて名乗り合はん。無下なる者共かな」

と呼ばはりければ、御厩[41]の舎人とくたけといふ者、傘に火をつけて投げ出だす。これを見て、屋形屋形より、我劣らじと、雑人の、蓑笠に火をつけて投げ出だす。二千間の屋形より、松明を出だしければ、万灯会[42]のごとし。白昼にも似たり。彼等二人は、素肌[43]にて敵に会はんと走りまはる有様、小鷹の鳥に会ふがごとし。かかる所に、武蔵国の住人新開荒四郎[44]と名乗りかけて、進み出でて申しけるは、

「敵は何十人もあれ、それがし一人にや超ゆべき。出で会へや、対面せん」

とぞ言ひたりける。十郎打ち向かひて、

「優しく[45]聞こゆるものかな。『大[46]将に代はりて仕へる者は、必

157 笠に火を灯す人々。祐成、新開荒四郎を小柴垣に追い込む。

40 気負った者。血気さかんな者。
41 真名本に、「御馬屋の舎人の時武」とある。頼朝の厩管理の雑人の名であろう。
42 懺悔や滅罪のために、一万の灯明を点じて仏・菩薩に供養する法会。
43 甲冑を身につけていないことをいう。兄弟の様子を真名本では、「これら二人太刀を抜きつつ額に推し当てて走り廻りければ、ただ小鷹なんどの鶉・鷚を追立て追立てするに異ならず」と記す。
44 380頁に「実光」と見える。新開は、現埼玉県深谷市新戒。同地に新開荒次郎実重館跡が残る。『千葉上総系図』に土肥次郎実平の子として「実重（新開荒次郎）」とある。
45 殊勝に。
46 古活字本「たひしやうにかはりてつかゆる物はかならすてをやぶる」（他本類同）。『文選』四十六・豪士賦序（陸士衡）に、「代大匠斲者、必傷其手」とあり、『玉函秘抄』下に引かれる。『明文抄』二・帝道部下にも引かれるが典拠を『老子』とする。上手な大工のまねをして木を削ると、必ずけがをするの意。名人上手のまねをしてはならないということの喩えだが、底本は「大匠」を「大将」に、「手」を「陣」に誤る。

ずその陣を破る』とは、『文選』の言葉なるをや。引くな」

と言ひて、飛んでかかる。[47]言葉は主の恥を知らず、

「御免あれ」

とて逃げけるを、十郎、[48]しげく追つかけたり。あまりに逃げ所なくして、小柴垣を破りて、[49]高這ひにして逃げにけり。

次に、甲斐国の住人に、[50]市河党に、別当次郎、進み出でて申しけるは、

「いかなる[51]痴れ者なれば、君の御前にて、かかる狼藉をば致すぞ。名乗れ、聞かん」

と言ふ。五郎申しけるは、

「[52]事新しき男の問ひ様かな。曽我の冠者原が、親の敵討ちて出づると、幾度言ふべきぞ。臆して耳が潰れたるか。[53]親の敵は、陣の口を嫌はず。さて、かやうに申すは誰人ぞ。聞かん」

と言ふ。

「これは、甲斐国の住人市河党の別当大夫が次男、[54]別当次郎定光」

158 祐成、仁田忠綱に討たれる。

47 立派な発言に対する裏腹な行動を皮肉っていう。

48 古活字本同。太山寺本・万法寺本に「てしげく」。手厳しく。容赦なくの意。

49 尻を高く上げて這う様子。

50 市河は、現山梨県西八代郡市川三郷町。

51 愚か者。

52 わかりきっていることを初めてであるかのように行なうさま。ことさら。わざとらしい。

53 太山寺本・彰考館本に見えないが、真名本に「親の敵・宿世の敵は陣頭を嫌はぬ為師なり」とある。当時のことわざか。

54 真名本に「別当次郎宗光」とある。

とぞ答へける。五郎聞きて、

「わ殿は、盗人よ。御坂[55]・片山・都留・坂東に籠もり居て、京・鎌倉に奉る年貢御物の兵士[56]の少なきを、遠矢に射て追ひ落とし、片山里の下種人[57]の立て合[58]はざるを、夜討ちなどにし、物盗る様は知りたりとも、恥ある侍に寄り合ひ、晴[59]れの軍せむ事は、いかでか知るべき。今、時致[60]に会ひて習へ。教へん」

とて、躍りかかり打つ太刀に、高股斬られて引き退く。これらを初めとして、兄弟二人が手にかけて、五十余人ぞ斬られける。手負ふ者は、三百八十余人なり。数々出づる松明も、一度に消えて、元の闇にぞなりにける。人は多くありけれども、この人々の気色を見て、ここやかしこに群立ちて、寄する者こそなかりけれ。157 158

十郎討ち死にの事

ややしばらくありて、伊豆国の住人に、仁田四郎[1]、十郎に打ち向かひ、

「いかに、曽我十郎祐成[2]か」

「向かひは誰ぞ」

「仁田四郎忠綱よ」

「さては、御分と祐成は、正しき[3]親類なり」

「その義ならば、互ひに後ろばし見するな」

「左右にや及ぶ。今宵、未だ尋常[4]なる敵に会はず。言ひ甲斐なき人の郎等の手に

18　15　10　5　1

55 古活字本同。太山寺本「坂東の片山里」、彰考館本「北むらといふかた山」、万法寺本「みさかたねかたやまつるばんどう」等、異同が大きい。「御坂」は、現山梨県南都留郡富士河口湖町と同県笛吹市御坂町にまたがる峠。御坂峠。「かた山」は、勝山で現富士河口湖町勝山地区か。「都留」は現都留市。「坂東」は『吾妻鏡』建暦三年（一二一三）五月四日条に見える「坂東山」で現大月市と甲州市の境の笹子峠にあたるとされる。
56 警護の武士。
57 万法寺本に「けすとく人」（下種徳人、南葵文庫本類同）。身分は卑しいが金持ちである人。
58 抵抗してこない。
59 はれがましい。
60 底本「時宗」。

十郎討ち死にの事

1 312頁注1参照。『吾妻鏡』建久四年（一一九三）五月二十八日条に、「十郎祐成者合二新田四郎忠常一、被レ討畢」とある。
2 底本「助成」。
3 古活字本同。真名本では仁田が「親類の中に一家の族なり」と言っている。仁田氏は藤原南家流とされるが、曽我兄弟との正確な関係は未詳。
4 立派な。

かからんかと、心にかかりつるに、御辺に会ふこそ嬉しけれ」

「一家の印に、同じくは、忠綱が手にかけて、後日に[5]勧賞に行はれ給はば、御辺の奉公と思ひ給へ」

と言ひて、打ち合ひける。十郎が太刀は、少し寸延びければ[6]、一の太刀は仁田が小臂に当たり、次の太刀に小鬢を斬られけり。されども、忠綱、[7]究竟の兵なれば、[8]面も振らず、大音声にて罵りけるは、

「伊豆国の住人に仁田四郎忠綱、生年二十七歳、国を出でしより、命は君に奉り、名をば後代に留め、屍は富士の裾野に曝す。さりとも、後ろは見すまじきぞ。御分も引くな」

と言ふままに、互ひに[9]鎬を削り合ひ、時を移して戦ひけるに、仁田四郎は新手なり。十郎は宵よりの疲れ武者、多くの敵に打ち合ひて、腕下がり、力も弱る。太刀より伝ふ血の糊に、手の内しげくまはりければ、[10]太刀を平めて打ちければ、十郎が太刀、鍔元より折れにけり。忠綱、勝つに乗つて打つ程に、左の膝を斬られて、[11]犬居になりて、腰の刀を抜き、自害に及ばんとする所を、忠綱太刀取り直し、右の肘の外れを刺し通す。忠綱、[12]今はかうと思ひ、屋形を指して帰りけるを、十郎伏しながら、かけたる言葉ぞ無慙なる。

「や、殿、仁田。いづくへ行くぞ。情けなし。同じくは首を取つて、上の見参に入れよ。親しき者の手にかからんは、本意ぞかし。返せ、や、殿、忠綱」

5 功労を賞して官位や土地、物品などを賜わること。論功行賞。
6 長さがまさっていたので。
7 きわめてすぐれた武士。
8 一心不乱に。
9 激しく斬り合い。「鎬」は刃物の刃と峰との境界に稜を立てて高くしたところ。
10 太刀を横に構えて。
11 しりもちをついた姿、また、はいつくばった姿の形容。
12 もはやこれまでだと思い。

と呼ばれて、げにもとや思ひけん、すなはち立ち帰り、乳の間斬りて押し伏せたる。

祐成が最期の言葉ぞ哀れなる。

「五郎は、いづくにあるぞや。祐成こそ、仁田が手にかかり、空しくなるぞ。時致は、未だ手負ひたるとも聞こえず。いかにもして、君の御前に参り、幼少よりの事ども、一々に申し開きて死に候へ。[13]死出の山にて待ち申すべきぞ。追つ付き給へ。南無阿弥陀仏」

と言ひも果てず、生年二十二歳にして、建久四年五月二十八日の夜半ばかりに、駿河国富士の裾野の露と消えにけり。弓矢取る身の習ひ、今に始めぬ事なれども、親のために命を軽くし、[14]屍は路径の巷に捨つれども、[15]名をば龍門の雲井に上ぐる、哀れと言ふも愚かなり。

五郎は、兄が最期の言葉を聞きて、死骸なりとも、今一目見んと思ひ、又、忠綱を討つべきとや思ひけん、太刀振りまはし、大勢の中を切り分けて走り寄り、兄が死骸に転びかかり、

「恨めしや。時致をば、誰に預け置き、いつ〳〵まで生きよとて、捨

13 死後、越えて行かなければならない険しい山。
14「路径」は小道。屍を小道に捨て置いたとしても。惨めな最期をいう。

15「龍門」は中国の黄河中流の急流で、魚が登りきれば龍になるといわれる。高い名誉をいう。

159 時致、兄の亡骸を抱いて嘆き悲しむ。

ててはいづくへおはするぞや。長らへ果つべき憂き身にもあらず。連れてましませや」

と打ち口説き、涙に咽びて伏したりけり。げにや、同じ兄弟といひながら、互ひの志深ければ、別れの涙、さぞあるらんと、推し量られて哀れなり。

ここに又、

「[16]堀藤次」

と名乗りて、武者一人出でて、

「五郎は、いづくへ行きたるぞや。兄の討たるるを見捨てて、落ちけるかや。未練なり」

とて尋ねける。五郎、この言葉を聞きて起き上がり、太刀取り直し、

「や、殿、藤次殿。兄の討たるるを見捨てて、いづくへか落つべき。祐成は、仁田が手にかかりぬ。時致をば、わ殿が手にかけて、首を取れ。惜しまぬ身ぞ」

と言ひければ、藤次は、五郎が太刀影を見て、[17]かい伏ひて逃げにけり。五郎追つかけ、

「己は、いづくまで逃ぐるぞ」

とて、追つかけければ、余所へ逃げてはかなはじとや思ひけん、[18]御前指して逃げにけり。

160 時致、源頼朝の在所をめざして突進する。

16『吾妻鏡』には「堀藤太」とある。

17 かい伏して。体を低くして。

18 頼朝の御前。

五郎も、続ひて入りければ、[19]親家、幕を掴んで投げ上げ、御[20]侍所へ走り入り、五郎も、幕を投げ上げて、親家を掴まん掴まんと思ひける装ひは、ただ[21]天魔のごとく、雷の落ちかかるとぞおぼえける。159 160

五郎、召し捕らるる事

爰に、[1]五郎丸とて、[2]御寮の召し使はるる童あり。もとは京の者なりしが、叡山に住して十六の年、[3]師匠の敵を討ち、在京かなはで、東国に下り、一[4]条次郎忠頼を頼みたりしに、忠頼、御敵とて討たれ給ひて後、この君に参りたりしが、[5]究竟の荒馬乗りの[6]剛の者、七十五人が力を持ちけり。宵の程は、夜討ちといへども音もせず。御前近く祗候せしに、五郎が親家を追ふて入るを見て、[7]薄衣引き被き、幕の脇に立ちけり。五郎、一目見たりけれども、[8]屋形を出でし時、女房に手ばしかくるなど、兄が言ひし詞ありければ、太刀[9]棟にて、通り様に、一太刀当ててぞ過ぎにける。五郎丸と知るな

161 時致、五郎丸他数人に取り押さえられる。

19 堀藤次の名。
20 事務を司る武士の詰め所。
21 欲界の第六天の魔王。

五郎、召し捕らるる事

1『吾妻鏡』建久四年（一一九三）五月二十八日条に、「五郎者、差二御前一奔参、将軍取二御剣一、欲レ令レ向レ之給。而左近将監能直奉レ抑二留之一。此間、小舎人童五郎丸、搦二得曽我五郎一、仍被レ召二預大見小平次一」とある。五郎丸は頼朝の側近く仕える者として305頁注44に既出。
2 貴人の敬称。ここでは源頼朝をさす。
3 真名本、太山寺本では「主」の敵を討ったとする。
4 90頁注16参照。
5 すぐれた。
6 強く勇敢な者。
7 地の薄い袿、または打掛。女性を装う。
8 348頁参照。
9 刀剣などの背。刃の反対側をいう。みね。

らば、只一太刀に失なはれんと、危うくこそ覚えけれ。[10]時致も、[11]親家を手取りにせんと追ふ所を、五郎丸、我が前をやり過ごし、続ひてかかる。[12]腕を加へて捕り、

「[13]得たりや、あふ」

とぞ抱きける。五郎は、大力に抱かれながら、物ともせず、

「こはいかに、女にてはなかりけり、[14]物々しや」

と言ふままに、続いて内へぞ入りにける。五郎丸、かなはじとや思ひけん、

「[15]敵をば、かうこそ抱け、かやうにこそ抱け」

と、高声なりければ、彼等が傍輩、[16]相模国のせんし太郎丸走り寄り、

「逃がすな」

とて取り付く。その後、御厩[17]小平次をはじめとして、[18]手柄の者共走り出でて、四五人取り付きけれども、五郎は、物ともせず、二三人をば蹴倒し、大庭に躍り出でんと心ざしけるが、[19]板敷堪へずして、五郎は足を踏み落とし、161 162 立たん立たんとする所に、[20]小平次起き上がり、左右の足に取り付きければ、その外の人々、

162 髭切の太刀を抜いて出向こうとする頼朝と、止める一法師丸。

10 底本「時宗」。
11 底本「近家」。堀藤次の名。
12 後ろから腕を回して締めつけるさま。
13 相手をうまく仕留めたときや、自分に好都合なときなどに勇んで発することば。
14 こしゃくである。
15 敵をこのように抱きとめたぞ。
16 古活字本同。未詳。真名本に「相模国の催使に加胡太郎」とある。ただし、「催使」は不明。
17 『吾妻鏡』に「大見小平次」。
18 目覚ましい働きのできる者ども。
19 床板が力足で踏むのに耐えきれなくて。
20 古活字本は「小平次・弥平次」とし、諸本に異同が見られるが、続く記述からすれば、複数人数いるのがよいか。

「あますな、漏らすな」[21]
とて、かなぐりつく[22]。これや、『文選』の詞に、「[23]百足は、死に至れども、戯れず」となり。心は猛く思へども、多勢にかなはずして、空しく搦め捕られけり。無慙なりし有様なり。

君も、この由聞こし召して、[24]糸毛の御腹巻に、御重代の[25]鬚切抜き、出でさせ給ひける所に、相模国の住人、[26]大友左近将監が嫡子に、一法師丸とて、生年十三になりけるが、御前去らぬ者なるが、[27]小賢しく、御寮の御袖を控へ奉り、

「日本国をだにも、君は居ながら従へ給ふに、これは僅かなる事ぞかし。いか様、若き殿原の[28]酔狂か、又は女の[29]盃論か、[30]宿論か。いづれにてか候はんに、御座ながら尋ね聞こし召され候へ」

と止め申しければ、げにもとや思し召しけん、止まり給ひけり。さしも出でさせ給ひて、五郎に見えさせ給ふものならば、危うくぞおぼえける。後に、かの一法師、いしくも申したりとて、御恩賞にぞ預かりける。まことに、古き言葉を見るに、「[31]大象兎径に遊ばず、君子は文旨に関はらず」といふ事、今こそ思ひ知られたれ。


その後、小平次、御前に参り、畏まりて申し上げけるは、

「曽我五郎をば搦め捕りて候ふ。十郎は討たれて候ふ」

と申したりければ、

「神妙に申したり。五郎をば、[32]汝に預くるぞ」

21 逃がすな。
22 底本「つく」なし。諸本により補う。
23 古活字本は後半を「たはふれすな」とする。『文選』二十六・六代論（曹元首）に、「百足之虫、至レ死不レ僵、扶レ之者衆也」とあり、『玉函秘抄』下、『明文抄』三・人事部上に引かれる。太山寺本はほぼ典拠の形で引用するが、諸本の多くは乱れが多く、意を汲みにくい。五郎に多くの者たちが組み付いて動けなくなっているさまをあらわすものか。
24 鎧の札を組糸で威したもの。糸縅。
25 源家に伝わる二剣、髭切・膝丸の一つ。
26 真名本に「大伴左近将監義直」、『吾妻鏡』文治四年（一一八八）十二月十七日条に、「式部大夫親能男、一法師冠者能直、任二左近将監一之由、参二賀営中一。是無双寵仁也」とある。
27 利口ぶって。小利口に。
28 酒に酔って気が違うこと。
29 古活字本は「女又は盃論か」。女性をめぐる酒の席での争い。
30 宿の割り当てについての論争。
31 『句双紙』六言対に、「大象不レ遊二兎径一、大悟不レ拘二小節一」とあり、彰考館本はこの形で引用する。巨象は兎の通り道をうろつかず、大悟は枝葉末節にこだわらない。優れた人物は、つまらないことにかかわらないことの喩え。南葵文庫本により漢字をあてた。
32 375頁注1参照。大見（御厩）小平次。

と仰(おほせ)せ下(くだ)されけり。哀(あはれ)れ成(なり)りし次第(しだひ)なり。

曽我物語 巻第九終

曽我物語　巻第十

五郎、御前へ召し出だされ、聞こし召し問はるる事

さても、仰せを承つて、[1]小平次罷り出で、[2]御厩の下部、総追国光、五郎を預かり、すでに御馬屋の柱に縛り付けて、その夜は守り明かしける。

「[3]大将殿より尋ね聞こし召さるべき事あり。曽我五郎連れて参れ」

との御使ひありければ、小平次、[4]縄取にて参りけるを、母方の伯父、伊豆国の住人に、[5]小川三郎祐定申しけるは、

「いかに小平次、侍程の者に、縄付けずとも、具して参れかし。山賊・海賊の輩にあらざれば、逃げ失すべきにもあらず。事により、人にこそよれ。[6]無下に情けなし」

と言ひければ、五郎聞きて、

「誰一言の情けを残す者のなきに、[7]御分の芳志の嬉しさよ。さりながら、御分、時致に親しき事、皆人知れり。かやうになりて、[8]親類いるべからず。[9]詮なき沙汰して人に聞かれ、[10]方人したりと言はれ給ふな。人の上をよく言ふ者はなきぞとよ。時致は、盗み強盗せざれば、千筋の縄は付くとも恥ならず。これは、[11]父のために読み奉りし『法華経』の紐よ」

とて、事とも思はざる気色して、[12]御坪の内へぞ引き入れられける。


五郎、御前へ召し出だされ、聞こし召し問はるる事

1 御厩小平次。376頁注17参照。
2 小平次の下部。真名本に「馬屋の下部の惣追捕使の国光」とある。「惣追捕使」は地域の軍事警察権を司る職をいうが、ここでは下部の長ほどの意か。
3 「大将殿」は源頼朝。『吾妻鏡』建久四年（一一九三）五月二十九日条に、頼朝による五郎尋問記事が載る。尋問は辰の刻（午前八時頃）より始まり、御前には北条時政、小山朝政を始めとして、主だった面々が列座したと記されている。
4 罪人を縛った縄を持って警固してゆく者。
5 真名本に「尾河小次郎」。小川（小河）は田方郡小河郷、現静岡県三島市内。兄弟との関係は不明。真名本では、後に「尾河三郎」が、兄弟の首を曽我の里へ届けている。399頁注40参照。
6 ひどく。
7 あなたの親切なお気持ち。
8 親類は無用である。
9 無益な。
10 味方したと。
11 真名本に「父のために付たる縄なれば孝養報恩謝徳闘諍の名聞にてこそあれ」とある。
12 中庭。

「その上、敵のために捕らはるる者、時致一人にも限らず。[13]殷湯は夏台に捕らはれ、
文王は羑里に捕らはる。さらに恥辱にあらず」

とて、打ち笑ひてぞ居たりける。あはれと言はぬ者ぞなき。

五郎、御前に参りければ、君御覧ぜられて、

「これが曽我五郎といふ者か」

「それがしが事候ふよ」

とて、立ち上がり、縄取[14]宙に引き立てければ、警固の者共、狼籍なりとて、引き据へたり。その時、相模国の住人、[15]新開荒四郎実光、伊豆国の住人、[16]狩野介宗茂、座敷を立ちて、

「申し上ぐべき事あらば、急ぎ申し候へ」

と言ふ。時致聞きて、大の眼を見出だして、彼等をはたと睨みて、

「見苦しきぞ、人々。[17]御前遠くばさもありなん。[18]近ければ直に申すべし。[19]さやうなれば、問はれて申す白状に似たり。問はるるによりて、申すまじき事を申すにあらず。

面々、[20]骨折りに退き候へ」

とて、[21]嘲笑ひてぞ居たりける。君、聞こし召され、

「[22]神妙に申したり。各退き候へ。頼朝、直に聞くべし」

と仰せ下されけり。さて、五郎居直り、顔振り上げて、高らかに申しけるは、

「兄にて候ふ十郎が、最期に申し置きて候ふ。我等が父を、祐経に討たせ候ひしより

13『史記』四十一・越王勾践世家第十一に、「湯系二夏臺一、文王囚二羑里一」とあり、『平家物語』十・千手前にも引かれる。「殷湯」は殷の初代の王、湯王。「夏台」は河南省禹州にあった夏の時代の牢獄。「文王」は周の武王の父。「羑里」は河南省湯陰県の地名。
14 縄取を宙に浮かせてぶら下げた状態。五郎の怪力を誇示する表現。
15 369頁注44参照。
16『吾妻鏡』に「狩野介」、真名本に「鹿野介」。「狩野」は20頁注19参照。『吾妻鏡』五月二十九日条に、和田義盛、梶原景時に続いて狩野、新開と記される。
17 御前が遠ければ取り次ぎもしてもらおう。
18 近いのだから直接申し上げよう。
19 そのような形で控えていると尋問されて白状するようだ。
20 無駄な苦労になるから。
21 からからと笑って。
22 殊勝に。

このかた、年月狙ひし心のうち、いかばかりとか思し召され候ふ。それにつき候ひて
は、[23]一年、君御上洛の時、[24]酒匂の宿より付き奉り、祐経が御供して候ひしを、
泊々に徘徊し、便宜を窺ひ候ひしかども、かなはで京に上り、[25]四条の町にて、鉄
よき太刀を買ひ取り、夕べの夜半に、御前にて本意を遂げ候ひぬ。今は何をか思ひ
残して、命も惜しく候ふべき。[26]御恩には、今一時も疾く首を刎ねられ候へ」
とぞ申しける。彼は京へは上らざりしかども、[27]箱根の別当に契約せし故、太刀の出で所
をも隠し、又は別当の罪科もやと思ひて、かやうにぞ申したりける。君聞こし召され、
「この太刀の出で所、隠さんためにこそ申すらん。さらに別当の科にあらず。先祖
重代の太刀、箱根の御山に籠めし由、かねてより伝へ聞き、いかにもして取り出だ
さばやと思ひしを、[28]神物になる間、力及ばざりつるに、ただ今、頼朝が手に渡る
事、ひとへに[29]正八幡大菩薩の御計らひとおぼえたり。かやうの事なくては、いかに
して二度[30]主になるべき」
とて、自ら御頂戴ありて、錦の袋に入れ、深く納め給ふ。御重宝のその一なり。
代々伝はりけるとかや。
ややありて、君仰せられけるは、
「この事、曽我の父母に知らせけるか」。
五郎承つて、
「日本の大将軍の仰せとも存じ候はぬものかな。当代ならず、いづれの世にか、[31]継

23 先年。建久元年（一一九〇）の源頼朝上洛のこと。
24 現神奈川県小田原市内。古来より栄えた宿場。
25 真名本に「四辻町」とある。
26 お慈悲としては。
27 箱根の別当との約束については301頁参照。
28 神社の什物である以上。
29 源氏の氏神。日本国の守護神でもある。
30 持ち主。
31 兄弟は、曽我太郎祐信の継子にあたる。

子が悪事企てんとて、暇乞ひ候はんに、『神妙なり。急ぎ僻事[32]して、我惑ひ者[33]に
なせ』とて、喜ぶ父や候ふべき。又、母の慈悲は、山野の獣、江河の鱗[34]まで
も、子を思ふ心ざしの深き事は、父には母優れたりとこそ申し候へ。いはんや、人界
に生を受けて、二十余りの子どもが、命死なんとて、母に知らせ候はんに、『急ぎ
死にて、物思はせよ』とて、喜び出だし立つる母や候ふべき。御景迹[35]」
とぞ申しける。
「さて、親しき者共には、いかに」
「身貧にして、世にある人々に、かくと申し候はんは、ただ手を捧げてこれを縛らせ、
首を伸べてこれを斬れとこそ申し候はんずれ。誰かは頼まれ候ふべき。愚かなる御[36]
諚かな」
とぞ申しける。君、げにもとや思し召しけん、
「父母親類に至るまでも、子細なし。又、祐経は、伊豆より鎌倉へ、しげく通ひし
に、道にては狙はざりつるか」
「さん候ふ。この四五箇年の間、足柄[37]・箱根・湯本・国府津・酒匂・大磯・小磯・
砥上原・唐土・相模川・懐嶋・八的原・腰越・稲村・由比浜・深沢辺に徘
徊し、野路・山路・宿々・泊々にて狙ひしかども、敵の連るる時は、四五十騎、
連れざる時も二三十騎、我々は、連るる時は兄弟二人、連れざる時はただ一人、思
ひながらも空しく今まで延び候ひぬ」。

32 間違ったこと。
33 居所の定まらない流浪の者。
34 魚類。
35 おしはかること。推察。「きょうじゃく」とも。御推察ください。
36 あさはかな仰せ。
37 足柄・箱根・湯本は現神奈川県足柄下郡内、国府津・酒匂は小田原市内、大磯・小磯・唐土（唐土が原）は現中郡大磯町内、砥上が原は藤沢市内、相模川は茅ヶ崎市と平塚市の境、懐島は茅ヶ崎市内、八的原は八松原で藤沢市内、腰越・稲村・由比浜・深沢は鎌倉市内。真名本では、足柄・箱根・酒匂・国府津・大磯・小磯・平塚・由比・小坪の九つの地名を挙げ、太山寺本は大磯・小磯・今津川原、武田本甲本は大磯・小磯・八松原、円成寺本は足柄・箱根・深沢と簡略。

又、

「祐経は、[38]敵なれば限りあり。何とて、頼朝か[39]そぞろなる侍共をば、多く斬りけるぞ」

「それこそ、理にて候へ。御所中に参りて、かかる狼藉を仕る程にては、千万騎にて候ふとも、[40]余さじと存ずる所に、小賢しく、『敵はいづくにあるぞ』と尋ね候ふ間、[41]孝には忠を尽くし、忠には命を捨つる習ひ、神妙に存じて、『これにあり』と申す声に驚きて、足の立て所も知らず逃げ候ひし間、罪作りと存じて、追ふて斬り殺すに及ばず、ただ[42]かうばかりの側太刀、形のごとく当てたるまでにて候ふ。[43]面傷はよも候はじ。ただ今召し出だして御覧候へ」

と申しければ、やがて、御使ひして聞こし召されけるに、申すごとく、面傷はなかりけり。面目なふぞ聞こえける。又、

「王藤内をば、何とて討ちけるぞ」

「畏れ入りて候へども、[44]年頃の傍輩の討たれ候ふを、見捨てて逃ぐる[45]不覚人や候ふべき。まことに健気に振る舞ひ候ひつるものをや。[46]『人富みて古郷に帰らざるは、錦を着て夜行くがごとし』といふ古き言葉をや知りたりけん。所領安堵の印、本国に下りしが、祐経に暇乞いとて、道より帰りての討ち死に、不便なり」

とぞ申しける。この言葉により、

「神妙なり。これも、頼朝が[47]先途に立ちけるよ」

38 敵であるのでやむを得ない。
39 なんの関係もない。
40 討ちもらすまい。
41 孝行と忠義。主君に仕えること。
42 これきりの。彰考館本に「法はかりの」とある。「側太刀」は、打ち合いのそばにいて、その太刀にふれて傷つくこと。
43 顔の傷。正面の傷。
44 長年の仲間。ここでは祐経をさす。
45 卑怯な人。以下、王藤内の名誉のために事実を曲げて褒めたのである。
46 『漢書』三十一・陳勝項籍伝第一や、『史記』七・項羽本紀第七に、「富貴不レ帰二故郷一、如二衣レ繍夜行一」とあり、『玉函秘抄』中、『管蠡抄』十・世俗、『明文抄』三・人事部上に引かれる（典拠は『漢書』とする）。故郷に錦を飾る晴れがましさをいう。
47 勝敗、成否あるいは存亡が決するような大事のこと。

48 御裁決の旨を記した文書。
49 336頁参照。
50 底本「なげかざらん」。他本により改める。
51「天魔」は、欲界六天の頂上、第六天にいる魔王とその眷属で、常に正法を害して仏道を障害し、人心を悩乱する。「疫神」は、災厄をくだし、病気をはやらせるという悪神。
52 自分の行いに対する報いを自ら受けること。
53 罪の一等も。

とて、

「本領、子孫におひて子細なし」

と、重ねて御判[48]下されけり。これも、[49]兄の十郎が屋形を出でし時、王藤内が妻子、さこそ[50]歎かんずらん、無慙なりし、と言ひし言葉の末にぞ申しける。ひとへに、時致が情けによつて、所領安堵す。ありがたしとぞ感じける。

ややありて、

「頼朝をも敵と思ひけるか」

と御尋ねありければ、五郎承つて、

「さん候ふ。身に思ひの候ひし時は、木も草も恐ろしく、命も惜しく存じ候ひしが、敵討つての後は、いかなる[51]天魔疫神なりとももと存じ候ふ。ましてその外は、生きたる者とも思ひ候はず。されば、千万人の侍よりも、君一人をこそ思ひかけ奉りしかども、御果報めでたき御事にてわたらせ給へば、御運に押されて、かやうに罷りなりて候ふ」

と申したりければ、君聞こし召されて、

「敵討つての後、身を軽く思ふは理なり。頼朝を、何とて敵と思ひけるぞ」

「[52]自業自得果とは存じ候へども、伊東入道が謀叛により、我等が本領永く絶えぬ。先祖の敵にてはわたらせ給はずや。又は、閻魔王の前にて、『日本の大将軍鎌倉殿を手にかけ奉りぬ』と申さば、一[53]の罪や許さるべきと、随分窺ひ申しつれども」

と申す。

「さて、五郎丸には、いかにして抱かれけるぞ」

「それは、かの童を女と見なし、何事か候はんと存じて、不慮に捕られて候ふ。かやうなるべしと存ずるものならば、只一太刀の勝負にて候はんずるものをとて、後悔益なし。これひとへに[54]宿運の尽きぬる故なり。げにや、『[55]羅網の鳥は高く飛ばざるを恨み、呑鉤の魚は飢へを忍ばざるを歎く』とは、『[56]要覧』の言葉なるをや、今こそ思ひ知られたれ。君の御[57]佩刀の鉄の程をも見奉り、時致が[58]鎖太刀の刃の程をも試し候はんものを」

と、[59]言葉を放ちてぞ申しける。君聞こし召され、

「猛将勇士も、運の尽きぬる上は」

と仰せられ、双眼より御涙を流させ給ひて、

「これ聞き候へ、人々。日頃は思はぬ事なれども、只今、頼朝に問はれて、[60]当座の構への言葉なり。叶はぬまでも、逃れんとこそ言ふべきに、露程も命を惜しまぬ者かな。世に[61]ありなば、思ひ止まる事もありぬべし。余の侍千万人よりも、かやうの者をこそ、一人なりとも召し使ひたけれ。無慙の者の心やな。惜しき武士かな」

とて、御袖を顔に当てさせ給ひければ、御前祗候の侍共、心あるもなきも、皆涙を流さぬはなかりけり。ややありて、君御涙を抑へさせ給ひて、

54 前世から定まっている運命。
55 『太公家教』に、「羅網之鳥悔レ不二高飛一、呑鉤之魚恨レ不レ忍レ飢」、『君子集』に、「論語曰、羅網之鳥恨レ不二高飛一、呑釣之魚歎レ不レ忍レ飢」とある。網にかかった鳥は高く飛ばなかったことを恨み、釣針を飲んだ魚は、空腹を我慢しなかったことを歎く。失敗を後悔しても仕方がないことの喩え。
56 晋の陸機の『要覧』か。狛朝葛『続教訓鈔』第六冊に、「要覧ニ云ク、網羅ノ鳥高クトハサル事ヲ怨ミ、懸鉤ノ魚ウヘヲシノハサル事ヲ恨ム」とある。
57 貴人の刀剣。
58 古活字本「くたり太刀」。彰考館本に「朽太刀」。頼朝の刀剣に対して自分の太刀を卑下していうか。または、五郎の太刀は兵庫鎖の太刀なので「鎖太刀」がよいか。
59 思いのままに放言して。
60 その場でのこしらえごと。
61 仕官して時めいていたならば。

「さて、十郎が振る舞ひを聞こし召すに、何れを分きて言ひがたし。まことに討たれたるやらん」

と仰せられければ、

「仁田に御尋ね候へ。黒鞘巻に赤胴作りの太刀、群千鳥の直垂ならば、まことにて候ふ」

と申す。

「さらば実検あるべし」

とて、仁田四郎を召されければ、黒鞘巻に赤胴作りの折れ太刀、群千鳥の直垂に、首を包みて、童に持たせ、五郎が左手の方を間近く、首を見せてぞ通りける。五郎は、今まで思ふ事なく広言してありけるが、兄が首を一目見て、[163][164]肝魂を失ひ、涙に咽ぶ有様は、盛りなる朝顔の、日影に萎るるごとくにて、無慙と言ふも余りあり。ややありて申しけるは、

「羨ましくも、先立ち給ふものかな。同じ兄弟と言ひながら、幼少より、親の敵に心ざし深くして、一所とこそ契りしに、祐成は夕べ夜半に討たれ給ふに、時致は心ならず、今まで長らふる事の無念さよ。誰かこの世に長らへ果て候ふべき。死出の山にて待ち給へ。やがて追ひ付き奉り、三途の川をば手に手を取り組み渡り、閻魔王宮へは諸共に」

と、言ひも果てず、涙に咽びけり。袖にて顔をも押さへたけれども、高手小手に縛め

62 頼朝による自尊敬語。
63 十郎と五郎のいずれが優れているとは言いがたい。
64 祐成を討った仁田忠綱。312頁注1参照。
65 黒の鞘巻。黒鞘巻の短刀は、箱根の別当から与えられた「微塵」(298頁注8参照)。
66 千鳥の群がった模様。347頁に出で立ちの装束が記されている。
67 口にまかせて遠慮憚りなくものを言う。
68 愕然として心の張りをなくして。
69 底本「助成」。
70 底本「時宗」。
71 死後、越えて行かなければならない険しい山。
72 死後、初七日に渡ると信じられているあの世の川。
73 両手を背のうしろに回し、首から肘、手首にかけて厳重に縛り上げられていたので。

られければ、左手へ傾き、右手へ俯き、猶しも零るゝ涙をば、膝に顔をもたせつゝ、たださめ〴〵と泣き居たり。和田・畠山をはじめとして、皆袖をぞ濡らされける。

かゝる所に、十郎が太刀を、御侍に取り渡し、

「善きぞ、悪しきぞ」

と申し合ひける。中にも、夕べ追つ立てられ、柴垣を破りて逃げたりし、新開荒四郎[74]実光、進み出でて申しけるは、

「曽我の者共は、敵討つて高名はしたれども、太刀こそ悪き太刀を持ちたれ。これ程のゑせ[75]太刀を持ちて、君の御前にて、かゝる大軍[76]しける不思議さよ」

と言ひければ、時致[77]聞きて、眼を見出だし、荒四郎をはたと睨んで、

「わ殿はいづくを見て、それをゑせ太刀とは申すぞ。ただ今、御前にて申して無用の事なれども、男の悪き太刀持ちたるは、恥なるあひだ申すなり。それこそ、や[78]、殿、よく聞け。平家に聞こえし新中[79]納言の太刀よ。八嶋[80]の合戦に、いかがし給ひけん、舟中に取り

163 縄についた時致と、尋問する源頼朝。

74 369頁注44参照。
75 よさそうに見えて、じつはそうでもない太刀。
76 底本「大ぐん」、古活字本「大軍」、太山寺本「おほいくさ」。「おほいくさ」とあるべきか。
77 底本「時宗」。
78 呼びかけのことば。おい。
79 平知盛。清盛第四子。壇ノ浦で自刃した。
80 寿永四年（一一八五）、八嶋（屋島）における源平の合戦。屋島は現香川県高松市内。

[81]忘れ給ひしを、曽我太郎取つて、九郎判官へ参らせしを、義経、『神妙なり。さりながら、御分、高名して取りたる太刀なれば、汝に取らする』とて、賜りたる太刀なり。奥州丸と言ふ太刀、これなり。[82]祐成が元服せし時、曽我殿の[83]賜びたるぞとよ。それにつきては、思ひのままに、敵を討ち取りぬ。兄弟して斬り止むる者、一二百人こそあるらん。これ程[84]堪へたる太刀を、いかでゐせ太刀なるべき」。

実光、なをも止まらで、

「すでに太刀折れぬる上は」

と言ひければ、五郎、からからと打ち笑ひ、

「人の太刀悪しと言ふ人、さだめて善き太刀は持ちぬらん。但しあのゐせ太刀に追はれて、[85]小柴垣を破りて逃げしはいかに。御分の善き太刀も、心憎からず」

と言ひければ、聞く人、皆[86]汗を流さぬはなかりけり。実光、なまじいなる事を言ひ出だし、赤面してぞ立ちにける。これや、[87]三思一言、思慮あるべきにやとぞ申しける。

164 時致所持の太刀を納める頼朝。兄の首を前に泣き崩れる時致。

81 底本、「れ」が重複する。
82 底本「助成」。
83 くださったものである。
84 十分に持ちこたえた。
85 「小柴垣」は丈の低い柴垣。実光の逃亡は370頁参照。
86 ひやひやして気をもまない者はいなかった。
87 『論語』公冶長第五に、「三思而後行」とあり、『管蠡抄』九・思慮、『明文抄』二・人倫部に引かれる。よく考えてから口に出せの意。

犬房が事

ここに、祐経[1]が嫡子犬房[2]とて、九つになりける童あり。御前去らぬきり者[3]にてぞありける。傍らにて、父が事をよく〳〵聞き、さめ〴〵と泣き居たりしが、思ひやかね[4]けん、走りかかり、五郎が顔を二つ三つ扇にて打ちけり。時致[5]打ち笑ひ、

「己は、祐経[6]が嫡子、犬房な。その年の程にて、能くこそ思ひ寄りたれ。打てや打てや。打つべし打つべし、犬房よ。我々も、幼少にして、汝が親に、父を討たせぬ。年頃の思ひ、いかばかりぞや。今更思ひ知られたり。誠に旧りにし事を思へば、打つ[7]杖は痛まずして、弱る親の力を歎きし心ざし、五郎が今に知られたり」。

打たるるをば痛まず、主[8]が心を思ひやるこそ哀れなれ。

「珍しからぬ事なれども、果報程勝劣[9]ある物はなし。我々、祐経[10]を思ひかけて、この二十余年の春秋を送りしに、汝は、いみじき[11]生まれ性哉。夕べ討ちたる親の敵を、只今心のままに打つ事の羨ましさ[12]よ。それに付きても、前生[13]の宿業こそ拙けれ。現在[14]の果をもつて、未来を知る事なれば、来世又いかならん。

南無阿弥陀仏」

とぞ申しける。犬房は、猶も打たんと寄りけるを、

「いかにや、退き候へ」

犬房が事

1 底本「助経」。以下の二カ所も同。

2 324頁「祐経が屋形へ行きし事」注1参照。『吾妻鏡』建久四年（一一九三）五月二十九日条に、「祐経息童〈字犬房丸〉」、真名本では梶原景時によって、「左衛門尉の嫡子の犬房とてこれに候。その弟に金法師とて伊豆の国伊藤の庄に候ふなり」と紹介される。

3 主君に愛されて、権威のある者。

4 たえがたく思ったのであろうか。

5 底本「時宗」。

6 底本「助経」。

7「杖を」あるいは「杖をば」とあるべきか。『説苑』三・建本篇に、「伯兪有レ過、其母笞レ之泣、其母曰、他日笞レ子、未二嘗見一レ泣、今泣何也。対曰、他日兪得レ罪笞嘗痛、今母力不レ能レ使レ痛、是以泣」とあり、『孝子伝』や『蒙求』などに引かれる。前漢の伯兪が、母に笞（あるいは杖）で打たれて、その衰えを泣き悲しんだという話。伯兪泣杖。

8 杖で打つ者。

9 すぐれていることと、おとっていること。優劣。

10 底本「助経」。

11 すぐれた生まれつき。

12 底本「浦山しさ」。

13 前世の業因におけるめぐり合わせ。

14『平家物語』灌頂巻・大原御幸に、「因果経には、欲レ知二過去因一見其現在果一、欲レ知二未来果一見其現在因一とかれたり」とある。なおこの句は現存の『因果経』には見えず、『心地観経』にある。

と、縄取の者共言ひけれども、退かざりけり。御寮御覧ぜられて、

「犬房、退き侍へ。猶物問はん」

と仰せられければ、その時退きけり。これや、[15]禽鳥百を数ふるといへども一鶴にしかず、[16]数星相連なるといへども一月にしかず、君の御言葉一つにてぞ退きける。

五郎が斬らるる事

さてその後、君仰せられけるは、

「汝が申す所、一々に[1]聞き開きぬ。されば、死罪を[2]宥めて、召し使ふべけれども、傍輩これを嫉み、自今以後、狼藉絶ゆべからず。その上、[3]祐経が親類多ければ、その意趣逃れがたし。然かれば、[4]向後のために、汝を誅すべし。恨みを残すべからず。[5]母が事をぞ思ひ置くらん。不便に当たるべし。心安く思ひ候へ」

とて、165 166 御硯召し寄せ、「[6]曽我の別所二百余町を、彼等兄弟が追善のために、[7]頼朝一期、母一期」と自筆に御判を下され、五郎に戴かせ、母が方へぞ送られける。げにや、心の猛く、情けの深き事、人に優るるにより、屍の上の御恩、ありがたしと皆人感じける。これや、『文選』の言葉に、「[8]晋の文王は、その讐を親しみて諸侯を覇り、斉の桓公は、その仇を用ひて天下を匡す」とは、今の御世に知られたり。

五郎、詳しく承つて、

「[9]首を召されんにおひては、逃るる所なし。しばらくも長らへ申さん事、深き憂へと

---

15 つまらない者が百人集まっても、すぐれた一人の存在に及ばない。雀の千声鶴の一声。
16『淮南子』十七・説林訓・十九に「百星之明、不レ如二一月之光一、十牖之開、不レ如二一戸之明一」とあり、『明文抄』四・人事部下に引かれるものに近い。前のことわざと同じ意。

五郎が斬らるる事

1 聞いてわかった。
2 罪あるいは罪人について、寛大な取り扱いをする。許す。
3 底本「助経」。
4 今から後。こうご。
5 母のことに心を残すであろうが、母については十分にいたわってやろう。安心せよ。
6『吾妻鏡』建久四年（一一九三）六月七日条に、「自二駿河国一、還二向鎌倉一給。而曽我太郎祐信、候二御共一之処、於二路次一給レ暇、剰免二除曽我庄乃貢一、可レ訪二祐成兄弟夢後一之由、被二仰下一。是偏依下令レ感二彼等勇敢之無レ怠給上也」とある。「別所」は、本寺から離れて、修行者や念仏聖が草庵などを結んでいる所の意。なお、現神奈川県小田原市内に「曽我別所」の地名が残る。
7 頼朝が生きている間、また母が存命の間、これを保証する。
8『文選』三十九・獄中上書自明（鄒陽）に、「夫晋文公親二其讐一而彊二霸諸侯一、斉桓公用二其仇一而一二匡天下一」とあり、『玉函秘抄』上、『明文抄』二・帝道部下に引かれる。

存ずべし。母が事は、忝なく仰せ下され候へども、故郷を出でし日より、一筋に
思ひ切り候ひぬ。御恩に、一時も疾く、首を召され候へ。兄が遅しと待ち候ふべし。
急ぎ追ひ付き候はん」
と進みければ、力なく、御厩[10]の小平次に仰せ付けられ、斬らるべかりしを、犬房が、
「親の敵にて候ふ」
とて、ひらに申し受けければ、渡されにけり。口惜しかりし次第なり。祐経が弟に、伊[11]
豆次郎祐兼といふ者あり。五郎を受け取りて出でにけり。時致、東西を見渡し、
「それがしが姿を見ん人々は、いかにおこがましく思ふらん[12]。さりながら、親のため
に捨つる命、天神地祇[13]も納受[14]し
給ふべし。付けたる縄は、孝行の
善[15]の綱ぞ。各寄つて手を掛け、
結縁[16]し候へ」
と申しければ、げにもと言はぬ人ぞな
き。
その後、五郎をば浜州処[17]に連れて、
松が崎[18]といふ所の岩間に引き据へ、斬
らんとす。時致見返り申しけるは、
「構へてよく斬り候へ。人もこそ見

165 工藤祐経の遺児犬房、時致の顔面を扇で打つ。

9 首を斬られることはやむを得ません。
10 376頁注17参照。
11 祐経の弟とあるが、系図等に見えない。
12 ばからしく。
13 天つ神と国つ神。すべての神々。
14 受け入れなさるであろう。
15 結縁のため仏像の手などにかけ、参詣者などに引かせる綱。普通、五色の糸を用いる。
16 仏道の縁を結ぶこと。
17 海岸の浜地。真名本や『吾妻鏡』には、処刑の地についての記述はない。
18 未詳。現静岡県賀茂郡松崎町か。あるいは同伊東市川奈の地名に残る「松ヶ崎」か。いずれにしても、富士の狩場からは隔たりすぎる。

るに、悪しく斬り候はば、悪霊となりて、七代まで取るべし[19]」と言ひければ、祐兼聞きて、まことに斬り損じなば、いかなる悪霊にもなるべしと思ひしより、膝震ひ、太刀[20]の打ち所もおぼえざりける所に、筑紫[21]の仲太と申しけるは、御家人訴訟の事ありて、左衛門尉に付きけるが、訴訟かなふべき頃、祐経討たれければ、こ[22]れらが仕業とや思ひけん、わざと太刀にては斬らで、苦痛をさせんために、鈍き刀にて、掻き首[23]にこそしたりけれ。さしたる親類・知音にあらざる者も、別れを惜しみ、名を悲しまずといふ事なし。しかるに、勇士のいたつて猛きは、敵を破り、時を砕き、軍の先を駆くる故に、敵のために捕らはるといへども、芸を感じ、身を助け、情けをかくるは先規[24]なり。伝へ聞く、紀信[25]が軍車に乗りしも、武意[26]を感じ、楚王[27]、将になさんと言ひしかども、自ら死を望み、沛公[28]、軍を破り、片時も生きん事を悲しみて、戦場の石に脳[29]を砕きて失せにき。よつて、勇士、敵のために、命をしばらくも全うせざるは、古今の例なり。しかれば、五郎も、宵にや失せんと思ひしが、夜明けて死す事、矢立て[30]の杉の一二の枝の謂はれなり。

166 源頼朝、兄弟の母に所領安堵の書状を授ける。

19 祟ってとり殺すぞ。
20 刀で打つべき所。
21 『吾妻鏡』建久四年（一一九三）五月二十九日条に、「以二号鎮西中太云男一則令二梟首一」とあり、真名本に、「筑紫の仲太とて御家人のありけるが、左衛門尉に付て本領を訴詔しけるが」とある。
22 この人々（曽我兄弟）のせい。
23 首を掻き斬ること。
24 前からのおきて。以前からのしきたり。
25 『史記』七・項羽本紀第七に見える。滎陽で楚の項羽に包囲された漢の劉邦を脱出させるべく、紀信が劉邦の身代わりとなって車に乗り、楚軍に捕らえられた。ただし、紀信は捕らえられた後に項羽に焼き殺されている。一方、劉邦が脱出する間、周苛は滎陽を死守、劉邦脱出の後に捕らえられた周苛は項羽の臣下として誘われるが、それを固辞して煮殺された。ここに見える話は、紀信の話の前半と、周苛の話の後半が合成されてしまったもののようである。紀信の話は『保元物語』『平治物語』『太平記』等にも見える。
26 武技。武芸。また、その本質。
27 項羽。秦代の末、楚国の武将。漢の高祖と争って負けた。
28 漢の高祖、劉邦。初め沛の地に兵を起こしたので沛公と呼ばれた。
29 脳・脳髄・脳蓋などの称。
30 295頁参照。

伊豆次郎が流されし事[1]

さても、悪事[2]千里を走る習ひにて、伊豆次郎未練なりと、鎌倉中に披露[3]ありければ、秩父重忠[4]、御前にてこの事を聞き、

「曽我五郎をば、重忠賜つて、重代[5]のかうひらにて、誅し候ふべきを、不覚第一[6]の伊豆次郎に下し給はつて、かはゆき[7]次第と承り、口惜しく候ふ」

と申されければ、君聞こし召し、

「さやうの不覚人にてあるべくは、誰にても仰せ付けらるべきものを」

とて、伊豆次郎は、御不審[8]を蒙り、奥州外浜[9]へ流されしが、幾程なくて、悪しき病を受けて、同年[10]の九月に二十七歳にして失せにけり。これひとへに、五郎が憤り[11]の報ふ所にやと、唇[12]を返さぬ者はなかりけり。時致は五月に斬られければ、祐兼は九月に失せにけり。不思議成りし例、因果歴然[13]とぞ見えける。

鬼王・道三郎が曽我へ帰りし事

ここに、この人々の郎等に、鬼王[1]・道三郎とて二人の者あり。彼等は、富士の裾野、井出の屋形[2]より、次第の形見[3]を取り持ち、曽我の里へぞ急ぎける。されども、惜しみし名残なれば、心は後にぞ留まりける。実にや、幼少より取り育て奉り、世にも出で給はば、我々[4]ならでは誰かはあるべきと、人も思ひ、我も又頼もしかりつるに、かやう

伊豆次郎が流されし事

1 この話は真名本にはない。伊豆次郎は391頁注11参照。
2 『北夢瑣言』六に、「好事不レ出レ門、悪事行二千里一」とある。悪い行ないや悪い評判はたちまち世間に知れ渡るということ。
3 広く告げ知らせること。
4 畠山重忠。84頁注7参照。
5 畠山家伝来の太刀の名。彰考館本に「香衡」。『源平盛衰記』三十五・高綱渡宇治河事に、「秩父がかう平と云は、平四寸長さ三尺九寸の太刀也」とある。
6 もっとも卑怯未練な。
7 かわいそうな。
8 嫌疑。
9 79頁注13参照。
10 建久四年（一一九三）。
11 五郎の怒り・恨みのために報いを受けることになったのだろうか。
12 憎んで悪口を言わない者はなかった。
13 一切のものが、因果の法則によって動かされているということが明白であるさま。

鬼王・道三郎が曽我へ帰りし事

1 342頁注1参照。
2 底本「出の屋かた」。次頁の「井出」も同。
3 順々に受け取った形見。その内容は342頁参照。
4 我々ほどの者がほかにあるはずがない。

になりゆき給ひしかば、[5]慕い憧れしもかなはで、泣く〳〵曽我へぞ帰りける。思ひのあまりに、道の辺にしばし休らひ、富士野の方を返り見れば、松明多く走りめぐり、ただ[6]万灯会のごとし。今こそ事出で来ぬると見えければ、我が君の御命、いかがわたらせ給ふらんと、心許なさ限りなし。ただ[7]二人ましませば、大勢に取り籠められ、いかに隙なくましますらん、今は御身も疲れ給ふらんと思へば、走り帰りて、御最期を見奉らまほしきも、隔たりぬれば、かなはずして、ただ泣くより他の事ぞなき。しばらくありて、松明の数も次第に少なく、火の光も薄くなりゆけば、[8]君の御命もかくやと、火の光も名残惜しく思ひければ、道の辺に倒れ伏し、声も惜しまず泣き居たり。馬も、[9]生ある物なれば、人々の別れをや惜しみけん、富士野の空を返り見て、二三度までぞ[10]嘶へける。

さてあるべきにあらざれば、[11]遠近の方便も知らぬ山中に、おぼつかなきは富士野なり。泣く〳〵[12]空しき駒の口を引き、故郷へとは急げども、[13]行きもやられぬ山道の、末も定かに見え分かず。ここに、人の使ひと思しくて、文持ちたる者、後より急ぎ来たる。道三郎、袖を控へて、

「今宵、井出の屋形には、何事のありければ、松明の数の見え候ひつる」

と問ひければ、

「[14]さればこそとよ。知り給はずや。曽我十郎・五郎といふ人、兄弟して、一族の工藤左衛門尉殿を、親の敵とて討ち給ひぬ。剰へ、御[15]所の内まで斬り入りて、日本の侍たちの、斬られぬは候はず、手負ひ・死人二三百人もこそ候ふらん。されど

5 お慕い申しても、それさえ許されることなく。
6 懺悔や滅罪のために、一万の灯明を点じて仏・菩薩に供養する法会。万灯供養。
7 味方はただ二人きりであるから。
8 主君の命もこの松明の光のようにはかなく消えてゆくのであろうかと。
9 生命あるもの
10 いななった。
11 「をちこちのたづきもしらぬ山中におぼつかなくも喚子鳥かな」(古今集・春上・よみ人しらず)による。「方便」は手がかり、勝手。どこがどこなのやら勝手もわからない山の中にあって、気がかりなのは富士の裾野なのだ。
12 主人を乗せていない馬の。
13 先へ進むこともできない。
14 そのことですよ。
15 将軍の屋形。

も、兄の十郎は、夜半に討ち死にし給ひぬ。弟の五郎殿は、暁に及び、生け捕られ給ひき。この人々の振る舞ひは、[16]天魔・鬼神の荒れたるにや、かかる[17]おびたたしき事こそ候はざりつれ。かやうの事を、[18]大磯の虎御前の妹、[19]黄瀬川の亀鶴御前より、

「大磯へ告げさせ給ふ御使ひなり」

とて、走り通りけり。二人の者共聞きて、し損じ給ふべしとは思はねども、[20]一期の大事なれば、心許なく思ひ奉りしに、何事なくて本意を遂げ給ひぬるよと、歎きの中の喜びにて、次第の形見を面々に奉りけり。

同じくかの者共が遁世の事

さればこの者共は、我が家にも帰らず、[1]高野山に訪ね登り、ともに髻切りて、[2]墨染の衣の色に心をなし、一筋にこの人々の[3]後生菩提を弔ひけるぞありがたき。

曽我にての追善の事

さても、母は子どもの返したる小袖を取り上げて、各々顔に押し当てて、そのまま倒れ伏し、[1]消え入り給ひにけり。女房たち、やうやう[2]介錯し、薬など口に注き、養生しければ、わづかに目ばかりもちあげける。せめての事に、文を開きて読まんとすれども、[3]目も暗れ、心も心ならねば、文字もさらに見え分かず。

「恨めしや、妾を」

16 欲界の第六天の魔王。
17 ものすごい。大変な。
18 158頁注2・4参照。
19 220頁注5・6参照。「虎御前の妹」とあるのは、血縁というより妹分の意か。
20 一生の。

同じくかの者共が遁世の事

1 現和歌山県北東部の紀伊山地中にある平坦地部の総称。空海が金剛峯寺を創建して以来、真言宗の総本山。高野聖の根拠地。
2 仏の道に心を向け。
3 来世は極楽に往生して、仏としての悟りを得ること。後世菩提。

曽我にての追善の事

1 悲しみのあまり気を失った。
2 介抱して。世話をして。
3 目もくらみ、心も落ち着かないので。

とばかり言ひて、胸に引き当て、又打ち伏しぬ。ややありて、息の下にて口説きけるは、

「まことに、凡夫[4]の身程はかなき事はなし。この小袖を乞ひて、永き世までの形見と思ひて、折節[5]こそあるに、二人連れて来たり、乞ひけるものを知らずして、返せと言ひけん悔しさよ。五郎も、限り[6]と思ひてや、この度、強く言ひけるぞや。幾程[7]なき者故に、不孝して、年頃添はざりける悲しさよ。なをも心強く許さざりせば、一目も見ざらまし。久しく添はざりしに、珍しくも、頼もしくもおぼえしものを、せめて[8]三日とも打ち添はで、名残惜しさよ。懐かしかりつる面影を、いつの世にかは会ひ見ん」

とて、声も惜しまず泣き居たり。いかなる賤の男、賤の女に至るまで、涙を流さぬはなかりけり。二宮[9]の女房をはじめとして、親しき人々は集まりて、泣き悲しむ事、斜めならず。思ひのあまりに、母は、十郎が居たりける所に倒れ入り、167 168
「ここに住みしものを」

とばかりにて、憂かりし[10]閨の傍らに、書きたる筆[11]のすさびを見れば、「一切有為法[12]、如夢幻泡影、如露亦如電、応作如是観」とぞ書きたりける。我が身をありとも思はぬ口[13]ずさび、見るに涙も止まらず。この押板[14]には、『古今』『万葉』をはじめとして、『源氏』『伊勢物語』に至るまで、数の草子を積み置きたれども、今より後の慰びには、誰かはこれを見るべきと、見るに思ひぞ勝りける。文をば、二宮の女房ぞ、泣く泣く読み連ねける。聞くにつけても、心は心ともおぼえず。

4 悟りに達せず、煩悩に束縛されて迷う人。
5 ほかにもしかるべき時もあっただろうに、わざわざ。
6 これが最後の機会と思って。
7 短い親子の縁であるというのに、勘当して何年も一緒に暮らさなかったことが、悔やまれる。
8 わずかに三日の間さえも、共に暮らすことができなかった。
9 曽我兄弟と同母の姉。150頁注1参照。二宮朝忠(義実とも)に嫁している。
10 古活字本「うかりふしぬ」、彰考館本「うちふしぬ」。
11 心のおもむくままに筆を執ること。
12 『金剛経般若』に、「一切有為法、如夢幻泡影、如露亦如電、応作如是観」とある。因縁の和合によって造られた現象的存在は、すべて移り変わってははかないものだということ。
13 思い浮かぶままに朗詠すること。
14 書物、硯などを載せるための台として、室内に、つくりつけにしないで置いた板。

「人の習ひ、神や仏に参りては、命を長く福幸ひをこそ祈るに、この者共は、ただ明け暮れ死に失せんとのみ申しければ、この度逃れたりとも、[15]つゐに添ひ果つまじきぞや。それにつけても、箱王を年頃不孝して、添はざりし事の悔しさよ。それは、草の蔭にても聞け。まことには不孝せず。[16]たとへば、法師になさんとせし事の叶はぬに、不孝と言ひしを、[17]つゐでなくして何となく、月日を重ねしばかりなり。[18]小袖・直垂を着せし事も、日頃に変はらざりしを、二宮の女房の着するやうにて取らせしを、まことと思ひて、妾をば、[19]辛き者にや思ひけん。[20]よし、なかなかに今は歎きの便りなり。打ち添ひ馴るる身なりせば、いよいよ名残も惜しかるべし。かくて、我が身は、[21]何にかは長らへ果てん、憂き命、あるもあられぬ例かな」

と、悶へ焦がれける。[22]曽我太郎も、

「幼き時より取り育て、[23]わりなき事なれば、実子にも劣らず。心ざま、又[24]賢しかりしかば、[25]梅兄竹弟の思ひをなし、朝夕[26]愚かならざりしかども、所領広からざれば、一所を分くる事もなし。その上、御勘当の人々の末なれば、[27]清げな

15 最後まで一緒に暮らすことはできなかっただろう。
16 詳しく言えば。
17 許す機会を持てなくて。
18 真名本に、「直垂・小袖を着せしも、先々（勘当前）には替はらざりき。上ばかりこそあれ、二宮の姉に預け、十郎には取らせなんどして、各々訪ふ様にて（ひそかに五郎に）着せよとて預け置きしかば、それをば知らずして我を嘆き者とや思ひけん。由なかりける童が仕態かな」とあり、小袖が五郎へわたることを期待していたことがわかる。
19 薄情者。
20 よしやよし。えいままよ。
21 どうしていつまでも生きながらえていられようか。
22 兄弟の養父、祐信。55頁注4参照。
23 かわいくてしかたがない。
24 すぐれていたので。
25 梅と竹とを兄と弟に見たてていう語。
26 おろそかにはしなかったが。
27 立派な風情でいるのも憚られる。

167 道三郎と鬼王、曽我の里に兄弟の形見を届ける。（焼痕あり）

らんも恐れありなどと、思ひし事も夢ぞかし。今さら後悔、益なし」

とぞ歎きける。母は、日の暮れ、夜の明くるに従ひて、いよいよ思ひぞ勝りける。

「惜しからざりし憂き身なれども、[28]彼等が行方、もしやと思ふ故にこそ、[29]辛き命も惜しかりつれ。今は、浄土にて生れ会ひ、今一度見ん」

とて、湯水を断ちて伏し沈みければ、露の命も危うくぞ見えし。親しき人々集まりて、

「憂き世の習ひ、[30]御身一人の歎きにあらず。さしも、繁昌し給ひし平家の公達も、一度に十人、二十人、目の前にて海中に沈み、[31]弓箭に携はり給ひし時の別れども、日数積もり、年月隔たりぬれば、[32]さてのみこそ過ぎ候ひしか。今の世にも、或ひは父母に後れ、或ひは夫妻に別れ、又は親子兄弟に離れ、歎く者のみこそ多く候へども、たちまち命を捨つる者なし。まことに御子のために御身を捨て給はん事、[33]逆様なる罪の深さ、いかばかりと思し召す。[34]泣く涙も猛火となりて、子にか

168 祐成の宿所で、泣き悲しむ母や二宮の姉たち。(焼痕あり)

28兄弟の将来が、もしかしたらよくなるかもしれない。29生きる甲斐もないようなこの命を。30あなたお一人だけの悲しみではありません。31諸本「きうせん」、彰考館本は「弓箭」をあてる。南葵文庫本は「ゆみや」。「弓箭に携わる」で武士を表す。戦場での別れを言うか。あるいは死後の世界、冥途を表す「九泉」か。32そのままに過ぎました。33道理に反する罪。子どものために親が死ぬことをさす。34嘆き悲しむ母の涙は、逆に燃え立つ炎となって子にふりかかる。35罪となる業の程度もはかりしれない。36天寿をまっとうして。37死後に成仏の果を得ること。38底本「に」なし。他本により補う。39菩薩が因位の修行を経て、修行の最終の結果としての一切平等で正しい悟りを完成すること。仏の悟りを開くこと。40遺骸を葬った。真名本によると、伊豆国住人尾河三郎が頼朝の命を受けて兄弟の首を曽我の里に届けており、また、駿河国平沢の山寺の僧で兄弟の従兄弟にあたる宇佐美禅師が、富士野で兄弟の亡骸を葬送し、六月三日に遺骨を曽我の里に届けたとある。41母が生き残って子の菩提を

かるとこそ聞きつれ。まして、子のために、命を失ひ給はん事、[35]罪業の程を知らず。いかにも身を[36]全くして、[37]後世菩提を訪ひ給へ」

と、さまざまに申しければ、わづかに[38]湯水ばかりぞ聞き入れける。

さてあるべきならねば、僧たちを請じ奉りて、[39]成等正覚、頓証菩提とぞ[40]取り納めける。母の弔はるべき身の、[41]逆様なる事に歎き悲しみける。げにや、世の中の定めなき、涙の種とぞなりにける。
[42]箱根の別当も、この事を聞き、急ぎ曽我に下り、諸共に歎き給ふ。
「箱王が出でし時の面影、愚老が涙の袖に留まり、師弟親子の別れ、変はるべきにあらず」

とて、さめざめと泣き給ふ。

その後は、持仏堂に参り、かの菩提を弔ひ給ひけり。[43]七日七日、四十九日まで怠らず[44]追善あり。まことに[45]弥陀の誓願は、[46]十悪五逆の大罪をも、[47]一念十念の力をもつて、[48]来迎引接し給ふべき[49]他力の本願、頼もしかりけり。この人々は、父のために身を捨てける心ざしなれば、罪にしてしかも罪にあらず、その上、在世の時も、仁義を乱さざりしかば、後の世までも、[50]悪道には[51]堕罪せられじと、頼もしくぞおぼえける。

禅師法師が自害の事

さてもこの人々の弟に、[1]御房とて、十八になる法師一人あり。故河津三郎が[2]忌の内に

弔うのは逆さま事の逆縁である。42 8頁注23参照。43 死後の七日目よりはじめて、七日ごとに四十九日まで仏事を営む。44 死者の冥福を祈って仏事を営むこと。45 阿弥陀如来が法蔵菩薩と称したとき、すべての衆生を救うために立てた、四十八の誓願。46 十悪は、身、口、意の三業が作る十種の罪悪。すなわち、殺生・偸盗・邪淫の「身三」、妄語・両舌・悪口・綺語の「口四」、貪欲・瞋恚・邪見の「意三」の総称。五逆は、五種のもっとも重い罪悪。一般には、母を殺すこと・父を殺すこと・阿羅漢を殺すこと・僧の和合を破ること・仏身を傷つけることの五つをいい、これを犯すと無間地獄に落ちるとされる。十悪五逆の大罪は、極悪の罪業。47 一度または十度、阿弥陀仏の名号を唱えること。48 阿弥陀仏が菩薩らと来迎して、衆生を極楽浄土へ導くこと。49 他力すなわち本願の意。自己の修行の功徳によって悟りを得るのではなく、もっぱら阿弥陀仏の本願によって救済されることをいう。50 現世で悪事を行なった者が、死んでからおちていく所。地獄・餓鬼・畜生の三悪道、または阿修羅を加え、四悪道という。悪趣。51 罪におちいること。

禅師法師が自害の事

1 53頁参照。祐成・時致の末弟。伊東禅師。『吾妻鏡』建久四年（一一九三）六月一日・七月二日条に、本章段とかかわる記事が見える。2 喪中。

生まれたる子なり。母、思ひのあまりに、捨てんとせしを、叔父伊東九郎[3]養ひて、越後[4]国国上と言ふ山寺に登せ、伊東禅師とぞ言ひける。九郎、平家へ参りて後、親しきにより、源義信[5]が子と号して、折節、武蔵国にありけるを、頼朝、聞こし召し、義信に仰せ付けて、召されければ、力なく、家[6]の子郎等数十人下しし事、不便なりし次第なり。大方、同じ兄弟とは申しながら、乳の内より他人に養はれ、しかも出家の身なり。これもただ普通の儀なりせば、彼等まで御尋ねあるまじきを、兄共の世に超え、名を万天[7]に上げし故ぞかし。義信の使ひは本坊[8]に来たりて、かやうの次第を言ふ。禅師法師聞きて、

「心憂や。弓矢取りの子が、我が家を捨てて、他[9]の親につく事は、ゆめ〳〵あるまじき事なり。かやうの罪過は、その源[10]を糺されけるをや。同じ死する命、兄弟三人、一つ枕に討ち死にせば、いかが人目も嬉しからまし」。

今さら後悔すれどもかなはず、仏前に参りて、御経開き読まんとすれども、文字も見えざりければ、巻き納め、数珠をさら〳〵と押し揉み、

「南無平等大慧[11]、[12]一乗妙典、願はくは、法華読誦の功力により、刹那の妄執[13]を消滅し、安楽世界[14]に迎へ取り給へ」

と祈誓[15]して、169 170 剣を抜き、左手の脇に突き立て、右手へ引き回さんとする所を、同宿[16]はやく見つけて、

「これはいかに」

3 祐清。伊東祐親の次男。御房の養育については54頁を、その最期については89頁「祐清、京へ上る事」注1参照。
4 現新潟県燕市国上の国上寺。
5 『吾妻鏡』建久四年（一一九三）六月一日条に、「祐清加二平氏一、北陸道合戦之時、被二討取一後、其妻嫁二武蔵守義信一、件僧同相従、有二武蔵国府一」とある。真名本では「武蔵守源茂信朝臣」。149頁注17参照。
6 一族および家臣の総称。
7 天下四方。世界。
8 国上の本寺。
9 他の人を親にすることはけっしてあってはならない。
10 その血統を遡って僉議されるのだ。
11 仏の智慧。一切智の中で最もすぐれた仏の智。
12 法華一乗の妙理を説く経典の意。『法華経』のこと。
13 迷いの心から物事に執着すること。
14 極楽浄土をさす。
15 神仏の祈り、誓いを立てること。
16 同じ僧坊に住み、同じ師匠に仕える者。

17 潔い。
18 同輩。同宿。
19 名誉、名声がきずつくこと。
20 動かせず、自害を途中でやめさせた。
21 将軍の命令。
22 人を乗せる台の下に二本の轅をつけて、肩にかつぎ上げ、または手で腰の辺にさげて行くもの。
23 担がれて。
24 坊主め。「わ」は名詞・代名詞に付けて対称の代名詞をつくる接頭語。多くは目下に用い、親愛感や身近な者への軽い敬意を表すが、軽侮の気持ちを表わす場合もある。ここでは後者。

と、取り付き押さへければ、

「退き候へ。人手にかからんより、清き[17]自害をして見せ申さん。一つは、[18]同房たちの思し召さるる所もあり。空しく鎌倉へ捕られん事、寺中坊中の[19]名折れなり。放し給へ」

と怒りけれども、大勢なれば、力及ばず。その上いよいよ弱り果てにけり。まことに心ならず。人数多にて[20]働かさず、自害半ばにぞしたりける。無念と言ふも余りあり。御使ひは、庭上に充満して責めければ、力及ばず、[21]上意もだしがたくして、渡されにけり。口惜しかりし次第なり。御使ひ受け取り、[22]輿に乗せて、鎌倉へこそ上りけれ。君聞こし召されて、御前に召されければ、[23]舁かれて参りけり。君御覧ぜられて、

「[24]わ僧は、河津が子か」

と、御尋ねありければ、禅師房、前後も知らざりけるが、君の仰せを聞きて、両の手を押し動かし、起き上がらんと心ざしけれども、かなはで、頭を持ち上げ、

「さん候ふ。伊東がためには、孫候ふ」

[169] 曽我での法要。箱根別当来訪。右下の尼は虎か。（焼痕あり）

と申す。

「さて、兄共が、敵討ちけるをば知らせざりけるか」

「畏れながら、将軍の仰せとも存じ候はず。[25]一腹一生の兄共が、親の敵討ちにとて知らせ候はんに、たとひ出家にて候ふとも、同意せぬ畜生や候ふべき。御推量も候へ」

とぞ申し上げたりける。君聞こし召し、

「汝が眼差しを見るに、頼朝に意趣ありと見えたり。事を尋ねんために召しつるに、[26]楚忽の自害、所存の外なり」

「楚忽とは、いかでか承り候ふ。すでに御使ひ賜つて、召し捕れとの御諚を承つて、その用意仕らぬ事や候ふべき。あはれ、兄共が知らせてだに候はば、二人の者共をば、祐経に押し向け、愚僧は、一人にて候ふとも、[27]君を一太刀窺ひ奉りて、[28]後世の訴へに仕るべきものを」

とて、御前を睨み、[29]言葉を放ちてぞ申しける。君聞こし召して、

「頼朝には、[30]何の意趣かありけるぞ」

「我等が先祖の敵、又は兄どもが敵にては候はずや。これにつきても果報の[31]勝劣

170 伊東禅師、源頼朝の召喚を受け、切腹を図る。（焼痕あり）

25 同じ父母から生まれた兄弟。

26 軽率な。

27 源頼朝。

28 あの世で訴えて自分の功名にしようか。

29 恐れ憚ることなく言い切って。

30 どのような恨みがあるのだ。

31 すぐれていることと、おとっていること。優劣。

程、憂きものは候はず。ただ御威勢に押されて、かやうに罷りなりて候ふ。畏れながら、身が身にて候はば、源平両氏の戦ひに、いづれ甲乙候ふべき」

と申しければ、君はしばらく物をも仰せられず。ややありて、なをも心を見んと思し召しけん、

「[32]其の手にても生きてんや。さも思はば、助くべし」

と仰せ下されければ、禅師承つて、からからと打ち笑ひ、

「よくよく人とも思し召され候はずや。御助けある程ならば、いかで、これまで召さるべき。[33]もしさもとや申さんを、聞こし召されんためか。[34]まさなや、人によりてこそ、さやうの御言葉は候ふべけれ。口惜しき仰せかな」

とぞ申しける。御寮聞こし召し、この法師も、兄共には劣らざりけり、助け置きなば又大事を起こすべき者なり、よくぞ召し寄せたりけると思し召しける。禅師、重ねて申しけるは、

「とても助かるまじき身、刹那の長らへも苦しく候へ」

と、しきりに申しければ、生年十八歳にして、つゐに斬られにけり。無慙なりし次第なり。君、この者の気色を御覧じて、

「剛なる者の孫は剛なり。あはれ、彼等に[35]世の常の恩を与へて召し使はば、思ひ止まる事もありなまし。[36]弓矢取る者は、誰劣るべきにはあらねども、か程の勇士、天下にあらじ」

32 その傷のままでも生きていけると思うか。
33 もしかして、私が命乞いをするのをお聞きになろうとお思いか。
34 あってはならないぞ。
35 世間並みの所領を与えて。
36 武士の中で、誰が彼等に劣るというのではないが。

と仰せ[37]もあへず、御涙を流させ給ひしかば、御前祗候の侍共も、袖を濡らさぬはなかりけり。

京の小次郎が死する事

ここに、この人々に語らはれ、同意せざりし一腹の兄、京の小次郎[1]も、同[2]じき八月に、鎌倉殿の御一門、相模守[3]の侍に、由良三郎[4]が謀叛起こして出でけるを、止めんとて、由比[5]の浜にて、大事の傷を蒙り、曽我に帰り、五日を経ずして死にけり。同じくは、五月に、兄弟共と一所に死にたらば、いかがよかるべきとぞ申し合ひける。

三浦与一が出家の事

三浦与一[1]も与せざりしが、幾程なくして、御勘当を蒙り、出家[2]してげり。人はただ、義[3]と信との道をば、正しくすべき事をや。

曽我物語 巻第十終 171

171 連行された伊東禅師と、尋問する源頼朝。（焼痕あり）

37 仰せおわられぬうちに。

京の小次郎が死する事

1 兄弟の異父兄。150頁注1参照。
2 『吾妻鏡』建久四年（一一九三）八月二十日条に、「故曽我十郎祐成一腹兄弟、京小次郎被ㇾ誅。参州縁坐云々」とある。
3 仮名本諸本同。真名本には、「鎌倉殿の御弟参河守範頼の侍に」とある。
4 真名本は「条義三郎」、彰考館本に「由木の三郎」、万法寺本に「ゆうき三郎」。
5 現神奈川県鎌倉市の海岸部。

三浦与一が出家の事

1 188頁注12参照。
2 真名本には、「程なく御勘当を蒙て出家したりけるが、三浦にはあり兼ねつつ、高野の方へ上りけるとぞ承る」とある。
3 古活字本「ふかうのみち」。

虎、曽我へ来たりし事

そもそも、建久四年[1]長月上旬の頃なるに、世の憂きを思ふに、繋がぬ[2]月日も移り来て、昨日今日とは思へども、憂き夏も過ぎ、秋もやうやうたちぬれば[3]、賓雁書をかけて[4]、上林の霜に飛ぶ、貞女いづくにかある、くはんしよ衣を打ちて、良人未だ帰らざる所に、せんき[5]尼一人、濃き墨染の衣に、同じ色の袈裟を掛けて、葦毛[6]なる馬に、貝鞍置きて乗りし人出で来たる。何者ぞと見れば、十郎が常に通ひし大磯の虎なり。彼等が母のもとに行き、近き所に立ち入り、使ひをして言ひけるは、「この人々の百箇日[7]の孝養、大磯にても、形[8]のごとく営むべけれども、箱根の御山にてあるべしと承り候へば、この御仏事をも聴聞申し、我が身[9]の営みをも、そのつゐでにして、一つの諷誦[10]を

172 尼となった虎、曽我を訪れる。左下の鞍置馬は、祐成の形見。

1 一一九三年九月。
2 月日が過ぎゆくのは繋ぎ止めることができない。月日の過ぎていくさま。
3 古活字本同。彰考館本「闌ぬれは」、万法寺本「たけぬれは」。秋が「立つ」のは七月であるので、「たけぬれば」とあるべきか。
4 底本「ひかんをかけ」。古活字本「ひんがんしよをかけて」により改める。『新撰朗詠集』上・擣衣に「賓雁繋レ書飛二上林之霜一、忠臣何在、寡妾擣レ衣泣二南楼之月一、良人未レ帰」によるもので、彰考館本、万法寺本等の諸本にも見える。
5 古活字本同。彰考館本・万法寺本に「わかき」。従うべきか。なお、真名本ではこの時点ではまだ虎は出家前であり、箱根での法要を遂げた直後に、箱根の別当を戒の師として出家したとする（427頁も参照）。また432頁では、虎が百箇日の法要の折に箱根で出家したと語っている。
6 形見として祐成から譲られた馬と鞍。247頁注84・85参照。
7 死後百日目に行なう法要。
8 世の習わしに倣って。
9 自分自身の営む仏事。
10 経文または偈頌を声をあげて読むこと。

も捧げばやと思ひ、参りて候ふ」

と言ひければ、母聞きて、

「嬉しくも思ひ寄りおはしますもの
かな。十郎ありし方へ入らせ給へ。

やがて[11]見参に入るべし」

と、荒れたる住み家の扉を開けて、呼び入れにけり。虎は、十郎が住み所へ立ち入り見れば、いつしか[12]庭の通ひ路に草茂り、跡踏み付くる人もなし。塵のみ積もる床の上、打ち払ひたる気色も見えず。[13]今はの別れの暁まで、見馴れし所なれば、変はる事はなけれども、主はなかりけり。[172] [173] 思ひしより、過ぎ来し方のゆかしく、[14]我が身はもとの身なれども、心はありし心ならず。月やあらぬ春や昔のかこち草、深き名残の尽きせねば、泣くより他の事ぞなき。[15]転び入りたるそのままにて、しばしは起きも上がらざりけり。[16]枕も袖も浮くばかり、[17]立ち添ふものは面影の、それとばかりの情けにて、涙もさらに止まらず。

ややしばらくありて、母出で会ひけり。虎を一目見しより、何と物をば言はで、袖を顔に押し当て、さめざめと泣きけり。虎も、母を見て、[18]ありし顔ばせの残り留まる心地して、[19]打ち傾き、声も惜しまず泣き居たり。[20]夫の歎き、子の別れ、さこそは悲しかりけ

[173] 祐成の旧宅にて、虎と母、嘆き悲しむ。

11 すぐにお目にかかりましょう。
12 庭の通り道もしばらく人が通った形跡がない。
13 かつて十郎と虎が別れた朝。246頁参照。
14「月やあらぬ春や昔の春ならぬわが身ひとつはもとの身にして」(新古今集・恋五)による。月や花、我が身さえも昔のままであるが、私の心だけがかつてとは変わってしまった。
15 転げ込み。
16 多くの涙がこぼれるさまを喩える。
17 十郎の面影が我が身に寄り添うように思われて。
18 かつての十郎の顔つき。
19 倒れかかって。
20 夫と別れた虎の嘆きと、子と別れた母の嘆き。

めと、推し量られて哀れなり。母、涙を抑へて言ひけるは、

「かくあるべしと思ひなば、十郎がありし時、恥づかしながら、見奉るべかりしものを、身の貧なるにより、[21]親しむべきにも疎く、語らふべきにもさもあらで、万思ふやうにも候はで、うち過ぎし事の悔しさよ。十郎、浅からず思ひ奉りし事なれば、ただ十郎に向かふ心地して、懐かしく思ふ」

と、泣く泣く語りければ、虎も又、

「身の[22]数ならぬにより、御見参申さず」

とて、これも涙を流しけり。

「形見とて残し置かれし馬鞍、見る度ごとに、目も暗れ、仏の御名を唱ふる[23]障りとなり候へば、亡き人の御ためもしかるべからず。この度の[24]御仏事の御布施に、思ひ定めて候ふ[25]」

と言ひも果てず、打ち傾きけり。

「仰せのごとく、形見は由なき物にて、[26]これらが狩場より返したる小袖を見る度ごとに、心乱れ候ふぞや。是も、この度の御布施に思ひ向けて候ふ。御身は、十郎が事ばかりこそ歎き給へ。妾程罪深き者は候はじ。[27]河津殿に後れたりし時、一日片時の命も長らへがたかりしに、[28]つれなき身の長らへ、百日の内に、[29]数多の子に後れたり。いかばかりとか思し召す。殊に彼等二人は、身を離さで、左右の膝に据へ育て、父の形見と思へば、憂き時も、彼等にこそは慰みしが、今より後は、誰を

21 親しくしなければならない方にもよそよそしく、相談しなければならない方に相談もしないで。
22 人の数にも入らぬ遊女の身なので。
23 嘆き悲しんでいては、称名念仏にも差し障りがあるだろうから。
24 仏事の料として僧に差し出す品物。十郎の形見の馬を布施にしたことは、『吾妻鏡』建久四年（一一九三）六月十八日にも見える。
25 底本「よ」。他本により改める。
26 十郎・五郎兄弟。
27 河津三郎と死に別れて後。
28 あいにく何事もなく生きながらえて。兄弟の母にとって生きながらえることは不本意なことであったことをいう。
29 母にとっては、長女（二宮の姉）を除いて、京の小次郎（長男、父は曽我兄弟と異なる）、十郎（次男）、五郎（三男）、伊東禅師（四男）の四人の子を立て続けに亡くしている。

30 その場かぎりの言葉で勘当と言ったそのままに、許してやるように取りなす人もいない。

31 それならば許す。

32 見守る。

33 このように、死ぬことになるだろう。

34 帰ってきなさいという母の願いを。

35 つらい思いを語ることであろうか。

36 遊女として世を渡る習いとして。

37 けなげにも。

38 後世を弔え。390頁注6参照。

39 どんなに取るに足らない者であっ

見、何に心の慰むべき。箱王は、法師にならざりしを、[30]かりそめに『不孝』と言ひしそのまま、『許せ』と言ふ人もなし。身の貧なるにより、何となく打ち過ぎ、月日を送り、年頃添はざりし事、今更悔しく候ふぞとよ。打ち出でし時、兄が連れて来たり、限りと思ひてや、『許せ』と申せしに、[31]『さらば』と言ひし言の葉を、嬉しげなりし顔ばせの、あらはれたりし無慙さよ。親ならず、子ならずは、老ひたる妾が言葉の末、誰かは重く思ふべきと、頼もしく思ひて、つくづくと[32]まぼりしに、盃取り上げ、傾く程、涙浮かびて候ひしを、不孝を許す嬉しさの、涙と思ひて候へば、[33]かやうになるべきとて、限りの涙にて候ひけるを、凡夫の悲しさは、夢にも知らで、懐かしかりける顔ばせ、何しに年月不孝しけんと、過ぎにし方まで悔しきに、せめて三日打ち添はで、[34]帰れとばかりのあらましを、いかに哀れに思ひけん。いつの世にか会ひ見て、[35]憂きを語りてまし」

とて、又打ち伏して泣きけり。虎も、涙に咽びつつ、しばし物をも言はざりけり。互ひの心の内、さこそと思ひやられたり。

「これなる御経は、彼等が最後に富士野よりも送りたる文の裏に書き奉りて候ふ。この文を読まんとすれば、文字も見えず。近く寄りて読み給へ。聞き候はん」

とて差し出だす。十郎が文と聞けば、懐かしくて、読まんとすれば、目も暗れ、いづれをそれとも見え分かず、胸に当てて泣くばかりにてぞありける。[36]流れをたつる習ひ、か程の心ざしあるべしとは思はざりしを、[37]優しくも見ゆるなりけりと思ふに、涙ぞ勝りける。

「今宵は、これに留まりて、心静かに物語申すべきが、箱根への用意させ候ひて、暁出で候ふべし。聞き給ひぬるや、これらが[38]孝養せよとて、君よりは所領賜り候ふ。世には、敵討つ者こそ多く候ふなれども、心ざま人に優るるにより、かやうの御恩に預かり候ふ。[39]いかに言ふ甲斐なくとも、彼等が安穏ならんこそ、嬉しくも」

とて、

「これや昔、[40]上東門院の御時、[41]和泉式部が、[42]女小式部内侍に後れて、悲しみけるに、君、哀れに思し召して、母が心を慰めんと思し召し、御衣を下されしかば、[43]和泉式部、

[44]もろともに苔の下にも朽ちずして埋もれぬ名を聞くぞ悲しき

かやうに詠みたりし事まで思ひ知られて、忝くおぼえ候ふぞや。それにつき候ひては、この度の仏事、心の及ぶ程、営むべきにて候ふ。この辺には、さりぬべき[45]導師も候はねば、[46]別当を導師に定め参りて候ふ。五郎が事忘れず、御歎き候へば、[47]一入愍ろなるべし。暁は、伴ひ奉るべし」

とて、帰りにけり。虎は、母が後ろ姿を見送り、十郎が装ひ思ひ出でられて、これも名残は惜しかりけり。

[48]さらぬだに、秋の夕べは寂しきに、独り伏屋の軒の月、涙に曇る折からや、[49]折知り顔の鹿の声、枕に弱る蟋蟀、軒端の[50]荻を吹く風に、古郷思ひ知られつつ、時しも長き夜もすがら、明かしかねたる[51]思ひ寝の、会ふ夢だにもなければや、[52]片敷く閨の枕に、

ても、彼等が無事でさえいてくれれば、嬉しいのであるが。

40藤原道長の女彰子。一条天皇の中宮。

41大江雅致の女。和泉守橘道貞と結婚、小式部内侍が生まれたが、まもなく離婚。後に上東門院のもとに仕え、それが機縁となって藤原道長の家司、藤原保昌に再嫁して丹後に下った。

42母とともに上東門院に仕えたが、二十代の若さで世を去った。

43底本「泉式部」。

44『金葉集』雑下に載る。詞書に「小式部内侍うせてのち、上東門院より年ごろたまはりけるきぬを、なき跡にもつかはしたりけるに、小式部内侍と書きつけられたるを見てよめる」とある。『金葉集』では、第二句「苔の下には」、第五句「見るぞ悲しき」。娘と一緒に死んでしまわないで、朽ちることのない名を聞くのは悲しいことだの意。

45法会・供養などの時、衆僧の首座となって儀式をとり行なう僧。

46箱根の別当。8頁注23参照。

47ひときわ。いっそう。

48そうでなくても。以下、韻律の整った文章で虎の孤独の悲しみを描く。

49悲しいことを知っているかのような。

50底本「おも」。他本により改める。『新続古今集』秋上に、「ふるさとの軒端の荻をふく風に見しよの露ぞ袖にこぼるる」とある。

51恋しい人を思いながら寝ること。

52寝るために自分ひとりの着物を敷く。独り寝をする。古く、男女が共寝するとき、互いの着物の袖を敷きかわして寝たところからいう。

置き添ふ露の重なれば、[53]現の床も浮くばかり、明け方の雁がねの、友を語らひ鳴く声も、羨ましくぞ思ひやる。よその[54]砧を聞くからに、身に染む風の[55]いとゞしく、鐘聞く空に明けにけり。

母、虎を具して箱根へ登りし事

荒れぬる宿とは思へども、枕並べし[1]睦言の、出でぬる後の別れ路は、今も打ち添ふ心地して、[2]起きもせず、寝もせで、物を思ひ居たる所に、馬に鞍置き引つ立つる、使ひは来たり[3]木幡山、君を思へば心から、上の空に[4]やこもるらん。母も立ち出でて、急ぐと言へば、打ち出でぬ。[5]自づからなる道の辺、[6]我が方遠くなり行けば、そことも知らぬ[7]鞠子川、[8]蹴上げて波や渡るらん。[9]湯坂の峠を登るにも、[10]別れし人もこの道を、かくこそ通ひ馴れしと、思ひやらるる[11]梓弓、[12]矢立の杉を見上げつつ、その人々の射ける矢も、この木の枝にあるらんと、梢の風も懐かしく、山路はるばる行く程に、箱根の坊に着きにけり。

やがて、別当出で会ひ給ひて、

「さても、御歎きの日数の、哀れにて候ふ」

と仰せられければ、この人々も、仏事の本意を申されけり。[174][175]別当、虎を見給ひて、

「あれは、いづくよりの客人にや」

と問ひければ、母、ありのままにぞ語りける。別当、ありがたき心ざしとて、墨染の

53 古活字本同。彰考館本に「鶉の床」。「鶉の床」は、むさくるしい寝床や旅の仮り寝などをいう。
54 布を柔らかくし艶を出すために槌でうつ、その音。
55 ますますはなはだしく。

母、虎を具して箱根へ登りし事

1 特に、夫婦・恋人同士などの男女が語り合うこと。
2 「起きもせず寝もせで夜を明かしては春のものとてながめくらしつ」(古今集・恋三・在原業平)による。起きるわけでもなく、かと言って寝ることもしないで。
3 現京都市伏見区の桃山御陵付近の山をいう。「山科の木幡の里に馬はあれどかちよりぞ来る君を思へば」(拾遺集・雑恋・柿本人麻呂)により、「君を思へば」を引き出す。
4 古活字本同。彰考館本・万法寺本・南葵文庫本に「こかるらん」。従うべきか。
5 たまたま通る道のほとり。
6 故郷の曽我の里。
7 289頁注3参照。
8 「蹴上げ」は「鞠」の縁語。
9 290頁注7参照。
10 十郎・五郎兄弟をさす。
11 アズサの木で作った丸木の弓。上代、狩猟、神事などに用いられた。「矢」を引き出す。
12 294頁参照。

袖を濡らし給ふ。ややありて、別当、涙を止めて仰せられけるは、

「法師が思ひとて、方々に劣り奉らず。盛りなる子を先に立つる親、若ふして夫に後るる妻、世の常多しと申せども、師に先立つ弟子は稀なり。それも先規[13]なきにあらず。遠く震旦[14]を思へば、顔回[15]は、貫首の弟子にて、才智並ぶ人なかりしかども、二十五歳にて師に先立ち給ふ。我が朝[16]の慈覚は、大師の御弟子なりしが、師の天台大師に先立ち奉る。西方院[17]の座主、院源僧正は、良因大徳に後れ給ふ。かやうの事を思ひ出だせば、愚僧一人が歎きにあらず。げに〳〵広劫[18]を経ても、会ひ見ん事あるまじき別れの道、歎き給ふも理なり。歎くべし歎くべし」

とて、御涙をはら〳〵と流し給ふ。

「思へば、誰も劣るべきにあらねども、大磯の客人の御心ざしこそ、誠に有難くこそ候へ。あひかまへて、深く歎き給ふべからず。これをまことの善知識[19]として、他念なく菩提心[20]を起こし給へ。一念[21]の随喜だにも、莫大にて候ふぞかし。かやうに思ひ切り、まことの道に入り給ひ候はば、余念なくて行

13 先例
14 中国。
15 孔子の高弟。真名本に、「顔廻は仲尼のためには貫首の弟子として道徳人に超えしかども、弐拾五にして仲尼に先立ち奉り給ひぬ」とある。「仲尼」は孔子のこと。「貫首」は第一の、主だったの意。
16 慈覚大師円仁は、第三世天台座主。底本では、続く「大師」は円仁が師事した最澄と読めてしまい、続く「天台大師」は、天台宗の開祖、中国隋代の智顗の称号なので文意不明瞭。古活字本は「我が朝の慈覚大師の御弟子、大師に先だちたてまつる」。真名本に、「近く我が朝を訪へば、慈覚大師は、御弟子維堯、大師に先立ち奉り給ひしかば、大師泣く泣く一百ヶ日の追善を営み給ふ」とあり、諸本も慈覚大師が弟子の維堯を先立てたとする。
17 院源は、第二十六世天台座主。真名本に、「西方院の座主印賢僧正は、御弟子の良賢大徳に後れ給ひしかば、歎き類なかりき」とある。『古事談』第六に、院源の弟子良因が二十五歳の若さで世を去ったことが記されている。
18 非常に長い年月。永劫。
19 202頁注17参照。
20 悟りを得ようと努める心。
21 仏の教えに耳を傾け、一心に法に帰依し歓喜すること。

174 虎御前と母、箱根別当のもとを訪ねる。

じ給ひ候へよ。仏も六年、仙人に[22]給仕、行じてこそ、法花をば授かり給ひし。かまへて、悪念を捨て給ふべし。人々を討ちける人を恨めしと思ひ給はば、[23]瞋恚の妄執となりて、[24]輪廻の業、尽くべからず。あながち、手をおろして殺し、行きて盗まざれども、思へば、その科を犯すにて候ふぞ。かまへてかまへて、殺生を心に除き給ふべし。されば、[25]第一の戒にて候ふぞ。女は、殊に[26]執情深きによつて、[27]三途の業尽きず侍らふぞや。あひかまへてあひかまへて」と、細やかに教へられけり。

鬼の子取らるる事[1]

「[2]昔、天竺に、[3]鬼子母といふ鬼あり。[4]大阿修羅王が妻なり。五百人の子を持ち、これを養はんとて、物の命を絶つ事、[5]恒河沙のごとし。殊に親の愛する子を好みて、取り食ふ罪、尽くしがたし。仏、これを悲しみ思し召し、いかがしてこの殺生を止めんとて、知恵第一の[6]迦葉尊者に告げ給ふ。

175 生前の兄弟について語り合う、箱根別当と母と虎御前。

22 彰考館本に、「仏も六年阿私仙人に給仕供敬してこそ法花をさつかり給ひしかは」とある。古活字本「きやうして」、底本に「ぎやうじて」とあり「行」をあてたが、本来は「くぎやう(恭敬)して」か。『法華経』提婆達多品第十二に、釈迦が前世に法華経を聞くために阿私仙に仕えたことが見える。
23 怒ること。憤ること。
24 生死流転の原因となる悪業。
25 殺生戒は、五戒の第一にあたる。
26 深く思い込むこと。
27 三悪道におちる因果の報い。

鬼の子取らるる事

1 この話は真名本・太山寺本・南葵文庫本にはない。『雑宝蔵経』など多くの経典に見える話。
2 この章段の語り手を、箱根別当と解した。
3 鬼子母神。この話にあるように、後に仏に帰依し、産生と保育の神として、手に吉祥果を持つ天女の姿をとる。
4 186頁注3参照。
5 186頁注7参照。
6 250頁注3参照。

迦葉、仏に申させ給ひけるは、

『彼が五百人持ちて候ふ子の中に、殊に寵愛の子を、御隠し候ひて御覧ぜられ候へ』

と、御申しありければ、

『しかるべし』

とて、五百人の乙子[7]を取り、御鉢の下に隠し給ふ。父母の鬼、これを尋ねけり。[8]神通自在の者なりければ、上は[9]非想非々想天、[10]六欲天の雲の上、下は[11]九山八海、[12]龍宮、[13]奈落の底までも、曇りなく尋ねけれどもなかりけり。鬼共、力を失ひ、大地に伏し転び、泣き悲しみけるぞ愚かなる。思ひのあまりに、仏に参り申しけるは、

『我、五百人の子を持ちて候ふ。その中にも、乙子こそ、殊に[14]不便に候ひしを、物に取られて失ひ候ひぬ。あまりに悲しく候ひて、至らぬ所もなく尋ねて候へども、我等が神通にては、尋ね出だすべしともおぼえす候ふ。[15]しかるべくは、御慈悲をもつて、教へさせ給ひ候へ』

とて、[16]黄なる涙を流しけり。その時、仏宣はく、

『さて、子を失ひて尋ぬるは、悲しきものか』

『申すにや及び候はず。これだにも出で来候はば、我等夫婦は、いかになり候ふとも苦しからず。あまりに[17]かはゆく候ふ』

と申しければ、

『さやうに、子は[18]悲しく、無慚なる物ぞとよ。汝、五百人の子を養はんがために、ものの命を殺す事、いかばかりとか思ふ。その殺さるる者の中に、親もあり、子もあり、兄弟親類、いか程

7 末子。すえっこ。
8 不思議な力をもっていて、どんなことでも思いのままになること。
9 無色界に四天あるうちの第四。極めてわずかな弱い心の想念があるだけでほとんど無想に近い禅定の境地にある世界。有頂天。
10 欲界・色界・無色界の三界の諸天の中、欲界に属する六つの天。四王天・忉利天・夜摩天・兜率天・楽変化天・他化自在天。
11 仏教の世界観で考える小宇宙のこと。須彌山を中心とし、鉄囲山を外囲とする山と海の総称。中央の須彌山と外囲の鉄囲山と、その間にある七金山を数えて九山とし、九山の間にそれぞれ大海があるとする。海は七海までが内海で、第八海を外海とする。
12 深海の底にあるという、龍王の住む宮殿。
13 地獄。泥梨。
14 かわいいと思うこと。
15 できますことなら。
16 281頁注25参照。
17 かわいそうです。
18 男女、親子などの間での切ない愛情。身にしみていとおしい。

の歎きとか思ふ。思ひ知れりや、汝今、ただ一人失ひてだにも、かやうに悲しむにや。まして
多くの人、いかが』
と、[19]示し給ひければ、鬼共、首をうなだれて、[20]囲繞して祇候しけり。
『いかに汝等、[21]なをしも物の命をや絶つべき。止まるならば、あり所知らせん』
と仰せられければ、鬼、大きに喜び、
『今より後は、さらに殺生仕るまじ。[22]失ひし子のあり所、教へ給へ』
と、[23]大望申しけり。
『さらば、固く殺生を止めよ』
と約束ありければ、鬼、重ねて申すやう、
『我等肉食を絶え[24]しては、身命助かりがたし。御慈悲の[25]方便に与らん』
と申す。仏、御思案ありて、
『さらば、[26]一切衆生の用ゐる飯の上を、少し[27]生飯を取り、汝に与ふべし。それにて命を継ぎ候
へ』
と、[28]仏勅ありければ、鬼承り、
『我等は、[29]悪業煩悩にて、身を[30]丸めたり。たとひ仏勅のごとく、頂戴申すといふとも、肉食を
止めては、命あらじ』
と申しければ、
『さらば、一口の飯に、人の肉を摩り塗りて与ふべし』

19 お諭しなさったので。
20 回りをとり囲んで。
21 それでもやはり生物の命を絶つつもりか。
22 古活字本同。彰考館本に「愛子」。
23 大きな望み。たいもう。
24 なくする。絶やす。古活字本「たやしては」。
25 仏が衆生を教え導く手段。
26 この世に生きるすべてのもの。
27 食事に際し、食物の少量をとり分けて、鬼神・餓鬼・鳥獣などに施すもの。
28 仏のおことば。
29 悪果を招く一切の迷いの所行。
30 つくりかためてある。

と、御約束ありけり。さればにや、今に至りて、生飯とて、飯の上を少し取り、掌にあててをく事は、この謂はれにてぞありける。かやうに固く誓約ありて、御鉢の下より、子鬼を取り出だし給ひけり。その時、鬼申しけるは、

『我等、神通を超えたりと思へども、仏の方便には及びがたし。まして、後世こそ恐ろしけれ』

とて、すなはち、御弟子となり、[31]仏果を得るとかや。剰へ、法華守護神となり、『法華経』を[32]擁護せんと誓ひ給ふ。

[33]そもそも、この鬼子母は、[34]形世に超えければ、[35]帝釈これを奪ひ取り給ひぬ。阿修羅王、大きに怒り、[36]瞋恚の猛火を放ち、すでに[37]須弥の半分まで攻め上り、戦ふ事、恒河沙を経るとも尽くる事なし。その時、帝釈、[38]善法堂に立て籠もり、[39]『仁王経』を講じ給ひつつ、[40]四竪五横の印を結び給ふ。時に、虚空より、[41]磐石雨のごとくに降り下り、修羅の大敵を[42]粉灰に打ち砕く。されども、業因尽きざれば、又蘇り、大苦を受けたりと伝へたり。しかれども、鬼子母は、仏弟子となりしかば、苦悩を離るるのみならず、法花の功徳あり。かやうに鬼神だにも、[43]随喜すれば、かくのごとくの仏果の縁あり

176 鬼子母、愛子の行方を仏に尋ねる。応対する迦葉尊者。

31 仏道修行の成果として得られる、成仏という結果。
32 仏菩薩の力でまもること。
33 『壒嚢鈔』十四・二に、舎脂夫人という美女をめぐって帝釈と羅睺阿修羅王とが争ったという話が見え、本話に似る。
34 容貌が美しいことをいう。
35 186頁注4参照。
36 怒ること。憤ること。
37 186頁注5参照。
38 忉利天の中にあるといわれる、帝釈天の喜見城（善見城）外の堂。
39 61頁注24参照。
40 九字の護身法。「臨、兵、闘、者、皆、陣（陳）、列、在、前」の九つの文字から成る呪文を唱えながら、空中に指先で縦四本、横五本の線から成る符字を描く。
41 大きな岩。
42 こっぱい。こまかくくだけること。また、そのさま。こなみじん。
43 他人のなす善を見て、これにしたがい、喜びの心を生ずること。

とかや。」[176][177]

箱根にて仏事の事

かくて、別当は、[1]かの者共の仏事、執り行はんとし給ふ。その隙に、虎にいよいよ教化し給ふは、

「たまたま人身を受け、この度浄土を願はずは、又三途に帰るべし。祐成を善知識と思ひ、浄土を願はんに、何の疑ひか候ふべき。すでにかやうの[2]法身となり給へば、他のため、未来[3]永々有難き御事なり。法師とて、[4]御導師になるべきにあらず。ただ心をもつて師とする時は、いかでか往生の素懐空しからん。又、五郎は、[5]寵愛馴染みにて、御思ひ、ともに劣らねば、一入弔ひ奉るべし。誰かある、僧たちを請じ申せ」

とて、

「[6]持仏堂の[7]荘厳せよ。客殿の塵取れ」

と、さまざま下知し給ひけり。虎は、別当の教化を聞き、身ながらも嬉しくぞ思ひける。

その後、数の僧たち集まり給ふ。御経多しといへども、殊に優れたる[8]一乗妙典八

[177] 箱根権現にて、兄弟の仏事が執り行われる。

箱根にて仏事の事

1『吾妻鏡』建久四年（一一九三）六月十八日条に、「故曽我十郎妾〈大磯虎。雖レ不二除髪一着二黒衣袈裟一〉、迎二亡夫三七日忌辰一、於二筥根山別当行実坊一修二仏事一。捧二和字諷誦文一、引二葦毛馬一疋一。為二唱導施物等一。件馬者、祐成最後所レ与レ虎也。則今日遂二出家一、赴二信濃国善光寺一。時年十九歳也。見聞緇素莫レ不レ拭二悲涙一云々」とある。 2法体となった身。僧侶の身。 3いつまでも。永久に。 4 409頁注45参照。 5古活字本同。彰考館本・万法寺本に「おさなしみにて」とある。従うべきか。 6護持仏を安置する堂。 7立派に飾ること。 8法華一乗の妙理を説く経典の意。『法華経』のこと。 9『法華経』随喜功徳品第十八による。『法華経』を聞いた者が、それを他の人に語り、その人がまた他の人に語るというように、つぎつぎに回りまわって五十人目に至ることをいう。なお、最初に聞いた人と同じ無量の功徳を五十人目の人も得るとし、経の功徳の広大なことを説く。 10経文をよく記憶して、そらで読むこと。 11供養をする人。 12数珠などについた房。祈りのための所作のひとつ。 13以下、真名本における説法の文言に極めて近い。 14衆生が迷いの世界で

巻を、同音に読誦し給ふ。[9]五十展転の功力だにも有難し。[10]受持読誦の結縁、頼もしかりけり。御経やうやう〱過ぎしかば、別当高座に上り、彼等が追善の鐘打ち鳴らし、[11]施主の心ざしを量り給へば、まづ御涙に咽びつつ、説法の御声も出だし給はず。ややありて、別当涙を抑へ、[12]花房を捧げ、

[13]「それ、生死の道は異にして、音信をいづれの方にか通ぜん。[14]分段境を隔つ、[15]拝観をいつの時にか期せん。二十余年の夢、暁の月と空に隠れぬ。千万端の憂へ、夕べの嵐一人吟じて、雲となり雨となり、哀憐の涙乾く事なし。朝を迎へ夕べを送りて、懐旧の腸絶えなんとす。[16]所作未だ止まざるに、百日の[17]忌景すでに満てり。[18]悲しみの至りてなを悲しきは、老ひて子に後れ、恨みの殊に恨めしきは、盛んにして夫に後るる程の憂へなし。[19]老少不定を知るといへども、なを前後の相違に迷ふ事、歎けどもかなはず、惜しめども験なし。されば、仏も[20]愛別離苦と説き給ふ。[21]一生は夢のごとし、誰か百年の齢を保たん。万事は皆空し、いづれか[22]常住の思ひをなさん。命は水の上の泡のごとし。魂は籠の内の鳥、開くを待ちて去るに同じ。消ゆるものは二度見えず、去るものは重ねて来たらず。恨めしきかなや、[23]釈迦大士の[24]慇懃の教化を忘れ、悲しきかなや、[25]閻魔法王の[26]呵責の言葉を聞けば、名利は身を助くといへども、未だ[27]北邙の屍を養はず。恩愛の心を悩ませども、誰か[28]黄泉の責めを免れん。[29]これによつて馳走す、所得いくばくの利ぞや。これがために追求す、所作多罪なり。しばらく目を塞ぎて、[30]往事を思ふに、旧遊皆空し。指を折

受ける生死で、与えられた身体の大小や寿命の長短をもって、三界六道（443頁注4参照）に輪廻すること。分段生死。 15古活字本「はいき」。「拝観」は、高貴な方に対面することの謙譲語。兄弟の霊を敬う。 16読経や礼拝など、神仏に対する行いや日々の日課をいう。 17忌日。死後、仏事などを行なう一定の日。 18『本朝文粋』十四・大江朝綱「為㆓亡息澄明四十九日㆒願文」に、「悲之又悲、莫㆑悲㆓於老後㆑子。恨而更恨、莫㆑恨㆓於少先㆒㆑親。雖㆑知㆓老少之不定㆒、猶迷㆓先後之相違㆒」とあり、『平家物語』六・小督に類句が見える。 19老人が早く死に、若者が長く生きるとは限らない。人の命数は定まっていないこと。 20 254頁注18参照。 21以下、「業に順つて悲しみを添ふべし」まで、謡曲「歌占」の詞章に近似する。彰考館本・万法寺本・古活字本類同。 22生滅変化することなく、過去・現在・未来にわたって、存在すること。 23釈迦仏。「大士」は仏菩薩の尊称。 24ねんごろな。心のこもった。 25閻魔王。290頁注10参照。 26責めさいなむこと。 27中国河南省洛陽市の東北にある山名。墓地として有名。転じて墓地。 28地面の下にあり、死者が行くといわれる所。冥土。 29名利のために走り回ってもどれほどの利を得られようか、恩愛にすがって多くの罪を作るだけである。 30『和漢朗詠集』下・懐旧「往事渺茫都似㆑夢、旧遊零落半帰㆑泉」による。原拠は『白氏文集』十七。

りて[31]薨人を数ふれば、親疎多く隠れぬ。時移り事去りて、今何ぞ[32]渺茫たらんや。人留まりて我行き、誰か又[33]残りやせん。[34]三界無安猶如火宅と見れば、王宮もこれ夢なり。天子といふも[35]四苦の身なり。いはんや下劣貧賤の輩、などかその罪軽かるべき。死に苦しみを増し、業に順つて悲しみを添ふべし。思ひ悟らぬぞ愚かなる。『[36]まさに今こんかく塵深くして、竹簡幾何の千巻ぞ。苔壠雲静かにして、松風ただ一声、蘭中花月あひ伝ふるに、主を失ふ。七月半ばの盂蘭盆の尊霊、誰にかあらん』と、泣く泣く当座にぞ書きける。まことに理極まりけり。されば、親の子を思ふ心ざしの深き事は、[37]父の恩を須弥に喩へ、母の恩を大海に同じと言へり。我一劫の間説くとも、父母の恩、尽くる事なしと見えたり。胎内に宿り、身を苦しめ、心を尽くし、月を重ね、日を送り、[38]生まるる時は、桑の弓・蓬の矢をもつて、天地四方を射、[39]身体髪膚を父母に受け、あへて損なひ破らざるを、孝の始めとす。[40]襁褓の嚢に包まれしより、今に至るまで、昼夜に安き事なし。人の親の習ひ、我が身の衰へるをば知らずして、子の成人を願ひしぞかし。この恩を捨て、未だ盛りにも満ちずして、母に先立ちぬ。されば、『[41]孝経』に曰く、『[42]君は尊くして親しからず、母は親しくして尊からず、尊親ともにこれを兼ねたるは、父一人なり』といへども、[43]四の恩の中には、二親なれば、母の歎きも切なれども、当たる所の恥、父の敵に身を捨て、各命を失ふ。[44]人の親の子を思ふ闇に迷ふ道、愚かなる子も愛おしく、[45]片端なるも悲しきに、この人々は、弓馬の家に生まれ、[46]武略ともに賢し。後代に

31諸本同。「故人」か。 32遠くはるかなさま。広くはてしないさま。 33古活字本「しやうしやせん」。彰考館本に「傷差せん」とある。「傷嗟」は、悲しみなげくこと。 34『法蓮華経』譬諭品第三に、「三界無ㇾ安、猶如二火宅一、衆苦充満、甚可二怖畏一、常有二生老、病死憂患一、如ㇾ是等火、熾然不ㇾ息」とある。 35人生における四種の大きな苦しみ。生苦・老苦・病苦・死苦をいう。 36『本朝文粋』十四・大江朝綱「為二亡息澄明四十九日一願文」(417頁注18に同じ)に、「方今芸閣塵深、竹簡幾千巻。苔壠雲静、松風只一声、一蘭中之花月、相伝失ㇾ主。七月半之盂蘭、所ㇾ望在ㇾ誰」とある。「こんかく」は古活字本同。書庫を意味する「芸閣」の誤り。「竹簡」は竹の札で古代に使用された文書の記録材。「苔壠」は苔むした塚。「七月半ばの盂蘭盆」は七月十五日に行う仏事。 37『心地観経』三・報恩品第二下に、「慈父恩高如二山王一、悲母恩深如二大海一、若我住ㇾ世於二一劫一、説二悲母恩一不ㇾ能ㇾ尽」とある。須弥山を山の中の王と呼ぶ。 38『礼記』射義第四十六に、「故男子生、桑弧蓬矢六、以射二天地四方一。天地四方者、男子之所ㇾ有ㇾ事也」とあり、『明文抄』三・人倫部に引かれる。 39『孝経』開宗明義章第一に、「身体髪膚、受二之父母一。不二敢毀傷一、孝之始也」とあり、『明文抄』三・人事部上に引かれる。 40産着。転じておむつ。 41孔子の弟子、曾子学派の撰とされる。多く孔子と曾子との問答形式をとり、孝道を説く。 42『孝

経』士章第五に、「資二於事一レ父以事レ母、而愛同。資二於事一レ父以事レ君、而敬同。故母取二其愛一、而君取二其敬一。兼レ之者父也」とあり、『孝経孔安国伝』に、「母至親而不レ尊、君至尊而不レ親、唯父兼二尊親之義焉」、『塵添壒嚢抄』一に、「君至尊共不レ親、母至親共不レ尊、父尊親之義兼タリ」とある。 43衆生がこの世で受ける四種の恩。『心地観経』によれば、父母・衆生・国王・三宝の恩の四つ。 44 108頁注7参照。 45 112頁注40参照。 46古活字本同。彰考館本に、「武略ともにかしこく、名を後代にと、むる事」とある。従うべきか。 47竹馬に乗った幼い頃。 48『法華経』妙荘厳王本事品第二十七に見える説話。妙荘厳王の子で、兄弟ともに仏弟子となり、神通力で父王を仏法に導いたという。 49『観世音菩薩往生浄土本縁経』に見える説話。『宝物集』（三巻本）中にも見える。南天竺の梵士長邦の子、早離・速離の兄弟が、父の留守中に継母の謀で南海の孤島（補陀落山）に流され、餓死する際に生母の遺言を思い出し、死後生まれ変わって苦しむ人々を救うという誓願をたてて絶命した。父の長邦は帰宅後、二人の子を探して孤島に来たが、既に白骨となった子を供養し、自らも仏道に入った。兄弟は観音・勢至の菩薩、長邦は釈迦仏、兄弟の生母は阿弥陀如来になったという。 50藤原伊尹。その子、挙賢・義孝は、同じ日に疱瘡で死んだという。『大鏡』『法華験記』『今昔物語集』『平家物語』『宝物集』等に見える。 51『本朝文粋』十

留む事、遠きも近きも、知らぬ人なし。同じ兄弟といへども、仲の悪しきもあるぞかし。この殿原は、幼少[47]竹馬の昔より、馴れ睦ぶる事、類なし。[48]浄蔵・浄眼の古にも恥ぢず、[49]早離・速離の昔にも似たり。つゐに富士の裾野にして、同じ草葉の露と消え給へり。かの[50]一条摂政謙徳公の二人の御子、前少将、後少将とておはしける、朝夕べに失せ給へり。かかる例もあれば、生死無常の理、初めて驚くべきにあらず。今、開眼供養の御経、人々の手跡の裏なり。かやうに書き置きしを、よそにて見るだにも悲しきに、まして御身にあて、御心中、さぞ思し召すらめ。これは、親子の別れの事、兄弟の契りのわりなきを、一言述べて候ふ。又、夫に別るる歎き、今一入色深き事なり。[51]虚弓止まりて、閨に寄せ立つ、上弦の月、空に暮れぬ。三年の馴染み、たちまち尽き、孤枕床に[52]上りて、[53]虞氏が古にあらねども、数行が涙、袂を潤すらん。[54]しやう蘭の匂ひ、空焚き物とぞなりにける。宵暁の鐘の声、[55]枕を並べし程には似ず、起き居に見れば、馴れ来し人

178 箱根の別当による説法。聴聞する虎御前や母たち。

はよも添はじ。山の端出づる月影を、心苦しく待ちえても、見し面影には異ならず、56これぞ、慰み給ふ事あらじ。まこと、夫婦の別れ、忍びがたけれども、昔も今も、力に及ばざる道なれば、思ひ慰み給ふべし。57かの唐の玄宗の楊貴妃も、わづかに事を蓬莱宮の波に伝ふらん、58穆公の弄玉を重んぜしも、いたづらに鳳凰台の月に寄す。彼を思ひ、これを思ふにつけても、昔を今に擬へて、59一仏浄土の縁を結び、願はくは、60九品往生の望みを遂げて、61七世の父母、六親眷属成仏」と、62回向の鐘打ち鳴らし、別当高座を下り給ふとて、

63定めなき憂き世といとど思ひしに問はるべき身の問ふにつけても

と詠じ給ひければ、聴聞の貴賤、哀れを催し、袖を絞らぬはなかりけり。供養もやうやう過ぎしかば、僧たちも、皆々帰り給ひ、ややしばらくありて、「急ぎ下りたく候へども、たまたま登りて候へば、五郎が幼くて住み候ひし方を見候はん」

179 箱根別当の案内により、兄弟の墓所に参る虎御前と母。

四・大江匡房「為二右近中将源宣方四十九日一願文」に、「虚弓倚レ壁、向二暁月一而断レ腸」とある。52古活字本同。彰考館本「残りて」。従うべきか。53楚の項羽の寵姫、虞美人をいう。『和漢朗詠集』下・詠史「灯暗数行虞氏涙、夜深四面楚歌声」による。54古活字本同。真名本に、「黄菊芝蘭」、彰考館本に、「蘭麝紫蘭」などとある。蘭草（フジバカマ）や麝香、霊芝などの、よい香りのことさすか。55枕を並べていた頃。「程」は、古活字本、彰考館本などは「音」。枕を並べて聞いた音、となるか。56古活字本同。彰考館本、万法寺本に「これにぞ」とある。従うべきか。57古活字本同。真名本に、「唐の玄宗の楊貴妃を厳しくせしも、僅かに詞は蓬莱宮の浪に伝へ」、彰考館本に、「彼唐玄宗か厳くせし楊貴妃も、わつかに事を蓬莱宮のなみにつたふ」とあり、底本では、「いつくしくせし」が脱落している。玄宗とその愛人楊貴妃との故事は、「長恨歌」によって知られる。58真名本に、「秦の穆公弄玉を重んぜし政を鳳鳴台の月に残すなり」、彰考館本に、「秦穆公かろうきょくをおもんせしも、それいたつらに鳳凰台の月によす」とある。『和漢朗詠集』下・雲には、「竹斑湘浦、雲凝鼓瑟之蹤、鳳去秦台、月老吹簫之地」とある。59阿弥陀仏の極楽浄土に生まれあう縁。60九品の浄土に生まれかわるという望み。極楽往生にも、上品上生から下品下生まで、往生する者の能力や性質の差によって九段階の差別がある

と申されければ、別当宣ひけるは、

「男になりて後、その形見と思へば、人をも置かず、わざと破れをも修理せず、昔に少しも違はず候ふ。いざさせ給へ。[178][179]墓所をも築きて候へば、御覧ぜよ」

とて、連れて行き、立ち寄り見給へば、墓の上に草生ひけるを、別当見給ひて、「君見ず[64]や、北邙の暮の雨、でう〳〵たる青塚の色を。また見ずや、とうばうの秋の風、歴々たる白楊の声を」といへる、古き詩を思ひ出で給ふ。

「これは、もとの住処」

と宣へば、軒の[65]忍は紅葉して、思ひの色をあらはせり。歎きはいづれも尽きせねば、茂る甲斐なき[66]忘れ草、[67]その名ばかりは由ぞなき。長月上旬の事なれば、四方の紅葉の色は、袖の涙を染むるかと見え、[68]世に故郷は苦しきに、やすくも過ぐる初時雨、羨ましくぞおぼえける。壁に書きたる筆のすさみを見れば、

[69]出でて往なば心軽しと言ひやせん身の有様を人の知らねば

といふ古き歌の端を、「箱王丸」とぞ書きたりける。師匠に暇をも乞はず、人にも行き方を知らせず、ただ一人出づる事、思ひよりて語り、幼かりし面影、ただ今の心地して、由なき所へ来たりけると、[70]たえ焦がれければ、胸を焦がす炎は、[71]咸陽宮の夕べの煙に異ならず。袂に落つる涙の、[72]龍門原上の草葉を染むる、[73]おもてに落つる塵の海、[74]かこちよれいとも言ひつべし。さてしもあるべきにあらざれば、泣く〳〵母は曽我に下りしが、虎は大磯に帰らんとす。別当も五郎に別れし心地して、

という。61古活字本同。彰考館本に、「七世の父母六親眷属にいたるまで、かならすむかへとり給へ、皆共成仏道」とあり、万法寺本も類同。「七世の父母」は、七代までの先祖。六親は、父母・兄弟・妻子。眷属は、親族をいう。　62死者の冥福を祈るための鐘。63無常の憂き世だと知ってはいたが、弔われるはずの身が逆に人を弔うにつけても、今さらながら悲しいことだ。64底本、「君」の前に一字分の空白あり。『新撰朗詠集』下・無常に「君不レ見北邙暮雨、塁々青塚色、又不レ見東郊秋風、歴々白楊声」による。「北邙」は417頁注27参照。　65シノブグサ。シダ類ウラボシ科の落葉多年草。　66 257頁注13参照。　67「忘れ草」というその名前だけはいわれがない。亡き人を忘れることはないということ。　68「世にふるは苦しきものを真木の屋に安くも過ぐる初時雨かな」（新古今集・冬・二条院讃岐）による。「世に経る」に「故郷」をかける。　69『伊勢物語』二十一段に、「出でて去なば心軽しといいやせむ世のありさまを人は知らねば」とある。「世」（男女の仲）を「身」（我が身の境遇）に言い換えて、事情を知らない人からは批判を受けるだろうとうたう。　70古活字本同。他本「もたへこかれ」。従うべきか。　71秦の始皇帝が首都咸陽に建設した壮大な宮殿。　72 113頁注14参照。　73古活字本、彰考館本「おもての涙ともいひつべし」。　74他本になし。未詳。「かこちよる」で、恨み嘆きながら言い寄ることか。

「御名残惜しうこそ候へ。さても、この度の御仏事、ありがたく候ふ。[75]過去幽霊、さだめて[76]正覚なり給ふべし。又、大磯の客人の御心ざしこそ、世に優れては候へ。かまへてかまへて、怠らず弔ひ給へ」

と仰せられければ、虎も、涙を抑へて、

「仏事と承りし事、[77]穢身発願の儀なりければ、飽かぬ別れの道、いつかは[78]怠り候はん」

と申しければ、別当重ねて申されけるは、

「数多の宝を積まんよりは、まことの心にはしかずとこそは宣ひけれ」。

貧女が一灯の事

「[1]さる程に、虎が心ざしの深きをもつて昔を思ふに、天竺に[2]阿闍世王といふ大王あり。常に仏を請じ、数の宝を捧げ給ふ。ある時、仏の御帰り、夜に入りければ、王宮より、[3]祇園精舎まで、[4]十万石の油をもつて、[5]万灯を灯し給ひけり。ここに、貧なる女あり。いかにもして、この灯明の数に入らばやと思ひけれども、朝夕の営みだにも堪え難き貧女なれば、一灯の力もなし。涙を流し、いかにもと[6]方便すれども、かなはで、東西に[7]馳走し、自ら髪を切り、銭二文にぞ売りたりける。これにてもやと思ひければ、油をかの銭にて買い、やうやう一灯灯して、口説きけるは、

『我、[8]前業いかなりければ、百千灯をだに灯す人のあるに、一灯をだに灯しかねたる、憂き身の程の恨めしさよ』

75 この世を去った者の霊魂。過去精霊。
76 仏の正しい悟り。
77 生まれながらけがれている身。凡夫の身。
78 いつ怠ることがありましょうか、いつまでも怠りません。

貧女が一灯の事
1 前段に引き続き、箱根別当のことばが続いていると解した。「さる程に、虎が心ざしの深きをもつて」は流布本による増補だが、別当のことばとして「虎」と称するのは不適切か。古活字本「其古を思ふに」、彰考館本「そのゆへを思ふに」。この話は、真名本、太山寺本、南葵文庫本にはない。なおこの話は、『阿闍世王受決経』から出て、『宝物集』下にも引かれる。『壒嚢鈔』十一は、「世流布ノ詞ニモ、長者ノ万灯ヨリ、貧者ガ一灯共申メリ。譬ハ、阿闍世王、仏ヲ迎奉テ説法アリシニ、夜ニ入テ帰リ給ヒケレバ、王宮ヨリ祇園精舎マテ、十方国土ノ油ヲ集テ、数万ノ火ヲ燃シ給ヒケルニ、貧女是ヲ随喜シテ、兎角営、銭ヲ二文尋得テ、油ニ替ヘ、火燃タリケル功徳ノ故ニ、三十一劫ヲ経テ、仏ニ成テ、須弥灯光如来ト云ヘシト、世尊告給ヘリ。是ヲ云ナルヘシ」と近似する。

とて、かの灯明の下に泣き伏しけり。この心ざしをあらはさんためにや、折節、山風荒く吹きて、数の灯明を一度に吹き消しけり。されば、貧女が一灯ばかりは消えずありけり。[9]目連、不思議に思し召し、袈裟にて扇がせ給ひけれども、消えざりけり。その時、目連、仏に問ひ給ふ。

『多くの灯明の消ゆる中に、いかなれば、一灯消えざる』

と申させ給へば、仏宣はく、

『阿闍世王の万灯の光、[10]愚かにはあらねども、貧女が心ざしの深き事をあらはさんがために、万灯は消えて、一灯は残る』

と示し給ふ。さればにや、この貧女成仏して、[11]須弥灯光如来と申すは、この貧女の事なり。長者の万灯よりは、貧女が一灯と申し伝へたるは、この事なり。御心ざしを励まし候へ。返す返す」

と仰せられければ、虎も母も諸共に、深く追善の心あり。諸仏憐れみ給ふらんと嬉しくて、各々暇申して、帰りにけり。母、虎に申しけるは、

「今より後は、常に来たり、妾を見給へ。自らも又、十郎が名残に見奉りなん。しばらく曽我にましまして、慰み給へ」

などと語りて行きけるが、虎申しけるは、

「嬉しくは承り候へども、この人々の御ために、毎日『法華経』[12]六部づつ六人して、[13]第三年まで[14]心ざし候ふ。妾なくては、[15]無沙汰あるべし。詳しく申し付けて参るべし」

と申しければ、母は、

---

2 古代インドのマガダ国の王。父王を殺し、母后を幽閉して王位につき、マガダ国をインド第一の強国にした。後年釈迦の教えによって仏教に帰依し、仏教の熱心な保護者となった。
3 中インド舎衛城の南郊。須達長者が舎衛国の祇陀太子の庭園を買って、釈迦のために施入した寺院。釈迦の教化活動の拠点のひとつ。
4 古活字本「十方国土」。他本ならびに『壒嚢鈔』も「十方国土」。従うべきか。
5 多くのともしび。
6 底本「も」なし。他本により補う。
7 奔走し。走りまわり。
8 前世の業因。これによって現世の禍福が定まるとされる。
9 130頁注6参照。
10 おろそかには。なおざりには。
11 定光如来（燃燈仏）にあたるか。
12 古活字本同。彰考館本「一部あて」、万法寺本「いちぶつゝ」。従うべきか。
13 三回忌。
14 古活字本「六部の心ざし候」、彰考館本「六千部の心さし候」。
15 指図などをしないでおくこと。その結果、怠ることになること。

「まことの御心ざし、ありがたくこそ候へ。あひかまへて、絶えず訪ひ訪はれ参らすべし」とて、泣く泣く打ち別れにけり。げにや、[16]有為転変の習ひ、[17]花は根に帰り、鳥は古巣に入り、日月天に傾き、[18]松柏の青き色も、つゐには[19]五衰の時あり、[20]蜉蝣の徒なる形、芭蕉風に破るる例、歎きても余りあり、悲しみても絶えず。ただ一筋に仏道を願ふ時は、[21]草木国土悉皆成仏とぞ見えける。

さても、[22]大将殿御出により、富士の裾野の御屋形、甍を並べ軒を続け、数ありしかども、御狩過ぎしかば、[23]一宇も残らず、本の野原になりにけり。されども、残る物とては、兄弟の[24]瞋恚執心、ある時は、「十郎祐成」と名乗り、ある時は、「五郎時致」と呼ばはり、昼夜戦ふ音絶えず。思はず通り会はする者は、この装ひを聞き、たちまちに死ぬる者もあり。やうやう生きたる者は、狂人となりて、[25]兄弟の言葉を写し、「苦痛離れがたし」と歎くのみなり。[26]君聞こし召されて、不便なりとて、[27]ようぎやう上人とて、めでたき法師を請じ、弔はるべき由、細やかにこそ仰せけれ。

[1]菅丞相の御事

さても、[2]かの者共が亡霊荒れければ、180 181 ようぎやう上人、頼朝に申されけるは、「昔も、さる例こそ多く候へ。忝なくも、[3]菅丞相の昔、讒言によって、筑紫へ流され、つゐに帰京もなくして空しくなり給ひし。その瞋恚残り、雷となり給ひて、都を傾け給は

16 この世の現象は、因縁のからみ合いによって生じたものであるため、恒常性がなく、常に移り変わることをいう。有為無常。
17 「花は根に鳥は古巣に帰るなり春のとまりを知る人ぞなき」（千載集・春下・崇徳院）による。すべてのものはもとの場所に帰ることをいう。
18 松と柏。常緑樹をさす。
19 天人が死ぬ前に現われるという五種の衰相。ここでは、常緑樹の松柏でさえも、ついには枯れるということ。
20 『新撰朗詠集』下・無常に「未レ及二暮景一蜉蝣之世無レ常、不レ待二秋風一芭蕉之命易レ破」による。
21 『中陰経』にいうといわれてきた偈の一部。草木土石のように非情のものでも、有情のものと同じく、ことごとく成仏できるという意。
22 源頼朝のこと。
23 軒のこと。転じて建物を数える単位。
24 怒り憤り、この世に思いを残すこと。
25 兄弟の霊が取り憑いて、兄弟の執心を訴える。
26 源頼朝のこと。
27 古活字本同。彰考館本「用行上人」。「遊行上人」すなわち一遍かとされるが、頼朝の存命期間とはあわない。

菅丞相の御事
1 この話は、真名本、太山寺本、南葵文庫本にはない。 2 祐成・時致兄弟。 3 右大臣菅原道真。藤原時平の讒言によって、大宰権師として左

遷され、配所で没した。そのために怨霊となったことが、『大鏡』をはじめ、多くの説話集や縁起物に語られている。　4ここでは、第十三世天台座主尊意。菅原道真の仏教学の師といわれる。　5師恩の厚いことをたとえていう。　6京都市上京区にある北野天満宮をさす。祭神は菅原道真とその夫人、および長子の高視。道真の霊をしずめるため、天慶五年（九四二）多治比文子が祠を創建したのに始まるという。　7非業の死を遂げた者の霊が怨霊として現れ、それを神として祭ることで鎮める信仰を御霊信仰という。祖霊信仰に並行対立する基本的な信仰。　8平安中期の武将、平将門。下総を本拠として勢力をふるい、承平五年（九三五）伯父国香らを殺し、天慶二年（九三九）「平将門の乱」を起こし、翌年敗死した。　9平安初期の貴族、藤原仲成。妹の薬子と共に勢威を振ったが、弘仁元年（八一〇）平城上皇の重祚を画策（薬子の変）して、討たれた。

兄弟の人々、神に斎はるる事

1この話は、太山寺本、南葵文庫本にはない。真名本にも兄弟が神にまつられる件は見えるが、頼朝はこれに関与していない。
2古活字本、彰考館本等、類同。真名本によると、虎が駿河国小林郷を訪れ、新しい社に参ったという。そこには、「これは曽我十郎殿と五郎殿と、富士の郡六十六郷の内の御霊神とならせ給ひて候ふ間、富士浅間の大菩薩の

んとし給ひしを、4天台の座主、5一字千金の力をもつて、やうやう宥め奉り、神と斎ひ奉るに、威光あらたにまします。今の6天満大自在天神、これなり。その外、7怒りをなして、神と崇められ給ふ御事、8承平の将門、9弘仁の仲成より以来、その数多し。いか様にも、この兄弟の人々をも、神に御斎ひあるべきにや」

とぞ申されける。

1兄弟の人々、神に斎はるる事

さる程に、頼朝、つくづく思し召しけるは、

「この者共の振る舞ひ、世に超えし事なり。神に斎ひても益あるべし」

とて、2勝名荒人宮と崇め、富士の裾野に社を建て、3松風と言ふ所を、

180 貧女が灯した一灯だけは、扇で仰いでも消えなかった。

181 曽我兄弟、富士の裾野に神として祀られる。奉納される神楽。

永く御寄進ありけり。すなはち、かのようぎやう上人を開山[4]として、寺僧[5]を据へ、禰宜・神主を定めて、五月二十八日[6]には、殊に読経、神楽、色々の奉幣[7]を捧ぐる事、今に絶えず。それよりして、かの所の戦ひ絶えて、仏果[8]を証ずる由、神人[9]の夢に見えけり。尊しとも、言ふばかりなし。されば、この神に参り、敵討たせてたべと祈りければ、必ず叶ひけるとかや。今も、遠国・近国の輩、歩みを運び、仰がぬ者はなかりけり。

曽我物語 巻第十一終

客人の宮と崇め奉る御神」とある。富士山麓で曽我兄弟をまつった神社として、静岡県吉原市今泉の曽我神社、富士郡鷹岡町厚原・富士宮市上井出・北山・狩宿の曽我八幡宮などがあり、そのどれかにあたるものとみられる。静岡県富士宮市上井出にある曽我八幡宮が伝える『曽我両社八幡宮并虎御前観音縁起』（続群書類従・第三輯上・神祇部）には、「建久八年四月、将軍ノタマヒケルハ、富士ニテ死ケル曽我兄弟、我ニ恨ヲフクム由夢ニ度々ミユルナリ。殊更無双ノ勇士孝行ノモノナレバ、兄弟ヲ神ニ祝ヒ、富士ニ社ヲカマヘ、曽我両社八幡宮ト崇ベキ由、駿河人岡部権守泰綱ヲ奉行トシ、両社御造営有之」とある。現在も、同市内には複数の曽我八幡宮が点在する。

3 古活字本同。彰考館本に、「松陰」、万法寺本に、「せういん」（松陰か）。

4 その寺をはじめて開いた僧。開基。

5 神仏習合の当時、僧侶と神官とをおいた。次行の「読経、神楽」も同様の理由による。「禰宜」は「神主」の下位の神職。　6 兄弟の敵討ちの日にあたる。　7 神に幣を奉ること。

8 仏道修行の成果として得られる、成仏という結果。　9 神社に奉仕する下級の神職や寄人。

虎[1]、箱根にて暇乞ひして、行き別れし事

さる程に、大磯の虎は、十郎祐成討ち死にして後、いかなる淵川にも入らばやと思ひけれども、亡き人の菩提のためにもなるまじければ、ひとへに憂き世[2]を背き、かの人の後世を弔はんと思ひ立ち、袈裟、衣など調へて、箱根山に登り、百箇日の仏事の折節に、泣く泣く翡翠[3]の飾りを剃り落とし、五戒[4]を保ちけり。さしも、美しかりつる花の袂を引き替へて、墨[5]の衣にやつれ[6]果てけり。心ざしの程こそ、類少なき情けなれ。母はこれを見て、

「我も、同じ墨の袂になりて、彼等が菩提をも弔ふべし。今、この九十九髪[7]をつけても、何にかはせん」

とぞ歎き悲しまれける。別当、さまざまに教訓して止められけり。母御前力なく、五郎が遺跡[8]なれば、名残惜しくは思へども、ここにて日を送るべ

虎、箱根にて暇乞ひして、行き別れし事

1 この話は、太山寺本、万法寺本にはない。

2 仮名本諸本では、虎は曽我の里を訪問した時には出家していたとする（405頁参照）ので、以下の記述とは齟齬が生じる。ただし、真名本では、虎は袈裟と衣を用意して箱根に登り、百箇日の法要の後に、箱根別当を戒の師として出家、名を禅修比丘尼としたとする。

3 つややかで美しいカワセミの羽。美しい頭髪に喩える。「飾り」は髪のこと。

4 8頁注41参照。

5 黒く染めた衣。僧衣。

6 古活字本他「やつし」。目立たないように姿などを変えること。

7 老女の白髪のこと。「九十九」という表記は、「百」の字から一画とりされば「白」の字となり、百から一をとると九十九になることによる。

8 ある人、または事件に深い関係のある場所。

182 母は曽我へ、虎は善光寺に参詣するため、行き別れる。

き事ならねば、別当に暇を乞ひ、帰るとて、虎御前に申されけるは、

「曽我へ誘[9]ひ、十郎が形見に見参らせ候はん」

と言はれければ、虎、

「もつとも[10]御供申し、互ひの形見に見[11]見参らせたく候へども、大磯にての追善、又は善[12]光寺への心ざし候ふ。下[13]向にこそ参り候はめ」

とて、行き別れけり。182 183

井出の屋形の跡見し事[1]

かくて虎思ひけるは、このついでに、十郎の空しくなりし富士の裾、井出[2]の屋形の跡を心ざして、箱根を後ろになして行く程に、その日もやうやう暮れぬれば、三島[3]の拝殿に通夜申し、明くれば、三島を出でて、車返し[4]に立ち休らひ、千本[5]の松原、心細く歩み過ぎ、浮島原[6]にも出でぬ。南[7]は、蒼海漫々[8]として、田子[9]の浦波滔々[10]たり。北は、松山高々として、裾野の嵐颯々[11]たり。未だ旅慣れぬ事なれば、かしこをいづくとも知らねども、心ざしを標にて、やうやう歩み行く程に、井出[12]の里に近づきぬ。

183 虎御前、土地の翁に教えられ、井出の屋形跡を訪れる。

9 古活字本「いざさせ給へ」。彰考館本に、「いらせ給へ」。従うべきか。
10 いかにも。
11 古活字本「みえ」。「みみゆ」は、見もし見られもするの意。あい会う。まみえる。
12 長野市長野元善町にある寺。念仏信仰の一大拠点。
13 ここでは、神仏に参って帰ること。

井出の屋形の跡見し事
1 この話は、太山寺本、万法寺本にはない。「井出」は、現静岡県富士宮市内。富士野の巻狩の宿営地。323頁注18参照。なお、底本「出」。
2 底本「出」。
3 三島大明神。302頁注2参照。
4 現静岡県沼津市内にあった宿駅名。
5 現静岡県沼津市、駿河湾に面する海岸の砂丘と松林。富士山を背景とする景勝地。
6 303頁注2参照。
7 富士山の裾野の景として、『平家物語』十・海道下に、「北には青山峨々として松吹く風索々たり。南には滄海

虎は、里の翁に会ひて問ひけるは、

「過ぎにし夏の頃、鎌倉殿の御狩の時、敵討つて、同じく討たれし曽我の人々の跡や知らせ給ひて候はゞ、教へさせ給へ」

と言ひければ、この翁、心ある者にて、虎が顔をつくづくと見て、

「もし、[13]御縁にてもわたらせ給ひ候ふか。労しき御有様かな。人をも連れさせ給はず、たゞ一人、これまで御訪ね候ふ事、[14]等閑の御心ざしともおぼえず。もし、十郎殿に心ざし深くわたらせ給ひし、大磯の虎御前にてましますか。ありのまゝに承り候はば、教へ参らせん」

と言ひければ、虎は、これを聞き、別れの涙、乾かぬに、又打ち添へて、[15]賤の男が情けの言葉に、愁への色あらはれて、[16]問ふに辛さの涙、忍びもあへぬ気色を見て、翁、さればこそと思ひて、ともに袖をぞ絞りける。

「さらば、誘ひ申さん」

とて、北へ六七町、はるかに野を分け行けば、亡き人の果てにける草葉の露かと懐かしく、「[17]洲蘆の雨、他郷の歎き、岸柳の秋の風、遠塞の心」とかやも思ひ出でられて、いづくともなく行く程に、[18]日も夕暮れの峰の嵐、心細くぞ聞こえける。翁、ある方を爪指して、

「あれこそ、[19]井出の屋形の跡にて候へ。あの辺こそ、工藤左衛門殿の討たれさせ候ふ所にて候へ。又、かしこは、十郎殿の討たれさせ給ひ候ふ所、こゝは、五郎殿の

漫々として、岸打つ波も茫々たり」とある。
8 青い海が遠く広がって。
9 現静岡県東部、駿河湾に注ぐ富士川河口付近の海岸。
10 多量の水を悠然とたたえているさま。
11 風の吹く音や雨の降る音。
12 底本「出」。
13 御縁故のお方。
14 かりそめの。
15 身分の低い男。
16 「日数ふる後も今さらせきかねつとふにつらさの袖の涙は」（新拾遺集・十・哀傷）による。『平家物語』七・一門都落や、『義経記』七・判官北国落の事にも引かれる表現。
17 『和漢朗詠集』下・行旅「洲蘆夜雨他郷涙、岸柳秋風遠塞情」（橘直幹）による。洲崎の芦が夜の雨に濡れ、異郷での哀傷に涙が流れる、川岸の柳が秋風に吹かれ、辺境の砦に悲しみが募るの意。
18 「いづくにか今宵は宿をかりごろも日も夕暮れの峰の嵐に」（新古今集・十・羇旅・藤原定家）による。
19 底本「出」。

御生害の所、さて又、あれに見え候ふ松の下こそ、二人の死骸を隠し参らせたる所候ふよ」

と、懇ろに教へければ、虎、涙を抑へ、かつうは嬉しく、かつうは悲しくて、ただ泣くより他の事ぞなき。一群松の下に立ち寄り見れば、げにも、埋もれておぼえ候ふ土の、少し高く見えければ、過ぎにし五月の末の事なれば、花薄、葎生ひ茂り、その跡だにも見えざりけれども、亡き人の縁と聞くからに、懐かしくおぼえて、塚の辺に伏し転び、

「我も同じ苔の下に埋もれなば、今さらかかる思ひはせざらまし。黄泉、いかなる住処なれば、行きて二度帰らざる」

と、伏し沈みけり。哀れなりし有様、たとへん方こそなかりけれ。まことに翁も心ある者なれば、ともに涙を流しけり。諸共にかくてはかなはじとや思ひけん、

「御歎き候ふとも、その甲斐あるまじく候ふ。夜になれば、この所には、狼と申す物、道行く人を悩まし候ふ。御留まり候ひては、かなふまじく候ふ。これより御帰り候ひて、今宵は、賤が伏屋になりとも御泊まり候ひて、一夜を明かさせ給ひ候へ。旅は何か苦しく候ふべき」

と申しければ、

「嬉しくも宣ふものかな。この辺り、懇ろに教へ給ふに、宿まで思ひより給ふ事の嬉しさよ。さやうに恐ろしき物の候ひて、身を捨てても、何にかはすべき」

とて、塚の辺にて念仏申し、「過去幽霊、成仏得脱」と回向すれば、十郎の魂霊も、

20 殺害すること。
21 ヤエムグラなどつる草の総称。
22 地面の下にあり、死者が行くといわれる所。冥土。
23 この世を去った者の霊魂が、仏果を得て苦しみをのがれること。
24 死者の冥福を祈ること。
25 たましい。霊魂。

いかばかり嬉しく思すらんと、思ひやられて哀れなり。虎、涙の隙より、かくぞ連ねける。

[26]露とのみ消えにし跡を来て見れば
尾花が末に秋風ぞ吹く

[27]憂き世ぞと思ひそめにし墨衣今また露の何と置くらん

かくて、[28]井出の辺を行き別れ、その夜は、翁の所に留まり、明けぬれば、野原の露にしほれつつ、足に任せて行く程に、[29]富士の煙を見るからに、辛き思ひに[30]たぐへつつ、そことも知らぬ道の辺の、草むらごとの虫までも、鳴く音を添へて哀れなり。げに、ただだにも、秋の思ひは悲しきに、やつれ果てぬる旅衣、いとど辛さを重ねつつ、辿り辿りも行く程に、[31]手越の宿にぞ着きにける。184 185

26 露と消えてしまったあの人の跡を来てみると、花すすきの末に秋風がわびしく吹いている。
27 つらい世の中だと思って、墨染めの衣に身を包むようになったが、その上に今また、どうせよといって涙の露が置くのであろうか。
28 底本「出」。
29「富士のねの煙も猶ぞ立ちのぼるうへなきものは思ひなりけり」(新古今集・十二・恋二・藤原家隆)によるか。
30 くらべる。
31 現静岡市内安倍川西岸の古駅。

184 虎御前、土地の翁とともに祐成・時致の最期の地をめぐる。

185 虎御前、手越少将のもとを訪ねる。

手越の少将に会ひし事[1]

扨も虎は、ある小家に立ち寄りて、主の女を語らひて、少将[2]御前を呼び出だし
て、
「旅人の、これにてぞと申すべき事の候ふと申し給へ」
と言ひければ、
「易き事」
とて、呼び出だしけり。少将は、虎が変はれる姿を見て、言ひ出だすべき言葉もなく
て、ただ涙をぞ流しける。ややありて、虎、泣く〱申しけるは、
「かの祐成[3]に相馴れて、すでに三年になり候ふ。宿縁[4]深き故にや、又余[5]の人を
見んと思はざりつるなり。この人失せ給ひぬと聞きし時は、同じ苔の下に埋もればや
と思ひしかども、つれなき[6]命、長らへて候ふぞや。されば、世を渡る遊び[7]者の習
ひは、心に任せぬ[8]事も候ふべしと思ひて、百箇日の仏事のつゐでに、箱根にて、髪[9]
をおろして、ただ一人迷ひ出で、富士の裾野の辺にて、その人[10]の跡ばかりなりとも
見て、憂かりし心をも慰み、つゐでに、この辺り近くおはしければ、見参[11]に入り、
物語をも申し、この姿をも見え参らせんと思ひて、これまで来たりて候ふ[12]」
と語りければ、少将も、涙を抑へて、
「げに〱、いかばかり[13]御歎きと思ひやられてこそ候へ」
と

手越の少将に会ひし事

1 この話は、真名本、太山寺本、万法寺本にはない。
2「少将」（手越の少将）は遊女の名。158頁注75・220頁注8参照。
3 底本「助成」。
4 前世からの因縁。
5 他の人に会おう。ここでの「会う」は、男女が関係を結ぶこと。
6 何ごともなく生きのびる命。死にたくても死ねない命。
7 遊女。
8 思うようにならないこと。遊女として、他の男とあわなければならないことをいう。
9 髪を短く切って尼になる。落飾する。405頁注5参照。
10 祐成をさす。
11 お目にかかり。
12 古活字本同。彰考館本はこれに続けて、「よく〱おもへは此人は善知識にて候けり、此わかれにあわすはいかてか世をそむくへきと、かつうはよろこひ、かつうはかなしみ候也と、こしかたゆくすゑの事共くときかたりければ」とある。
13 古活字本「こそ候へとて」なし。彰考館本には、「いかはかりの御なげきにて御わたり候と、思ひやり侍れはともと袖もくちはてぬへしとて」とある。

とて、泣くより他の事ぞなき。重ねて少将言ひけるは、

「過ぎにし[14]夏の頃、工藤左衛門に呼ばれて、酒を飲みし時、十郎殿をも呼び入れ参らせしかば、初めて見参に入りしなり。工藤左衛門の悪口[15]に、この殿の思ひ[16]切り給へる色あらはれて、只今事出で来ぬべしと、座敷もすさまじく[17]候ひしに、何とか思はれけん、酒飲み、押し鎮め[18]て立たれし事、只今の心地して、哀れに候ふぞや。我々立ち出で、かくとも知らせ申したく候ひしかども、御身と親しき事、人に知られんも憚りありしかば、さてのみ過ぎしなり。その夜、祐経[19]の宿直の事、め[20]のとの童にて、妻戸[21]の繋金外させし事、不思議にこそ思さめ。たとひ一夜[22]の妻なりとも、互ひの情けを思ふべきに、いかなる事にや、いかにもして、討たせ参らせんと思ひし事、ただひとへに御身故ぞかし」

と語りければ、虎は、この事を初めて聞き、十郎殿最期[23]の時、かかる教へをいかばかり嬉しく思ひ給ひけん、この告げなかりせば、いかでか本意を遂げさせ給ふべきにやと、愚かなる身は思はれて、いよいよ涙に咽びけり。

少将出家の事[1]

かくて少将は、虎が変はれる姿を見て、

「誠に羨ましくなれる姿かな。道理かな、理[2]かな。さらぬだに、憂き世のあ[3]だなるを思ふに、千年の松もつゐには朽ち、朝顔の露の命ぞかし。ましてや女

14 325頁参照。
15 底本「の」なし。他本により補う。
16 決心していらっしゃる。
17 興がさめた。
18 じっとこらえて。
19 底本「助経」。
20 古活字本同。彰考館本に、「めのわらわ」。従うべきか。虎の妹の「ぎす」が兄弟の手引きをしたとする。
21 古活字本「しらせまいらせ候し事」。「妻戸」は、357頁注8参照、「繋金」は、戸締りに用いる環、または鍵。幸若「夜討曽我」では、ぎすが妻戸の掛け金を外すために宵の頃から待機していたとする。
22 一夜だけ契った女。遊女の身の上をいう。
23 古活字本同。彰考館本に「さいこのつけをいかはかりうれしく思ひまいらせられけん」。

少将出家の事
1 この話は、真名本、太山寺本、万法寺本にはない。
2 底本「断」。
3 空虚なさま。実を結ばないさま。

は五[4]障三従の罪深しと申すなり。たまたま人身を受けながら、殊に我[5]等は罪深き身なり。その故は、ただ一生の間、人を誑かさんとばかりなれば、心を行[6]き来の人にかけ、身を上下の輩に任せ、日も西山に傾けば、夢の中の仮の姿を飾り、月東嶺に出でぬれば、誰とも知らぬ人を待ち、夜ごとに変はる移[7]り香の、身に留まりて心を悩まし、朝な朝なの手[8]枕の露に名残を惜しみつつ、胸をのみ焦がす事、返す返すも口惜しき憂き身なり。この世はつゐの住処にあらず。水に宿れる月よりも、はかなしと思ふ折節、この人々の事を聞き、又御身の変はれる姿を見て、いよいよ憂き世に心も留まらず。昨日は曽我の里に華やかなりし姿、今日は富士野の露と消ゆ。『[9]朝に紅顔あつて世路に誇れども、夕べには白骨となりて郊原に朽ちぬ』と言ふも理なり。さればにや、[10]万事は無二亦無三なり。御[11]身は十郎殿を善[12]知識として、憂き世を背き給ふ。我は又御身の姿を善知識として、衣を墨に染めんと思ひ候ふ」

とて、やがて翡[13]翠の髪を剃り落とし、花の袂を脱ぎ替へて、濃き墨染に改めつつ、年二十七と申すに、駿河国手越の宿を立ち出でけり。世を捨つる身といひながら、心強くも、住み慣れし我が故郷を立ち離れにし心の中、まことに優しく哀れなりとかや。

虎[1]と少将、法然に会ひ奉りし事

去る程に、二人は打ち連れ立ち、麻の衣、紙[2]の衾を肩に掛けて、諸国を修行

---

4 女人が宿命として課せられているとされる五つの障害と三種の忍従。『法華経』提婆達多品第十二による。
5 ともに遊女の身であることをいう。
6 街道を往来する人に思いをかけ、さまざまな人に身をまかせる。
7 夜をともにした人から移り残った匂い。
8 相手の腕枕をぬらす涙。
9『和漢朗詠集』下・無常「朝有紅顔誇世路、暮為白骨朽郊原」（藤原義孝）による。「紅顔」は若く盛んなつやつやした顔色、「郊原」は郊外の野原。
10 古活字本、彰考館本「ばんじむやく（万事無益）」。「無二亦無三」は、ただ一つで他には類のないことの意なので、ここでは不適切か。
11 あなた。虎御前をさす。
12 202頁注17参照。
13 427頁注3参照。

虎と少将、法然に会ひ奉りし事

1 この話は、真名本、太山寺本、万法寺本にはない。
2 紙子で作った粗末な夜具。
3 428頁注12参照。 4 一、二年。
5 この世を去った者の霊魂が、すみやかに悟りの境地に達するようにと。430頁注23も参照。 6 平安末期から

し、[3]信濃国善光寺に、一[4]両年の程、他念を交へずして念仏申し、「[5]過去精霊、頓証菩提」と祈り、又都に上り、[6]法然上人に会ひ奉り、念仏の[7]法談を詳しく聴聞し、いやましに念仏修行進みけるこそありがたけれ。

[1]虎、大磯に閉ぢ籠もりし事

かくて虎は、山々寺々拝みめぐりけるが、さすがに故里や恋しかりけん、又は十郎のありし辺や懐かしく思ひけん、大磯に帰り、[2]高麗寺の山の奥を尋ね入り、柴の庵に閉ぢ籠もり、[3]一向専修の経を誦し、[4]九品往生の望み怠らず、二人の尼諸共に、一つ庵に床を占め、行ひ澄ましてぞおはしける。

[1]母と、二宮の姉、大磯へ尋ね行きし事

さても曽我の母御前は、一日[2]片時も世に長らふべき心地はなけれども、力及ばぬ浮き世の習ひとて、思はずに年月をぞ送りける。人の子の、同じ齢なるを見ても、二人が面影身に添ひて悲しく、人の病にて死ぬるをも、彼等がせめてかくあらば、[3]取り扱ひしものをとも言ふべきに、[4]かりそめに立ち出でて、二度帰らぬ別れこそ、神ならぬ身の辛さなれ。あまりの恋しさの折々は、常に[5]二宮の姉を呼び、憂き事どもを語り合ひて、泣くより他の事はなし。扨も、[6]繋がぬ月日なれば、第三年も送り、七年にあたる[7]時に、姉を呼びて言ひける

鎌倉初期の僧。美作国（現岡山県）生まれ。浄土宗の開祖。諱号は源空。法然は房号。長承二～建暦二年（一一三三～一二一二）。7仏法のことわりや要義を説ききかせること。説法談義。

虎、大磯に閉ぢ籠もりし事

1この話は、太山寺本、万法寺本にはない。2現神奈川県中郡大磯町高麗の高麗山南麓に鎮座した旧郷社高来神社（旧高麗神社、高麗権現）に付属した仏寺。ながく神仏習合でその供僧坊を鶏足山雲上院高麗寺と称した。寺は行基の開基と伝え、平安末・鎌倉時代には相模十五大寺の一つと『吾妻鏡』などにも見え、伊豆山・箱根両権現と並び称された。3一向専修の念仏。他の行をしないでひたすら念仏だけを唱えること。4 420頁注60参照。

母と、二宮の姉、大磯へ尋ね行きし事

1この話は、真名本、太山寺本、万法寺本にはない。

2わずかの時間。しばしの間。

3面倒をみる。世話をする。

4ほんの一時の事のように出て行ったきり。

5曽我兄弟の同母の姉。二宮太郎に嫁している。

6月日が過ぎゆくのは繋ぎ止めることができない。月日の過ぎていくさま。

7十行古活字本、彰考館本等には、「五月二十八日」と明示してある。兄弟の七回忌は正治二年（一二〇〇）にあたる。

は、

「今日は、此の者共が七年忌にあたり候へば、追善を営み、弔ひ侍るなり。さても、十郎が契り深かりし大磯の虎、百箇日の仏事のついでに、箱根にて尼になり、御山より行き別れしが、善光寺に一両年籠もりて、その後諸国を修行して、今程は大磯に帰り、高麗寺の山の奥に、[8]行ひ澄まして候ふ由、聞き及びしに、いざや、虎が住処見ん」

と言ひければ、

「妾も、さこそと思ひ候ふに、御供申さん」

とて、二人、曽我の里を立ち出で、[9]中村通り、[10]山彦山を打ち越えて、高麗寺の奥に尋ね入る。[11]夏草の茂みが末を分け行く程に、袖は涙、裾は露に萎れつつ、かの辺りなる里の翁に問ひけるは、

「虎御前と申せし人の、尼になりて住み給ふ所は、いづくにて候ふやらん」

と問ひければ、

「あれに見え候ふ山の奥に、森の候ふ所こそ、かの人の草庵にて候へ」

と教へければ、嬉しくも分け入り見れば、まことに幽かなる住まゐにて、[12]垣には蔦・朝顔這ひかかり、軒には[13]忍交じりの忘れ草、露深くして、物思ふ袖に異ならず。庭には蓬生ひ茂り、鹿の伏し所かとぞ見えし。[14]「瓢箪屡々空しくして草顔淵が巷に満ち、藜藋深く鎖して雨原憲が枢を湿す」とも見えたり。まことに心細く、人の住処とも

8 仏道の戒めを守り、心を清くして修行に励むこと。

9 247頁注1参照。

10 248頁注4参照。

11 『平家物語』灌頂巻・大原御幸に、「夏草のしげみが末を分入らせ給ふに」とある。以下、「大原御幸」の趣向に倣う。

12 『平家物語』灌頂巻・大原御幸に、「軒には蔦槿はひかゝり、信夫まじりの忘草、「瓢箪しば〳〵むなし、草顔淵が巷にしげし。藜藋ふかくさせり。雨原憲が枢をうるほす」とも言つべし」とある。

13 「忍」は421頁注65参照、「忘れ草」は257頁注13参照。

14 『和漢朗詠集』下・草「瓢箪屡空草滋㆓顔淵之巷㆒、藜藋深鎖雨湿㆓原憲之枢㆒」（橘直幹）による。「顔淵」「原憲」ともに孔子の門弟で、貧しく草深いところに住んでいたことを詠むが、ここでは庵室の荒れ果てたさまをいう。

見えざりけり。

虎出で会ひ、呼び入れし事[1]

さても母や二の宮の姉は、やや久しくかなたこなた立ちめぐり見ければ、内に幽かなる声にて、日中[2]の礼讃の勤めも果てぬと思しくて、念仏忍び忍びに、心細く申しけるを聞きて、尊くおぼえ、柴の編戸をほとほとと叩き、

「物申さん[3]」

と言へば、虎、

「誰そ」

と答ふるを見れば、未だ[4]三十にもならざる者が、事の外に痩せ衰へ、いつしか老ひの姿にうち見えて、濃き墨染の衣に同じ色の袈裟を掛け、菩提[5]樹の数珠、花[6]の帽子取り具して、香の煙に染みかへり[7]、かしこくも行ひ入りたるその姿、竹林[8]の七賢、商山[9]に入りし四皓も、これにはいかで勝るべきと、羨ましくぞおぼえける。こ

虎出で会ひ、呼び入れし事

1この話は、真名本、太山寺本、万法寺本にはない。

2昼夜を六分した念仏読経の時刻のうち、日中（正午）に行われるもの。一日を昼三時（晨朝・日中・日没）、夜三時（初夜・中夜・後夜）に六分し、それぞれ阿弥陀仏を礼拝・賛嘆する。

3もしもし。人に話しかけることば。

4『平家物語』十・横笛に、「未三十にもならぬが、老僧姿にやせおとろへ、こき墨染に、おなじ袈裟、思ひ入れたる道心者、うら山しくや思はれけむ。晋の七賢、漢の四皓が住みけむ商山、竹林のありさまも、是には過ぎじとぞ見えし」とある。

5天竺菩提樹。クワ科の常緑高木。インドの原産で、この木の下で釈迦が悟りを得たといわれる。

6古活字本「紫の蓮華」。「帽子」は頭巾か。

7よく染みついて。

8中国晋代、世を避け竹林に清談をかわしたという七人の隠士。阮籍・嵆康・山濤・劉伶・阮咸・向秀・王戎。

9秦の始皇帝の時代、陝西省商山に世を避けた四人の隠士。東園公・綺里季・夏黄公・甪里先生。

186 手越少将、髪を切り落とし、尼となる。

の人々をただ一目見て、夢の心地して、

「あら珍[10]しと御渡り候ふや。さらに現ともおぼえず候ふ。まづ内へ入らせ給へ」

とて、二間なる所を打ち払ひ、

「これへ」

と請じ入れつつ、亡き人の母や姉ぞと見るよりも、流るる涙を抑へかねけり。母も姉も、泣く〱庵室[11]の体を見まはせば、三間[12]に造りたるを、二間をば持仏堂にこしらへ、阿弥陀[13]の三尊を東向きに掛け奉り、浄土[14]の三部経、『往[15]生要集』、八軸[16]の一乗妙典も、机の上に置かれたり。又、傍らに、『古今』『万葉』『伊勢物語』、狂言[17]綺語の草子ども、散らされたり。仏の御前に、六時[18]に花香鮮やかに供へ、二人[19]の位牌[20]の前にも、花香同じく供へたり。二宮の姉言ひけるは、

「あらありがたの御心ざしの程や。これを忘るまじき事と思ひ給ひて、二人の位牌を立て、弔ひ給ふ事よ。偕老[21]の契り浅からずと申すも、今こそ思ひ知られて候へ。ただし、十郎殿ばかりをこそ弔ひ給ふべきに、五郎殿まで弔ひ給ふ事のありがたさよ。妾は現在[22]の兄弟にて候へども、これ程までは思ひ寄らず。いづれも前世[23]の宿執

187 虎と少将、高麗寺の山奥に庵を結び、念仏の日々を送る。

10 古活字本同。南葵文庫本に、「めづらしの」。従うべきか。
11 延慶本『平家物語』十二・法皇小原へ御幸成ル事に、「サテ内ノ有様ヲ御覧ズレバ、一間ヲバ仏所ニシツラヒテ、三尺ノ立像ノ御身ハ泥仏来迎之三尊、東向ニ安置シ奉リ、仏前ニハ浄土ノ三部経ヲ置セ給ヘリ、（略）御前ナル紫檀ノ机ニハ、八軸之妙文并ニ廿八品ノ惣尺ヲ置セ給ヘリ。（略）九帖ノ御書並ニ往生要集已下ノ諸経ノ要文置カレタリ。（略）又御勤ノ隙ノ御心ナクサメトオホシクテ、古今万葉其外狂言綺語ノ類取リ散ラサレタリ」とある。
12 柱と柱の間を一間といい、約一・八m。
13 阿弥陀を中心に、左右に観世音、勢至の二菩薩を脇士とする三体。
14 『無量寿経』『観無量寿経』『阿彌陀経』の三部の経。
15 平安中期の仏書。恵心僧都源信の著。阿弥陀仏の浄土に往生するために必要な経文の類を抜粋したもの。底本「わうじやうようしうの」。他本に「の」はなく、省いた。
16 『法華経』のこと。八巻からなる。
17 道理に合わない言葉と巧みに飾った言葉。とくに仏教や儒教の立場から、いつわり飾った小説、物語の類をいやしめていうが、仏法を讃え、仏の教えを説く契機となるとも考えられていた。
18 437頁注2参照。
19 祐成・時致の位牌。
20 底本「の」なし。他本により補う。

にて、[24]善知識となり給ひぬ」と言ひも果てず、涙を流しければ、母も少将も、声立つるばかりにぞ悲しみける。

186 187 ややありて、母言ひけるは、

「十郎が事、忘るる間も候はねば、常にも参り、見奉りたく候ひしかども、心に任せぬ女の身なれば、人の心をも憚るなどとせし程に、今までかかる御住まゐをも見参らせず候ふ。彼の者共が七年の追善、曽我にて取り営み、又御有様をも見参らせたく候ひて、これなる女房を誘ひ、来たりて候ふぞや。又、親子恩愛の至つて切なる事、人の申し慣はすをも、我が身の上かと思はれ候ふ。年月やうやう過ぐれども、忘るる事も候はず。されば、様を変へんと思ふも、[25]幼ひ者共捨てがたくて、思ひの至つて切ならざるかと、我が身も切らず候ふ。これと申すも心ざしながらも[26]うたてくおぼえ候ふ。御身も、さして久しき契りにてもましまさず。その上、[27]所領持ちて頼

21 77頁注5参照。
22 実際の。現実の。
23 前世からの因縁。
24 202頁注17参照。
25 幼少の子。曽我祐信との間に儲けた子。
26 情けない。
27 所領を持ち、経済力がある身ではないので。祐成の身の上をいう。

188 兄弟の母と二宮の姉、大磯の虎と少将の庵を訪れる。

りある事ならねば、思ひ出がましき事もなし。ただひとへに前世の宿業に引かれて、互ひに善知識になり給ひぬと、あまりに尊く哀れにおぼえて、妾までも一つ[28]蓮の縁を結ばばやと思ひ候ふなり。およそ、[29]人間の八苦、[30]天上の五衰は、今に始めぬ事にて候へども、[31]前業の拙き身なれば、無常の理にも驚かず、つれなく憂き世に長らへ候ふ。我が身ながらもあさましく候ふ。しかるに、[32]五障三従の身ながらも、幸いに仏法流布の世に生まれて、[33]出離生死の道を求むべく候へども、女人の愚かさは、それもかなはず候ふ。面々は、この程[34]思ひ取り給ふ事なれば、後生の助かるべき[35]事をも知らせ給ひて候ふらん。あはれ、語らせ給へかし。かなはぬまでも、心にかけて見候はん」

と言ひければ、虎、涙を止めて申しけるは、

「まことに、[36]これまで御入り、夢の心地して、御心ざし、ありがたく思ひ候ふ。かかる身となり果てぬるも、しかしながら、十郎殿故と思ひ奉れば、時の間も忘るる

189 庵に集う少将・虎・母・姉（右から）、兄弟を偲ぶ。

28 死後、極楽浄土で、ある人と同じ蓮華の上に生まれかわること。
29 225頁注55参照。
30 天人の死が近づく時に現われる五つの死相。
31 422頁注8参照。 32 434頁注4参照。
33 世俗を離れ、悟りを開いて、生死の苦を克服すること。 34 それと悟り知りなさる。 35 古活字本同。彰考館本、南葵文庫本に「ほうもん」（法門）とある。 36 古活字本同。彰考館本に「是迄の」、南葵文庫本に「これまでの」とある。 37 定めのない世界。 38 254頁注18参照。 39 迷いを断って得られた悟りの境地や、悟りの世界としての浄土。 40 仏教の経典の大切な文言。 41 435頁注6参照。
42 念仏のひとくだり。 43 手越の少将をさす。「姉」は、実姉というよりも同業の年長者の意で用いるか。 44 祐成をさす。 45『平家物語』灌頂巻・六道之沙汰に、「忽に釈迦の遺弟につらなり、忝く弥陀の本願に乗じて、五障三従のくるしみをのがれ三時に六根をきよめ、一すぢに九品の浄刹をねがふ」とある。 46 出家して具足戒

事も侍らず。この世は[37]不定の境、それは[38]愛別離苦の悲しみを翻して、[39]菩提の彼岸に至る事もやと、[40]聖教の要文共、粗々尋ね求め、しかるべき善知識にも会ひ奉るかと、諸国を修行し、都に上り、[41]法然上人に会ひ奉り、[42]念仏一行を受け、一筋に浄土を願ひ候ふなり。[43]あの尼御前は、我が姉にてまします候ふ。自らを羨みて、同じくともに様を変へ、一つ庵に閉ぢ籠もり、行ひ候ふなり。今思ひ候へば、[44]この人は発心の便りなりけりと、嬉しくおぼえ候ふ。その上、妾、不思議に[45]釈尊の遺弟に列なりて、[46]比丘尼の名を汚し、忝くも[47]本願の称名を頼み、[48]三時に[49]六根を清め、一心に生死を離れん事を願ひ候ふ。本願いかでか誤り給ふべきと、疑ひの心も候はず。五郎殿も、同じ煙と消え給ひしかば、二人ともに、[50]成仏得脱と弔ひ奉らんために、二人の位牌を安置して候ふなり。[51]諸法従縁起とて、何事も縁に引かれ候ふなれば、二人ともに、[52]順縁逆縁に、[53]得道の縁とならん事、疑ひあるべからず。をよそ、[54]分段輪廻の郷に生まれて、必ず死滅の恨みを得、妄想如幻の家に来ては、つゐに別離の悲しみあり。[55]出づる息の、入る息を待たぬ世の中に生まれ、[56]剰へ、[57]会ひがたき仏教に会ひながら、この度、空しく過ぐる事、[58]宝の山に入り、手を空しくするなるべし。[59]あひかまへて仏道に御心をかけ、浄土へ参らんと思し召すべきなり」

と申しければ、母も二宮の姉も、[60]渇仰肝に銘じて、[61]随喜の涙を流して申しけるは、

「[62]世路に交はる習ひ、世の中の営みに心をかけ、二度[63]三途の故郷に帰り、いかなる

を受けた女性。尼。 47 仏・菩薩が過去世において、衆生を救済するために起こした誓願。 48 437頁注2参照。 49 362頁注9参照。 50 仏果を得て、この世の苦しみをのがれること。 51 あらゆる事象はすべて因縁によって生じるということ。 52 善事を縁として仏教にはいることを順縁、悪事を縁として仏教にはいることを逆縁という。 53 仏の無上道の悟りを得ること。 54 延慶本『平家物語』五末・惟盛卿高野詣事に、「分段輪廻ノ郷ニ出ヅル物、必ズ生滅ノ恨ミヲ得、妄想如幻ノ家ニ会フ族ラ、定メテ別離ノ悲シミヲ有ルラム」とある。「分段輪廻ノ郷」、「妄想如幻ノ家」ともに娑婆世界をいう。 55『往生要集』大文二・五に「経に言く」として「出づる息は入る息を待たず」とあり、『栄華物語』一・三十五、『宝物集』上、『平家物語』一・祇王などにも引かれる。原拠は『大智度論』二十五。 56 古活字本同。南葵文庫本に、「たのしみありとも何かせん。まれににんかいにむまれ」とある。彰考館本は「にんかい」の部分を「人男」と誤る。 57『二十五三昧式』に、「人身難レ受、仏教難レ遇」とあり、『宝物集』中、『平家物語』一・祇王などにも引かれる。 58 334頁注141参照。 59 古活字本はこれに続けて、「急べし〳〵頭燃はらふごとく見えて候へば」とあり、彰考館本、南葵文庫本類同。 60 仏教を深く信じ、慕うこと。 61 心からありがたく感じて流す涙。 62 渡って行く世の中。 63 地獄、餓鬼、畜生の三悪道。

苦患をか受け候はんずらんと、かねて悲しく候ふ。されば、尊き人にも会ひ奉り、女人の得道すべき法門[64]、聞かまほしく候へども、しかるべき縁なければ、とかく過ぎ行き候ふ所に、今の念仏申すとて、人並々に唱へ申せども、何と心を持ち、いかやうなる趣にて、往生すべく候ふや、かつて思ひ分けたる事も候はず。同じくは、つゐでに詳しく承り候はば、いかばかり嬉しく候ひなん」

とぞ言はれける。

[65]これひとへに、かの者共の死したりける縁によつて、仏道に心ざしけり。まことにかの者、死して親に思ひをかけけるといへども、仏道にも入りなば、一つの孝行にもなりなんとぞ思はれける。ありがたくこそおぼえけれ。 188 189

[1]少将法門の事

かくて母も二の宮も、

「仏道の趣、詳しく聞かまほしくこそ候へ」

と申しければ、虎、少将の方を見やり、少し打ち笑ひ、

「姉御は、念仏の法門ども知らせ給ひて候へ。申して聞かせ参らせ給へ」

と申しければ、

「妾も、詳しき事は知り参らせず候ふ。一年、都にて、法然上人仰せられしは、

『そもそも、生死の根源を尋ね候へば、ただ[2]一念の妄執に引かされて、由な

64真理に至る門の意で、仏の教え。
65以下、「おぼえけれ」まで、流布本の独自本文。

少将法門の事

1この話は、真名本、太山寺本、万法寺本にはない。 2一瞬の虚妄の執念。 3浄土をいう。 4「三界」は、いっさいの衆生の生死輪廻する欲界・色界・無色界の三種の迷いの世界。「六道」は、同じく地獄・餓鬼・畜生・阿修羅・人間・天上の六つの迷いの世界。「三界六道」で、転じて、この世をいう。 5八寒地獄と八熱地獄。八寒地獄は、『倶舎論』によれば、頞部陀・尼剌部陀・頞哳吒・臛臛婆・虎虎婆・嗢鉢羅・鉢特摩・摩訶鉢特摩の称。この地獄では寒さのあまり、身や声が変わるため、それによって名づけられたもの。八熱地獄の傍にあるという。八熱地獄は、熱と焔で苦しめられる八種の地獄。等活・黒縄・衆合・叫喚・大叫喚・焦熱・大焦熱・無間の八地獄。 6古活字本「ちくしやうざんかひ」、彰考館本は「畜生の三界」。三界に流転して、三界を出ることができない畜生。 7 440頁注29参照。 8 225頁注55参照。 9三界(注4)のうち、存在(有)の世界の最上(頂)である色究竟天(阿迦尼吒天)をさす。 10古活字本「あび」。「泥梨」は地獄のこと。 11前世で行なった善事。 12生きとし生けるものが本来そなえている、仏となる悟りの可能性。 13諸仏の大慈悲から発する誓願。 14「木石」は無常な非生物の喩え。『白氏文集』四・李夫人「人非二木石一皆有レ情」等で知られた慣用句。 15 441頁注49参照。 16釈迦の教えが書き記された一切経の巻数。 17以下「誰の人か帰せざらんや」まで、『愚要鈔』(明秀著、寛正二年(一

く[3]法性の都を迷ひ出でて、[4]三界六道に生まれ、衆生とはなれり。されば、地獄の[5]八寒八熱の苦しみ、餓鬼の飢饉の憂へ、[6]畜生三界の思ひ、その他、[7]天上の五衰、[8]人間の八苦、一つとして受けずといふ事なく、上は[9]有頂天を限り、下は[10]泥梨を際として、出づる事はなきが故に、流転の衆生とは申すなり。しかりといへども、[11]宿善や催しけん、今人間に生まれぬ。内に[12]本有の仏性あり、外に[13]諸仏の悲願あり。人[14]木石にあらず、発心せば、などか[15]成仏得脱なからん。それにつきて、修行区々なりといへども、我等ごときの衆生は、諸教の徳にかなひがたし。まづ、法然房がごとくは、[16]七千余巻の経蔵に入りて、[17]つらつら[18]出離の要義を案ずるに、[19]顕につけ密につけ、[20]開悟安からず、[21]事といひ理といひ、修行[22]成就しがたし。[23]一実円融の窓の前には、[24]即是の妙観に疲れ、[25]三密同体の床の上には、また[26]現世の証入あらはしがたし。しかる間、世の業を量りて、浄土を願ひ、他力を頼みて[27]名号を唱ふ。まことに、浄土の経文は、[28]直至道場の[29]目足なり。有智無智、誰の人か帰せざらんや。すでに[30]正像はやく暮れて、[31]戒・定・慧の三学は、名のみ残りて、有教無人、有名無実なり。殊に女人は、[32]五障三従とて、障りある身なれば、[33]即身成仏は、まづ置きぬ、[34]聞法結縁のために、霊仏霊社に詣づるさへ、踏まざる霊地あり、拝せざる仏像あり。[35]天台山は、桓武の御願、伝教の建立なり。[36]一乗の峰高うして、[37]真如の月朗らかなりといへども、五障の闇、照らす事なし。[38]高野山は、嵯

四六一)に類句が見える。 18 440頁注32参照。 19「顕」は顕教、「密」は密教。 20 知恵を開き、真理を悟ること。 21「事」は因縁によって生じた差別的なすべての事物、現象。「理」は因縁の造作を離れた絶対の本体、真理。 22 底本「じゅ」。他本により補う。 23 絶対不二であって真実である理法は、その功徳が完全で、しかも、それによる成仏の実現が極めてすみやかである、ということ。法華経の教えをたたえたもの。一実円頓。 24「即是」は三諦即是で、空・仮・中の三諦の真理は、本来、三にして一であるということ。その、微妙で奥深い観法。天台宗の教え。 25「三密」は、秘密の身・口・意の三業。すなわち、仏の身体と言語と心によってなされる不思議なはたらきが、相応融和すること。真言宗の教え。 26 現世において正智によって真理を悟ること。証得すること。 27「南無阿弥陀仏」の名号。 28 一乗の教えによって直ちに仏の悟りに達すること。 29「目」を智慧に、「足」を実践に喩える。 30 正法と像法。正法は、釈尊入滅後、仏の教えがよく保たれ、正しい修行によって悟りが得られる時代。正法の時を過ぎると、教えや修行が行なわれるだけで、悟りが得られなくなる像法の時となる。多く正法五百年、像法千年と数える。 31 仏道修行の三つの要目。「戒」(禁戒)は、善を修め悪を防ぐこと、「定」(禅定)は、心身の乱れを静めること、「慧」(智慧)は、真理を証得すること。三学と総称する。 32 434頁注4参照。 33 人間が現世で受けた肉体のままで仏となること。 34 仏法の聴聞をして、仏道と縁を結ぶこと。 35 滋賀県大津市坂本にある比叡山延暦寺。延暦七年(七八八)、伝教大師最澄の創建。時の帝桓武天皇は最澄に帰依していた。 36 一乗の教えを峰に喩える。

峨天皇の御宇、弘法大師の地を占めし、八葉の峰[39]、八つの谷、冷々として、水潔しといへども、三従の垢を濯がず。その他、金峰山[40]の雲の上、醍醐[41]・三井寺[42]、霞の底深し[43]。白山[44]、書写[45]の寺、かやうの所々には、女人近づく事もなし。されば、ある経の文には、『三世の諸仏の眼は大地に落ちて朽つるとも、女人成仏する事なし』[46]と言へり。又、ある経の文には、『女人は、地獄の使ひなり。よく仏の種を絶つ。外の顔は菩薩に似たれども、内の心は夜叉のごとし』[47]と言へり。されば、内典・外典[48]に嫌はれたる所に、弥陀如来こそ、『極重悪人、無他方便』[49]と誓ひて、別に又、女人成仏の願を起こし給ふ。か程に懇ろに憐れみ給ふ事を、信ぜず行ぜずして、又三途[50]に帰らん事、たとへば、耆婆[51]が万病を癒やす薬に、諸々の薬を何両合はせたりとは知らざれども、服すれば、すなはち癒ゆ。病極めて重き者の、薬ばかりにてはと疑ひて、服せずは、耆婆が医術も、扁鵲[52]が医方[53]も、益あるべからず。そのごとく、煩悩悪業は、極めて重し。この名号にてはいかがと疑ひて、信ぜず行ぜざらんは、弥陀の本願も、釈迦の説法も、空しかるべし。そもそも、薬を得て、服せずして死せん事、崑崙山[54]に行きて、玉を取らずして帰り、栴檀[55]の林に入りて、梢[56]をまたずして果てなば、後悔するとも由なし。その上、五劫思惟[57]、兆載永劫[58]の万善万行[59]、諸波羅蜜[60]の功徳を三字[61]に納め給へり。されば、『阿字十方三世仏[62]、弥字一切諸菩薩、陀字八万諸聖教』と言ふ時は、八万教法、諸仏菩

なお、延暦寺の古称を一乗止観院といった。 37 296頁注3参照。 38 和歌山県伊都郡高野町にある高野山金剛峯寺。弘仁七年（八一六）、弘法大師空海が嵯峨天皇からこの地を賜わり、草庵を結んだことに始まる。 39 高野山金剛峯寺の根本大塔が、四方を八つの峰に囲まれているところから、胎蔵界曼荼羅の八葉九尊になぞらえて呼ばれる。『平家物語』十・高野巻に、「高野山は…八葉の嶺、八の谷」とある。 40 奈良県吉野郡吉野町にある金峯山寺。役小角の創建と伝えられ、天平年間（七二九～七四九）に行基が蔵王権現をまつった。 41 京都市伏見区醍醐伽藍町にある醍醐寺。貞観一六年（八七四）、聖宝が創建、延喜七年（九〇七）、醍醐天皇の勅願寺となった。 42 滋賀県大津市にある園城寺の別称。大友皇子（弘文天皇）の子大友与多王の草創という。貞観元年（八五九）、智証大師円珍が延暦寺別院として再興した。 43 古活字本同。彰考館本、南葵文庫本に「ふじ」とあり、白山以下に続く。従うべきか。 44 古活字本同。「白山」が正しい。石川・岐阜両県境にある山。白山神社・白山比咩神社奥院があり、古くから信仰の山として知られる。 45 兵庫県姫路市北西部にある書写山円教寺。 46 日蓮『録外御書』四・女人成仏事に、「銀色女経云、三世諸仏眼堕落於大地、法界諸女人永無成仏期」と見える。 47『録外御書』四・女人成仏事に、「華厳経云、女人地獄使、能断仏種子、外面似菩薩、内心如夜叉」と見える。 48 仏典とその他の典籍。 49『往生要集』大文八に「観経云、極重悪人、無他方便、唯称念仏、得生極楽」とあり、『宝物集』下などにも引かれる。 50 441頁注63参照。 51「耆婆」は古代インドの五舎城

薩も、名号は広大の功徳となれり。されば、[63]天台には、法・報・応の三身、空・仮・中の三諦なりと釈しましまし候ふ。[64]森羅万象、山河大地、弥陀に漏れたる事なし。これによつて、[65]ただ専ら弥陀をもつて法門の主とすと釈し給へり。[66]正依の経には、190 191『[67]いとくたり大りそくせんしやう功徳』と説き、[68]傍依の経には、『[69]一万三千仏を高さ十丈に金をもつて十度作り、供養せんよりも、一返の名号は優れたり』と言へり。[70]善知識の教へを深く信じて、『南無阿弥陀仏、南無阿弥陀仏』と唱ふれば、[71]三祇百大劫の修行をも超え、[72]塵沙・無明の惑をも断ぜず、『[73]致使凡夫念即生、[74]不断煩悩得涅槃』とて、終焉の時は、[75]一さんいの心を変化して、観音・勢至、無数の[76]聖衆、[77]化仏菩薩、[78]踊躍歓喜して、[79]須臾の間に、[80]無為の報土へ参りなば、[81]無辺の菩薩を同学とし、[82]上界の如来を師とし、[83]宝池に遊び、樹下に行きて、[84]鸚鵡・舎利・迦陵頻伽の声を聞き、[85]苦・空・無常・無我の[86]四徳波羅蜜の悟りを開き給ひ

190 庵にて、虎と母の会話（中央）。

の名医。『黒谷上人語灯録』三部経釈第一に、「耆婆扁鵲ガ万病ヲイヤス薬ハ、モロ〱ノ草、ヨロヅノ薬ヲ以テ合薬セリト云ヘドモ、病者是ヲ覚リテ、其薬種何分、其薬草何両和合セリト知ズ。然ドモ是ヲ服スルニ、万病悉イユルガ如シ。但、ウラムラクハ、此薬ヲ信ゼズシテ、我病ハ極テ重、イカヾ此薬ニテハ癒事アラント疑テ、服セズンバ、耆婆ガ医術モ、扁鵲ガ秘法モ空クシテ、其益アルベカラザルガ如ク、弥陀ノ名号モ如レ是。夫煩悩悪業ノ病、極テ重、イカヾ此名号ヲ唱ヘテ、生ル、事アラント疑テ、是ヲ信ゼズバ、弥陀ノ誓願、釈尊ノ所説、空クテ其シルシ有ベカラズ。只仰テ信ズベシ。良薬ヲ得テ服セズシテ死スル事ナカレ。崑崙ノ山ニ行テ、珠ヲ取ズシテ帰リ、栴檀ノ林ニ入テ、枝ヲ攀ズシテ出ナバ、後悔イカヾセム」とある。 52 中国、春秋時代の名医。 53 古活字本同。彰考館本「秘法」。従うべきか。 54 崑崙山脈。古くは西域の西南方に見える山脈の汎称。 55 255頁注8参照。 56 古活字本同。彰考館本「ゑず」。「得」を誤るか。 57 阿弥陀如来が一切の衆生を済度するための願を起こし、五劫の間思惟したことをいう。 58 きわめて長い時間をいう。 59 あらゆる種類の善行と修行のこと。 60 仏になるために菩薩が行なう様々な修行のこと。 61 「阿弥陀」の三字のこと。次注参照。 62 源信『万法甚深最頂仏心法要』下に、「一心三智阿弥陀三尊、是戒定慧三学、経云、阿字十方三世仏、弥字一切諸菩薩、陀字八万諸聖教、三学之中皆具足」とある。 63 『黒谷上人語灯録』三部経釈第一に、「天台宗ニハ、空・仮・中ノ三諦、正・了・縁ノ三義、法・報・応ノ三身、如来所有ノ功徳、是ヲ出ザルガ故ニ、功徳莫大ナリト云ヘリ」とある。「法・報・応」は、三種の仏身。「空・仮・

なば、過去の恩、[87]所生所生〳〵の父母、妻子眷属、[88]有縁の衆生を導かんために、[89]洞然猛火の焔に交はり給ひ、[90]紅蓮大紅蓮の氷に入り給ふとも、[91]解脱の袂は安楽として、[92]済度利生し給ふべし。ただし、往生の定・不定は、信心の有無によるべし。ゆめゆめ〳〵疑ふ事なかれ』

と宣ふを、我々は聴聞申して候ふ」

と申しければ、母、感涙を抑へて言ひけるは、

「今の法門、聴聞申し候へば、信心肝に銘じて、ありがたく候ふ。今より後は、方々の御弟子にて候ふべし」

とて、三度伏し拝まれけり。ありがたかりし事共なり。

[1]母と二宮、行き別れし事

さる程に、日もやうやう〳〵傾きて、[2]高麗寺の[3]入相も聞こゆれば、名残尽きせず思へども、

[191] 庵にて、少将の法話。手を合わせる母と二宮の姉。

中」は天台教説が説く三つの真理。 64宇宙間に数限りなく存在するいっさいの物事。 65『摩訶止観』第二上に、「但専以二弥陀一為二法門主一」とある。「法門」は、442頁注64参照。 66正式に依拠する経典。 67古活字本同。彰考館本に、「ゐとくたいり、そくせむしやうくとく」とある。『無量寿経』下に、「仏語弥勒、其有得聞彼仏名号、歓喜踊躍、乃至一念、当知、此人為得大利、則是具足無上功徳」とあるものによるか。 68補助とする経典。 69『壒嚢鈔』十二・十に、「花厳経云、…一万三千仏、金銅十六丈、百度造二供養一、不レ如レ称二弥陀一」、『弘法大師念仏口伝集』に、「平等(覚)経にいはく、ゑんぶたこんの金をもつて高さ十丈の仏を一万体作り、十度供養し奉るより、念仏一遍の功徳は今尚勝れたりといへり」とある。 70 202頁注16参照。 71菩薩が仏の悟りを開くまでの長い修行期間をいう。三大阿僧祇劫にわたって六波羅蜜の修行をした後、さらに百劫の間、仏の三十二相を得るための修行があるとする。 72天台宗で説く、修行の妨げとなる三つの誘惑、見思惑・塵沙惑・無明惑のうちの二つ。 73『黒谷上人語灯録』三部経釈第一に、「阿弥陀如来、善導和尚トナノリ唐土ニ出テ、如来出二現於五濁一随レ宜方便化二群萠一、或説二多聞而得度一、或説三小解証二三明一、或教二福恵雙除レ障、或教二禅念坐思量一、種々法門皆解脱、無レ過二念仏一往二西方一、上尽二一形一至二十念三念五念一仏来迎、直為二弥陀弘誓重一、致レ使二凡夫念即生一ト宣ヘリ」とある。 74『無量寿経』優婆提舎願生偈・下に、「有二凡夫人煩悩成就一亦得レ生二彼浄土一、三界繋業畢竟不レ牽、則是不レ断二煩悩一得二涅槃分一、焉可二思議一」とある。 75古活字本同。彰考館本「一さむいの御身」、南葵文庫本「一さむゐの

御み」。未詳。76 44頁注13参照。77衆生を救うために、さまざまに姿を変えて現われた仏や菩薩。78おどり上がって喜ぶこと。79すこしのひま。80究極・絶対の真理にかなった報身仏の浄土。つまり、阿弥陀仏の極楽浄土。81限りのないこと。82天上の世界。天上界。83極楽浄土にあるという八功徳水をたたえた池。84極楽浄土にいるという六種の鳥、すなわち白鵠・孔雀・鸚鵡・舎利・迦陵頻伽・共命の鳥のひとつ。特に「迦陵頻伽」は、顔は美女のようで、その声が非常に美しいという。85底本に「苦」なし。古活字本により補う。彰考館本「こくうむじやうむか」。ただし、この四つは、真実を求めるために明らかにすべき、この世の迷いの四つのすがた、苦諦の四行相であり、「四徳」とは異なる。86涅槃（波羅蜜）にそなわる、常・楽・我・浄の四種の徳。87代々の先祖。88前世において、ある仏・菩薩と深い因縁を結んだ生あるもの。89八熱地獄などのはげしく燃える火。90八寒地獄の第七と第八。紅蓮地獄と大紅蓮地獄。この地獄におちた罪人は、きびしい寒気のために体が裂けて、真紅の蓮の花のようになるという。91「解脱」は、迷いの苦悩からぬけ出て、真の自由の境地に達すること。「解脱の袂」は袈裟の異称。92世の人を救い、利益を与えること。

母と二宮、行き別れし事

1この話は、太山寺本、万法寺本にはない。2 435頁注2参照。3日没のとき、寺で勤行の合図につき鳴らす鐘。4六時礼讃のひとつ。437頁注2参照。5母と二宮の姉をさす。6わずかの時間のたとえ。『論語』里

各立ち出でて、二宮の里へとてこそ帰りけれ。虎、少将は門送りして、後ろの隠るる程見送り、涙とともに庵室に帰り、[4]初夜の礼讃はじめて、念仏心細くぞ申しける。その後、人々の[5]行方を聞けば、各宿所に帰り、聞きつる法門のごとく、[6]造次顛沛、一心不乱に念仏す。昔は、[7]夫婦偕老の別れを慕ひ、今は、兄弟のかくなり行く事の思ひや積もりけん、老病といひ、歎きといひ、[8]六十の暮れ方に、念仏申して、つゐに往生しけるとぞ聞こえける。

[9]さて、二人の尼御前、ある夜の夢に、十郎、五郎打ち連れ来たり、頭には、玉の冠を着、身には、[10]瓔珞を飾り、光明[11]赫奕として、各を伏し拝み、申しけるは、

「この間、念仏申し、経を読み、懇ろに弔ひ給ふ故に、[12]兜率の内院に参る。これしかしながら、夫婦偕老の契り深きによつて、[13]無為真実の解脱の因となる。その恩徳は、[14]億々万劫にも報じがたし」

とて、虚空へ飛び去りぬ。虎、夢覚めて、ただ現の心地して、思ひけるは、

「[15]五重の闇晴れ、[16]三明の月朗らかにまします大聖釈尊さへ、[17]耶輸陀羅女の別れを思し召す。いはんや我等、この年月恋しと思ふ所に、目のあたりに兄弟を夢に見て、昔恋しくなりぬ。されば、[18]夜の猿は、傾く月に叫び、秋の虫は、枯れゆく草に悲しむとかや。鳥獣までも、[19]愛別離苦を悲しむと見えたり。しかれば、この道は、迷ひなば、ともに[20]悪道の輪廻断ち去りがたし、悟りなば、皆[21]成等菩提の因縁なりぬべし。[22]偕老同穴の契り、まことにあらはれ、[23]九品蓮台の上にては、もと

仁の、「君子無二終レ食之間違一レ仁、造次必於レ是、顛沛必於レ是」による。 7 77頁注5参照。河津三郎との別れをさす。 8 古活字本同。彰考館本、南葵文庫本は「六十一」。真名本には、「正治元年己未年五月廿八日の申の剋には曽我の女房は大往生をぞ遂げられける」とある。 9 彰考館本は、目録に「十郎・五郎、とらか夢に見し事」という章段名を設けるが、以下が該当するか。なお彰考館本では、虎の夢に、五郎は兜率天に生まれたが、十郎は悪道におちて蛭に苦しめられているとして、虎に法華経の書写供養を頼む。夢覚めて後、虎は書写を始め、十三年の仏事の際に供養すると、再び夢に兄弟が現れ、十郎も兜率の内院に生まれたと告げて感謝したとする。 10 60頁注5参照。 11 光り輝くさま。 12 兜率天にある七宝で飾られた四十九重の宝宮があるところ。弥勒菩薩が住し、法を説くとされる。 13 常住絶対の真実。 14 きわめて長い時間。 15 五障に同じ。修道上の障害となる五種を闇に喩える。 16 過去・現在・未来を知る三つの智慧が、一切をくまなく照らすことを月に喩える。 17 釈尊出家前の王妃。羅睺羅の母。 18『和漢朗詠集』下・猿「巴峡秋深、五夜之哀猿叫レ月」（清賦）をふまえるか。 19 254頁注18参照。 20 地獄・餓鬼・畜生の三悪道に転生すること。 21 悟りを開くこと。 22 77頁注5参照。 23 極楽浄土に化生する蓮の台。 24 446頁注91参照。 25 彰考館本は、目録に「虎・少将成仏の事」とい

の契りを失はず、一つ蓮に座を並べ、[24]解脱の袂を絞るべし」とて、少将もともに、涙をぞ流しける。

[25]さて、かの二人の尼、心ざし浅からずして、虎が峰に登りて花を摘めば、少将は谷に下りて水を結び、一人、花を供ふれば、一人は香を供じ、[26]ともに[27]一仏浄土の縁を結ぶ。谷の水、峰の嵐、[28]発心の媒となり、花の色、鳥の声、自づから[29]観念の便りとなる。つくづく思へば、[30]万物転変の理、[31]四相遷流の習ひ、[32]上界より下界に至るまで、一つとして逃るべきやうなし。日月天にめぐりて、[33]有為を旦暮にあらはし、寒暑時を違へず、[34]無常を昼夜に尽くす。されば、[35]漢の高祖の三尺の剣も、つゐに他の宝となり、[36]秦の始皇のはりの都も、自づから[37]荊棘の野辺となる。かれを思ひ、これを見るにも、ただひとへに憂き世を遁れ、まことの道に入るべきものをや。

[38]かかりし程に、二人の尼、[39]行業積もり、七旬の齢たけ、五月の末つ方、少病少悩にして、西に向かひ、肩を並べ、膝を組み、[40]端座合掌して、念仏百返唱へて、一心

192 聖衆が来迎して、虎と少将が往生を遂げる。

不乱にして、音楽雲に聞こえ、異香薫じて、[41]聖衆来迎し給ひて、眠るがごとく、[42]往生の素懐を遂げにけり。

高きも賤しきも、[43]老少不定の世の習ひ、誰か無常を逃るべき。富宝も、つゐには夢の内の楽しみなり。殊に女人は、罪深き事なれば、念仏に過ぎたる事あるべからず。かやうの物語、見聞かん人々は、[44]狂言綺語の縁により、[45]悪しき心を翻し、まことの道に赴き、[46]菩提を求むる便りとなすべし。その心もなからん人は、かかる事を聞きても、何にかはせん。よくよく耳に留め、心に染めて、なき世の苦しみを逃れ、[47]西方浄土に生まるべきものなり。

曽我物語　巻第十二終

[48]正保三年正月吉祥日

[49]誓願寺前安田十兵衛開板 192

う章段名を設けるが、以下が該当するか。26古活字本、彰考館本「たき」。27「供ず」は、神仏に供えること。420頁注59参照。28菩提心をおこす媒介。29心静かに智慧によって一切を観察すること。30底本「はつふつ」、古活字本同。彰考館本「万物てんぺん」により改める。すべてのものが生滅・変化すること。31底本「四さうをんる」。古活字本「四さうせんる」。「を」を「せ」に改める。生・住・異・滅の四相の移り変わること。32底本「三がい」、古活字本同。彰考館本「上かい」により改める。天上界のこと。下界と対をなす。33朝夕に因果によって生ずる現象をあらわし。34昼夜に生滅・変化するさまをあらわしつくす。35 1頁注11参照。36秦の皇帝。韓・趙・魏・楚・燕・斉の六国を滅ぼし天下を統合し始皇帝と自称した。「はりの都」は古活字本同。彰考館本には「万里のみやこ」とあるが、万里の長城と咸陽の都を混同するか。37イバラなどの生えて荒れはてている土地。213頁注132も参照のこと。38真名本に、「その後、虎はいよいよ弥陀本願を憑みて年月を送りける程に、ある晩傾に御堂の大門に立ち出でて、昔の事どもを思ひ連けて涙を流す折節、庭の桜の本立斜に小枝が下りたるを、十郎が躰と見なして、走り寄り取り付かむとすれども、低様に倒れにけり。その時より病付て、少病少悩にして、生年六十四歳と申すに大往生をぞ遂げにける」とある。39仏道修行。40正しい姿勢ですわって手を合わせて。41人の臨終に、西方の極楽浄土から阿弥陀仏が諸菩薩とともに迎えに来ること。42極楽往生したいという平素からの願い。43人間の寿命はわからないもので、老人が早く死に、若者が遅く死ぬとは限らないということ。44 438頁注17参照。45底本「あらき」、古活字本同。彰考館本、南葵文庫本「あしき」により改める。46極楽に往生して仏果を得ること。47古活字本同。彰考館本「あんらくじやうど」、南葵文庫本「ふたひのしやうと」。阿弥陀仏の浄土。この娑婆世界から西方に十万億の仏土を隔てたかなたにあるという安楽の世界。極楽浄土。48一六四六年。49江戸初期、京都の書肆。「誓願寺」は、京都市中京区新京極通にある寺院。

資料

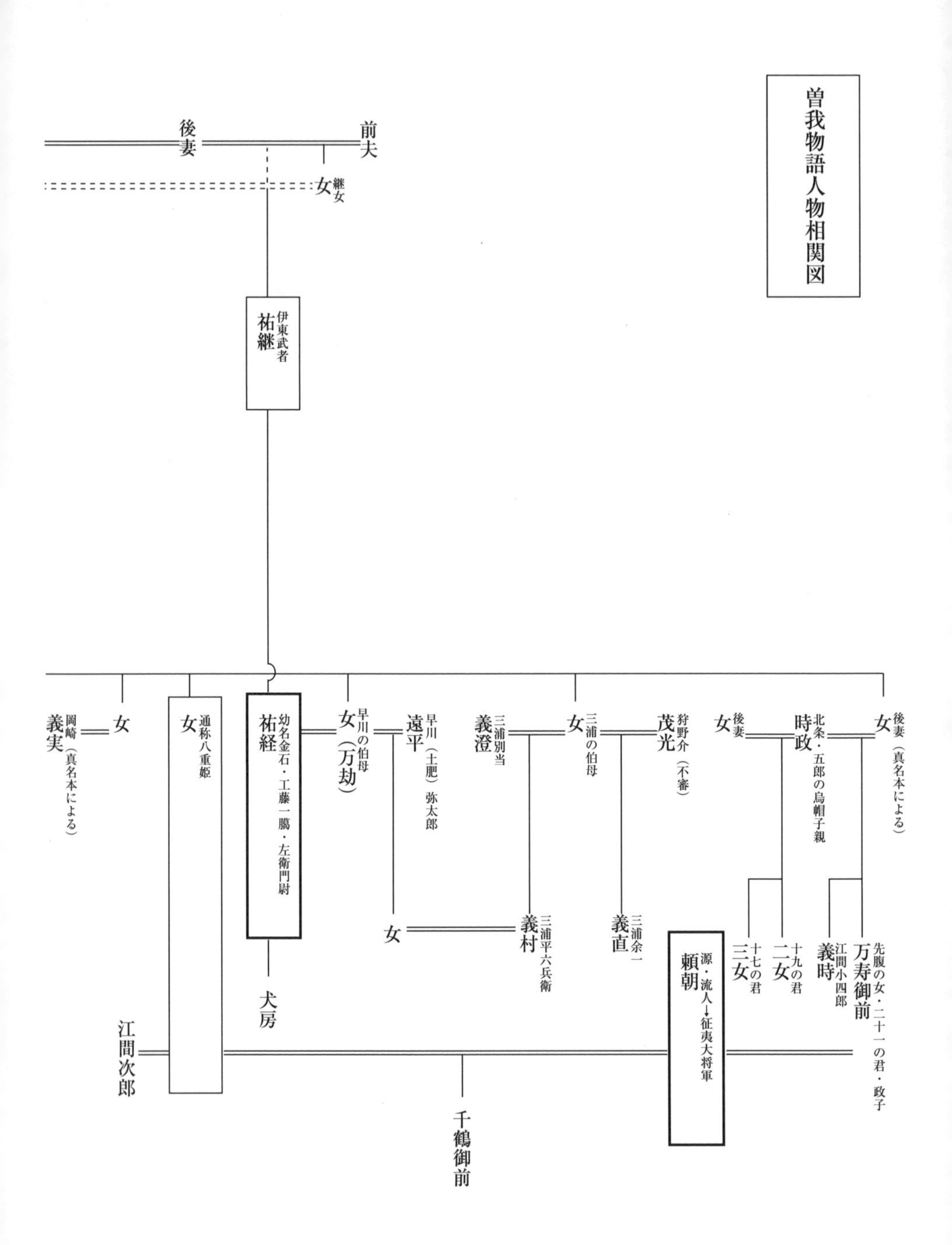
曽我物語人物相関図
前夫
後妻
女
継女
伊東武者
祐継
幼名金石・工藤一臈・左衛門尉
祐経
犬房
女
早川の伯母
(万劫)
早川(土肥)弥太郎
遠平
女
三浦別当
義澄
女
三浦の伯母
狩野介(不審)
茂光
三浦平六兵衛
義村
三浦余一
義直
女
後妻(真名本による)
北条・五郎の烏帽子親
時政
女
後妻
十九の君
二女
十七の君
三女
江間小四郎
義時
先腹の女・二十一の君・政子
万寿御前
源・流人→征夷大将軍
頼朝
千鶴御前
江間次郎
女
通称八重姫
女
岡崎
義実
(真名本による)

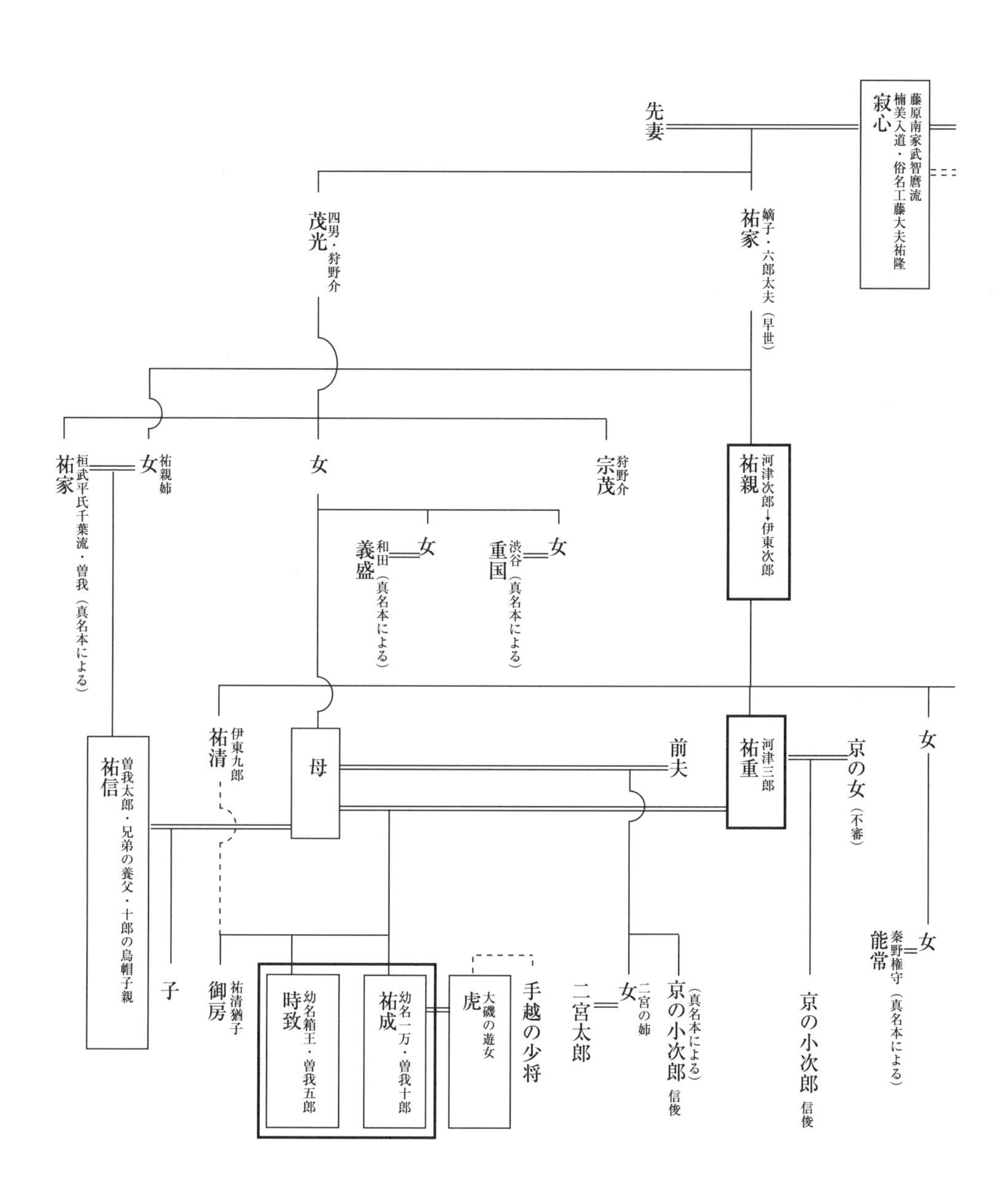
寂心
藤原南家武智麿流
楠美入道・俗名工藤大夫祐隆
先妻
祐家
嫡子・六郎太夫（早世）
茂光
四男・狩野介
祐親
河津次郎→伊東次郎
宗茂
狩野介
女
女
祐親姉
祐家
桓武平氏千葉流・曽我（真名本による）
女
重国
渋谷（真名本による）
女
義盛
和田（真名本による）
女
祐重
河津三郎
京の女
（不審）
前夫
母
祐清
伊東九郎
祐信
曽我太郎・兄弟の養父・十郎の烏帽子親
女
能常
秦野権守（真名本による）
京の小次郎
信俊
女
二宮の姉
京の小次郎
（真名本による）
信俊
二宮太郎
手越の少将
虎
大磯の遊女
祐成
幼名一万・曽我十郎
時致
幼名箱王・曽我五郎
御房
祐清猶子
子

曽我物語年表

小井土「仮名本『曽我物語』年譜考」（『大妻国文』53、二〇二二）より

・流布本『曽我物語』の記載にもとづいて作成した年表である。流布本（仮名本）に記載がない場合は、真名本によった。
・年表下方に、主要登場人物の年齢を示し、参考までに、「社会の出来事」も略記した。
・本文中に記載があり、年代確定の根拠となった数値（年号・人物の年齢など）には傍線を付した。
・それぞれの記事が載る巻数を**巻一**のように示した。巻数表示がないものは、本文に記載はないが、考証・計算の結果、記しておくべきと判断したものである。
・記載の対象は作中時間内の記事に限り、傍系説話については省略した。
・スペースの都合で、各元号の「元年」を示し、前の元号の最終年次は省いた。
・本年表を作成するにあたり、新編日本古典文学全集53『曽我物語』（小学館、二〇〇二）巻末所載の「曽我物語年表」、坂井孝一氏「『曽我物語』人物考──生年推定──」（『創価大学人文論集』23、二〇一一）を参考にさせていただいた。

西暦	和暦	作中の出来事	社会の出来事	年齢 祐成	時致	虎	御房	祐重	母	祐経	頼朝
一一四一	永治元年	兄弟の母、この頃誕生か。							1		
一一四二	康治元年								2		
一一四三	康治二年	工藤祐経（金石）、誕生。							3	1	
一一四四	天養元年								4	2	
一一四五	久安元年								5	3	
一一四六	久安二年	河津祐重、誕生か。						1	6	4	
一一四七	久安三年		源頼朝、誕生。					2	7	5	1
一一四八	久安四年							3	8	6	2
一一四九	久安五年							4	9	7	3
一一五〇	久安六年							5	10	8	4

西暦	和暦	曽我物語の事項	一般事項				
一一五一	仁平元年	伊東祐親、箱根別当に伊東祐継の呪詛を依頼か。巻一 七月十三日、伊東祐継、病死。享年43。遺児金石9歳。巻一		6	11	9|	5
一一五二	仁平二年	伊東祐親、伊東の地に移り、伊東祐継の一周忌を営む。巻一		7	12	10	6
一一五三	仁平三年			8	13	11	7
一一五四	久寿元年	伊東祐親、伊東祐継の三回忌を営む。巻一		9	14	12	8
一一五五	久寿二年			10	15	13	9
一一五六	保元元年		七月、保元の乱。	11	16	14	10
一一五七	保元二年	金石、元服して工藤祐経と名乗る（真名本では13歳の時）。巻一 工藤祐経、伊東祐親女万劫と結婚し、武者所に出仕。巻一 伊東祐親、伊東・河津を占有する。巻一	九月、源為朝、伊豆配流。	12	17	15	11
一一五八	保元三年		八月、二条天皇即位。	13	18	16	12
一一五九	平治元年		十二月、平治の乱。	14	19	17	13
一一六〇	永暦元年		三月、源頼朝、伊豆配流。	15	20	18	14|
一一六一	応保元年			16	21	19	15
一一六二	応保二年			17	22	20	16
一一六三	長寛元年	工藤祐経、武者所一臈となる。巻一		18	23	21|	17
一一六四	長寛二年		八月、崇徳上皇（46）、配流先に崩御。	19	24	22	18
一一六五	永万元年			20	25	23	19
一一六六	仁安元年			21	26	24	20
一一六七	仁安二年	工藤祐経の母、没。祐経は伊東の地券文書を手に入れる。巻一 三月、工藤祐経、訴状を提出。裁断が下るも、祐経はそれを不服とする。巻一	二月、平清盛、任従一位太政大臣。	22	27	25|	21

西暦	和暦	作中の出来事	社会の出来事	祐成	時致	虎	御房	祐重	母	祐経	頼朝
一一六八	仁安三年	工藤祐経が、伊東祐親襲撃を画策、計画が露見し、妻（祐親女）と別れさせられたのはこの頃か。巻一						23	28	26	22
一一六九	嘉応元年							24	29	27	23
一一七〇	嘉応二年	工藤祐経、京都の武者所を辞し、伊豆国に潜伏、大見小藤太・八幡三郎に、祐親暗殺を命じたのはこの頃か。巻一	源為朝（33）、伊豆大島にて狩野茂光に攻められ没。					25	30	28	24
一一七一	承安元年							26	31	29	25
一一七二	承安二年	一万、誕生。		1				27	32	30	26
一一七三	承安三年			2				28	33	31	27
一一七四	承安四年	箱王、誕生。		3	1			29	34	32	28
一一七五	安元元年	源頼朝、伊東祐親の娘との間に千鶴御前を儲けるか。巻一		4	2	1		30	35	33	29
一一七六	安元二年	十月、伊東祐親の館にある源頼朝を囲んで饗応の宴を催し、続けて奥野の狩開催。巻一 奥野の狩の帰路、河津祐重、大見小藤太・八幡三郎に襲撃される。享年31。巻一 五七日の仏事。一万、卒塔婆の間に亡き父を探す。巻一 御房、誕生。伊東祐清、養子とする。巻一		5	3	2	1	31	36	34	30
一一七七	治承元年	河津祐重の百ヶ日の法要。巻一 河津祐重妻、一万・箱王を連れて曽我祐信に再嫁。巻一 伊東祐清、大見・八幡を討つ。巻二 伊東祐親、千鶴御前を殺害。享年3。巻二 八月下旬、源頼朝、伊東を脱出、北条時政を頼る（吾妻鏡では安元元年）。巻二 源頼朝、政子（二十一の君）のもとに通う。巻二	四月、京都で安元の大火。 六月、鹿ヶ谷事件。	6	4	3	2		37	35	31

一一七八	治承二年	政子、山木兼隆のもとへ嫁すも、伊豆山権現へ逃走したのはこの頃か。[巻二] 源頼朝、伊豆山権現で政子と再会。藤九郎盛長の夢見と懐島景信の夢合わせはこの頃か。[巻二]	三月、京都で治承の大火。	7	5	4	3		38	36	32
一一七九	治承三年		十一月、治承三年の政変。	8	6	5	4		39	37	33
一一八〇	治承四年	八月十七日夜、源頼朝挙兵。山木兼隆を襲撃。[巻二] 伊東祐親、処刑。[巻二] 伊東祐清、上洛して平家に加わる。[巻二] 源頼朝、鎌倉に居を占め、鶴岡八幡宮を勧請する。[巻二] 九月、一万・箱王、名月に父を恋う（真名本は養和元年）。[巻三] 一万・箱王、母に訓戒を受ける。[巻三]	四月、以仁王の挙兵。 六月、福原遷都。 十月、頼朝鎌倉入り。	9|	7|	6	5		40	38	34
一一八一	養和元年		閏二月、平清盛（64）没。	10	8	7	6		41	39	35
一一八二	寿永元年	一万・箱王、由比ヶ浜にて処刑されそうになる。[巻三]	鎌倉、若宮大路造成。京都、飢饉。	11|	9|	8	7		42	40	36
一一八三	寿永二年	九月、源頼朝、任征夷大将軍（吾妻鏡に建久三年七月十二日）。[巻一]	六月、伊東祐清、篠原合戦にて没。	12	10	9	8		43	41	37
一一八四	元暦元年	一万、元服して曽我十郎祐成と名乗る。[巻四] 箱王、箱根入山（真名本は元暦二年）。[巻四]	一月、木曽義仲（31）没。	13|	11|	10	9		44	42	38
一一八五	文治元年		三月、平氏滅亡。 十一月、守護地頭設置。	14	12	11	10		45	43	39
一一八六	文治二年	十二月、箱王、歳末に父の不在を歎く。[巻四]	八月、西行、鎌倉に源頼朝を訪問。	15	13|	12	11		46	44	40
一一八七	文治三年	一月、源頼朝、箱根参詣。箱王、工藤祐経に会い、刀を授かる。[巻四]		16	14	13	12		47	45	41
一一八八	文治四年			17	15	14	13		48	46	42
一一八九	文治五年		閏四月、源義経（31）没。	18	16	15	14		49	47	43

西暦	和暦	作中の出来事	社会の出来事	祐成	時致	虎	御房	祐重	母	祐経	頼朝
一一九〇	建久元年	九月、箱王、箱根を離山、北条時政のもとで元服し、曽我五郎時致と名乗る（吾妻鏡に九月七日）。巻四 兄弟の母、五郎を勘当する。巻四 十一月、源頼朝、上洛。任右大将。巻二 工藤祐経、伊東他所領を拝領し、権勢を誇る。巻二	二月、西行（73）没。	19	17|	16	15		50	48	44
一一九一	建久二年	兄弟、京の小次郎に協力を頼み拒まれる（真名本は建久二年十月中旬）。巻四 十郎、母に訓戒を受ける。巻四 十郎、虎のもとに通い始める（真名本は十一月上旬）。巻四 兄弟、大磯宿で工藤祐経を見つけ、追跡。巻四 十郎、三浦義村との喧嘩・三浦の片貝の事などはこの頃か。巻四		20	18	17	16		51	49	45
一一九二	建久三年	五月上旬、十郎、虎を伴い曽我の里で過ごす。巻四 五郎、化粧坂下の女のもとに通うのはこの頃か。巻五	三月、後白河院（66）崩御。 七月、源頼朝、任征夷大将軍。	21	19	18	17		52	50	46
一一九三	建久四年	三月、頼朝、浅間・三原野・那須を巡る狩開催。兄弟、随行する。巻五 頼朝、富士裾野の巻狩開催を告知、兄弟、随行を決める。巻五 兄弟、三浦与一に協力を頼み拒まれる。巻五 五郎、化粧坂下の女のことで、梶原景季にからまれる。巻五 十郎、大磯宿にて、和田義盛と盃論。巻六 五月、十郎、曽我にて虎に敵討ちの宿願を語り、山彦山にて別れる。巻六 兄弟、母に勘当を解いてもらい小袖を乞う。巻七 五月、兄弟、富士裾野へ向け、曽我の里を発つ。巻七 兄弟、箱根にて暇乞い。別当より太刀・刀を授かる。巻八		22|	20|	19|	18|		53	51	47

		五月、頼朝、富士の巻狩開催。巻九 五月二十八日夜、兄弟、工藤祐経を討つ。祐経享年51。巻九 十郎、仁田忠常に討たれる。享年22。五郎、逮捕。巻九 五郎、逮捕翌日、尋問ののち処刑。享年20。巻十 六月、兄弟の遺骨が、尾河三郎や宇佐美禅師らにより曽我に届けられる（真名本）。 源頼朝、兄弟の母に、曽我荘を与え、苦役御免とする（真名本）。 伊東禅師（御房）、没。享年18（真名本に六月、吾妻鏡に七月二日）。巻十 八月、京の小次郎、没。巻十 三浦与一、出家。巻十 九月、五郎の処刑執行人伊豆次郎、病死。享年27。巻十 九月、出家した虎が曽我の里を訪れる。箱根での仏事（真名本では、虎は箱根にて出家。吾妻鏡では、箱根での仏事は六月）。巻十一 虎、井出の屋形訪問。巻十二 虎、手越の少将を訪問。少将出家。27歳。巻十二 虎、大阪・四天王寺にて、王藤内の妻と会う（真名本）。	八月、源範頼没か。								
一一九四	建久五年	五月、兄弟の一周忌の法要。虎、参列。丹（道）三郎・鬼王丸、出家（真名本）。 虎と少将、善光寺に修行（真名本では六月）。巻十二 虎と少将、京にて法然に会う（真名本では善光寺で京の小次郎の妻と会う）。巻十二				20			54		48
一一九五	建久六年	虎と少将、廻国修行を終え、大磯の高麗寺に草庵を結ぶ。巻十二				21			55		49
一一九六	建久七年	五月、兄弟の三回忌の法要。虎、参列。巻十二 母、曽我祐信とともに出家（真名本）。				22			56		50

西暦	和暦	作中の出来事	社会の出来事	年齢 祐成	時致	虎	御房	祐重	母	祐経	頼朝
一一九七	建久八年					23			57		51
一一九八	建久九年		一月、後鳥羽院による院政開始。			24			58		52
一一九九	正治元年	(五月二十八日、兄弟の母、没（真名本）。 虎、井出の屋形再訪問。神と祀られた兄弟の社に参詣する（真名本）。 曽我祐信、没（真名本）。	一月、源頼朝（53）没。			25			59		53
一二〇〇	正治二年	三月、丹（道）三郎・鬼王丸、廻国修行を終え、曽我の里へ帰る（真名本）。 五月、兄弟の七回忌の法要。母と二宮の姉、高麗寺に虎を訪ねる。 巻十二 十二月、母、没か。享年「六十の暮れ方」（真名本は正治元年五月二十八日）。	一月、梶原景時の変。景時・景季（39）没。			26			60		
一二〇一	建仁元年	巻十二 虎の母、仲間の遊女たち十二名が、虎のもとで次々と出家（真名本）。				27					
一二〇二	建仁二年					28					
一二〇三	建仁三年		九月、仁田忠常（37）没。			29					
一二〇四	元久元年		七月、源頼家（23）没。			30					
一二〇五	元久二年	この頃までに、虎の母、没（真名本）。	六月、畠山重忠の乱。重忠（43）没。			31					
一二〇六	建永元年	二月十八日、丹（道）三郎、十九日、鬼王丸、没（真名本。兄弟の十三回忌の年にあたる）。				32					
一二〇七	承元元年					33					
一二〇八	承元二年					34					
一二〇九	承元三年					35					
一二一〇	承元四年					36					

西暦	年号	事項	年齢
一二一一	建暦元年	十月、鴨長明、鎌倉に源実朝を訪問。	37
一二一二	建暦二年	三月、鴨長明『方丈記』成立。	38
一二一三	建保元年	二月、北条義時、侍所別当（執権）。 五月、和田合戦。義盛（67）没。 十二月、『金塊和歌集』成立。	39
一二一四	建保二年		40
一二一五	建保三年	一月、北条時政（78）没。	41
一二一六	建保四年		42
一二一七	建保五年		43
一二一八	建保六年		44
一二一九	承久元年	一月、源実朝（28）、暗殺。	45
一二二〇	承久二年	慈円『愚管抄』成立。	46
一二二一	承久三年	五月、承久の乱。	47
一二二二	貞応元年		48
一二二三	貞応二年	四月、『海道記』に大磯～鎌倉の記事。	49
一二二四	元仁元年	六月、北条義時（62）没。	50
一二二五	嘉禄元年	七月、北条政子（69）没。	51
一二二六	嘉禄二年	一月、藤原頼経、任鎌倉幕府四代将軍。	52
一二二七	安貞元年		53

西暦	和暦	作中の出来事	社会の出来事	祐成	時致	虎	御房	祐重	母	祐経	頼朝
一二二八	安貞二年					54					
一二二九	寛喜元年					55					
一二三〇	寛喜二年					56					
一二三一	寛喜三年					57					
一二三二	貞永元年		八月、御成敗式目の制定。			58					
一二三三	天福元年					59					
一二三四	文暦元年					60					
一二三五	嘉禎元年					61					
一二三六	嘉禎二年					62					
一二三七	嘉禎三年					63					
一二三八	暦仁元年	（虎、没。享年64（真名本）。）				64					
一二三九	延応元年					65					
一二四〇	仁治元年					66					
一二四一	仁治二年					67					
一二四二	仁治三年		八月、『東関紀行』に鎌倉遊覧記事。			68					
一二四三	寛元元年		六月、鎌倉大仏供養。			69					
一二四四	寛元二年	虎、没。享年「七旬」（真名本では64歳）。巻十二	四月、藤原頼嗣、任鎌倉幕府五代将軍。			70					

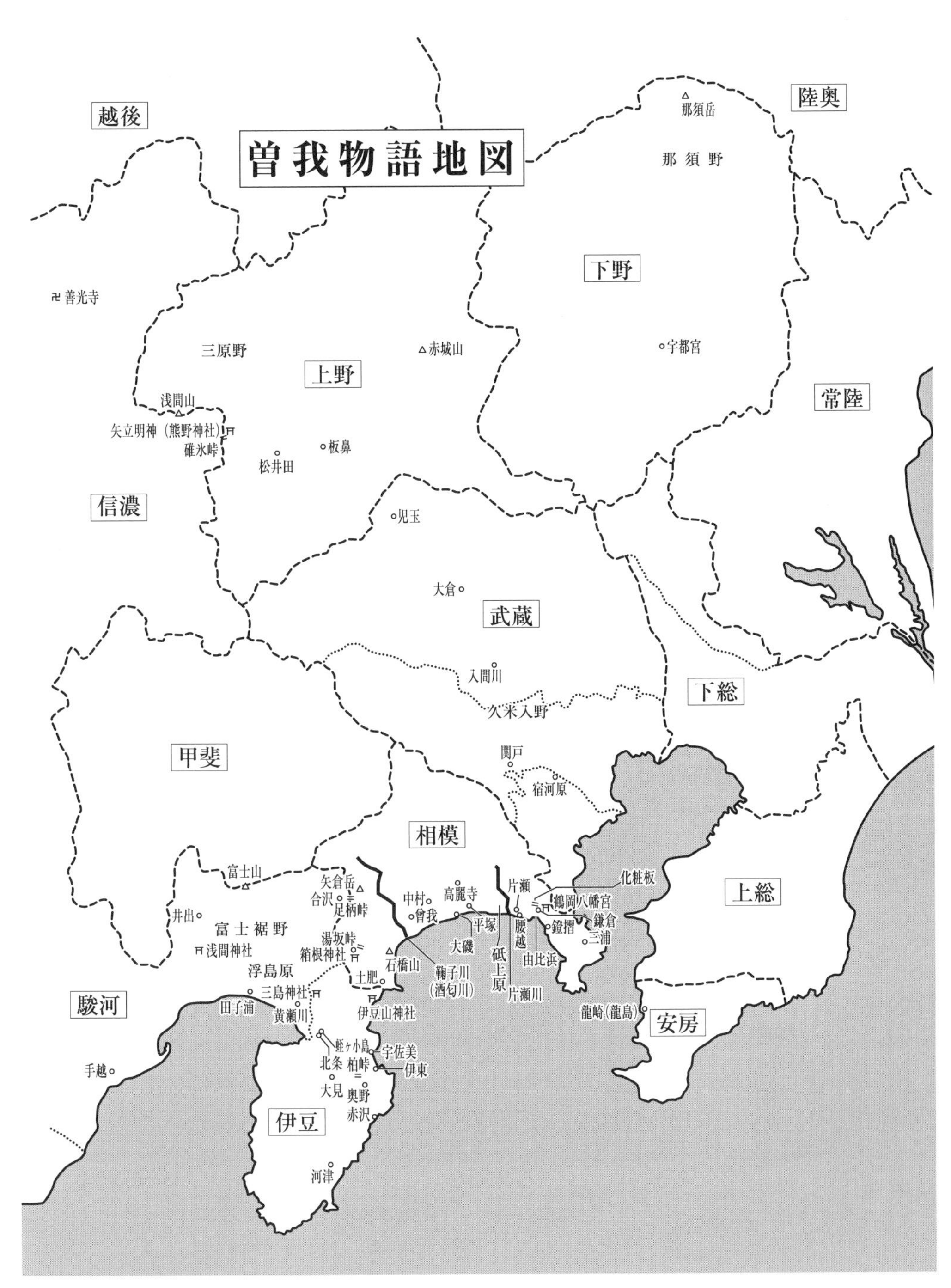

「曽我物語地図」『日本古典文学大系 88　曽我物語』（市古貞次・大島建彦校注、岩波書店、一九六六）より

※編者により、今回新たに手を加えた。

装束（直垂・狩装束）〔『原色日本服飾史・増補改訂版』（井筒雅風著、光琳社出版、一九九八）より〕

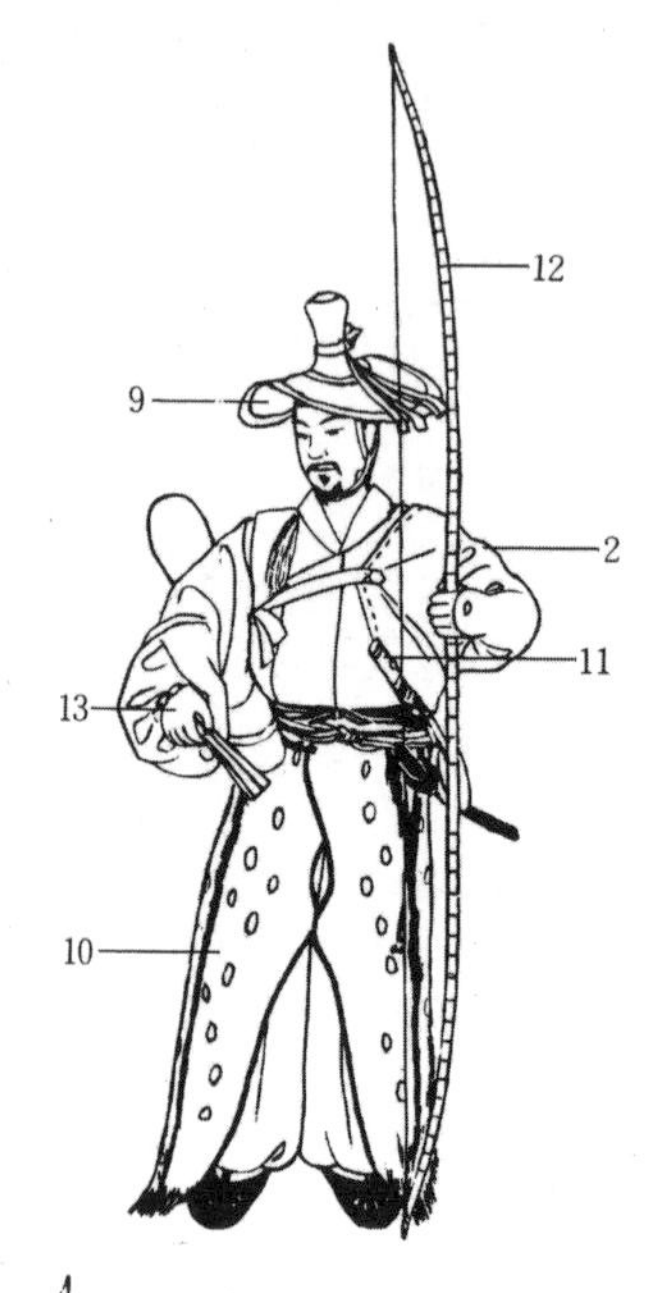

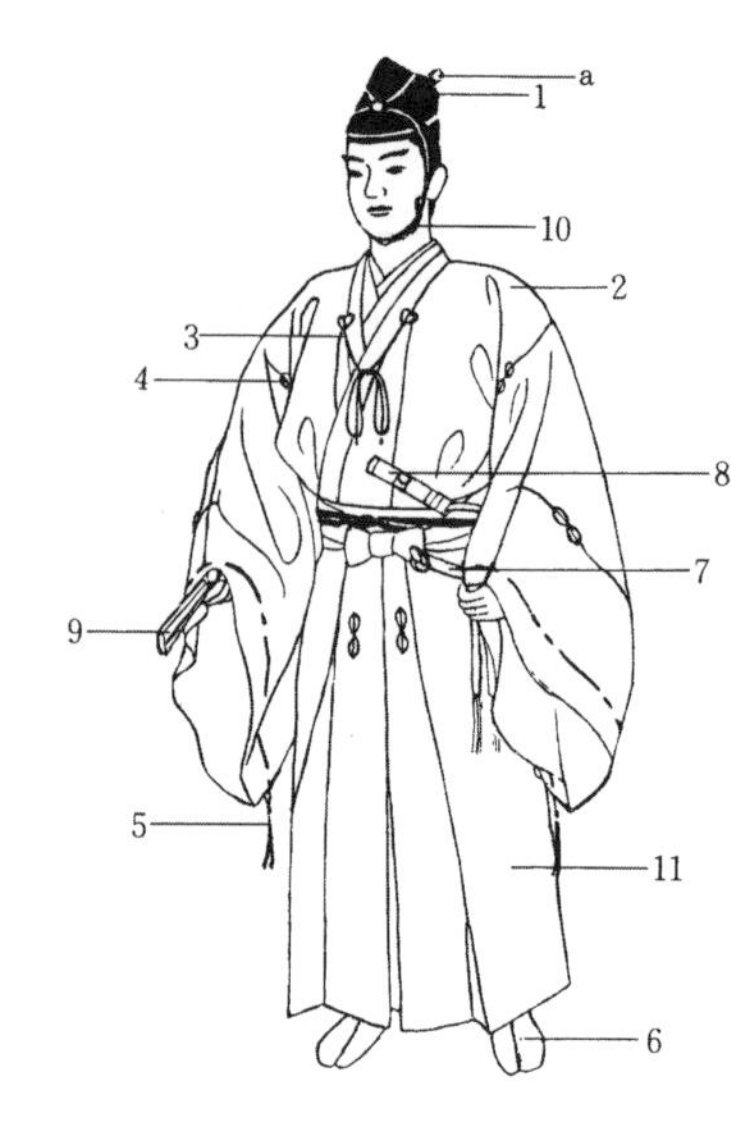

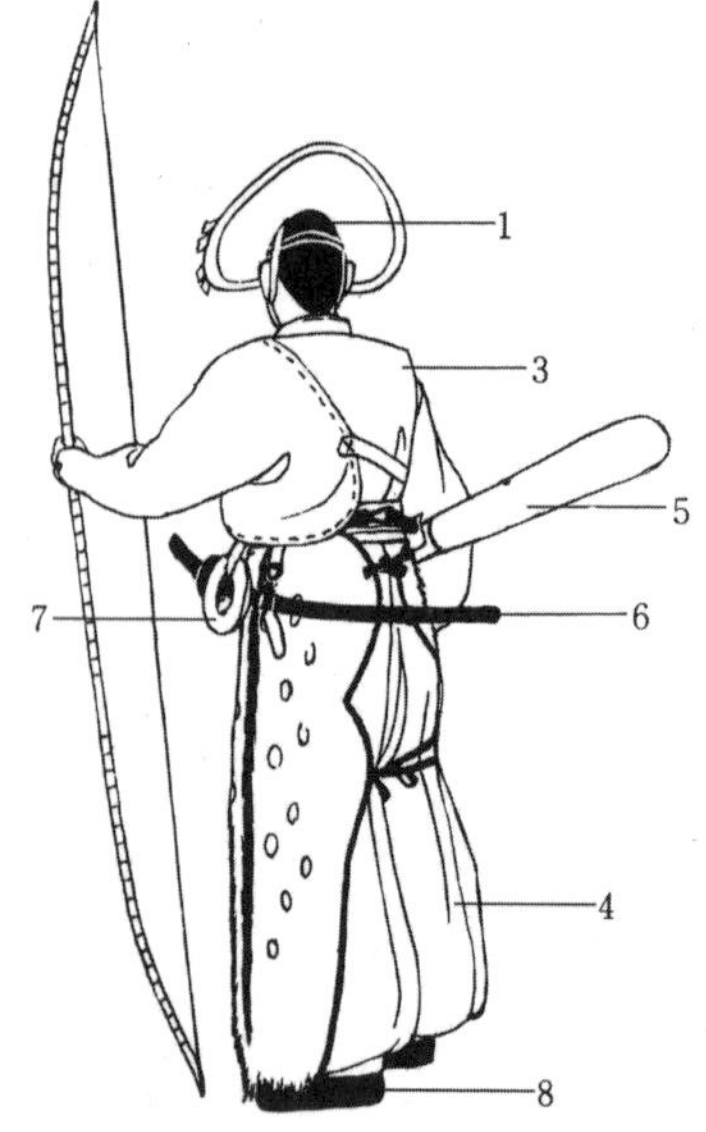

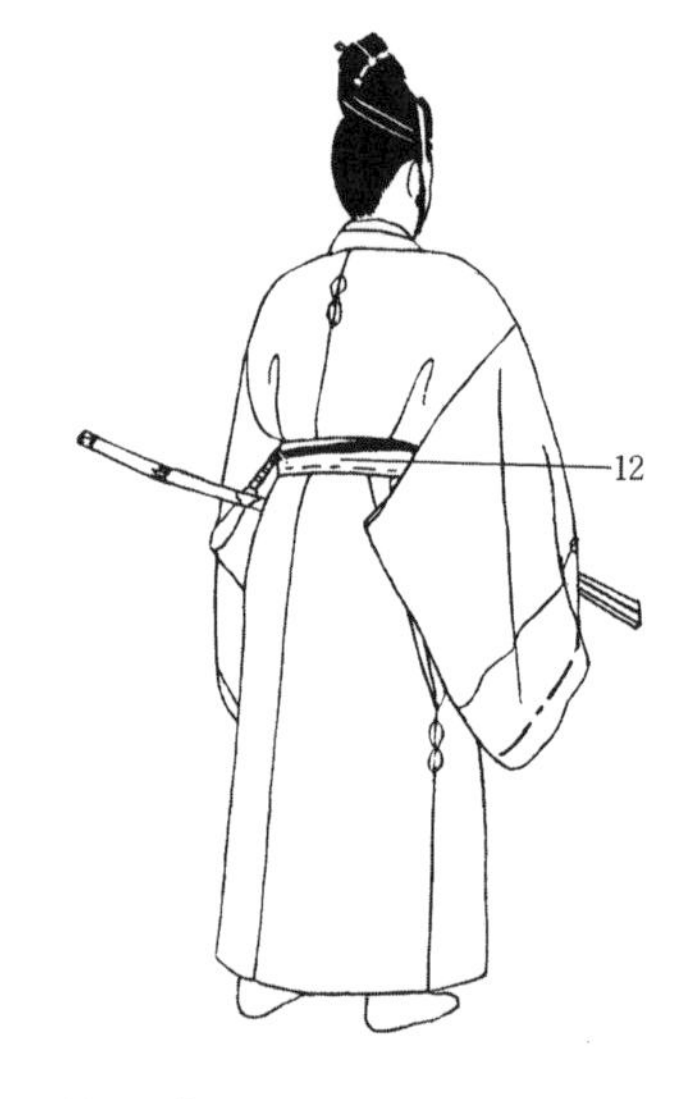

1 萎烏帽子（なええぼし）
2 射籠手（いこて）
3 水干の上（すいかんのかみ）
4 水干の下（しも）
5 空穂（うつほ）
6 革包太刀（かわつつみのたち）
7 弦巻（つるまき）
8 物射沓（ものいくつ）
9 綾蘭笠（あやいかさ）
10 行縢（むかばき）
11 腰刀（こしかたな）
12 弓（ゆみ）
13 韘（ゆかけ）

1 侍烏帽子（さむらいえぼし）
a 侍烏帽子の小結（こゆい）
2 直垂（ひたたれ）
3 胸紐（むなひも）
4 小露（こつゆ）（結び菊綴（きくとじ））
5 袖露（そでつゆ）（袖括（そでくくり）の紐（お））
6 足袋
7 太刀
8 腰刀（こしかたな）
9 扇子（せんす）
10 烏帽子（えぼし）の頂頭掛（ちょうつかけ）の懸（かけ）（掛）緒（お）
11 直垂の袴（はかま）
12 直垂の袴の腰（こし）

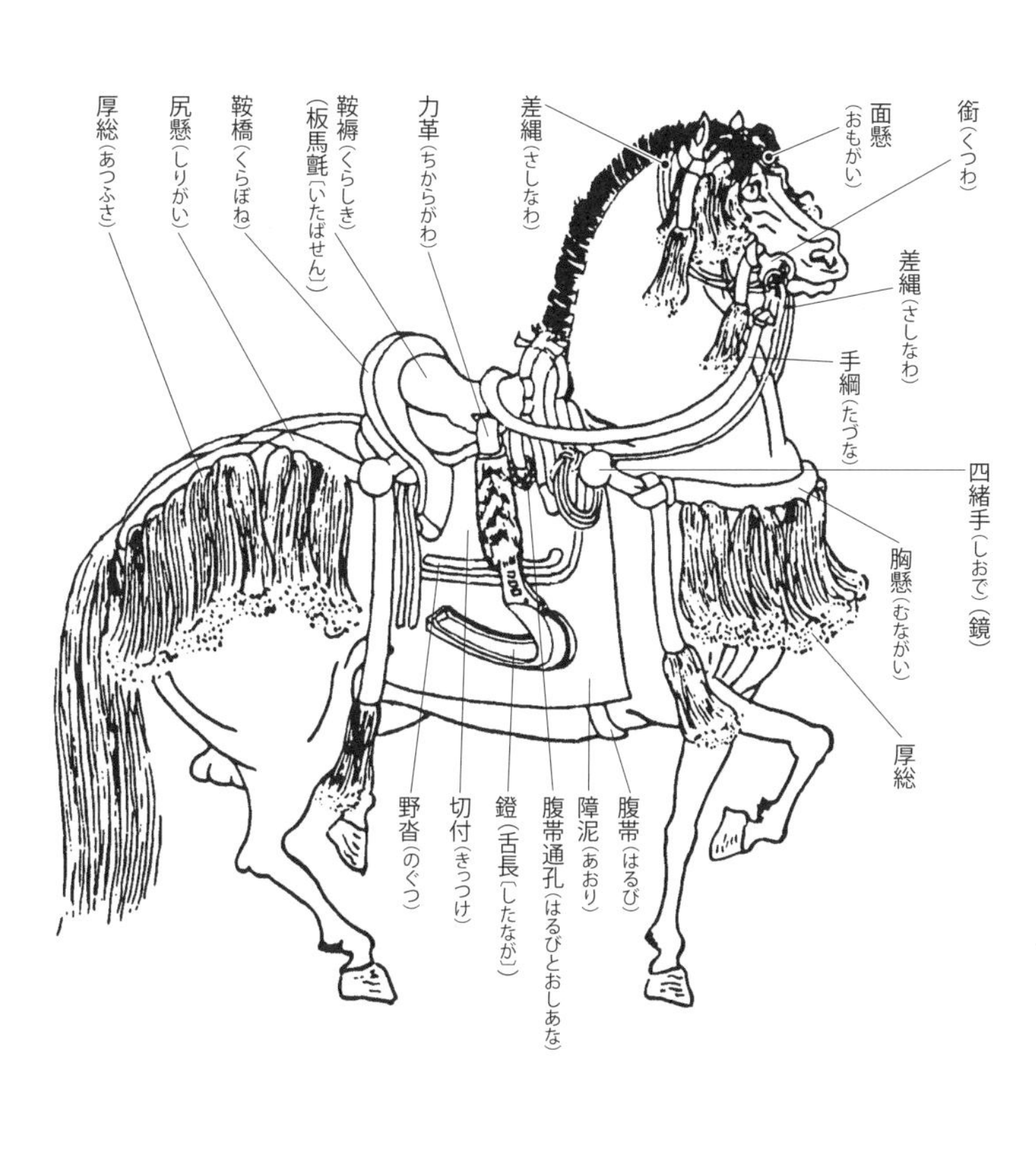

馬具（大和鞍）〔『古典参考資料図集』（鈴木敬三編集解説、國學院高等学校、一九八八）及び『平家物語大事典』（大津雄一・日下力・佐伯真一・櫻井陽子編、東京書籍、二〇一〇）より〕

諸本記事対照表

・この表は、『曽我物語』諸本について章段の異同を一覧にしたものである。対照した本は、以下の通り。

真名本…東洋文庫468・486『真名本　曽我物語』1・2（青木・池田・北川・笹川・信太・高橋編、平凡社、一九八七～八八、底本は妙本寺本）

真名本訓読本…新編日本古典文学全集53『曽我物語』（梶原・野中・大津校注、小学館、二〇〇二、底本は日本大学蔵本）

仮名本　太山寺本…和泉古典叢書10『太山寺本　曽我物語』（村上美登志校註、和泉書院、一九九九）

彰考館本…伝承文学資料4・6・10『彰考館本　曽我物語』上・中・下（村上・徳江・福田編、三弥井書店、一九七一）

十行古活字本…日本古典文学大系88『曽我物語』（市古・大島校注、岩波書店、一九六六）

・章段名は、主に底本によって記し、その他の諸本によって補った。その場合は、その旨を（　）で示した。底本においていくつかの章段に分割されているものが、一つの章段にまとめられている場合は、［を用いて示した。また、物語の本筋と関わりない記事には「＊」を付している。真名本・真名本訓読本は、全巻にわたって章段名を持たないが、真名本に固有な記事と判断されるものについては、右の『真名本　曽我物語』1・2に補われた小見出しによって示した。

・諸本の巻が改まる部分に巻数を表示した。彰考館本は、巻十一相当部を「孝養巻」とし、巻十一・十二は合冊である。

・諸本における記事の異同は、以下のような符号によって示した。

◎　題目をそなえ、それにあたる本文の全部または大部分をそなえるもの。

○　題目を欠くが、それにあたる本文の全部または大部分をそなえるもの。

●　題目を欠き、それにあたる本文の一部分を欠くもの。

△　題目を欠き、それにあたる本文の大部分を欠き、その一部分だけをそなえるもの。

▲　題目をそなえるが、それにあたる本文の大部分を欠き、その一部分だけをそなえるもの。

×　題目を欠き、それにあたる本文の全部を欠くもの。

前述の通り、真名本・真名本訓読本には章段名がないので、必然的に「◎」は付かない。また、太山寺本の巻三は目録を欠くので「◎」は付かない。

・本表は、日本古典文学大系88『曽我物語』（市古・大島校注、岩波書店、一九六六）所載「諸本対照表」をもとに作成している。

章段名	真名本	真名本訓読本	仮名本 太山寺本	仮名本 彰考館本	仮名本 十行古活字本	仮名本 底本
*神代の始まりの事	1 ○	1 ○	1 ◎	1 ◎	1 ◎	1 ◎
*平氏の代々（真名本）	○	○	×	×	×	×
*惟喬・惟仁の位争ひの事	○	○	◎	◎	◎	◎
*小野宮の御事（太山寺本）	○	○	◎	○	○	○
*源氏の先祖の事（太山寺本）	○	○	◎	○	○	○
寂心他界の事（太山寺本）	○	○	◎	○	○	○
伊東を調伏する事	×	×	◎	◎	◎	◎
同じく伊東が死する事	○	○	◎	◎	◎	◎
伊東二郎と祐経が争論の事	○	○	◎	◎	◎	◎
伊東を討たんとせし事（太山寺本）	○	○	◎	◎	◎	◎
頼朝、伊東の館にまします事	△	△	◎	○	◎	◎
大見小藤太・八幡三郎が伊東を狙ひし事	○	○	◎	◎	◎	◎
*杵臼・程嬰が事	×	×	◎	◎	◎	◎
奥野の狩座の事	△	△	◎	◎	◎	◎
同じく酒盛りの事	○	○	◎	◎	○	◎
同じく相撲の事	○	○	◎	◎	◎	◎
*費長房が事	×	×	×	◎	◎	◎
河津三郎が討たれし事	2 ○	2 ○	◎	◎	◎	◎
伊東が出家の事	○	○	◎	◎	○	◎
御坊が生まるる事	○	○	◎	◎	◎	◎
女房、曽我へ移りし事	○	○	◎	◎	◎	◎

章段名	真名本	真名本訓読本	仮名本 太山寺本	仮名本 彰考館本	仮名本 十行古活字本	仮名本 底本
大見・八幡を討つ事	○	○	◎	2 ◎	2 ◎	2 ◎
*泰山府君の事	×	×	×	◎	◎	◎
頼朝、伊東におはせし事	○	○	2 ◎	◎	◎	◎
若君の御事	○	○	◎	◎	◎	◎
*藤原元方のこと（真名本）	○	○	×	×	×	×
*王昭君が事	△	△	○	◎	◎	◎
*玄宗皇帝の事	○	△	◎	◎	◎	◎
頼朝、伊東を出で給ひし事	○	○	◎	◎	◎	◎
頼朝、北条へ入り給ふ事	○	○	◎	◎	◎	◎
時政が女の事	△	△	◎	◎	◎	◎
*橘の事	3 △	3 △	△	◎	◎	◎
兼隆を聟に取る事	○	○	◎	◎	◎	◎
万寿御前、兼隆屋形脱出（真名本）	○	○	△	△	△	△
*牽牛・織女の事	×	×	△	○	○	◎
頼朝と万寿御前、伊豆山権現に参籠（真名本）	○	●	△	△	△	△
盛長が夢見の事	○	○	◎	◎	◎	◎
景信が夢合はせの事	○	○	◎	◎	◎	◎
*酒の事	×	×	△	◎	◎	◎
源頼政の謀叛と後白河院宣（真名本）	○	○	×	×	×	×
頼朝謀叛の事	○	○	◎	◎	◎	◎
兼隆が討たるる事	○	○	◎	◎	◎	◎

記事						
頼朝七騎落ちの事	○	○	○	○	○	◎
伊東が斬らるる事	○	○	◎	◎	◎	◎
＊奈良の勤操僧正の事	×	×	×	◎	◎	◎
祐清、京へ上る事	○	○	◎	◎	◎	◎
鎌倉の家の事	○	○	◎	◎	◎	◎
八幡大菩薩の事	○	●	◎	◎	◎	◎
頼朝・祐経の栄華（真名本）	4 ○	4 ○	△	△	△	△
兄弟曽我にて育ちし事（彰考館本）	｜	｜	3 ｜	3 ◎	3 ｜	3 ｜
九月十三夜、名有る月に、一万・箱王、庭に出でて父の事を歎きし事	○	○	○	｜	◎	◎
兄弟を母の制せし事	○	○	○	｜	◎	◎
九つと十一にて斬られんとせし事（彰考館本）	｜	｜	｜	◎	｜	｜
源太、曽我へ兄弟召しの御使ひに行く事	×	×	○	｜	◎	◎
母、歎きし事	×	×	○	｜	◎	◎
祐信、兄弟を連れて、鎌倉へ行く事	×	×	○	｜	◎	◎
兄弟を梶原請ひ申さるる事	×	×	○	｜	○	◎
由比の汀へ引き出だされし事	×	×	○	｜	◎	◎
一人当千の事（彰考館本）	｜	｜	｜	◎	｜	｜
人々、君へ参りて請ひ申さるる事	×	×	○	｜	◎	◎
畠山重忠、請ひ許さるる事	×	×	○	｜	◎	◎
臣下張子が事にて兄弟助かりし事	×	×	○	｜	◎	◎
曽我へ連れて帰り、喜びし事	×	×	○	｜	◎	◎
十郎元服の事	○	○	4 ◎	4 ◎	4 ◎	4 ◎
箱王、箱根へ登る事	○	○	◎	◎	◎	◎

章段名	真名本	真名本訓読本	仮名本			
			太山寺本	彰考館本	十行古活字本	底本
箱王、箱根権現に祈念（真名本）	○	●	△	△	△	△
鎌倉殿、箱根御参詣の事	△	△	◎	◎	◎	◎
箱王、祐経に会ひし事	○	○	○	○	◎	◎
*眉間尺が事	×	×	△	◎	◎	◎
箱王、曽我へ下りし事	○	○	◎	○	◎	◎
箱王が元服の事	5 ○	5 ○	◎	◎	◎	◎
母の勘当蒙る事	○	○	◎	◎	◎	◎
小次郎語らひ得ざる事	○	○	◎	◎	◎	◎
大磯の虎思ひ染むる事	○	○	◎	◎	◎	◎
兄弟、大磯にて和田義盛・宮藤助経に逢う（真名本）	○	○	(6) △	(6) △	(6) △	(6) △
平六兵衛が喧嘩の事	×	×	◎	◎	◎	◎
三浦の片貝が事	×	×	◎	◎	◎	◎
虎を具して、曽我へ行きし事	×	×	◎	◎	◎	◎
*畠山重忠の鷹談義（真名本）	○	●	×	×	×	×
浅間の御狩の事	○	○	5 ◎	5 ◎	5 ◎	5 ◎
五郎と源太と喧嘩の事	×	×	▲	◎	◎	◎
和田より雑掌の事	×	×	△	○	○	◎
三原野の御狩の事	○	○	◎	◎	◎	◎
頼朝宇都宮入り、兄弟河原崎に宿泊する（真名本）	6 ○	6 ○	×	×	×	×
那須野の御狩の事	○	○	◎	◎	◎	◎
*朝妻の狩座の事	×	×	○	◎	◎	◎

*帝釈と阿修羅との戦ひの事	×	×	×	◎	◎	◎
三浦与一を頼みし事	○	○	◎	◎	◎	◎
五郎、女に情けをかけし事	×	×	◎	◎	◎	◎
*巣父・許由が事	×	×	○	◎	◎	◎
*貞女が事	×	×	×	◎	◎	◎
*鴛鴦の剣羽の事	×	×	×	◎	◎	◎
五郎が情けかけし女、出家の事	×	×	○	◎	◎	◎
*呉越の戦ひの事	×	×	×	◎	◎	◎
*鶯と蛙の歌の事	×	×	×	◎	◎	◎
大磯の盃論の事（彰考館本）	｜	｜	6 ◎	6 ◎	6 ◎	6 —
十郎大磯へ行き、立ち聞きの事	×	×	｜	｜	｜	◎
和田義盛、酒盛りの事	(5) △	(5) △	｜	｜	｜	◎
*ふん女が事	×	×	×	○	○	◎
*弁才天の御事	×	×	×	◎	◎	◎
朝比奈、虎が局へ迎ひに行きし事	×	×	｜	｜	｜	◎
虎が盃、十郎に差しぬる事	×	×	｜	｜	｜	◎
五郎、大磯へ行きし事	(5) △	(5) △	｜	｜	｜	◎
朝比奈と五郎、力くらべの事	×	×	｜	｜	｜	◎
曽我にて虎が名残惜しみし事	○	○	◎	◎	◎	◎
山彦山にての事	○	○	◎	◎	◎	◎
*比叡山、始まりの事	×	×	△	◎	◎	◎
*仏性国の雨の事	×	×	△	◎	◎	◎
*嵯峨の釈迦、作り奉りし事	×	×	△	◎	◎	◎
千草の花見し事	○	○	7 ◎	7 ◎	7 ◎	7 ◎

章段名	真名本	真名本訓読本	仮名本 太山寺本	仮名本 彰考館本	仮名本 十行古活字本	仮名本 底本
小袖乞ひの事	○	○	◎	◎	◎	◎
*生滅婆羅門の事	×	×	○	○	◎	◎
*斑足王の事	×	×	○	○	◎	◎
母の勘当許さるる事	○	○	○	○	◎	◎
母の形見取りし事（太山寺本）	7 ○	7 ○	◎	◎	○	○
*李将軍が事	×	×	○	○	◎	◎
*三井寺の智興大師の事	×	×	△	△	◎	◎
*泣き不動の事	×	×	×	×	○	◎
鞠子川の事	○	○	◎	◎	◎	◎
二宮太郎に会ひし事	○	○	◎	◎	◎	◎
矢立の杉の事	○	○	◎	◎	◎	◎
*箱根の御本地の事（彰考館本）	×	×	×	8 ◎	×	×
箱根にて暇乞ひの事	○	○	8 ◎	◎	8 ◎	8 ◎
同じく別当に会ふ事	○	●	◎	○	◎	◎
太刀刀の由来の事	△	△	◎	○	○	◎
*鹿島立ちの由来（真名本）	○	○	×	×	×	×
三島にて笠懸射し事	○	●	◎	◎	◎	◎
*浮島原の事	△	△	△	○	△	◎
*富士にまつわる姥捨て伝説（真名本）	○	×	×	×	×	×
*富士にまつわるかくや姫伝説（真名本）	○	×	×	×	×	×
富士野の狩場への事	×	×	◎	◎	◎	◎

記事						
源太と重保が鹿論の事	×	×	◎	○	○	◎
*燕の国旱魃の事	×	×	△	△	△	◎
仁田が猪に乗る事	(8) ○	(8) ○	◎	○	○	◎
*舟の始まりの事	×	×	×	◎	×	◎
祐経を射んとせし事	8 ○	8 ○	○	○	○	◎
畠山、歌にて訪はれし事	×	×	○	○	○	◎
屋形廻りの事	○	○	○	◎	◎	◎
祐経が屋形へ行きし事	○	○	◎	◎	○	◎
屋形の次第、五郎に語る事	○	○	◎	◎	○	◎
和田の屋形へ行きし事	9 ○	9 ○	9 ◎	9 ◎	9 ◎	9 ◎
畠山、兄弟を激励（真名本）	○	○	×	×	×	×
兄弟、屋形を替へし事	×	×	○	◎	◎	◎
曽我への文書きし事	○	○	◎	◎	◎	◎
鬼王・道三郎帰りし事	○	○	◎	○	◎	◎
*悉達太子の事	○	○	○	○	◎	◎
兄弟、出で立つ事	○	○	○	○	○	◎
屋形屋形にて咎められし事	×	×	◎	○	◎	◎
*波斯匿王の事	×	×	△	△	◎	◎
祐経、屋形を替へし事	×	×	○	○	◎	◎
祐経を討ちし事	○	○	◎	◎	○	◎
王藤内討ちし事	○	○	○	○	○	◎
祐経に止め刺す事	○	○	○	○	◎	◎
十番斬りの事	○	○	◎	◎	◎	◎
十郎が討ち死にの事	○	○	◎	◎	◎	◎

章段名	真名本	真名本訓読本	仮名本 太山寺本	仮名本 彰考館本	仮名本 十行古活字本	仮名本 底本
五郎、召し捕らるる事	○	○	○	○	◎	◎
五郎、御前へ召し出だされ、聞こし召し問はるる事	○	○	○	○	10 ○	10 ◎
犬房が事	○	○	○	◎	◎	◎
五郎が斬らるる事	○	○	◎	◎	◎	◎
伊豆次郎が流されし事	×	×	○	◎	◎	◎
鬼王・道三郎が曽我へ帰りし事	10 ○	10 ○	10 ◎	10 ◎	○	◎
同じくかの者ども、遁世の事	○	○	◎	◎	◎	◎
曽我にて追善の事	○	○	○	◎	◎	◎
禅師法師が自害の事	○	○	◎	◎	◎	◎
京小次郎が死する事	○	○	○	◎	◎	◎
三浦与一が出家の事	○	○	○	◎	◎	◎
虎、曽我へ来たりし事	○	○	◎	孝養 ◎	11 ◎	11 ◎
母と虎、箱根へ登りし事	○	○	○	◎	◎	◎
*鬼の子取らるる事	×	×	×	◎	◎	◎
箱根にて仏事の事	○	○	◎	◎	◎	◎
*貧女が一灯の事	×	×	△	◎	◎	◎
*菅丞相の御事	×	×	×	◎	◎	◎
兄弟、神に斎はるる事	△	△	×	◎	◎	◎
虎、出家の事（彰考館本）	○	○	△	11 12 ◎	12 ○	12 ○
虎、箱根にて暇乞ひして、行き別れし事	○	○	×	◎	◎	◎
井出の屋形の跡見し事	○	○	×	◎	◎	◎

虎、王藤内の妻に逢う（真名本）	○	○	×	×	×	×
手越の少将に会ひし事	×	×	×	◎	◎	◎
少将出家の事	×	×	×	◎	◎	◎
虎、善光寺詣で、京の小次郎の妻に逢う（真名本）	○	○	×	△	△	△
虎と少将と、法然に会ひ奉りし事	×	×	×	◎	◎	◎
虎、大磯に取り籠もりし事	△	△	×	◎	◎	◎
母と二宮の姉、大磯へ尋ね行きし事	×	×	×	◎	◎	◎
虎出で会ひて呼び入れし事	×	×	×	◎	◎	◎
少将法門の事	×	×	×	◎	◎	◎
母、二宮と、行き別れし事	×	×	×	◎	◎	◎
第三年の法要、母の出家、往生（真名本）	○	○	×	△	△	△
虎、再度井出の屋形訪問（真名本）	○	○	×	×	×	×
虎の説法（真名本）	○	●	×	×	×	×
十郎・五郎を虎、夢に見し事（彰考館本）	×	×	×	◎	○	○
虎・少将、成仏の事（彰考館本）	○	○	×	◎	○	○

解説　『曽我物語』のおもしろさを今ふたたび

小井土　守敏

はじめに

『曽我物語』——。特に若い世代においては、その作品名すら聞いたことがない人も増えていることだろう。それがかつて、この国に圧倒的な知名度と人気を誇った物語であるにもかかわらず。

『曽我物語』は、建久四年（一一九三）五月二十八日の夜、源頼朝が富士の裾野で催した巻狩の宿営地にて、曽我十郎祐成と五郎時致の兄弟が、幕府の有力御家人工藤祐経を父河津三郎祐重の敵であるとして討ち取った事件について、そこに至るまでの経緯と事件の顛末、後日譚を記した物語である。所領争いに端を発した一族内の争いにより、五歳と三歳という幼さで父を失った兄弟が、十八年に及ぶ艱難辛苦の末に父の敵を討ち、その宿願を遂げるや、兄は討死、弟は捕縛・刑死。二十二歳と二十歳という短い生涯を綺羅星のごとく駆け抜けた兄弟の物語が、多くの人の胸を打ったのである。

物語は、事件後、そう時をおかずに語り物、口承文芸として生じ、十三世紀後半には文字に書き留められ、〈原曽我物語〉と言うべきものが生まれたと考えられている。物語生成の原動力は、やはり兄弟の鎮魂であろう。敵討ちのために生き、若くして世を去った兄弟の、荒ぶる魂を鎮めることを目的として、語り出されたのだと考えられる。現存する最古の伝本は天文八年（一五三九）書写の太山寺本であるが、それに先行する諸史料から、物語自体の存在は確認できる。『醍醐寺雑記』貞和三年（一三四七）七月の記事に、「一、蘇我十郎五郎事　依井中目闇（メクラノ）語一□之／伊東・河津・宇佐見　已上三ヶ（ノ）庄惣名楠見（ヲクスミノ）庄□（ト）也」とあり、物語に登場する人物の略系図が書き留められている。「井中」（田舎）、おそらくは東国から上洛した盲目の語り部が曽我兄弟のことを語ったというのである。また、延文元年（一三五六）以前の成立かとされる『保暦間記』は、この敵討ち事件を取り上げ、「俗曽我物語ト云是ナリ」と記す。『実隆公記』明応六年（一四九七）六月二日には、『曽我物語』の新しい写本が出てきたので見てきたという記事が見える。その他、幸若や謡曲に、『曽我物語』を本説とした作品が散見されることなどからも、現存諸本の成立以前、十四、五世紀に、『曽我物語』は作品としてすでに存在したことが確実視される。

書き留められ、書承文芸として多くのヴァリエーション（諸本）を生んでいったこの物語は、テキストの世界にとどまることなく、謡曲・幸若から歌舞伎——舞台芸能へ、あるいは絵巻物・屏風絵・錦絵——絵画資料へと広がりをみせ、冒頭に記したように、誰もが知っている、まさに国民文学とでもいうべき作品に成長したのである。

諸本概要

『曽我物語』の諸本は、真名本・真名本訓読本・仮名本に大別される。

真名本は、特異な和製漢文で書かれたもので十巻、天文十五年（一五四六）の書写奥書を持つ妙本寺本が最善本かつ現存する真名本系統の源と言える伝本である。「ヲコト点」と呼ばれる訓点が付されており、その訓読方法の知識を持たぬ者にはかなり難解と思われる表記方法を採用している。この表記方法を選択した意図をあえて問うならば、東国の漢字文化圏の問題とともに、なにかフォーマルな、記録や史実として書き残そうという意図、あるいは祝詞（のりと）的な意図があったと思われる。真名本は、坂東の地名や在地武士団の名称、また、在地の神々およびその信仰について明るいことなどから、事件の舞台である坂東で成長した、より古態を保っている本文だと考えられる。その作品世界の傾向としては、敵討ちを目指す兄弟は悩み、苦しみ、多くの涙を流し、それでもやはり敵討ちへの思いを固めていってそれを成し遂げるということにあろう。流人時代の頼朝の苦悩をつぶさに描き、鎌倉殿と呼ばれて新しい世に君臨していくさまを記すのも特徴の一つで、真名本のリアリティと言われる側面である。

真名本訓読本は、基本的には真名本を訓読文にしたものである。元文五年（一七四〇）に小宮山昌世によって書写された静嘉堂文庫本の序文によれば、駿州富士山下北山本門寺（大石寺）の什物として秘蔵の書だったようである。訓読と併せて多くの省略が行われているが、それは、傍系説話の削除、主役級の登場人物の焦点化のための記事の削除、そして時制を無視した記載を排除することなどであり、曽我兄弟の敵討ちの顛末を語ることに注力したテキストに改められている。訓読・抄出が行われた時期は判然としないが、訓読・抄出の結果、真名本が指向した作品世界とは異なる性格を備えたものとなっている。

仮名書きを主として書き記された仮名本は、十巻ないし十二巻。東国の地名表示は曖昧となり、在地信仰よりも、仏教的な色合いを濃くしていることなどから、東国を離れ、京を中心とした地域で成立した本文と考えられている。仮名本の最古の写本は、前出の太山寺本十巻で、この本を筆頭に、様々に諸本が展開している。仮名本の作品世界の傾向としては、真名本に見たリアリティより、より劇的な展開を好むことにある。頼朝の苦悩は描かれず、その流人時代から、すでに〝鎌倉殿〟的な存在感で物語に君臨する。兄弟は、敵討ちを遂げるべくして登場し、興味は敵討ちの成就までにどんな障害があったのかという点へ移行している。巻六前半の大磯宿での和田義盛との酒宴の場面は、仮名本が劇的である事を優先する傾向を端的に表している。陰に日なたに兄弟を支えてきていたはずの和田義盛が、突如として遊女をめぐって兄弟と対立する場面は、整合性を優先して読んでいく現代の我々としては混乱を禁じ得ないが、この場面にもたらされた緊張感や、その落着の理屈、遊女虎の真心を読む時、ドラマとしては大成功を収めていると言えよう。『平家物語』にならって十二巻に増補されていった仮名本『曽我物語』は、近世の商業出版の波にのって刊行され、多くの読者を獲得していく。歌舞伎に材を取られて当たり狂言になったことも相俟って、版行本は多くの版を重ねることとなった。その、版行された『曽我物語』を一般に「流布本」と称するが、その流布本のうち、正保三年（一六四六）版を底本としているのが本書である。

『曽我物語』の魅力、そのドラマ性

敵討ちのために綺羅星のごとく駆け抜けた兄弟の物語——とは先にも述べたとおりであるが、その単純にして明解な筋書きをさまざまに彩る要素、いわば〝ドラマの要素〟が、この物語には、特に仮名本の作品世界においては、随所にちりばめられている。『曽我物語』が「曽我物」として盛んに舞台化された江戸の頃、夙(つと)に『役者名物袖日記』がその魅力を「ほか〳〵の狂言より哀れあり、愛あり、喜あり、勇あり」と指摘するところであるが、あらためて、『曽我物語』の魅力、〝ドラマの要素〟を挙げ連ねてみたい。

まず第一に〝敵討ち〟というモチーフ。これは、洋の東西を問わず物語の根源的なモチベーションとして理解されよう。そこには当然、親しい者との別れがあるわけだが、『曽我物語』においてその別れは、主人公が五歳と三歳の幼年期に訪れていることが、すでにして憐憫の情を誘う。幼心に父の不在を歎き、亡き父を慕うさまは、我々読者の心をストレートに打つ。なお、敵討ちの枠組みは、曽我兄弟に限らず、大きくは源頼朝による父の敵討ちとしての平家追討にもあてはまることであるし、頼朝の子、千鶴丸の敵討ちとしての伊東祐親討ちにもあてはまる。頼朝による敵討ちとその成就は、兄弟の敵討ちをより困難にさせるものとして、この物語に大きく影響することとなる。

第二に、この物語の主人公が〝兄弟〟であるということ。幼くして父を失った兄と弟が、互いに励まし合い、慰め合い、諫め合い、助け合いながら成長し、敵討ちに向かって邁進していくさまを、我々は読む。途中、曽我の里と箱根の山とに離ればなれで暮らす時期を経て、母からは反対され、頼朝による新たな社会からは疎外され、経済的にも恵まれない状況にありながらも、確固たる信念を持って敵討ちへ向かうのである。主人公が兄弟二人であることによって、それぞれの性格、役割の分担が進み、「騒がぬ男」十郎と、「堪らぬ男」五郎という、バディ(相棒)が結成される。深い絆によって結ばれた兄弟は、剛柔それぞれの特性ならではの危機を招き、そしてそれらを乗り越えていく。

第三には、〝母〟との関係。父が世を去った日、母は悲しみのあまり、幼い兄弟を膝に抱いて敵討ちを命じた。しかし、時は流れ時代は変わり、情状面はともかく、敵討ちが是とされなくなった時、母は兄弟に敵討ちを思いとどまらせようとする。父への孝と、母の恩との間に板挟みとなる兄弟に、我々は同情を禁じ得ない。敵討ちを選択して寺を出、元服した五郎時致に、母から言い渡される勘当。亡き父、生ける母、それぞれへの強い思いを知る読者は、なんとかしてやれないかと思う。そして、兄弟亡き後に語られる母の真意、子どもたちへの深い愛情に触れるや、すれ違いのやるせなさを思い知るのである。

第四は〝恋愛〟である。兄十郎を支え続けた大磯の遊女虎。貧なる兄弟、殊に兄が、街道随一の遊女と深く結ばれているという状況は、実利名利の価値観に生きる俗の世界からすれば、まばゆいほどの理想であったろう。先に紹介したように、虎が御家人筆頭格の和田義盛を差し置いて祐成に「思ひ差し」をする場面は、この物語の見せ場のひとつである。そして彼女は、兄弟の没後も永きにわたって二人の菩提を弔い、事件に関わった女性たちの心をも救済しつつ、大往生を遂げる。物語は、二人がこれほどまでに深く結ばれる理由を詳しく描かないが、読者はそこに、貞心を読み、真実の愛を見る。仮名本においては、真名本には見られなかった弟五郎の恋愛譚も設けられている。ただし、兄の恋人虎とは対照的に、五郎の想い人「化粧坂の女」は、今をときめく若侍梶原景季に、いわば実利名利に靡いてしまう。後に五郎の真実の思いを知った彼女は、景季との縁を絶って出家を遂げるが、五郎にも恋人がいたのだという設定に、読者は安堵の思いを抱く。そしてこのエピソードは、兄弟と景季との確執ともなって、物語の劇化に奏功している。仮名本は他にも、十郎が女性をめぐってトラブルに巻き込まれるエピソードを複数設けており、「優男（やさおとこ）」祐成の造型に寄与している。

第五には〝雑学〟が挙げられようか。本書では試みに、傍系説話の引用を一見してそれとわかるように示してみたが、仮名本『曽我物語』には、膨大な量の説話が引かれている。作中の状況を喩える先例として、相手を説得・論破するための事例として、さらには登場人物が口にした言葉の説明として、説話は随所に引用される。和漢の故事から、『古今集』注釈、仏教の教義に至るまで、そのトリビアはあまりに多い。なかでも、源氏にまつわる刀剣伝承が、『曽我物語』においてひとつの決着を見ていることは注目に値する。当該部分は、物語の進行に関わるものとして引用説話の扱いとはしなかったが、兄弟が成し遂げた敵討ちは、代々源氏に伝わる名刀によってなされたのであり、この事件を契機として、離ればなれになっていた二振りの名刀が、頼朝の手もとに揃ったというのである。これら多くの挿話・余談に、現代の読者は辟易とするかもしれない。しかし、曽我兄弟による敵討ちの物語を通読しながら多くの雑学が身につけられるなら、一石二鳥の思いだったのではあるまいか。なお、真名本にも相当数の傍系説話が引かれるが、真名本の引用の意図は仮名本のそれとは質を異にするので、また別に考えなければならない。

第六に〝旅・移動〟がある。兄弟は、敵討ちの機会をうかがうべく頼朝の開催する巻狩に随行し、長野・群馬・栃木と移動する。平素から兄弟は、曽我から大磯、鎌倉、三浦半島の方まで往来しているし、最期の地への道行きでは、箱根、三島、浮嶋が原と、読者は兄弟と共に、富士野を目指す。その感覚はあたかもロードムービーを見ているようである。また、兄弟の敵討ちが富士の裾野で遂げられたのは紛れもない事実なのであるが、霊峰富士を背景に、物語が大団円を迎えているということこそが、この物語が持つ何よりのポテンシャルと言えるのではなかろうか。

第七に〝困難・障害〟。そもそも主人公に課されたタスクが容易なものであるならば、その物語にさほど魅力は覚えまい。前述のように、頼朝が作り上げた新しい社会体制こそが、兄弟の敵討ちにとって大きな障害なのである。その新体制の中で、かたや敵工藤祐経は幕府要人となっていき、かたや兄弟はその体制からはじき出されていく。母にも反対され、兄弟を援助する者もなく、敵討ちは困難を極める。物語では他にも、梶原景季による嫌がらせや、元服前の五郎が箱根で祐経と対面する場面、巻狩最終夜に十郎が祐経の前で舞を舞わされる場面など、兄弟にとって屈辱的な仕打ちが用意され、事件の現場となる祐経の宿所までには、幾多の警固の者たちが待ち受けている。富士の狩場で鹿を追う祐経を兄弟が左右から並走し、ついに敵討ち成るかというところで祐成が落馬するとか、祐経の宿所に忍び込んでみると祐経は寝所を変えていてもぬけの殻だった……とか、あとちょっと、もう少し、の仕掛けも用意され、敵討ちの成就を否が応でも盛り上げるのである。

そして最後に、〝浄化と鎮魂〟がある。工藤祐経を斬りつけながら、兄弟は雄叫びを上げる。「妄念払へや、時致。忘れよや、五郎――」。そして兄弟は、決して上手いとは言えない歌を詠み捨てて、高らかに笑う。思えば、我々読者は、兄弟の笑い声をこれまでに聞いただろうか。敵討ちを成し遂げた兄弟は、宿所の庭上に走り出て勝ち名乗りを上げる。狼藉者を打ち留めようと寄せ来る家人たちを次々と斬り伏せ、その中で、兄祐成は命を落としていく。その今際のきわに、兄は弟に二人の思いを頼朝に訴えることを託す。兄の最期のことばを受けた時致は、頼朝の寝所を目指すのである。新しい社会からはじき出された二人のアウトローが、最後に見せた抵抗、最後に咲かせたあだ花に、読者はカタルシスを得る。そして物語は兄弟の鎮魂へ向かう。兄弟の母や姉が、手越の少将が、大磯の虎が、二人の死を悼み、弔う。兄弟が、多くの女性たちによって偲ばれ、女性たちによって語りつがれているのも、この物語の特徴と言える。そこには、当時の男性社会や男性のエゴに対する、女性たちの反感をも、読み取ることができるだろう。

こうして列挙してみると、この物語には、現代の我々が目にするような〝ドラマの要素〟の多くが、すでにそこに集められていることに気づかされる。十四世紀に成ったとされる仮名本『曽我物語』の世界が、これほどまでにエンターテインメント性に富んだものになっていることに驚かされることだろう。

このドラマ性と共に注目しておきたいのが、祝祭性である。これまで述べてきたように、この物語はけっして明るく朗らかな物語ではない。幼くして父を失った兄弟が十八年間も父の敵を狙い続け、雨の闇夜にその本懐を遂げるや、相前後してその命は絶たれるのである。この陰惨なストーリーが、そこばくの祝祭性を伴って語られるのは、やはりこの物語の根源に、兄弟の鎮魂があることを示している。敵討ちのためだけに生きた、決して幸福とは言えない短い命だが、その宿願を成し遂げたという一点について、祝い、称え、そうすることによって魂を鎮めるのである。破滅への旅立ちであることは明らかであるのに、母から勘当を解いてもらい、形見の小袖を得られたことを、我々読者は祝福するのである。この祝祭性は、芸能化の中でより強調され、「曽我物」が持つ明るさやめでたさに繋がっていく。

なお、兄弟の敵討ち事件には、頼朝暗殺という裏の意図があったとする解釈がある。たしかに物語では、敵を討ち果たした兄弟が頼朝の家来たちを無差別に斬りつけているし、五郎は頼朝の寝所に迫り、尋問の場では堂々と頼朝に対する殺意を口にしている。そして史実として、事件後、三河守範頼をはじめとした数々の粛清が始まる。この事件に便乗して頼朝を排除しようとする動きがあったのではないかというのである。しかしそれは、歴史のミステリーとしての視点であって、『曽我物語』という作品としては、兄弟の敵討ちへの思いは、あくまでも純度の高いものであったと読まれてきたことであろうし、またそのように読むべきであろう。ただ、不遇な兄弟の無謀な計画に理解を示す、和田や畠山の姿勢に、頼朝がもたらした新しい大きな社会に対する違和感や抵抗感といった時代の空気が投影されていると読むことは許されるだろう。

底本について――絵入り版本として――

版行された『曽我物語』としては、古活字版（十行・十一行・十二行・十三行の各版）、寛永頃無刊記整版、寛永四年版、正保三年版、寛文三年版、寛文十一年版、延宝四年版、貞享四年版、元禄十一年版、元禄十四年版、寛延二年版が確認される。十二行古活字版の一部には、組み合わせ絵による挿絵を持つものもあり、以下、寛永四年版を除くすべての版で、挿絵を伴って版行されている。『曽我物語』は、幾度も版を重ねられ、挿絵と共に楽しまれた作品であったことが伺える。

ここで、本書が底本とした架蔵の正保三年版『曽我物語』についてふれておく。

外題：「曽我物語」（題簽は楮紙、無匡郭、17・0㎝×3・2㎝、表紙中央に貼付）

内題：「曽我物語巻第一（～十二）」

目録題：「曽我物語巻第一（～十二）目録」

尾題：「曽我物語巻第一（～十二）終」

版心：「曽我巻一（～十二）（丁数）」（有界）

巻冊：十二冊（完本）

表紙：紺色雷文繋地唐草型押

大きさ：縦27・4㎝×19・8㎝

製本様式：袋綴

本文料紙：楮紙、見返しは本文と共紙

本文用字：漢字仮名交じり

一面行数：12行　一行字数：22～26字

本文匡郭：四辺単郭（21・5㎝×15・2㎝）

丁数：巻一…65丁・巻二…43丁・巻三…38丁・巻四…43丁・巻五…55丁・巻六…41丁・巻七…43丁・巻八…44丁・巻九…44丁・巻十…29丁・巻十一…25丁・巻十二…26丁

絵：全192図。巻一…26図・巻二…19図・巻三…16図・巻四…16図・巻五…18図・巻六…16図・巻七…15図・巻八…14図・巻九…22図・巻十…9図・巻十一…10図・巻十二…11図

刊記：正保三年正月吉祥日／誓願寺前安田十兵衛開板（村上学氏『曽我物語の基礎的研究』（風間書房、一九八四）によると、最終丁匡郭上部に欠があるので底本は後刷本と知れる）

蔵書印：岡田真（陽文、長方形単郭、朱印。実業家でアララギ派歌人。一九八四年没）

この版は、先行する寛永頃無刊記整版を覆刻したもので、整版本の中で最も絵数が多い。まだ本文と絵は別々の版木によって刷られるため、絵の丁はオモテ・ウラともに絵となる。したがって、見開きの絵はない。丁付は入るべき丁の次に「又四」等と示す。いくつか問題を指摘すると、第45図は、底本では巻三の巻末に配されている。オモテのみに挿絵が入り、背表紙見返しと共紙となる丁である。その版心は「曽我巻三　又卅四」とあるのだが、巻三の本文は「卅」が最終丁である。挿絵には神社に参拝する貴人が描かれており、本文の内容と齟齬する。国文学研究資料館蔵の初刷本によると、この挿絵は巻二の巻末に置かれている。巻二の本文の最終丁は「卅四」であり、話題も八幡宮を祀ることなので、この位置が正しいと判断して、本書では移動した。後刷本である底本では、版心の指示に従って巻三の末尾に配したものであろう。その逆の例もあり、第88・89図は、版心に「曽我巻五　又二十七」とあるにもかかわらず、初刷本では「卅七」丁の後に綴じられている。後刷本による修正である。第133・134図は、初刷本でも底本でも版心の指示通りの位置に配されてはいるが、内容として

は、第136図と第137図との間にあるべきであろう。

なお、本書のような古雅な雰囲気を湛える挿絵はこの版までで、次の寛文三年（一六六三）版以降は、菱川師宣風の画風となり、また、本文と絵を合わせて整版することによって可能となる見開きの構図も取り入れるなどの変化が起こっていくが、絵数は版を重ねるにつれて減少していく。

おわりに――なぜ、忘れ去られたのか――

さて、冒頭の話題に戻る。希代の孝子二人の、エンターテインメント性に富んだ物語は、読み物、舞台芸能、そして絵画資料として絶大な人気を誇った。それを支えたものには、近世という時代の要請も考えられよう。江戸時代に入り、政治の中心が再び東国に移った。新たに花開こうとする文化の面において、やはり江戸は京の都には劣るのであり、いわゆる古典ものを舞台にのせるとなれば、どうしても都の話が多くなったことだろう。その中にあって曽我兄弟の物語は、富士山を背景とした貴重な「東国の物語」なのであり、そのクライマックスにおける〝荒事〟も東国の観衆の気質に合致して、数多くの関連作品を生んだ。それを継承した近代社会における「東京」が、出版・情報伝達、殊に映画技術の向上によって得た大きな発信力をもってすれば、この物語が誰もが知る国民的文学となるのは、必然であっただろう。

転機は、やはり戦争にあった。太平洋戦争終結後、昭和二十年（一九四五）、日本を占領統治下に置いた連合国軍最高司令官総司令部（ＧＨＱ）は、教育文化政策を担当する民間情報教育局を設置し、俗称「チャンバラ禁止令」によって、刀を振り回す剣劇を制限した。それは軍国主義の象徴であり、敵討ちを讃美する思想は戦勝諸国への敵対心に繋がるとされたのである。それまで是とされていたものが、すべて戦争に突き進んだ愚行への反省材料とされ、敵討ち文学の代表であった『曽我物語』は、そのエンターテインメント性も、そのトリビアも、意識的に人々の関心から除外されていったのである。

昭和二十七年（一九五二）、日本が主権を回復し、ＧＨＱが解体されると、「忠臣蔵」をはじめとする敵討ちものの上演、上映も次第に再開されていく。しかし、曽我兄弟の物語は、ついにかつてのような人気を取り戻すことはなかった。「三大敵討ち」と並び称され人気を博した、曽我兄弟の敵討ち、鍵屋の辻の決闘、赤穂浪士の討ち入りであったが、赤穂浪士の「忠臣蔵」だけが現代でもなお多くの人に知られるほどに復活したのはなぜか。それは、主人公と敵（かたき）との関係の相違であろう。「忠臣蔵」における敵は主君の敵であるが、その関係性は、すでに過去のもの、まさに時代劇として楽しめるものであった。一方、父を失い、義弟を失う物語が解禁されたとして、戦後間もない日本の社会において、どれほどそれを娯楽作品として人々は楽しむことができただろうか。そうしている間に『曽我物語』は、意識的除外の段階から、本当に忘れ去られていってしまったのである。

敵討ちや合戦をテーマとする作品の享受には、社会情勢が否応なく関わってしまうということがあらためて実感される。軍記文学作品を、屈託なく楽しめる世であることを願いつつ、本書が『曽我物語』を――そのおもしろさを読み直す契機となるならば幸いである。

◆編者紹介

小井土守敏（こいど・もりとし）

1968年生まれ。筑波大学大学院博士課程文芸・言語研究科単位取得退学。

現在、大妻女子大学文学部教授。

編著に『二松學舍大学附属図書館蔵 奈良絵本 保元物語 平治物語』（新典社 2016年）、共編著に『流布本　保元物語 平治物語』（武蔵野書院　2019年）、『大妻文庫　曽我物語 上中下』（新典社　2013～2015年）、『長門本平家物語 1～4』（勉誠出版　2004～2006年）などがある。

曽我物語　流布本

2022年9月30日 初版第1刷発行

編　　者：小井土守敏

発 行 者：前田智彦

装　　幀：武蔵野書院装幀室

発 行 所：武蔵野書院
〒101-0054
東京都千代田区神田錦町 3-11 電話 03-3291-4859　FAX 03-3291-4839

印刷製本：三美印刷㈱

© 2022　Moritoshi KOIDO

定価はカバーに表示してあります。

落丁・乱丁はお取り替えいたしますので発行所までご連絡ください。

本書の一部または全部について、いかなる方法においても無断で複写、複製することを禁じます。

ISBN 978-4-8386-0658-0　Printed in Japan